Jack Cavanaugh

DENN ER VERLÄSST SIE NICHT

Jack Cavanaugh

Denn er verlässt sie nicht

FRANCKE
Verlag der Francke-Buchhandlung GmbH

Über den Autor:
Jack Cavanaugh nimmt neben seiner internationalen Vortragstätigkeit einen Lehrauftrag für Geschichte wahr. Er lebt mit seiner Frau in Kalifornien.

Gewidmet
jenen Christen in Deutschland, die aus der Tradition ihres geistlichen Erbes heraus den Mut fanden, gegen das Böse des Dritten Reiches ihre Stimmen zu erheben.

Bibliografische Information Der Deutschen Bibliothek
Die Deutsche Bibliothek verzeichnet diese Publikation in der Deutschen Nationalbibliografie; detaillierte bibliografische Daten sind im Internet über http://dnb.ddb.de abrufbar.

ISBN 3-86122-690-1

Originaltitel: His Watchful Eye

Published by Bethany House Publishers, a division of Baker Book House Company, Grand Rapids, Michigan, 49516, USA

35037 Marburg an der Lahn
Deutsch von Reimer Dietze
Umschlaggestaltung: Dan Thornberg /
Verlag der Francke-Buchhandlung GmbH, Christian Heinritz
Satz: Verlag der Francke-Buchhandlung GmbH
Druck: Ebner & Spiegel, Ulm

www.francke-buch.de

Prolog

Montag, 13. November 1989

Edith Scott hielt das Medaillon aus der Zeit des Nationalsozialismus in der offenen Handfläche. Es glitzerte im Licht der vielen Scheinwerfer, die die Fernsehteams in ihrer unmittelbaren Nähe aufgebaut hatten. Das Medaillon erschien angesichts der improvisierten Feiern an der Berliner Mauer, an denen sich Menschen aus aller Welt beteiligten, völlig fehl am Platze. Aber Edith erlebte es wieder und wieder, bei welchem Anlass auch immer, dass Menschen ihr unbedingt etwas über ihren Vater erzählen wollten. Geschichten, wie die über ihren Vater, den Weihnachtsbaum und diese Medaille. Wie oft hatte sie die nun schon gehört – diese oder auch die von den Münzen mit den Bibelstellen, von der Rettung der Hadamarer Kinder oder von der Rama-Klause?

Wussten die Leute denn nicht, dass sie sich jedes Mal betrogen fühlte, wenn sie eine ihrer Geschichten hörte? Jeder wusste eine Geschichte von ihrem Vater zu erzählen. Jedem schien die Erinnerung an ihn Kraft zu geben. Für sie jedoch sprudelte kein Wasser aus jener Quelle. Sie besaß keine Erinnerungen an ihren Vater. Geschichten – das war alles, was sie hatte.

„Behalt sie, meine Liebe." Die Frau, die ihr die Medaille zugesteckt hatte, drückte lächelnd Ediths Finger.

Ursel meinte es gut, und Edith mochte sie dafür. Wie sollte sie auch anders? Immerhin hatte diese Frau ihrer Mutter geholfen, als sie sie geboren hatte. Sie war ihr Kindermädchen und ihre allererste Freundin gewesen.

„Dankeschön", sagte Edith. Dann log sie – um Ursels willen: „Ich werde sie immer in Ehren halten."

„Kann ich das mal sehen?" Ein hoch gewachsener, grauhaariger Mann mit freundlichen Augen und höflichem Benehmen trat zu ihnen. Edith hielt ihm das Medaillon hin, so dass er es betrachten konnte. Was sie anging, so war Matthew Parker oder Park, wie sie ihn nannte, ihr Vater. Er war derjenige, der von jeher für sie da gewesen war. Er war es, der ihre Erinnerungen ausfüllte.

Während Park eine goldgefasste Halbbrille hervorzog, durch die er das legendäre Medaillon musterte, erging sich um sie herum alle Welt in fröhlicher Ausgelassenheit. Menschen jeden Alters aus aller Herren Länder lachten, tanzten, tranken und sangen Lieder. Einige erklommen die Mauer und posierten für ein Foto. Andere hantierten mit Hammer und Meißel oder allen möglichen Utensilien, die man benutzen konnte, um sich ein Stückchen Beton als Souvenir aus der Mauer herauszubrechen. Die gnadenlos grellen Lampen der Kamerateams aus aller Welt bestrahlten ein abgrundhässliches Bauwerk voller Graffiti: jene unrühmliche Mauer, an die man sich für alle Zeit als einen Trennwall quer durch ein ganzes Volk erinnern würde, dessen westliche Hälfte in Freiheit leben konnte, während die östliche dazu verdammt war, unter den herrischen Stiefeltritten des Kommunismus zu schuften.

Edith war auf der östlichen Seite aufgewachsen, hatte aber mit Hilfe einer lose gruppierten Untergrund-Organisation die Mauer durchbrechen und auf die Seite der Freiheit entkommen können. Sie war eine der Glücklichen gewesen, denen die Flucht geglückt war. Allerdings um einen Preis. Alles hatte seinen Preis.

Noch vor einer Woche hätte kein Mensch auf der Welt sich träumen lassen, dass in dieser Nacht die Berliner Mauer fallen würde. Sogar jetzt, als sie hier stand und alles mit eigenen Augen sah, fiel es ihr schwer, zu glauben, dass die Massen von Menschen, die hier beim *Checkpoint Charlie* herüber- und hinüberströmten, Wirklichkeit waren.

Auf Edith indes sprang der Funke der Ausgelassenheit nicht über. Noch nicht. Die Ungewissheit über den Ausgang der Dittmer-Mission lastete auf ihr wie ein Leichentuch. Schließlich war es diese Mission, die ihre Mutter endlich, endlich in die Freiheit bringen sollte. Es war die riskanteste Unternehmung, die sie jemals versucht hatten. Ihr Dreh- und Angelpunkt war ein blinder Mann, den sie Toba nannten.

Doch irgendwas war schief gelaufen. Ihre Mutter und die anderen waren nicht planmäßig angekommen. Niemand hatte etwas von ihnen gehört. Der Stichtag war schon vor zwei Wochen gewesen. Bei diesen Unternehmungen kam es üblicherweise sehr darauf an, dass der Zeitplan penibel eingehalten wurde. Und jetzt schien die Zeit sie auszulachen. Zwei Wochen! Sie hätten nur zwei lächerliche Wochen länger warten müssen, dann hätte sich alles von allein erledigt, und Mutter und die anderen hätten einfach so über die Grenze spazieren können!

Ursel tätschelte Ediths Hand. „Deine Mutter ist wohlauf", sagte sie. „Ich bin ganz sicher."

Trotz der Tränen in ihren Augen zwang sich Edith zu einem lächelnden Nicken. Ursels Worte waren ein billiger Trost, das wussten sie beide. Und doch waren sie genau das Richtige, was man in diesem Augenblick sagen konnte.

Sie hefteten ihre Blicke an den unaufhörlichen Strom nächtlicher Fußgänger und knatternder Trabis, die scheinbar gar nicht rasch genug aus Ostdeutschland herauskommen konnten. Es würde einem Wunder gleichkommen, in dieser unüberschaubaren Menschenmenge irgendjemanden zu finden.

„Seht doch mal – da drüben!" Park, der ohnehin der Größte von ihnen war, stand auf den Zehenspitzen. „Sehe ich da wirklich, wen ich zu sehen glaube?"

Sowohl Edith als auch Ursel machten sich so lang, wie sie nur konnten, um sehen zu können, was er entdeckt hatte.

„Ich seh überhaupt nichts", sagte Edith.

„Ich auch nicht", kam es von Ursel.

Park wandte sich zu ihnen und sagte: „Bleibt hier stehen. Ich bin gleich wieder da." Er schickte sich an zu gehen, drehte sich aber noch einmal zu ihnen um. „Nicht weggehen! Okay? Ich hab keine Lust, euch zu verlieren."

„Wen glaubst du denn zu sehen?", fragte Ursel.

„Bleibt einfach hier stehen."

Und weg war er.

Beinahe zehn Minuten starrten Ursel und Edith in die Richtung, in die sie Park hatten verschwinden sehen.

Dann war er plötzlich wieder da, genauso unvermittelt, wie er in der Menschenmenge untergetaucht war. „Schaut, wen ich entdeckt habe." Er trat einen Schritt zur Seite.

„Ernst!", schrie Ursel und umarmte den Mann stürmisch.

Edith wartete gar nicht erst, bis Ursel den Neuankömmling freigab. Sie umschlang alle beide mit einer Heftigkeit, die sie um ein Haar allesamt zu Fall gebracht hätte. Er war älter geworden, seit sie ihn zum letzten Mal gesehen hatte. Sein Haar hatte sich gelichtet. Und doch sah er immer noch nicht nach einem Rentner aus.

Nachdem er sie beide geküsst hatte, fragte Ernst: „Immer noch keine Nachricht?"

Ihre Mienen genügten ihm als Antwort.

„Wie spät haben wir's denn?"

Park sah auf die Uhr. „Kurz nach drei."

„Na ja, dann ist es ja noch nicht zu spät."

„Das sage ich ihnen ja die ganze Zeit. Hast du deine hübsche Frau nicht mitgebracht?"

„Sie ist bis Paris gekommen", sagte Ernst, „aber dann hat sie Albträume gekriegt."

Parks Nicken verriet sein Mitgefühl. „Dann ist es das Beste, sie bleibt dort."

Die nächste Stunde standen sie dicht beieinander und sahen unentwegt zum Tor beim *Checkpoint Charlie* hinüber. Je weiter die Zeit voranschritt, umso mehr Bedenken kamen Ernst.

„Hat schon mal jemand dran gedacht, selbst reinzugehen?", fragte er schließlich.

„Das hab ich schon vor 'ner Weile vorgeschlagen", antwortete Park.

Ernst sah Edith an. „Edith ..."

„Nein. Ich kann nicht und ich werde nicht. Frag mich das bitte nicht."

Auf der Stelle tat es Ernst Leid, dass er auch nur die Idee gehabt hatte. Er legte die Arme um sie. Sie zitterte. „Es wird alles gut", besänftigte er sie. Dann, während er sie immer noch an sich drückte, fuhr er fort: „Doch wie auch immer, ich für meinen Teil muss es versuchen. Das verstehst du doch, oder?“

Edith machte sich los. „Nein, das verstehe ich nicht! Was, wenn sie dich nicht wieder rauslassen? Wer weiß denn, ob sie das Tor offen lassen? Du weißt doch, dass auf nichts Verlass ist, was die sagen. Ich hab Angst, Ernst. Ich fürchte, wenn du da reingehst, kommst du nie wieder zurück.“

Ernst legte seine Hand auf ihre Wange. „Ich muss da rein“, sagte er. „Ich hab ein Versprechen gegeben, dessen Einlösung längst überfällig ist.“

„Dann komm ich mit dir“, erbot sich Park.

„Und was ist mit Monika?“, fragte Ernst.

„Was soll denn mit ihr sein?“

„Meinst du, es ist eine gute Idee, wenn du reingehst, um nach ihr zu suchen?“

Park setzte ein schiefes Grinsen auf. „Ach, mehr, als sie es sowieso schon tut, kann sie mich ja wohl nicht hassen.“ Ehe sie aufbrachen, wandte er sich zu Edith. Sie wollte Einwände erheben, aber Parks Blick brachte sie zum Verstummen, noch ehe sie das erste Wort heraushatte. Zu Ursel sagte Park: „Bleib mit ihr hier und kümmer dich um sie.“

„Das hab ich von jeher getan“, sagte Ursel.

Hilflos stand Edith bloß ein paar Dutzend Meter von jener Mauer entfernt, die ihr das ganze Leben schwer gemacht hatte. Gehalten von Ursels Umarmung, sah sie zu, wie Park und Ernst sich ihren Weg in Richtung des Grenzübergangs bahnten, der in den kommunistischen Teil Deutschlands hineinführte. Das Letzte, was sie Ernst sagen hörte, war: „Weißt du, wenn *Uncle Sam* wüsste, was ich hier mache, würde er mir das Fell über die Ohren ziehen.“

Wer bin ich? Einsames Fragen treibt mit mir Spott.
Wer ich auch bin, du kennst mich, dein bin ich, o Gott!

Dietrich Bonhoeffer, Juni 1944

1

Donnerstag, 14. Oktober 1943

„Erinnerst du dich an das Kino am Alexanderplatz?"

„'n Dreckstall", sagte Konrad Reichmann.

Sie lagen auf dem Bauch, alle beide zugedeckt mit Blättern, Zweigen und Grasbüscheln. Ihre Gesichter waren grünlich, braun und schwarz beschmiert. Wenn Konrad seinen Freund seit frühesten Kindertagen verstohlen von der Seite anschaute, dachte er immer, das Einzige an ihm, was noch entfernt nach Mensch aussah, waren seine Augen und die Zähne, die er jedes Mal zeigte, wenn er sein typisches breites Grinsen aufsetzte.

Nach all den vielen Stunden, die sie im Scharfschützeneinsatz zusammen verbracht hatten, würde Konrad diesen Anblick von Hartmut Kessel hundertprozentig im Gedächtnis behalten: ein grinsendes Gesicht mitten in der Laubtarnung. Einmal hatte er sich beklagt, Hartmuts Grinsen werde sie noch das Leben kosten. Daraufhin war Hartmut beim nächsten Mal, als sie zusammen eingeteilt waren, mit Tarnfarbe auf den Zähnen erschienen. Abwechselnd hatte er seine Zähne grün und schwarz eingefärbt.

Konrad hielt einen Karabiner in der Armbeuge, während Hartmut mit Feldstecher und einer Kamera mit speziellem Teleobjektiv jonglierte, um damit das Abschlachten zu dokumentieren. Sie hatten ihre Befehle. Das Handwerk des Tötens widerstrebte Hartmuts Wesen – genau wie ihr Vorgesetzter, aber an den wollte Konrad jetzt nicht denken. Es würde ihn nur wütend machen.

„Klar war der Laden 'n Dreckstall", sagte Hartmut. „Aber wenn das Licht erst mal aus war, war davon ja nix mehr zu sehen, oder?"

Das war ihr Spiel. *Weißt du noch ...* So kriegten sie die Stunden besser rum, die sie hier halb eingegraben ausharren mussten.

Sie hatten sich hinter einem umgekippten Baumstamm versteckt, der in einem flachen Winkel genau zwischen zwei andere, V-förmig daliegende Bäume gefallen war. Konrad benutzte den Stamm als

Anschlag für seinen Karabiner. Der Boden, auf dem sie lagen, war hart und klamm. Es roch nach Herbst: erdig mit einem leichten Einschlag von vermoderndem Laub. Eine frische Brise ließ die Blätter tanzen und die Männer frösteln.

Die beiden standen sich längst näher als zwei Brüder. Es schuf eine seltsame Vertrautheit, wenn man in einem engen Erdloch liegend die Körperwärme eines anderen Mannes spürte. Die Position, die sie bezogen hatten, lag am Rand eines Waldes auf einer sanften Anhöhe westlich des Dnjepr. Sie überblickten einen zerschossenen Bauernhof, um den sich eine Kompanie sowjetischer Soldaten gesammelt hatte. Panzer standen über das offene Gelände verstreut.

Ohne den Blick vom Gegner zu lassen, griff Konrad das Thema auf, das Hartmut angeschlagen hatte. „Alles klebte und stank. Der Film riss alle naselang, und selbst wenn er mal lief, hüpfte das Bild wie 'n Backfisch in der Tanzstunde!"

„Nebensächlichkeiten!", versetzte Hartmut. „Das große Ganze siehst du mal wieder nicht. 'n Kino ist 'n magischer Ort!"

„Das große Ganze. Ach ja."

Auf Hartmuts schwarz-grün gesprenkeltem Gesicht breitete sich ein wohliges Grinsen aus. „Erinnerst du dich noch an die riesigen bunten Plakate in der Eingangshalle?"

„Und ob."

„Ich hab sie immer als Fluchtwege in andere Welten gesehen."

„Ich für meinen Teil hatte mit dem richtigen Leben schon genug um die Ohren", maulte Konrad.

Hartmut lachte auf. Konrads ewige Nüchternheit kannte er zur Genüge. Der Junge nahm das Leben einfach zu schwer. „Na ja, irgendein Film wird dir aber doch wohl auch gefallen haben", sagte er.

„Ja, einer: ‚Hitlerjunge Quex'."

Hartmut verdrehte die Augen. „Ach, der Blödsinn. Nazi-Kitsch."

„Ach ja? Und warum hattest du dann am Ende Tränen in den Augen?"

„Ich hab geheult, weil ich meine sauer verdienten Groschen hergegeben hatte, um mir so 'nen Tinnef anzugucken. Es tat mir in der Seele weh, auch noch was berappen zu müssen, bloß um mir von Nazipropaganda den Nerv töten zu lassen. Schließlich bekamen wir von dem Zeugs bei der HJ jede Menge, und zwar umsonst!"

Ganz Unrecht hatte Hartmut nicht. „Hitlerjunge Quex" war unverhohlene Nazipropaganda. Seinerzeit war es genau das gewesen, was Konrad an dem Film gefallen hatte. Es hatte ihm bestätigt, woran er mit aller Leidenschaft seines Herzens geglaubt hatte.

Quex war ein deutscher Musterjunge: athletisch, wohlansehnlich und tapfer. Mit einem Wort: genau so, wie Konrad zu sein träumte. Die Geschichte drehte sich darum, wie Quex unaufhörlich von einer Bande pickliger Kommunistenbengel drangsaliert wurde, die an ihm ihr Mütchen kühlten. Deren weibliche Gegenstücke, ein Haufen verlogener Kommunistenbräute, trieben ihren Spott mit Quex, nachdem er sich ihnen gegenüber ritterlich verhalten hatte. Konrad wusste noch, wie empört er im Kino Rache geschworen hatte.

Die Schlussszene des Films spielt auf einem verlassenen Rummelplatz. Es ist Nacht, und die kommunistischen Schakale sind dem Helden dicht auf den Fersen. Quex versteckt sich vor ihnen im Zelt einer Schießbude. Während die Bösen näher kommen, wird der bedrohliche Schatten auf der Zeltbahn hinter Quex' Rücken immer größer. Voll Angst bewegt Quex sich rückwärts, bis er gegen einen lebensgroßen Blechsoldaten stößt, der eine Trommel in der Hand hat. Aus Versehen löst Quex den Mechanismus aus. Ein rasselnder Trommelwirbel verrät sein Versteck. Die dreckigen Kommunistenbengel schnappen ihn und quälen ihn mit ihren Messern zu Tode.

In Wirklichkeit war Konrad derjenige gewesen, der beim Verlassen des Kinos seine Tränen vor Hartmut und den anderen hatte verbergen müssen. Selbst heute noch bekam er an den Armen eine Gänsehaut, wenn er sich die Geschichte des Films in Erinnerung rief. „Kannst ja 'nen besseren Film sagen", versetzte er.

Hartmuts Blick schien sich in der Ferne zu verlieren. „Ich könnt 'n Dutzend aufsagen, mühelos. Die Streifen mit Hans Albers oder Heinz Rühmann kenne ich allesamt. Heinz Rühmann – der größte Komiker aller Zeiten."

Das hätte Konrad sich nun wieder denken können. Als sie jünger waren, hatte Hartmut andauernd Filme mit Albers oder Rühmann gucken wollen.

„Am allerbesten war ‚FP1 antwortet nicht'", sinnierte Hartmut. „Der allererste Film, den ich überhaupt gesehen hab. Ich weiß noch, wie ich ins Kino reinkam. Reihe um Reihe hölzerne Stühle standen da in dieser riesenhaften dunklen Höhle, und dann dieser eine grelle Lichtstrahl, der aus dem Loch hoch oben in der Rückwand kam. Ich weiß noch, wie ich mich auf meinem Stuhl rumdrehte und ihn aufflammen sah. Und dann dieser Film: eine künstliche Insel zwischen Amerika und Europa. Das nenne ich technischen Fortschritt, das wäre eine deutsche Weltklasseleistung für die Welt."

Es bedurfte keiner großen Vorstellungskraft, um den kleinen Hartmut vor sich zu sehen, wie er da auf seinem Kinostuhl saß und stolz war.

Die freie Fläche unterhalb ihrer Stellung belebte sich, so als hätte jemand einen Bienenschwarm aufgescheucht. Konrad war der Erste, der den Grund erkannte.

Eine schwarze Limousine bahnte sich einen Weg durch die Truppenansammlung. Aus der Dicke der Staubwolke zu schließen, die der Wagen hinter sich aufwirbelte, näherte er sich mit hoher Geschwindigkeit. Direkt vor der Ruine des Bauernhauses hielt er an. Der hintere Schlag wurde aufgerissen, und ein Sowjetmajor stieg aus.

„Entfernung?", fragte Konrad.

Hartmut vergaß Hans Albers, Heinz Rühmann und das Kino am Alexanderplatz und machte sich an die Arbeit. Er hob den Feldstecher an die Augen. Nachdem er einige Augenblicke hindurchgeschaut hatte, stellte er mit einem Bleistiftstummel auf einem zerknüllten Zettel seine Berechnungen an.

Derweilen ging Konrad seine Routine durch. Seine jahrelange Erfahrung half ihm, die Gedanken, die kaskadenweise auf ihn einströmten, systematisch durchzugehen: Lichtverhältnisse, Wind, ihre genaue Position, den Zustand seiner Waffe, vorhersehbare Veränderungen der Feindlage, ihren Rückzugsweg, genaue Uhrzeit, Informationen über die Zielperson – das alles und hundert weitere Einzelheiten, die den Unterschied zwischen Leben und Tod ausmachten. *Ihrem* Leben und *ihrem* Tod, wohlgemerkt.

Er fing an, sich auf die Abgabe des Schusses vorzubereiten, in erster Linie durch kontrolliertes Atmen. Im Atmungszyklus des Menschen gibt es einen bestimmten Punkt, an dem er zwei Drittel seiner Lungenkapazität ausgeatmet hat. An diesem Punkt ist er am entspanntesten. Und genau an diesem Punkt gibt ein erfahrener Scharfschütze seinen Schuss ab.

„326 Meter", gab Hartmut an. Seine Stimme klang gedämpft. Er war jetzt ganz Profi. Der Moment unmittelbar vor Abgabe eines Schusses war die einzige Gelegenheit, bei der Hartmut von seinem Humor verlassen zu werden pflegte.

„Hartmut?"

„Hm?"

Konrad presste seine Wange an den Schaft seines Gewehrs. Mit höchster Konzentration peilte er durchs Zielfernrohr und nahm sein Opfer ins Visier. „Denkst du nicht manchmal, wir sind die Typen mit den schwarzen Hüten? Wie in den Filmen von früher?"

* * *

Ursel schäumte, als sie aus dem Gebäude des Verteidigungsministeriums auf die Charlottenstraße trat. Es war gefährlich spät geworden, und das alles nur, weil ihr Chef ein notorischer Schürzenjäger war.

Als Sekretärin und Übersetzerin für eingehende Auslandsmeldungen in englischer Sprache dauerte ihre Arbeitszeit von 7.00 bis 17.00 Uhr, was bedeutete, dass sie morgens um halb sechs aus dem Haus gehen musste, weil sie ziemlich weit draußen lebte. Und es war wichtig für sie, rechtzeitig aus dem Ministerium wegzukommen, damit sie die letzte Straßenbahn nicht verpasste – soweit die Verkehrsmittel überhaupt noch in Betrieb waren – und problemlos aus der Stadt rauskam, die jetzt Nacht für Nacht im Bombenhagel lag.

Herr Altbusser wusste das ganz genau. Und doch ließ er sie ungeniert Überstunden machen, und zwar nicht etwa, weil ihre Arbeit nicht gut genug gewesen wäre und der Nachbesserung bedurft hätte, sondern weil er in Ruhe ihre Beine beäugen und ihr mit anzüglichen Bemerkungen zusetzen wollte.

Der Oktoberwind war auch nicht weniger angriffslustig als ihr Vorgesetzter. Eisig pfiff er durch die Nähte ihres dünnen Mantels. Sie zog den Mantel an den Aufschlägen fest um sich, um dem Wind keinerlei Ermutigung zu bieten, ebenso wenig wie sie Herrn Altbusser ermutigt hatte. Doch sosehr sie sich auch Mühe gab, anscheinend konnte sie weder diesen noch jenen davon abhalten, es immer wieder bei ihr zu versuchen.

Der Umstand, dass Herr Altbusser das ganze Schreibbüro als Jagdgebiet für seine lüsternen Augen ansah, machte die Situation auf der Arbeit kein bisschen weniger unangenehm. Und sich zu beschweren war nicht ratsam. Heddy Freisler hatte das gemacht, und gleich am nächsten Tag hatte sie ihre Papiere abholen dürfen. Die Mädchen sprachen schon darüber, einen anonymen Brief an Frau Altbusser aufzusetzen, um die Dame über das Verhalten ihres Herrn Gemahls im Büro zu unterrichten. Aber beim Reden blieb es auch. Und außerdem, war die Frau nicht schon genug gestraft dadurch, dass sie mit dem liebestollen Walross Tisch und Bett teilen musste?

Das liebestolle Walross: so titulierten die Sekretärinnen Herrn Altbusser hinter dessen Rücken, und zwar aus gutem Grund. Der Mann hatte eine unbeschreibliche Wampe, die sich dermaßen über den Gürtel wölbte, dass von diesem schier nichts mehr zu sehen war. Ferner zeichnete er sich durch Hängebacken und einen buschigen bräunlichen Schnurrbart aus. Hätte man ihn mit grauer

Farbe besprüht, so wäre kein Mensch mehr in der Lage gewesen, ihn von einem Walross zu unterscheiden.

Und jetzt hatte das lüsterne Walross es also wieder einmal geschafft, sie eine Stunde über den regulären Feierabend hinaus festzuhalten. Sein Vorwand war gewesen, er müsse einmal ihre Kenntnisse in englischer Grammatik abfragen – von der er selbst herzlich wenig Ahnung hatte.

„An meiner Übersetzung war nichts verkehrt!“, schrie Ursel gegen den Wind an.

Es war schon ziemlich dunkel und wurde immer düsterer. Jeden Augenblick war mit dem Aufheulen der Luftschutzsirenen zu rechnen, und aus dem Himmel würde es aufs Neue todbringende Geschosse regnen. Der Stadtteil, der sich vor ihr erstreckte, war gerade erst vor einer Woche in Schutt und Asche gelegt worden. Wo sich einst gediegene Innenstadt-Geschäftshäuser erhoben hatten, türmten sich auf beiden Seiten der Straße jetzt nur noch Berge von Schutt.

In glücklicheren Tagen war da vorn an der Ecke ein Café gewesen, das von einem freundlichen österreichischen Ehepaar geführt wurde. Dazu hatte eine Straßenterrasse gehört, vom Trottoir abgegrenzt durch eine Reihe dickbauchiger Tontöpfe mit roten Geranien. Jetzt fand man von den Töpfen nur noch verstreute Scherben. Auch eine zertrampelte Geranie, an der nichts Rotes mehr war, sondern nur noch versengte Schwärze, war auf dem Pflaster zu entdecken.

Neben dem Café war ein luxuriöser Laden für Herrenoberbekleidung gewesen, in dessen Auslagen immer kopflose Schaufensterpuppen gestanden hatten. Das nächste Haus hatte eine Anwaltskanzlei beherbergt. Von beiden Etablissements war nichts weiter übrig als zerborstene Balken und halb zerbröselte Betonträger, die aus den stehen gebliebenen Resten der Außenmauern herausragten.

Die Szenerie sah aus, als hätte sich ein Jahrmarktsriese herabgeneigt und mit energischem Griff die obere Hälfte des Gebäudes weggerissen, in dem sich das Textilgeschäft befunden hatte. Doch das Café hatte es noch schlimmer erwischt. Von ihm standen nur noch zwei Wände, die aussahen wie übergroße Grabsteine: je einer für den österreichischen Zuckerbäcker und seine Frau.

Einige von Ursels frühesten Erinnerungen an die Innenstadt von Berlin hatten mit dieser Straße zu tun. Jetzt war sie zum Mahnmal für den Stand der Dinge in der Welt geworden, ein wortloses Zeugnis dafür, was Rache und Vergeltung bedeuteten. Jede Nacht wurden weitere Gebäude zerbombt und ausradiert. Viertel um Viertel zerfiel die Stadt zu Staub, und wenn Ursel sich nicht beeilte, würde auch von ihr bald nur noch Staub übrig sein.

Sie sah auf die Uhr; sie musste den Arm schräg von sich gestreckt halten, damit überhaupt ein wenig Licht auf das Zifferblatt fiel. Monika würde sich Sorgen um sie machen, wenn sie zu spät käme. Sollte sie sich die Zeit nehmen, nach einem möglicherweise noch funktionstüchtigen Telefon Ausschau zu halten? Sie entschied sich dagegen und beschleunigte lieber ihren Schritt, bog um eine weitere Ecke und lief auf die Brücke zu, die sie auf ihrem Heimweg überqueren musste. Da sah sie etwa auf halbem Wege zwischen sich und dem Fluss etwas sehr Merkwürdiges.

Eine Frau, Ursel schätzte sie auf Mitte fünfzig, sehr gediegen gekleidet in einen schwarzen, pelzbesetzten Wollmantel mit passendem Hut, stand tief gebückt vor dem Trümmerhaufen einer Mietskaserne direkt neben dem Gehweg. Vielleicht bildete sich Ursel das in dem scharfen Wind ja nur ein, aber ihr war, als würde die Frau miauen.

Vorsichtig näherte Ursel sich der Szene. Das Stück Straße, das sie noch von der Frau trennte, war auf voller Länge von menschenleeren Ruinen gesäumt, so dass niemand weiter zugegen war. Sie war die einzige Zeugin dessen, was sich hier abspielte.

Mittlerweile war sie nahe genug herangekommen, um wahrzunehmen, dass sie nicht bloß das Heulen des Windes gehört hatte. Tatsächlich miaute die Dame die Trümmer an, und zwar mit einer solchen Hingabe, dass sie Ursels Näherkommen überhaupt nicht bemerkte.

Erst als ein Paar Schuhe in ihrem Gesichtsfeld auftauchte, stieß die Dame einen erschrockenen Schrei aus. Sie richtete sich auf und schlug sich mit der rechten Hand an die Brust. „Ach du lieber Gott!", schrie sie auf.

„Kann ich Ihnen helfen?", fragte Ursel, unsicher, ob sie klug beraten war, jemandem, der womöglich nicht ganz richtig im Kopf war, ein solches Angebot zu unterbreiten.

Die Wangen der Frau liefen blitzschnell rot an – offensichtlich war ihr unversehens bewusst geworden, was für einen lachhaften Eindruck sie auf das junge Mädchen gemacht haben musste. „Ich glaub, da unten ist eine Katze eingeschlossen", beeilte sie sich zu erklären. Ein behandschuhter Finger wies auf eine schmale schwarze Öffnung. „Hören Sie doch mal!" Sie beugte sich wieder zu dem Loch hinab und gab ein weiteres *Miau! Miau!* von sich. Eine Hand an die Ohrmuschel legend, bedeutete sie Ursel, es ihr gleichzutun.

Jetzt, da sie sich darauf konzentrierte, hörte Ursel es auch. Das Geräusch war kaum zu vernehmen, aber unmissverständlich.

Miau ... Miau ... Miau ...

„Da – haben Sie's gehört?", kreischte die Frau.

Ursel trat noch dichter an den Spalt in den Trümmern heran.

Die ältere Dame miaute die Steine an und empfing ein leise jaulendes Echo.

Ursel ging auf die Knie und versuchte, in den Spalt hineinzuspähen. Er war breit genug, dass eine Katze sich hindurchquetschen konnte. Während das Hin- und Her-Miauen weiterging, schob sie zu beiden Seiten der Öffnung ein paar lose Steine weg. Dann trat sie zurück und hoffte, die Katze würde nun von allein herauskommen.

Das tat sie aber nicht.

Ursel versuchte es ihrerseits mit einigen *Miaus*, und so klang es, als gäbe sich ein Duo ihrer eigenen Artgenossen alle Mühe, die Kellerkatze zum Rauskommen zu bewegen. Hätte sie es nicht so eilig gehabt, die Stadt hinter sich zu lassen, ehe die Bomben zu fallen begannen, so wäre Ursel die Erste gewesen, die die Szene, die sie hier boten, zum Totlachen gefunden hätte. Doch so Leid ihr die Katze auch tat, sie konnte nicht länger hier bleiben.

„Greifen Sie doch hinein und ziehen Sie sie raus!“, drängte die Frau.

Zwar hatte Ursel bis dato nur mit einer einzigen Katze ihre Erfahrungen gemacht, aber das hatte ihr schon genug Kratzer eingetragen. Monikas Kater Kaiser trug nämlich seinen Namen vollauf zu Recht. Das Vieh war launisch, reizbar und anspruchsvoll. Ursel wusste nur allzu gut, wogegen man sich wappnen musste, wenn man den Versuch unternahm, eine Katze gegen deren Willen vom Fleck zu bewegen.

„Los! Worauf warten Sie? Wir können das arme Tier doch nicht da drinlassen!“

Ursel sah auf. Sie hatte es mit einer Dame zu tun, die es gewohnt war, Befehle zu erteilen. Als Ursel immer noch zögerte, wiederholte sie ihre herrische Aufforderung: „Also, worauf warten Sie?“

Mit einem resignierten Seufzen steckte Ursel langsam den Arm in das Loch. Erst verschwand ihre Hand darin, dann die Hälfte ihres Unterarms, schließlich der Ellbogen. Dann stieß sie einen jähen Schrei aus, riss den Arm aus dem Loch und machte einen Satz nach hinten.

„Hat sie Sie gekratzt?“

Ursel war zu erschrocken, um zu sprechen. Außerstande zu glauben, was ihre Hand ertastet hatte, starrte sie das düstere Loch an.

„Was ist denn los?“

„Ich bin mir nicht sicher“, sagte Ursel, „aber es fühlte sich an wie ...“

An der Öffnung erschienen ein paar Finger: kleine weiße, aber dreckverkrustete Finger. Dann sah man eine ganze winzige Hand und ein dünnes Ärmchen. Die Hand tatschte an der Öffnung herum und befühlte den Boden.

„O Gott, es ist ein Kind!“, kreischte die Frau.

Mit einem Satz war Ursel an der Öffnung und versuchte mehr Steine loszubrechen. Der raue Schutt riss ihr die Finger auf, doch sie achtete weder auf den Schmerz noch auf das Blut an ihren Händen. Auch das ferne Dröhnen der anfliegenden Bomberverbände hörte sie nicht. Ihre Gedanken überstürzten sich. Wann war dieser Abschnitt hier zerstört worden? Wie viele Tage lag das zurück?

Ein zweites Paar Hände machte sich neben ihren eigenen zu schaffen. Die Frau achtete nicht auf ihren feinen Rock und den teuren Mantel, sondern kniete sich neben Ursel in den Schutt und half ihr, die Öffnung zu vergrößern.

Bald hatten sie den Spalt tatsächlich ein bisschen breiter gemacht, aber ein Kinderkopf würde immer noch nicht hindurchpassen. Das Händchen, das von drinnen die Hände der vornehmen Dame in ihren Handschuhen berührt hatte, als spielten die zwei ein Spiel miteinander, verschwand wieder in den schwarzen Tiefen.

Ursel hielt inne und wartete darauf, dass die Kinderhand wieder auftauchte. Als das nicht geschah, hielt sie ihr Gesicht dicht an die Kelleröffnung. „Hallo?", rief sie. „Hallo! Hast du Schmerzen? Bist du verletzt?"

„Kleines Mädchen?", rief die Frau neben Ursel. „Komm doch her! Komm her, mein Schatz!" Sie wackelte mit den Fingern vor der Öffnung hin und her.

Nichts geschah. Ursel hielt das Gesicht noch näher ans Loch und machte *Miau*.

Miau! Miau!, kam es von unten zurück.

Triumphierend sah Ursel die Frau an. Als sie den Kopf wieder der Öffnung zuwandte, war darin ein Gesicht zu sehen, nur Zentimeter von ihrem eigenen entfernt. Erschrocken zuckte sie zurück. Die Frau neben ihr schnappte nach Luft.

Es war nicht bloß das plötzliche Erscheinen des winzigen Gesichtchens gewesen, das ihnen einen Schrecken eingejagt hatte. Jetzt, da Ursel die Kleine genauer mustern konnte, klopfte ihr das Herz bis zum Hals. Das Gesichtchen glich dem Antlitz eines Engels. Aber eines blinden. Die Augen des Kindes waren von Lidern bedeckt, die wie kleine weiße Schilde aussahen.

Miau – Miau – Miau!, machte das Kind. Es spielte immer noch sein Spiel.

„Wie furchtbar!“, rief die Frau aus. „Wie entsetzlich!“ Sie rappelte sich hoch und klopfte sich den Staub von den Sachen.

„Helfen Sie mir, sie rauszuholen!“, rief Ursel.

„Lassen Sie sie.“

„Wie bitte?“

„Damit erweisen wir ihr die größere Barmherzigkeit.“

Ursel versuchte ihren Zorn runterzuschlucken. Sie wusste sowieso, was als Nächstes kommen würde.

Und richtig: „Ein lebensunwertes Leben“, sagte die Frau.

Die Naziformel, mit der man die Auslöschung der Alten und Schwachen rechtfertigte.

„Auf unserem Gut“, gab die Frau zum Besten, „haben wir Kätzchen mit Augen wie diesen hier immer ertränkt. Aus Mitleid – wie wir es auch bei diesem Kind machen sollten.“

Ursel sagte nichts; mit Worten war hier nichts zu ändern. Viel zu viele Frauen und Männer hatte sie kennen gelernt, die ebenso dachten wie diese hier. Nur allzu bereitwillig beteten die Leute die Propagandaweisheiten des Dritten Reiches nach, um sich selbst herauszureden. Landauf, landab hatte man in Deutschland Kinder wie diese Kleine hier auf Dachböden und in Kellern versteckt, um sie vor den Behörden und Mitmenschen wie dieser feinen Dame hier zu verbergen.

„Aber sollten wir sie nicht jemandem übergeben?“, schlug Ursel vor.

Das schien bei der Frau die Alarmglocken schrillen zu lassen. Ihre Augen wurden zu schmalen Schlitzen.

Aus der Öffnung kam wieder die kleine Hand zum Vorschein und befingerte Ursels Schuhspitzen.

„Mein Mann hat sein Büro hier in der Nähe“, sagte die Frau schließlich. „Er wird wissen, was zu tun ist.“

Ursel nickte. „Gut. Ich bleibe so lange hier.“

Miau! Miau! Ursels Schuhe schienen auf die Kinderhand eine seltsame Faszination auszuüben.

Die Frau schien sich ihrer Sache noch nicht recht sicher zu sein.

Ursel wandte den Kopf und sah zum Himmel hinauf. Das Brummen und Dröhnen war ein gutes Stück lauter geworden. „Wir haben keine Zeit mehr zu verlieren!", sagte sie.

Die Frau warf einen letzten Blick auf das Loch, dann machte sie auf dem Absatz kehrt und eilte die Straße hinab. An der Ecke blickte sie noch einmal über die Schulter zurück. Dann war sie außer Sicht.

Ursel verschwendete nicht eine Sekunde. So empfindlich ihre Hände auch waren und so sehr sie schmerzen mochten, sie riss mit aller Kraft an den lockeren Steinen und Betonbrocken rund um die Kelleröffnung. Da begannen die Luftschutzsirenen zu heulen: Erst war es mehr ein sonores Brummen, das sich aber unaufhörlich zu einem ohrenbetäubenden Gellen steigerte. Sie rackerte wie im Fieber, während ihre Blicke zwischen der Straßenecke, um die die Frau verschwunden war, dem Abendhimmel und ihren unermüdlichen Händen hin- und herzuckten.

Vor Schmerz aufheulend, schaffte Ursel es, einen riesigen Zementbrocken beiseite zu wuchten. Jetzt mochte die Öffnung breit genug sein. Wieder sah Ursel verstohlen zur Straßenecke hinüber. Und tatsächlich: die Frau kam zurück, neben sich einen Mann, der sich ihren eiligen Schritten anpasste. Sie zeigte mit dem Finger auf Ursel und redete unentwegt auf den Mann ein.

Ursel streckte beide Hände in das Loch hinab. „Komm her, Süße", sagte sie, doch ihre Hände kriegten nichts zu fassen. Da war bloß düstere Leere.

Das ferne Brummen am Himmel schwoll zu einem tiefen Grummeln an, das unaufhörlich lauter wurde. Die Flakbatterien erwachten zum Leben und überzogen den Berliner Himmel mit ihren Lichtfingern.

Die Frau und ihr Gatte kamen näher und näher.

Ursel starrte in das Loch. Es offenbarte nichts: schwarze Tiefe. Das Kind war nicht mehr zu sehen. Ihre Hände griffen ins Nichts, sie konnte die Kleine nicht herausziehen. Sie steckte den Kopf durch die Öffnung und machte: *Miau! Miau!* So weit sie konnte, streckte sie den Arm durch den scharfkantigen Mauerriss. *Miau! Miau! Miau!*

Da – ein winziges weißes Händchen! Verspielt umfasste es Ursels Hand, zog sich zurück und griff erneut zu.

Ursel packte zu. Sie spürte Widerstand, aber kaum mehr, als ein Kätzchen hätte leisten können. Sie riss das Kind durch das Loch und in ihre Arme.

Die Frau und der Mann waren jetzt in Laufschritt verfallen. Der Mann sah immerzu nach oben und zuckte merklich zusammen, als eine erste Serie dumpfer Einschläge zu hören war, deren jeder den Boden erbeben ließ.

Das Kind dicht an ihren Körper gepresst, begann Ursel zu rennen. Die Frau und der Mann folgten ihr. Am Ende des Häuserblocks umrundete sie eine Ecke, nicht ohne sich umzusehen und die Entfernung zu ihren Verfolgern abzuschätzen. Das Paar verlor an Tempo. Alter und körperlicher Zustand der beiden schlugen zu Ursels Gunsten aus. Die Straße, in der sie jetzt war, mündete in den früheren Prachtboulevard Unter den Linden. Anders als in dem Trümmerviertel, das sie gerade durchquert hatte, wimmelte es hier von Menschen. Die Köpfe dem dunklen Himmel und dem Dröhnen der Fliegermotoren zugewandt, rannte alles aus Leibeskräften.

Eine Hand packte Ursel am Arm. „Fräulein, ab in den Bunker mit Ihnen!"

Dicht neben ihr tauchte das Gesicht eines Luftschutzwarts auf, ein Gesicht, das keinen Spaß zu verstehen schien. Mit Gewalt zog der Mann sie zu einer Treppe, die in den Eingeweiden der Stadt verschwand. Der Keller war gerammelt voll von Frauen, Kindern und älteren Männern. Jeder suchte Schutz vor dem Bombenhagel.

Ursel zögerte. In dem Luftschutzraum waren viel zu viele Menschen. Ganz sicher würden einige von denen einem blinden kleinen Mädchen ebenso wenig gewogen sein wie die Frau vorhin. Womöglich würden sie versuchen, ihr das Kind wegzunehmen, und das konnte sie nicht zulassen. Solange die Bomben fielen, hatte sie vielleicht noch eine Chance, sich zu wehren.

Ursel versuchte sich loszureißen. „Bitte – ich muss ..."

„In den Keller müssen Sie, junge Dame!", schnappte der Mann. Sein Griff an ihrem Arm wurde noch einen Tick fester.

Er ließ ihr keine Wahl. Sie drückte das Kind an ihre Brust, bedeckte seine Augen mit der freien Hand und ließ sich zu der Kellertreppe zerren.

Da sah sie in ein paar Metern Entfernung die Frau und ihren Mann. Die beiden steuerten ebenfalls auf den Luftschutzraum zu. Schon hatte die Frau sie ebenfalls gesehen.

Zwischen ihnen befand sich ein alter Herr mit Gehstock, der von dem Strom der auf den Schutzraum zudrängenden Menschen mitgerissen wurde. Der alte Herr geriet in dem Geschiebe und Gezerre ins Stolpern, verlor seinen Stock und schlug schließlich längelang auf der Straße hin. Er lag bewegungslos da wie ein Bündel Lumpen.

Der Luftschutzwart verpasste Ursel noch einen letzten Schubs Richtung Kellertreppe, dann ließ er sie los und eilte dem gestürzten Herrn zu Hilfe.

Ursel zögerte keinen Augenblick, sie drehte sich um und schoss wie ein geölter Blitz davon. Lange rannte sie, ohne auch nur einmal innezuhalten. Nur zum Fluss hinüber und Richtung Heimat! Sie sah nicht einmal über die Schulter zurück, um festzustellen, ob ihr jemand folgte. Mit einem Mal bereiteten ihr mögliche Verfolger überhaupt keinen Kummer mehr.

Denn rund um sie herum begannen pausenlos Bomben zu fallen.

2

Freitag, 15. Oktober 1943

Hans Albers hätte das nie und nimmer so gemacht: sich auf die Lauer legen, um einen Feind wegzupusten. Diese Taktik wandten nur die Halunken in den Filmen an – sie und ein hinterhältiger Befehlshaber mit unstillbarem Rachedurst.

Aber auch jetzt wollte Konrad nicht über seinen Vorgesetzten nachdenken. Das würde ihn nur wütend machen.

Er ließ sich gegen die weiß getünchte Wand der russischen Bauernhütte sinken, die ihnen als Quartier diente. Seine Stimmung war ebenso grau und trüb wie der Oktoberhimmel draußen. Die Bauteile seines Mauser K 98 lagen in peinlicher Ordnung auf dem rauen Holzdielenboden vor ihm ausgebreitet, zwischen den Brotkrumen vom letzten Frühstück einer Familie, die hier längst nicht mehr lebte.

Seine Hände setzten die Waffe mit tausendfach eingeübter Präzision wieder zusammen. Nachdem er diese Arbeit unzählige Male gemacht hatte, bei Regen oder Hitze, in Schlamm oder Schnee, unter allen nur denkbaren widrigen Umständen, brauchte er an das, was er da tat, überhaupt keine Aufmerksamkeit mehr zu verschwenden. Vielmehr ließ er seinen Gedanken ihren Lauf.

Wie waren sie eigentlich hierher gekommen?

Selbstredend würde das deutsche Oberkommando niemals öffentlich eingestehen, dass Hitlers vermeintlich unbezwingbare Streitmacht sich längst auf dem Rückzug befand. Die wiederholten Zurücknahmen der Front wurden dem Publikum als Frontbegradigungen verkauft. Dessen ungeachtet war es eine unbestreitbare Tatsache, dass die Deutsche Wehrmacht immer mehr in Stücke fiel. Die deutschen Einheiten setzten sich der Roten Armee immer wieder entgegen. Dennoch hieß es hinter vorgehaltener Hand: „Vorwärts Kameraden, wir müssen zurück." Die einzige Hoffnung, die sie noch hatten, war, dass eine der Wunderwaffen, von denen Goebbels fortwährend faselte, sich tatsächlich als ihre Rettung erwies.

In einer Ecke der Hütte hockte Hartmut in seiner provisorischen Dunkelkammer aus Infanteriedecken, Zeltbahnen und Seilen. Er war dabei, die Aufnahmen zu entwickeln, die er bei ihrem Einsatz geschossen hatte.

Die Hütte, die ihnen vor dem scharfen russischen Oktoberwind Zuflucht bot, war ein für die Gegend typisches strohgedecktes Gemäuer. In den Wänden klafften Risse, die wohl von den Erschütterungen herrührten, die der Vormarsch der schweren deutschen Panzereinheiten vor zwei Jahren verursacht hatte. Die Hütte umfasste nur einen einzigen Raum, dessen Kochbereich durch einen ausladenden Torfherd neben der Tür markiert wurde. Der Raum war nach oben offen; durchgehende Balken erstreckten sich von einer Außenwand zur anderen. Daran hingen ein paar armselige Küchenutensilien: ein Sieb, eine Schöpfkelle und ein halbes Dutzend zerbeulter Töpfe und Pfannen. Die Wände unter dem Strohdach waren rau und dick. Der Innenraum war notdürftig durch halbhohe Lehmbrüstungen unterteilt.

Die kleinen, viereckigen Fensterluken der Hütte wurden niemals geöffnet, um die Kälte draußen zu halten; die schwere hölzerne Tür dagegen stand fast immer offen. Sinnvoll war das nicht, aber so machte man es nun mal in den Bauerndörfern. Im Herd neben der Tür brannte ständig ein Feuer. An den Wänden liefen Borde entlang, auf denen einfache Tassen, Untertassen und Teller aufgestapelt standen. Als Sitzgelegenheiten gab es ein paar Holzbänke – eine davon kippelte ständig, wenn jemand darauf saß – sowie eine Kiste. In der Mitte des Raumes stand ein Tisch, dessen Platte so zerkratzt war, dass man die ursprüngliche Farbe des Holzes kaum noch ausmachen konnte. Darüber hing eine große Petroleumlampe an einem der Querbalken. In der Behausung roch es ziemlich durchdringend nach Mensch, was die jetzigen Bewohner an die rechtmäßigen Besitzer der Kate erinnerte, die beim Eintreffen der Wehrmacht das Weite hatten suchen müssen.

„Da gibt's noch 'ne Missetat, derer sich Hans Albers in seinen

Filmen niemals schuldig gemacht hat", murmelte Konrad vor sich hin, während er den Schlagbolzen seines Karabiners wieder einschob.

Wie so viele andere Einheiten in diesen Tagen war auch seine Kampfgruppe aus allerlei versprengten Überbleibseln zahlloser aufgeriebener Formationen zusammengewürfelt. Schlurfend und humpelnd waren sie in dem Dorf eingetrudelt, wo sie jetzt lagen, nachdem die Russen unter dem Kommando jenes Majors, den Konrad soeben auf Befehl seines rachsüchtigen Vorgesetzten erschossen hatte, ihnen gnadenlos zugesetzt hatten. Aber an seinen Befehlshaber wollte Konrad ja jetzt nicht denken.

Es war Befehl ergangen, das Dorf Hütte für Hütte zu besetzen und die Behausungen in Beschlag zu nehmen, was natürlich voraussetzte, dass man die Bewohner verscheuchte. Konrad war Augenzeuge gewesen, wie ein untersetzter Feldwebel, der bei Stalingrad eine Kniescheibe verloren hatte und deshalb jetzt ein Bein steif hinter sich herzog, das Haus betrat, in dem er selbst jetzt saß. Die Bauersfrau und ihre zwei Kinder waren gerade dabei gewesen, die Reste ihres Frühstücks abzuräumen.

„Raus! Los, raus hier!", hatte der Feldwebel gebrüllt, während er mit dem Stiefel die Tür der Kate auftrat.

Das plötzliche Auftauchen des Feldwebels und die Maschinenpistole, die er auf sie richtete, jagten Mutter und Kindern einen heillosen Schrecken ein. Die Hände der Mutter zitterten unkontrollierbar, als sie das jüngere der Kinder, einen Jungen, den Konrad auf etwa fünf Jahre schätzte, an sich zog, um ihn unter ihrer Schürze zu bergen. Das andere Kind, ein lebhaftes Mädchen, das beinahe schon wie eine junge Frau wirkte, stand reglos neben seiner Mutter. Nur das Lodern in seinen Augen verriet, wie aufgewühlt es war.

„Raus, hab ich gesagt!", herrschte der Feldwebel die drei an.

Die Mutter flehte ihn auf Russisch an, doch weder der Feldwebel noch Konrad, der schräg hinter ihm stand, verstanden, was sie sagte. Aber das war sowieso egal, denn der Feldwebel hatte kein Interesse an irgendwelchen Diskussionen.

„Raus!“, wiederholte der Knielahme ein ums andere Mal. Er stand unter der Tür und fuchtelte nervös mit seiner Waffe herum, um seinen Befehl zu unterstreichen.

„Sie brauchen doch Zeit, um ihre Siebensachen zusammenzusammeln“, sagte Konrad.

„Mein Befehl lautet –“

„Ich kenne Ihren Befehl“, schnappte Konrad. „Trotzdem: geben Sie ihnen fünf Minuten.“

Der Feldwebel stierte ihn nur eine Sekunde lang an, aber dieser hasserfüllte Blick verriet alles. Es blieb ihm allerdings nichts anderes übrig, als Konrads Weisung zu folgen, schließlich stand der junge Mann im Rang über ihm.

Der Feldwebel hielt der Frau die fünf Wurstfinger seiner linken Hand entgegen, um ihr klar zu machen, wie viel Zeit ihr blieb, um ihre Behausung zu räumen. Dann humpelte er weiter zur Nachbarkate.

Konrad blieb unter der Tür stehen. Immer wieder warfen ihm Mutter und Tochter hasserfüllte Seitenblicke zu. Er sah diese Blicke nicht zum ersten Mal. Schließlich wandte er sich ab und wartete lieber draußen.

Viel an Besitztümern hatten die Leute ohnehin nicht. Die paar Habseligkeiten, die sie hatten zusammenraffen können, hatten sie in fliegender Hast in Säcke gestopft oder zu Bündeln gerollt. Binnen fünf Minuten standen sie draußen vor ihrer Hütte. So viel sie tragen konnten, hatten sie in den Händen oder unter den Armen, das Übrige lag zu ihren Füßen. Die Mutter sah hilflos in alle Richtungen, offenkundig unschlüssig, was sie nun anfangen oder wohin sie sich wenden sollte. Der Wind zerrte an ihren Kleidern.

Konrad schlurfte ins Innere des Hauses, setzte sich und fing an, seine Waffe zu reinigen. Hartmut folgte ihm auf dem Fuß mit seiner Kamera und einem Arm voll Wehrmachtsdecken, mit denen er seine behelfsmäßige Dunkelkammer herzurichten begann.

Während er jetzt den Karabiner wieder zusammensetzte, sah Konrad durch die offen stehende Tür nach draußen. Es lag ein paar Stunden zurück, dass er die Frau und ihre beiden Kinder zuletzt gesehen hatte. Ob sie wohl irgendwo Zuflucht gefunden hatten?

In der Ecke rührte sich etwas. Eine der Decken wurde zurückgeschlagen, und Hartmut tauchte auf, zwei noch nasse Bogen Fotopapier mit spitzen Fingern an den Ecken festhaltend. Auf dem Weg zum Tisch hinterließ er eine Tropfspur, ehe er die frisch entwickelten Bilder vorsichtig ablegte. Die Hände flach auf dem Tisch, beugte er sich darüber und besah die Aufnahmen mit kritischem Blick. Das glatte schwarze Haar hing ihm in die Stirn, wenn er den Kopf nach vorne beugte.

„Hätte die Blende eins höher wählen sollen", sagte er ziemlich laut. „Komm, schau's dir an."

Konrad blieb reglos. An dieser Stelle unterschieden er und Hartmut sich voneinander. Hartmut konnte solche Aufnahmen angucken und dabei an Dinge wie Belichtung, Tiefenschärfe, Kontrast, Bildkomposition und dergleichen handwerkliches Zeug denken. Konrad würde, wenn er jetzt zu seinem Freund hinüberginge, nur einen russischen Major sehen: auf dem einen Foto noch am Leben, auf dem nächsten tot. Sein Blick würde sich fixieren auf die Miene des Mannes in der Sekunde, ehe er starb. Anders als sämtliche Kameraden seiner Einheit, die automatisches Maschinengewehrfeuer abgaben, Handgranaten zündeten, leichte Artilleriewaffen oder Panzerkanonen bedienten, legte er mit Einzelschüssen auf sorgfältig ausgewählte Ziele an, und das erst, nachdem er die Bewegungen seiner Opfer penibel durch das Teleobjektiv seines Zielfernrohrs studiert hatte.

Anders als die anderen Kameraden sah er das Gesicht seines Feindes: sah, wie diese Männer den letzten Satz ihres Lebens sprachen, ihren letzten Befehl bellten, ihr letztes Lachen lachten. Er sah ihre müden Augen. Sie hatten den Krieg genauso satt wie er selbst. Einige standen mit Freunden zusammen, wenn der Tod sie ereilte. Andere standen für sich allein. Einige wurden erschossen, während sie gerade eine Zigarette rauchten, andere beim Rasieren. Nachts, wenn er träumte, sah er ihre Gesichter. Da brauchte er sie nicht noch auf irgendwelchen Fotos wiederzuerkennen.

Hartmut gab ein ziemlich unflätiges Grunzen von sich und beugte sich noch tiefer über seine Werke.

Konrad beneidete seinen Freund. Hartmut hatte die einzigartige Gabe, inmitten der größten Katastrophe des Jahrhunderts zu stehen, ohne davon wirklich berührt zu werden – nicht so sehr, was die körperlichen Strapazen und Entbehrungen anging: Kälte und Hunger, Schlamm und unsägliche hygienische Bedingungen setzten ihm ebenso zu wie allen anderen. Aber seine Gefühlswelt, die blieb intakt. Hartmut bewahrte seinen kühlen Kopf. Es verblüffte Konrad, wie ein Mensch das durchmachen konnte, was sie durchgemacht hatten, ohne innere Verletzungen davonzutragen. Aber wenn es solche Leute gab, dann gehörte Hartmut unbedingt zu ihrer Sorte.

Es gab ein paar Männer, denen machte es nicht das Geringste aus, im Krieg zu sein. Einer davon war Hartmut Kessel. Er war zugänglich und freundlich, wohlorganisiert und auf der Hut. Geschickt, loyal, ein hochbegabter Fotograf und leidlicher Fußballer, wäre er jedoch in den ersten zehn Minuten ihres ersten Tages an der Front hinüber gewesen, wenn Konrad ihn nicht aus der Feuerlinie herausgezerrt hätte. Mochte das Dritte Reich sich auch noch so viel Mühe gegeben haben, einen Soldaten aus ihm zu machen, so war Hartmut doch der Unterhaltungskünstler geblieben, der er immer gewesen war.

Hager, wie er war – nun gut, hager wirkte beinahe jeder in diesen Zeiten dauernd unterbrochener Nachschublinien –, und ein bisschen kleiner als Konrad selbst, sah Hartmut in Uniform ziemlich lächerlich aus, und das war nur zum Teil der Tatsache zu verdanken, dass die feldgraue Kluft ihn umschlotterte, als hinge sie auf einem Bügel im Spind. Nein, die Uniform selbst war als Kostümierung dieses Mannes einfach ein Witz.

Wie Konrads Uniform trug auch die von Hartmut die Abzeichen der gefürchteten Waffen-SS, einer nicht der Wehrmacht unterstellten Elitetruppe, der man Tapferkeit und Standhaftigkeit ebenso respektvoll zuschrieb, wie man über ihren Fanatismus und ihre monströse Grausamkeit die Nase rümpfte. Am rechten Aufschlag ihrer Feldbluse trug die Waffen-SS das Emblem des Totenkopfes über gekreuzten Knochen. Jeder ihrer Angehörigen hatte am linken Arm seine Blutgruppe eintätowiert, um im Notfalle sofortige Bluttransfusionen zu ermöglichen. Barbarei und Heldentum untrennbar beieinander: das war der Verein, dem beizutreten Konrad einst seinen Freund gedrängt hatte.

Konrad fühlte sich verantwortlich dafür, dass Hartmut hier war, und also auch dafür, dass er all das hier mit heiler Haut überlebte.

„Kessel!“ Der wütende Ruf war schon zu hören, ehe der dürre Infanterist, nur einen Stiefel an den Füßen, in die Hütte gehumpelt kam. Seinen zweiten Stiefel trug er in der Hand. „Ich mach dich kalt, Alter!“

Hartmut trat einen Schritt zurück und stellte sich vorsichtshalber so, dass die Tischplatte zwischen ihm und dem Landser war.

„Was gibt’s ’n da zu lachen!“, rief der Einstiefelige mit hüpfendem Adamsapfel.

Hartmut wollte unschuldig tun, aber es gelang ihm nicht besonders gut. So sehr er es auch darauf anlegte, er konnte nicht verhindern, dass seine Mundwinkel verräterisch zuckten.

Der Landser erblickte Konrad und versuchte, ihn sogleich für sich einzunehmen. „Untersturmführer, sehen Sie doch bloß mal, was dieser Dummbatz angestellt hat!“ Er schüttelte seinen Stiefel mit dem Schaft nach unten. Ein, zwei Sekunden passierte nichts, dann aber kullerte ein Klumpen bräunlichen Hafermehls zu Boden, gefolgt von zwei weiteren.

Lebensmittel in Stiefeln – das war Hartmuts ganz persönliche Handschrift.

„Haben Sie schon jemals ihren Fuß in ’nen Stiefel gesteckt, der mit klumpigem Hafermehl voll gestopft war?“, polterte der Infanterist.

„Das können Sie sich ja wohl selbst denken“, entgegnete Konrad, „wenn Sie sich klar machen, dass ich diesen Herrn kenne, seit er sechs Jahre alt war.“

Tatsache war, dass niemand in ihrem Haufen Hartmuts Späßen entgangen war. Irgendwann steckte jeder unversehens seine Zehen in irgendwelche mehr oder weniger vergammelte Lebensmittel. Hafermehl war zwar Hartmuts bevorzugter Stoff, zur Not griff er aber auch auf Früchte, Fleisch oder Gemüse zurück – alles in zermustem Zustand, versteht sich. Für spezielle Gelegenheiten behielt er sich kalten Spinat vor. Nachdem in letzter Zeit einige Männer aus anderen Einheiten ihre Reihen aufgefüllt hatten, verfügte Hartmut über einen schönen Kreis noch uneingeweihter Opfer.

„Untersturmführer", sagte Hartmut mit schiefem Grinsen, „SS-Mann Otto kann mitnichten beweisen, dass sich in seinem Stiefel mein Hafermehl befindet. War es nicht so – ich bitte um Richtigstellung, falls ich mich irren sollte –, dass wir kürzlich einen Bericht der Feindaufklärung erhielten, in dem es hieß, in dieser Gegend hätten sich russische Freischärler in unsere Unterkünfte geschlichen und minderwertiges russisches Hafermehl in deutsche Soldatenstiefel gefüllt, um die Kampfmoral unserer Truppen zu untergraben?"

In Erwartung eines Widerspruchs sah Konrad Otto, den Infanteristen, an.

Der Adamsapfel des Mannes hüpfte auf und nieder. Er merkte, dass er auf sich allein gestellt war, und drohte Hartmut mit dem Stiefel in seiner Hand. „Ich hab da auch noch 'n paar Ideen!", verkündete er. Auf dem bestrumpften Fuß, dessen Zehenpartie eigentümlich braun verfärbt war, machte er kehrt und stapfte aus der Hütte.

Hartmut fing an zu lachen, noch ehe Otto den Raum ganz verlassen hatte.

„Weißt du, Alter, wenn die Russen dich nicht um die Ecke bringen, wird es irgendwann einer tun, dem Hafermehl zwischen den Zehen klebt", sagte Konrad.

Hartmut krümmte sich mittlerweile vor Lachen. Er wischte sich eine Träne aus dem Augenwinkel und sagte: „Das wär' mir der Spaß wert."

Unter der Tür erschien eine düstere, schlaksige Gestalt. „Hab ich da gerade einen SS-Mann aus eurer Behausung kommen sehen, der nur einen Stiefel trug?"

Konrad erhob sich. „'n Landser, Sturmbannführer", bemerkte er, als genügte das zur Erklärung.

Sturmbannführer Gunther Krahl betrat die Hütte. Sein Blick streifte erst Konrad, dann Hartmut. „Kessel, was war es diesmal?"

„Hafermehl, Sturmbannführer", gestand Hartmut.

Krahl verzog die Mundwinkel. „Nicht gerade originell."

„Erprobt und wirksam", entgegnete Hartmut.

„Haben Sie meine Bilder?"

„Da auf dem Tisch, Sturmbannführer. Sie sind aber noch feucht."

Krahl streifte die Handschuhe ab und beugte sich über die Fotografien. Durchdringende graue Augen nahmen die erste der Aufnahmen unter die Lupe. „Hm, ja ... doch, sehr ordentlich", sagte er. „Da, sehen Sie sein Gesicht! Feist. Ha, den Sieg schon in der Tasche, wie? Die Brust stolzgeschwellt, da möchte ich wetten!"

Sein Blick glitt zum zweiten Bild hinüber.

„Ätsch!", machte er und patschte mit den Handschuhen auf seine Linke, als wolle er eine Fliege verscheuchen. „Jetzt bist du tot, mein Freund!"

Für die Betrachtung der Aufnahme des toten russischen Majors brauchte Krahl doppelt so lange wie für die des noch lebenden. Das grobkörnige Schwarz-weiß-Bild hielt just den Augenblick fest, in dem der Major zu Boden gestürzt war. Die Offiziere und Mannschaften, die ihn umstehen, schauen verblüfft auf ihn. Sie fingen gerade erst an zu begreifen, was sich abspielte. Der verwirrte Gesichtsausdruck des Majors selbst ließ darauf schließen, dass es auch ihm schwer fiel zu verstehen, dass er jetzt tot war.

„Das Fadenkreuz hier ist neu", sagte Krahl.

Hartmut strahlte. „Gefällt's Ihnen?"

„Durchaus effektiv, das."

Hartmut hatte mehrere Tage damit zugebracht, sein Objektiv so herzurichten, dass er beim Durchschauen jetzt ein Fadenkreuz vor sich sah, als blickte er durch das Zielfernrohr einer Schusswaffe. Clou der Sache war, dass das Fadenkreuz auch auf den Abzügen seiner Bilder wieder auftauchte.

„Ha!", machte Krahl, während er unablässig die Handschuhe in seine offene Handfläche klatschen ließ. Sein langes, knochiges Gesicht verzog sich zu einem Grinsen. Er redete mit dem Toten auf dem Bild. „Da ist dir das feiste Grienen wohl schnell vergangen, wie?"

Konrad musste sich mit allen Mitteln zusammennehmen, um die Klappe zu halten, während sein Vorgesetzter sich an dem gefallenen russischen Major auf dem Foto weidete. Dabei hatte es eine Zeit gegeben, in der Konrad diesen Mann mehr bewundert hatte als irgendjemand sonst auf der Welt. Und jetzt verabscheute er ihn so sehr, dass es ihm fast speiübel wurde.

* * *

Nie zuvor hatte die Rama-Klause so herrlich ausgesehen.

Mühsam schleppte Ursel sich den steilen Forstweg hinauf, der zu ihrem Zuhause führte. Alle paar Schritte kamen ihre Füße auf dem losen Untergrund ins Rutschen. Es kam ihr vor, als könne sie es nie im Leben bis dort oben schaffen. Die Arme taten ihr weh, während sie ihre menschliche Last, schlafend unter den Aufschlägen ihres Mantels verborgen, an ihre Brust presste. Das Kind kannte ja nichts anderes als nächtliche Bombardierungen. Wieso hätte das bisschen Feuerzauber von heute Abend es da vom Schlafen abhalten sollen?

Zwar zeigte schon ein helles Rosa am Horizont das Heraufdämmern eines neuen Tages an, für den Augenblick aber fühlten sich Ursels Zehen, Hände und Wangen so taub an, dass sie kaum glauben konnte, es würde noch einmal einen neuen Tag geben. Sie war völlig aus der Puste, ihre Kehle rau und die Stimme heiser von dem langen, anstrengenden Marsch durch die kühle Nacht.

Nichtsdestoweniger fühlte sie sich gut. Kaum hatte sie die Klause zwischen den Tannen zum ersten Mal erspäht, da wusste sie, dass sie am Ziel war. Sie hatte das Rennen gewonnen. Und ihre Trophäe brachte sie gleich mit.

Die Tür der Rama-Klause flog auf, als sie noch gut hundert

Meter entfernt war. Monika hatte sich nicht erst die Zeit genommen, irgendetwas überzuziehen, sondern kam ihr so entgegengestürmt, wie sie war. Bei jedem Schritt stieß sie ein „Gott sei Dank! Gott sei Dank!“ hervor.

Augenblicke später war Ursels nächtlicher Gewaltmarsch tatsächlich zu Ende. Vertraute Arme umschlangen sie und das kleine Mädchen – jetzt, das wusste sie, war sie endlich zu Hause. Sie schloss die Augen und genoss die Umarmung. Auch mit 22 war es gut, sich in liebevollen Armen beschützt und geborgen zu fühlen.

„Was hast du da?“ Monika trat gerade so weit von ihr zurück, dass sie einen Blick auf den kleinen Körper zwischen ihnen erhaschen konnte.

Ursel öffnete ihren Mantel, so dass Monika das schlafende Kind ganz ansehen konnte. „Das ist Mia. Ich hab sie unter Trümmern verschüttet gefunden, in der Nähe von dem Café, du weißt schon, dem mit den roten Geranien.“

Monika strich dem Kind mit dem Fingerrücken über die Wange und sagte: „Armes Kleines, du.“

Das Mädchen erwachte. Ursel musste nicht erst darauf hinweisen, dass es blind war. Ein Blick auf seine Augen genügte vollauf als Erklärung.

Monika schlug die Hand vor den Mund, als sie sah, in welchem Zustand das Kind war. „Ach, du armes kleines Ding!“, rief sie aus. Erneut liebkosten ihre Finger die Wange des Kindes. „Was ist mit ihren Eltern?“, fragte sie.

„Als wir sie fanden, war sie ganz allein.“

„Wer – wir?“

Ein kalter Lufthauch ließ Monika frösteln.

„Komm, reden wir drinnen weiter“, sagte Monika. Die Kälte hatte ihr Gesicht schon ganz rot anlaufen lassen. Sie legte Ursel den Arm um die Schulter und half den nächtlichen Wanderern das letzte Stück des Hangs hinauf.

Mittlerweile war das Kind hellwach. Es lächelte und war ganz aufgekratzt vor lauter Freude über die ungewohnte Tuchfühlung mit anderen menschlichen Wesen.

„Kann sie sprechen?“, fragte Monika.

„Ich weiß nicht.“

„Und woher weißt du dann, dass sie Mia heißt?“

„Hm, also, sie hat bloß immer *Miau! Miau!* gemacht. Mia – den Namen hab ich ihr einfach so gegeben.“

„Ach so.“ Monika konnte sich ein Lächeln nicht verkneifen.

Ein paar Minuten später saß Ursel vor einem kräftig brennenden Feuer, das Monika angemacht hatte, damit ihr wieder warm wurde. In der Hand hatte sie eine Tasse mit heißem Ersatzkaffee. Echten Kaffee oder Tee hatten sie seit Monaten nicht mehr im Haus gehabt. Aber sie hatten auch keine Zeit, irgendwelchem Luxus nachzutrauern. In Momenten wie diesem kam es ohnehin nicht auf Geschmack an. Das heiße Getränk war himmlisch, wie es ihr die Kehle hinabrann und ihre durchgefrorenen Eingeweide wärmte.

Das Haus war still, alle anderen Kinder schliefen noch. Ursel malte sich aus, wie es wohl sein würde, wenn sie aufwachten und rausfanden, dass sich ihre Familie um ein Mitglied vergrößert hatte. Es war im Lauf der Jahre häufig vorgekommen, dass ihre Anzahl mal zu- und mal abgenommen hatte. Einige der Kleinen aus Hadamar waren gestorben, ebenso wie ein paar der Kinder, die hier eingetroffen waren, nachdem Martin Wolff sie gerettet hatte. Rechnete man Mia und Edith hinzu, so beherbergte die Klause im Moment sechs Kinder. Kam eines hinzu, so herrschte meist große Freude. Probleme bereitete es ihnen, wenn sie von einem Kind Abschied nehmen mussten.

Herr Altbusser kam ihr in den Sinn. Irgendwie musste sie ihn davon in Kenntnis setzen, dass sie heute nicht zur Arbeit kommen würde. Keine Frage, dass er wütend sein würde. Luftangriffe oder keine Luftangriffe – *„Was geht mich das an!“*, würde er brüllen. Das tat er immer. *„Was mich interessiert, ist dieses Büro hier, und ich erwarte, dass Sie hier auf der Matte stehen und Ihre Arbeit tun! Dafür kriegen Sie Ihre Lohntüte und für nichts sonst!“*

Wenn sie morgen wieder ins Büro kommen würde, würde er sich bestimmt eine ganze Woche als ewig nörgelnder Schatten an ihre Fersen heften und ihr für alles die Schuld in die Schuhe schieben, was tatsächlich oder nur in seiner Einbildung schief lief oder liegen blieb. So würde es so lange gehen, bis eines der anderen Mädchen es mal nicht schaffte, zur Arbeit zu kommen, oder ihm sonst wie ins Visier geriet. Aber zumindest Letzteres würde so bald nicht geschehen, denn solange Herr Altbusser eine von ihnen speziell auf dem Kieker hatte, standen die anderen nicht ganz so sehr unter Druck.

„Ursel?“ Monika trat zu ihr. Sie hatte Mia an sich genommen, um sie zu säubern und ein paar warme Kleidungsstücke für sie herauszusuchen. „Vielleicht solltest du dir einen anderen Namen für das Kleine überlegen.“

„Was gefällt dir denn an ‚Mia‘ nicht? Ich fand, das passte ganz hübsch.“

„Hübsch klingt ‚Mia‘ mit Sicherheit, doch, doch. Aber –“

„Was – aber?“

„Aber ich bin mir nicht sicher, ob das Kindchen hier noch allzu gern ‚Mia‘ heißen will, wenn *er* groß wird.“

3

Sonnabend, 23. Oktober 1943

Papier und Bleistift in der Hand, schlenderte Konrad zu einem einsam am Straßenrand stehenden Baum hinüber und setzte sich. Den Rücken an den Stamm gelehnt, seufzte er, sah sich um und tippte mit der Bleistiftspitze aufs Papier. Vielleicht würde ihm ja so irgendein zündender Gedanke kommen.

Es war am Nachmittag eines leicht diesigen, insgesamt aber schönen Herbsttages – dies trotz der bereits schneidenden Kälte, die einen weiteren russischen Winter ankündigte, der bald schon seine Eisfinger nach ihnen ausstrecken würde: sein dritter Winter in Russland. Voriges Jahr war es einmal so schlimm geworden, dass sie die Körper ihrer erfrorenen Kameraden Schulter an Schulter aufgereiht und mit ihnen eine Palisade gegen den eisigen Wind gebildet hatten. So etwas vergaß man nicht so schnell.

Er zog den Uniformmantel dichter um sich. Was ließ ihn frösteln – bloß der Wind oder die Vorahnung einer weiteren Schlacht gegen den weißen Feind? Andererseits – kam es darauf wirklich noch an? Er kuschelte sich tiefer in den Wollmantel, versuchte, seinen Rücken nicht schon kalt werden zu lassen, ehe er mit dem, wozu er hergekommen war, überhaupt angefangen hatte. Er schob die Sache vor sich her und wusste es – aber es wissen und etwas dagegen tun waren zwei Paar Schuhe.

Nicht weit von ihm entfernt schienen die Dorfbewohner sich wie in Zeitlupe zu bewegen. Vornübergebeugt, um dem Wind weniger Angriffsfläche zu bieten, gingen sie ihren täglichen Arbeiten nach: Sie holten Wasser vom Ziehbrunnen oder Feuerholz aus dem nahe gelegenen Wald. Eine Frau trug unter dem Arm ein Huhn, während sie mit der anderen Hand ihren kleinen Jungen festhielt, als könnte der Wind ihn sonst von ihr fortwehen. Das Kind weinte wegen irgendwas. Die Frau aber ließ sich durch sein Jammern nicht beeindrucken und zerrte es unverdrossen weiter.

Weiter im Hintergrund war Krahl, der eine Hand voll Männer mit seinen Befehlen tyrannisierte. Er zwang sie, auf dem Bauch die Straße entlangzukriechen. Dann stellte er sich breitbeinig mal über den einen, mal über den anderen, und schnauzte sie weiter an, während sie mühsam vorwärts robbten. So etwas ließen Offiziere sich einfallen, um klarzustellen, wer das Sagen hatte. Wäre es Krahl darum gegangen, seine Autorität zu festigen, so hätte sein Handeln durchaus Sinn gehabt. Sein wirklicher Beweggrund aber war kleinliche, unverhohlene Rachsucht.

Nach ihrer Niederlage im Kursker Kessel hatte Brigadeführer von Alten Krahl dafür heruntergeputzt, dass er seine Befehle nicht rasch genug umgesetzt habe. Jetzt war der Brigadeführer tot, und diese Leute hier hatten zu seinem Verein gehört. Krahl kühlte sein Mütchen an von Alten, indem er dessen Männer schikanierte.

Konrad sah weg. Würde er jetzt anfangen, über Krahl nachzudenken, so würde die Wut in ihm hochkochen, und aus dem Brief, den er schreiben musste, würde nie im Leben was werden.

Irgendwo kicherte jemand. Konrad wandte den Kopf. Ein Stück die Straße hinunter war Hartmut damit beschäftigt, Fotos von einem kleinen Russenbengel zu machen. Als Hintergrund nutzte er einen bereits zusammenbrechenden, grob gezimmerten Bretterzaun. Konrad erkannte den Jungen wieder. Er gehörte zu der Familie, deren Haus er und Hartmut in Beschlag genommen hatten. Allem Anschein nach war der Bengel nicht nachtragend. Oder vielleicht konnte er einfach Hartmut gut leiden – genau wie die meisten Kinder.

Der Junge stand mitten auf der Straße und machte Mätzchen: schnitt Grimassen, rannte im Kreis herum und zappelte mit den Armen wie ein tollwütiger Affe, während Hartmut Bild auf Bild knipste. Was Hartmut entging, war, dass die Schwester des Jungen sie die ganze Zeit über beobachtete. Das Mädchen stand am Waldrand hinter einem Baum versteckt.

Es war nicht das erste Mal, dass Konrad sie dabei erwischte, wie sie Hartmut betrachtete – oder umgekehrt. Er war sich zwar sicher, dass dabei nichts herauskommen würde. Dennoch: Liebeleien mit Angehörigen der feindlichen Zivilbevölkerung waren ausnahmslos töricht – und wenn das Mädchen noch so niedlich war. Konrad hatte raunen hören, die Kleine halte sich zu den Partisanen und habe sogar schon selbst Anschläge ausgeübt. Als er das Hartmut gesagt hatte, hatte der bloß gelacht.

Ein weiterer Seufzer. Ein neuer Versuch, es sich gegen den Baumstamm gelehnt einigermaßen bequem zu machen. Kein Aufschieben mehr! Er musste endlich schreiben. Er lag schon drei Briefe im Rückstand. Er strich den Bogen auf dem Oberschenkel glatt und setzte den Bleistift an.

Es formten sich einfach keine Buchstaben.

Erst recht keine Wörter.

Das Papier blieb leer, er konnte machen, was er wollte.

Er hasste das. Er war nicht gut darin, Worte zu finden. Schreiben, sich ausdrücken – das lag ihm nicht, schon gar nicht, wenn es sowieso nichts anderes als schlechte Neuigkeiten zu berichten gab.

In ihrem letzten Brief hatte Ursel gefragt, wie die Chancen wohl stünden, dass er und Hartmut Urlaubsscheine für Weihnachten bekämen. Sie schrieb, sie fürchte, es könne Josefs letztes Weihnachten sein, und fügte hinzu, seine Gesundheit lasse fortwährend nach. Konrad betete, dass dies nicht wahr sein möge – es konnte doch nicht wahr sein! Mit der Nachricht ging er um wie mit den Gedanken an seinen Vorgesetzten: Es gab eben Dinge, mit denen er sich jetzt und hier nicht auseinander setzen konnte. Er sagte sich, Ursel wolle nur die ganze Clique nochmals versammelt sehen, ein letztes Mal. Er brachte es einfach nicht über sich, sie wissen zu lassen, dass ihre Chancen, den russischen Winter vom Hereinbrechen abzuhalten, weitaus besser standen als ihre Aussichten auf einen Urlaubsschein.

Dabei war das noch nicht mal die schlechteste Neuigkeit, die er hatte. Er musste ihr auch beibringen, dass Gustaf Frick gefallen war. Gustaf war ihr allererster Freund gewesen. Acht Jahre hatten sie damals gezählt.

Nach seinem Tod waren aus ihrem Pankower Jungvolkzug nur noch vier Leute am Leben.

Dieser Gedanke raubte ihm den letzten Nerv, und Konrad nahm seinen Bleistift vom leeren Papier. Seine Gedanken wanderten zurück in den Berliner Lustgarten. Im April 1940 war das gewesen. Gemeinsam mit den anderen hatte er auf dem Paradeplatz gestanden, umgeben von Jungvolkzügen aus ganz Großberlin – Tausende junger Männer, die in einem mächtigen Chor sangen:

Heute hört uns Deutschland,
morgen die ganze Welt!
Heute gehört uns Deutschland,
morgen die ganze Welt!

Die Erinnerung ließ ihm eine Gänsehaut über den Körper laufen. Ja, das waren noch Zeiten gewesen damals!

Und dann die Auszeichnungen. Die Stimme des Kundgebungsleiters hatte er heute noch im Ohr: *„Den letzten Preis des heutigen Abends bekommt das Fähnlein, das sich gegenüber allen anderen in Großberlin als überlegen erwiesen hat. Diese Jungvolk-Kameraden haben sich in sämtlichen Disziplinen durchgesetzt, sei es in sportlicher Ertüchtigung, im Gesang auf dem Marsch oder bei den Sammlungen für die Winterhilfe. Als einzelne Kameraden wie als Verband haben sie mustergültige Zucht und Tüchtigkeit gezeigt. Andere Kameraden werden gut daran tun, sich ein Beispiel an ihnen zu nehmen! Die Ehrenmedaille der Hitlerjugend Großberlins für das Jahr 1939/40 geht an … den Jungvolkzug Pankow!“*

Bis in jede Einzelheit entsann er sich all der aufgeregten Gesichter der Kameraden seines Zuges in diesem Augenblick, als sie erfuhren, dass sie die Besten waren: Da war Lutz, dem bald die Brille von der Nase flog, so wild hüpfte er vor Begeisterung. Schiller mit seinem dämlichen Grinsen und den Segelohren. Horst mit seiner sonderbaren Angst vor Enten. Hoffmann, der jedes Badewasser mied und entsprechend duftete. Frick mit seiner höflichen Wohlerzogenheit. Oster, dessen Vater ein wohlhabender Fabrikant war. Und so weiter und so weiter. Was für ein Abend damals! Sie waren die Besten, und sie hatten die Medaille, um es jedem zu beweisen.

Und was hatte es ihnen eingebracht?

Lutz war in seinem Panzer verbrannt.

Schiller hatte man auf seinem Wachtposten in der russischen Steppe erfroren aufgefunden. An seinen Ohren hatten Eiszapfen gebaumelt.

Horst und Hoffmann waren durch MG-Feuer gefallen.

Oster wurde von seiner eigenen Einheit als Deserteur standrechtlich erschossen.

Und Frick war gerade gestern auf eine Tellermine getreten, die ihn in Stücke gerissen hatte.

Blieben also vier von ihnen übrig: er selbst, Hartmut, Krahl und Ernst.

Ernst hatte das große Los gezogen. Ihm war die Ostfront erspart geblieben. Das Letzte, was Konrad von ihm gehört hatte, war, dass er in einem Forschungslabor an der Entwicklung von Geheimwaffen mitarbeitete. Wo immer er auch sein mochte, seine Überlebenschancen waren mit Sicherheit besser als hier an der Ostfront.

Konrad starrte den mittlerweile schon leicht angeknitterten, immer noch leeren Briefbogen an. Wen wollte er eigentlich noch hinters Licht führen? Er stopfte Bleistift und Papier in seine Tasche zurück und trottete wieder zum Dorf hinüber. An den Mauern der Katen brach sich die Stimme von Krahl, der vornübergebeugt neben einem im Staub herumkriechenden Soldaten herlief und den Mann fortwährend anbrüllte. Seine Stimme war heiser, aber das hielt ihn nicht vom Brüllen ab. Dafür hatte er viel zu viel Spaß daran.

Sonntag, 24. Oktober 1943

Der Schrei hörte sich an, als käme er aus der Tiefe eines Brunnens. Bis Konrad in seine Hosen gestiegen und nach draußen gerannt war, war der eine Schrei in einem ganzen Konzert von Schreien aufgegangen. Es zeigte sich, dass der anfängliche Ruf tatsächlich aus der Tiefe des Brunnenschachts gekommen war.

Es war noch kaum hell. Alles zeigte sich grau in grau: die Bauten, der Erdboden, die Kleider der Menschen und der Himmel – alles war mit verschiedensten Schattierungen von Grau überzogen. Der Atem der Leute dampfte beim Sprechen. Und es redeten alle auf einmal: die Dorfbewohner, die Wachgänger und die Kameraden, die aus ihren Unterkünften gestürzt kamen, um zu sehen, woher der Krawall rührte, der ihnen den Morgenschlaf geraubt hatte. Viele Soldaten hatten instinktiv nach ihren Waffen gegriffen. Alle rannten schreiend und gestikulierend auf den Brunnen zu.

Hartmut holte ihn von hinten ein. „Was'n los?"

Konrad zuckte die Schultern. Seite an Seite bahnten sie sich ihren Weg durch den äußeren Kreis der Gaffer, mitten hindurch durch all das Geschnatter, Gekeife und Gezeter. Von dem, was die Einheimischen sagten, verstand Konrad sowieso kein Wort.

An der Brüstung des Brunnens standen ein alter Mann und zwei Frauen und riefen vornübergebeugt irgendwas in die Tiefe. Dann hob eine der Frauen den Kopf zum Himmel. Mit nassen Händen, die sie gerade noch starr vor Entsetzen an ihre Wangen gepresst hatte, fingerte sie jetzt nervös an ihrem Umschlagtuch. Es jammerte einen, ihr die Tränen übers Gesicht strömen zu sehen, während sie klagte und flehte. Ihre Miene war leichenblass.

Es war die Frau, die aus dem Haus vertrieben worden war, in dem Konrad jetzt sein Quartier hatte. Ihre Hände zuckten jetzt unkontrolliert mal hier-, mal dahin, so als wollte sie irgendein menschliches Wesen zu fassen kriegen, dem sie ihre Not ins Gesicht schreien konnte, nachdem Gott sie nicht zu hören schien.

„Ilja ... Ilja ... Ilja!", kreischte sie.

Hartmut erstarrte. „Ilja – so heißt der kleine Junge!" Er stieß Konrad zur Seite und rannte zum Brunnenrand. Konrad folgte ihm auf dem Fuße. Hartmut bremste erst ab, als seine Stiefelspitze schon an die gemauerte Brüstung des Wasserlochs stieß, und für ein, zwei Sekunden war Konrad sich sicher, dass Hartmut in seiner Hast auch noch über den Brunnenrand in die Tiefe stürzen würde. Doch das geschah nicht.

Aus den Tiefen des Brunnens waren nicht nur die Schreie des Jungen zu hören, sondern auch das Geräusch spritzenden Wassers. Beides klang weit entfernt.

„Wir brauchen ein Tau!", schrie Hartmut.

Dabei stand der alte Mann schon längst mit einem Seil in der Hand neben ihm, das er jetzt Hartmut hinhielt. Das Seil war alt und ausgefranst. Hartmut griff danach. Als er damit hantierte, konnte Konrad sehen, wie durchgescheuert das Tau war. Nie und nimmer würde es das Gewicht des Jungen aushalten.

Den ersten Soldaten, den er sah, schnauzte Konrad an: „Los, ein Seil her, aber schnell!"

Doch der Mann stand einfach nur da, seinen Karabiner in der Hand, und glotzte ihn blöde an. Er zeigte denselben Ausdruck wie all die anderen Soldaten um ihn herum. Seine Miene ließ klar erkennen, was er dachte: *Wozu die ganze Aufregung? Ist doch nur 'n Russenbengel!*

Konrad heizte ihm ein. „Sofort, sagte ich!", brüllte er und verpasste dem Mann einen Stoß, um ihm Beine zu machen. „Wir brauchen ein Seil, und zwar jetzt, auf der Stelle! Kapiert?"

Während Hartmut etwas in den Brunnen hinabrief, um den Jungen zu beschwichtigen, suchte Konrad die Umgebung nach irgendeinem Gegenstand ab, den sie an das Seilende binden konnten, um den Jungen damit hochzuziehen, damit er sich nicht aus eigenen Kräften an einem dünnen Tau festklammern musste. Womöglich war er dazu schon viel zu geschwächt. Er wandte sich an die Einheimischen. „Einen Eimer! Einen Eimer brauch ich!"

Jede Frau und jeder Alte, den er ansprach, schüttelte bloß den Kopf und gab einen unverständlichen Wortschwall von sich.

Konrad machte mit beiden Händen eine kreisförmige Geste. „Einen Eimer!", rief er nochmals.

Doch er bekam nichts zurück als Blicke, deren Ausdruck irgendwo zwischen Hilflosigkeit und Hass lag. Dazu jede Menge

Kopfschütteln und endlose Wortkaskaden, von denen er nichts verstand.

Endlich war das Seil da. Hartmut packte es und machte an einem Ende eine Schlinge.

„Gut so!", sagte Konrad. „Dann kann er sich's unter die Achseln legen."

Doch Hartmut hörte nicht auf ihn. Er legte sich die Schlinge unter die eigenen Arme.

Konrad wurde von einem Frösteln befallen. „He, du wirst da nicht runtergehen!", brüllte er.

Doch Hartmut hatte schon ein Bein über die Brüstung geschwungen. Konrad packte ihn am Arm. Die Blicke der Freunde bohrten sich ineinander.

„Entweder du hilfst mir, oder du gehst mir aus dem Weg!", schnaubte Hartmut.

Konrad kannte Hartmut seit beinah zwanzig Jahren. Alles hatten sie miteinander geteilt: endlose Sommertage voller Dumme-Jungen-Streiche, die ganze Plackerei in der Schule, romantische Geheimnisse, Gewaltmärsche über Dutzende von Kilometern. Sie hatten zusammen gelacht, philosophische Weisheiten ausgetauscht und sich ihre Zukunft ausgemalt, während sie nebeneinander auf dem Rücken lagen und in die Sterne guckten – doch in all den zwanzig Jahren hatte Konrad in Hartmuts Miene noch nicht ein einziges Mal einen solchen Ausdruck wilder Entschlossenheit gesehen.

Er fasste das Seil und stellte sich so hin, dass er es durch seine Hand laufen lassen konnte, während sein Freund in den Brunnenschacht hinunterstieg. Hinter ihm hoben ein paar Dorfbewohner das lose Ende auf.

„Nein!", rief Konrad. *„Njet! Njet!"* Mit dem Kopf nickte er einem halben Dutzend Soldaten zu, die gaffend dabeistanden. „Fassen Sie das Seil!", befahl er.

Das war die Stimme eines deutschen Offiziers. Die Soldaten sprangen herzu, bildeten ein Gegengewicht, und Hartmut konnte sicher in den Brunnen hinabsteigen.

Es gab keinen weiteren Zwischenfall. Es dauerte gar nicht lange, bis sie Hartmut wieder hochziehen konnten. Mit den Armen drückte er den zitternden Russenjungen an sich. Beide waren klatschnass. Die Hand des Jungen umklammerte den Griff eines hölzernen Eimers, den er wie triumphierend seiner Mutter hinhielt.

Später erfuhren sie, dass das Seil gerissen war, während der Junge den gefüllten Wassereimer hochzuziehen versuchte. Den einzigen Wassereimer der Familie verloren zu haben, wäre eine Schande gewesen, die er nicht auf sich nehmen wollte, weswegen er auf eigene Faust versuchte, das Gefäß wiederzukriegen. Auf diese Weise war er in den Brunnen gestürzt.

Konrad geleitete Hartmut und den Jungen vom Brunnen weg. Hartmut übergab Ilja seiner erleichterten Mutter. Und für einen Augenblick – nur für einen Augenblick – waren alle Anwesenden dankbar und erleichtert. In dieser Sekunde gab es keine Feinde: keine Deutschen und keine Russen, nur Menschen. Menschen, die gemeinsam feierten, dass einem kleinen Jungen das Leben wiedergeschenkt worden war und ein Mann sich verhalten hatte wie ein Mann. Wie ein Held. Der Held war Konrads Freund.

In diesem Moment, während Hartmut das Schulterklopfen und Lächeln und Zunicken von Soldaten und Dorfbewohnern genoss, warf Konrad einen Blick zu den Wäldern hinüber. Da sah er die Schwester des Jungen unter den Bäumen hervortreten, diejenige, auf die Hartmut ein Auge geworfen hatte. Und er sah Krahl unter der Tür seiner Unterkunft stehen, von wo aus er dem morgendlichen Drama zugeschaut hatte. Auch Krahls Blicke hingen an dem Mädchen, das aus dem Wald kam.

4

Dienstag, 26. Oktober 1943

Offenkundig war Hartmut nicht bewusst, dass Konrad aus dem Haus geschlüpft war. Dabei hatte Konrad kein Geheimnis daraus gemacht. Keineswegs legte er es darauf an, seinem Freund nachzuspionieren; es hatte sich einfach so ergeben.

Konrad war aufgewacht und hatte angefangen, über Krahl nachzudenken. Das reichte, um ihn stundenlang wach zu halten. Und bevor er auf dem Rücken lag und vor sich hingrübelte, war er aufgestanden, um sich die Füße zu vertreten. Vielleicht würde ihn das so weit beruhigen, dass er ein wenig Schlaf finden konnte oder die Kälte würde ihn zu seiner Decke und dem Herdfeuer zurücktreiben.

Wenn er zurückdachte und sich klar machte, dass Hartmuts Stelldichein in der Nacht offenbar geplant gewesen war, fiel es ihm noch schwerer zu begreifen, wie es Hartmut entgangen sein konnte, dass Konrad das Haus verlassen hatte. Vielleicht war es ihrer Freundschaft zu danken, dass Hartmut gemeint hatte, es gehe ihn nichts an. Wie dem auch sei: zwanzig Minuten, nachdem Konrad aufgestanden war, hatte sich Hartmut aus dem Haus geschlichen.

Er war stracks zu dem Wachtposten marschiert, der auf der Straße patrouillierte, und hatte sich mit dem Mann unterhalten. Man machte einen Handel, vermutlich mit Zigaretten, der geläufigen Tauschwährung. Ein weiterer kurzer Wortwechsel, dann nahm der Wachtposten seinen Gang wieder auf. Hartmut schob die Hände in die Taschen und marschierte Richtung Wald.

Es herrschte Vollmond: keine gute Nacht für Geheimnisse. Freilich hatte Hartmut in Fragen von Heimlichkeiten noch nie ein glückliches Händchen gehabt, ebenso wenig wie in den Dingen des Krieges. Konrad schlang die Arme um sich, um einigermaßen warm zu bleiben. Im Schatten des Dachüberstands lehnte er sich an die Hausmauer und beobachtete.

Hartmut blieb kurz vor dem Waldrand stehen und schaute angestrengt zwischen die Bäume.

„Nicht da reingehen!“, murmelte Konrad bei sich selbst.

Er wusste, was er tun würde, falls Hartmut im Schatten des Waldes verschwinden würde, ebenso wie er immer genau wusste, was inmitten des Schlachtgetümmels zu tun war. Jedes Mal flammte dann in seinem Kopf ein präziser Plan auf. Der Instinkt des Kriegers tat sich mit den Erfahrungen von Jahren an der Front zusammen, und heraus kam eine Strategie, so dass er immer Sekundenbruchteile, ehe er handeln musste, erkannte, was zu tun war. Und wie im Kampf an der Front, so war es auch jetzt. Er sah sich ins Haus zurückzuschleichen, seinen Karabiner packen und Hartmuts Spuren folgen, ehe sein Freund auch nur hundert Schritte tief in den Wald eingedrungen sein würde.

Konrads Sinne gingen in Hab-Acht-Stellung. Schon wurden seine Muskeln warm, als ahnten sie, dass ihnen gleich etwas abverlangt werden würde. Doch all das erwies sich als unnötig, denn im selben Augenblick trat jemand unter den Bäumen des Waldrands hervor.

Alina.

Konrad hatte gehört, wie Hartmut ihren Namen erwähnte. Sie war die Schwester des Jungen, den er aus dem Brunnen gezogen hatte.

Sie trat aus den düsteren Kulissen des Waldes, wie ein Rehkitz auf einer Lichtung erscheint: vorsichtig und graziös zugleich. Hartmut rührte sich nicht, so als wüsste er, dass jede Bewegung von ihm sie vertreiben müsste. Geduldig stand er da und ließ sie zu sich kommen.

Dann standen sie einander von Angesicht zu Angesicht gegenüber, auf weniger als einen Meter Entfernung. Klar und scharf zeichneten sich ihre Gestalten im bläulich-fahlen Mondlicht ab.

Augenscheinlich waren beide völlig arglos. Keiner von ihnen wandte den Kopf und schaute hinter sich. Auch tauschten sie nichts als Worte aus – Worte, die Konrad nicht hören konnte –, und auch das taten sie offenbar sehr behutsam, wie er an ihrer Körperhaltung sehen konnte. Beide hielten den Kopf gesenkt und hoben ihn auch beim Sprechen nur leicht an, um sich mit scheuen Blicken zu mustern.

Hartmut sagte etwas, das sie dazu brachte, sich die Hand vor den Mund zu halten. Sie lachte. Dann streckte sie die Hand aus und berührte in einer spielerischen Geste seinen Arm. Zwar umarmten sie sich nicht tatsächlich, aber es lag auf der Hand, dass ihre Gefühle füreinander sie umhüllten wie ein warmer Mantel. Außerhalb ihres romantischen Kokons gab es nichts mehr: nicht den Wind, nicht die Nacht und ganz sicher nicht den Krieg. Der ganze Kosmos hatte sich reduziert auf einen Mann und eine Frau.

Konrad wusste, was Hartmut empfand. Zweimal in seinem Leben hatte er selbst solche Empfindungen gehabt, und zwar beide Male für dasselbe Mädchen. Er erinnerte sich, wie sie sich zueinander geneigt hatten, wenn sie sich unterhielten. Wie ihre Augen – und seine nicht minder – von Romantik funkelten. Er hatte nicht vergessen, wie verletzlich er sich machen konnte, wenn sie beieinander waren, wie er die Tür zu einem Bereich in seinem Inneren öffnete, der bis dahin vor aller Welt streng verschlossen gewesen war, weil er sich vor den Reaktionen fürchtete, die es auslösen mochte, wenn er die Gedanken preisgab, die er darin hegte. Vor ihr schob er die Riegel beiseite – und all seine Ängste schmolzen unter ihren verständnisvollen Worten, ihren anteilnehmenden Blicken und zarten Berührungen dahin wie der Schnee im Frühjahr.

Doch dann geschah drüben am Waldrand etwas, das den Zauber verfliegen ließ. Alina sah verstohlen über die Schulter in den Wald hinein. Plötzlich wurde ihr Gebaren hektisch. Noch einmal berührte sie Hartmuts Arm, und diesmal ließ sie ihre Hand einen Augenblick länger auf ihm liegen. Augenblicke später hob sie den Kopf, als müsse sie sich rechtfertigen, sagte irgendetwas, drehte sich dann um und verschwand im Schatten der Bäume.

Hartmut stand noch lange reglos, als könnte er nicht glauben, dass das Stelldichein schon vorüber war. Oder durchlebte er es innerlich aufs Neue, solange die Erinnerung daran noch taufrisch war? Schließlich wandte er sich ab und kam zur Straße zurück. Die Hände hatte er tief in die Taschen geschoben, den Kopf hielt er gesenkt, und seine Füße schlurften wie widerwillig vor sich hin. Konrad sah er nicht und war umso verblüffter, als dieser ihn ansprach.

„Hartmut?"

Beim Klang seines Namens fuhr sein Kopf hoch. Als er erkannte, dass es Konrad war, hielt er es nicht für nötig, stehen zu bleiben. „Ich will nicht drüber reden", sagte er nur.

Konrad hielt ihn am Arm fest. „Glaubst du denn wirklich, da könnte irgendwas draus werden?"

„Es ist nicht, was du denkst."

„Dann sag mir, was es ist."

Hartmut wollte seinen Arm losreißen, aber Konrads Griff war fest. Dann ließ er aber doch los. Von jeher war er der Stärkere der beiden gewesen.

„Sie ist einfach 'n nettes Mädchen", sagte Hartmut.

„Sie ist Partisanin."

„Das weißt du doch gar nicht!", schnappte Hartmut, viel zu laut für diese Stunde.

„Ach ja? Dann sag mir doch mal, was sie deiner Meinung nach mitten in der Nacht da draußen im Wald zu suchen hat! Und wohin verschwindet sie Tag für Tag ein paar Stunden?"

„Hast du ihr etwa nachspioniert?" Hartmuts Miene wurde feindselig.

„Das hat Krahl schon erledigt", sagte Konrad leise.

An dieser Neuigkeit hatte Hartmut zu kauen. „Sie hat nichts Verbotenes gemacht", sagte er. „Sie ist hier zu Hause."

„Ich weiß."

„Ich will, dass sie wissen, dass wir nicht allesamt so sind wie Krahl."

„Sie?"

„Die Russen halt."

„Eine bestimmte Russin, würde ich eher sagen."

Hartmut starrte ihn an. „Ich wusste, du würdest das nicht verstehen."

„Hartmut ..."

„Ich mein's ernst. Du hattest völlig Recht: Wir sind die Burschen mit den schwarzen Hüten. Wir haben ihr Land besetzt, ihr Leben aus der Bahn geworfen, ihren Grund und Boden verwüstet. Was wir ihnen angetan haben, ist kriminell. Und jetzt, jetzt gehen wir nach Hause und tun, als wäre nichts gewesen, oder wie – bloß weil die nicht einsehen, dass sie sich vor uns auf die Erde schmeißen und sich von uns abknallen lassen sollten?"

„All das kann nicht ein einzelner Mann wieder gutmachen", sagte Konrad.

„Kann schon sein. Aber irgendeiner muss damit anfangen."

Hartmut ließ Konrad stehen und ging auf ihre Unterkunft zu. Einige Minuten später folgte Konrad ihm.

* * *

Konrad lag auf dem Boden am Feuer. Wach.

Nicht, dass allgemeine Schlaflosigkeit herrschte: das schwere Atmen, das Gemurmel und das Schnarchen der anderen, mit denen er das Schlafquartier teilte, legte vom Gegenteil unmissverständlich Zeugnis ab. Aber Konrad fand aus irgendwelchen Gründen auch nicht eine Mütze voll Schlaf. Allmählich raubte ihm das den Verstand.

Er drehte sich zum Feuer und sah eine kleine, aber munter züngelnde Flamme. Er zog seine Decke über den Schultern zurecht, um die Körperwärme halten zu können, und rieb die Füße in den dicken Stricksocken aneinander. Seufzend machte er die Augen wieder zu.

Aber das nützte genauso viel, wie wenn er sie offen gelassen hätte. Gedanken, Bilder, Erinnerungen, Szenen und Gespräche seines Lebens – all das bildete einen Strom von Gedanken, der sich länger hinzog als jede Warteschlange vor einem Berliner Bäckerladen zu Kriegszeiten. Hartmut und das Russenmädchen. Zwei näher kommende Feinde: die Russen und der Winter. Ursel allein in Berlin. Und Krahl. Immer wieder Krahl.

Vor seinen Lidern flackerte das Feuer.

Er drehte sich auf die andere Seite, so dass er der Feuerstelle den Rücken zukehrte. Noch ein Aufseufzen, und er versuchte die Lider fester zuzupressen.

Dann fielen ihm seine Stiefel ein. Er griff hinter sich und stellte die Stiefel ans Kopfende seines Lagers, so dass er sie als Erstes sehen würde, sobald er aufwachte; falls es denn ein Erwachen geben würde, denn das setzte ja nun voraus, dass er irgendwann doch noch einschlafen würde. Wo seine Stiefel standen, darauf kam es nämlich an. Er malte sich aus, dass er sie immer noch Nacht für Nacht ans Kopfende seines Bettes stellen würde, wenn er längst alt und grau geworden wäre. Eines Tages würden seine Enkel diese sonderbare Angewohnheit bemerken und ihn danach fragen. Und dann würde er ihnen von Hartmut erzählen – und von Hafermehl.

Als die Stiefel in der Nähe seiner Ohren in Sicherheit waren, legte er sich nochmals zurecht, zog die Decke über Schultern und Nacken stramm, seufzte und klappte die Augendeckel zu.

Ein Kopf, der nachts nicht schläft, kann etwas Fürchterliches sein. Er sieht die Dinge mit verblüffender Klarheit. Er kann die junge und alte Vergangenheit wieder durchleben, so als geschähen die Dinge von damals gerade jetzt, ebenso wie er sich künftige Ereignisse und Unterhaltungen so auszumalen vermag, als hätten sie sich bereits zugetragen. Oder er wartet einen Moment der Unachtsamkeit ab und setzt einem dann mit Gedanken zu, die man eigentlich nie mehr denken wollte.

Wie dem Gedanken an Krahl.

Es war schon seltsam: Es gab zwei Männer in Konrads Leben, die ihn viel mehr beeinflusst hatten als alle anderen zusammengenommen. Den einen hatte er fast bis zur Vergötzung bewundert, nur um ihn heute zu verabscheuen; den anderen hatte er auch bewundert, aber zähneknirschend, und heute verehrte er ihn geradezu.

Als sie aufwuchsen, verkörperte Gunther Krahl, drei Jahre älter als Konrad und Hartmut, das Ideal dessen, was Konrad einmal zu werden hoffte. Er war athletisch. Überzeugt. Intelligent. Alle Welt tummelte sich gern in der Nähe Krahls, Männlein wie Weiblein. Sogar Erwachsene.

Wie oft war es vorgekommen, dass ihr Chemielehrer, Herr Wolpert, ihn im Unterricht gerühmt hatte! Immer wieder wurden Krahls Versuchsprotokolle als Beispiele hervorgekehrt, von denen alle anderen sich eine dicke Scheibe abschneiden könnten. Wolpert liebte es, ihnen in allen Einzelheiten auszumalen, wie er zusammen mit Krahl die Kirchhoff-Bunsen'sche Spektralanalyse nachvollzogen hatte. *„Machen Sie sich das klar, meine Herren!"*, hatte er getönt. *„Beweisen wir durch Spektralanalyse den Natriumchlorid-Gehalt der Luft, so sind wir einen großen Schritt weiter in der Frage, ob die Intensität der Spektrallinien, die durch die Natriumkonzentration der Atmosphäre entstehen, in irgendeiner Verbindung zum Ausbruch epidemischer Erkrankungen stehen!"*

Selbstredend bekam Krahl Wind von Wolperts Lobgesängen. Dazu pflegte er selbstgefällig grinsend zu bemerken: Würden die Gehirnwindungen von Herrn Wolpert aus Sprengstoff bestehen, so würde dabei nicht mal genug rumkommen, um seine eigene Nase wegzublasen. Oder so ähnlich. Konrad vermochte sich nicht so recht vorzustellen, wie es wohl war, wenn man sich für schlauer hielt als den eigenen Lehrer.

Auf dem Fußballplatz wollte jedermann in der Krahl'schen Mannschaft spielen. Er war schneller als alle anderen und konnte jeden Tormann austricksen. Locker. Einmal hielt er mit Ernst Schritt, rannte dabei aber rückwärts – und schaffte es trotzdem, Ernst den Ball abzunehmen. Einmal ging die Mannschaftswahl für ein Spiel nicht auf, ein Mann war über. Dieser Mann war – wen wunderte es – Hartmut, und Krahl hatte die letzte Wahl. Was machte er? Er nahm den Ball, sprach Hartmut der anderen Mannschaft zu und sagte, damit seien die Kräfteverhältnisse ausgeglichen.

Wenn sie mit der HJ auf Fahrt gingen, war es naturgemäß Krahl, der die Karte las, den Kompass hatte und Auf- und Abbau des Zeltlagers beaufsichtigte. Krahl wurde als Exempel herangezogen, wenn es darum ging, offenes Gelände zu queren, im Liegen eine Schützengrube auszuheben oder ein Bachbett zu durchwaten. Er war ihr Held.

Außer bei einer Gelegenheit.

Das war während der Berliner HJ-Festspiele gewesen. Da ergab es sich, dass Krahl und Konrad im Boxring aufeinander trafen. Alle Welt sah in Krahl den haushohen Favoriten, Konrad mehr als jeder andere. Nie hatte er Krahl in irgendwas bezwungen, und er hätte es anmaßend gefunden, für dieses Mal etwas anderes zu erwarten. Aber Konrad hatte vor dem Kampf ein paar Pfund zugelegt und stand seinen Mann, und in der dritten Runde war Krahl derjenige, dem die Puste ausging. Konrad konnte nicht glauben, dass der Kampf zu seinen Gunsten ausging: Krahl spielte einfach Spielchen mit ihm, so musste es sein. Doch dann schickte ein Aufwärtshaken Krahl zu Boden, er wurde ausgezählt, und ungläubig musste Konrad zur Kenntnis nehmen, dass der Ringrichter seinen Arm hochriss. Selbst als sie ihm später die Medaille aushändigten, konnte er es noch nicht fassen.

Es war ihm peinlich, gewonnen zu haben. Er fühlte sich gedrungen zu einer Erklärung. Er hatte einfach einen glücklichen Zufallstreffer gelandet, sonst nichts. Selbstredend war Krahl der bessere Boxer, und das wusste ja auch jeder.

Das war ebenso sehr an Krahl wie an die Übrigen gerichtet. Krahl seinerseits erklärte, er habe sich vor dem Kampf ein bisschen mau gefühlt, was ihm jeder eilends abkaufte. Damit schien das ungewöhnliche Ergebnis hinreichend erklärt.

Von da an machte Krahl dauernd Witze darüber, wie Konrad ihm seine Goldmedaille geklaut habe. Und Konrad lachte mit den anderen mit und gab ihm Recht.

Nach dem Abitur war es Krahl, der Konrad für die Waffen-SS anwarb. Konrad selbst war von jeher davon ausgegangen, er und Hartmut würden in die reguläre Infanterie eintreten. Nun also Waffen-SS, aber nicht ohne Hartmut, bitteschön: Er redete so lange auf den Freund ein, bis auch der sich beim schwarzen Korps bewarb. In der Grundausbildung hätte Hartmut mehr als einmal um ein Haar alles hingeschmissen. Doch irgendwie packte er es, woran Konrad natürlich seinen unleugbaren Anteil hatte.

Und dann die Scharfschützen-Ausbildung. Auch dafür hatte Krahl Konrad vorgeschlagen. Konrad schaffte es, dass Hartmut sein Beobachter wurde. Jener Tag, an dem sie alle drei Richtung Ostfront auf den Marsch gingen, war der großartigste in Konrads Leben. Er gehörte einer Elitetruppe an. Sein bester Freund war sein Beobachter und sein großes Vorbild der Kommandeur seiner Einheit. Alles, aber auch alles, wovon sie draußen am Lagerfeuer ihrer HJ-Fahrten geträumt hatten, wurde jetzt Wirklichkeit.

Aber die guten Gefühle waren nicht von langer Dauer. Allzu bald lernte Konrad, dass eine Krise – und erst recht der Krieg – den Mann im Feuer läutert: Da fällt alles Unechte von einem ab, und der wahre Charakter eines Menschen kommt unweigerlich ans Tageslicht. Es dauerte gar nicht lange, bis das Glitzerimage, das Gunther Krahl an sich gehabt hatte, solange Konrad zurückdenken konnte, völlig dahin war und man sah, was dieser Mensch wirklich darstellte. Was Konrad da mitbekam, stellte für ihn die Welt auf den Kopf.

Es war in einem polnischen Dorf gewesen, wo sich ein hemmungslos mörderisches Massaker ereignet hatte, ein Massentöten, für das neben anderen Gunther Krahl verantwortlich gewesen war.

Die deutschen Truppen hatten soeben die Kontrolle über das Dorf übernommen. Man berief eine Bürgerversammlung ein, die den Beschluss fasste, die polnische Bevölkerung müsse sich selbst von den Juden befreien, die um die Hälfte der Einwohner ausmachten. Die Deutschen standen untätig dabei und beobachteten das Geschehen, während die polnischen Bürger der Stadt die Juden und deren Besitz für vogelfrei erklärten.

Nicht, dass Konrad Sympathien für die Juden gehegt hätte – keineswegs. Man hatte ihm von Kind auf beigebracht, dass sie eine verabscheuungswürdige Rasse seien. Mehr als einmal hatte er in Berlin Juden gezeigt, wo der Hammer hing. Doch nichts von dem, was er bis dahin erlebt hatte, hatte ihn auf die Geschehnisse in diesem polnischen Dorf vorbereiten können.

Ein Nachbar setzte dem anderen zu. Männer und Frauen, deren Familien seit Generationen in den Mauern ein und derselben kleinen Stadt gelebt hatten, gingen aufeinander los. Menschen, die sich Morgen für Morgen mit dem Vornamen gegrüßt hatten. Menschen, die miteinander Geschäfte gemacht, Klatsch und Tratsch geteilt, miteinander gelacht, sich über Politik die Köpfe heiß geredet und gegenseitig Ratschläge zur Kindererziehung gegeben hatten, sahen jetzt den anderen als Jagdwild, das es zur Strecke zu bringen galt.

Männer und Jünglinge rotteten sich, bewaffnet mit Knüppeln, Hacken und Dreschflegeln, in den Straßen zusammen und hielten Ausschau, wen sie totschlagen könnten. Um ihnen zu entgehen, zogen es die jüdischen Mütter vor, sich zu einem nahen Teich zu flüchten, wo sie erst ihre Kinder und dann sich selbst ertränkten. Man trieb schließlich die Juden in einer Feldscheune zusammen, die man verriegelte und ansteckte. Als der Mordrausch endlich abflaute, waren sechshundert Menschen tot.

Krahl fand die ganze Vorstellung amüsant. Während er dem Pogrom zuschaute, putzte er sich die Fingernägel. Hartmut befahl er, Bilder zu knipsen.

Monate später vertauschte Krahl die Rolle des Beobachters mit der des Mittäters. Vom Oberkommando kam ein Dauerbefehl, demzufolge die russische Landbevölkerung als „Untermenschen" anzusehen und demgemäß zu behandeln war. Deutsche Offiziere erhielten die Freiheit, mit der feindlichen Zivilbevölkerung nach Gutdünken zu verfahren. Dieser Befehl machte Krahl zu einem Ungeheuer. Er ordnete an, „das russische Gesocks" ohne Ansehen der Person zu eliminieren. In den Dörfern brannte er alles nieder, was mehr war als eine Hundehütte. Und wieder feilte er an seinen Nägeln, während er sich daran weidete, wie seine Befehle ausgeführt wurden.

Konrad lief jedes Mal eine Gänsehaut über den Rücken, wenn er sich klar machte, wie selbstverständlich für Krahl das Töten war. Kaum sagte man dem Mann, das sei erlaubt, da wurde er auch schon zum skrupellosen Massenmörder.

Ächzend drehte Konrad sich auf die andere Seite. Jedes Mal, wenn er an Krahl dachte, wurde er fuchsteufelswild. Konnte er diese Gedanken nicht abschütteln, so würde er niemals zur Ruhe kommen.

Er legte sich wieder zurecht und vollführte erneut sein Ritual mit der Decke um die Schultern und den Füßen, die sich aneinander rieben. Seufzend machte er die Augen zu, fest entschlossen, keinen Gedanken mehr an Krahl zu verschwenden. Als er alles daransetzte, seinen Kopf mit den angenehmeren Erinnerungen an die Heimat zu füllen – wozu definitiv nicht seine Kindheit und sein Vater gehörten –, kam ihm Ursel in den Sinn, Ursel, ihr letzter Brief und ihre Bemerkung, sie glaube nicht, dass der Pastor noch ein weiteres Jahr zu leben habe. Sorge schnürte ihm den Brustkorb ein. Er betete, dass sie sich irren möge.

Als Pastor Schumacher damals in ihrer Gemeinde angefangen hatte, hatte er Konrad gefallen, weil er jugendlichen Schwung hatte und eine hübsche Frau. Dann hatte es eine Zeit gegeben, wo der junge Pastor immer wieder in den unpassendsten Momenten aufgekreuzt war. Er hatte nach HJ-Treffen mit ihm allein sprechen wollen. Er lauerte ihm auf, wenn er Patrouille ging, und hielt ihn davon ab, seine Pflichten zu erfüllen.

Aber es kam noch schlimmer: Der Pastor fing an, öffentlich und privat gegen das Dritte Reich zu hetzen und alles in den Dreck zu ziehen, woran Konrad glaubte. Da war dieser Vorfall eines Sonntags nach dem Gottesdienst, der was mit „Führerwetter“ zu tun hatte: Das sei gar kein Führerwetter, sondern ein Tag, den der Herr gemacht habe. Alle Welt hielt ihn für vollkommen durchgedreht.

Schließlich nahm ihn die SS in Haft, weil er nicht korrekt gegrüßt hatte. Wegen eines simplen Hitlergrußes hatte er Theater gemacht. Als wenn man sich daran hochziehen konnte! Dabei ging es doch nur um den Respekt, der dem Führer des Volkes gebührte. Damals hatte Konrad angefangen, ihn nicht mehr zu mögen.

Und dann kam die Geschichte mit Hadamar.

Ursel hatte ihn überredet, bei der Geschichte mitzumachen. Und er hatte sich nur aus einem einzigen Grund zu dieser wahnwitzigen Unternehmung bereit erklärt: um ihr zu beweisen, dass sie sich irrte.

Irgendwie hatte Pastor Schumacher Wind davon gekriegt, dass in Hadamar angeblich kleine Kinder umgebracht wurden. Um sie zu retten, hatte er sich selbst unter falschem Namen in jene Anstalt eingeschleust, in der die Tötungen durchgeführt werden sollten. Doch man kam ihm auf die Schliche. Das rief Ursel und die anderen auf den Plan: Jetzt wollten sie ihn retten.

Erst als er die Gaskammer mit eigenen Augen gesehen hatte, konnte Konrad glauben, dass die Gerüchte über Hadamar zutrafen. Und erst als er seinen Pastor, unter der Folter mittels Pharmazeutika zum physischen Wrack geworden, auf dem Fliesenboden des Duschraums kauern sah, ging ihm auf, was für einen Mut dieser Mann hatte. Hätte er ihn nicht an der Stimme erkannt, so hätte er niemals glauben können, dass diese Elendsgestalt tatsächlich Pastor Schumacher war.

Und dann fiel es dem Mann zu allem Überfluss auch noch ein, seine Rettung zu verweigern. Auf keinen Fall, bekundete er, werde er die Anstalt ohne die Kinder verlassen. Konrad war sich sicher, dass der Mann den Verstand verloren habe – bis er die Kinder sah: nicht viel mehr als kleine Skelette. Was immer er an der Ostfront an Widerwärtigkeiten gesehen hatte, mit dem Schrecken dieser Kinderstation war nichts zu vergleichen.

Pastor Schumacher hatte Recht gehabt. Die ganze Zeit hatte er Recht gehabt.

Nie zuvor hatte Konrad jemanden von solch unbeugsamer Selbstlosigkeit und Tapferkeit kennen gelernt wie Pastor Schumacher. Wie pflegte er doch immer zu sagen? *„Einen Menschen erkennst du an seinen Früchten.“* Womit er ohne Zweifel richtig lag.

Wie sehr wünschte er sich, zu Weihnachten nach Berlin fahren und diesen Mann wiedersehen zu können!

Konrad seufzte. Er war dem Einschlafen kein Stückchen näher als vor zwei Stunden.

Wieder dachte er an Ursel. Hätte er sich doch zu ihr hingezogen gefühlt! Aber so war es nicht. Sie waren zusammen groß geworden, und für ihn war es nicht so einfach, sich in ein Mädchen zu verlieben, das er schon sein ganzes Leben kannte. Es war viel leichter, romantische Gefühle für eine Frau zu empfinden, die man nur als Frau kannte.

Doch wie dem auch sei: für ihn würde sie niemals mehr sein als eben eine Freundin. Er konnte gut mit ihr reden. Er vermisste sie auch. Aber er liebte sie nicht. Nichtsdestotrotz war es in Nächten wie dieser noch am ehesten der Gedanke an Ursel, der ihn ruhig werden und irgendwann doch noch einschlafen ließ. Also dachte er an sie.

Ihr Lachen gefiel ihm.

Und ihr Weinen gefiel ihm auch. Klar, wenn man so lange miteinander befreundet war, hatte man den anderen auch weinen sehen.

Er war es gewesen, der sie zum Weinen gebracht hatte – mehr als einmal.

Aber sie war drüber hinweggekommen. Sie waren Freunde geblieben, genauso wie er mit Hartmut und Ernst befreundet war.

Konrad spürte, wie die Schläfrigkeit sich seiner bemächtigte. Er versuchte sich ihr hinzugeben, ohne daran zu denken. Den Schlaf vertreibt man am besten, indem man über ihn nachdenkt.

Lieber dachte er weiter an Ursel: daran, wie sie in ihrem Sommerkleid aussah, wenn sie sonntags aus der Kirche kam.

Der Boden unter ihm erzitterte.

In derselben Sekunde folgte der Donnerschlag einer heftigen Explosion: erst einer, dann noch einer und noch einer. Jedes Mal vibrierte die Kate, als wolle sie jeden Moment in sich zusammenstürzen. Die Küchenutensilien, die an den Balken über seinem Kopf hingen, schaukelten wild hin und her.

Konrad schmiss die Decke zurück und griff nach seinen Hosen und seiner Waffe. Bereit, gegnerisches Feuer sofort zu erwidern, rannte er hinaus. Aber da war kein gegnerisches Feuer.

Nur drei gewaltige Brände, die das Dorf in flackerndes Licht tauchten. Zwei Lkw und ein Panzer standen in lodernden Flammen.

Partisanen.

5

Donnerstag, 28. Oktober 1943

Ursel saß da und las; ein Bein hatte sie unter sich gezogen. Im Schoß hatte sie eine aufgeschlagene Bibel, deren Seiten und Umschlag so abgenutzt waren, dass das Buch biegsam geworden war wie ein Stück Stoff. Auf dem Boden um sie herum krabbelten oder lagen sechs Kinder, die entweder schliefen oder nicht weit davon entfernt waren.

„‚Da ließ David das Gefäß, das er trug, unter dem Hüter des Gerätes'", las sie, „‚und lief zu dem Heer und ging hinein und grüßte seine Brüder. Und da er noch mit ihnen redete, siehe, da trat herauf der Riese mit Namen Goliath, der Philister von Gath, aus der Philister Heer, und redete wie vorhin, und David hörte es.'"

Während Ursel vorlas, saß Monika im Sofa auf der anderen Seite des Zimmers, die Augen ganz auf ihre Stickerei gerichtet. Josef saß gegen sie gelehnt. Sein Kopf ruhte auf ihrer Schulter, und sein Mund stand offen, während die Augen geschlossen waren. Mitunter bewog während der abendlichen Geschichten-Lesezeit nichts die Kinder so sehr zum Zu-Bett-Gehen wie sein Beispiel. Wenn man ihn anschaute, konnte man nur müde werden.

„‚David aber sprach zu dem Philister: Du kommst zu mir mit Schwert, Spieß und Schild; ich aber komme zu dir im Namen des Herrn Zebaoth, des Gottes des Heeres Israels, das du verhöhnt hast. Heutigentages wird dich der Herr in meine Hand überantworten, dass ich dich schlage und nehme dein Haupt von dir und gebe die Leichname des Heeres der Philister heute den Vögeln unter dem Himmel und dem Wild auf Erden, dass alles Land innewerde, dass Israel einen Gott hat, und dass alle diese Gemeinde innewerde, dass der Herr nicht durch Schwert noch Spieß hilft; denn der Streit ist des Herrn, und er wird euch geben in unsre Hände.'"

Ursel sah vom Buch und Monika von ihrer Handarbeit auf; ihre Blicke begegneten sich. Sie tauschten ein Lächeln. Es galt Josef, der soeben angefangen hatte zu schnarchen.

Mittlerweile lagen alle Kinder bis auf zwei schlafend auf dem Boden. Das eine war Edith, Monikas und Josefs dreijährige Tochter, die dasaß und alles daransetzte, wach zu bleiben. Ein unsichtbares Gewicht schien ihre Lider nach unten zu ziehen, und waren die Äuglein einmal geschlossen, so wirkte die Schwerkraft auf ihren Kopf, der wieder und wieder langsam zur einen Seite wegkippte. Das ließ sie hochzucken; sie versuchte, den Kopf wieder in die Senkrechte zu bekommen, kriegte aber die Augen niemals ganz auf, sosehr sie sich auch mühte. Jedes Mal döste sie doch wieder weg.

Neben ihr lag voller Zufriedenheit Toba – vormals Miechen genannt – auf dem Boden und spielte mit seinen Patschfingern an einer Kordel herum, die von Ursels Saum herabbaumelte.

Die beiden Kinder waren unzertrennlich geworden. Dass der kleine Junge mittlerweile Toba gerufen wurde, war auch Edith zu verdanken: Nachdem Ursel verdaut hatte, dass „Miechen" in Wirklichkeit ein Junge war – übrigens hätte ihn jeder zunächst für ein Mädchen gehalten, so engelsgleich wirkten sein Gesichtchen und die blonden Kullerlocken –, hatte sie ihn Thomas genannt. Als dann Klein-Edith den Namen ihres Freundes aussprechen sollte, war aus dem schwierigen „Thomas" einfach ein *To-ba* geworden. Und dabei war es geblieben.

Ursel legte die Bibel auf einem Stuhl ab und nahm die kleine Edith auf den Schoß, ehe sie voll und ganz umkippte und dadurch womöglich wieder wach wurde. Damit nahm sie Toba sein Spielzeug weg. Er fing an zu miauen.

„Mach dir wegen der Kinder keine Sorgen", sagte Ursel zu Monika. „Kümmer du dich lieber um den Pastor." Für sie würde er immer der Pastor bleiben. Monika im Zuge ihres Erwachsenwerdens irgendwann beim Vornamen zu nennen, hatte sie wenig Überwindung gekostet, aber bei dem Geistlichen brachte sie das nicht übers Herz. Edith auf dem Arm ging sie Richtung Schlafzimmer und machte dabei „*Musch – Musch – Musch ... Musch – Musch – Musch ...*“

Toba legte den Kopf schräg und hörte zu. Dann stand er auf und kam ihr nach. Er war zwar blind, aber Geräusche konnte er exzellent ausmachen. Und so brachte Ursel, Toba im Schlepptau, die kleine Edith zu Bett.

Dann kam sie zurück, nahm die anderen Kinder eines nach dem anderen hoch und brachte jedes von ihnen in einen geräumigen Schlafraum. Jedes dieser Kinder litt an irgendeiner Art von körperlichem Gebrechen, welches im Dritten Reich seinem Todesurteil gleichkam. Allen war bescheinigt worden, ihr Leben sei „lebensunwert“.

Es war ein Erlass herausgekommen, der Ärzte und Hebammen verpflichtete, bei jeder Entbindung einen Fragebogen anzulegen, auf dem jede Normabweichung des Neugeborenen verzeichnet werden musste. Dieser Fragebogen war an eine Sonderbehörde einzusenden, wo ihn drei Ärzte begutachteten. Die Auswertung erfolgte auf denkbar schlichte Weise: Jeder der Gutachter bedachte das betreffende Kind entweder mit einem roten Plus oder mit einem blauen Minus. Standen nach dieser Prozedur drei rote Pluszeichen auf dem Bogen, so wurde ein Dokument ausgestellt, aufgrund dessen das Kind abgeholt und in eine Anstalt verbracht wurde, wo man es dem Tode überantwortete, der durch eine Injektion, durch Gaszufuhr oder einfach durch Verhungernlassen herbeigeführt wurde.

Eine der einschlägigen Anstalten, im Volksmund „Klapsmühlen“ genannt, befand sich in der Stadt Hadamar. Als Mitglied einer Untergrundgruppe hatte Josef sich als Patient dorthin einweisen lassen, um aus dem Inneren der Anstalt einen Plan zur Rettung der todgeweihten Kinder ins Werk zu setzen. Doch er wurde enttarnt und damit zum Insassen der Anstalt. Man missbrauchte ihn als Versuchskaninchen für die verschiedensten Drogen- und Medikamentenversuche. Zwar konnten er und sechs der Kinder schließlich aus Hadamar gerettet werden, aber die Drogen hatten seine Gesundheit zerstört und forderten immer gebieterischer ihren Tribut. Doch nie hatte Ursel gehört, dass er sich auch nur mit einem Wort über sein Leiden beklagt hätte.

Es lag ein Schuss Ironie in der Tatsache, dass Monika während Josefs Gefangenschaft in der Hadamarer Anstalt ihr einziges Kind geboren hatte: Edith, ein lebhaftes kleines Mädchen, bei dem sich bald herausstellte, dass es von Geburt an auf einem Ohr taub war und auf dem anderen nur ein sehr eingeschränktes Hörvermögen besaß. Josefs Rettungsaktion und später die Gründung der Rama-Klause hatten dazu geführt, dass es auch für seine eigene Tochter einen sicheren Unterschlupf gab.

Ursel klopfte leise an Monikas und Josefs nur angelehnte Schlafzimmertür.

„Komm rein", sagte Monika.

Doch Ursel blieb hinter der Tür stehen und sagte: „Ich wollt nur Bescheid geben, dass alle Kinder in den Betten liegen."

„Toba auch?"

Ursel lächelte. Toba war ihr Nachtwanderer. Es hatte sich als überaus fordernde Aufgabe erwiesen, ihm einen normalen Tag- und Nacht-Rhythmus anzugewöhnen. Aber es lag auch erst zwei Wochen zurück, dass Ursel ihn aus einem Berliner Trümmerkeller gezogen hatte, und allmählich begann er sich doch in die Abläufe des Hauses einzufügen. „Er wollte schon noch spielen", sagte sie, „aber er war denn doch zu müde."

„Ursel?" Das war Josefs Stimme.

„Ja?"

„Komm rein."

„Oh, ich möchte nicht stören."

„Ich würd gern mit dir reden", sagte Josef.

Ursel schob die Tür auf.

Josef hatte es sich in einem mit einem Tuch abgedeckten Sessel neben der Tür bequem gemacht. Seine Arme baumelten über die seitlichen Lehnen herab. Monika saß auf der Bettkante. Beide waren sie noch voll angezogen.

„Jetzt komm schon rein!", sagte Josef nochmals und unterstrich seine Aufforderung durch eine energische Handbewegung.

Er sah alles andere als gut aus, und es setzte Ursel schwer zu, ihn so zu sehen. Er war ein hoch aufgeschossener schlanker Mann und war immer energiegeladen und von zielstrebigen Bewegungen gewesen, ehe er nach Hadamar gefahren war. Jetzt siechte er vor sich hin. Er sah aus wie eine dürre Vogelscheuche. Seine Haut war farblos, beinahe durchsichtig. Sein glattes braunes Haar, das er jetzt nach hinten gekämmt trug, wurde von Tag zu Tag schütterer. Kaum etwas von dem, was er aß, konnte er bei sich behalten. Emotional war er sehr anfällig und verfiel immer wieder in depressive Phasen. Mitunter begann er ohne irgendeinen erkennbaren Grund zu weinen. Solange man nicht wusste, welche Drogen ihm in Hadamar gespritzt worden waren, konnte man so gut wie nichts für ihn tun.

Doch seiner körperlichen Hinfälligkeit zum Trotz war er mittlerweile ein geachteter Führer des Widerstands. Sein Codename lautete „Feste Burg“. Er unterhielt nicht nur die versteckte Jagdhütte hier draußen, die sie Rama-Klause nannten, sondern hatte sich auch als weit blickender strategischer Planer für verdeckte Aktionen einen Namen gemacht. In jüngster Zeit jedoch zeigten sich bei ihm geistige Ausfälle. Zuweilen wusste er überhaupt nichts mehr. Eben noch bei klarstem Verstand, konnte er plötzlich ins Leere starren, wortlos und nicht mehr ansprechbar. Und ebenso plötzlich war er wieder da. Zuerst waren diese Ausfälle ihm selber gar nicht bewusst geworden, aber er brauchte nicht lange, um zu registrieren, was mit ihm geschah, und das bereitete ihm Angst.

„Setz dich doch hin, mach schon!“, drängte Josef und wies auf das Bett. Also nahm Ursel neben Monika Platz.

Auch Monika war in den zwei Jahren seit Hadamar älter geworden – aber wem wäre es in diesen Zeiten des Krieges, mit einem pflegebedürftigen Mann und einem Haus voll kränklicher Kinder, wohl nicht so ergangen? Dazu kam noch die völlige Ungewissheit über das Schicksal ihrer Eltern, zu denen sie als einziges Kind ihrer Familie äußerst enge Bindungen hatte. Ursel hatte sich zu ihr hingezogen gefühlt, als sie die Frau eines aktiven Pastors gewesen war. Umso mehr bewunderte sie sie jetzt, da sie all den Herausforderungen, die sie tagtäglich zu meistern hatte, mit zunehmender innerer Stärke und Tüchtigkeit begegnete.

Monika war jetzt schlanker. Die leichte Pummeligkeit, die noch aus ihrer verwöhnten großbürgerlichen Kindheit stammte, hatte sich völlig verloren. Ihr Haar war immer noch halblang geschnitten, aber die Gewohnheit, an ihren Haarspitzen herumzukauen, sobald sie nervös wurde, hatte sie gänzlich abgelegt.

„Und jetzt", sagte Josef und schlug sich auf die Schenkel, „will ich alles über unsere Weihnachtsfeier wissen. Wen erwartet ihr denn so alles?"

„Weihnachtsfeier?", stotterte Ursel. *Wie hatte er das denn nun wieder rausgefunden? Das sollte doch ein Geheimnis bleiben!* Verstohlen sah sie Monika an.

„Mich brauchst du gar nicht anzuschauen!", rief die. „Ich hab ihm nichts erzählt."

„Ich weiß gar nicht, wovon Sie reden", ließ Ursel sich schließlich ein.

„So ein nettes Gesicht", sagte Josef, „und so eine verschlagene Lügnerin!"

Er grinste sie an. Er wollte sich mit ihr messen – und wusste, dass sie wusste, dass er's wusste. Was sollte man sich da verstellen?

Ursel seufzte hörbar. „Wie haben Sie's rausgefunden?"

„Im Untergrund gibt's keine Geheimnisse", versetzte Josef.

Ursel bedachte ihn mit einem verdrießlichen Blick, woraufhin Josef die Hände in die Luft warf. Mehr Erklärungen bekam sie nicht.

„Ach, jetzt schau mich nicht so an!", protestierte er. „Im Gegensatz zu anderen kann ich ein Geheimnis für mich behalten."

Ursel sah wieder zu Monika hin.

„Ehrlich!", sagte sie. „Nichts hab ich ihm erzählt!"

Ursel seufzte noch einmal. Schön, dann konnte sie eben nichts dran ändern. „Vor ein paar Tagen hab ich einen Brief von Ernst gekriegt", sagte sie zögernd. „Er wird kommen können."

„Wunderbar!", sagte Josef. „Ach, das wird gut, Ernst mal wieder zu sehen. Von wo kommt er denn?"

„Keine Ahnung. Ich musste von Pontius zu Pilatus rennen, bloß um jemand zu finden, der dafür sorgen konnte, dass ein Brief an ihn durchging. Ist irgendwie alles hoch geheim."

Josef nickte. „Damit wären's denn also drei."

Ursel starrte ihn ungläubig an.

Er zählte an seinen Fingern ab: „Karin, Willi und Ernst. Was ist mit Konrad und Hartmut?"

„Sie wissen von Karin und Willi?"

„Ich weiß, dass Karin nach wie vor mit ihren Eltern hier in der Stadt lebt. Ihr Vater ist übrigens durch seine Chemiewerke im Rheinland zu einigem Wohlstand gekommen. Gelegentlich arbeitet sie als Sekretärin für ihn. Hat sie dich nicht Montag im Auslandspressebüro angerufen und dir gesagt, sie würde zu unserer Feier kommen?"

Ursel glaubte ihren Ohren nicht trauen zu können.

„Ja, und was Willi betrifft, so weiß ich, dass er in Stalingrad verwundet wurde, jetzt zu Hause auf Genesungsurlaub ist und der Allererste war, der deine Einladung beantwortet hat. Also, was hast du von Konrad und Hartmut gehört?" Josefs Gesicht verzog sich zu einem befriedigten Grienen.

Resigniert schüttelte Ursel den Kopf. „Sagen Sie's mir."

„Was ist das denn für 'ne Antwort? Wie sollte ich das bitteschön wissen?"

Monika kicherte in sich hinein.

Ursel verpasste ihr einen Stups. „Wie hältst du das nur aus?"

„Mitunter hab ich mir ernsthaft vorgenommen, ihn in 'nen Schrank zu sperren und den Schlüssel wegzuschmeißen. Ich bin bloß froh, dass heute gerade mal jemand anderes das Opfer seines unsäglichen Betragens ist."

Ursel war zwar enttäuscht, dass aus der Weihnachtsfeier nun keine Überraschung mehr werden würde, aber böse war sie nicht. Dafür war sie viel zu froh, den Pastor in heiterer Stimmung zu sehen, bedeutete das doch, dass es ihm einigermaßen gut ging. „Nun ja, ich muss hier ja nicht rumsitzen und das über mich ergehen lassen", bemerkte sie im Aufstehen. „Ich werd mich jetzt schlafen legen."

„Augenblick“, sagte Josef, „ich hab noch was zu erzählen.“ Sein Tonfall wandelte sich. Ernst klang er jetzt. Ursel setzte sich wieder auf die Bettkante. Eine Weile war es still im Raum, Josef schien nach Worten zu suchen. Dann sah er ihr direkt in die Augen und sagte: „Wir haben Kontakt zu den Amerikanern aufgenommen.“

Er ließ diesen Satz erst seine Wirkung tun, ehe er weitersprach. Und das war auch nötig. Bis jetzt hatten sie sich als patriotische Deutsche einreden können, ihr Vorgehen im Widerstand verfolge rein humanitäre Zwecke. Kontakt zum Feind aufzunehmen bedeutete Hochverrat.

„Sie wollen die Rama-Klause als Unterschlupf für ihre abgeschossenen Flieger nutzen. Wir würden sie hier immer so ein, zwei Nächte unterbringen, bis die Amis Leute schicken, die sie wieder aus Deutschland rausholen.“

„Verstehe“, sagte Ursel fast unhörbar.

Monika saß schweigend da. In ihrem Gesicht spiegelte sich keinerlei Überraschung; es konnte also nicht das erste Mal sein, dass sie diese Neuigkeit zu hören bekam. Nichtsdestoweniger konnte man deutlich sehen, dass auch sie ihre Mühe hatte, die Nachricht zu verdauen. Ein paar Mal fuhr ihre Hand an die Haarspitzen, aber sie besann sich jedes Mal noch rechtzeitig und ließ die Hand wieder in den Schoß sinken.

„Um wie viele Männer geht's?“, fragte Ursel.

Josef schüttelte den Kopf. „Keine Ahnung. Jedenfalls werden Leute darunter sein, die gerade erst abgeschossen worden sind. Andere werden aus Gefangenenlagern geflohen sein. Wir werden von ihrem Kommen nichts wissen, bis sie hier auf unserer Schwelle stehen.“

„Und was ist mit den Kindern?“

„Wir bringen die Männer im Keller unter. Die Kinder werden gar nicht mit ihnen in Berührung kommen.“

„Damit helfen wir dem Feind“, sagte Monika.

„Wir werden Männern helfen, wieder nach Hause zu ihren Familien zu kommen“, antwortete Josef.

„Oder wieder in ihre Flieger, damit sie noch mehr Bomben auf uns schmeißen können", fügte Ursel an.

Dieses Argument erwog Josef, ohne etwas zu sagen. Alle drei zogen sie sich in die Welt ihrer eigenen Gedanken zurück. Josef starrte zu Boden, Monika auf ihre Hände, die sie im Schoß gefaltet hatte. Abgesehen von dem gelegentlichen Knacken des Hauses war es fast befremdlich still. Endlich sagte Josef: „Die Rama-Klause wurde als Zufluchtsort für die Bedrängten eingerichtet, für alle, die Gefahr laufen, dass man ihnen gegen ihren eigenen Willen das Leben raubt. Ich bin überzeugt: Wenn Gott auf uns schaut, dann sieht er da nicht Deutsche oder Amis oder Engländer oder Sowjets. Alle sind wir seine Kinder. Können wir also anders handeln? Als Christ glaube ich, dass es meine Pflicht ist, allen Gotteskindern unter die Arme zu greifen, die meiner Unterstützung bedürfen. Aber das ist meine persönliche Entscheidung, sicher. Euch werde ich sie gewiss nicht aufzwingen."

Monika lächelte ihr wärmstes Lächeln. Die Bettstelle ächzte, als sie aufstand und zu ihm ging. Zärtlich umfasste sie mit den Händen sein Gesicht und sagte: „Natürlich wirst du das, Liebling. Aber wir lieben dich trotzdem."

* * *

Amerikaner!

Das Wort blieb in Ursels Kopf haften. Amerikaner – in ihrem Haus! Ein äußerst beunruhigender Gedanke. Sich um Kinder kümmern war eine Sache – aber Amerikanern Unterschlupf gewähren?

Sie machte sich zum Schlafen fertig, schlug die Decken von ihrem Feldbett zurück und stieg hinein. Ihr Schlafplatz war in einer Ecke des Kinderzimmers. Ein holzgetäfelter Raumteiler vermittelte ihr eine gewisse Privatsphäre, aber so, dass sie die Kinder immer noch gut hören konnte, wenn sie sie brauchten. Neben dem Feldbett besaß sie kein anderes Mobiliar außer einem kleinen hölzernen Nachtschränkchen, dessen einzige Schublade jedes

Mal, wenn draußen feuchtes Wetter war, so aufquoll, dass man sie nicht mehr aufziehen konnte.

Was würde Konrad wohl sagen, wenn er wüsste, dass sie amerikanische Soldaten unterstützten? Ob er Josef wohl davon abbringen könnte?

Pastor Schumacher vertraute sie mehr als jedem anderen Mann, den sie jemals kennen gelernt hatte, und wenn er der Meinung war, es komme ihnen als Christen zu, amerikanischen Soldaten zu helfen, dann würde sie sich darüber nicht auf einen Streit mit ihm einlassen. Was sie beunruhigte, waren die Folgen, die eine mögliche Entdeckung ihres Tuns nach sich ziehen würde. Dabei ging es ihr nicht so sehr um sich selbst als vielmehr um die Kinder. Außer ihnen hatte sie keine Familie. Die Kinder, der Pastor und Monika, das waren alle Menschen, die sie hatte.

Ursel zog sich die Decke bis ans Kinn. Sicher, es würde ihr Leben erleichtern, einen Mann zu haben, aber notwendig war es nicht. Sollte dem Pastor und Monika etwas zustoßen, so würde sie sich immer noch um die Kinder kümmern, ob mit Mann oder ohne. Und doch fragte sie sich, ob sie wohl jemals eine eigene Familie haben würde. Seit sie ein Schulmädchen gewesen war, hatte sie nie etwas anderes gedacht, als dass sie und Konrad eines Tages heiraten würden.

Diesen Traum hatte sie tief in ihrem Inneren vergraben. Immer wenn sie ihn ausbuddelte und näherer Betrachtung unterzog, nahm er erschreckende Gestalt an. Die Vorstellung, mit einem Mann intim zu sein, war ihr ein Graus.

Sie musste dabei an ihre Mutter denken, den vielleicht mürrischsten Menschen, der jemals gelebt hatte: eine Frau, die schon beim Aufwachen misslaunig war, sich durch den Tag nörgelte und griesgrämig zu Bett ging. Freilich: wer hätte es ihr verdenken wollen? Schließlich war sie mit Ursels Vater verheiratet. Diese zwei Menschen brachten ihr Leben aneinander gekettet in einer Ehehölle zu.

Einmal, sie war noch ein kleines Mädchen und kam gerade aus der Schule nach Hause, belauschte sie ihre Mutter, die in der Küche mit ihrer Tante sprach. Die Frauen kriegten nicht mit, dass Ursel hinter der Tür stand. Ihre Mutter sagte: „Würde man den Mädels alles sagen, was im Ehebett passiert, so würde keines, das leidlich bei Verstand ist, noch jemals heiraten." Ursel war nicht so sehr wegen dieser Worte an sich ein Schauer den Rücken hinabgelaufen, sondern wegen des Tonfalls, in dem ihre Mutter sie aussprach. Ihre Tante reagierte mit einem rauen, wissenden Lachen – eigentlich mehr einem Gackern –; offenbar war sie ganz derselben Meinung. Ursel wandte sich ab und schwor sich, nie im Leben zu heiraten.

Es reichte ja schon, was sich bei Tageslicht zwischen ihrem Vater und ihrer Mutter abspielte. Kaum vorstellbar, dass es des Nachts noch schlimmer sein sollte – und dann noch im eigenen Bett! Doch offenkundig verhielt es sich so. Und davon wollte sie nichts wissen, nichts und wieder nichts.

Die meisten Männer behandelten Nutztiere mit mehr Respekt als Ursels Vater seine Familie. War er betrunken, so verprügelte er sie und warf mit Gegenständen nach ihnen, nüchtern traktierte er sie mit Flüchen, Gemeinheiten und Grausamkeiten. Nun hätte man meinen sollen, die beiden Frauen hätten sich irgendwie gegen ihren Peiniger verbündet, aber nein: Immer wenn Ursels Mutter von ihrem Mann verprügelt worden war, ließ sie ihre Wut an Ursel aus, so dass Ursel von beiden Elternteilen nur roh behandelt wurde. Sobald sie alt genug war, ging sie nur zu gern in die Schule und auch in die Kirche. Alles war ihr recht, wenn es ihr nur einen Grund gab, nicht zu Hause sein zu müssen.

Als junge Frau fand sie Trost im Haus der Schumachers. Zahllose Stunden verbrachte sie mit Monika, vor allem, als diese schwanger war. Und während der Pastor gegen seinen Willen in Hadamar festgehalten wurde, holte Ursel das Kind der beiden auf die Welt.

Der Pastor und seine Frau waren einzigartige Menschen für sie. Nirgendwo sonst hatte sie je Liebe erfahren. Wie hatte sie es genossen, mit anzusehen, wie die beiden sich nach Hadamar ganz neu ineinander verliebten! Sie neckten sich und waren verschmust wie ein junges Paar in den Flitterwochen. Ursel machte es schon glücklich, sie einfach nur zu beobachten. Doch ihre Ehe war etwas ganz Besonderes, das wusste sie. Näher als in ihren Träumen würde sie selbst einer solchen glücklichen Ehe niemals kommen, so viel stand fest.

Sie griff nach der Bibel auf dem Nachtschrank und stellte sich die Lampe so ein, dass sie noch ein bisschen für sich allein lesen konnte. An den vorigen Abenden hatte sie ein bisschen hin- und hergeblättert und allerlei Liebesgeschichten gefunden, die sie begeisterten. Da waren zum Beispiel Jakob und Rahel. Der Mann schuftete sieben Jahre für die Frau, die er liebte, und dann wurde er in der Hochzeitsnacht übel ausgetrickst, indem Rahels Vater ihm statt der Geliebten deren Schwester ins Bett legte, woraufhin Jakob sich gezwungen sah, weitere sieben Jahre für Rahel zu malochen. Aber genau das tat er, weil er sie lieb hatte.

Oder Ruth und Boas: die Geschichte, in der ein reicher Mann sich in eine bettelarme moabitische Einwanderin verliebte, von ferne für sie sorgte, ihre Verwandtschaft aufsuchte, damit er um ihre Hand anhalten konnte, und schließlich den Brautpreis für sie hinlegte, um sie ehelichen zu können.

Selbst Erzählungen, die landläufig gar nicht als Liebesgeschichten galten, gewann Ursel romantische Züge ab, wie etwa der Geburtsgeschichte Jesu, also dem Bericht über Josef und Maria und ihre von Vertrauen und Füreinander-Einstehen geprägte Beziehung. Welcher andere Mann hätte wohl mit so viel Sorgfalt überlegt, was für seine Auserwählte am allerbesten war, wenn er davon ausgehen musste, dass diese ihn bereits betrogen hatte?

Es war Pastor Schumacher gewesen, der sie einmal in einer Weihnachtspredigt darauf aufmerksam gemacht hatte, dass es lohnend sein könne, sich näher mit der Beziehung von Josef und Maria zu beschäftigen. *„Also, was können wir sonst noch aus diesem Stück lernen?“*, hatte er gefragt und war dann fortgefahren: *„Josef muss ein ganz außergewöhnlicher Mann gewesen sein. Hätte Gott ihn sonst auserwählt, das männliche Vorbild für Jesus in den Jahren zu sein, in denen der Junge seine entscheidenden Prägungen erhielt?“*

Ursel seufzte leise auf. Wieso konnte ihr Leben nicht auch so aussehen wie das der Menschen, denen sie in der Bibel begegnete? Warum konnten Männer und Frauen sich nicht immerzu so lieben wie diese Leute? Es erschien ihr rätselhaft, aber eines wusste sie mit Gewissheit: Sie lebte nun mal nicht in biblischen Zeiten, und es wäre dämlich, davon auszugehen, dass sie jemals solche Liebe kennen lernen würde, wie sie Rahel, Ruth, Maria und Monika geschenkt worden war.

Sie schlug ihr Lieblingsbuch in der Bibel auf und las, indem sie sich die Worte leise vorsagte: „‚Des Nachts auf meinem Lager suchte ich, den meine Seele liebt. Ich suchte; aber ich fand ihn nicht. Ich will aufstehen und in der Stadt umgehen auf den Gassen und Straßen und suchen, den meine Seele liebt. Ich suchte; aber ich fand ihn nicht.'"

6

Sonnabend, 30. Oktober 1943

An drei aufeinander folgenden Tagen wurden Stoßtrupps in die Wälder beordert, um die Partisanen zu verscheuchen, die die Lkw und den Panzer zerstört hatten. Der entstandene Schaden wurde dadurch noch größer, dass obendrein zwei Kübelwagen durch Tellerminen, die man in der unbefestigten Straßendecke vergraben hatte, in die Luft geflogen waren – Minen, die am Vortag noch nicht dagelegen hatten. Krahl war außer sich. Von der Division hatte er wegen des Materialverlusts einen herben Anraunzer bekommen.

Konrad und Hartmut waren dem dritten Stoßtrupp zugeteilt. Um Mitternacht ausgerückt, waren sie jetzt in der frühen Morgendämmerung auf dem Rückweg zum Standort. Schon zum dritten Mal kehrten sie mit leeren Händen zurück. Partisanen hatten sie nicht gefunden. Es hatte überhaupt keine Anzeichen menschlichen Lebens in den Wäldern gegeben: keinen Müll, keine niedergebrannten Feuerstellen. Sie hatten nichts weiter entdeckt als ein paar Eichhörnchen, die sich gegenseitig von Ast zu Ast jagten. Es war, als wären die Partisanen zu Bäumen erstarrt, um nicht entdeckt werden zu können.

Konrad schloss zu Hartmut auf und überlegte laut, ob Alina nicht irgendwas von den Aktivitäten der Partisanen wissen könnte.

„Halt die Klappe", schnappte Hartmut.

„Es könnt ja nicht schaden, mal mit ihr zu reden."

„Halt die Klappe, hab ich gesagt!"

So abweisend hatte Konrad Hartmut nie zuvor erlebt. Seine Mundwinkel waren vor Bitterkeit tief nach unten gezogen. Er sah aus, als hätte er einen üblen Geschmack im Mund, den er nicht loswurde. Nichts deutete auf den unbeschwerten Spaßmacher hin, der Konrad seit so vielen Jahren vertraut war. Aber Konrad lag zu viel an Hartmut, um das Thema einfach fallen zu lassen. Denn wenn Alina tatsächlich zu den Partisanen gehörte und Hartmut was mit ihr hatte, dann ...

„Ich sag doch nur“, versuchte er es nochmals, „dass du mal mit ihr reden könntest.“

Mit einer Heftigkeit, die überhaupt nicht zu ihm passte, fuhr Hartmut herum und drückte Konrad mit seinem Karabiner gegen einen Baumstamm. Sein Blick loderte, die Nasenflügel flatterten. „Schnauze!“, rief er.

Die anderen Männer des Stoßtrupps sahen sich nach ihnen um, dachten sich aber nichts weiter. In letzter Zeit lagen bei allen die Nerven blank. Immer wieder kam es zu irgendwelchen Gefühlsausbrüchen. Was die Kameraden am meisten ärgerte, war Hartmuts Gebrüll, liefen sie damit doch Gefahr, ihre Position zu verraten.

Konrad nahm den Fehdehandschuh nicht auf. Aber er wich auch nicht zurück. Vielmehr bohrte sich sein Blick in den von Hartmut.

Der Druck gegen seinen Brustkorb ließ nach, als Hartmut einen Schritt nach hinten machte. Weitere Worte fielen nicht. Sie setzten ihren Marsch durch das Gehölz fort.

Konrad ging jetzt ein paar Schritte hinter Hartmut und schaute auf dessen Rücken. Er hatte schwerere Tage mit seinem Freund geteilt, als die meisten Männer sie jemals erleben. Zusammengekauert und in Todesangst hatten sie im Dreck gelegen, während die feindliche Artillerie die eigenen Stellungen zusammenschoss. Die Gesichter buchstäblich in den Schlamm gegraben, hatten sie auf dem Bauch liegend die Feuerstöße der Kalaschnikoffs über sich hinwegfegen lassen, eine Welle nach der anderen. Tiefste Depressionen bis hin zu fortwährenden Selbstmordgedanken hatten sie zusammen durchgemacht, als sie in den grimmigen russischen Wintern vor Hunger halb verrückt geworden waren. Keine Frage: Konrad würde seinen Freund auch durch diese Krise begleiten.

Ihre Stiefel krachten beim Gehen ins spröde Unterholz. In der Nacht hatte es geschneit – nicht so viel, dass sich eine Schneedecke gebildet hätte, aber doch genug, um jedermann klar zu machen, dass der alte böse Winter aufs Neue hinter ihnen her war. Es war nur noch eine Frage der Zeit, wann er das erste Mal zuschlagen würde.

„Mir liegt was an ihr“, sagte Hartmut. Er flüsterte jetzt, damit ihn niemand außer Konrad hörte. „Alina ... Gott helfe mir, ich liebe sie. So ist es.“

„Hartmut, sie ist –“

„Denkst du, ich weiß das nicht?“, krächzte er. Sein Blick begegnete dem von Konrad. „Ich hab's mir nicht ausgesucht, mich in sie zu verlieben. Sie hat einfach was an sich – ich kann mir nicht helfen.“

Konrad ging ein paar Schritte schneller, so dass er nun an Hartmuts Seite ging, sagte aber nichts weiter, weil es nichts zu sagen gab. Hartmuts Gefühle waren von allem Anfang an zum Scheitern verurteilt, das wusste er selbst. Es aber laut auszusprechen, würde seinen Schmerz nur verschärfen. Im Übrigen spielte ja auch noch ein anderer Fakt seine Rolle: Sie würden bald weiterziehen. Alina würde bleiben, wo sie war, und Hartmut würde fortziehen. Es würde ihm wehtun, aber die Zeit würde auch diese Wunde heilen. Sicher, eine Narbe würde bleiben, aber wer von ihnen war denn nicht längst über und über mit Narben überzogen?

Konrad stellte sich Hartmut in ein paar Jahrzehnten vor, wie er auf seiner Terrasse sitzen und sich des Krieges, der russischen Wälder und dieses Bauernmädchens erinnern würde, in das er einst verliebt gewesen war. Wenn er Glück hatte, würde er nicht einmal mehr ihren Namen wissen. Ihre Augen aber oder ihr Lächeln oder den Geruch ihres Haares würde er niemals aus dem Gedächtnis verlieren.

Der Rauch der Schornsteine, der durch den Wald waberte, verriet die Nähe des Dorfes, schon lange bevor es in Sicht kam. Aus der Ferne hörten sie Rufe und verhielten ihren Schritt. Dann fingen sie an zu rennen: Die Rufe wurden durch Gewehrfeuer übertönt.

Hartmut brach als Erster unter dem Waldrand hervor, Konrad war ihm auf den Fersen. Beide brauchten nur einen einzigen Blick, um zu begreifen, was geschehen war. Es war nicht das erste Mal, dass sie diese Szenerie sahen.

„Hartmut ...“, begann Konrad.

Doch Hartmut hörte nicht hin. Aus Leibeskräften rennend, schoss er auf die Bauernkaten zu. Auf der Straße waren Panzer, Lkw und Kübelwagen in abfahrbereiter Kolonne aufgefahren. Die Dorfbewohner hatte man auf dem Dorfplatz am Brunnen zusammengetrieben, eingeschlossen durch einen Ring von Soldaten mit schussbereiten Handfeuerwaffen. Das dem Brunnen am nächsten stehende Gebäude, eine hölzerne Scheune, wirkte verändert, seit sie es zum letzten Mal zu Gesicht bekommen hatten. Aus einer der Giebelwände ragte ein Balken hervor, an dem ein Tau mit einer Schlinge befestigt war. Darunter stand, klein und zerbrechlich, Alina. Eingerahmt von zwei Soldaten, hatte man ihr die Hände auf dem Rücken zusammengebunden.

In wilder Hast bahnte Hartmut sich seinen Weg durch den Ring seiner Kameraden und die Ansammlung der Dorfbewohner und trat vor die Wachen, die neben Alina standen. „Was soll das?“, herrschte er die Männer an. „Macht sie los!“

Die Männer sahen ihn an, als hätte er einen Witz gemacht. Hartmut stand im Rang eines Feldwebels oder Oberscharführers, wie die korrekte Dienstgradbezeichnung bei der Waffen-SS lautete – was hatte der hier Befehle zu erteilen?

Er legte seinen Karabiner auf sie an. „Macht sie los, sagte ich!“

Aus dem Haus, das als Ortskommandantur gedient hatte, trat Krahl auf die Straße. Er musste sich bücken, wenn er nicht mit dem Kopf an den Türsturz stoßen wollte. „Kessel, bist du jetzt völlig durchgedreht?“, schrie er.

Hartmut hatte ihn gehört, das konnte Konrad an einer raschen Bewegung seiner Augen sehen, aber er drehte sich nicht um und senkte auch nicht die Waffe. „Dieses Mädchen ist nicht unser Feind!“, rief er.

„Sie ist Partisanin!“, sagte Krahl.

Hartmut brauchte ein paar Sekunden, um Krahls Worte zu schlucken. Dann schüttelte er den Kopf. „Glaube ich nicht!“

Krahl bedeutete zwei Soldaten, Hartmut von hinten in die Zange zu nehmen. Der bemerkte den wortlosen Befehl nicht, wohl aber Konrad. Er trat zwischen die Kameraden und seinen Freund. Die beiden Wachen scharf im Auge behaltend, sagte er: „Hartmut, bitte, das bringt doch nichts."

„Reichmann, halt dich da raus!", blaffte Krahl. Beinah schlendernden Ganges, seine Handschuhe gegen die Handflächen schlappend, kam er auf sie zu.

„Aber sie hat nichts Verbotenes gemacht!", beharrte Hartmut. „Ich werde nicht zulassen, dass man sie umbringt, bloß weil sie Russin ist!"

„Sie ist Partisanin", wiederholte Krahl.

„Nein!", schrie Hartmut. Er zitterte. Der Schweiß rann ihm in Bächen über die Wangen.

Krahl kam nicht mehr näher. Er strahlte eine äußerst beunruhigende Gelassenheit aus. „Keine Partisanin? Sind Sie sich dessen sicher, Oberscharführer?", fragte er, nunmehr in formell-dienstlichem Ton.

Hartmut fummelte hektisch an seiner Waffe herum.

„Da setzen Sie also Ihr Leben drauf, *Kamerad?*"

Hartmut wich nicht von der Stelle.

Krahl spazierte zu der hölzernen Munitionskiste hinüber, die als Galgenpodest diente. Mit seiner Stiefelspitze stieß er zwei Gegenstände an, die neben der Kiste im Staub lagen: eine Tellermine und eine Schaufel. „Die Wachhabenden haben sie heute Morgen mit diesen Sachen hier erwischt. Sie war gerade dabei, ein Loch in die Straße zu graben, und das ganz bestimmt nicht, um Petunien zu pflanzen."

Hartmuts Blick wanderte zu Alina. Seine Augen flehten sie an zu beweisen, dass das nicht stimmte.

Zwischen den beiden lag etwas Zärtliches. Doch dann wurde ihr Blick leidenschaftlich, und daran war nicht Hartmut schuld. „Nazischweine!", schrie sie und geiferte dann auf Russisch: „Ihr seid die Pest der Menschheit! Nieder mit euch – euch allen! Es lebe Stalin! Es lebe die Sowjetunion!"

„Alina!“ Hartmut starrte sie an. Er war völlig von der Rolle.

Der Blick, mit dem sie ihn jetzt bedachte, war voller Trotz.

Krahl patschte sich wieder mit den Handschuhen in die Handfläche. Das war eine Szene nach seinem Geschmack. „Sie wissen, was zu tun ist!“, beschied er die Männer neben Alina.

Konrad zerrte Hartmut mit sich fort. Der leistete keinen Widerstand mehr. Die Wachen hoben Alina auf die Munitionskiste. Der größere der beiden Männer legte ihr die Schlinge um den Hals und zog den Knoten stramm.

Alina begann zu schreien: von der ruhmreichen Roten Armee, die gemeinsam mit den Partisanen nicht ruhen werde, ehe nicht die deutsche Pestilenz aus dem Vaterland vertrieben sein würde, vom ewigen Sieg Stalins und der russischen Heimat.

Die Dorfbewohner wurden unruhig wie ein aufgestörter Bienenschwarm.

Krahl gab das Zeichen zur Vollstreckung.

Einer der Wachsoldaten trat mit dem Fuß die Kiste unter Alina weg.

Alinas Schreie wurden durch die sich zuziehende Schlinge erstickt.

Aus der Menge der fassungslosen Dorfbewohner erscholl ein Wehklagen: Alinas Mutter. Ihr Sohn, das Gesicht in der Schürze der Mutter vergraben, zuckte in Weinkrämpfen. Niemand konnte ihn trösten.

„In die Scheune mit ihnen!“, bellte Krahl.

Einen Augenblick lang schien niemand glauben zu können, was er da gehört hatte. Ratlos sahen die Soldaten sich an.

„Krahl, das ist nicht nötig!“, sagte Konrad.

Diese Bemerkung trug ihm einen eisstarren Blick ein. „Untersturmführer, Sie vergessen sich!“, warnte Krahl knurrend.

Noch vor zwei Jahren hätte Konrad nie im Leben den Befehl eines Ranghöheren in Frage gestellt. Aber dies war nicht mehr dieselbe Armee wie damals, als sie in die Sowjetunion einmarschiert waren. Alles war aus den Fugen geraten.

Konrad sah zu den Dorfbewohnern hinüber, die jetzt wie Schafe zusammengetrieben wurden. Anders als Schafe jedoch waren sie klug genug zu wissen, dass man sie zur Schlachtbank führte. Sie klammerten sich aneinander, und ihre gehetzten Blicke zuckten auf der Suche nach irgendeinem Zeichen von Gnade oder wenigstens Aufschub von einem Soldaten zum nächsten.

„Die Leute stellen keine Bedrohung für uns dar!", beharrte Konrad.

„Hempel!" Krahls Befehl galt einem der Männer, die Alina bewacht hatten. „Geleiten Sie Reichmann und Kessel zu den Fahrzeugen! Bei Widerstand gilt Schießbefehl!"

„Sturmbannführer?" Hempel schien Probleme zu haben, den Befehl zu begreifen.

„Krahl, mach das nicht!", sagte Konrad.

„Sie haben Ihre Befehle!", bellte Krahl, jetzt lauter.

Hempel zuckte die Schultern. Sein ratloser Gesichtsausdruck ließ auf die Hoffnung schließen, dass Konrad und Hartmut ihm keine Schwierigkeiten machen würden. Er nahm ihnen die Waffen ab.

Konrad zog Hartmut am Arm. Unter Bewachung verließen sie den Schauplatz.

Neben einem Kübelwagen stehend, konnten sie sehen, wie die Dorfbewohner, eingefasst von zwei Reihen Soldaten, in die Scheune trotteten. Alinas Mutter hatte den Arm um ihren Sohn gelegt – den Jungen, den Hartmut aus dem Brunnenschacht gerettet hatte. Einer nach dem anderen verschwanden die Menschen in der Scheune.

Die schweren, ächzenden Torflügel wurden zugeschlagen und verriegelt. Während die Soldaten einen Ring um das Gebäude bildeten, konnte man von drinnen Flehen, Schluchzen und Gebete hören. Irgendjemand stimmte ein trauriges Lied an. Krahl befahl seinen Leuten, auf jeden zu schießen, der die Flucht versuchte.

Jemand stellte Krahl eine große Kiste vor die Füße. Darin war ein Dutzend Flaschen, von deren Hälsen lange Stoffstreifen hingen. Krahl hatte es nicht eilig. In aller Ruhe unterhielt er sich, scherzte und lachte, während die russischen Bauersleute ihrem Schicksal entgegensahen.

Hartmut konnte den Blick nicht von Alinas Leichnam wenden, der nach wie vor in der Schlinge vom Galgen baumelte.

Krahl zündete sich eine Zigarette an und paffte eine Weile zufrieden vor sich hin, ehe er sich bückte und eine der Flaschen zur Hand nahm. Das Benzin in der Flasche zischte leise. Er zündete die Lunte an und betrachtete sie, während das Feuer sich den Stoffstreifen entlangfraß, mit einem Ausdruck von Entzücken. Dann warf er die Brandflasche in hohem Bogen auf das Strohdach der Scheune. Beim Aufprall explodierte sie, und auf der Stelle züngelten im Umkreis von ein paar Metern Flammen aus dem Dach.

Die Schreie aus dem Inneren der Scheune wurden schriller. Die Scheunentore erbebten von der Kraft der Stöße, mit denen sie von den Eingesperrten traktiert wurden.

Krahl suchte sich eine zweite Flasche aus, und bald gab es auf dem Dach einen zweiten Brandherd. Dann ging er methodisch um das Bauwerk herum und warf von allen Seiten Flasche um Flasche auf das Dach. Niemand half ihm; er bestand darauf, dies allein zu machen. Es dauerte nicht lange, bis die ganze Scheune ein einziges loderndes Inferno war.

Konrad machte das alles einfach nur fertig. Sein Herz war wie ein harter Stein, wie ein ungeschlachter Klotz, der in seiner Brust hing. Kaum konnte er spüren, wie es schlug. War er noch ein Mensch? „Gott, vergib uns", sagte er leise.

Plötzlich kam Leben in Hartmuts Blick. Krahl beobachtete eine Flamme, die sich den als Galgen zweckentfremdeten Balken entlang auf Alinas hängenden Körper zufraß. Zögernd machte Hartmut einen Schritt nach vorn. Dann noch einen.

Konrad sah an seinem Blick, was er vorhatte. „Hartmut, sie ist tot!"

Doch Hartmut ließ sich nicht beirren, im Gegenteil.

„Halt!", rief Hempel und hob halbherzig seine Waffe.

Konrad stieß sie wieder herunter. „Sie wissen doch, dass Sie nicht auf ihn schießen werden", sagte er und riss Hempel den Karabiner aus der Hand. „Und jetzt runter auf den Boden mit Ihnen!", befahl Konrad demjenigen, der ihn gerade eben noch bewacht hatte.

„Untersturmführer?" Angst flackerte in Hempels Augen.

„Sagen Sie Krahl, ich hätte Sie gestoßen."

Es dauerte einen Augenblick, dann begriff Hempel. Er ließ sich zu Boden sinken. Um die Sache glaubwürdiger zu machen, griff er sich an den Unterkiefer, als hätte er dort etwas abbekommen.

Konrad lief hinter Hartmut her.

Den hatte Krahl längst gesehen. „Kessel!", schrie er.

Hartmut kümmerte sich nicht um ihn. Er ging schnurstracks zu dem toten Mädchen hinüber und zog sein Messer vom Gürtel. Dann schob er mit dem Fuß die Munitionskiste nahe an die Leiche heran, stieg darauf und begann, an dem Tau herumzuschneiden, in dem Alina hing.

„Kessel, lass sie da hängen!", bellte Krahl.

Hartmut achtete nicht auf ihn, sondern säbelte weiter an dem Seil herum.

Krahl entriss einem Soldaten dessen Gewehr und legte auf Hartmut an.

Der Knall eines Gewehrschusses brach sich an den Mauern der Hütten. Vor Krahls Füßen spritzte der Sand hoch. Der Sturmbannführer machte einen erschrockenen Satz rückwärts. Ungläubig starrte er Konrad an.

„Reichmann, jetzt bist du über den Rubikon gegangen!"

Konrad hatte immer noch auf seinen Vorgesetzten angelegt. „*Ich* bin zu weit gegangen? Du warst derjenige, der auf Hartmut schießen wollte!"

Krahls Stellung war erschüttert. Die Gesichter der umstehenden Soldaten ließen deutlich erkennen, dass sie die Vorgehensweise ihres Kommandeurs genauso verabscheuten wie Konrad. Krahl brummelte irgendetwas, machte aber keinen Versuch, Konrad anzugreifen.

Inzwischen hatte Hartmut Alina im Arm. Er wandte Krahl den Rücken zu und trug sie zum Wald hinüber.

Krahl war am Kochen.

Wäre das Ganze zwei Jahre früher passiert, so hätte Hartmut es nicht überlebt. Ein Wort Krahls hätte genügt, und jeder Soldat, der den Befehl hörte, hätte sofort auf Hartmut gefeuert. Doch die Dinge hatten sich verändert. Die große deutsche Wehrmacht war längst kein Musterbeispiel militärischer Effizienz mehr. Viel zu viele Soldaten hatten mit ansehen müssen, wie die Freunde ihrer Kindheit dank sinnloser Befehle übereifriger Offiziere in Stücke gerissen worden waren. Jetzt wurden derlei Befehle nicht mehr so fraglos befolgt wie früher. Während Hartmut in den Wäldern verschwand, standen die Männer reglos da, stierten erschöpft ihren Vorgesetzten an und tauschten viel sagende Blicke aus.

* * *

Josef lag im Sterben, und es gab nichts, das irgendjemand dagegen hätte tun können. Er saß in dem Polstersessel im Schlafzimmer. Seine Arme hingen schlaff über die Lehnen. Es war die Zeit, die er jeden Morgen dem Gebet widmete, nur dass er im Augenblick viel zu erschöpft war, um zu beten.

Mit deutscher Gründlichkeit hatten die Weißkittel im Hadamarer Versuchslabor ihm von Zeit zu Zeit, ohne dass er vorher gewusst hätte, wann es wieder so weit sein würde, ihre Chemikaliencocktails eingespritzt. Immer wieder hatte er davon das Bewusstsein verloren. Dann hatten die so genannten Ärzte ihr Opfer über seinem schwarzen Abgrund baumeln lassen, während ihn die unerträgliche Übelkeit Welle auf Welle durchpulste, unterbrochen nur von weiß glühendem Schmerz. Damals hatte er sich nach nichts anderem mehr gesehnt als danach, endlich in die schwarze Tiefe abstürzen zu dürfen, von der er hoffte, dass in ihr der Tod zu finden sei. Doch dieser Wunsch wurde ihm nicht erfüllt. Das lag in der Natur der Drogen, die man ihm verabreichte: Sie weckten nur den Wunsch zu sterben, aber den Tod gewährten sie nicht. Jedenfalls nicht in einem Zuge. Denn immer wenn Josef spürte, dass der Tod jetzt ganz nahe war, kehrten seine Lebensgeister zurück, wenngleich nie im vollen Maß dessen, was sein Zustand vor Beginn der ganzen Prozedur gewesen war, sondern immer nur gerade so sehr, dass es für die nächste Runde von Martern ausreichte. Und jetzt, Jahre später, fraßen ihn die Chemikalien Tag für Tag ein wenig mehr auf, wie Aasgeier, die an seinem Fleisch pickten, nur dass es von innen heraus geschah, so dass bald nur noch eine ausgemergelte Hülle von ihm übrig bleiben würde.

Josefs Leben bestand aus schlechten und noch schlechteren Tagen. Er hatte sich damit abgefunden, dass es so bleiben würde, bis seine Stunde schlug. Doch er musste sich nicht nur an seine körperlichen Begrenzungen gewöhnen. Es war nicht nur so, dass sein Körper aufgefressen wurde, er verlor auch Zug um Zug den Verstand. War sein Kopf eben noch völlig klar gewesen, so wusste er im nächsten Moment überhaupt nichts mehr, schon gar nicht, woran er vor einer Minute noch gedacht hatte. Nichts als gähnende Leere war dann in seinem Schädel.

Er atmete tief durch und versuchte sich auf sein Gebet zu konzentrieren. „Lieber Herr", sagte er, „bitte erhöre mich doch, wenn ich für meine Jungs bete. Da ist Konrad, der eine Geistestiefe besitzt, die er noch nicht mal im Ansatz ermessen hat. Hartmut mit seiner angeborenen Güte, die ihn in dieser Welt fremdeln lässt. Der brillante, mitfühlende Ernst. Und Willi, der gegen seine ganz persönlichen Dämonen kämpft."

Obwohl Josef jeden Tag für seine Jungs betete, fühlte er sich heute ganz besonders dazu gedrängt. Er konnte die Quelle dieses Empfindens nicht ausmachen, aber es war zweifellos da. Er spürte, dass heute ein Tag war – warum auch immer –, an dem die Jungs mehr als je zuvor den Beistand des Geistes Gottes brauchten.

Sein Blick blieb an etwas Unsichtbarem, zu jener Dimension des Geistes Gehörendem hängen, und sein Herz wurde ganz ruhig. Er holte tief Luft, um sich noch besser konzentrieren zu können.

„Herr", betete er, „erhöre doch meine Gebete wegen der Jungs!

Da ist Konrad, der eine Geistestiefe besitzt, die er noch nicht mal im Ansatz ermessen hat. Hartmut mit seiner angeborenen Güte, die ihn ...“

7

Dienstag, 2. November 1943

Russische Truppen vertrieben sie schließlich aus dem Dorf, aber erst nachdem Krahl es in Brand gesteckt hatte. Überraschenderweise verlor er kein weiteres Wort über den Konflikt jenes Morgens, an dem Alina gehängt worden war, sondern tat so, als wäre nie etwas geschehen. Konrad wusste das nicht recht einzuordnen; es war ein für Krahl völlig ungewöhnliches Verhalten.

Nach dem denkwürdigen Boxkampf vor Jahren, in dem er Krahl besiegt hatte, hatte er im Ring nie wieder über ihn triumphieren können. In fünf weiteren Wettbewerben waren sie gegeneinander angetreten – soweit man bei dem ungleichen Kampf zwischen dem untersetzten Konrad und dem athletischen Krahl überhaupt von einem echten Wettbewerb reden konnte. Es zeigte sich, dass Krahl sich nicht mehr damit zufrieden gab, aus dem Treffen als Sieger hervorzugehen; er musste obendrein seine Überlegenheit in jeder Hinsicht auskosten. Im sechsten und letzten Kampf schlug er Konrad k.o. Mehr als eine Minute war Konrad ohne Bewusstsein gewesen.

Dass Krahl diesmal auf Vergeltung verzichtete, führte Konrad auf zwei Ablenkungen zurück: zum einen die näher rückenden Russen, zum anderen eine unerwartete Entdeckung in „ihrem" Dorf.

Zwei Tage lang waren ihnen die Russen in überlegener Stärke auf den Fersen gewesen. Dann kam beiden Kontrahenten eine dritte Streitmacht in die Quere: Der Winter startete seine erste Offensive dieser Saison. Ein Schneesturm von solcher Gewalt setzte ein, dass alles zum Erliegen kam. Man konnte kaum noch etwas sehen. Als der erste Ansturm von Schnee und Eis ein wenig nachließ, lagen alle Fahrzeuge still und waren unter der „weißen Pracht" begraben. In der darauf folgenden Nacht klarte der Himmel auf, und die Temperatur sank rapide. Es fror Stein und Bein.

Mit Glück fand Konrads Kampfgruppe ein Gehöft, das sich als Unterschlupf eignete. Es war zwar mehr als notdürftig, aber immer noch weit besser, als im Freien zu campieren. Die Mannschaften schlugen ihr Nachtlager Schulter an Schulter in der Scheune auf. So dicht gedrängt lagen die Männer, dass man kaum noch irgendwo hintreten konnte. Während ein Zug schlief, schob der andere Wache im draußen eilig ausgehobenen Graben. Zum Glück war der Feind ebenso eingefroren wie sie selbst.

Die Offiziersdienstgrade zwängten sich in die Bauernkate, deren Bewohner natürlich vertrieben wurden. Diesmal handelte es sich dabei um sechs Personen: zwei alte Frauen, einen alten Mann und drei Kinder. Das Letzte, was Konrad von ihnen sah, waren ihre tief vermummten Gestalten, die sich gegen den Wind gebeugt, ihre Siebensachen in Bündeln auf dem Rücken, durch den Schnee zu kämpfen versuchten – wer weiß wohin.

Krahl saß mit einer Wolldecke um die Schultern im Schneidersitz auf einem Strohsack. Es war auch in der armseligen Hütte so kalt, dass er die Pelzmütze aufbehielt, genau wie alle anderen Männer auch.

Quer über seine Schenkel lag die zweite Ablenkung, der Konrad es zugute hielt, dass Krahl nicht Rache an ihm und Hartmut nahm: eine russische Flinte, die einer ihrer Männer in einer Kate des Dorfes gefunden hatte. In Tücher eingeschlagen, hatte die Waffe im Lehmboden der Hütte vergraben gelegen. Es war eine *Mosin Nagant M 1891* aus russischer Fertigung, und zwar eines der modifizierten Modelle. Ihr Lauf war um mehrere Zentimeter verkürzt worden, und auch die Zielvorrichtung hatte man vereinfacht. Als Scharfschützengewehr hatte sie allerdings ein Vierfach-Teleskop.

„Schau dir mal an, wie der Bolzen-Sicherungshebel gearbeitet ist", schwärmte Krahl. „Er ist extra nach unten gebogen, damit er einem nicht ins Blickfeld ragt."

Konrad nahm an, dass Krahl mit ihm redete, denn außer ihnen beiden befand sich niemand im Raum.

„Und hier an der rechten Seite ist extra eine Höhlung ins Holz gearbeitet, damit du den Bolzen besser in der Hand hast."

Konrad schnürte seine Stiefel. Schon jetzt waren seine Füße erfroren – wie würden sie wohl nach einer Stunde im Freien aussehen?

Krahl wog die Waffe in der Hand. „Schwerer als 'ne Mauser", stellte er fest.

Während Konrad in seinen Winter-Tarnanzug stieg, peilte Krahl durch das abgeschraubte Teleskop des Gewehrs. Konrad hatte vor, gemeinsam mit Hartmut einen Aufklärungsvorstoß im Blick auf ihren nächsten Auftrag durchzuführen. Sobald das Wetter es zulassen würde, sollte die Kampfgruppe ohne sie den Weitermarsch antreten. Sie würden zurückbleiben und versuchen, die kommandierenden Offiziere der russischen Einheit aufs Korn zu nehmen, die ihnen nachsetzte. Sie bauten darauf, dass ein solcher Überfall aus dem Hinterhalt die Russen gehörig durcheinander bringen würde, so dass die eigenen Kameraden vielleicht eine Chance bekämen, sich von den Verfolgern abzusetzen.

Krahl hielt sein linkes Auge zugepresst und fixierte Konrad mit dem anderen durch das Zielfernrohr. „Am Morgen soll's anderes Wetter geben", bemerkte er.

„Wir werden bereit sein", erwiderte Konrad.

„Zwischen dem Dorf hier und dem Teich gibt's 'ne kleine Anhöhe, wo ihr genug Deckung hättet."

„Das werden wir uns anschauen." Konrad schnappte sich seine Waffe und ging hinaus.

Er suchte nach Hartmut, der sich mit den anderen Männern in der Scheune hingelegt hatte. In letzter Zeit schlief er viel, und in wachem Zustand war er wortkarg und launisch. Konrad konnte es ihm nicht verdenken. Andererseits: erst seitdem Hartmut sich so gab, war Konrad aufgefallen, wie sehr seine früheren Mätzchen ihre Tage aufgeheitert hatten. Seine neuerliche miese Laune hatte in der ganzen Einheit die Stimmung verdüstert.

Nachdem er über gut und gern ein Dutzend im Tiefschlaf liegender Soldaten hinweggestiegen war, glaubte er, Hartmut gefunden zu haben. Was da unter mehreren Lagen dicker Decken lag, schien ein menschlicher Körper zu sein, obwohl weder ein Gesicht noch irgendein Körperteil zu sehen waren. Oder ...? Konrads Spürsinn gab ihm ein Warnsignal. Er konnte nicht anders, als breit zu grinsen. Behutsam stieß er die Figur unter den Decken mit dem Fuß an. Er wusste nicht, was ihn erwartete. Nichts bewegte sich. Er stieß erneut gegen den Deckenhaufen, etwas beherzter diesmal. Jetzt war eine Reaktion zu verzeichnen, jemand schrak auf. Mit einem Satz brachte Konrad sich in Sicherheit – wer wusste schon, was Hartmut wieder ausbaldowert haben mochte?

Ein Arm kam zum Vorschein und warf die Decken ab. Dann Hartmuts Gesicht: verkatert und verknautscht. Eines seiner Augen schien gar nicht erst aufgehen zu wollen. „Verzieh dich", krächzte er.

Kein neuer Streich – nur ein übellauniger Hartmut. Wie ein sedierendes Serum machte sich Enttäuschung in Konrads Gliedern breit. „Mach dich fertig", sagte er.

Hartmut stierte ihn nur an. Es schien ihm gar nicht zu passen, in die Welt der Wachen zurückgeholt worden zu sein.

Während Konrad wartete, zog Hartmut sich mit langsamen Bewegungen an. Dann langte er nach seinen Stiefeln. Konrad zwinkerte. Er musste sich zusammennehmen, um nicht bis über die Ohren zu grinsen.

Hartmut schob seinen Fuß in den Stiefel. Als er halb drinsteckte, verzog er das Gesicht, zog den Fuß wieder heraus und inspizierte das Innere des Stiefels. Jetzt konnte Konrad sich nicht mehr bezähmen. Er grinste wie ein Dorftrottel.

Hartmut hielt den Stiefel verkehrt herum und schüttelte ihn. Wie viele Male war er selbst Augenzeuge dieser Szene gewesen? Nur dass diesmal er das Opfer war. Konrad konnte es kaum erwarten, das pappige Hafermehl aus dem Stiefelschaft rinnen zu sehen.

Doch was aus dem Schuhwerk herausfiel und auf den Lehmboden kullerte, war ein Klumpen aus starr gefrorener brauner Masse, den Hartmut gleichgültig musterte, ehe er aufs Neue den Fuß in den Stiefel schob. Tonlos sagte er: „Es ist zu kalt, da funktioniert die Sache mit dem Hafermehl nicht."

Wieder fühlte Konrad Enttäuschung. Der alte Hartmut fehlte ihm an allen Ecken und Enden. Wie lange es wohl dauern würde, bis er wieder zum Vorschein käme?

Mittwoch, 3. November 1943

Das Morgenlicht war durchdringend. Es kam einem vor, als wandere man einer ganzen Flutlichtbatterie entgegen. Der Himmel war wolkenlos, die Sonne strahlte. Nichtsdestotrotz war es bitterkalt.

Konrad und Hartmut ließen den Graben hinter sich und marschierten auf den Fluss zu. Sie bezogen ihre Position, von der aus sie den Knüppeldamm weithin überblicken konnten. Im Dorf liefen die Motoren warm, und bald pflügten die Fahrzeuge ihrer Kampfgruppe am Fuß der Anhöhe durch den Schnee. Sie sahen ihren eigenen Panzern, Lkw und Kübelwagen so lange nach, bis sie hinter dem weiten Horizont verschwunden waren. Es dauerte gar nicht lange, da war auch aus der anderen Richtung Motorenlärm zu hören, und bald vibrierte der Boden unter den Gleisketten und Geländereifen russischer Vehikel.

Den ganzen Morgen hatte Hartmut noch nicht ein Wort gesagt. Hintereinander waren sie durch den Schnee gestapft, um auf taktischen Umwegen die Stellung zu erreichen, die sie am Vortag erkundet hatten. Konrad wollte jede Überraschung ausschließen. Sie gruben sich ein, und bald hoben sich ihre Schneeanzüge kaum noch von der Umgebung ab. Der dicke Stamm eines vom Sturm gefällten Baumes diente Konrad als Abstützung für die Waffe. Zusätzlichen Sichtschutz bot ihnen ein Gebüsch, dessen Zweige sich unter ihrer Schneelast nach unten bogen. Wie schon Hunderte von Malen warteten sie ab, freilich – anders als sie es gewohnt waren – in trübseliger Schweigsamkeit.

„Erinnerst du dich an unser letztes Weihnachten zu Hause?", fragte Konrad in der Hoffnung, ein Thema gefunden zu haben, das Hartmut bewegen könnte, das Gefängnis seiner selbst gewählten Einsamkeit zu verlassen. „Die Feier beim Pastor zu Hause?" Er lachte auf. „Weißt du noch, wie krebsrot Ursels Gesicht anlief, nachdem sie diesen ausländischen Radiosender eingestellt hatte?" Er machte die Stimme des Ansagers nach, sehr sonor und sehr britisch: *„You have been listening to Night Serenade on the BBC ..."*

Doch das Schmunzeln verging Konrad nur allzu bald. Sein Gefährte gab durch nichts zu erkennen, dass er seine Worte auch nur gehört hatte.

Stattdessen hob Hartmut den Feldstecher vors Auge und konzentrierte sich auf die herannahenden Truppen. Konrad ließ sich gegen den Baumstamm sinken. Er musste sich wohl auf einen langen Tag ohne jede freundliche Unterhaltung einrichten.

„Hühner."

Das war das erste Wort, das Hartmut von sich gab, seit sie aus der Unterkunft aufgebrochen waren.

„Was?"

„Hühner", sagte Hartmut in allem Ernst. „Jede Menge Hühner. Meinst du, wir könnten uns 'n paar davon greifen?"

Konrad schmunzelte. Endlich war er wieder da, der alte Hartmut.

„Wenn wir genug Hühner einfangen könnten, um 'nen ganzen Panzer damit zu füllen, würde Krahl schon im Dreieck springen, meinst du nicht?"

Konrad lachte.

„Oder Schafe", fügte Hartmut an. „Was, meinst du, bringt ihn mehr auf achtzig, Hühner oder Schafe?" Während er sprach, hielt er durchs Fernglas Ausguck. Mit einem Mal fiel alle Lockerheit wieder von ihm ab.

„Ansage?", forderte Konrad.

„Ich denk, wir haben einen." Hartmut suchte nach seinem Zettel und Bleistift. Ohne den Handschuh auszuziehen, warf er hastige Entfernungsberechnungen hin. Konrad fing an, sich und die Waffe schussbereit zu machen. „'n Russengeneral", sagte Hartmut, ohne aufzusehen. Er griff nach seiner Kamera und richtete das Objektiv auf die Straße.

„Entfernung?“

Hartmut erwiderte nicht sofort; er war noch dabei, die Optik auf das Ziel auszurichten. Dann waren in derselben Sekunde das Klicken des Kameraverschlusses und der Mündungsknall einer Waffe zu hören. In großen Stücken platzte die Rinde dicht neben Konrads Gesicht von dem gefällten Baumstamm ab. Ein paar Splitter trafen seine Wange.

Hartmut und Konrad vergruben die Gesichter im Schnee. Wie gehetzte Tiere krochen sie auf allen Vieren davon, um in sichere Deckung zu gelangen, ehe der feindliche Scharfschütze noch einmal abdrücken konnte.

Die Russen unten auf der Straße reagierten genauso aufgeschreckt. Während sie hinter ihren Fahrzeugen in Deckung sprangen, suchten ihre Blicke nervös die Umgebung und ganz besonders die Anhöhe ab, auf der Konrad und Hartmut sich befanden.

„Wo kam der denn her?“, fragte Hartmut atemlos.

„Weiß ich doch auch nicht!“ Im Stillen machte Konrad sich heftige Vorwürfe. Er hatte sich so sehr über Hartmuts Gemütszustand den Kopf zerbrochen, dass er durch seine Unaufmerksamkeit dem Feind Gelegenheit gegeben hatte, sie unter Feuer zu nehmen. Genau solche Fehler waren es, die man als Soldat gewöhnlich nur einmal machte.

In die Russen auf der Straße kam Leben, nachdem dem ersten Schuss kein zweiter folgte. Etliche gestikulierten durcheinander, und viele Arme zeigten mehr oder weniger grob in die Richtung, in der Konrad und Hartmut sich befanden. Jetzt saßen sie in der Klemme, eingeschlossen zwischen einer ausgewachsenen russischen Kompanie und einem gegnerischen Scharfschützen.

„Ich kann ihn nicht sehen!“, sagte Hartmut.

Beide suchten angestrengt das Terrain nach einer Bewegung, irgendetwas Ungewöhnlichem oder auch einem Lichtreflex von der Linse eines Fernrohrs ab. Doch wenn der andere Scharfschütze sein Handwerk verstand, waren sie so gut wie tot. Er kannte ihren Standort. Er brauchte nichts anderes zu tun, als seine Schussgelegenheit abzuwarten. Ihre einzige Chance bestand darin, ihn zu finden, ehe er erneut schießen konnte, oder die Russen es bis auf den Hügel herauf geschafft haben würden.

Diese hatten schon einen Stoßtrupp losgeschickt. In gebückter Haltung und mit schussbereiten Gewehren gingen die Männer von Baum zu Baum, von Busch zu Busch vor.

„Kannst du ihn sehen?", rief Konrad, der seinerseits krampfhaft etwas zu erkennen versuchte, die Augen zusammengekniffen gegen den gleißenden Schnee und die scharf kontrastierenden schwarzen Schatten.

„Nein!" In Hartmuts Stimme lag mehr als nur ein Hauch von Panik. Das Glas keine Sekunde von den Augen nehmend, suchte er die Landschaft nach dem verborgenen Scharfschützen ab.

Konrad dachte angestrengt nach. *Wo würde ich meine Position gewählt haben, wenn ich er wäre?* Er suchte nach Deckungsmöglichkeiten, erwog Sicht- und Höhenverhältnisse, spähte nach Vegetation, die fehl am Platze schien. Und wenn es nun gar kein Scharfschütze war, sondern bloß ein Landser, der sie zufällig entdeckt hatte? Nein, das war nicht sehr wahrscheinlich. Einen gewöhnlichen Schlammrutscher hätten sie doch schon längst –

Erneut splitterte Rinde von dem Baumstamm ab.

„Zu dicht!", sagte Hartmut mit gedämpfter Stimme, das Gesicht tief im Schnee vergraben. „Das lag entschieden zu nah."

Die Russen, die den Hügel zu ihnen hinaufstiegen, warfen sich zu Boden und gaben über Konrads und Hartmuts Köpfe hinweg einen Feuerstoß ab.

„Das gefällt mir nicht!", rief Hartmut.

„Halt einfach weiter Ausguck."

Hartmut grummelte irgendwas Unverständliches.

„Versuch's mal mit der Kamera", schlug Konrad vor. „Gibt 'n weiteres Sichtfeld."

Hartmut setzte eine andere Sucheroptik auf die Kamera auf.

Konrad behielt den Vormarsch der Russen unterhalb von ihnen im Auge, die sich wieder in Bewegung gesetzt hatten.

„Augenblick mal ...", sagte Hartmut. Seine Stimme vibrierte vor Anspannung. „Ja ... aber ja doch ... da!"

„Hast du ihn?"
„Kann sein."
„Wo ist er?"
Voll konzentriert, blieb Hartmut stumm wie ein Stein.
„Wo? Nun sag schon!" Konrad machte sich fertig, um einen Schuss in die Richtung abzugeben, in die Hartmut schaute.
„Ach, ich dachte, da wär was ...", setzte Hartmut an, brachte den Satz aber nicht zu Ende. Unablässig beobachtete er die Szenerie.
Konrad starrte durch sein Zielfernrohr, um dasselbe in Sicht zu bekommen wie Hartmut.
„Jetzt hab ich ihn!", sagte dieser. Sein Ton war jetzt sehr bestimmt; es klang fast, als wären sie schon aus dem Schneider, jetzt, wo er den anderen Scharfschützen ins Visier bekommen hatte. Das hatte mit seinem felsenfesten Zutrauen zu Konrad zu tun, was dessen Zielsicherheit betraf, sobald er auf einen Gegner anlegte.
„Los, sag schon!", forderte Konrad. „Meinst du die beiden Büsche in zwei Uhr, oder was?"
Mittlerweile war der russische Stoßtrupp so nahe herangekommen, dass Konrad den Schnee unter den Stiefeln der Männern knirschen hören konnte.
„Ich glaub's ja nicht!", murmelte Hartmut und löste den Verschluss seiner Kamera aus.
„Jetzt gib mir schon klare Zielvorgaben!", rief Konrad.
Hartmut sah zu ihm herüber. Gerade wollte er etwas sagen, als erneut geschossen wurde.
Hartmuts Gesicht erstarrte. Namenloses Entsetzen stand in seinem Blick.
„Hartmut?!"
Er sackte in den Schnee.
„Hartmut!" Konrad streckte die Hand nach ihm aus.
Hartmuts Lippen bewegten sich. Er wollte etwas sagen, aber aus seiner Kehle kam kein Laut. Der Scharfschütze hatte seinen Hals durchschossen. Rund um seinen Kopf war der Schnee bereits blutgetränkt.

„Nein, Hartmut! Das kannst du nicht machen!“, flehte Konrad. Seine Stimme lenkte die Aufmerksamkeit der Russen auf ihn. Ein Kugelhagel schwirrte über ihn hinweg und zerfetzte Büsche und Sträucher um ihn herum.

Aus Hartmuts Kehle drang ein gurgelnder Laut. Dann war er still.

Wie ein Ballon Luft aufnimmt, füllte sich Konrads Brustkorb mit einem Schwall sich jagender Empfindungen: erstickender Kummer. Zorn. Eine weiß glühende Wut, die alles andere überlagerte. Und das Verlangen nach Rache. Er wollte um sich schlagen, musste um sich schlagen. Irgendwas töten. Nie zuvor hatte er einen solch unwiderstehlichen Drang verspürt zu töten. Es fraß ihn schier auf. Bis zu diesem Moment war er ein professioneller Soldat gewesen, der das machte, wozu er ausgebildet worden war. Für Führer, Volk und Vaterland. Jetzt aber wollte er aus Rache töten. Bis ins Mark verlangte es ihn danach, von der Erdoberfläche auszuradieren, wer oder was immer es war, der Hartmut dies angetan hatte.

Konrad packte seine Waffe.

Hinterher wusste er nicht, ob er den Schuss zuerst gehört oder gespürt hatte. Alles, was er wusste, war, dass etwas wie der Schlag eines Vorschlaghammers ihn am Kopf getroffen hatte. Der Schlag war so heftig, dass ihm die Waffe aus den Händen flog und er alle Sinne verlor. Er konnte sich kaum daran entsinnen, vornüber in den Schnee gekippt zu sein.

Seine erste bewusste Erinnerung war, wie er mit den Augen blinzelte und allmählich die Baumkronen und der Himmel in sein Blickfeld rückten. In seinem Schädel pochte es, und er schaffte es nicht, die Augen auf etwas Bestimmtes gerichtet zu halten. Er blinzelte und blinzelte nochmals. Instinktiv griff er sich an den Kopf, an seine Stirn, wo es pochte und klebte. Er sah auf seine Finger. Sie waren rot.

Nach seiner Waffe tastend, rollte er sich herum. Da war eine Bewegung, drüben in den Büschen, dort, wohin Hartmut so angestrengt geschaut hatte. Aus einem in jahrelangem Exerzieren geschärften Instinkt heraus, der sich in so vielen Schlachten hatte erproben können, hob Konrad das Gewehr und drückte noch in derselben fließenden Bewegung ab. Was immer sich dort drüben bewegt haben mochte, es duckte sich weg.

Bereit, einen weiteren Feuerstoß abzugeben, wartete Konrad ab. Aber es bewegte sich nichts mehr. Entweder hatte er sein Ziel getroffen, oder dieses Ziel wartete darauf, ihn zu treffen. Sich tot zu stellen war ein uralter Scharfschützentrick. Wenn Konrad so viel Zeit gehabt hätte, würde er sich bis zum Einbruch der Dunkelheit nicht vom Fleck bewegt haben.

Er drehte sich nach Hartmut um und legte die Hand auf die reglose Brust seines Freundes. Seine Augen füllten sich mit Tränen. „Ich hab doch versprochen, dich sicher wieder nach Hause zu bringen. Mann, dieses Versprechen wollte ich halten! Ich schwör's bei Gott, ich wollte doch mein Versprechen halten ..."

Aus dem Gebüsch hörte man russische Rufe. Auch ohne ein Wort zu verstehen, war sich Konrad darüber im Klaren, dass sie etwas mit ihm zu tun hatten. Er musste weg! Sofort. Aber er konnte nicht.

Er konnte doch Hartmut nicht hier im Schnee liegen lassen! Allem und jedem preisgegeben. Mit einem Mal bemächtigte sich seiner eine abgrundtiefe Traurigkeit. Plötzlich war ihm alles egal. Sollten sie ihn doch totschießen! Er wollte nichts anderes mehr, als sich neben Hartmut in den Schnee zu legen und mit ihm zu sterben. Wenn doch dieses schreckliche, elendige, stinkende, hasserfüllte Leben endlich zu Ende wäre!

Eine Gewehrkugel schwirrte an seinem Kopf vorbei.

Konrad duckte sich. Der knapp danebengegangene Schuss ließ sein Herz schneller schlagen, brachte sein Blut in Wallung und erfüllte seine Beine mit neuen Kräften.

Er schnappte sich Hartmuts Kamera und den Feldstecher und wollte sich aufrappeln, hielt aber noch einmal inne. Mit der freien Hand durchsuchte er systematisch Hartmuts Taschen, bis er gefunden hatte, was er suchte.

„Hartmut ...", sagte er ein letztes Mal.

Dann brachte er sich in eine kauernde Position, zielte auf die näher kommenden Russen und gab mehrere Schüsse ab, um sie erst einmal festzunageln, wo sie waren – hoffentlich lange genug, um ihm ausreichenden Vorsprung zu verschaffen. Ohnehin hatte er nur dann den Hauch einer Chance, wenn er den gegnerischen Scharfschützen tatsächlich ausgeschaltet haben sollte. Aber das würde er bald genug wissen. Falls der andere noch aktiv war, würde der Moment, in dem er aufsprang, sein letzter sein.

Konrad holte tief Luft. Dann stand er auf und fing an zu rennen. Nach drei Schritten stellte er voller Überraschung fest, dass er noch am Leben war.

Hinter ihm knallten Schüsse. Um ihn herum spritzten Schneefontänen auf, Holz splitterte. Er hielt sich geduckt und rannte einfach immer weiter.

8

Sonnabend, 27. November 1943

Ursel weinte, als sie hörte, dass Hartmut gefallen war. Als drei Tage später die Nachricht in der Rama-Klause eintraf, dass auch Konrad Reichmann umgekommen sei, war sie zwar erschüttert, aber sie weinte nicht.

Sie glaubte nicht etwa, dass Gott ihn ihr versprochen gehabt hätte. Und es war auch nicht so, dass Konrad auch nur einmal versucht hätte, sie bei der Hand zu nehmen, zärtlich mit ihr zu sprechen oder sich ihr, während sie gemeinsam nach Hause gingen, persönlich anzuvertrauen. Jegliche Romantik zwischen ihnen beiden hatte ausschließlich in ihrer Einbildung bestanden. Und so verstand sie denn Konrads Tod als Fingerzeig Gottes, dass sie eben ohne Mann bleiben sollte.

Das konnte sie nicht überraschen. Es war wohl auch das Beste so. Jetzt konnte sie aufhören mit den Tagträumereien über jene Art Liebe, die es in ihrem Leben niemals geben würde, und ihr Leben so aufbauen, wie Gott es für sie vorgesehen hatte: als ledige Frau.

Der Tag war sonderbar: Ursel nahm alles und jedes mit gesteigerter Aufmerksamkeit wahr. Die Stunden hatten keinerlei Bedeutung mehr; die Zeiger der Uhr schienen zwischen den Minuten stehen zu bleiben. Den Holzofen zu beschicken wurde zum Ereignis. Jedes Mal, wenn sie eines der Kinder ansah, meinte sie ihm zum ersten Mal zu begegnen. Es kam ihr vor, als wische sie Wildfremden die Gesichter ab. Und die Kinder ins Bett zu bringen glich einem Ringkampf.

Jetzt, wo der Tag vorüber war und sie sich hinter ihrem Raumteiler zur Ruhe gelegt hatte, begann sie ihre Einsamkeit zu spüren. Überraschenderweise war sie überhaupt nicht schläfrig.

Ihr kam ein Gedanke.

Heute war der erste Tag gewesen, an dem sie wirklich ihr Leben gelebt hatte. Der erste Tag, an dem sie sich nicht in märchenhaften Träumereien ergangen hatte. Der erste Tag, an dem sie die Wirklichkeit ihrer Existenz nüchtern zur Kenntnis genommen hatte. Von heute an würde sie sich nicht mehr vormachen, dass sie etwas Gutes zu erwarten hatte, und zwar gleich hinter der nächsten Ecke. Sie würde sich nicht mehr einreden, das Morgen werde glücklicher sein als das Heute. Denn so würde es nicht sein. Jedes Morgen, das sie noch zu erwarten hatte, würde nichts weiter sein als eine Wiederholung des Heute.

Heute war der erste Tag gewesen, den sie mit weit geöffneten Augen zugebracht hatte. Sie war in der Wahrheit angekommen, war ihr doch endlich aufgegangen, wie grausam sie sich selbst behandelt hatte, indem sie ihren Kopf mit all diesen Phantasien anfüllte.

Das Leben war hart. Die Menschen waren grausam. Ihr verdorbenes Denken trieb sie zu unaussprechlich schrecklichen Taten. Wie hatte sie sich nur etwas anderes einreden können? Man musste sich doch nur anschauen, was diesen hilflosen Kindern hatte angetan werden sollen. Und die Ruinen der Berliner Innenstadt waren ein Denkmal der wahren Natur des Menschen. In Sonntagsreden sprach man gern vom edlen Geist und den herrlichen Tugenden des Menschen. Doch wenn die Menschen so tugendsam waren, wieso versteckte sie sich dann hier in der Einsamkeit der Rama-Klause? Wenn sie so edel waren, wieso töteten sie eine unschuldige Seele wie die von Hartmut? Und die von Konrad ...

Weiter kam sie nicht. Eine Woge von Gefühlen spülte sie mit sich fort. Sosehr sie sich auch bemühte, sie zurückzudrängen, sich ihr nicht zu ergeben, es geschah einfach.

Schließlich ging ihr durch den Kopf, dass diejenigen, die starben, eigentlich das bessere Los gezogen hatten. Die am Leben blieben, mussten um Lebensmittelkarten schachern und sich abrackern im nie endenden Kampf gegen den Hunger, gegen Krankheiten, Hass, Aggressivität, Arroganz, Selbstsucht und Lust. In dieser Welt gab es nur Leid. Der Tod war ein Ausweg.

Das wusste sie jetzt.

Freude bereitete ihr diese Erkenntnis nicht, aber Realismus und Glück schlossen sich nun mal gegenseitig aus. Es war an der Zeit, dass sie erwachsen wurde. Zum ersten Mal konnte sie nachempfinden, was ihre Eltern in all diesen Jahren immer gewusst hatten. Jetzt verstand sie sie. Kein Wunder, dass sie sie gehasst hatten. Während sie sich mit der hässlichen Wirklichkeit des Lebens herumgeschlagen hatten, hatte sie, Ursel, sich in eine Traumwelt geflüchtet.

Aber damit war nun Schluss. Ab heute würde sie keine Träume mehr zulassen.

Immer noch hellwach, langte Ursel aus reiner Gewohnheit nach ihrer Bibel. Ihre Finger suchten das Lesebündchen, und sie schlug die Seite auf, auf der sie gestern Abend mit der Lektüre aufgehört hatte.

„‚Du hast mir das Herz genommen, meine Schwester, liebe Braut, mit deiner Augen einem und mit deiner Halsketten einer. Wie schön ist deine Liebe, meine Schwester, liebe Braut! Deine Liebe ist herrlicher denn Wein, und der Geruch deiner Salben übertrifft alle Würze.'"

Ursel klappte das Buch zu. Seine Worte waren Schall und Rauch: ohne Bedeutung. Es fiel ihr schwer zu glauben, dass sie sich noch gestern derart dümmlichen Illusionen hingegeben hatte.

Sie warf das Buch zu Boden, setzte sich auf die Bettkante und schob es mit dem Fuß unters Bett. Dann legte sie sich wieder hin, auf den Rücken, und starrte mit weit offenen Augen in die Finsternis.

* * *

Sonntag, 5. Dezember 1943

„Konrads Tod setzt Ursel schwer zu", sagte Monika.

„Aber sie hat überhaupt nicht geweint", antwortete Josef. „Als die Nachricht von Hartmut kam, da weinte sie."

Monika bedachte ihren Mann mit einem mitleidigen Blick. „Kennst du Ursel denn nach all den Jahren immer noch nicht?"

Josef zog lieber eine Grimasse, als die Wahrheit einzugestehen. Nach all diesen Jahren begriff er nach wie vor die Frauen nicht.

„Sie zieht sich innerlich zurück, wenn es ihr schlecht geht", erklärte Monika.

„Hast du denn versucht, mit ihr zu reden?"

„Ja, aber es ging nicht. Sie besteht darauf, dass alles in bester Butter ist."

„Soll ich's mal probieren?"

Sie saßen, jeder mit einer Tasse Brühe vor sich, am Küchentisch. Monika rührte bloß in ihrer Brühe herum, während Josef seine löffelte.

Nachdem sie Gottesdienst gefeiert und zu Mittag gegessen hatten, hatten sie die Kinder zum Mittagsschlaf hingelegt. Ursel war mit ihnen gegangen – was offenbar nicht gerade zur Ruhe im Haus beitrug. Jedenfalls hörte man aus dem Kinderzimmer allerlei Gekicher und Gequietsche.

„Ich hab immer gedacht, dass Ursel und Konrad eines Tages heiraten würden", sagte Monika.

„Ach? Ich hab mir immer Konrad und Karin zusammen vorgestellt."

Monika rümpfte die Nase. „Konrad hätte sich niemals mit Karin verstanden. Sie ist viel zu flatterhaft."

Josef versuchte, den Rest seiner Brühe aus der Tasse zu trinken. Er fasste sie mit beiden Händen, aber seine Hände zitterten zu sehr, und er verschüttete die Brühe über den Tisch und sich selbst. Es hatte eine Zeit gegeben, da hätte Monika über das Malheur gemeckert und versucht, ihm die Brühe selbst einzuflößen. Doch eines Tages hatte Josef sie in den Finger gebissen. Seither hatte sie es gelassen.

„Es war dumm von uns, zu denken, wir könnten unbeschädigt durch den Krieg kommen", sagte Josef.

Monika wusste, was er meinte. Er sprach von der kirchlichen Jugendarbeit. Was ihn selbst anging, konnte ja wohl ohnehin keine Rede davon sein, dass er nach dem Verlust seines Pastorats und seiner Gesundheit unbeschädigt aus dem gegenwärtigen Schrecken hervorgehen werde.

„So wird's wohl sein", stimmte sie zu. „Aber wir haben's doch schon durch so viele Jahre geschafft. Ich glaub, nach einer Weile wirst du einfach denken ..." Der Satz verebbte. Sie rührte in ihrer Brühe.

Josef sah sie an. Ihrem Gesicht war die Trauer über den Tod der Jungs anzusehen. Sie war älter geworden. Auch er fühlte sich gealtert. Hartmut und Konrad gefallen – das hatte ihn hart getroffen. Kaum fühlte er sich mal unbeobachtet, da kamen ihm die Tränen, und diesmal nicht wegen der Drogen.

Im Lauf der Jahre waren so viele Träume unsanft gestorben. Es hatte eine Zeit gegeben, da war er tatendurstig und lebenssprühend gewesen, der handverlesene Schützling eines einflussreichen Kollegen im geistlichen Amt. Unsterblich verliebt in die schöne Tochter dieses Kollegen, hatte er eine viel versprechende Zukunft vor sich gehabt. Heute war Monika so gut wie alles, was von diesem Traum noch übrig geblieben war. Sie war immer noch eine Schönheit, ja, war es heute noch mehr, nachdem sie körperlich, seelisch und geistig gereift war. Und er? Er war bloß noch der Schatten eines Mannes und beinahe nicht mal mehr das.

Was würde Olbricht wohl denken, wenn er ihn jetzt sehen könnte? Josef dachte oft an seinen Mentor und Schwiegervater. Als sie ihn das letzte Mal gesehen hatten, war er in einem alten Lkw aus Hadamar geflüchtet, davongelaufen aus dem Geschehen, das zu seinem Fall geführt hatte. Später hatte man noch gehört, dass der Lkw aufgefunden worden sei, verlassen und mit leerem Tank, aber davon abgesehen fahrbereit. Niemand wusste, wo der ehemalige Geistliche abgeblieben war. Er war einfach von der Bildfläche verschwunden. Soweit Josef informiert war, hatte man auch nie nach ihm gesucht. Olbrichts Verschwinden erregte kaum Aufsehen in einer Zeit, in der so etwas alle Tage vorkam. Josef wurde das Gefühl nicht los, dass es eines fernen Tages an ihrer Tür klopfen und Olbricht in ihr Leben zurückkehren würde.

Dann würde es ohne Frage einiges zu klären geben. Der Mann

hatte Fehler gemacht, die sie alle teuer zu stehen gekommen waren. Doch in der einen oder anderen Hinsicht war er auch Opfer: Opfer seiner eigenen Angst, einer Angst, die ihm die Propaganda des Dritten Reiches so geschickt eingeflößt hatte. Sicher, es würde nicht leicht sein, sich mit ihm zu versöhnen, aber Josef wollte gern glauben, dass Versöhnung möglich sein werde. Dass zumindest ein Anschein dessen wiederhergestellt werden könne, was sie einst verbunden hatte.

Er wollte Olbricht von seinen Jungs erzählen. Denn schließlich versuchte Josef sich doch darin, ihnen ebenso Mentor zu sein, wie Olbricht es einst ihm gewesen war. Und damit waren die Jungs eine Frucht auch von Olbrichts eigenem Dienst.

Josef verzog das Gesicht. Du liebe Güte, er dachte an Konrad und Hartmut, als wären sie immer noch am Leben!

Bis jetzt war ihm noch gar nicht klar geworden, wie viel Hoffnung für sein Land er mit seinen Jungs verbunden hatte. Immer hatte er gedacht, der Same, den er in sie hineingelegt hatte, werde eines Tages aufgehen und mit dazu beitragen, dass die Dinge sich besserten. Doch dieser Same würde keine Frucht mehr tragen. Er war mit Konrad und Hartmut auf dem Schlachtfeld gestorben. Genau wie Josefs Hoffnungen.

Ernst war den beiden zwar intellektuell überlegen, aber er war nicht der kommunikative Typ, sondern brachte lieber lange einsame Stunden in irgendeinem Laboratorium zu, als dass er sich in Gesellschaft mit anderen begab. Und Willi ... Willi war eben Willi. Eine noch unbekannte Variable. In einem Moment erschien sein Wesen viel versprechend, im nächsten hätte Josef ihn erwürgen können. Es war noch gar nicht klar, ob der Same, der in sein Leben gelegt war, Wurzeln schlagen würde oder auf felsigen Grund gefallen war. Nein, Konrad und Hartmut waren die Vielversprechendsten seiner Jungs gewesen.

„Ursel möchte die Weihnachtsfeier absagen“, bemerkte Monika.

„Das hat sie dir gesagt?“

„Es wär ganz schön hart für sie unter den gegebenen Umständen.“

„Das ist es doch für uns alle."

Monika schob ihren Stuhl zurück. Sie nahm Josefs leere Suppentasse und stellte sie in den Ausguss, ehe sie ihre unberührte Brühe in den Topf zurückgoss, der auf dem Herd stand. Aus dem Kinderzimmer war jetzt nichts mehr zu hören. Ursel musste die Rasselbande endlich zur Ruhe gebracht haben. Hoffentlich fand auch sie selbst etwas Schlaf.

„Wir dürfen nicht zulassen, dass der Kummer die Oberhand über uns gewinnt", sagte Josef. „Die Feier wird uns gut tun. Sie wird die Wunden heilen helfen."

Monika stellte sich hinter ihren Mann und legte ihm die Hände auf die Schultern. „Ich sag's Ursel", antwortete sie.

9

Mittwoch, 22. Dezember 1943

Die Kinder rannten im ganzen Haus herum. Sie waren aufgeregt, weil bald Besuch kommen sollte. Und wegen Weihnachten. Den ganzen Tag war Klein-Edith durchs Haus gelaufen und hatte aus Leibeskräften „O Tannenbaum, o Tannenbaum" gesungen. Und seit Toba die Tanne in der Ecke des Zimmers entdeckt hatte, war es kaum noch möglich gewesen, ihn davon abzuhalten, mit dem Baumschmuck zu spielen. Ursel hatte alle Hände voll damit zu tun, die Kinder in Schach zu halten, das Haus zu putzen und zu dekorieren – und schließlich brauchte sie ja auch noch ein bisschen Zeit, um sich selbst wenigstens leidlich herzurichten, wusste sie doch, dass Karin wie ein nach neuestem Pariser Schick herausgeputztes Mannequin erscheinen würde. Dabei fühlte sich Ursel verschlissen wie ein alter Sack. Dass sie der Feier seit Wochen mit Grausen entgegengesehen hatte, machte die Sache auch nicht gerade besser.

Monika bestand darauf, dass Ursel sich schon vergnügen werde, sobald das Fest erst einmal im Gange war. Ach ja, die liebe Monika. Sie wollte ihr ja nur helfen, aber sie begriff überhaupt nichts.

Ein paar abgeblendete Scheinwerfer kündigten die Ankunft der ersten Gäste an. Die Kinder drängelten sich hinter dem großen Fenster des Gemeinschaftsraumes. Drüben hinter den Bäumen konnte man das Eis auf dem See im Mondschein glitzern sehen.

Es klopfte an der Tür.

Kreischend und quietschend rannten die Kinder los und versteckten sich.

„Ursel, kümmerst du dich drum?", rief Monika von hinten.

Ursel verzog das Gesicht. Unter den Augen der mehr oder weniger verkrochenen Kinder ging sie zur Tür, wobei sie noch rasch ihr Kleid glatt strich, ein grünes, hinten gebundenes Wickelkleid mit schlichtem Blumenmuster. Das halblange Haar trug sie offen, Monika hatte ihr geholfen, ein bisschen Dauerwelle hineinzubringen. Sie richtete sich auch noch rasch die Frisur, ehe sie öffnete.

„Willi! Wie schön, dich zu sehen!"

Konrads jüngerer Bruder grinste verlegen. „Grüß dich, Ursel." Er streckte seine Hand aus, zog sie aber unsicher wieder zurück: Gehörte es sich, einer Frau die Hand zu schütteln? Nein, er hob sie lieber zur Andeutung eines Grußes.

Willi war gewachsen und auch breiter geworden. In seiner Uniform, die Ursel unter dem offenen Mantel sehen konnte, war er vom Scheitel bis zur Sohle Soldat der Wehrmacht. Sie konnte sich kaum vorstellen, dass er in der Zeit, die sie ihn nicht gesehen hatte, nach Russland gefahren war, an der Front gekämpft hatte, verwundet worden und wieder nach Hause zurückgekehrt war. Deutsche Jungs mussten in diesen Tagen rasch erwachsen werden.

„Komm rein." Ursel gab die Tür frei. „Bitte gib mir deinen Mantel."

Willi grinste immer noch, während er sich den Mantel von der rechten Schulter zog und ihn dann von der linken und über den Arm rutschen ließ, der lahm herabhing. Seine Hand sah steif und klauenartig aus.

Jetzt, wo er im Licht stand, sah Ursel an seiner rechten Schläfe eine auffallende Narbe. Die Wunde war zwar verheilt, aber er konnte anscheinend das rechte Auge nicht mehr ganz öffnen.

„Du bist ja ausgezeichnet worden", stellte Ursel fest.

Willi sah auf seine Orden herab und zuckte die gesunde Schulter, als seien sie völlig bedeutungslos.

Zwei Auszeichnungen stachen hervor. Unter der linken Brust trug Willi einen ovalen Kranz mit Helm und Hakenkreuz über gekreuzten Schwertern: das Verwundetenabzeichen in Silber. Dann gab es da noch das Eiserne Kreuz zweiter Klasse, das an seinem Band im zweiten Knopfloch seiner Uniformbluse befestigt war.

„Mann, Willi, alle Achtung! Wer hätte gedacht, dass gerade du –" Eben noch rechtzeitig wurde ihr bewusst, was sie zu sagen im Begriff war, und sie besann sich. Sie legte ihm begütigend die

Hand auf den Arm und sagte: „Entschuldige, so hab ich's nicht gemeint. Was ich sagen wollte, war –"

Willi lachte auf. „Ja, ich war wirklich 'n Taugenichts. Geb ich ja zu. Jeder hat gedacht, Konrad würde die Auszeichnungen abräumen."

Vielleicht hätte er Konrad nicht erwähnen sollen: Jetzt hing sein Name zwischen ihnen, und es entstand eine peinliche Stille.

Da hörte man von draußen eine weibliche Stimme. „Was muss ein Mädchen denn anstellen, um hier reinzukommen?"

„Oh, Karin, tut mir Leid, komm doch rein", sagte Ursel mit einem gezwungenen Lächeln.

Hoch erhobenen Hauptes betrat Karin nicht etwa die Klause, nein, sie glitt auf modischen Absätzen regelrecht herein, von Kopf bis Fuß aufgeputzte Eleganz. Sie trug einen kleinen schwarzen Hut mit einem hauchdünnen Schleier vor den Augen. Ihr langer schwarzer Mantel betonte die Hüften und schwang, wenn sie ging. Um die Schultern hatte sie einen Fuchspelz drapiert.

Ihre Aufmerksamkeit wandte sich auf der Stelle Willi zu, so als wären er und sie die einzigen Anwesenden. „O ja!", sagte sie anerkennenden Blicks. „Schau an, wer ist denn da zum Mann geworden?" Sie schritt auf ihn zu und blieb zu dicht vor ihm stehen, als dass man noch von einer schicklichen Unterhaltung hätte reden können. Dem Jungen über die Schulter streichend, sagte sie: „Wer hätte gedacht, dass aus dem kleinen Willi Reichmann so 'n stattlicher junger Mann werden würde?" Sie bemerkte die Auszeichnungen und musste sie sogleich betatschen. „Und dann noch ein Kriegsheld! Du liebe Güte, welche Überraschung! Magst du mir den Pelz abnehmen?" Sprach's und drehte Willi den Rücken zu. Dem blieb keine Wahl, als ihr aus dem Mantel zu helfen, wobei sie kaum merklich in den Knien einknickste. „Ich bin sicher, Ursel wird wissen, wohin damit", bemerkte sie noch.

„Aber ja doch", sagte Ursel und nahm Willi den Mantel ab. „Sicher, das weiß ich ganz genau."

Sie brachte die Mäntel der Gäste zum Dielenschrank. Dazu musste sie an den Kindern vorbei, die sich hinter der angelehnten

Küchentür versteckten und alles darauf anlegten, die Fremden, die ins Haus gekommen waren, gut zu sehen zu kriegen. Alle außer Toba. Der saß zu Ediths Füßen und rieb den Stoff ihres Kleides zwischen Daumen und Zeigefinger. Er schnurrte – wie ein Kätzchen.

Ursel hängte Willis und Karins Garderobe auf. Willis Mantel war ein ganz normaler Uniformmantel der Wehrmacht. Karins pelzbesetztes Stück dagegen war alles andere als gewöhnlich; kaum jemand trug im vierten Kriegsjahr noch so etwas. Als der Pelz und der Wehrmachtmantel neben ihrem eigenen abgetragenen Stoffmantel hingen, ging Ursel auf, wie wenig sich im Lauf der Jahre doch verändert hatte.

Umso überraschter war sie von ihren eigenen Empfindungen. Obwohl sie keinem von den beiden je nahe gestanden hatte, freute sie sich, sie wiederzusehen. Doch zugleich verspürte sie ein vages Unbehagen: irgendwie intuitiv, ein Gefühl, das sie nicht übergehen konnte und das nicht etwa von Karins Anwesenheit ausgelöst wurde.

Verstohlen blickte sie den Flur hinab. Josefs und Monikas Tür war immer noch zu. Ging es dem Pastor womöglich nicht gut heute Abend?

Aus der Veranda war erneutes Hallo zu hören, und Ursel wandte ihre Aufmerksamkeit wieder dorthin. Als sie zurückkam, sah sie, dass ein weiterer Gast eingetroffen war.

Dieser war nach all den Jahren immer noch Haut und Knochen. Und nachdem sie es gewohnt gewesen war, ihn jahrelang in HJ-Kluft zu sehen, war es umso unerwarteter, dass er SS-Uniform trug. Liefen Wissenschaftler denn nicht in Laborkitteln herum? Dumme Frage, klar. Nur hatte sie sich Ernst Ehrenberg, seit er Berlin verlassen hatte, um zu studieren, immer nur im Laborkittel und mit irgendwelchen wissenschaftlichen Zwecken dienenden Gerätschaften in der Hand vorgestellt.

„Ernst!“, sagte sie.

„Hallo, Ursel.“

Ohne sich zu entschuldigen, machte er sich von Karin los, die auch an ihm gleich ihre Hände gehabt hatte, und umarmte Ursel, was deren Gefühle so in Wallung brachte, dass es sie um ein Haar überwältigt hätte. Sie musste alle Selbstbeherrschung zusammennehmen, um nicht in Tränen auszubrechen.

Nicht, dass sie das überrascht hätte. In ihren Reifejahren hatte es zwischen dreien der Jungs eine besonders enge Verbindung gegeben: Konrad, Hartmut und Ernst – Führer, Hofnarr und Denker. Die drei waren körperlich, begabungs- und interessensmäßig so verschieden, wie Menschen nur sein konnten, und hatten sich doch von jeher zueinander hingezogen gefühlt. Kaum einmal hatte Ursel einen von ihnen ohne die anderen beiden gesehen. Und doch gab es unter den dreien zwischen zweien noch einmal ein ganz besonderes Band: Hartmut und Ernst. Vielleicht war das dadurch gekommen, dass Ernst stets ein williges Publikum für Hartmuts Späße abgegeben hatte. Was immer der von sich gab, fand Ernst zum Totlachen. Er lachte dauernd und lachte oft so sehr, dass er einen kleinen Veitstanz aufführte und schier nicht aufhören konnte, sich auf die Schenkel zu schlagen.

„Das mit Hartmut tut mir Leid", flüsterte Ursel ihm zu. Und schon wieder wollten ihr die Tränen kommen.

Ernst ließ sie los, ging aber kaum auf Distanz, sondern ließ seine Hände auf ihren Schultern. „Ja, und Konrad hat's auch erwischt." Die Augen hinter den runden Brillengläsern musterten sie voller Mitleid. Sein Blick ließ mehr als seine Worte erkennen, dass er in Sorge um sie war. Sie hatte ganz vergessen, dass er ja wusste, wie sie zu Konrad gestanden hatte.

Es hatte einmal einen sehr vertraulichen Moment gegeben, in dem sie ihm erzählt hatte, wie sehr sie davon träumte, ihr so genanntes Zuhause ein für alle Mal hinter sich zu lassen und ihr Leben mit Konrad zu teilen. Es war einer jener sorglosen Sommertage gewesen, an denen man leicht mal sein Herz aufschloss, ein Tag, der glühend heiß begonnen hatte, zum Abend hin aber kühler geworden war. Ernst hatte sie von einer Veranstaltung in der Gemeinde nach Hause begleitet. Sie hatten ein komisches Paar abgegeben, das wenig miteinander verband, abgesehen von ihren gemeinsamen Freunden. Irgendwie hatte es sich bis zu jenem Abend noch nie ergeben, dass sie allein miteinander hätten reden können.

Zu ihrer Überraschung hatte Ursel festgestellt, dass es sich mit Ernst gut reden ließ. Ihren Ausgang nahm die Unterhaltung zwischen ihnen bei Hartmut, Konrad, Karin und Willi – die Freunde waren das einzige gemeinsame Thema, das ihnen ohne weiteres einfiel. Doch dann, irgendwo auf dem unbefestigten Fahrdamm zwischen der Kirche und ihrem Wohngebiet, hatte Ernst angefangen, von der Zukunft zu reden: wie er die Schule abschließen wolle, um sich dann mit aller Kraft um des Vaterlandes willen der chemischen und physikalischen Forschung zu widmen. Er sagte, eine bessere Zeit als die gegenwärtige könne es für Wissenschaftler gar nicht geben, stelle der Führer der Forschung doch rückhaltlos alle Ressourcen zur Verfügung, die Großdeutschland nur aufzubieten habe. Er erging sich in allerlei hoch fachlichen naturwissenschaftlichen Einzelheiten, die Ursel damals nicht verstanden hatte und an die sie sich heute nicht mehr erinnern konnte.

Was sie hingegen nicht vergessen hatte, war die Leidenschaft, die aus Ernsts Worten sprach: der Eifer in seiner Stimme, das Glitzern der Begeisterung in seinen Augen. Sie wusste noch, dass sie damals gedacht hatte, eines Tages werde Ernst groß rauskommen. Der Tag werde kommen, an dem sie den Namen Ernst Ehrenberg in der Presse gedruckt finden würde. Alle Welt würde von irgendeinem großen Durchbruch der Forschung erfahren, der sich mit diesem Namen verband und von dem die Allgemeinheit großen Nutzen haben würde.

Auch Ursel hatte freimütig gesprochen: von ihrer Bewunderung für das Ehepaar Schumacher, davon, welches Vorbild die offene, kühne geistliche Haltung des Pastors für sie bedeutete und wie sehr es sie stärkte, mit den beiden bekannt zu sein. Auch über Konrad hatte sie gesprochen, wenngleich zuerst nur zögerlich. Sie hatte es in der Hoffnung getan, Ernst etwas darüber entlocken zu können, ob Konrad die Gefühle, die sie für ihn hegte, wohl in irgendeiner Weise erwiderte. Es hätte doch sein können, dass er sich Ernst gelegentlich anvertraut hatte.

Ihre Erinnerung an jenen Abend war sehr deutlich, weil Ernst ihr – vielleicht seinen Freund ein ganz klein wenig hintergehend – im Vertrauen tatsächlich gesagt hatte, dass Konrad sie mochte, auch wenn er sich das niemals anmerken lassen würde. Und dass er, Ernst, genau wie Hartmut der Meinung sei, eines Tages werde Konrad um ihre Hand anhalten.

Die Erinnerung an jenen Abend hatte ihr all die Jahre hindurch Rückhalt gegeben.

Unter den verborgenen Blicken der Rama-Klause-Kinder traten Ernst die Tränen in die Augen. Er entschuldigte sich bei Ursel, dass er ihr mit seinem Beileid Schmerz zugefügt habe, doch sie lächelte ihn begütigend an. Zwar war die Wunde, die Konrads Tod ihr zugefügt hatte, in der Tat noch ganz frisch, aber einen alten Freund zu treffen, der diesen Schmerz verstand und teilte, machte die Sache doch ein gutes Stück leichter.

„Monika, ich hab dir gesagt, wir sollten die Tür abschließen. Jetzt guck doch mal, was sich hier reingeschlichen hat!"

Alle Köpfe wandten sich der altvertrauten, wenn auch angegriffen klingenden Stimme zu.

Josef Schumacher stand da, gestützt von seiner Frau, um seine Gäste zu begrüßen. Ursel war die Einzige von den jungen Leuten, die an seine Gebrechlichkeit schon gewöhnt war. Den übrigen dreien ging es ganz anders. In jedem ihrer Gesichter zeichnete sich jähes Entsetzen ab, das sie natürlich nach Kräften zu verbergen suchten, ohne dass es ihnen auf Dauer gelang.

Falls dem Pastor ihr Erschrecken auffiel, ließ er es sich nicht anmerken. „Es muss wohl daran liegen, dass ich alt werde", sagte er, „aber irgendwie hab ich die ganze Zeit gemeint, ihr würdet alle genauso aussehen wie damals, als ich euch zuletzt sah. Du liebe Zeit, seid ihr alle groß geworden!"

Die Anspannung in ihren Gesichtern machte verhaltener Heiterkeit Platz.

„Wenn ich mich nicht irre", sagte Monika, „waren wir vor vier Weihnachten das letzte Mal beieinander."

„Ja, an dem Abend mit der besonderen Weihnachtsmusik",

amüsierte sich Willi. „Von der BBC." Wobei er Karin einen schelmisch-anklagenden Blick zuwarf.

„Das ging aber auf Ursels Konto!", rief die.

„Na ja, du hattest schon auch deinen guten Anteil daran", versetzte Ursel.

Ernst meldete sich zu Wort: „Willi, korrigier mich, falls ich mich irre, aber war da nicht auch was mit 'nem umkippenden Weihnachtsbaum?"

„Ja, aber da hatte Konrad mich geschubst!", stellte Willi klar. Es klang ein wenig zu defensiv. „Und außerdem war ich gar nicht der, der –"

Es war ein ganz besonderer Moment, in dem sie alle miteinander ein und dieselbe Erinnerung teilten. Ja, sie riefen sogar mit einer Stimme aus: „Armer Kaiser!" Dann brachen sie in Gelächter aus.

„Was ist denn eigentlich aus Kaiser geworden?", fragte Ernst.

„Ach, der schleicht hier immer noch irgendwo rum", antwortete Monika. „Nur ist er heute zweimal so fett wie damals."

„Wenn nicht mehr", warf Josef ein.

„Er wird sich bestimmt noch zeigen, ehe der Abend heute rum ist", sagte Monika.

In ebendiesem Moment war aus der Küche ein Miauen zu hören, das die Gäste in sichtbares Erstaunen versetzte, weil es mehr nach einer Imitation als nach einer echten Katze klang.

„Das ist nur Toba", sagte Ursel, „eines unserer Kinder."

„Ach ja, die Kinder", sagte Ernst.

„Machen wir's uns doch endlich bequem!", schlug Josef vor. „Dann kann Ursel die Kinder der Größe nach antreten lassen und sie euch vorstellen." Und an Ernst gewandt: „Besser gesagt, wieder vorstellen, was ein paar von euch angeht."

Während Monika und Josef ihre Gäste in den Gemeinschaftsraum baten, wo in einem lockeren Halbkreis um den Kamin herum Sitzgelegenheiten aufgebaut worden waren, führte Ursel die Kinder herein, um sie vorzustellen.

Monika und Josef saßen nebeneinander auf dem Sofa, fast so wie jeden Abend. Monika hatte ihren Handarbeitskorb neben sich auf dem Fußboden stehen.

Ernst hatte auf einem Stuhl Platz genommen, während Willi und Karin sich ein Zweiersofa teilten. Ursel konnte sich nur allzu gut vorstellen, wie es dazu gekommen war: Vermutlich hatte Karin den jungen Mann mehr oder weniger mit sich gezogen.

Alle Kinder hingen auf einmal an Ursels Rockschoß, während sie sie vor den Kamin platzierte, um sie vorzustellen. „An Edith werdet ihr euch ja noch alle erinnern", begann sie. Sie machte Edith von ihrem Bein los und schob sie vor.

„Das ist die kleine Edith?", rief Ernst und schlug sich lachend aufs Knie.

„Mein kleines Mädchen", sagte Josef.

Ursel beugte sich zu Ediths Ohr herunter. „Sag Onkel Ernst Guten Tag!"

Edith starrte Ernst an, unsicher, wie sie dessen herzliches Lachen interpretieren sollte. Dann begann sie zögernd zu lächeln.

„Jetzt sag schon Guten Tag!", drängelte Ursel.

Alle anderen schwiegen still, um die Kleine zu ermutigen.

Es dauerte einen Augenblick, aber schließlich brachte Edith ein „Tach, Ocka Erns" hervor.

Alle lachten, und Ernst ganz besonders. Edith erschrak sich, wandte sich ab und lief schnell zu Ursel zurück.

„Und hier ist unser neuester Zuzug", fuhr Ursel fort. „Er heißt Toba."

„Toba?", fragte Willi. „Hab ich noch nie gehört, den Namen."

„Miau!", gab Toba von sich.

Einen Moment lang herrschte verblüffte Stille, dann brachen alle erneut in Gelächter aus.

„Miau! Miau!" Offenbar verstand Toba das Lachen der Erwachsenen als Aufmunterung. Sein Miauen wurde immer durchdringender. Bald miauten die anderen Kinder auch. Es klang wie ein veritabler Katzenchor.

Ursel war an Toba etwas aufgefallen. Es schien ihm bewusst zu sein, dass er anders war als alle anderen. Vielleicht kam das daher, dass jeder, der ihn noch nicht kannte, erst mal nichts zu sagen wusste, wenn er ihm begegnete. Sehen konnte er ja nicht, wie jedermann seine blicklosen Augen anstarrte, aber er spürte, dass da immer wieder eine Spannung war, eine Spannung, die er regelmäßig durch ein freundliches Lächeln seines Engelsgesichtchens und das Miauen, das mittlerweile zu seinem Markenzeichen geworden war, aufzulösen verstand.

„Ich hab ihn in der Stadt in 'nem ausgebombten Keller gefunden", erzählte Ursel. „Keine Ahnung, wie lang er schon da drin gewesen war, aber vermutlich dürften ihm wohl 'n paar Katzen Gesellschaft geleistet haben."

„Und da hast du wohl zuerst gedacht, er ist 'n Kätzchen in Menschengestalt, wie?", frotzelte Ernst. Es war ein gutmütiger Scherz, und da er von Ernst kam, verstand Ursel ihn auch so.

Sie machte mit der Vorstellung der anderen Kinder weiter, die allesamt, einschließlich Toba, soweit man es ermessen konnte, mindestens ein Jahr älter waren als Edith.

„Das hier ist Hermann", sagte sie.

Daran, wie viel Mühe es Ursel kostete, den Jungen nach vorne zu schieben, war zu sehen, dass Hermann bei weitem nicht so extrovertiert war wie Toba. Er zog den rechten Fuß nach, der, wenn er ging, in einem scharfen Winkel nach innen gebogen war.

„Lasst euch von ihm nicht täuschen", sagte Ursel. „Er gibt sich am Anfang immer so. In Wirklichkeit kann sein Fuß ihn kaum bremsen, nicht wahr, Hermann?"

Der Junge konnte sich nicht bezähmen. Das schelmische Grinsen, das er aufsetzte, war Zeugnis genug dafür, dass Ursel Recht hatte.

„Und das hier ist –"

„Ist Hermann einer der Kleinen aus Hadamar?", unterbrach Ernst.

Josef nickte.

Das schien Ernst zu gefallen. Sein Blick wurde weich, sein Lächeln nahm an Wärme zu.

„Und das hier ist –"

„Ich komm als Nächstes dran!" Ein Mädchen mit einer verkrüppelten linken Hand widersetzte sich Ursels Reihenfolge und stapfte kühn nach vorne.

„Das ist aber nicht höflich, Anni!", schalt Ursel.

„Aber ich bin jetzt an der Reihe!", protestierte die Kleine.

So benahm Anni sich immer wieder, und wären nicht Gäste zugegen gewesen, so hätte Ursel sie mit dieser Frechheit nicht ungestraft davonkommen lassen. So aber sagte sie nur: „Also, das hier ist Anni."

Anni machte einen Knicks und heimste sich dafür den Applaus der Erwachsenen ein, in dem sie sich sichtlich aalte.

„Sie ist die Mutter der Kompanie", setzte Ursel hinzu.

Karin wurde es allmählich langweilig. Schon ein paar Mal hatte sie sich zu Willi hinübergebeugt und ihm irgendwas ins Ohr geflüstert. Das Flüstern hatte zugenommen, und mittlerweile führten die beiden längst ihre ganz eigene Unterhaltung.

Ihr Verhalten irritierte Ursel, doch sie sagte sich, die beiden seien nun mal, anders als Ernst, an der Hadamarer Rettungsaktion nicht beteiligt gewesen und hätten deshalb nicht Ernsts emotionale Bindungen an die Kinder. Andererseits waren sie hier bei Josef und Monika zu Gast, und die Kinder gehörten zu diesem Haus. Es gab doch wohl noch so etwas wie selbstverständliche Höflichkeit!

Den beiden einen missbilligenden Blick zuwerfend, den keiner von ihnen auch nur zu bemerken schien, fuhr sie mit ihrer Vorstellungsrunde fort.

„Hier haben wir Viktor." Ursel nahm einen Jungen an die Hand, dem das Reichsgesundheitsministerium „mongoloiden Schwachsinn" und entsprechende Zurückgebliebenheit attestiert hatte. Viktor war ein freundlicher kleiner Kerl, der fast immer lächelte. „Er nimmt alle Leute gern in den Arm. Nicht wahr, Viktor?"

Viktor nickte freudig. Um zu beweisen, dass Ursel Recht hatte, streckte er seine Arme zu ihr hoch. Ursel hatte ein wenig Mühe, sich zu ihm hinunterzubeugen, da die Kinder sich nach wie vor allesamt an ihre Rockschöße klammerten, aber sie tat ihr Bestes, um Viktor zu umarmen.

„Viktor“, schlug sie vor, „nimm doch mal Tante Karin in den Arm!“

Als sie ihren Namen hörte, zog Karin ihren Kopf von Willis Ohr zurück – gerade noch rechtzeitig, um zu sehen, wie der kleine Viktor mit ausgestreckten Armen auf sie zugesprungen kam. Ihr blieb nichts weiter übrig, als sich von ihm umarmen zu lassen, obwohl ihr das bei weitem nicht so zu gefallen schien wie dem Jungen selbst.

Nachdem er sie fest gedrückt hatte, wollte Karin die Arme des Kleinen von sich abschütteln, aber der war noch gar nicht fertig. Er sprang sie schon wieder an, um sie noch einmal zu drücken.

„Gut jetzt! Das langt, Viktor“, sagte Ursel mit einem befriedigten Lächeln. „Komm jetzt wieder her.“

Viktor gesellte sich wieder zu den anderen Kindern, während eine leicht errötete Karin verlegen ihre Frisur zu richten suchte.

„Ja, und dann haben wir hier noch Marlene“, sagte Ursel.

Marlene war das kleinste der Mädchen. Dennoch war sie kräftig, so dass sich Ursel regelrecht anstrengen musste, um die Kleine von sich loszumachen. Als sie das geschafft hatte, konnte sie Marlene nicht so hinstellen, dass die Erwachsenen ihr ins Gesicht schauen konnten. Schließlich lenkte sie ein und nahm Marlene auf den Arm. Sogleich vergrub die Kleine ihr Gesicht an Ursels Brust.

„Marlene ist unser stillstes und scheuestes Kind“, sagte Ursel, als müsse sie das erklären. „Sie hat einen Sprachfehler wegen ihrer Hasenscharte.“

Das kleine Mädchen wusste, dass von ihm die Rede war. Es schien ihr auch zu gefallen, aber nicht so sehr, dass sie deshalb ihr Gesicht den Gästen zugewandt hätte.

„Sie hat eine große künstlerische Begabung und malt sehr gerne, stimmt's, Marlene?“

Das Kind lächelte und schmiegte sich noch dichter an Ursel.

„Ja, und das wär dann auch schon die ganze Mannschaft“, stellte die fest.

„Du scheinst ja so ganz natürlich mit ihnen allen umzugehen“, sagte Karin.

Wäre diese Bemerkung von irgendjemand anderem gekommen, so hätte Ursel sie als Kompliment aufgefasst. Doch die Person, die es sagte, und der Tonfall, in dem dies geschah, machte ihr deutlich, dass es keineswegs so gemeint war.

„Ach, ehe ich's vergesse“, sagte Karin beiläufig, „Herr Pastor, mein Vater hat mir aufgetragen, Ihnen seinen Gruß auszurichten.“

Josef lächelte. „Und wie geht's deinem Vater?“

„Na ja, wie immer, Sie kennen ihn ja.“ Karin rutschte nach vorn, so dass sie auf die Sofakante zu sitzen kam, und unterhielt sich quer durch den ganzen Raum mit Josef. Allen anderen blieb nichts weiter übrig, als mit anzuhören, was sie ihm mitzuteilen hatte. Damit waren die Kinder nicht mehr wichtig.

Ursel suchte Monikas Blick und erklärte durch tonlose Mundbewegungen: „Ich bring die Kinder zu Bett.“

Monika nickte bloß.

10

Die Kinder waren alles andere als schläfrig. Kaum hatte Ursel das eine zu Bett gebracht und wandte sich dem nächsten zu, da rannte das vorige schon wieder durch die Gegend. Doch sie konnte es den Kleinen nicht verdenken. Es war ja völlig außer der Reihe, Besuch in der Rama-Klause zu haben. Und im Übrigen würden die Kinder alle brav und ohne Verzug zu Bett gehen, so müsste sie selbst nur umso eher zu den Erwachsenen zurückkehren. So hatte sie wenigstens eine Entschuldigung, wenn sie eine Weile ausblieb.

„Brauchst du Hilfe?"

Ernsts plötzliches Erscheinen war eigentlich alles andere als hilfreich. Kaum sahen die Kinder den Fremden in ihrem Zimmer stehen, da kreischten sie los und versuchten sich hinter dem Raumteiler zu verstecken, der ihre Betten von Ursels Schlafstatt trennte. Das ließ Ursel ihnen freilich nicht durchgehen.

Zu ihrer Überraschung wusste Ernst durchaus, was zu tun war, und half ihr tatkräftig dabei, Ordnung zu schaffen und die Kinder in die Betten zu stecken. Sie allerdings zum Einschlafen zu bringen, das vermochte keiner von ihnen beiden. Und so kam es denn, dass Ursel und Ernst auf der Türschwelle standen und leise redeten, dann und wann davon unterbrochen, dass eines der Kinder etwas zu trinken verlangte, was Ursel jedes Mal ablehnte.

„Du machst dich gut als Mutter", sagte Ernst. „Ich kann mich noch gut dran erinnern, wie du dich damals in Pankow, kurz bevor ich zum Studium ging, so rührend um die Kleine von Frau Schumacher gekümmert hast."

Ursel lächelte und verschränkte die Arme vor der Brust. „Danke für die Blumen. Ja, so war es wohl, und das scheint denn ja auch meine Lebensberufung zu sein: Mutter von sechs Kindern, ohne je geheiratet zu haben."

„Ach, das wird irgendwann schon noch werden."

Ursel zuckte die Schultern. Es war ihr nicht danach, ihm zu erläutern, was ihr letzthin im Blick auf ihre Zukunft klar geworden war. „Na ja, es sind ja nicht mehr viele Männer in Reichweite, die dafür in Frage kommen", stellte sie fest. „Dafür gibt's genug, die nicht in Frage kommen – vor denen muss man sich in Acht nehmen."

Ernst hob fragend die Augenbrauen.

„Ich meine meinen Chef im Verteidigungsministerium", erklärte sie. „Der Kerl vergisst immer wieder, dass er 'nen Ehering trägt. Mehrmals am Tag. – Und was ist mit dir? Bei so viel heiratswilligen Frauen, wie es heutzutage gibt, sind doch bestimmt immer drei oder vier gleichzeitig hinter dir her?"

Obwohl es im Kinderzimmer dunkel war und auch der Flur im Zwielicht lag, entging ihr nicht, dass Ernst verlegen reagierte, so dass es fast schon zum Lachen war. „Nee, da gibt's keine", sagte er. „Meine Arbeit lässt mir nicht viel Zeit für Geselligkeit. Wir stehen unter enormem Druck, unsere Vorhaben voranzubringen ... Aber über diese Dinge kann ich wirklich nicht sprechen."

Niemand wusste mit Gewissheit, in welcher Funktion Ernst für das Reich tätig war. Auch sein Dienstort war unbekannt. Man wusste nur, dass er in streng geheimen Labors an streng geheimen Projekten arbeitete.

„Ich wollt ja auch nicht neugierig sein."

„Weiß ich doch", sagte Ernst.

Dennoch hing für einen Moment eine verlegene Stille zwischen ihnen.

„Und mit der Überraschung für heute Abend ist es also nichts geworden?"

Ursel schüttelte den Kopf. „Der Mann wusste über alles Bescheid, ob du's glaubst oder nicht."

„Wie das denn?"

„Das ist es ja gerade: Ich habe nicht die geringste Ahnung."

„Vielleicht durch seine Frau?"

„Nee. Sie kann schweigen. Sie war genauso überrascht wie ich."

„Man hat ja schon immer gedacht, der Mann kann überall das Gras wachsen hören", sagte Ernst mit bewunderndem Schmunzeln.

„Das kann einem aber auch ganz schön gegen den Strich gehen", erwiderte Ursel.

Wieder blieb es einen Moment still.

„Und – wie geht's ihm?", nahm Ernst das Gespräch wieder auf.

Diese Frage, das war ihr klar, hatte ihm schon auf der Zunge gelegen, seit er dem Pastor heute Abend zum ersten Mal unter die Augen getreten war.

„Nicht gut", sagte Ursel. „Es geht bergab."

„Er sieht total hinfällig aus." Es war Ernst anzusehen, dass er erschüttert war. „Und alles wegen Hadamar?"

Ursel nickte.

„Kann man irgendwas –"

„Nein. Keiner kann ihm helfen."

„Wie viel Zeit hat er noch, was glaubst du?"

Ursel zuckte die Schultern. „An manchen Tagen scheint er leidlich auf dem Damm zu sein. Und dann wieder meint man richtig sehen zu können, wie es mit ihm zu Ende geht."

„Als dein Brief kam, dachte ich, du übertreibst sicher ein bisschen, als du schriebst, dies könne sein letztes Weihnachten sein. Aber jetzt, wo ich ihn mit eigenen Augen sehe ..."

Monika kam den Flur entlang. „Ursel, ich muss mich ja sehr über dich wundern!", sagte sie.

Ursel war verdattert. Hatte sie irgendwas verkehrt gemacht? „Ja, aber die Kinder...", begann sie.

„Nee, dass du Ernst so ganz für dich allein beanspruchst."

Da begriff Ursel und lächelte. Ernst räusperte sich.

Monika ging zwischen ihnen hindurch und sah nach den Kindern. Im Moment war im Schlafraum alles still. Zu dritt gingen sie zu den anderen zurück.

* * *

Sie saßen im Halbrund um den Kamin, und Pastor Schumacher sprach. Zwar hatte er kein Gemeindepastorat mehr inne, aber für sie alle war er immer noch ihr Pastor. Aufmerksam hörten sie zu, als Josef ihnen seine Gedanken über das erste Weihnachtsfest mitteilte. Er sagte, er fühle sich besser in der Lage einzuschätzen, was in jener Nacht passiert war, seitdem er Vater geworden sei. Er glaube jetzt einiges von dem nachempfinden zu können, was Josef von Nazareth durch den Kopf gegangen sein musste, während er mit Maria auf dem Weg nach Bethlehem war – vor allem die Sorgen, die den Mann befallen haben mussten, als sie am Zielort ankamen und er feststellen musste, dass die Stadt schon über und über mit Menschen voll war, so dass es für ihn und seine hochschwangere Frau keine Unterkunft mehr gab.

„Wenn wir jetzt an die Stelle kommen, wo Jesus geboren wurde“, warf Monika ein, „sollte vielleicht am besten Ursel die Andacht übernehmen, schließlich war sie es, die deine Tochter auf die Welt geholt hat.“

Alles lachte.

Je später der Abend wurde, umso wohler fühlten sie sich miteinander. Ernst hatte irgendwo Kakao auftreiben können – eine exquisite Delikatesse in diesen Zeiten. Und so saßen sie denn am Feuer, nippten heiße Schokolade, hörten den tief gehenden Gedanken ihres Pastors zu und genossen die Gesellschaft von Freunden, denen sie in lange vergangenen Zeiten nahe gekommen waren. Für eine Weile vergaßen sie die näher rückenden Russen im Osten und den Vormarsch der Amerikaner in Italien.

Mitten hinein in dieses Idyll beehrte Kaiser sie mit seiner Aufwartung.

„Mann, ist der fett!“, rief Ernst.

Von derlei Begrüßung unbeeindruckt kam der Kater hereingestrichen, tat einen Rundblick, als interessiere es ihn nicht im Geringsten, hier so viele Gesichter zu sehen, und sprang auf Monikas Schoß.

„Vier Jahre sind vergangen, aber manches hat sich überhaupt nicht verändert“, stellte Josef fest.

„Was meinst du denn, Schatz?“

„Hm, eine der Erinnerungen, die ich an Weihnachten vor vier Jahren noch habe, besteht darin, wie schwer es mir fiel, die anwesenden Herrschaften wenigstens so lange zur Ruhe zu bringen, wie ich für meine Andacht brauchte. Und heute geht's mir mitten zwischen Kindern, Kakao und Katzen schon wieder genauso."

„Brauchst dich gar nicht so mitleidheischend aufzuführen", sagte Monika. „So geht's nun mal einem Geistlichen, das solltest du doch allmählich wissen!"

„Vielleicht hilft's Ihnen, wenn ich sage, dass wir vor vier Jahren sehr wohl zugehört haben?" Ernst zog etwas aus seiner Tasche: eine Münze.

Auch Willi griff in seine Tasche und brachte eine Münze zum Vorschein. Karin fischte ihre aus der Handtasche, während Ursel ihr Exemplar bereits in der Hand hatte.

Josef ließ sich überwältigt ins Sofa zurücksinken.

„Möchten Sie, dass wir die Texte vorlesen?", fragte Ernst.

Josef nickte.

Ernst sah die anderen an. „Lesen wir doch, was auf allen Münzen gleich ist, also die eine Seite, gemeinsam vor. Danach kann jeder von uns dann seine Bibelstelle einzeln lesen."

Diesen Vorschlag schienen alle gut zu finden. Ernst „stimmte an", und sie lasen mit einer Stimme: „‚Im Boden verankert, greifen wir nach dem Himmel.'" Danach drehte jeder seine Münze in der Hand herum und las den eingeprägten Bibelvers vor.

„‚Der Weisheit Anfang ist des Herrn Furcht'. Sprüche 9,10", trug Ernst vor und fügte hinzu: „In meinem Arbeitsbereich habe ich etliche Kollegen, die brillant sind. Aber weise sind sie längst nicht immer. Ich habe gelernt, Weisheit höher zu schätzen als Bildung."

Ernst sah Karin an, die ihren Text vorlas: „‚Dass ihr sie aufnehmet in dem Herrn, wie sich's ziemt den Heiligen.' Römer 16,2." Sie sah auf und sagte zu Josef: „Ich hab keine Ahnung, wieso Sie diese Münze für mich ausgewählt haben, aber es muss ja etwas zu bedeuten haben. Ich glaube, Sie sagten damals, das Textstück hänge mit einer gewissen Phoebe zusammen. Na, wie auch immer, jedenfalls hab ich die Münze in Ehren gehalten."

Jetzt war Willi an der Reihe. „‚Niemand verachte deine Jugend, sondern sei ein Vorbild.‘ 1. Timotheus 4,12.“ Er ließ die Münze wieder in seiner Tasche verschwinden und sagte: „Ich glaube, Sie haben diese Münze für mich ausgewählt, weil ich immer der Kleinste war.“

„Und weil ich hoffte“, sagte Josef, „dass du heranwachsen und dich zu einem Vorbild entwickeln würdest – im Wort, im Tun, im Glauben und in der Reinheit, wie es an der Stelle weiter heißt. Das hoffe ich immer noch.“

Ursel hielt sich ihre Münze vor die Augen, um den Text vorzulesen, der darauf stand. „‚Kraft und Schöne sind ihr Gewand.‘ Sprüche 31,25. – Und dann geht es weiter: ‚Sie lacht des kommenden Tages‘“, fügte sie hinzu. Weiterzusprechen fiel ihr schwer; die Gefühle schnürten ihr die Kehle zu. Außerdem hatte sie gar nicht mehr an die Münze gedacht, seit sie sie damals bekommen hatte. *In diesem Fall hat der Pastor sich mal geirrt,* dachte sie. Sicher, es hatte eine Zeit gegeben, da hätte sie ihm in der Einschätzung zugestimmt, dass eine Zukunft voll Freude auf sie warte, aber das war vorbei. „Ich hab mich bemüht, diesem Vers gerecht zu werden“, schaffte sie gerade noch zu sagen.

Zwei Münzen, die bei der Weihnachtsfeier vor Jahren ausgegeben worden waren, fehlten; und mit einem Mal war ihnen allen die Abwesenheit von Konrad und Hartmut nur allzu schmerzlich bewusst.

Auf dem Sofa ließ Josef seinen Tränen freien Lauf. „Verzeiht“, sagte er. „Ich kann’s nicht kontrollieren ... das sind die Drogen.“

Solange Josef sich wieder in den Griff zu kriegen versuchte, starrte alles betreten zu Boden. Monika zog ein Tuch aus seiner Tasche und trocknete ihm damit die Wangen.

Vom Flur her tauchte Viktor auf und rieb sich schlaftrunken die Augen. „Wasser will“, sagte er.

Ursel ging zu ihm und nahm ihn auf den Arm.

Da sah der kleine Mann Karin und besann sich kurzerhand eines Besseren. „Drücken will!“

Über Ursels Schulter hinweg streckte er die Arme nach Karin aus und verlangte immer dringender nach „Drücken“.

„Komm, wir holen dir ein bisschen Wasser", sagte Ursel.
„Nein! Drücken will! Drücken!"
Karin saß da wie ein Ölgötze, als ginge das Ganze sie nichts an.
„Drücken! Drücken will!"
Ursel konnte nichts machen. „Na schön, aber bloß einmal", sagte sie und ließ den Kleinen runter.
Im nächsten Augenblick war er auf Karins Schoß, warf seine Arme um ihren Hals und drückte sie, so fest er nur konnte.
„Na schön, Viktor, jetzt hast du deinen Willen gekriegt", sagte Ursel. „Und jetzt geht's wieder ab ins Bett."
Sie und Karin mussten sich mit vereinten Kräften anstrengen, um die Umklammerung des Kindes zu lösen. Während Ursel ihn ins Kinderzimmer zurückbrachte, bemerkte Josef, er habe noch nie gesehen, dass Viktor sich so sehr zu einer Person hingezogen gefühlt hätte.
Darüber musste Ursel immer noch schmunzeln, während sie den Knaben in sein Bettchen verfrachtete und noch so lange bei ihm blieb, bis der Schlummer ihn wieder übermannte.
Ehe sie zu den anderen zurückging, machte sie einen Abstecher in die Küche, um selbst einen Schluck Wasser zu trinken. Zwar schmeckte ihr die heiße Schokolade prima, aber irgendwie fühlte sich ihre Kehle belegt an, was sie mit einem Schluck kühlen Wassers wegzuspülen hoffte. Hinter dem Ausguss war ein Fenster, und während sie dort stand und trank, bemerkte sie eine Bewegung draußen im Dunkeln. Mindestens meinte sie, etwas gesehen zu haben. Ohne sich sicher sein zu können, hielt sie es für den Schatten eines Mannes.
Sie trank ihr Glas aus und stellte es mit einer ruhigen Bewegung in das Ausgussbecken, wusste sie doch: Wenn es da draußen jemanden gab, konnte er sie im hellen Küchenlicht klar und deutlich sehen. Hier draußen in den Wäldern mussten sie es mit der allabendlichen Verdunkelung bei weitem nicht so genau nehmen wie in der Stadt. Vielmehr sollten die Amis die Klause ja finden können. Jedenfalls die am Boden.
Sie ging ins dunkle Schlafzimmer, zog die Übergardinen beiseite

und sah noch einmal hinaus. Der Wald hinter der Klause war dicht. Im Mondschein war der Waldrand scharf zu sehen. Sie ließ ihren Blick von Baum zu Baum, von Busch zu Busch gleiten und wartete geduldig ab. Doch da bewegte sich nichts.

Vielleicht war es ja nur ihre eigene Bewegung gewesen, die sich in der Fensterscheibe gespiegelt hatte. Trotzdem wartete sie noch einen Augenblick.

Und ihre Geduld zahlte sich aus.

Da! Er trat hinter einem dicken Baumstamm hervor. Ein Mann. In gebückter Haltung musterte er das Haus. Er hatte eine Waffe – ein Gewehr.

Man hatte ihnen Gesellschaft angekündigt, aber nicht gesagt, wie viele es sein würden. Einer oder auch mehrere. Sie hatten davon gehört, dass nicht weit entfernt ein amerikanischer Bomber abgeschossen worden war.

„Warum ausgerechnet heute Abend?“, knurrte Ursel.

Sie konnte an nichts anderes denken als an die zwei Männer in deutschen Uniformen, die in ihrem Gemeinschaftsraum saßen. Was die wohl denken würden, wenn sie wüssten, dass Josef in seinem Keller amerikanischen Fliegern Unterschlupf gewährte?

Aber das konnten sie ja nicht wissen. Sie würde nicht zulassen, dass diese Entwicklung der Dinge Josef den lang ersehnten Abend verdürbe.

Im Flur schlug Ursel die Richtung ein, die vom Gemeinschaftsraum wegführte. Sie musste rauskriegen, wer das war, der sich da draußen rumtrieb. Er sollte nicht an die Tür klopfen. Vielmehr wollte sie versuchen, den Kerl in den Keller zu manövrieren und ihm klar zu machen, dass sie deutsche Soldaten im Haus hatten.

Am Ende des Flurs gab es eine Außentür. Weil die Rama-Klause in Hanglage stand, führte von dort eine Holztreppe zur Erde hinab. Sie musste es schaffen, den Amerikaner geräuschlos diese Treppe hinauf und in den Flur zu bugsieren und dann über die Kellertreppe wieder abwärts.

Die Kälte der Nacht fuhr ihr in die Glieder, kaum dass sie die Tür geöffnet hatte. Sie hatte keine Zeit gehabt, nach ihrem Mantel zu greifen, was sie ohnedies kaum hätte tun können, ohne von den anderen bemerkt zu werden. Auf Zehenspitzen schlich sie sich behutsam die Außentreppe hinunter und tastete sich vorsichtig zur Hausecke voran. Dort packte sie der eisige Wind und ließ sie bis auf die Knochen frösteln. Mit eingezogenen Schultern, die Arme um sich geschlungen, spähte sie zögernd um die Ecke.

Sie hatte ihn verloren. Alles lag düster und still da. Und selbst wenn der Typ hier draußen irgendwo war, was sollte sie eigentlich zu ihm sagen? Würde der sie denn verstehen? Klar, mit ihrem Englisch kam sie ziemlich gut zurecht, das brauchte sie ja auf der Arbeit. Aber mit einem Amerikaner sprechen – wann hatte sie denn schon mal Gelegenheit, sich aktiv sprechend des Englischen zu bedienen?

Da war eine Bewegung. Ganz in der Nähe des Baumes, hinter dem sie ihn vorhin hatte hervortreten sehen.

Da! Da kauerte er und schaute zum Haus herüber.

Ursel wollte sich schon offenbaren, hielt aber inne. Was, wenn sie den Mann erschreckte – womöglich würde der auf sie schießen? Aber sie musste etwas tun. Sie fror elendiglich. „Hallo?“, rief sie zaghaft.

Im selben Moment, als er sie hörte, richtete der Soldat in einer ruckhaften Bewegung seine Waffe auf sie aus.

Aber er antwortete nicht. Sollte sie es noch mal versuchen? Es schien ihr besser, das nicht zu tun; schließlich wusste der Mann jetzt von ihrer Anwesenheit. Aber worauf wartete er denn noch? Dadurch konnte er ja auch nicht rauskriegen, ob sie allein hier stand oder sich hinter der Hausmauer noch andere Leute verbargen.

So sehr es ihr auch widerstrebte, sie machte sich klar, dass es nur eine Möglichkeit gab, ihn heranzulocken: Sie musste ihm zeigen, dass sie in der Tat allein hier draußen war.

Tief durchatmend, ging sie zögernd ein paar Schritte vom Haus weg. Sie erwog, die Hände zu heben, damit der Fremde sah, dass sie unbewaffnet war, aber sie brachte es einfach nicht fertig, die Arme vom Körper zu nehmen: vor Angst, noch mehr aber vor Kälte.

„Ursel ...? Ursel, was in aller Welt machst du denn hier draußen in der Kälte?“

Die Stimme! Ihr Herz setzte aus, und damit hatte die Nachtkälte nicht das Geringste zu tun. „Konrad?“, hauchte sie.

11

Er saß auf dem Stuhl, auf dem Ernst gesessen hatte, nur hatten sie diesen dichter ans Feuer gerückt, damit ihm warm wurde. Konrad konnte sich nicht mehr erinnern, wann er zum letzten Mal seine Zehen gespürt hatte. Die eisigen Waffen des russischen Winters – Sturm, Schnee und Frost – hatten ihm den ganzen langen Weg nach Hause zugesetzt. Nun wärmte das Feuer zwar seinen Körper auf, seinen Geist aber konnte es auch nicht beleben: Er war immer noch betäubt durch den Tod von Hartmut.

Er hob an mit seiner vorbereiteten Geschichte, so wie er sie sich an jedem Tag der langen Reise eingeprägt hatte.

„Gerade als ich in den Stützpunkt zurückgetaumelt kam, sollte der Lkw abfahren“, sagte er, den Blick starr auf die Tasse Kakao gerichtet, die er in seiner Hand hin- und herdrehte. „Es blieb keine Zeit mehr, meine Siebensachen zusammenzuraffen. Wenn ich meine vier Wochen Heimaturlaub haben wollte, blieb mir nichts anderes übrig, als kurz entschlossen aufzuspringen. Sonst hätte ich womöglich meinen Anspruch verwirkt. Und so bin ich jetzt hier.“

Sie saßen alle um ihn herum: Ernst, Willi, Karin, Josef und Monika Schumacher, Ursel. Von diesem Tag hatte er geträumt. Doch jetzt, da er endlich gekommen war, ging ihm auf, dass alle hier seine Feinde waren. Ein einziger Versprecher, eine winzige Unstimmigkeit, eine Lüge, die nicht überzeugte, und sie würden ihm auf die Schliche kommen, würden ihn als das erkennen, was er tatsächlich war.

„Am allermeisten kommt es ja darauf an, dass du es sicher nach Hause geschafft hast“, sagte Monika.

Konrad lächelte. Während er fort gewesen war, hatte sie sich einen mütterlichen Tonfall zugelegt.

„Ja, und zwar lebendig“, ergänzte der Pastor.

„Wir hörten ja, du seist ...“ Karin brachte ihren Satz nicht zu Ende.

„Ja, das hat Ursel mir erzählt“, sagte Konrad. „Keine Ahnung, wie sie auf diesen Gedanken gekommen sind. Vielleicht haben sie meine Sachen vorgefunden, und da ich fort war, haben sie gemeint, ich könne nur gefallen sein.“

Karin war ihm am dichtesten auf die Pelle gerückt. Ihre Hand ruhte auf seiner Schulter – schon seit dem Augenblick, da er sich hingesetzt hatte. Sobald jemand etwas Lustiges oder auch Trauriges sagte, drückte sie fest zu.

Seit fast einem Jahr war Konrad nicht mehr in die Nähe einer Frau gekommen. Russische Bäuerinnen gehörten zur Kategorie „Feind“ und nicht zur Kategorie „anderes Geschlecht“. Jetzt Karins Berührung zu spüren und den Duft ihres Parfüms einzuatmen war berauschend und verwirrend.

Ursel stand ein Stück von den anderen entfernt; scheinbar bequem lehnte sie an der gemauerten Einfassung des Kamins. Sie konnte die Augen nicht von Karins Hand wenden. Mehrmals bemerkte Konrad, wie sie dorthin starrte.

Ernst kriegte sein Lächeln nicht aus dem Gesicht. „Es passiert ja nicht jeden Tag“, sagte er, „dass einer unserer Freunde von den Toten zurückkehrt.“ Mindestens ein Dutzend Mal brach es im Laufe des Abends aus ihm heraus: „Heute ist das schönste Weihnachten, das es je gab!“ Das meinte er nicht etwa so, dass er Hartmuts Tod vergessen machen wollte, und Konrad hätte ihm das auch nie vorgeworfen. Immerhin waren die zwei schon in ihrer Kindheit eng befreundet gewesen. Doch ungeachtet der überschwänglichen Begeisterung, die Ernst wegen des unerwarteten Wiedersehens an den Tag legte, konnte Konrad kaum an etwas anderes denken als an Hartmuts Tod.

Und dann war da ja noch Willi. Konrad konnte seinen jüngeren Bruder kaum anschauen: Soldat. Ausgezeichnet. Verwundet. Ehrenwert. Willi, der Stolz des Vaterlandes – und Konrad, der ...

Das Leben war grausam. Heutzutage wurde der Taugenichts zum Helden, während der Held – aufgezogen, um zur Grundlegung eines Reiches beizutragen, das tausend Jahre Bestand haben sollte – den Makel des Feiglings trug: eine Schande für das Vaterland.

Und es kam gar nicht darauf an, dass niemand anders das wusste. Er wusste es, und das reichte.

„Wo ist denn dein Führerpaket?", fragte Willi.

„Willi, nun bezähm dich mal!", schalt Ursel.

„Wieso denn? Ich meine nur, er könnte doch ein bisschen was von den leckeren Sachen mit uns anderen teilen, schließlich haben wir doch Weihnachten und so!"

Das war ein Detail, an das Konrad nicht gedacht hatte. Jeder Soldat mit Urlaubsschein bekam, wenn er sich bei seiner Stammeinheit meldete, ein Fresspaket ausgehändigt: einen großen Karton mit Dauerwurst und anderen Lebensmitteln, die im Reich rar waren. Soweit Konrad von Kameraden gehört hatte, die aus dem Urlaub an die Front zurückkehrten, gab es wegen dieser Pakete in der Heimat öfters Streitigkeiten, weil alle Welt erwartete, dass die Frontkämpfer von ihren Schätzen etwas abgaben.

„Ich ... ich hab gar keins gekriegt", antwortete er.

„Quatsch, das kriegt jeder!", versetzte Willi.

„Ich aber nicht!", schnappte Konrad. „Die Schlange an der Ausgabe war ellenlang, und ich musste meinen Zug kriegen."

Willi schöpfte Verdacht, das konnte Konrad an seinem Blick sehen.

Es wurde spät, und Ernst musste aufbrechen, um noch eine Fahrgelegenheit zu seinem geheimen Dienstort wahrnehmen zu können. „Ich konnte mich nur den einen Tag freimachen", entschuldigte er sich bei Konrad, ehe er jeden umarmte und sich herzlich verabschiedete.

„Ich bring dich noch raus", sagte Konrad, und jeder begriff, dass er ein paar Momente allein mit Ernst haben wollte. Deshalb blieben alle anderen zurück und wandten sich am Kamin neuen Gesprächsthemen zu.

„Wie kann ich dich erreichen?", fragte Konrad, als die beiden draußen waren.

Ernst schüttelte den Kopf. „Gar nicht. Es war schon ein Glücksfall, dass Ursels Brief überhaupt bei mir angekommen ist. Selbst das hat über zwei Monate gedauert."

„Ach ja, strengste Geheimhaltung und so weiter und so fort ..."
„Jawohl."

Mit einem Mal fiel es den beiden Männern schwer, sich in die Augen zu schauen. Diesen Moment hatte Konrad gefürchtet. Schließlich waren Hartmut und Ernst die ganze Schulzeit hindurch engste Freunde gewesen.

Ernst räusperte sich. „Warst du ... warst du bei ihm, als –"

„Ja", antwortete Konrad, „und ich konnte nichts für ihn tun." Es fiel ihm schwer, die Fassung zu wahren. „Ernst, ich hab versprochen, ihn wieder nach Hause zu bringen. Ich hab versagt. Es tut mir Leid. Oh Mann, es tut mir so Leid!" Müdigkeit und Gefühlsaufwallung drohten ihn zu überwältigen. Er wollte es vermeiden, vor Ernst in Tränen auszubrechen, aber seine Augen wurden schon feucht, und er hatte keine Kraft mehr, sich zu beherrschen. Er senkte den Kopf.

Ernst fasste ihn am Arm. „Es ist doch nicht deine Schuld. Das musst du glauben, Konrad. Einen besseren Beschützer als dich hätte Hartmut doch gar nicht haben können, einen besseren Freund auch nicht. Du hast eben was versprochen, was niemand hätte halten können. Niemand, hörst du?"

Jetzt suchte Konrad doch den Blick seines Freundes. Der Mann, der ihm gegenüberstand, hatte zwar Ähnlichkeit mit dem Ernst, den er schon als kleinen Jungen gekannt hatte, aber in seinen Augen lag eine Reife, die Konrad nie zuvor wahrgenommen hatte. Und ein Schmerz. Worin auch immer Ernsts Dienst bestand, auch für ihn konnte es nicht leicht gewesen sein.

„Mann, es ist so gut, dich zu sehen!", sagte Ernst.

Als Nächstes fand Konrad sich in einer Umarmung, die ihm fast die Luft zum Atmen raubte. Dann setzte Ernst seine Mütze auf und verschwand entschlossenen Schrittes in der Dezembernacht.

Auch die anderen hatten sich offenbar entschlossen, den Abend zu beenden. Willi kam auf seinen Bruder zu und entbot ihm den korrekten militärischen Gruß. Doch in seinen Augen glomm immer noch der Argwohn, wie Konrad ihn Hunderte von Malen beobachtet hatte, während sie zusammen aufwuchsen. Dieses Glimmen hatte Willi immer dann in den Augen, wenn er von irgendetwas Witterung aufgenommen hatte.

„Wohnst du bei Vater?“, fragte Konrad.

Willi lachte. „Bist ja witzig geworden auf deine alten Tage! Ich hab in Spandau ’ne eigene Bleibe. Aber morgen besuch ich ihn. Soll ich ihm die gute Nachricht –“

„Nein“, schnitt Konrad ihm das Wort ab. „Das will ich ihm schon selbst sagen.“

In Willis Augen blitzte es auf. Er grüßte erneut und entfernte sich. Konrad erwiderte den Gruß nicht. Willi trieb sowieso nur Schabernack mit ihm, dessen war er sich sicher.

Karin trat ein wenig zu dicht an ihn heran und hauchte: „Ruf mich doch an! Ich hab ’nen Wagen zur Verfügung und komm auch an Benzin ran. Ich kann dich fahren, wohin du auch willst.“ Ihre rechte Hand lag flach auf seiner Brust, mit dem Zeigefinger strich sie verführerisch über seine Uniform. Sie zwinkerte ihm zu und sagte dann noch: „Kinokarten, Lokale, eine kleine Landpartie ... alles möglich für einen Helden des Vaterlands. Also, ich warte auf deinen Anruf.“ Sie stellte sich auf Zehenspitzen und küsste ihn auf die Wange.

Ihre Berührungen, ihr Parfüm, der Hauch ihres Atems an seiner Wange – all das brachte Konrads Sinne zum Flirren.

Dann wandte Karin sich ab und befingerte noch die anderen, ehe sie ihren Pelz von Ursels ausgestrecktem Arm entgegennahm und hinausrauschte.

Monikas und Ursels Blicke drückten ein und dasselbe aus: eine Mischung aus Belustigung und Abscheu. Bei Pastor Schumacher hingegen war es nur Belustigung.

„Selbstverständlich übernachtest du hier“, sagte der Hausherr.

„Danke“, antwortete Konrad. „Wenn es Ihnen nichts ausmacht, Herr Pastor, würde ich Sie gern einen Moment sprechen.“

„Das will ich auch meinen nach dieser Szene mit Karin“, schnaubte Ursel. „Da scheint mir eine kleine Beichte ganz angebracht.“

„Aber *ich* hab doch nichts gemacht!“, sagte Konrad.

„Na ja, zum Wagen hat er sie wirklich nicht gebracht, so viel ist richtig“, sprang Monika ihm bei.

„Wahrscheinlich hatte er Angst, dass wir sonst die Tür hinter ihm abschließen würden“, entgegnete Ursel.

In diesem Moment wurden Josefs Knie wacklig, und Monika konnte ihn gerade noch stützen. Als Konrad ihn früher am Abend zum ersten Mal zu Gesicht bekommen hatte, war auch er zutiefst erschrocken gewesen. Vor diesem Anblick hätte Ursel ihn ruhig warnen können! Jetzt sank ihm jedes Mal das Herz in die Hosen, wenn er seinen Pastor ansah. Der Mann war nur noch Haut und Knochen. Monika dagegen wirkte wohlauf und vital. Pastor Schumachers Anblick erinnerte Konrad an die langen Reihen russischer Landbewohner, die er an den Straßen hatte liegen sehen, nachdem sie den Hungertod gestorben waren.

„Vielleicht sollten wir das lieber auf morgen früh verschieben“, schlug Josef vor.

„Würde ich auch für ’ne gute Idee halten“, stimmte Monika zu.

„Wie immer es Ihnen gelegen ist“, sagte Konrad.

Monika drehte ihren Mann mit dem Gesicht zur Schlafzimmertür.

„Moment noch“, sagte Konrad, „nur eine Sekunde.“ Ohne weitere Erläuterung ging er zum Tannenbaum, von dessen Zweigen vier altvertraute Münzen herabhingen.

Konrad berührte sie eine nach der anderen. Dann langte er in seine Tasche und brachte zwei weitere zum Vorschein. Ursel half ihm, sie neben die anderen zu hängen.

Jetzt glitzerten sechs Münzen im Schein der Petroleumlampe.

Monika führte ihren Mann an den Baum, so dass er sie besser anschauen konnte.

„Danke, dass du Hartmut nach Hause gebracht hast“, sagte er.

* * *

Josef lag im Bett. Erschöpft. Er hatte die Augen geschlossen, aber an Schlaf war auf absehbare Zeit nicht zu denken.

„Was ist los?“ Monikas Stimme kam aus der Dunkelheit neben ihm.

„Ich hab gerade dran gedacht, wie gut Gott zu uns ist. Gerade hatte ich mich mit der Tatsache abgefunden, zwei von meinen Jungs verloren zu haben, da bringt er mir einen von den beiden wieder nach Hause.“

„Ursel kann's kaum fassen.“

„Geht's uns nicht allen so? Aber es war ein ganz schöner Schreck.“

„Sie sind alle erwachsen geworden“, sagte Monika. „Ich fühl mich ganz alt neben ihnen.“

„Sie haben alle ihre Kratzer abgekriegt. Das kannst du in ihren Augen sehen.“

„Na ja, Karin wirkte nicht gerade angekratzt auf mich.“

Josef lachte. „Sie dürfte diejenige sein, die sich am allerwenigsten verändert hat.“

„Der Reichtum ihres Vaters hat sie geschützt.“

„So ist es wohl. Aber unter den Pelzen und dem ganzen Parfüm ...“

„... liegt das Herz einer ...“

„... sehr unsicheren Frau“, vollendete Josef. „Das wolltest du doch sagen, nicht wahr?“

„Du kannst wie immer meine Gedanken lesen.“

Josef zog die Beine an, um wärmer zu werden. Er faltete sein Kissen zusammen und faltete es wieder auseinander, versetzte ihm einen Puff, faltete es aufs Neue. Es fiel ihm immer schwerer, eine Liegehaltung zu finden, in der ihm nicht irgendwas wehtat.

„Was glaubst du, worüber Konrad mit dir sprechen will?“, fragte Monika.

„Ich hab da so einen Verdacht.“

„Der da wäre?“

„Kann ich dir nicht sagen. Seelsorgegeheimnis.“

„Wie kannst du dich aufs Seelsorgegeheimnis berufen, wenn er doch noch gar nicht mit dir gesprochen hat?“

„Seine Augen haben mir was mitgeteilt.“

„Denkst du, es geht um Ursel?“

„Kann ich nicht sagen."

„Die Männer, die von der Front zurückkommen, haben immer nur das Eine im Sinn."

„Und was wäre das wohl?"

Diese Frage trug ihm einen liebevollen Rippenstupfer ein.

„Konrad hat mehr als nur eine Sache im Kopf", sagte Josef.

„Glaubst du, er muss sich über Hartmuts Tod aussprechen?"

„Ich weiß es nicht."

„Und ob du's weißt. Du bist bloß mal wieder stur. Jetzt sieh zu, dass du 'ne Mütze Schlaf bekommst. Sonst döst du morgen noch mitten im Gespräch mit Konrad ein."

„Ich war noch nicht mit Beten fertig."

„Beten kannst du morgen."

„Es gibt Dinge, die nicht bis morgen Zeit haben."

„Na schön, aber bleib nicht zu lange wach."

„Es tat gut, sie alle wiederzusehen, meinst du nicht auch?" sagte Josef.

„O ja. Das meine ich auch."

Damit drehte Monika sich zur Wand, in ihre übliche Einschlaflage, während Josef in die Dunkelheit starrte und mit offenen Augen betete, um nicht vom Schlaf übermannt zu werden. Er wollte Gott noch danken, dass er ihm seine Kinder heimgebracht hatte.

* * *

Auch Ursel schlief nicht. Ihr Herz konnte keine Ruhe finden. Es war gut, dass Konrad plötzlich auf der Schwelle gestanden hatte, denn hätte man ihr nur gesagt, er sei am Leben, so hätte sie es nicht geglaubt. Selbst jetzt, wo sie dösend und einsam in der Dunkelheit lag, verwischte sich die Grenze zwischen Wirklichkeit und Phantasie, und sie fragte sich, ob sie das alles vielleicht nur geträumt habe. Mehr als einmal wäre sie fast wieder aufgestanden und hätte sich zur Tür des Gemeinschaftsraumes geschlichen, um sich davon zu überzeugen, dass da tatsächlich ein Mann auf dem Sofa lag und schlief.

Sie hatte keine Ahnung, wieso ihr Herz so reagierte. Denn an sich hatte sich gar nichts verändert. Schön und gut, ein Freund war zurückgekehrt, den sie für tot gehalten hatte. Aber das war's auch schon. Was ihre Zukunft anging, war alles beim Alten geblieben.

Eine Sekunde lang, als sie draußen hinter dem Haus gewesen war und erkannt hatte, dass er es war, war ihr der Gedanke aufgeblitzt, ihre Zukunft zurückgewonnen zu haben – eine verständliche Verirrung angesichts des Schocks, den es ihr versetzt hatte, Konrad lebendig zu sehen. Da war eben ihre alte Denkweise mit ihm aus dem Grab gesprungen. Aber Gott sei Dank hatte sie sich wieder eingekriegt, und die neue, gereifte Ursel war wieder ins Regiment getreten.

Noch bei einer anderen Gelegenheit im Laufe des Abends hatte die alte, an Märchen und Träume glaubende Ursel sich wieder zu Wort melden wollen. Diese Gelegenheit verdankte sich einer gurrenden Verführerin mit zu viel Parfüm und Tünche im Gesicht.

Ursel warf Karin nicht vor, Karin zu sein. Sie mochte Karin nicht, aber sie machte ihr keine Vorwürfe. Konnte man einer Gans vorwerfen, dass sie eine Gans war? Nein, sie sorgte sich um Konrad – als Freund. Karin war nicht die richtige Frau für ihn. Aber Männer ließen sich nun mal von Parfümwolken und flatternden Augenlidern betören. Als Freundin war es ihre Pflicht, ihn vor Karin zu warnen. So was war man einem Freund nun mal schuldig.

Würde Konrad ihre Sorge um ihn in irgendeiner Weise missverstehen, so würde sie ihm schon klar machen, worum es hier ging und worum nicht. Auch das in aller Freundschaft. Denn es gehörte ebenso zu ihren Freundespflichten, niemals zuzulassen, dass er sich mit einer Familie wie der ihren einließ.

Einer Familie, auf der ein Fluch lag. Sie konnte nicht zulassen, dass er sich jemals in eine Frau verliebte, die mehr und mehr dem Bild zu gleichen begann, das sie an ihrer eigenen Mutter so sehr hasste.

Seit ihr die Wahrheit über ihr eigenes Leben aufgegangen war, sah sie die Züge dieses Bildes immer deutlicher. Sie traten zu den unmöglichsten Zeiten hervor, vor allem dann, wenn sie sich um die Kinder kümmerte. Zu ihrem abgrundtiefen Entsetzen hatte sie die Worte ihrer Mutter aus ihrem eigenen Mund hervorkommen hören, und nicht nur das: Auch der eine oder andere Charakterzug ihrer Mutter zeigte hier und da sein hässliches Haupt.

Dafür verabscheute sie sich selbst. Immer mehr wurde sie wie ihre Mutter. Selbst wenn sie Konrad liebte – was sie nicht tat; vielleicht hatte sie ihn einmal geliebt, aber das war vorbei –: Welche Frau würde wohl den Mann, den sie liebte, dazu verdammen, eine Ehe zu führen wie die ihrer Mutter und ihres Stiefvaters? Wenn sie ihn wirklich mochte, ihn mochte, wie man einen Freund mag, dann musste sie sich von ihm fern halten.

12

Donnerstag, 23. Dezember 1943

Als Konrad das letzte Mal in einem Raum geschlafen hatte, in dem ein Kaminfeuer brannte, hatte er ihn mit mehr als einem Dutzend anderer Männer teilen müssen. Und wann er zum letzten Mal auf etwas anderem als auf einem Fußboden oder der nackten Erde geschlafen hatte, daran konnte er sich überhaupt nicht mehr erinnern. Zwar war das Sofa im Gemeinschaftsraum der Rama-Klause für ihn eigentlich zu kurz, aber er war weit entfernt davon, sich zu beklagen. Wenn er sich lang streckte, ragten seine Füße über das Ende des Möbelstücks hinaus. Doch die meiste Zeit schlief er sowieso zusammengerollt. Seit Hartmut tot war, hatte er sich das noch mehr angewöhnt. Eines freilich hatte sich nicht geändert: Seine Stiefel standen immer noch am Kopfende seiner Schlafstatt, so dass er sie stets in Sicht- und Reichweite hatte.

Selbst jetzt noch fiel es ihm schwer, zu glauben, dass er wieder zu Hause in Berlin war und sich hier in Pastor Schumachers Rama-Klause befand, einem Ort, den er aus den Beschreibungen kannte, die Ursel ihm in ihren Briefen gegeben hatte.

Ursel.

Sie war gerade mal ein paar Türen von ihm entfernt. Er kam nicht darüber hinweg, wie hübsch sie aussah. So fraulich. Alles in ihm drängte danach, sie beiseite zu nehmen, ganz allein mit ihr zu sein, mit ihr zu reden und ihr wieder nahe zu kommen. Zwar war es ihm im Laufe des vergangenen Abends immer wieder mal so erschienen, als spräche aus ihrem Blick derselbe Wunsch, aber dann wieder war sie ihm ganz fern gewesen, und er hatte verspürt, dass sie das auch so wollte.

Er erwartete einfach zu viel. Er rief sich die Tatsache in Erinnerung, dass sie ihn schon für tot gehalten hatte. Vermutlich gab es längst einen anderen. Es war blöde von ihm gewesen, etwas anderes anzunehmen. Sie war viel zu schön, um die Männer nicht anzuziehen. Und dass sie in ihren Briefen nie einen anderen erwähnt hatte, war ja nun nicht überraschend. Schließlich waren sie nie mehr gewesen als Freunde. Nie hatte es zwischen ihnen eine besondere Zweisamkeit oder dergleichen gegeben. Aber genau das würde er jetzt gerne ändern, dachte Konrad.

Na ja, man musste der Sache halt ihre Zeit lassen.

Doch wen wollte er eigentlich hinters Licht führen? Es war doch klar: Sobald sie herauskriegen würde, was wirklich mit ihm los war, würde sie ihn ohnehin nicht mehr haben wollen. Und wer wollte ihr das übel nehmen? Also entschied er sich, sie gar nicht erst in Verlegenheit zu bringen.

Er starrte in die Flammen.

All das hier hatte er ganz für sich allein. Welch ein Luxus! Und dann noch richtiges Bettzeug mit sauberer Bettwäsche! Er hatte sich schon zu fragen begonnen, ob er wohl jemals wieder in einem bezogenen Federbett liegen würde.

Verdient hatte er das nicht. Nicht, während seine Einheit irgendwo im Osten eingegraben lag, die Russen im Nacken, während der Schnee ihnen bis an die Hüften reichte und die Artillerie ihnen die Knochen im Leibe beben ließ. Nicht, während die Anzahl der Kameraden Tag für Tag geringer wurde und man abends neben einem Kumpel einschlief, von dem man nicht wusste, ob er nicht am nächsten Morgen mausetot daliegen würde.

Nein, Feiglinge verdienten keine Bequemlichkeit.

Konrad ließ sich von der Couch auf den Fußboden rollen. Sich vom Feuer zu entfernen, brachte er nicht über sich. Das zeigte ihm, wie entkräftet er tatsächlich war.

Er sagte sich, dass es ja nur für eine einzige Nacht sei. Am Morgen, nachdem er mit Pastor Schumacher gesprochen haben würde, würde der ihn ohnehin aus dem Haus weisen. Dessen war er sich sicher.

* * *

Konrad wusste nicht mehr, wann er eingeschlafen war. Das Einzige, was ihm überhaupt anzeigte, dass er geschlafen hatte, war, dass er aufwachte. Und zwar von einem Miauen.

Er blinzelte, bis er klar sehen konnte. Ein kleiner Junge lag an ihn geschmiegt. Offenkundig blind. Genau wie er selbst war der Kleine noch im Halbschlaf. Er hatte bloß mal den Kopf gehoben, miaut, sich den Handrücken abgeleckt und war dann wieder eingeschlafen.

„Hier steckst du also!"

Ursel kam vom Flur herein. Sie trug einen Bademantel, den sie fester um sich zog, als sie Konrad bemerkte.

Konrad stützte sich auf einen Arm. Dabei rutschte seine Decke runter und entblößte seinen Oberkörper. Er dachte sich nichts dabei, bis Ursel zu erkennen gab, wie peinlich ihr das war.

„Oh ... tut mir Leid", sagte er und wich ihrem Blick aus.

Wohl hundertmal beteuerte sie ihrerseits, wie Leid es ihr tue, während sie sich alle Mühe gab, den Kleinen aus dem Zimmer zu kriegen, ohne nochmals in Konrads Richtung zu gucken.

Konrad war sich nicht sicher, was er komischer fand, einen miauenden kleinen Jungen oder eine verlegene Ursel. „Träumt er?", fragte er sie.

„Nee ... ja ... ach, ich weiß nicht. Kann schon sein."

„Na ja, dann wär das ja geklärt."

Seine Belustigung steigerte Ursels Verwirrtheit noch. „Ich meine ... ich wollte sagen, er ist immer so. Das weißt du doch, ich hab doch gestern Abend ... ach nee, du bist ja erst gekommen, als die Kinder schon im Bett waren."

Sie nahm den Kleinen hoch, der instinktiv Arme und Beine um sie schlang, ohne dabei aufzuwachen. Konrad war beeindruckt, wie mühelos Ursel mit Kindern umging. Das hatte sie schon immer gekonnt.

„Er heißt Toba", sagte sie. „Manchmal wandert er nachts herum. Zum Glück geht er niemals aus dem Haus raus, jedenfalls bis jetzt nicht. Normalerweise finden wir ihn dann morgens bei Kaiser."

Konrad griente. An Kaiser erinnerte er sich gut. „Na ja, das kommt öfter vor", sagte er, „dass Leute mich mit 'ner Riesenkatze verwechseln."

„Willst du dich etwa über einen kleinen Jungen lustig machen?"

„Nein ... nein, natürlich nicht." Konrad setzte sich auf, um Abbitte zu tun, und abermals rutschte ihm die Decke herunter. Ursel wurde rot im Gesicht und wandte sich ab. „Ich hab mich doch nicht über ihn mokiert", sagte Konrad, „ich wollt dich bloß mal zum Lächeln bringen. Ist mir wohl nicht gerade gelungen."

„Hm, sieh mal zu, ob dir das Anziehen gelingt. Die anderen Kinder werden bald aufwachen, und ich möchte nicht, dass die dich hier ohne Klamotten am Leib sehen."

„Aber jetzt wart doch mal ...", sagte Konrad, aber sie hatte ihm schon den Rücken gekehrt.

Und Ursel hörte ihn nicht mehr, sie war schon halb den Flur entlanggestürmt.

* * *

Die Küche der Rama-Klause hatte auf einer Seite einen kleinen Erker, in dem ein Tisch und vier Stühle standen. Dort hielten die Bewohner üblicherweise ihre Besprechungen ab.

„Von mir aus könnte der Kaffee ruhig 'n bisschen stärker sein", sagte Josef. „Aber den hier haben wir schon das dritte oder vierte Mal aufgegossen. Irgendwann ist eben nur noch Plörre übrig."

„Er ist heiß, darauf kommt's am meisten an", sagte Konrad.

Heute Morgen sah der Pastor besser aus. Vielleicht lag es auch nur daran, dass der Schock, ihn so hinfällig zu sehen, allmählich in seiner Wirkung nachließ. Aber mochte auch der Körper des Mannes in nichts mehr an das erinnern, was Konrad im Gedächtnis gehabt hatte, so waren doch die Augen unverkennbar die seines geistlichen Mentors.

Konrad hatte den Pastor nicht immer gemocht, aber von jeher bewundert. Der Mann wusste, woran er glaubte, und er hielt an seinem Glauben unbeugsam fest, nicht nur in Worten, sondern auch in der Tat. Je älter Konrad wurde, umso mehr ging ihm auf, was für einen Ausnahmecharakter Josef Schumacher hatte.

Obendrein musste Konrad, so wie die Dinge sich entwickelt hatten, eingestehen, dass der Pastor sich als Prophet erwiesen hatte. Er hatte Konrad vor dem Dritten Reich gewarnt. Als junger Bengel hatte Konrad sich entschieden, an das Bild zu glauben, welches das Reich von sich selbst zeichnete. Dabei hatte er alle Widersprüchlichkeiten außer Betracht lassen müssen. Seinerzeit hatte er sich gesagt, das seien ohnehin alles Nebensächlichkeiten. Heute wusste er es besser.

„An ihren Früchten sollt ihr sie erkennen."

So hatte Pastor Schumacher ihn gelehrt. Falls es irgendjemanden gab, der für das, was er getan hatte, Verständnis aufbringen würde, dann der Pastor. Er hatte sich dem Dritten Reich von Anbeginn an widersetzt, und jetzt hatte er in Konrad einen Bundesgenossen gewonnen. Davon wollte Konrad ihn ins Bild setzen.

„Ich wette, im Sommer hat man aus diesen Fenstern einen atemberaubenden Blick", sagte Konrad und ließ seinen Blick nach draußen zum Waldrand schweifen.

Gemeinsam genossen sie eine Weile den Ausblick.

„Die Winterlandschaft gefällt dir wohl nicht?", fragte Josef.

„Sagen wir mal, Russland hat meine Ansichten über den Winter ein wenig verändert."

„Ja, im Sommer ist es schön hier." Josef wandte das Gesicht Konrad zu. „Aber wir haben uns doch nicht zusammengesetzt, bloß um übers Wetter zu reden?"

Konrad lächelte nervös. Er versuchte Zeit zu schinden, und beide wussten das.

Draußen spielten die Kinder im Schnee. Monika passte auf sie auf. Ursel war zur Arbeit gefahren. Damit hatten die Männer das Haus für sich allein.

„Ihnen ist wohl aufgefallen, dass ich mich gestern von hinten an Ihr Haus rangeschlichen habe", sagte Konrad.

„Das habe ich bemerkt."

„Fast wäre ich überhaupt nicht gekommen. Ich wollt mich grad wieder davonmachen, als Ursel mich durchs Fenster erspähte und rauskam."

„Ein Frontsoldat wie du? Ich kann kaum glauben, dass sie dich gegen deinen Willen hätte erwischen können. Es sei denn, du wolltest erwischt werden."

Konrad grinste. Von jeher hatte der Pastor geradeheraus mit ihm gesprochen. Selbst als er noch ein Junge gewesen war, hatte dieser Mann ihn wie einen Erwachsenen behandelt. Das war eines der Dinge, die Konrad an ihm mochte. „Ja, das stimmt", bekannte er. „Vermutlich wollte ich bemerkt werden. Ich brauchte nur 'n bisschen Ermutigung, um mich reinzutrauen."

„Aber wieso das? Hast du denn gedacht, du wärst hier nicht willkommen?"

„Hm, einerseits schon."

„Ja, wie jetzt? Aus was für einem Grund denn? Du bist ein Soldat auf Fronturlaub zu Weihnachten. Ein Freund und ein Kriegsheld. Seit Jahren haben wir für dich gebetet. Was in aller Welt bringt dich auf die Idee, du könntest hier nicht willkommen sein?"

Der Tonfall des Pastors war unüberhörbar scharf. Aggressiv. Er zerrte an Konrads Nerven, besonders das Stichwort „Kriegsheld". Er! „Na, ja, eigentlich bin ich nicht wirklich auf Urlaub", gestand er.

„Nicht? Was genau tust du denn hier, Konrad?", drängte der Pastor. Er beugte sich vor. Satz um Satz wurde seine Stimme schärfer. „Schleichst dich wie ein Dieb von hinten an mein Haus ran, nach wie vor im Kampfanzug, aber ohne Führerpaket, das du mit den anderen teilen könntest. Wundersam von den Toten auferstanden. Jetzt sag schon, Konrad, was genau ist mit dir los?"

Konrad faltete die Hände auf dem Tisch. Mit aufeinander gepressten Lippen wandte er den Blick ab.

„Es steht dir ins Gesicht geschrieben", sagte Josef, „bloß aussprechen kannst du's nicht, stimmt's?"

„Vielleicht war's ein Fehler, hierher zu kommen", sagte Konrad.

„Ja, vielleicht war es das."

Konrad atmete schwer. In ihm kochte der Zorn. Der Mann begriff nichts. Was hatte ihn bloß auf den Gedanken gebracht, Pastor Schumacher könnte anders sein als alle anderen?

„Wenn du willst, kannst du dich da hinten wieder rausschleichen. Niemand wird dich sehen. Du kannst dich in den Wäldern verkriechen. Das willst du doch, oder?“

Konrad stand auf. Sein Stuhl kratzte schrill über die Dielen. „Es tut mir Leid, hergekommen zu sein!“, stieß er hervor.

„Setz dich hin! Nirgendwohin gehst du!“

Konrad stierte den Mann am anderen Tischende an. Jetzt war er völlig durcheinander. „Was wollen Sie denn von mir?“, rief er.

„Ich will, dass du's sagst.“

Er ballte die Fäuste und wandte erneut den Blick ab.

„Ich möchte, dass du dem ins Auge schaust, was du getan hast. Deinem wahren Ich. Ich will, dass du's dich mit eigenen Ohren sagen hörst. Merkst du denn nicht, wie lächerlich du dich machst, wie du dastehst wie ein geprügelter Hund und um Zuneigung und Anerkennung winselst?“

„Ich bin nicht hergekommen, um um irgendwas zu winseln!“

„Lügner.“

Konrad bebte jetzt vor Wut.

„Du willst Zuneigung. Du willst, dass jemand dir sagt: ‚Ja, ja, Konrad. Stimmt, du hast 'ne harte Zeit hinter dir. Du bist verletzt und verwirrt. Niemand macht dir 'nen Vorwurf. Du hast richtig gehandelt. Alles wird irgendwie gut werden.‘“

„Nein, das will ich nicht!“

„Genau das willst du.“

„Nein!“

„Dann sag's.“

Konrad kochte.

Der Pastor schlug mit der Hand auf den Tisch. „Los jetzt, sag's! Sag es! Sag es!“

„Ich bin desertiert!“, heulte Konrad auf. „Ich bin ein Feigling! Ich bin meinem Haufen davongelaufen! Da haben Sie's! Sind Sie jetzt zufrieden? Konrad Reichmann, der Stolz der Pankower HJ, ist ein Verräter, ein Feigling, ein Deserteur!“

Josef lehnte sich auf seinem Stuhl zurück. „Das hab ich mir schon gedacht", sagte er leise.

Konrad machte auf dem Absatz kehrt, um zu gehen.

„Man muss schon ein Mann sein, um zu seinen Taten zu stehen", rief Josef ihm hinterher.

* * *

In der nächsten Stunde erzählte Konrad Josef alles. Die Massaker. Die ganze Unmenschlichkeit. Wie Menschen hingemetzelt wurden und man ihr Hab und Gut vernichtete. Wie Krahl sich vom Helden zum Ungeheuer gewandelt hatte. Wie er zwischen einem russischen Scharfschützen und russischen Landsern in der Falle gesessen hatte. Wie Hartmut gestorben war. Doch während er erzählte, selbst hier vor dem friedlichen Küchenfenster mit der malerischen Aussicht, merkte er, dass kein einziges Wort den Aufruhr zu fassen vermochte, in dem sich sein Inneres befand.

Es kam ihm vor, als hätte er sich mit einer ekligen Seuche infiziert, die sich immer weiter fortfraß. Als wäre seine Seele unabwendbar befleckt. Er verabscheute, was die Nazis seinem Land angetan hatten. Aber er war auch angewidert von dem, was sein Land anderen Ländern angetan hatte. Und er ekelte sich vor sich selbst dafür, dass er sich zum willigen Handlanger dieser Taten gemacht hatte. Er hasste sich selbst um der Dummheit willen, mit der er sich von Fanfaren und Bannern hatte verführen lassen. Und von seinem eigenen Ehrgeiz, in dem er immer der Beste von allen hatte sein wollen.

„Jetzt wissen Sie's also", sagte er.

„Jetzt weiß ich's", echote Josef.

„Sie hatten die ganze Zeit Recht, was das Dritte Reich angeht."

„Mag sein, aber das hilft mir jetzt auch nicht. Du kannst hier bei uns bleiben, hier findet dich keiner."

„Kann ich nicht. Das wäre viel zu gefährlich für euch alle."

„Bitte korrigier mich, falls ich mich irre, aber für die Militärbürokratie bist du doch ein toter Mann?"

„Und was ist mit Willi und Karin?"

„Mit denen rede ich."

Konrad ließ den Kopf hängen. Er wusste nicht, was er noch sagen sollte.

„Es kann natürlich sein, dass du gar nicht hier bleiben willst, wenn du erst mal rausgefunden hast, was sich hier so alles abspielt", sagte Josef.

„Ich weiß schon, die ganzen Untergrund-Geschichten."

„Das und noch mehr."

„Wie – mehr?"

„Darüber reden wir später. Jetzt kommen die Kinder zurück, siehst du?"

Konrad nickte.

„Und was hast du weiter vor?", fragte Josef.

„Ich bin mir nicht sicher."

Das war gelogen. Es gefiel ihm nicht, den Pastor hinters Licht zu führen, schon gar nicht in dieser Stunde. Aber er war noch nicht bereit, irgendjemand von seinen Plänen zu erzählen. Es war noch nicht an der Zeit, die Umwelt wissen zu lassen, worüber er Nacht für Nacht nachdachte, seit er sich sein eigenes Grab gegraben hatte, um sich in der Wildnis vor allen Waffenträgern zu verbergen, mochten sie nun russisches oder deutsches Tuch am Leib haben. Aber er wusste ganz genau, was er tun würde. Er wusste es bis ins letzte Detail.

Von der Haustür hörte man es kreischen und rufen. Füße in kleinen Stiefeln trampelten durch die Diele.

„Klingt, als würde uns ein Schwarm Cherubim angreifen", sagte Konrad. Er war froh, das Thema wechseln zu können.

Pastor Schumacher antwortete nicht. Sein Blick war auf irgendetwas weit Entferntes gerichtet, etwas, das hinter Zeit und Raum lag. Doch dann blinzelte er und war wieder in der Gegenwart. „Nein, es hilft mir nicht, Recht gehabt zu haben", sagte er. „Du kannst hier bleiben, hier bist du in Sicherheit."

13

Sonnabend, 25. Dezember 1943

Weihnachten.

Zwei Tage lang hatte er es vor sich hergeschoben. Jetzt ging es nicht mehr: Er musste es ihr endlich erzählen. Und heute waren sie allein. Heute war der Tag.

Konrad und Ursel saßen eingezwängt auf der Ladefläche eines Lkw. Der Pastor hatte darauf bestanden, dass sie den Tag zusammen verbrachten. Ursel hatte dagegen angeredet: Es sei doch nicht richtig, dass sie sich einen schönen Tag machten und ihn und Monika mit den Kindern allein ließen, und das ausgerechnet am ersten Weihnachtstag! Mit solchem Nachdruck hatte sie das vorgetragen, dass Konrad deutlich den Eindruck gewann, sie wolle nicht mit ihm zusammen sein.

Aber der Pastor hatte die Oberhand behalten – wie üblich. Und so kauerten sie denn hier, auf der Pritsche eines Lkw, der nach Berlin hineinfuhr. Es war eine sonderbare Art, Weihnachten zu feiern, umso mehr, als die Christnacht geradezu zauberhaft gewesen war.

Am Heiligen Abend hatte es geschneit. Normalerweise wäre der Anblick von Schneeflocken für Konrad entsetzlich gewesen, hätte er doch geglaubt, eine weitere Nacht hinter sich bringen zu müssen, in der er sich fühlen würde wie ein Fisch im Eisschrank. Doch in der vergangenen Nacht hatten sich derlei Befürchtungen ganz und gar nicht bewahrheitet.

Die Kinder hatten mit Monikas und Ursels tatkräftiger Unterstützung eine lange, bunte Papierkette für den Tannenbaum gebastelt. Obendrein hatten sie Sterne ausgeschnitten und an die Zweige gehängt. Zur allseitigen freudigen Überraschung brachte Ursel zwölf Kerzen zum Vorschein, die sie das ganze Jahr hindurch beiseite geschafft hatte, nämlich pro Monat eine. Diese Idee war ihr am vorigen Heiligabend gekommen, als sie den Tannenbaum ohne jeglichen Lichterschmuck doch zu dürftig gefunden hatte. Also nahm sie sich vor, jeden Monat ein Talglicht für das kommende Weihnachtsfest aufzuheben. Zwar waren die Kerzen von unterschiedlicher Größe und Farbe, aber darauf kam es ja nicht an. Nachdem sie erst einmal angezündet waren, gaben sie einen herrlichen Schein, der sich besonders schön in den sechs Münzen brach, die immer noch im Baum hingen.

Am Baum vorbei konnte man durchs Fenster in die frisch verschneite Winterlandschaft mit ihren sanften, vom Mondlicht beschienenen Verwehungen schauen. Dass es weiterhin schneite, vollendete das Panorama.

Zum ersten Mal, seit er in den Krieg gezogen war, sah Konrad Schneeflocken fallen und fühlte sich bewegt von ihrer Schönheit.

Kurz bevor die Kinder ins Bett mussten, las der Pastor aus dem Lukasevangelium die Weihnachtsgeschichte vor. Während er las, spielten die Kinder unter Anleitung von Ursel und Monika die biblischen Szenen nach. Anni hatte es sich nicht nehmen lassen, die Maria zu spielen; schließlich, quakte sie, habe das letztes Jahr Edith getan, und jetzt sei sie mal an der Reihe. Den Joseph gab Viktor. Nie hatte irgendein Schauspieler dem irdischen Vater Jesu ein breiteres Lächeln verpasst als er. Als Jesuskind musste eine Puppe herhalten, als Krippe ein hölzerner Trog. Alle fünf Sekunden nahm Viktor die Puppe hoch und drückte sie, so fest er konnte, was Anni überhaupt nicht zu behagen schien. Endlich entriss sie ihm die Puppe und wiegte sie in den Armen, so dass er sie nicht mehr kriegen konnte. Doch Viktor war ein fröhlicher kleiner Junge, der nicht wusste, dass er jetzt eigentlich hätte beleidigt sein können. Er ging einfach dazu über, nunmehr Mutter und Kind gleichzeitig zu drücken, was Anni noch viel weniger passte. Edith und Marlene waren die Engel bei den Hirten, die von Hermann und Toba dargestellt wurden. Marlene war zu schüchtern für die Rolle des heroldenden Engels, doch das machte nichts, denn Edith übernahm diese nur umso lieber, und für Marlene blieben ja immer noch die himmlischen Heerscharen übrig. Doch die diesjährige Lobpreisung geriet dann zur Soloaufführung: Edith sagte ihren

Text so laut auf, dass es für beide Mädchen reichte, während Marlene bloß errötete und ihr Gesicht wegdrehte.

Das Publikum hatte aus Konrad bestanden. Die letzten drei Jahre hatte er Weihnachten immer mit dem einzigen Angehörigen verbracht, den er hatte – Hartmut. Ihr alljährliches gegenseitiges Weihnachtsgeschenk hatte aus der Hoffnung bestanden, dass ihre Chancen, diese Nacht zu überleben, angesichts des Feiertages vielleicht größer waren als sonst.

Am Weihnachtsmorgen nach dem Frühstück hatte der Pastor ihn und Ursel aus dem Haus genötigt. Den größten Teil der darauf folgenden Stunde hatten sie damit zugebracht, sich gegenseitig zu fragen, was sie denn nun anfangen sollten, bis sie schließlich zu dem Entschluss kamen, sich nach Berlin aufzumachen; schließlich hatte Konrad die Stadt noch gar nicht zu Gesicht bekommen, seit er heimgekehrt war. Eigentlich war dieses Vorhaben Ursel gar nicht so recht, aber eine bessere Idee hatte sie auch nicht gehabt.

Sie packte ihnen Brote ein, ehe sie ihre Bündel schnürten und den Hügel hinabschlenderten. Sie hatten das Glück, einen Laster anhalten zu können, der in ihre Richtung fuhr. Der Chauffeur war ein älterer Mann, der unterwegs war, um seiner Schwester zu helfen, einer Frau namens Lilo, deren Wohnung ausgebombt worden war, so dass sie nunmehr bei ihm und seinen drei Hunden einziehen sollte. Im Fahrerhaus des Lkw war neben dem Mann kein Platz mehr gewesen, so dass Ursel und Konrad hinten raufgeklettert waren und jetzt zwischen bunt karierten Stoffkoffern und allerlei Haushaltsutensilien eingezwängt kauerten.

Während die Plane des Lasters über ihnen flatterte und die losen Enden hinten gegen die Spiegelbretter klatschten, stützten Konrad und Ursel sich, so gut es eben ging, gegenseitig ab. Auf der Ladefläche war es nicht sehr hell. Ursel drückte sich den Stoffbeutel mit ihren Broten an die Brust. Auf dem ganzen Weg nach Berlin hinein sagte sie kaum ein Dutzend Wörter.

* * *

Mit quietschenden und schabenden Bremsen kam der Lkw zum Stehen. Das war auch gut so, denn inzwischen war Konrad und Ursel von den Abdämpfen des Holzvergasers übel geworden, und es wurde Zeit, dass sie an die frische Luft kamen.

Konrad warf die Plane zurück. Sprachlos erblickte er zum ersten Mal die Berliner Innenstadt im Winter 1943.

Er hatte gemeint, auf den Anblick vorbereitet zu sein, doch als er jetzt mit eigenen Augen die Zerstörungen sah, erkannte er, wie unzureichend seine inneren Vorbereitungen gewesen waren. Sicher hatte er gewusst, dass Berlin schwere Luftangriffe über sich hatte ergehen lassen müssen. Wer wusste das nicht? Und doch fehlten ihm jetzt die Worte. Wie vor den Kopf geschlagen stand er mit der Plane in der Hand auf der Ladefläche des Lkw.

Er erkannte die Stadt, in der er groß geworden war, nicht wieder. Wohin er auch schaute, sah er nichts als haushohe Schutthügel und tropfende Wasserleitungen in Bombenkratern, das Ganze von einer hauchdünnen Schneeschicht bedeckt. Manche Trümmer lagen noch kreuz und quer in den Straßen und behinderten den Verkehr. Die paar Menschen, die man in den Straßen sah, mussten sich um die Trümmerbrocken herum Trampelpfade bahnen. Ein einziges Auto war zu sehen, das in einem abenteuerlichen Slalom um Schutthaufen und Einschlaglöcher herumkurvte. Überall stiegen Rauchsäulen in den rußverhangenen Himmel empor.

„Wie sollte ich dich davor warnen?“, sagte Ursel. „Das muss man einfach selber gesehen haben.“

Konrad half ihr, vom Lastwagen abzusteigen. Sie bedankten sich bei ihrem Fahrer und wünschten ihm und Lilo frohe Weihnachten. Der Laster schüttelte sich, als der Mann knirschend den zweiten Gang einlegte und sich auf der Straße Unter den Linden in Zickzackkursen seinen weiteren Weg zu bahnen begann.

Ursel zog sich den Mantelaufschlag über Mund und Nase. Das musste sie Konrad nicht erklären. Schon nach diesen wenigen Momenten brannten ihm Rauch und Ruß in der Kehle, so dass er husten musste. Ursel ging voran.

Konrad folgte ihr mit weichen Knien. Er fühlte sich am ganzen Körper wie betäubt. Sein Verstand weigerte sich anzuerkennen, was seine Augen sahen. „Wie lange ist es schon so?“, rief er Ursel durch den Stoff seines Mantelkragens zu.

„In dieser Gegend hat's vor etwa einem Monat die schwersten Schläge getan“, rief Ursel zurück. Ihre Augen waren gerötet. Gewiss brannten sie ebenso wie seine eigenen.

Sie gingen in Richtung Wilhelm- und Friedrichstraße. Beide Straßenzüge waren schwer getroffen. Auch der Tiergarten lag vollkommen verwüstet da. Ursprünglich Jagdrevier der preußischen Könige, hatte Hitler diesen Stadtbezirk zum Diplomatenviertel seines Tausendjährigen Reiches erkoren. Auch die Botschaften waren schwer in Mitleidenschaft gezogen.

„Letzten Monat wurde auch der Zoo bombardiert“, erzählte Ursel. „Das Aquarium hat einen Volltreffer abgekriegt, so dass alle Fische auf einmal tot waren. Auch viele Tierkäfige gingen zu Bruch, und man befürchtete, die Tiere würden in die Stadt abhauen, so dass man sie allesamt abgeschossen hat.“

Konrad hatte oft mit Willi, Hartmut und Ernst den Zoo besucht. Der Zoologische Garten war einer von Hartmuts Lieblingsplätzen gewesen. Er hatte es geliebt, die Tiere zu fotografieren. Meistens verbrachten sie den ganzen Tag dort, bis ihnen Willi, der alle Tiere nachmachen musste, dermaßen auf die Nerven ging, dass die drei ältesten Jungs ihn stehen ließen und davonrannten. Mehr als einmal hatte Konrad den väterlichen Lederriemen zu spüren bekommen, weil er seinen kleinen Bruder mutterseelenallein im Zoo hatte stehen lassen.

Sie kamen am Hotel Adlon vorbei. Hier gab es keine einzige Glasscheibe mehr, die Fenster waren nur noch leere, düstere Höhlen. Die Anwohner hatten die Ruine längst geplündert und alles mitgenommen, was noch brauchbar gewesen war: Teile der Holzvertäfelungen, Bruchstücke des Mobiliars, Matratzen und überhaupt alles, was sich verwenden ließ, um ihre Notbehausungen in den Ruinen einigermaßen gegen Regen, Wind und Kälte abzudichten.

Vor einer Ruine, die wohl einmal ein nicht allzu hohes Wohngebäude gewesen war, hatte sich eine kleine Menschenmenge versammelt. Oben auf dem Schutthaufen stand ein vielleicht 16-jähriges Mädchen und nahm Klinker für Klinker die Steine hoch, wischte mit der Hand den gröbsten Dreck davon ab und warf die Ziegel dann seitwärts auf einen Haufen. Einer der Männer auf der Straße ließ vernehmen, man kenne das Mädel und dessen Familie. Offenkundig waren alle ihre Angehörigen bei einem Volltreffer auf das Haus umgekommen. Das Mädchen hier war zur Zeit des Angriffs nicht zu Hause gewesen und hatte deshalb als Einzige überlebt. Sofern man denn von „Überleben“ reden wollte, denn sie hatte den Verstand verloren. Immer wenn jemand ihr Hilfe beim Trümmerräumen anbot, rastete sie aus. Konrad und Ursel trotteten weiter.

„O nein!“, rief Konrad.

„Was ist denn?“

„Bitte nicht das KDW!“

Von dem großen Kaufhaus stand eigentlich nur noch ein Skelett.

„Hier hab ich immer auf Fahrräder aufgepasst.“

„Hä?“

„Na, um Geld zu verdienen. Immer wenn jemand hier ’n Rad abstellte und ins Kaufhaus wollte, hab ich die Leute angesprochen und angeboten, auf ihre Drahtesel aufzupassen.“

„Und damit ließ sich Knete machen?“

„Kam drauf an: Wetter, Tageszeit, Wochentag und so weiter.“

„Ich kann mich noch gut an die Schauspieler in den Schaufenstern erinnern“, sagte Ursel.

„Ja, weißt du noch den Roboter?“

Ursel nickte. Im Blick hatte sie ein Lächeln. „Mein Vater beharrte darauf, dass das ’ne Maschine sei.“

Konrad imitierte den Schauspieler, indem er, die Arme wie Greifer schwenkend, knappe, abgehackte Bewegungen machte wie eine Maschine.

Ursel lachte. „Es lag an seinen Augen. Mein Vater sagte immer wieder: ‚Guck doch auf seine Augen! Er blinzelt kein einziges Mal! Kein Mensch kann es so lange ohne Blinzeln aushalten. Seine Augen sind aus Glas. Guck dir seine Augen an, Ursel, die Augen!'"

„Hat er wirklich geglaubt, der Schauspieler sei in Wirklichkeit ein Apparat?"

Ursel lachte wieder und nickte. Es tat gut, sie lachen zu hören. Aber am meisten berührten ihn ihre Augen. Normalerweise waren sie einfach nur attraktiv, aber hier in dieser schwarz verrußten, zerschlagenen Umgebung glichen sie Leuchtfeuern des Lebens.

Als Nächstes führte sie ihn in die Straße, in der sie Toba gefunden hatte. Inzwischen waren die Mauern der Ruine vollständig eingestürzt. Es war nur noch ein staubiger Trümmerhaufen übrig.

Sie kamen in ein Wohnviertel und sahen eine Straße, an der zu beiden Seiten nicht ein Gebäude mehr stand. Viele stehen gebliebene Mauerreste waren über und über mit Kreidenotizen bedeckt, mit denen ehemalige Bewohner auf sich aufmerksam machten, vor allem aber Botschaften an vermisste Angehörige hinterlassen hatten: *Liebe Frau Mehnert, wo sind Sie? Bin in großer Sorge. A. Lieske. – Mein Engel, wo bleibst du nur? Ich suche dich überall. Dein Bärchen. – Aus diesem Keller alle gerettet! – Gretchen & Olga wohlauf, sind nach Bayern abgereist.*

Konrad reichte es. Er hatte genug gesehen. Mit Gesten gab er Ursel zu verstehen, dass er wieder aus der Stadt rauswollte. Sie erklärte sich nickend einverstanden. Wortlos überquerten sie die Spree und schlugen die Straße ein, die zur Rama-Klause hinausführte. Die Häuser zu beiden Seiten des Flusses lagen in Schutt und Asche. Kaum zu glauben, dass die Brücke der Zerstörung entgangen war.

Konrad kam immer wieder ein Satz aus der Schriftlesung des vergangenen Abends in den Sinn: *„Und die Engel lobten Gott und sprachen: Friede auf Erden und den Menschen ein Wohlgefallen!"*

Aber es gab ja keinen Frieden. Wohin Konrad auch schaute, überall sah er nur Leid und Elend. Es war nichts Wohlgefälliges unter den Menschen, jedenfalls nicht hier und nicht jetzt. Und das würde sich auch niemals ändern, solange keiner etwas unternahm, um dem Irren in den Arm zu fallen, der für all dies Sterben und die verbrannte Erde Berlins verantwortlich war.

Am ersten Weihnachtstag 1943 festigte sich Konrad Reichmanns Entschlossenheit noch einmal. Von jetzt an war er nicht nur entschlossen, das Unrecht zu vergelten, das Hartmut und Pastor Schumacher und all den unschuldigen Männern zugefügt worden war, die man in den Steppen Russlands in den Tod geschickt hatte. Von jetzt an galt seine Entschlossenheit auch der Vergeltung für die Zerschlagung seines geliebten Berlin.

Für all dies war ein einziger Mann verantwortlich. Ein Mann war es gewesen, der sein eigenes Volk in diesen kollektiven Selbstmord getrieben hatte. Und jetzt war es Zeit, dass dieser Mann für seine Taten zur Kasse gebeten wurde, dass er seinen gerechten Lohn erhielt. Anders ging es nicht. Die Ehre des deutschen Volkes stand auf dem Spiel.

Adolf Hitler musste sterben.

Und Konrad Reichmann würde derjenige sein, der ihn tötete.

14

In Berlin hatte sich all der Rauch und Ruß, der in der Luft lag, auf die Stimmung der beiden gelegt. Selbst als sie schon eine gute halbe Stunde aus der Innenstadt heraus waren, lag der Gestank noch in der Luft. Doch auch auf dem Heimweg brachten sie kein rechtes Gespräch zustande.

Ein Stück des Weges hatten sie wieder mitfahren können. Ein Wagen hatte neben ihnen angehalten. Der Fahrer, ein gewisser Kurt Wolters, war mit seiner Frau Erika unterwegs, die zusammengesunken neben ihm hockte. Ihre Wohnung in der Stadt war vollkommen ausgebrannt. Gleich so vielen anderen war auch ihr Wohnblock durch den Feuersturm, der regelmäßig den Brandbomben-Angriffen folgte, zerstört worden. Jetzt fuhr das Ehepaar Wolters hinaus aufs Land, wo Erikas Mutter eine kleine Hofstelle besaß. Alles, was die Eheleute noch aus der Ruine ihres Hauses hatten retten können, war aufs Dach gestapelt worden. Die ganzen armseligen Habseligkeiten stanken nach Rauch, so dass man in dem engen, voll gerammelten Wagen kaum Luft bekam.

Dennoch hatte sich auf dem Rücksitz noch ein Plätzchen für Ursel und Konrad gefunden, neben Kleiderbündeln und Gepäckstücken, die Elmar mehr oder weniger unversehrt aus den Trümmern hatte zerren können. In Konrads Hinterteil presste sich etwas, das sich wie die Spitze eines Plätteisens anfühlte, während Ursel zwischen ihm und dem rückwärtigen Seitenfenster des Autos regelrecht eingequetscht war.

Man brauchte nicht viel an Beobachtungsgabe, um mitzukriegen, dass die Stimmung des Ehepaars mehr als gespannt war.

Kaum hatte man Konrad und Ursel einsteigen lassen, da ließ seine Frau es sich nicht nehmen, die neuen Mitfahrer darüber ins Bild zu setzen, dass die ganze Malaise hier ausschließlich auf Kurts Konto gehe. Keineswegs nämlich würden ihre ganzen guten Kleider jetzt nach Rauch stinken, hätte er auf ihren Rat gehört und die Stellung in Leipzig angenommen, die ihm angetragen worden war. Aber nein, für den Herrn hatte es ja die Reichshauptstadt sein müssen, nicht wahr? In Berlin habe er bessere Aufstiegschancen, hatte er entschieden. Das sah man ja nun, wohin sie aufgestiegen waren! Jetzt blieb ihnen nichts anderes übrig, als aufs platte Land zu ziehen. Wenigstens hatte sie ihre Mutter, und die hatte Hühner und Schweine. Wäre sie auf ihren Herrn Gemahl angewiesen, so würde sie noch glatt an Hunger sterben!

Zweimal verdrehte Kurt den Hals nach Konrad und fragte ihn nach seinen Fronterfahrungen. Doch beide Male fand Konrad keinerlei Gelegenheit zu antworten. Stattdessen kreischte die Frau auf, fuchtelte mit ihrem knotigen Zeigefinger vor der Windschutzscheibe herum und befahl ihm, er solle die Augen gefälligst auf der Straße lassen, denn er sei ja schon immer ein skrupelloser Chauffeur gewesen, und ganz sicher werde sie eines Tages in einem Auto ihr Leben aushauchen, das er in seiner Unachtsamkeit zu Schrott gefahren habe.

Nach einer Weile gab Kurt seine Versuche auf, mit Konrad ins Gespräch zu kommen. Zusammengesunken kauerte er überm Lenkrad und sah aus wie ein Mann, der vor den Granatsplittern eines Artilleriebeschusses in einem Fuchsloch Zuflucht gesucht hatte.

Zwanzig Minuten später trennten sich ihre Wege, und während Konrad dem überladenen Auto nachsah, das sich scheppernd entfernte, genoss er zwei Dinge in vollen Zügen: die frische Luft und die Stille. Die Ruhe der menschenleeren winterlichen Landstraße, die sich den Hügel hinaufzog, war wie Balsam für seine gellenden Ohren. Ursel schien es nicht anders zu gehen. Eine lange Zeit, nachdem sie sich aus Kurts Wagen herausgefaltet hatten, sagte keiner von ihnen etwas.

Während sie gemächlichen Schrittes weiterwanderten, knirschte der Schnee unter ihren Sohlen. Zu beiden Seiten der Straße lagen Bäume und Landschaft unter der blendend weißen Neuschneedecke der vergangenen Nacht. Der Himmel über ihnen war wolkenlos und strahlend blau, wenngleich die Sonne bei weitem nicht so gleißend schien wie an dem Tag, an dem Hartmut gefallen war.

Konrad fragte sich, ob er es wohl jemals wieder schaffen würde, den blauen Himmel und die klare Luft eines schönen Wintertages zu genießen, ohne dass sie ihn an jenen fürchterlichen Tag erinnerten. Und würde er jemals wieder Rauch riechen können, ohne dass die Wut über die eingestürzten Mauern, die toten Fensterhöhlen und die Schuttberge Berlins in ihm hochkochte?

„Du hast dich verändert“, sagte Ursel.

„Kann man wohl sagen.“

Konrad war sich nicht sicher, ob er schon bereit war zum Reden. Sie gingen einige Meter weiter, ehe Ursel erneut ansetzte.

„Du bist nachdenklicher geworden.“

„Das will ich meinen.“

„Konrad Reichmann – nachdenklich. Das hätte man sich früher nie vorstellen können. Aber irgendwie passt es doch zu dir.“

Wieder gingen sie ein Stück schweigend. Dass er nichts zu sagen wusste, lag nicht an ihr. Er hatte sich ja auf diese Zeit mit Ursel gefreut. Doch jetzt rochen seine Klamotten nach Zerstörung, und er bekam die Kreideanschriften an den zerbombten Mauern nicht aus seinem Kopf.

„Wie du jetzt gehst, siehst du mit deinen eingezogenen Schultern wie dieser Kurt aus.“

Das reichte, um ihn zum Lächeln zu bringen. Genau das hatte Ursel erreichen wollen. Auch sie lächelte jetzt.

„Der arme Kurt“, brummte er.

„Der arme Kurt“, pflichtete sie bei.

Während sie ihre Spur durch den Schnee zogen, verebbte ihr Gespräch wieder, und das Lächeln auf ihren Gesichtern verlor sich zusehends.

„Er hatte doch gar keine Schuld“, sagte Konrad schließlich. Zuerst hatte er keine Unterhaltung gewollt, aber jetzt wollte er nicht, dass sie sich anschwiegen.

„Woran hatte er keine Schuld?“

„Na, an den Angriffen auf Berlin. Dafür konnte Kurt doch nichts!“

Ursel grinste. „Aber irgendjemand muss ja schuld sein“, sagte sie. „Wieso dann nicht Kurt?“

Es hatte nur ein Scherz sein sollen. Nichtsdestoweniger hatte ihre Bemerkung auf Konrad eine ernüchternde Wirkung. Sie hatte ja Recht: Irgendjemand war schuld. Jemand hatte es verdient, schuldig gesprochen zu werden.

„Hm“, machte er, „wenn Kurt wirklich schuld ist, hat er die schlimmste Strafe verdient, die man sich nur denken kann.“

In Ursels Augen stand Besorgnis. „Meinst du wirklich?“

Konrad warf ihr einen herausfordernden Blick zu. „Du bist nicht der Meinung, derjenige, der für die Zerstörung Berlins verantwortlich ist, verdiene Bestrafung?“

„Das meine ich doch nicht. Ich wollte nichts weiter sagen, als dass kein Mann es verdient hat, mit einer Frau wie Erika auf einen Bauernhof verbannt zu werden. Wirklich keiner.“ Sie sah ihn mit heiteren Augen an.

Konrad ließ sich von ihrer Heiterkeit anstecken. Sie wusch wie eine Welle über ihn hinweg. So ging es ihm in letzter Zeit mit all seinen Empfindungen: Alles kam in Wellen. Er begann zu lachen und konnte bald nicht wieder aufhören.

„So lustig war das ja nun auch wieder nicht!“, quiekte Ursel. Auch sie konnte nicht mehr an sich halten.

Konrad konnte nicht aufhören. Ein Brunnen war angestochen worden, und jetzt konnte er den Fluss nicht mehr stoppen. „Der arme Kurt!“, brachte er gerade noch prustend hervor. Er musste so lachen, dass er nicht mehr weitergehen konnte. Das Lachen kam tief aus seinem Bauch, so dass er sich krümmen musste. Mit der einen Hand stützte er sich auf seinem Knie ab, die andere brauchte er zum Tränen abwischen. Eine Welle nach der anderen überrollte ihn, Lachwellen und Tränenwellen. Bald waren die Tränen des Lachens nicht mehr von den Tränen des Kummers zu unterscheiden. Es kam alles aus denselben Quellen.

Bitterlich weinend sank er auf die Knie.

„Konrad ...“ Ursel kniete sich vor ihn. Er konnte sich nicht mehr halten und sank gegen sie.

„Ich konnte ihn nicht retten!“, jammerte Konrad.

Ursel brauchte nicht erst zu fragen, wen er meinte.

„Ich konnte ihn nicht retten ... Und dabei hab ich doch versprochen, ich würde ihn sicher heimbringen! Aber ich konnte nicht ... konnte nicht ...“

„Es war nicht deine Schuld“, sagte Ursel und drückte seinen Kopf gegen ihre Schulter.

Das hatte Ernst ihm ja auch schon gesagt. Es kam nicht darauf an, wer es sagte oder wie viele Leute es sagten – er glaubte es nicht. Er hätte fähig sein müssen, Hartmut zu retten.

„Er hätte niemals da draußen in der vordersten Linie sein dürfen – ich hab ihn überredet, mitzukommen. Er war kein Soldat, und das wusste ich. Niemand wusste es besser als ich! Hätte ich ihn nicht zum Mitkommen überredet, dann hätte er sicher irgendwo ’nen Posten bekommen, wo er Lehrfilme hätte drehen können oder dergleichen, jedenfalls irgendwas Sicheres!“

„Du hast doch nur versucht, ihn zu beschützen. Wäre er nicht mit dir gegangen, so hätt’s ihn in die Wehrmacht verschlagen.“

„Das kannst du doch gar nicht wissen. Ich hab ihm versprochen ... er hat sich auf mich verlassen. Und ich hab ihn dem Tod ausgesetzt!“

„Es war nicht deine Schuld.“

Ihre Worte konnten ihn nicht trösten. Hartmut war tot, und irgendjemand war schuld. Immerhin hatte er seine Gefühle wieder einigermaßen im Griff. Er schob seine Tränenfluttore wieder zu und zog sich von Ursel zurück, peinlich berührt von seiner eigenen Unbeherrschtheit.

Ursel biss sich auf die Unterlippe und betrachtete ihn mit einer Zuneigung, deren Wärme ihn überraschte. Am liebsten hätte er sie in den Arm genommen und niemals wieder losgelassen.

Aber er sagte nur: „Irgendjemand ist schuld, und diesen Jemand werde ich finden.“

Fragend hob sie die Augenbrauen.

„Und wenn ich ihn finde, wird er bezahlen.“

„Konrad –“

Er hob abwehrend die Hand. „Du wirst mich nicht aufhalten können, also solltest du’s erst gar nicht versuchen.“

„Was willst du denn tun?"

„Den bestrafen, der die Verantwortung trägt."

„Das ist Rachsucht, Konrad."

„Nenn es, wie du willst – wenn ich ihn finde, wird er bezahlen."

„Konrad, bitte – lass ab davon."

„Höchstpersönlich werde ich ihn vor der Tür von Kurt und seiner Frau abladen."

Es dauerte eine Weile, bis das Funkeln in Ursels Augen erschien. Dann aber japste sie: „O nein! *Das* darfst du schon gar nicht tun!"

Todernsten Gesichtes sagte Konrad: „Er verdient es, glaub mir. Das und Schlimmeres."

15

Dienstag, 28. Dezember 1943

Den Sonntag nach Weihnachten hatten sie in der Rama-Klause sehr angenehm verbracht. Begonnen hatte der Tag mit dem üblichen sonntäglichen Gottesdienst. Am Nachmittag dann hatten Josef und Monika die Betreuung der Kinder übernommen. Na ja, genau genommen hatten sie sich abwechselnd um die Kinder gekümmert und zwischendurch das eine oder andere kleine Nickerchen auf dem Sofa gemacht.

Konrad und Ursel hatten den Nachmittag im Keller verbracht. Sie hatten Tischtennis gespielt und in Erinnerungen an ihre gemeinsame Zeit auf dem Gymnasium und in der kirchlichen Jugend, zusammen mit Hartmut, Ernst, Karin und Willi, geschwelgt. Ihre Unterhaltung war ganz unbeschwert gewesen.

Am Montag hatten der Pastor und Konrad eigentlich ein weiteres Gespräch führen wollen, aber dann war die Nacht von Sonntag auf Montag für Josef gar nicht gut gewesen, so dass er erst gegen Mittag aufstehen konnte, und selbst dann gelang es ihm nicht, die Benommenheit aus seinem Kopf zu bekommen. Also hatten sie das geplante Gespräch auf Dienstag verschieben müssen.

„Hast du's ihr schon gesagt?"

Die beiden Männer saßen sich im Schlafzimmer der Schumachers gegenüber. Der Pastor hatte in seinem Lehnstuhl Platz genommen, Konrad hatte sich einen hölzernen Stuhl aus der Küche geholt.

„Ich wollte", antwortete er, „an dem Tag, wo wir in Berlin waren, Sie wissen schon. Aber da alles in Schutt und Asche liegt und mit dem Qualm überall ist die Stadt kein guter Platz, so ein Gespräch zu führen, und irgendwie sind wir dann auch auf andere Themen gekommen."

„Hartmuts Tod?"

„Hm – ja."

„Sie hat's mir erzählt."

Das überraschte Konrad nicht.

„Natürlich nur, weil sie sich Sorgen um dich macht", fügte der Pastor hinzu. „Sie sagt, Hartmuts Tod setzt dir sehr zu."

„Ja."

„Möchtest du darüber reden?"

„Da gibt's nicht viel zu reden. Jede Menge von unseren Freunden sind gefallen, die meisten Jungs aus unserem HJ-Zug, aber Hartmut stand mir halt näher als alle anderen."

Pastor Schumacher faltete die Hände in seinem Schoß. Er hörte gut zu, was Konrad sagte, und wartete darauf, dass dieser weitersprach. Aber Konrad hatte nichts weiter zu sagen. Nicht zu diesem Thema. Wenigstens nicht jetzt. So viel schien dem Pastor auch die Miene des jungen Mannes schon zu verraten. Also fragte er: „Was hast du jetzt vor?"

Konrad zuckte die Schultern. „Mich verstecken. Was bleibt einem Deserteur anderes übrig?"

„Bring dich ein. Mach mit bei der ‚Festen Burg'."

„Im Widerstand?"

„Erinnerst du dich noch an Sturmbannführer Wolff?"

Konrad nickte.

„Und an Adolf?"

„Die Leute, die damals in Hadamar mitgemacht haben", sagte Konrad.

„So ist es."

Und ob Konrad sich an die erinnerte. Bei der Aktion in Hadamar damals hatte er zum allerersten Mal eine SS-Uniform angehabt. Sie hatte Wolff gehört.

„Durch die beiden bekommen wir den größten Teil unserer Lebensmittel. Karten und so weiter – du weißt schon."

„Retten Sie denn nach wie vor Kinder?"

„Nicht in erster Linie. Unter den Verhältnissen des Krieges ist das sehr schwierig geworden. Gleichzeitig sorgt der Krieg dafür, dass wesentlich weniger Kinder ihren Eltern weggenommen werden."

„Und was machen Sie dann in Ihrer Untergrundgruppe?“ Konrad konnte sich nicht vorstellen, dass Wolff und Adolf sich damit zufrieden gaben, Lebensmittel für ein Waisenhaus zu organisieren.

Pastor Schumacher sah ihn streng und forschend an. „Willst du das wirklich wissen?“

Der Klang dieser Frage gefiel Konrad nicht. Dennoch sagte er: „Aber ja doch.“

„Seit fast zwei Jahren stehen wir in Kontakt mit den Tommys.“ Josef hielt inne, um diesen Satz wirken zu lassen. Und in der Tat traf diese Neuigkeit Konrad wie ein Keulenschlag. Zwar war ihm daran gelegen, dass der Krieg zu Ende ging und das Dritte Reich zusammenbrach, aber er hatte diese Dinge immer nur als interne Angelegenheiten Deutschlands gesehen, als Fragen, mit denen die Deutschen selbst fertig werden mussten. Der Gedanke, den Feind zu unterstützen, behagte ihm ganz und gar nicht.

„Welche Art von Kontakt?“, fragte er vorsichtig.

„Wir geben Nachrichten weiter, die zum Fall Hitlers führen werden.“

Zum Fall Hitlers. In diesem Anliegen waren sie sich also immerhin einig.

„Nachrichten, die deutsche Soldaten das Leben kosten?“, fragte Konrad.

Die Miene des Pastors zeigte bei dieser Frage keinerlei Veränderung. „Zumeist geht es um solche Nachrichten, die zur Vernichtung von Produktionsanlagen führen oder mit Geheimwaffen zu tun haben. Truppenstationierungen und -stärken geben wir nicht weiter, falls du das meinst.“

„Sind Sie Ernst um Informationen angegangen, als er hier war?“ Konrads Stimme hatte einen scharfen Unterton.

Den Pastor schien das nicht sonderlich zu stören. „Ernst war in diesem Hause zu Gast, und wir haben ihn als einen Gast behandelt.“

Konrad glaubte ihm. Bei irgendeinem anderen Mann hätte er das vielleicht nicht gekonnt. Aber dies hier war Pastor Schumacher, ermahnte er sich.

„Einige Informationen verdanken wir Ursel“, führte Josef das Gespräch weiter.

„Verteidigungsministerium, ich verstehe.“ Recht war Konrad das ganz und gar nicht.

„Dann und wann kriegt sie irgendwas zu Gesicht, was sie für möglicherweise nützlich hält, und das geben wir dann weiter. Sie macht auf vollkommen freiwilliger Basis mit. Wir verlangen nicht von ihr, dass sie spioniert.“

Zum zweiten Mal erwachte Konrads Argwohn, und zum zweiten Mal kämpfte er ihn nieder. Pastor Schumacher würde Ursel niemals wissentlich in Gefahr bringen. Allein der Gedanke war lächerlich.

„Bringen diese Dinge in irgendeiner Weise die Kinder in Gefahr?“, fragte Konrad.

„Hier in der Rama-Klause haben wir keinen Sender“, antwortete der Pastor. „Gelegentlich halten wir hier eine Besprechung ab, Adolf, Wolff und ich. Das wär's dann aber auch. Sämtliche Kontakte finden anderweitig statt.“

Konrad nickte. Zwar gefiel ihm der Gedanke nach wie vor nicht, dass die „Feste Burg“ mit dem Feind kollaborierte, aber mit dem, was der Pastor ihm gerade anvertraut hatte, würde er wohl leben können.

„Eines muss ich dir noch sagen“, fuhr Josef fort, „es hat mit jüngsten Entwicklungen zu tun.“

Konrad beugte sich vor.

„Wir haben auch zu den Amerikanern Kontakt aufgenommen.“

Erst die Engländer und nun auch noch die Amis. Konrads Argwohn erwachte aufs Neue.

„Wenn ihre Flieger abgeschossen werden, versuchen sie immer, aus Deutschland wieder rauszukommen. Einige werden gar nicht erst von unseren Leuten erwischt, andere hauen aus Kriegsgefangenenlagern ab. Wir haben uns entschlossen, ihnen hier in der Rama-Klause vorübergehenden Unterschlupf zu gewähren.“

Konrads Mund wurde zu einem schmalen Strich. „Sie bringen hier feindliche Flieger unter? In diesem Haus?“ Er stellte sich vor, dass es irgendwo einen großen geheimen Raum gab, gerammelt voll mit amerikanischen Luftwaffensoldaten.

„Bis jetzt noch nicht. Wir haben uns lediglich dazu bereit erklärt."

„Und wo sollen die hausen?"

„Im Keller."

Dort, wo er gerade noch mit Ursel Tischtennis gespielt hatte.

„Wie viele werden es sein, und wann werden sie kommen?"

„Keine Ahnung. Wir halten uns für alle Eventualfälle bereit."

„Wissen Ursel und Monika über dieses Vorhaben Bescheid?"

„Selbstverständlich."

So also hing alles zusammen: der Abend seiner Ankunft. Hinterm Haus. Ursel mit ihrem komischen „Hallo": Sie hatte ihn für einen Amerikaner gehalten. Und wenn er nun einer gewesen wäre? Und zwar ein bewaffneter Amerikaner?

„Nein", sagte Konrad. „Das ist zu gefährlich."

Der Pastor sah ihn an. Er lächelte nicht, sondern stellte schlicht und ergreifend fest: „Das ist nicht deine Entscheidung."

„Was wollen Sie denn machen, um die Kerle daran zu hindern, das Haus ganz und gar unter ihre Fuchtel zu nehmen? Sie und die Kinder für ihre eigenen Interessen zu missbrauchen? Mann, wir reden hier über den Feind! Ihr könntet allesamt umkommen hier im Haus!"

Der Pastor beugte sich vor, um seine Worte zu unterstreichen. „Wie du weißt, sind wir im Krieg. Tag für Tag können wir alle umkommen, ob wir nun irgendwas tun oder auch nicht. Und wir haben uns entschlossen, was zu tun."

Konrad fühlte sich plötzlich hilflos. *„Tag für Tag können wir alle umkommen."* Das war ihm nun wirklich nicht neu. Damit lebte er mittlerweile seit Jahren – aber an der Front, nicht in der Heimat! Nicht hier. Die Heimat war dazu da, dass Frauen und Kinder in ihr sicher waren.

Aber jetzt war er in der Heimat. Und er würde sie beschützen.

Wie du Hartmut beschützt hast?

Es war seine eigene innere Stimme, und sie hatte Recht. Wer

war er, dass er sich einbildete, irgendwen beschützen zu können? Es gab viel zu viele Gefahren, und er war nur einer. Er hatte nur eine einzige Antwort. Das wusste er, seit er von der Truppe desertiert war. Vom ersten Augenblick an. Und er wusste es auch jetzt.

„Du siehst irgendwie mächtig entschlossen aus", sagte Pastor Schumacher.

„Ich bin aus einem bestimmten Grund zurückgekommen", antwortete Konrad. „Um eine letzte Aufgabe zu erfüllen."

„Du hast also Befehle?"

Konrad stand auf. „Befehle des Gewissens."

„Verstehe", sagte der Pastor und sah ihn taxierend an. „Siehst du dich in der Lage, mir zu erzählen, welcher Art diese Befehle sind?"

Konrad überlegte einen Moment. Er konnte nicht erkennen, inwiefern es seine Mission in Gefahr bringen sollte, wenn er sie Pastor Schumacher anvertraute. Also sah er diesem in die Augen und sagte: „Ich bin gekommen, um den Führer zu töten."

16

Mittwoch, 29. Dezember 1943

Die Ironie der Sache entging Konrad keineswegs. Das Dritte Reich selbst hatte den Mann herangebildet, der den Führer töten würde. Konrad bezweifelte, dass es in Deutschland irgendeinen Mann gab, der für diese Aufgabe besser geeignet wäre als er selbst.

Als er dem Pastor gestern seine Absichten mitgeteilt hatte, hatte er mit Widerspruch gerechnet. Doch ihn würde nichts umstimmen können. Diese Sache musste er tun. Offenkundig hatte der Pastor das verspürt, denn nachdem Konrad ihm seine Pläne anvertraut hatte und dann aufgestanden war, um das Zimmer zu verlassen, hatte er keinerlei Versuch gemacht, ihn aufzuhalten oder zurückzurufen. Und er war auch nicht auf das Thema zurückgekommen, als sie sich später am Tag wiedergetroffen hatten.

Also ging Konrad davon aus, dass er für seine Vorbereitungen den Segen jenes Mannes hatte, den er mehr als jeden anderen bewunderte. Das erleichterte ihn ein wenig.

Während seiner einsamen Wanderung durch den Osten in Richtung Berlin hatte er Stunden um Stunden darüber nachgedacht, wie er ein Attentat auf Hitler durchführen könnte. Bei den meisten Scharfschützenmissionen war Aufklärung der Schlüssel zum Erfolg, und die Aufgabe, die er sich vorgenommen hatte, machte da keine Ausnahme. Er hatte keinen Zweifel daran, den Schuss abgeben zu können, sobald sich ihm die Gelegenheit dazu bieten würde, und diese Gelegenheit würde er sich durch gute Aufklärung verschaffen. Zu diesem Zweck würde er sich Hartmuts Ausrüstung zunutze machen.

Mehrere Male hatte Hartmut ihm die Kamera in die Hand gedrückt und ihm etwas über Blenden und Belichtungszeiten erklärt, während er versuchte, einen Schnappschuss von Hartmut und ein paar von dessen Kumpels zu machen, die neben einem Panzer oder auch auf irgendeinem russischen Marktplatz posierten. So kam es, dass die Handhabung einer Kamera Konrad nicht völlig fremd war. Er wollte seine Fähigkeiten im Fotografieren aber noch verbessern, indem er in der Rama-Klause Aufnahmen von den Kindern oder von Ursel, Monika und Pastor Schumacher machte.

Die Bilder würde er selbst entwickeln. Wohl mehr als hundert Mal hatte er Hartmut beim Entwickeln von Filmen zugesehen – was noch nicht bedeutete, dass er es auch selbst hinkriegen würde; aber immerhin wusste er genug, um einem Berliner Fotografen ein paar gezielte Fragen zu stellen. Den würde er ohnehin aufsuchen müssen, um Materialien einzukaufen.

Heute Nachmittag war er per Anhalter nach Berlin hineingekommen. Unterwegs hatte er aller Welt erzählt, dass er auf Fronturlaub sei. Hinz und Kunz fragte ihn nach seinem Führerpaket, manche eher verschämt und andere ganz ungeniert in der Absicht, etwas von den guten Sachen abzubekommen. Er erzählte, er logiere bei einer Familie mit sechs Kindern, und ließ die Leute aus dieser Mitteilung ihre eigenen Schlüsse ziehen.

Viele fragten, wie es denn an der Front so stehe. Darauf gab er geradeheraus Antwort, wodurch er es sich mit einem Mann schwer verscherzte, der ihm vorwarf, er und andere Frontkämpfer, die derlei hoffnungslose Reden führten, seien schuld, wenn der Krieg tatsächlich verloren gehe und der Führer abdanken müsse. Konrad entschied sich, nicht in gleicher Münze heimzuzahlen. Der Alte hatte ja keine Ahnung, und außerdem war es doch sowieso egal. In vier Wochen würde der Führer tot in seinem Blut liegen.

In Berlin angekommen, suchte er den Frick'schen Fotoladen auf. Der Inhaber, Herr Frick, war von der leutseligen Sorte und schwatzte liebend gern über Fotoapparate und Filmentwicklung. Konrad erzählte ihm, ein Freund habe ihn fürs Fotografieren begeistert. Herr Frick war Witwer und hatte zwei erwachsene Söhne. Der eine diente beim Heer, der andere in der Luftwaffe. Während der Luftwaffen-Navigationsoffizier noch nie Interesse an der Fotografie gezeigt hatte, sehnte sein jüngerer Bruder, der Landser, sich danach, heimzukehren und den Laden zu übernehmen. Konrad konnte nur hoffen, dass der Junge lange genug am Leben blieb, um sich seinen eigenen Traum und den seines Vaters erfüllen zu können.

Herr Frick zeigte Konrad, wie man mit einem Belichtungsmesser umging, um festzustellen, wie viel Licht man zur Verfügung hatte, und wie man die Kamera einstellte: Blende und Verschlusszeit. Konrad fragte weiter, um zu erfahren, wie man ein perfekt scharfes Bild machte, und Frick erklärte ihm, dass er mit einer größeren Blende die Schärfe alternativ wählen könne. Kurze, fleischige Finger drehten den Stellring am Objektiv auf Blende 2,8. Bei dieser Einstellung habe er die Wahl: Entweder könne er auf ein Motiv in der Nähe scharf stellen, während der Hintergrund nur verschwommen gesehen werde, oder umgekehrt auf einen weiter entfernten Gegenstand, aber dann würde der Vordergrund unscharf werden. Wolle man sowohl Vorder- als auch Hintergrund scharf bekommen, müsse man eine kleinere Blende nehmen. Die Finger stellten den Ring auf Blende 22. Vieles von dem, was er hier lernte, erschien Konrad sinnvoll. Schon früher hatte er Hartmut sich in dergleichen ergehen hören, aber damals hatte er halt nicht aufmerksam hingehört.

Konrad lernte, dass die Filmentwicklung in vier chemischen Schritten vor sich ging: Entwickler, Unterbrecherbad, Fixierbad, Wässerung. Der Film musste in völliger Dunkelheit entwickelt werden, weswegen man ihn in eine Entwicklungsdose einfädelte, eine Prozedur, die blind im Inneren eines lichtundurchlässigen Beutels ausgeführt werden musste. Hartmut hatte immer Spaß daran gehabt, so zu tun, als vollführe er in diesem Beutel irgendwelche Zauberkunststückchen, indem er Entwicklungsdose und Filmrolle separat hineintat, dann eine Zeit lang im Beutel herumfummelte, bis er schließlich mit einem triumphierenden „Voilà!" die Entwicklungsdose samt inliegendem Film und das nunmehr leere Filmdöschen zum Vorschein brachte.

Um den Film zu entwickeln, gab man die Chemikalien in die Entwicklungsdose, und zwar in einer bestimmten Reihenfolge und Zeitdauer. Um Papierbilder zu bekommen, bediente man sich eines Vergrößerungsgeräts, das die Bilder auf dem Film auf Papierabzüge projizierte, die man dann in einer Reihe von Schalen weiterentwickelte.

Nachdem er sich bei dem alten Frick überschwänglich bedankt hatte, verließ Konrad den Laden mit einem kleinen Vergrößerer, den er in einem Karton unterm Arm trug, und einem Beutel voller Chemikalien in der anderen Hand. Er fragte sich, was Herr Frick wohl denken würde, wenn er wüsste, dass er gerade Beihilfe zur Vorbereitung eines Attentats auf den Führer geleistet hatte.

* * *

Als er zur Rama-Klause zurückkehrte, war es spät am Nachmittag. Er fragte, ob er den Keller benutzen dürfe, um sich im Entwickeln von Filmen und Herstellen von Abzügen zu üben – vorausgesetzt, die Herren Amerikaner seien dort nicht mit Tischtennis-Spielen beschäftigt.

Sein Sarkasmus tat ihm schon Leid, kaum dass er das gesagt hatte, aber nun waren die Worte schon heraus. Es dauerte eine ganze Weile, bis der Pastor sein Einverständnis erteilte, aber als er es endlich tat, gab er durch nichts zu erkennen, dass er sich etwa gekränkt fühlte, und machte auch keinerlei Anstalten, das Thema Attentat auf den Führer zur Sprache zu bringen.

Das fasste Konrad als stilles Einverständnis des Geistlichen mit dem auf, was er sich vorgenommen hatte. Warum hätte er es auch anders verstehen sollen? Ganz gewiss war Josef Schumacher kein Anhänger Hitlers. Vielmehr hatte er schon zu einer Zeit gegen den Führer Stellung bezogen, da Konrad sich noch von Hitlers Charisma und seinen großspurigen Versprechungen hatte blenden lassen. Und jetzt standen sie beide auf derselben Seite.

Er breitete seine Errungenschaften auf einer Werkbank aus und begann die Anweisungen zu lesen, die auf kleinen Beipackzetteln zu den einzelnen Chemikalien standen. Vieles, was da stand, war ihm nun nicht mehr neu, entsprach es doch haargenau dem, was Frick ihm erklärt hatte. Er ging zur Betriebsanleitung des

Vergrößerungsgeräts über und fand darin eine Tabelle, die ihn besonders interessierte. Herr Frick hatte ihn schon auf diese Aufstellung hingewiesen. Wie lange die Entwicklung dauerte, hing von der Temperatur der Entwicklerflüssigkeit ab, und die Tabelle stellte Temperaturangaben und daraus sich ergebende Entwicklungszeiten einander gegenüber. Konrad pinnte sie an die Wand, so dass er jederzeit daraufschauen konnte.

Nachdem er die Chemikalien angemischt und den Vergrößerer eingestellt hatte, machte er sich daran, seine allererste Filmrolle zu entwickeln, eine Rolle, die er noch in Hartmuts Apparat vorgefunden hatte. Nur der halbe Film war belichtet, aber indem er auf ihn zurückgriff, musste er keinen ganz neuen Film vergeuden, nur um das Entwickeln zu üben. Schließlich gab es Filme wie so vieles andere praktisch nicht mehr zu kaufen.

Auf der hölzernen Kellertreppe waren Schritte zu hören. Es war Ursel. Ein Blick auf ihre Beine, die zuerst ins Blickfeld kamen, genügte ihm, um diese Feststellung zu treffen.

„Hast du schon Feierabend?“, fragte er.

„Schon? Mir kam's heute doppelt so lang vor wie an einem normalen Werktag!“ Die Hände auf dem Rücken, kam sie auf ihn zugeschlendert. „Herr Altbusser muss über die Feiertage Zoff mit seiner Frau gehabt haben. Er war heute noch ekliger als üblich.“

Konrad war gerade damit fertig, den Film zurückzuspulen, und klappte die Kamera auf. Er sah von seiner Arbeit zu ihr hoch. „Geht er dir an die Wäsche?“

„Nicht bloß mir. Allen Frauen in der Abteilung.“

„Vielleicht sollte mal jemand Klartext mit ihm reden.“

„Ach, Reden wäre wohl kaum der ... ach so.“ Sie begriff, dass er gar keine bloße Unterhaltung gemeint hatte, und fuhr fort: „Nein. So was dürfen wir als Christen nicht tun.“

„In diesen Tagen geht man ja allgemein nicht gerade christlich miteinander um“, sagte Konrad und wandte den Blick wieder seiner Kamera zu.

„Konrad Reichmann!“

Tonfall und Nachdruck ihrer Stimme nötigten ihn, wieder zu ihr hinzusehen.

„Ja?"

„Wie – ja? Schämst du dich nicht, solche Sprüche zu machen?"

Er hatte nicht gerade intensiv über das nachgedacht, was er gesagt hatte, und brauchte ein paar Sekunden, um es sich ins Gedächtnis zu rufen. „So ist es doch", beharrte er dann.

„Und du bringst es fertig, hier in diesem Haus zu sitzen und so was zu sagen?"

„Dieses Haus ist die Ausnahme von der Regel."

„Damit hast du immerhin Recht."

Konrad grinste. „Schon gut, ich hab ja auch nicht an die Rama-Klause gedacht. Du hast ja Recht. Ich dachte an den Krieg und an Deutschland insgesamt."

„Nun ja, wir sind Deutsche", versetzte Ursel, „und wir sind Christen. Deutschland ist durch uns zu dem geworden, was es ist."

„Zugegeben. So Gott will, wird meine Mission ihren guten Teil zur Wiederherstellung der Ehre Deutschlands beitragen."

„Ach? Was für eine Mission denn?"

„Darüber kann ich nicht sprechen."

Sie kam dichter heran. Ihre Blicke musterten die Werkbank und begutachteten seine Tätigkeit. „Sind das nicht Hartmuts Sachen?"

„Der Apparat und ein Teil der Ausrüstung, ja. Die Chemikalien und den Vergrößerer hab ich heute aus Berlin mitgebracht."

„Du warst in Berlin?"

„Hm."

„Wieso bist du dann nicht im Verteidigungsministerium vorbeigekommen und hast mir 'nen Besuch abgestattet?"

Konrad ließ die Schultern sinken. Daran hatte er überhaupt nicht gedacht. Er war so mit seiner Mission beschäftigt gewesen, dass ihm gar nicht in den Sinn gekommen war, dass sie ja in der Stadt arbeitete. Und was sollte er ihr jetzt sagen? Die Wahrheit zuzugeben würde nicht gut kommen. „Ich hatte es eilig", redete er sich heraus. „Vielleicht nächstes Mal."

Seine Antwort schien sie nicht gerade zufrieden zu stellen, aber auch nicht weiter aufzuregen. „Du verlegst dich jetzt auf die Fotografie?“, wechselte sie das Thema.

„Ist nützlich für meine Mission.“

Darüber dachte sie einen Augenblick nach. „Bis jetzt hat Hartmut das für dich gemacht?“

„Jawohl.“ Die Filmrolle hatte sich irgendwie in der Kamera verklemmt. Konrad fingerte an der Spule herum und versuchte es dann mit Schütteln.

„Er war dein Flügelmann.“

„So ist es.“

Endlich bekam er das obere Ende der Spule frei. Jetzt hing sie schief aus der Kamera heraus. Konrad stützte sie mit dem Fingernagel ab und bekam sie endlich ganz heraus.

„Er gehörte also zu deinem Scharfschützentrupp“, schlussfolgerte Ursel.

„Jawohl.“

Ursel schabte unruhig mit den Füßen. „Und wen willst du erschießen?“

Er war drauf reingefallen. Sie hatte es schlau angefangen. Es hatte an der blöden Filmspule gelegen, die ihn abgelenkt hatte. „Ursel, wir sind im Krieg, und Soldaten sind dazu da, aufeinander zu schießen.“

„Ich weiß“, sagte sie ruhig. Die Spitze ihres Zeigefingers fuhr die Kante der Werkbank entlang. „Aber in der Zeitung davon zu lesen oder es im Radio zu hören ist eine Sache. Da erscheint es einem so fern. Und dann sind die Zahlen so gewaltig, dass man ganz vergisst, dass es einzelne Menschen sind, die an der Front ihr Leben lassen. Aber hier zu stehen und zu hören, dass du planst, jemanden totzuschießen ...“

Nicht irgendjemanden, dachte Konrad.

„... oder jemand erschossen werden könnte, der mir was bedeutet ...“

Konrad erstarrte. Er sah sie an. „Ich bedeute dir was?“

Aus irgendeinem Grund brachte diese Bemerkung sie in Rage.

„Natürlich bedeutest du mir was!“, rief sie. „Wie viele Jahre sind wir denn befreundet? Was wäre ich wohl für ein Mensch, wenn du mir gleichgültig wärst?“

„Sch-sch“, machte er. Was ihn störte, war das Wort „befreundet“. Er gab sich alle Mühe, seine Enttäuschung zu verbergen. „Pass auf“, sagte er, „das machte Hartmut immer.“

Er tat die Filmspule und die größere silbrige Entwicklungsdose in den lichtundurchlässigen Entwicklungsbeutel. Dann steckte er seine Hände durch zwei seitliche Öffnungen in den Beutel hinein und fummelte à la Hartmut eine Weile darin herum, wenngleich bei weitem nicht so elegant wie dieser. Überhaupt fiel seine Vorführung, wenn man ehrlich sein wollte, ziemlich unbeholfen aus.

„Und was soll das bringen?“, fragte Ursel.

Konrad gab keine Antwort. Er war viel zu sehr damit beschäftigt, durch den Stoff des Beutels hindurch zu erkennen, was seine Hände da drin eigentlich machten. Er brauchte bald zehn Minuten, um den Film auch nur aus der einen Dose rauszukriegen. Bis er dann in der anderen drinnen war, dauerte es noch länger.

Monika erschien oben an der Kellertreppe. „Könnte mir mal jemand zur Hand gehen?“, fragte sie.

„Aber ja doch, Monika“, antwortete Ursel. „Entschuldige.“ Zu Konrad sagte sie: „Tja, dann werde ich deinen Zauberfingern wohl ein anderes Mal zuschauen müssen.“

„Zaubertrick“, entgegnete der. „Nicht Zauberfinger.“

Doch da war sie schon halb die Stiege hinauf. Konrad kämpfte mit einer unsichtbaren Schlange, die sich in dem schwarzen Beutel immer wieder zusammenrollte, während oben die Tür hinter ihr ins Schloss fiel.

Er brauchte bis zum Abendbrot, um den Film in die Entwicklungsdose zu kriegen. Erleichtert ließ er diese auf der Werkbank liegen, solange er mit den anderen die dünne Gemüsebrühe löffelte.

Nach dem Essen stieg er wieder in den Keller hinab und machte sich daran, den Film zu entwickeln – keine geringe Unternehmung. Als er die Entwicklungsdose aufmachte, registrierte er zu seinem Entzücken, dass der tropfnasse Film genauso aussah, wie es auch bei Hartmut immer der Fall gewesen war.

Er spannte eine Art Wäscheleine aus und hängte das eine Ende des Films daran, um ihn über Nacht trocknen zu lassen. Den Rest des Abends saß er mit Ursel, Monika und dem Pastor am Kamin und unterhielt sich, zum Schluss nur noch mit Ursel, nachdem die Eheleute zu Bett gegangen waren.

Mehrmals versuchte er ihr zu sagen, dass er desertiert war, besonders an einer Stelle ihrer Unterhaltung, als sie ihn fragte, warum er immer noch nicht seinen Vater aufgesucht habe. Aber aus irgendeinem Grund konnte er sich einfach nicht überwinden, sich ihr anzuvertrauen. Sie sah ihn immer noch als einen der Pflicht ergebenen deutschen Soldaten, und es widerstrebte ihm zutiefst, ihr diese Vorstellung zu zerstören.

Donnerstag, 30. Dezember 1943

Am nächsten Morgen stieg Konrad wieder in den Keller, um mit dem zweiten Teil seines Fotolabor-Trainings zu beginnen. Nachdem er die getrockneten Negative von der Wäscheleine genommen hatte, schnitt er sie in Streifen zu je sechs Aufnahmen. Dann löschte er das Licht im Keller bis auf ein bescheidenes Rotlicht, das er fabriziert hatte, indem er ein Stück rotes Zellophanpapier über eine batteriebetriebene Handlampe spannte, und begann damit, die Abzüge seines ersten Films herzustellen.

Er spannte das erste Negativ in den Negativhalter, legte es in den Vergrößerer und projizierte die Aufnahme auf einen Probestreifen, genau wie er es Hartmut so oft hatte tun sehen. Klar, das Bild war farbumgekehrt: alles, was auf dem Bild schwarz war, erschien in Weiß und alles Weiße in Schwarz. Mit seinen ungeübten Augen fiel es ihm schwer, das Motiv des Bildes zu erkennen.

Nachdem er scharf gestellt hatte, schaltete er die Projektorlampe aus und griff nach einem Bogen Fotopapier. Dann richtete er das Bild auf das Papier aus und drückte den Bogen mit der Bildseite nach unten in die Schale mit Entwicklerflüssigkeit. Eine Weile zog er das Papier in der Flüssigkeit hin und her und drehte es dann um. Wie von Zauberhand gezeichnet begann das Motiv auf dem weißen Untergrund zu erscheinen.

Es war das russische Dorf.

Und zwar nicht niedergebrannt, wie Konrad es zuletzt gesehen hatte, sondern intakt, wie es gewesen war, als sie dort eintrafen. Der Junge, dem Hartmut das Leben gerettet hatte, stand am Brunnen und hatte seinen hölzernen Schöpfeimer in der Hand. Er lächelte übers ganze Gesicht. Konrad nahm an, dass Hartmut das Bild nach der Rettungsaktion gemacht hatte.

Die Rettung – was hatte sie dem Jungen genützt? Ein paar Tage länger am Leben zu bleiben, das war alles. War es das wert gewesen?

Das zweite Bild, das Konrad entwickelte, zeigte die Mutter, den Jungen und Alina, das dritte Alina allein. Es sah aus, als hätte Hartmut sie überredet, für ihn zu posieren. Sie stand am Waldrand, die Hand an einen Baumstamm gelegt. Über ihre Schulter hinweg sah sie den Fotografen an. Das vierte Bild zeigte einige der Dorfbewohner, die rauchend und schwatzend im Kreis saßen.

Geisterbilder – allesamt. Alina hatten sie gehängt, die anderen in einer verriegelten Scheune verbrannt.

Die Gefühle, die die Bilder in ihm auslösten, zeigten Konrad, dass er einen Fehler gemacht hatte. Er hätte doch lieber einen eigenen Film mit Aufnahmen der Rama-Klause-Kinder nehmen sollen.

Drei Bilder zeigten das Dorf, während es in Flammen stand. Konrad hatte keine Ahnung, wie Hartmut es angestellt hatte, diese Aufnahmen zu machen. Krahl hatte jedes Fotografieren ausdrücklich untersagt. Es mussten Schnappschüsse sein, die Hartmut unbemerkt gelungen waren, während sie abzogen. Vielleicht hatte er gehofft, sie eines Tages gegen Krahl verwenden zu können.

Das vorletzte Bild zeigte die russische Kompanie, die sie verfolgt hatte. Ihr letzter Auftrag. Hartmut war zu seinem Schuss gekommen, Konrad nicht.

Und dann gab es ein letztes Negativ.

Konrad spannte es in den Halter des Vergrößerungsapparats ein und stellte die Optik scharf. Das Bild gab nicht viel her. Es war fast ganz schwarz, erschien also beinahe völlig weiß. Vielleicht schlecht belichtet. Auf dem Rest des Films war ja gar nichts drauf.

Er projizierte das Bild aufs Papier. Nachdem er mit der Feineinstellung zufrieden war, legte er das Papier in die Flüssigkeit und wartete ab, ob darauf irgendetwas zu erkennen sein würde.

Zuerst sah man nur gewellte Schatten: Schneeverwehungen, dazwischen die weiß bestäubten Konturen von Büschen und Bäumchen. Je kontrastreicher das Bild wurde, umso deutlicher stand Konrad der Moment vor Augen, in dem es gemacht worden war. Wie hätte er den auch vergessen sollen?

Das letzte Bild, das Hartmut in seinem Leben gemacht hatte. *„Jetzt hab ich ihn!"*, hatte er gesagt.

Der andere Scharfschütze. Der Russe, der sie im Visier gehabt hatte. Der Scharfschütze, der Hartmut erschossen hatte. Und den er selbst, Konrad, im Gegenzug kaltgemacht hatte.

Im Entwicklerbad zeichnete sich jetzt eine Stelle der Aufnahme dunkler ab. Da war noch etwas gewesen. Konrad hatte es bis jetzt noch nicht an sich herangelassen. Bisher hatte er diesen Albtraum jedes Mal sofort ausgeblendet, sobald er sich in seinem Kopf wiederholen wollte.

Langsam wurde das Bild scharf.

Hartmut hatte etwas gesagt. *„Ich glaub's ja nicht."* Dann wurde er getroffen. Der Schuss traf ihn gerade in jenem Moment, als er erklären wollte, was es war, das er nicht glauben konnte. Er hatte es nicht mehr aussprechen können. *„Ich glaub's ja nicht."*

Konrad beugte sich über die Schale mit dem Entwicklerbad, um das Bild besser sehen zu können. Jetzt war schon deutlich zu erkennen, was Hartmuts letztes Foto darstellte. „Ich glaub's nicht!", rief nun auch Konrad aus. Aber er hatte es ja vor Augen – genau das, was Hartmut durch seinen Sucher gesehen hatte.

Konrad starrte das Bild an. Die Konturen wurden schärfer, die Abbildung dunkler, fast schwarz. Er hatte das Bild zu lange im

Entwicklerbad liegen gelassen. Aber darauf kam es nicht mehr an; dieses Bild hatte sich ein für alle Mal seinem Gedächtnis eingebrannt.

Konrad riss das nasse Fotopapier aus der Schale, zerknüllte es und schmiss es brüllend wie ein wildes Tier quer durch den dunklen Kellerraum.

An der Kellertür klopfte es. „Konrad?"

Seine Knie prallten auf den Boden. Er hatte gar nicht gemerkt, wie er sich fallen ließ.

Die Tür ging auf, und Ursel kam die Stufen herabgehuscht. „Konrad, was ist los?" Sie rannte auf ihn zu, bremste dann scharf ab und machte erschrocken ein paar Schritte von ihm fort, entsetzt über sein Wüten. Sie schlug die Hände vor den Mund und begann zu weinen.

Konrad nahm kaum wahr, dass sie dastand, und schon gar nicht nahm er von ihrem Schluchzen Notiz. Er war ganz und gar von seinem eigenen Zorn und seiner namenlosen Trauer ergriffen. Das Gesicht von Hartmuts Mörder peinigte ihn.

Denn ein Mörder war es gewesen – ein Todfeind.

Aber kein russischer Soldat.

Sondern Krahl.

17

„Ich habe meinen eigenen Befehlshaber erschossen."

Die Feststellung duldete keinen Widerspruch. Konrads Stimme war dünn und verriet keinerlei Gefühlsbewegung. Nur mit fremder Hilfe hatte er es auf einen Stuhl geschafft, wo Monika, Ursel und auch Pastor Schumacher, dem die Frauen die Treppe heruntergeholfen hatten, sich über ihn beugten. Nach einer Weile schafften Monika und Ursel auch für Josef eine Sitzgelegenheit heran.

Die Kinder waren den Erwachsenen nachgelaufen und hockten jetzt auf den Stufen der Kellertreppe wie die Hühner auf der Stange. Monika versuchte, sie wieder nach oben zu scheuchen, aber sie bequemten sich erst dazu, als sie selbst mit ihnen ging. Sie machte die Kellertür hinter sich zu.

Ursel kniete jetzt neben Konrad und barg seine Hände in den ihren.

„Er hatte uns im Visier. Von der anderen Seite kamen die Russen den Hang herauf auf uns zu. Ich hab blind in seine Richtung geschossen."

Von dem Scharfschützen sprach Konrad nur mit dem Personalpronomen. Es schien ihm immer noch schwer zu fallen, den Namen des Mörders auszusprechen.

„Als er nicht mehr zurückfeuerte, habe ich angenommen, ich hätte ihn getroffen. Er war im Vorteil. Hatte freies Schussfeld. Hatte Hartmut schon erwischt. Es wär kein Problem für ihn gewesen, noch mal abzudrücken. Der einzige Grund, dass er's nicht getan hat, war, dass er's nicht mehr konnte. Nur dadurch bin ich da weggekommen."

„Und dieser Krahl war dein unmittelbarer Vorgesetzter?", fragte Josef.

„Mein Idol." Konrad bekam ein gequältes Lächeln zuwege.

„Und du bist sicher, dass er es war?"

Konrad schloss die Augen. Wieder stand die fotografische Abbildung klar und deutlich vor ihm. Seit er das Bild entwickelt hatte, konnte er es sich in jeder Sekunde gestochen scharf und in allen Einzelheiten ins Bewusstsein rufen. Er brauchte bloß die Augen zu schließen. „Ich hab den Mann angebetet. Später dann hab ich ihn verachtet. Aber ich kenne ihn viel zu lange, um ihn nicht zu erkennen."

Der Pastor beugte sich vor. „Das versteh ich nicht. Er war dein Idol, sagst du?"

„Er hat sich verändert", griff Ursel ein – eine Schlussfolgerung, die sie aus dem Bild gezogen hatte, das sich ihr jetzt bot. Während sie das sagte, sah sie Konrad an.

„Und zwar in dem Augenblick, als er die Erlaubnis zum Töten bekam", erläuterte der. „Nicht bloß die Erlaubnis zum Töten auf dem Schlachtfeld, sondern, als es ihm freistand, die Zivilisten in den Dörfern kaltzumachen. Die Lizenz zum Morden und Brandschatzen. Wie es ihm gerade in den Sinn kam."

Der Pastor zuckte sichtlich zusammen. „Unter was für einer furchtbaren Verantwortung der Mann gestanden haben muss!"

„Er hat's genossen", stellte Konrad fest.

„Aber gewiss nicht. Dass es dir zuweilen so vorgekommen sein mag, das will ich gern glauben."

Konrad starrte seinen Pastor an. Welche Güte der Mann doch hatte! So gut dachte er von den Menschen, dass er es nicht über sich brachte, zu glauben, dass es Leute gab, die es genossen zu töten. Und das nach all dieser Zeit! Nach all den schrecklichen Dingen, die er selbst durch die Nazis erlitten hatte, brachte er es immer noch nicht fertig, das Böse zur Kenntnis zu nehmen, das in vielen Menschen lauerte.

Andererseits hatte Konrad selbst es ja erst auch nicht glauben wollen. Zwar hatte er die Gräueltaten gesehen, aber geglaubt hatte er den Lügen – weil er sie hatte glauben wollen. Er hatte sich einreden wollen, der ganze Hass, all die Schlechtigkeiten und die Verheerungen rundherum dienten einem höheren Zweck.

Pastor Schumacher wusste es nicht besser – wie hätte es auch anders sein sollen? Er hatte das blicklose Starren der Toten doch nicht mit eigenen Augen gesehen. Hätte er die übers Schlachtfeld verstreuten Leichen zu Gesicht bekommen, die Todesschreie der Bauern gehört, die lebendigen Leibes verbrannten, die im Schock weit aufgerissenen Augen der Partisanen erlebt, die unterm Galgen hingen, und dann zugeschaut, wie die Mörder lachend herumstanden, Zigaretten rauchten und sich ein paar Meter von den Leichenbergen entfernt Witze erzählten – hätte er all diese Dinge gesehen, so würde er anders sprechen.

Es war ja noch gar nicht so lange her, dass der Pastor ihn von der Bosheit des Dritten Reiches hatte überzeugen wollen.

„In dem letzten Dorf, in dem wir waren, freundete Hartmut sich mit einem kleinen Jungen an. Eines Tages fiel der in den Dorfbrunnen, und Hartmut rettete ihn. Na ja, er hat sich auch mit der großen Schwester des Jungen eingelassen."

Ursel schmunzelte. „Hartmut hatte was mit 'nem russischen Bauernmädel?"

Konrad sah ihr in die Augen. Es war kein Schalk in ihnen zu erkennen. Aus ihrem Blick funkelte die Freude einer Frau, die soeben erfahren hatte, dass einer ihrer guten Freunde sich verliebt hatte. Sie freute sich einfach für Hartmut.

„Krahl ließ dieses Mädchen unter der Anschuldigung, zu den Partisanen zu gehören, hängen. Der Junge kam mit seiner Mutter in einer Scheune um, die Krahl hatte anzünden lassen."

„Das ist ja furchtbar!", entfuhr es dem Pastor.

„Hartmut muss ja völlig am Boden zerstört gewesen sein", sagte Ursel.

„Er war vernichtet. Stellte sich gegen Krahl, versuchte ihn von der Brandschatzung des Dorfes abzuhalten. Dann widersetzte er sich einem direkten Befehl, indem er den Leichnam des Mädchens in die Wälder trug, wo er sie bestattete."

„Wieso ließ Krahl ihn dann nicht festsetzen?", fragte Josef.

„Wir waren ja auf dem Rückzug. Schon längst geschlagen, ein zusammengewürfelter Haufen. Um der Wahrheit die Ehre zu geben: Die meisten der Männer hielten es mit Hartmut. Alle waren in Panik, sie haben den Krieg satt, versteht ihr? Töten, Töten, nichts als Töten! Wir mussten zurück. Die Russen waren schon ganz nah. Krahl wusste das. Er wusste genau, wie die Männer dachten. Es wäre töricht gewesen, hätte er versucht, Hartmut disziplinarisch zu belangen. Davon abgesehen wusste er seine Rechnungen auf andere Art und Weise zu begleichen." Konrad schüttelte den Kopf. „Ich wusste, dass irgendwas im Busch war, aber auf diese Schweinerei wäre ich nie im Leben gekommen."

„Dieser Vorgesetzte, dieser Krahl, war er ein rachsüchtiger Typ?", fragte Josef.

„Das wäre untertrieben. Gunther Krahl war ein Racheengel. Das hat mich ja auch gegen ihn eingenommen, bis ich ihn schließlich sogar hasste. Wir hatten mit zwei Feinden zu tun: dem Iwan und Krahl. Und jeden Tag, den Gott werden ließ, konntest du von dem einen oder dem anderen 'nen Kopf kürzer gemacht werden."

„Aber wie ist Krahl mit diesen Dingen denn immer durchgekommen?", wollte Ursel wissen.

„Das ist leichter, als du denkst. 'ne beliebte Methode, die er gern anwandte, bestand zum Beispiel darin, Leute auf Stoßtrupp in feindlich kontrolliertes Gebiet zu schicken. Oder er befahl, einen weit vorgeschobenen Posten zu besetzen, und während die Jungs da draußen vergammelten, ordnete er den Rückzug der Einheit an und ließ den Vorposten einfach von den Russen überrennen."

„David und Uria", bemerkte der Pastor. „Als es König David nach Bathseba gelüstete, schickte er deren Mann in die Schlacht und befahl seinem Vorgesetzten, ihn an die vorderste Front zu stellen und sich dann zurückzuziehen, so dass er vor dem Feind fallen würde."

Konrad nickte. „Das ist die Methode Krahl. Aber ich", sagte er mit einem immer noch verständnislosen, todtraurigen Kopfschütteln, „hätte trotzdem nie gedacht, dass er Jagd auf seine eigenen Männer machen würde."

„Das hättest du ja auch nicht ahnen können, Konrad", sagte Josef. „Du kannst ja nicht immer rumlaufen und von allen Leuten nur das Schlechteste erwarten."

„Aber ganz bestimmt kann ich auch nicht immer nach dem

Grundsatz ‚Im Zweifel für den Angeklagten' verfahren", entgegnete Konrad. „Hätte ich das nicht trotz allem immer noch getan, so wäre Hartmut noch am Leben."

* * *

Auf die Bitte des Pastors ging Ursel nach oben, um den beiden Männern eine Tasse Tee zu machen.

„Eigentlich hab ich sie nicht wegen dem Tee weggeschickt", sagte Josef, nachdem Ursel verschwunden war.

Konrad sah ihn geradeheraus an. Er wusste schon, was jetzt kam.

„Ich sollte dir das eigentlich nicht erzählen", sagte Josef mit einem Seitenblick auf die Kellertreppe. „Es wurde mir zwar nicht unter der Maßgabe absoluter Vertraulichkeit mitgeteilt, aber doch unter vier Augen."

Konrad wartete ab. Er fühlte sich erschöpft. Eigentlich wollte er die jetzt anstehende Diskussion überhaupt nicht führen, wusste aber auch nicht, wie er sie umgehen sollte.

„Du erinnerst dich doch an Sturmbannführer Wolff?"

„Und ob."

„Ich bin in Sorge um ihn. Genauso, wie ich mich um dich sorge."

Konrad schwieg.

Erneut warf der Pastor einen Seitenblick zur Treppe. Dann sagte er: „Er hat sich an einer Verschwörung beteiligt, die auf die Beseitigung Hitlers zielt."

Konrad hob die Augenbrauen. Jetzt war er bei der Sache. Er hatte zwar geahnt, in welche Richtung das Gespräch sich entwickeln würde, aber diese spezifische Wendung hatte er nicht erwartet.

„Viel hat er mir nicht erzählt, aber was ich mitbekommen habe, ist, dass mehrere hochrangige Wehrmachtsoffiziere daran beteiligt sind."

Also gibt es doch noch Hoffnung für Deutschland, dachte Konrad.

„Ich erzähl dir das deshalb, weil ich im letzten Jahr eine Wandlung bei Wolff bemerkt habe. Er ist bitter geworden, das kannst du an seinen Augen sehen. Und genau dieselbe Bitterkeit sehe ich auch in deinen Augen."

„Man nennt das Bestimmung", versetzte Konrad.

Der Pastor ließ die Schultern sinken. „Nein, man nennt es Rache", entgegnete er. „Ihr Treibstoff ist Hass."

„Die Guten in Deutschland haben viel zu lange stillgeschwiegen. Jetzt ist es an der Zeit, dass wir was tun. Es ist Zeit, dass wir das Ungeheuer schlachten, das unser Land verwüstet hat."

„Aber muss ein Mann zum Ungeheuer werden, um ein Ungeheuer zu schlachten?"

„Jawohl. In Kriegszeiten musst du manchmal zum Ungeheuer werden, wenn du überleben willst."

„Und wer hat dich darin unterwiesen, wie man ein Ungeheuer ist?"

Konrad starrte ihn an. Darauf wollte er nicht antworten.

„Das Ungeheuer selbst hat dich herangezogen. Und was bleibt übrig, wenn ein Ungeheuer das andere schlachtet? Dann ist immer noch ein Ungeheuer da."

„Aber der Mann macht unser Land total kaputt!"

„Man muss mit ihm fertig werden. Aber du bewältigst das Böse nicht mit dem Bösen. Das Böse wird vom Guten überwältigt."

„Und wie soll das bitteschön in der gegebenen Situation aussehen? Was sollte ich demnach tun? Adolf Hitler zum Gottesdienst einladen? Oder ihn vielleicht zur Bibelstunde hier ins Haus bringen?"

Der Pastor schmunzelte. „Glaubst du denn, er würde kommen?"

„Jetzt machen Sie sich aber lächerlich."

„Weil ich dir was klar machen will." Er hielt inne, und eine Zeit lang ruhte sein müder, trauriger Blick auf Konrad. „Wenn du Karotten ziehen willst, was pflanzt du dann?"

„Reden wir jetzt über Gartenbau?", fragte Konrad zurück.

„Lenk nicht ab: Wenn du Karotten ziehen willst, was pflanzt du?"

„Karottensamen."

„Keinen Kürbissamen?"
„Nee."
„Oder Radieschensamen?"
„Jetzt sagen Sie schon, worum es geht!"
„Hab ich doch schon."
Konrad schüttelte den Kopf. „Vergessen Sie nicht, Ernst ist der Schlaumeier. Ich bin die Dumpfbacke. Mir müssen Sie's schon genau erklären."

„Verkauf dich nicht unter Wert, Konrad. Dafür ist diese Sache viel zu wichtig. Das Dritte Reich war von Anbeginn an zum Scheitern verurteilt, eben weil es diese wichtige Wahrheit außer Acht gelassen hat."

Konrad beugte sich vor. Jetzt hatte der Pastor seine volle Aufmerksamkeit.

„Wie sollte das Reich tausend Jahre überdauern, wenn es seinem Volk nur das Zerstören beibringt? Was denkst du, was passiert, wenn die ganzen Krahls von der Front heimkehren, und sei es auch als Sieger? Glaubst du wirklich, die werden dann Sommerhäuschen bauen und den Frieden genießen? Es ist unmöglich, eine friedfertige Gesellschaft aufzubauen, indem man den Samen der Vernichtung legt. Und genauso wenig kannst du die Hitlers dieser Welt überwinden, indem du so wirst wie sie."

Oben an der Kellertreppe ging die Tür auf, und Ursel kam mit einem Tablett die Treppe herab, auf dem eine Kanne und drei Tassen standen.

Der Pastor lehnte sich auf seinem Stuhl zurück und sagte: „Aus genau diesem Grund wird die Christenheit alle Reiche und Diktatoren überwinden, die sich gegen sie aufstellen. Die dem Bösen nachfolgen, werden unweigerlich ernten, was ihr Hass und ihre Zerstörungswut gesät haben. Unsere Saat besteht aus Liebe, Wahrheit und Güte. Auf diesen Grundlagen beruht das Reich Gottes."

* * *

„Meinst du, er hat verstanden?“, wollte Monika wissen.

Ihr Mann saß auf der Bettkante, und sie knöpfte ihm mit automatischen Bewegungen das Hemd auf. Im Lauf der Jahre hatte sie ungezählte Hemden und Blusen auf- und zugeknöpft, jede Menge Schlaufen auf- und zugebunden, und viele Knöpfe, mit denen sie hantierte, waren viel kleiner gewesen als diese hier. Immerhin war sie Mutter von sechs Kindern, da bleiben derlei Fingerfertigkeiten nicht aus.

Dennoch war das hier etwas anderes. Sich um Kinder zu kümmern, die sich noch nicht allein anziehen konnten, war eine Sache. War es dagegen der eigene Ehemann, der sich nicht mehr allein an- und ausziehen konnte, so fühlte sich das ganz anders an. Mit solcherlei Aufgaben hatte sie nie gerechnet. Schließlich war der Mann noch keine vierzig – ein noch junger Mann eigentlich, aber es steckte keine Lebenskraft mehr in ihm. An Tagen, die ihn körperlich oder emotional besonders forderten, schlackerten seine Arme wie leblos herab. Dann musste sie ihm bei den simpelsten Verrichtungen des Lebens zur Seite stehen.

Und das Gespräch mit Konrad im Keller hatte seine Kräfte aufs Äußerste beansprucht.

„Das wird die Zeit erweisen“, antwortete er. „Der Same ist jedenfalls gelegt. Jetzt heißt es warten und sehen, ob er Wurzeln schlägt. Bis es so weit ist, beten wir zum Herrn der Ernte.“

Monika lächelte und zog ihm das Hemd über den Kopf. „Du redest wie ein Bauer.“

„Das bin ich ja auch, und die jungen Leute sind mein Acker. Einen von ihnen haben wir verloren. Aber für die Übrigen habe ich immer noch Hoffnung, genauso wie für unsere Kleinen. Die Christenheit hat mit zwölf Männern begonnen. Sollte es uns da so schwer fallen, an eine christliche Wiederbelebung Deutschlands zu glauben, die bei den jungen Leuten anfängt, die Gott uns anvertraut hat?“

„Gib mir deinen Arm“, sagte sie. Er hob ihn leicht an, und sie streifte ihm seine Pyjamajacke über. „Das heißt also, du siehst dich nicht nur als einen Sämann, sondern als Retter ganz Deutschlands? Und jetzt den anderen Arm."

Der andere Arm hing ihm schlaff am Körper herab.

Sie sah ihn an – stimmte etwas nicht?

Doch er grinste sie an. „Wenn du nicht so schön wärst", sagte er, „würde ich den ganzen Kinderkram hier nicht mitmachen."

18

Sonnabend, 1. Januar 1944

Ursel und Konrad fiel die Aufgabe zu, den Weihnachtsbaum abzuräumen. Sie begannen damit, dass sie die Münzen von den Zweigen zogen. Ihre eigene sowie die von Willi, Ernst und Karin steckte Ursel in die Tasche ihrer Schürze.

Konrad nahm seine Münze an sich, und nach einer Weile des Zögerns griff Ursel nach der von Hartmut. Sie gab sie Konrad und fragte: „Was willst du mit ihr machen?"

„Keine Ahnung."

„Vielleicht möchte der Pastor sie haben."

Konrad sah die Medaille an, drehte sie ein paar Mal hin und her und ließ sie dann in seine Tasche gleiten. „Darüber entscheide ich später", sagte er.

Die Kerzen waren nur ein einziges Mal angezündet worden, am Weihnachtsabend. Ursel legte sie fürs Erste auf dem Tisch ab. Dann befreiten sie die Tanne von der Papierkette der Kinder, sorgfältig darauf achtend, dass diese nicht riss.

„Letztes Jahr haben wir die Kette im Kinderzimmer aufgehängt."

„Und, möchtest du das dieses Jahr auch wieder so machen?"

Ursels Ausdruck wurde schmerzlich. „Als wir sie endlich wieder abgenommen haben, im März, glaube ich, da haben ein paar der Kinder angefangen zu weinen. Soll ich mir das noch mal wieder antun?"

Sie legte die Papierschlange beiseite. Nachdem der Baum wieder in den Naturzustand versetzt war, legte Konrad ihn so weit schräg, dass Ursel ihn an der Spitze zu fassen kriegte, während er ihn unten am Stamm aus dem Ständer hob.

Sie wurden bei ihrem Tun beobachtet. Kaiser kauerte hinter einem Stuhl und ließ sie nicht aus den Augen. Kaum neigte sich der Baum, da rannte der Kater fluchtartig ins Nebenzimmer.

„Armer Kaiser", bemerkte Konrad.

„Armer Kaiser", echote Ursel. Lachend.

Kaum war der Baum draußen am Holzhackplatz abgelegt, als Ursel sich schon Handfeger und Kehrblech schnappte und die Nadeln aufzufegen begann, die sich über den Fußboden des Gemeinschaftsraumes verstreut hatten. Konrad sammelte die Kerzen vom Tisch zusammen. „Wo kommen die hin?"

Sie sah ihn an – zu lange. Wortlos.

„Das ist doch wohl keine allzu schwere Frage", sagte er.

Sie lachte auf. „Hm, ich dachte bloß ..."

Er wartete.

„Ich hab da 'ne Idee. Hat mit den Kerzen zu tun."

„Ich höre?"

„Hilf mir erst mal hier mit den Nadeln, dann sehen wir weiter."

Sie putzten die Stube zu Ende, doch noch ehe sie die Möbel wieder an ihren ursprünglichen Platz rücken konnten, den sie innegehabt hatten, bevor der Baum aufgestellt worden war, verschwand Ursel in der Küche. Zurück kam sie mit einer Schale, etwas Schreibpapier und zwei Bleistiften. Sie schnappte sich eine der Kerzen, hockte sich auf den Boden, nahm Konrads Hand und zog ihn zu sich herab, so dass er ihr gegenüber zu sitzen kam. Die Schale stellte sie in die Mitte zwischen sie beide. Dann gab sie ihm einen kleinen Zettel und einen der Stifte und sagte: „Schreib etwas auf, von dem du dir wünschst, dass es in diesem Jahr geschehen soll."

„Was meinst du mit ‚etwas'?"

„Na ja, egal was. Es muss nur ein Wunsch sein, der im neuen Jahr in Erfüllung gehen sollte."

Um ihn anzuspornen, schrieb sie schon mal was auf ihren eigenen Zettel. Als sie Konrad dabei erwischte, dass der ihre Schrift zu entziffern versuchte, die für ihn ja auf dem Kopf stand, schirmte sie ihr Blatt mit der linken Hand ab.

Konrad dachte eine Weile nach. Dann kritzelte er etwas auf den Zettel.

„Und jetzt falten."

Er tat wie geheißen.

„Noch mal falten."

Er faltete den Papierfetzen ein zweites Mal.

Ursel zog ein Streichholz aus der Schürzentasche, zündete die Kerze an und hielt sie zwischen sich und Konrad. „Und jetzt denk an den Wunsch, den du aufgeschrieben hast." Sie schloss die Augen, dachte ein paar Sekunden nach, hielt dann ihren Zettel an die Flamme und ließ ihn anbrennen. Den brennenden Wunsch ließ sie in die Schale fallen. „Jetzt du", sagte sie.

„Muss ich auch die Augen zumachen, wenn ich an meinen Wunsch denke?"

„Mann, Konrad, stell dich nicht immer so an!"

Er hielt seinen Zettel über die Flamme, und sobald er brannte, warf er ihn in die Schale. Die beiden Flämmchen küssten und vereinten sich. Dann erloschen sie und ließen in der Schale nichts übrig als ein Häuflein schwarzer Asche.

„Und was jetzt?", fragte Konrad.

„Nichts jetzt."

„Sagen wir uns nicht, was wir uns gewünscht haben?"

„Doch, aber erst nach einem Jahr, von heute an gerechnet. Am Neujahrstag 1945."

„Bis dahin hab ich's vergessen."

„Hast du nicht. Wenn dein Wunsch in Erfüllung geht, wirst du dich an ihn erinnern. Andernfalls erst recht."

Aber Konrad wollte ihr sofort und auf der Stelle erzählen, was er sich gewünscht hatte. Die eine Hälfte ihres Gesichts wurde indirekt von der Sonne beschienen. Sie war strahlend schön. Ihm war in dieser Welt so wenig Gutes übrig geblieben, und was er hatte, befand sich alles hier in diesem Schlupfwinkel: der Pastor. Monika. Und Ursel. Er empfand immer mehr für sie. Jeden Tag legte er es darauf an, Zeit mit ihr allein zu haben. Ertappte sich dabei, wie er sich nach dem Klang ihrer Stimme sehnte. Nach ihrem Lachen. Nach dem Funkeln in ihren Augen in den glücklichen Momenten – das ihm ganz besonders dann gefiel, wenn etwas, das er gesagt hatte, es hervorzauberte.

Er ertappte sich auch dabei, wie er die Linie ihrer Wange und deren Fortsetzung ihren Hals hinab studierte. Zum ersten Mal begriff er, warum man das Wörtchen „attraktiv" benutzte, wenn man jemanden zum Verlieben fand. Denn diese weiche, zarte Linie ihrer Wange und ihres Halses schien ihn unwiderstehlich anzuziehen.

Er hob die Hand, um sie zu berühren.

Sie zuckte zurück.

„Entschuldige", sagte er. Überrascht und peinlich berührt. Es schien, als beruhe die Anziehung keineswegs auf Gegenseitigkeit.

„Nee", sagte Ursel, die Augen niederschlagend. „Es liegt nicht an dir, sondern an mir. Ich ... verstehst du, ich kann nicht ..."

Angesichts dieser Reaktion fragte er sich, ob der Pastor ihr wohl verraten hatte, dass er desertiert war. Das würde natürlich alles erklären.

„Wie lange hast du denn noch Urlaub?" Sie war bemüht, das Thema zu wechseln, und zog ihren Rock über den Knien straff, so als ob ihr das gerade in diesem Moment wichtig wäre.

Sollte sie es doch nicht wissen? Oder sie wusste es doch, wollte es aber von ihm selbst hören. Wie dem auch sei, eine bessere Gelegenheit als jetzt würde sich ihm nicht bieten. Also konnte er es ebenso gut jetzt hinter sich bringen.

„Ich bin nicht auf Urlaub", begann er und wartete auf ihre Reaktion.

Sie sah verwirrt auf. Begriff sie tatsächlich nicht, oder legte sie es immer noch darauf an, die Wahrheit aus seinem eigenen Munde zu hören?

„Ursel, ich bin abgehauen. Desertiert. Wenn sie mich kriegen, schießen sie mich tot."

In ihren Augen blitzte es auf. Jetzt verstand sie. Aber was überwog, war der Schreck. Eindeutig – sie hatte es bis jetzt nicht gewusst. Er meinte es erklären zu müssen, aber irgendetwas ließ ihn schweigen. Besser, er ließ diese Neuigkeit bei ihr erst mal sich setzen. Er würde schon merken, wenn es so weit war – daran, dass ihre Miene von Erschrockenheit zu Abscheu changieren würde. Oder vielleicht würde sie auch anfangen zu lachen.

Doch nein: „Oh, Konrad!“, rief sie. „Lieber Konrad, das hab ich doch nicht gewusst! Weiß es der Pastor denn?“

„Hm, ja ...“

„Oh, Konrad!“

Jetzt wusste sie Bescheid: über Konrad, den Drückeberger. Konrad, den Verräter. Es hätte ihn nicht überrascht, wenn sie aus dem Zimmer gerannt wäre.

Sie erhob sich auf die Knie.

Er konnte es ihr ja nicht verdenken.

Aber sie stand nicht auf. Vielmehr streckte sie die Arme aus und nahm sein Gesicht in ihre Hände. „Muss das alles schwer für dich sein!“, sagte sie. In ihren Augen glitzerten Tränen. Sie beugte sich zu ihm, küsste ihn auf die Wange, dann auf die Stirn und die andere Wange. Ihre Tränen fühlten sich warm an. „Ich wusste es nicht – ehrlich.“ Schluchzend umarmte sie ihn. Sie weinte um ihn. Mit ihm. Den ganzen Kummer, der ihn nie losgelassen hatte, seit Hartmut gefallen war, nahm sie auf sich und ließ ihn einfließen in ihre Tränen.

Montag, 3. Januar 1944

Am Sonntagabend hatte Konrad mit den Kindern gespielt. Er ließ sie auf seinem Rücken reiten, spielte Pferd und trug sie später hoch auf seinen Schultern zu ihren Betten. An den Armen hatte er ein paar Kratzer von Toba. Auf der linken Seite verspürte er eine leichte Rippenprellung, die wohl daher rührte, dass Anni ihm ein wenig zu lebhaft die Sporen gegeben hatte. Und sein Hals war ein wenig wund – das lag an Viktors enthusiastischen Dauer-Umarmungen. Alles in allem war es ein Abend gewesen, den er wohl nicht so schnell vergessen würde.

Am meisten hatte er es genossen, in Ursels Nähe zu sein, denn sie war auch mit von der Partie gewesen. Eine gelegentliche Berührung, ihre Körperwärme, wenn sie beim Herumtollen auf Tuchfühlung zueinander kamen, der Duft ihrer Haut und ihrer Haare

... Immer wieder einmal hatte er beobachtet, wie sie ihn anschaute. Ihre blauen Augen waren das schiere Lebenselixier für ihn.

Montagmorgen stand er früh auf und packte seine Siebensachen zusammen: Fotoausrüstung, Kleidung, Gewehr – alles, was er auch mitgebracht hatte. Nur die Schalen für die Fotoentwicklung, die Chemikalien und den Vergrößerer, den er bei Herrn Frick in Berlin erstanden hatte, ließ er zurück. Von Josef, Monika und Ursel hatte er sich schon am Vorabend verabschiedet, ohne ihnen zu sagen, wohin er wollte. Es hatte ihn auch niemand danach gefragt. Er hatte ihnen nur gesagt, er werde für eine Weile fort sein, vielleicht acht Tage; es könnten aber auch ein, zwei Monate werden.

Er hatte was zu erledigen – etwas, wovor der Pastor ihn eindringlich gewarnt hatte.

Sicher, Josef hatte ein gutes Argument ins Feld geführt, das Konrad sich auch zu Herzen genommen hatte. Allerdings hatte sein logischer Gedankengang einen Schönheitsfehler, von dem ihn gar nicht überraschte, dass ein gütiger Mensch wie Josef Schumacher ihn übersah.

Josef hatte behauptet, wer ein Ungeheuer schlagen wolle, müsse selbst zum Ungeheuer werden. Das traf unzweifelhaft zu. Was dem guten Manne entgangen war, war der Umstand, dass er, Konrad, nicht mehr zum Ungeheuer werden musste – weil er längst eines war.

Mit Hass genährt, zum Töten abgerichtet, war er ein unumgängliches, nein: ein willkommenes Nebenprodukt des Dritten Reiches. Und wer einmal zum Ungeheuer geworden war, würde immer ein Ungeheuer bleiben. Das Beste, was er mit seinem Leben jetzt noch anfangen konnte, war, den zu vernichten, der dieses Ungeheuer geschaffen hatte.

* * *

„Foll'n Ursel! Foll'n Ursel!"

Das Erste, was sie beim Aufwachen registrierte, war ein Finger, der in ihre Schulter piekste. Dann ein anderer, der an ihren Arm tippte, und noch einer und noch einer. Das Ganze begleitet von einem anschwellenden Chor, der mehr oder weniger korrekt ihren Namen – „Fräulein Ursel", wie die Kinder sie anzusprechen gehalten waren – intonierte.

Als sie die Augen aufschlug, sah sie in ein Gesicht, das ihrem eigenen so nahe war, dass sie außer einem Paar Augen und einer Nase, die dringend abgewischt werden musste, nichts erkennen konnte.

„Foll'n Ursel, wach auf, wach auf!"

Mühsam gelang es ihr, ihre schweren Lider hochzuklappen. Das Kinderstimmengewirr ließ ihr ja keine andere Wahl.

„Ja doch, ich bin ja schon wach", grummelte sie, auch wenn das nur die halbe Wahrheit war. Sie stützte sich auf einem Arm ab. Verschwommen erkannte sie die Phalanx der Gesichter vor ihrem Bett.

„Konni's wech, Foll'n Ursel! Konni's wech!" Keines der Kinder hatte ihn „Konrad" genannt. Jetzt war es Klein-Edith, die als Wortführerin der Versammlung fungierte.

„Jemand hat ihn geklaut!", sprang Anni ihr bei.

„Komm guck'n, komm guck'n!", krähte Edith.

Kaum hatte Ursel die Beine über die Bettkante geschwungen, als Edith auch schon an ihrer einen Hand zu zerren begann, während Viktor sich an der anderen zu schaffen machte. Mittlerweile war Hermann auf ihr Bett geklettert und schob von hinten nach, als sie mühselig aufstand. Die anderen taperten voran: aus dem Schlafraum, um die Ecke und den Flur hinunter.

Als Ursel sie im Gemeinschaftsraum wieder eingeholt hatte, standen sie vor dem verlassenen Schlafsofa. Ein halbes Dutzend Kinderarme zeigte auf das Möbelstück, um ihr zu beweisen, dass sie die Wahrheit sagten.

„Siehtu?", sagte Edith. „Konni's wech."

„Ein Böser hat ihn geklaut, Frollein Ursel!", blieb Anni bei ihrer Meinung.

Ursel reckte sich. Fünf Paar Augen und ein umso schärferes Paar Ohren waren auf sie gerichtet und erwarteten Erklärungen für

„Konnis“ Verschwinden und Versprechungen, dass sie, Ursel, ihn zurückholen werde. „Konrad musste fort“, sagte sie. „Er wird ’ne Weile wegbleiben.“

„In ’n Kriech?“, fragte Hermann.

„Nee – ja ... ich weiß nicht genau.“

„Wird Konni jetzt totgeschossen?“, begehrte Marlene zu wissen. „Das will ich nicht, dass Konni totgeschossen wird.“ Sie war den Tränen nahe.

Ursel sah auf die Kinder herunter, die um sie herumstanden. Ihr junges Leben war gezeichnet vom Krieg, vom Leben im Untergrund und von allerlei Entbehrungen, und es machte Ursel traurig, dass dies die einzige Welt war, die sie kannten. „Wir müssen eben beten, dass Gott Konrad beschützt“, sagte sie zu Marlene.

„Ich miss’ ihm schon“, schluchzte Edith.

Ursel zwang sich zu einem Lächeln. „Ich auch, Liebes. Aber jetzt ist es erst mal Zeit zum Waschen und Anziehen. Auf ins Kinderzimmer, husch, husch!“

Der humpelnde Hermann vorneweg, rannten die Kinder ins Kinderzimmer, mit Geschrei und Gequietsche rannten sie den Flur entlang um die Wette. Wie mühelos sie von einer Gefühlsregung zur anderen übergehen konnten! Ursel wünschte, ihr möge das auch so leicht fallen.

Sie beugte sich vor und legte eine Hand flach aufs Sofa. Konrad war schon früh gegangen. Ihr Blick wanderte in jene Ecke des Zimmers, in der der Weihnachtsbaum gestanden hatte. In hellen Strahlen fiel die Morgensonne auf jenen Platz, an dem sie und Konrad sich auf dem Dielenboden gegenübergesessen hatten – war das wirklich erst ein paar Tage her? Sie dachte daran, wie er sie angesehen hatte und sie ihn. Es war einer jener vollkommenen Momente gewesen, die sie ein ums andere Mal in der Erinnerung neu durchlebte. Wie konnte sie auch vergessen, wie sie sich in seinem Blick verloren hatte, wie die Nähe, Wärme und Liebe, die sie durchpulst hatten?

Und dann hatte er sie berührt.

In diesem Moment war der Gedanke an ihre Mutter und ihren

Vater in ihr aufgeflammt, und der vollkommene Augenblick wurde von Furcht verschlungen. Zu Hause – all das endlose Gezänk, die kleinlichen Gemeinheiten, die verbalen Ausfälle ... Überdeutlich hatte ihr plötzlich vor Augen gestanden, wohin es auch mit ihr und Konrad führen könnte, wenn sie ihn zu nahe an sich heranließe.

Und so hatte sie sich zurückgezogen, obwohl es sie im Herzen danach verlangte, von ihm berührt zu werden. Selbst jetzt stellte sie sich vor, wie es sich wohl angefühlt haben würde, wenn seine warme Hand ihre Wange liebkost hätte – wenn sie einfach die Augen geschlossen und vertraute Nähe zu ihm zugelassen hätte. Nicht nur sie hingenommen, sondern sich in sie hätte hineinfallen lassen; wenn sie seine intimen Berührungen erwidert, seine Zuneigung angenommen und ihm die ihre geschenkt hätte.

Aber es war richtig gewesen, auf Abstand zu gehen. Sie liebte Konrad viel zu sehr, um ihm eine solche Zukunft zuzumuten; und eine missratene Ehe verbürgte nun mal keine lebenswerte Zukunft. Nein, da verdiente er wirklich etwas Besseres.

Und so war sie auf die Idee mit den Zetteln und der Kerze gekommen. Ihr Wunsch für das neue Jahr, den sie auf den Papierfetzen geschrieben und dann verbrannt hatte, war gewesen, dass Konrad eine Frau finden möge, die ihn glücklich machen würde: so glücklich, wie Monika und der Pastor es waren. Nur weil sie dazu verdammt war, ohne einen intimen Gefährten durchs Leben zu gehen, sollte er nicht auch allein bleiben müssen.

Was sie selbst anging, so hatte sie diesmal das perfekte Weihnachtsgeschenk bekommen. Nicht nur, dass Konrad von den Toten zurückgekehrt war, ihr war auch dieser eine Augenblick vollkommener Übereinstimmung zwischen ihnen beiden beschert worden, den sie auf alle Zeit in ihrem Herzen bewahren würde. Diese Erinnerung würde ihr niemals jemand nehmen können.

„Miau!"

Es kam von hinten. „Toba, ich hab gedacht, du ..." Sie drehte sich um und wollte ihn zu den anderen Kleinen ins Kinderzimmer scheuchen. Doch was sie zu sehen bekam, ließ sie innehalten.

Der blinde kleine Junge gab durch nichts zu erkennen, dass ihm bewusst war, nicht allein in diesem Zimmer zu sein, und das, wo er doch normalerweise so gut darin war, die Gegenwart anderer Menschen zu erspüren. Er bewegte sich, als wäre er mutterseelenallein: kletterte aufs Sofa und drehte sich wie eine Katze um die eigene Achse – der ganze kleine Kerl eine einzige miauende Unrast.

Ursel sah ihm zu. Er suchte nach Konrad. Kaum war er verschwunden, da vermisste dieses Kind ihn schon. Mit der Zeit wurde Toba störrisch, verlegte sich mehr aufs Kratzen und ließ sich mitunter sogar hinreißen, die anderen Kinder zu beißen. Solange Konrad im Haus gewesen war, war Toba nicht bloß liebenswürdiger gewesen, sondern hatte auch mehr und mehr menschliche Verhaltensmuster an den Tag gelegt, während er sich jetzt immer wieder einmal auf dem Boden zusammenrollte und von Zeit zu Zeit ein klägliches Miauen hören ließ.

Auch jetzt rollte er sich schließlich zu einem Ball und kuschelte sich dahin, wo Konrad geruht hatte. Nach einer Weile schlich Ursel zum Sofa hinüber und setzte sich leise auf dessen Kante. Sie strich dem Jungen übers Haar und sagte: „Mir fehlt er doch auch."

19

Mittwoch, 3. Mai 1944

Ernst Ehrenberg stand allein mitten auf einem freien Feld irgendwo in Polen. 275 Kilometer entfernt stand eine Rakete vom Typ A 4 abschussbereit auf ihrer Startrampe. Dort, wo Ernst jetzt stand, war quasi der Mittelpunkt der Zielscheibe, die das Geschoss treffen sollte.

Es war seine eigene Idee gewesen.

Bis Dezember 1943 hatte das Wissenschaftlerteam in Peenemünde, dem er angehörte, insgesamt acht Raketenflugkörper abgeschossen. Nur einer davon war überhaupt in die Nähe seines Zielgebiets gelangt, und auch dieser war, genau wie alle anderen, beim Wiedereintritt in die Erdatmosphäre zerborsten. Wie es oft bei hartnäckigen Problemen ist, so ging es auch in diesem Falle: Es beschäftigte das Forscher- und Entwicklerteam so lange und intensiv, dass es einen eigenen Namen bekam. Man sprach vom Phänomen des „Luftzerknalls".

Zunächst hatte man geglaubt, das Phänomen gehe darauf zurück, dass die Nieten des Rumpfes der Raketen zu starkem Druck ausgesetzt würden – eine Theorie, die man als zu simpel fallen gelassen hatte, als die Ausschussrate bei den aus der Fertigung angelieferten Flugkörpern im Laufe des Frühjahrs die Siebzig-Prozent-Marke streifte.

Man benötigte und entwickelte neue Erklärungsmuster. Eine Theorie sah die Ursache beim Überdruck auf Treib- oder Sauerstofftanks. Andere vermuteten, das Problem liege darin, dass Überreste der Treibladungen durch die Hitze der Tanks entzündet würden. Eine dritte Hypothese besagte, ursächlich sei das Abplatzen der äußersten Metalllegierung vom Rumpf des Flugkörpers dank der Kräfte, die beim Wiedereintritt oder durch aerodynamische Einwirkungen freigesetzt wurden. Nachdem alle diese Theorien auf dem Tisch lagen, bestand der nächste Schritt darin, ihre Relevanz zu überprüfen.

Fernmessungsverfahren steckten noch so sehr in den Kinderschuhen, dass sie sich als wenig hilfreich erwiesen; zwar befand man sich in der Entwicklung eines bereits einigermaßen fortgeschrittenen telemetrischen Verfahrens, doch auch damit kam man beim Problem des Luftzerknalls irgendwann nicht mehr weiter. Bruchstücke der Flugkörper, die man ohnehin nur in geringer Anzahl zur Verfügung hatte, halfen auch nicht wirklich weiter. Auch mit der visuellen Beobachtung der Raketen tat man sich bei einer Fluggeschwindigkeit von bis zu zweieinhalbfacher Schallgeschwindigkeit schwer.

Als man so am Nullpunkt zu stehen schien, kam Ernst auf seine Idee. Statt einer Rakete nachzujagen, um ihr Zerplatzen dokumentieren zu können, erschien es doch viel sinnreicher, den Flugkörper herankommen zu lassen. Als er auf diesen Gedanken kam, war er ihm ziemlich genial erschienen. Jetzt war er sich dessen nicht mehr so sicher.

Mutterseelenallein auf seinem Posten hielt er Ausschau in die Richtung, aus der die Rakete kommen musste, und sah zwischendurch immer wieder auf die Uhr. Er rümpfte die Nase, ärgerte sich über seine eigenen Worte: *„Keiner unserer Flugkörper hat wirklich sauber funktioniert“*, hatte er gesagt. *„Es gibt doch keinen besseren Platz für eine visuelle Observation als den angepeilten Einschlagsort, oder was meinen Sie?“*

Der Vorschlag war eigentlich mehr als Scherz gemeint gewesen, doch Dornberger und von Braun waren sofort darauf angesprungen. So war es gekommen, dass er jetzt hier stand.

Von einem der Beobachtungstürme, die in sicherem Abstand vom errechneten Aufschlagspunkt errichtet worden waren, wurde ein Lichtsignal gegeben: Die Rakete war abgeschossen worden.

Ernst glich die Zeit ab. Er hob den Feldstecher ans Auge, sah aber nichts als blauen Himmel und eine flache Horizontlinie. Mücken kreisten um seinen Kopf. Er verscheuchte sie. Die Frühlingssonne ließ es ihm unter der feldgrauen Uniform warm werden und verdrängte die letzten Reste der Winterkälte, die sich in seine Knochen eingefressen hatte. Nervös scharrte er mit den Füßen und suchte mit zusammengekniffenen Augen den Horizont ab.

Die Rakete würde in einem Winkel von 45 Grad aufsteigen. Beim Passieren einer Flughöhe von circa 28 Kilometern würde bei einer Geschwindigkeit von 1500 Metern pro Sekunde der Treibsatz abgeschossen werden, und der Flugkörper würde weiter aufsteigen, bis er ungefähr achtzig Kilometer Flughöhe erreicht haben würde. Der Rest des Fluges bestand dann aus freiem Fall.

Er hob erneut den Feldstecher.

Es war doch verrückt.

Die A 4 war noch nicht einmal sein Projekt. Vielmehr war er durch von Braun für die Entwicklungsarbeiten an der A 10 angefordert worden, dem vorgesehenen Nachfolger der A 4 mit einem auf Flüssigsauerstoff und Alkohol basierenden Antrieb, der eine Last von vier Tonnen gut und gerne über den Atlantischen Ozean hinweg befördern können sollte. Das zumindest war die Zielstellung der militärischen Strategen. Ernst und die anderen Spezialisten redeten sich über das Projekt A 10 nächtelang die Köpfe heiß, handelte es sich hier doch um einen allerersten Schritt zur Eroberung des Weltraums mit Raketenflugkörpern. Selbst jetzt wurde er beim bloßen Gedanken an ein solches Objekt ganz kribbelig.

Doch wie so oft waren es auch bei diesem Projekt die Militärs, die Sand ins Getriebe streuten. Sie waren es gewesen, die ihm sämtliche Ressourcen für das Projekt A 10 entzogen und einzig und allein auf die Produktion der A 4 sowie von Fernkampfwaffen abgestellt hatten. Die Unterlagen für die A 10 wurden eingemottet, das Projekt war über das Reißbrettstadium nie hinausgekommen.

Von Braun mahnte ihn zur Geduld: Er sei doch noch jung. Seine Zeit werde erst noch kommen.

Fern überm Horizont erschien ein Kondensstreifen. Ernst nahm ihn ins Visier des Feldstechers: die A 4. Alles wie berechnet. Sie kam geradewegs auf ihn zu.

„Hoffentlich haben Sie sich nicht geirrt, Herr von Braun", murmelte Ernst, der sich plötzlich einer tödlichen Gefahr ausgesetzt fühlte.

Vor seinem inneren Auge sah er die Balkenlettern einer Zeitungsschlagzeile: *Rakete trifft ins Ziel, spießt Raumfahrtforscher auf.* Im dazugehörigen Bericht würde zweifellos ein Satz stehen wie: *„Keiner unserer Flugkörper hat sauber funktioniert", soll der ums Leben gekommene Ernst Ehrenberg geäußert haben. Bis gestern hatte er Recht.*

Und doch: so irrsinnig sein heutiges Unternehmen auch sein mochte, Ernst wollte mit niemandem tauschen. Dies hier war sein Leben: Flugbahnberechnungen, Treibstoff-Mischungsverhältnisse, Metalldehnungsanalysen – kurz, alles und jedes, das irgendwie mit der Raketenfliegerei zusammenhing. Das war sein Ein und Alles, seine Liebhaberei, sein Leben. Lieber wollte er hier stehen und das Problem des Luftzerknalls lösen, als sich irgendwo sonst auf der Welt herumtreiben.

Mittlerweile wurde das Heulen der A 4 immer lauter. Ernst wich nicht vom Fleck. Jeder Instinkt, den er in sich hatte, drängte ihn, sich flach auf den Boden zu werfen. Doch er gab sich aufrecht stehend alle Mühe, den rasenden Flugkörper nicht aus dem Sichtfeld seines Glases zu verlieren, fest entschlossen, dieses Problem zu lösen.

Alles lief nach Plan. Die Rakete flog immer noch berechnungsgemäß und schien völlig intakt zu sein, soweit er es mit seinen begrenzten optischen Mitteln und bei der Wahnsinnsgeschwindigkeit des Projektils beurteilen konnte.

Dann geschah alles blitzschnell, rascher, als der menschliche Verstand zu folgen vermochte. Erst klang es wie eine heulende Sturmbö, dann gab es einen ohrenbetäubenden Knall, gefolgt von einem grellen Einschlag. Ernst spürte, wie er den Boden unter den Füßen verlor und durch die Luft gewirbelt wurde. Er flog über einen Feldweg hinweg und landete meterweit von seinem Standort entfernt in einem Graben.

Dann war alles still. Nur Staub, dicker, quellender Staub und herumfliegende Trümmerteile mit rauchendem Schweif.

Er stöhnte. Nase, Wange und Lippen drückten sich in den morastigen Grund. Er hob den Kopf, und sofort waren die Stechmücken wieder da. Er versuchte sie abzuschütteln, was sich als Fehler erwies. Sein Gehirn fühlte sich an wie eine instabile Sprengstoffladung, die von jedem Kopfschütteln zur Detonation gebracht werden konnte. Das Nächste, was er registrierte, war ein erneuter Großangriff der Mücken. Er blinzelte, und sie verschwanden. Aber weit konnten sie nicht gekommen sein, denn das Summen in seinen Ohren nahm kein Ende.

Er versuchte sich zu bewegen. Rechter Arm und rechtes Bein fühlten sich kalt an. Er schaffte es, sich herumzuwälzen und sich in Augenschein zu nehmen. Er war klatschnass. Er lag mitten in einer Wasserlache. Brummend stemmte er sich hoch und kam auf die Füße. Seine ganze rechte Seite war schlammverschmiert. Der Lederriemen seines Feldstechers, den er eigentlich über der Schulter getragen hatte, hatte sich um seinen Hals geschlungen und drohte ihn zu ersticken. Er schwankte und konnte kaum das Gleichgewicht halten.

Mit verklebten Augen sah Ernst, wie sich in den Staubwolken eine kleine Kolonne Kübelwagen abzeichnete. Mit blockierenden Rädern kamen die Fahrzeuge zum Stehen. Von Braun sprang aus einem der Wagen und kam im Laufschritt auf ihn zu. Ernst kam an der steilen Böschung des Wassergrabens ins Rutschen, und der erfahrene Raketenforscher streckte ihm die Hand entgegen, um ihn hochzuziehen.

Dornberger dagegen stand, die Hände in die Hüften gestemmt, mitten auf dem Feldweg und sagte nur: „Nun?"

„Danke, gut", antwortete Ernst.

„Von Ihnen rede ich nicht, Sie Trottel!", herrschte Dornberger ihn an. „Die A 4, was ist mit ihr?"

Jeder andere hätte sich von diesem Ausfall wohl gekränkt gefühlt – Ernst nicht. Er verstand seinen Vorgesetzten. Allesamt waren sie begierig darauf, die Ursache des Luftzerknalls in Erfahrung zu bringen. Er wünschte, seinen Kollegen bessere Neuigkeiten überbringen zu können. „Regelgerecht", sagte er. „Sie haben es selbst gesehen: Alles verlief regelgerecht." Er rieb sich am rechten Ohr, in dem die Mücken am lautesten zu summen schienen. „Abgesehen natürlich davon, dass sie nicht im berechneten Zielpunkt eingeschlagen ist.“ Er hielt inne, fügte dann hinzu: „Gott sei Dank.“

„Regelgerecht, sagen Sie?“ Dornberger starrte ihn entgeistert an. Etwas Unverständliches grunzend, tat er sowohl Ernst als auch seinen Bericht mit einer Handbewegung ab und bestieg wieder seinen Kübel, der mit durchdrehenden Rädern einen Wendekreis fuhr und die Richtung auf das Zelt einschlug, in dem sich das Kontrollzentrum befand.

„Hab ich irgendwas verpasst?“, fragte Ernst.

„Sie haben es gar nicht gesehen, wie?“, sagte von Braun.

„Was sollte ich denn gesehen haben?“

„Die Rakete ist auseinander gefallen, ehe sie aufschlug.“

„Luftzerknall?“

Von Braun nickte nur.

„Als ich sie zuletzt im Visier hatte, war sie intakt“, beharrte Ernst.

„Erstaunlich“, bemerkte von Braun.

„Nein, wirklich! Das Letzte, was ich sah –“

„Davon spreche ich nicht.“

„Wovon dann?“

„Sie haben nicht mal einen Kratzer abgekriegt. Wissen Sie überhaupt, wie hoch und wie weit Sie geflogen sind?“ Er lachte. „Von heute ab werden Sie eine neue Erfahrung in Ihre Arbeit einbringen können: Flugerfahrung.“

Als von Braun ihm auf die Schulter schlug, staubte es ein wenig aus Ernsts Uniformmantel. Dann war der Chefforscher verschwunden. Den Klaps auf die Schulter hatte Ernst nicht bemerkt, ebenso wenig wie er gehört hatte, was der Ältere sagte. Seine ganze Aufmerksamkeit war von dem Bemühen in Beschlag genommen, jeden einzelnen Erinnerungsfetzen zusammenzukratzen, dessen er nur habhaft werden konnte, um mit aller Gewalt einen Schlüssel zur Erklärung des Luftzerknalls zu entdecken. Derweilen summten die unsichtbaren Mücken weiter in seinen Ohren.

Am nächsten Tag kehrte Ernst nach Peenemünde zurück, wo er neue Befehle vorfand.

Donnerstag, 4. Mai 1944

Gerade hatte er gedacht, Schlimmeres könne der Krieg nun nicht mehr für ihn in petto haben, da erhielt er den Marschbefehl in Richtung Harz: „Mittelwerk" hieß sein Ziel, die unterirdische Raketen-Produktionsstätte, die unter dem Kommando von SS-Standartenführer Albert Rathke stand. Das war an sich keine Überraschung, aber es behagte ihm ganz und gar nicht, unter die Befehlsgewalt von Rathke zu gelangen.

Peenemünde war ihm zur Heimat geworden, seit er mit dem Diplom in der Tasche von der Hochschule gekommen war, und nicht nur das: Mit der Beorderung nach Peenemünde war für ihn ein Traum in Erfüllung gegangen. Peenemünde, das bedeutete Spitzenforschung, Produktion von Flüssigsauerstoff-Treibsätzen. Prüfstände und Abschussrampen. Und als wäre das noch nicht genug, befand sich das Raketenforschungszentrum auf einer Insel zwischen dem Peenestrom und der Ostsee: Usedom, der Badewanne Berlins, wo sich Strandhotels und Lokale mit Meerblick aneinander reihten.

Herrliche Tage hatte er hier zugebracht, Tage, in denen seine Liebe zum Meer erwacht war. Hier konnte er sich so richtig auf komplexe mathematisch-physikalische Probleme einschießen, wie er sie sich mit Vorliebe auf langen, einsamen Strandspaziergängen durch den Kopf gehen ließ. Er hatte alles, was er brauchte: Essen, Unterkunft, Forschungs- und Versuchseinrichtungen. Es gab nichts Besseres, als am Ufer des Meeres zu stehen und zuzusehen, wie der Wind nach erfolgreichem Start den Kondensstreifen einer seiner Raketen fledderte.

Die einzigen Störfaktoren waren die Wehrmacht und der eine oder andere Ingenieur wie Rathke, dessen Befindlichkeit durch zu viel Magensäure beeinträchtigt wurde. Davon abgesehen hätte Ernst nicht zufriedener sein können. Aber ein wenig Nachdenken hätte ausgereicht, um ihm klar zu machen, dass dieses sein persönliches Paradies nicht von ewiger Dauer sein konnte. Den ersten Rückschlag hatte er hinnehmen müssen, als die Wehrmachtbürokratie sein A-10-Projekt einmottete, wenngleich er sich die Hoffnung nicht rauben ließ, dass es sich dabei nur um eine Unterbrechung, nicht aber um die Beendigung der Arbeiten handelte. Der zweite Rückschlag war da schon gravierender: Die Alliierten hatten ihr geheimes Forschungszentrum in Peenemünde entdeckt und ihnen am 18. August 1943 nachts um 1.10 Uhr ihre Aufwartung gemacht.

Damals war er vom stakkatoartigen Feuern der Flak aufgewacht. Schlaftrunken und missmutig hatte er an die Zimmerdecke gestarrt und überlegt, ob er nun aufstehen solle oder nicht. Dann nahm ihm ein Bombeneinschlag die Entscheidung ab, warf ihn dessen Druckwelle doch glatt aus seinem Bett zu Boden. Die gleißenden Scheinwerfer draußen vor seinem Fenster sprenkelten das Zimmer mit grellen Lichtflecken, die ihm beim Wiederfinden seiner Hosen gute Dienste leisteten. Ein weiterer Bombentreffer irgendwo in der Nähe ließ Wände und Decke erzittern. Als er aufsah, stand die Mauer neben seiner Bettstelle bedrohlich schräg ins Zimmerinnere geneigt.

Er tastete auf dem Boden herum, um seine Schuhe ausfindig zu machen, konnte sich aber nur einen von ihnen schnappen, ehe er sich gezwungen sah, auf allen Vieren kriechend das Weite zu suchen. Kaum war er draußen, da brach seine Unterkunft auch schon in einer mächtigen Staubwolke zusammen. Den Bomberstrom über dem Kopf, Detonationen rundherum und unter einem zwar rauchverhangenen, aber von den starken Suchscheinwerfern der Flakbatterien erleuchteten Himmel saß Ernst, nur mit Hosen und Pyjamajacke bekleidet und einen einzelnen Schuh in der Hand, auf dem blanken Erdboden und starrte benommen die Ruine an, die er eben noch seine Unterkunft genannt hatte.

Es hatte Luftwarnungen gegeben, und tatsächlich hatten sie vor dieser Nacht schon einen einzelnen Angriff auf Peenemünde erlebt. Doch der war im Vergleich zum gegenwärtigen Inferno ein Witz gewesen. Der frühere Angriff, der, um genau zu sein, vor drei Jahren stattgefunden hatte, war nicht viel mehr gewesen als der Überflug eines einzelnen Piloten der *Royal Air Force*, der die

Orientierung verloren hatte und überhaupt nicht wusste, was er da eigentlich beschoss. Es war ihm gelungen, eine Kuh zu töten und einen Heuschober in Brand zu setzen, und das war es gewesen.

Dem wellenartig an- und abschwellenden tiefen Brummen weit oben am Firmament zufolge handelte es sich dagegen heute Nacht um einen sorgfältig geplanten Angriff. Irgendwie mussten die Alliierten herausgefunden haben, welchem Zweck die Peenemünder Anlagen dienten. Wollte man aus der Menge der Sprengkörper schließen, die sie darauf abwarfen, so mussten sie es darauf anlegen, die Einrichtung in einer einzigen Nacht dem Erdboden gleichzumachen.

Zwar benutzten die Verteidiger Nebelwerfer, um den Raketenkomplex zu verbergen, aber die Angreifer hatten das Mondlicht auf ihrer Seite. Es herrschte Vollmond. Darüber hinaus machten die Flieger sich starke Suchscheinwerfer, grell flackernde Zielmarkierer und auch den Feuerschein bereits getroffener Gebäude zunutze.

Ernst sprang auf. Wohin er auch schaute, sah er geborstene Glasscheiben, zersplittertes Gebälk und verkohlte Mauerreste. Papiere und persönliche Habseligkeiten der Beschäftigten lagen im weiten Umkreis verstreut. Er zog seinen Schuh an und hinkte unbeholfen im Gelände umher, angetrieben vom Urinstinkt eines Vaters, seine Forschungsergebnisse, die Erzeugnisse seines Geistes, zu retten. Wie oder mit welchen Mitteln er das anstellen sollte, wusste er nicht, aber versuchen musste er es. Und wenn er denn sterben musste, wollte er im Besitz seines geistigen Eigentums sterben.

Aber er kam gar nicht mehr an sein Ziel. Haus 4, die zentrale Entwicklungsabteilung, bekam einen Volltreffer ab, der das Gebäude völlig abdeckte, Fenster und Türen herausfliegen ließ und Ernst zu Boden warf. Als er wieder zu sich kam, kauerte er an einer niedrigen Bruchsteinmauer.

Verschrammt und blutend, gab er sich damit zufrieden, dort liegen zu bleiben, bis die Alliierten zu der Überzeugung gelangten, genug Verheerungen angerichtet zu haben, und Richtung Heimat abdrehten. Er sah von Braun und seine Sekretärin todesmutig in die Flammen von Haus 4 rennen, zweifellos in der Absicht, Geheimdokumente sicherzustellen. Ernst schloss sich ihnen an und begann Stöße von Papieren und Dokumenten ins Freie zu schleppen, die von Braun ihm in die Arme warf.

Nach jener Nacht erwies es sich als unumgänglich, die Raketenforschung zu verlegen. Peenemünde war nicht mehr sicher, also wurde entschieden, die einschlägigen Forschungs- und Versuchsabteilungen unterirdisch anzusiedeln. Gerüchteweise hatte Ernst von zwei gigantischen Stollensystemen gehört, die man in die Berge des Harzes gegraben hatte. Er selbst hatte Befehl gehabt, Demontage und Abtransport von Peenemünder Anlagenteilen zu überwachen. Und jetzt hatte er auch für seine Person den Marschbefehl erhalten.

Ein gerechter Tausch war das für ihn nicht: Möwen gegen Beutelratten, und das, nachdem man ihn schon genötigt hatte, sich statt mit Fragen der Forschung mit Problemen der Produktion abzugeben. Wieso streute man jetzt noch Salz in seine Wunden, indem man ihn ausgerechnet Rathke unterstellte?

Zwar war er dem Mann bisher erst einmal begegnet, aber das hatte genügt, um bei ihm einen bleibenden Eindruck zu hinterlassen, und zwar einen äußerst ungünstigen. Einen Eindruck, der genügte, damit er bei von Braun vorstellig wurde und um eine andere Verwendung einkam. Doch sosehr von Braun ihm auch versicherte, wie gut er ihn verstehen könne – auch er sympathisierte nicht gerade mit Rathke –, so entschieden beharrte er darauf, an dieser Stelle jemanden zu brauchen, dem er vertrauen könne, was bei Ernst uneingeschränkt der Fall sei. Woraufhin diesem nichts anderes übrig geblieben war, als sich der Anordnung seines Vorgesetzten zu fügen. Seine einzige Hoffnung war, dass sich hoffentlich bald irgendetwas Dramatisches ereignen möge, dramatisch genug, um ihm den Umstieg aus der Fertigung zurück in die Forschung zu ermöglichen, so dass er seine Zeit wieder mit dem zubringen konnte, wofür er ausgebildet worden war.

Donnerstag, 11. Mai 1944

Die von Buchen und Kiefern bestandenen Höhenzüge machten einer recht überschaubaren Ebene Platz, die sich von den südlichen Ausläufern des Harzes bis zu dem romantischen Städtchen Nordhausen erstreckte. Vom Transportzug aus, der ihn zu seinem neuen Dienstort brachte, hatte Ernst nacheinander zwei mächtige Tunnelportale erkennen können, vor denen allerlei Baumaterialien gelagert waren: metallene Röhren, Berge von Zementsäcken und riesige Kabelrollen. In langen Reihen, Ameisen gleich, waren erschöpfte, vornübergebeugte Gestalten aus den Tunnelmäulern hervorgekommen oder in ihnen verschwunden.

Die Eisenbahnstrecke führte nahe an jene Anlage heran, die Ernst unter der Bezeichnung *Mittelbau Dora* kennen lernen sollte. Dabei handelte es sich um einen Außenposten des Konzentrationslagers Buchenwald, in dessen von elektrisch geladenem Stacheldraht gesäumten Gebiet sich Verwaltungsbauten, ein Krankenrevier, ein gepflasterter Appellplatz sowie etliche Gefangenenbaracken befanden. Ferner gab es für die Wachmannschaften ein Lichtspieltheater und das an solchen Orten unvermeidliche SS-Bordell. Die eigentlichen SS-Kasernen standen zwischen dem Außenposten und den Tunnelportalen.

„Mittelwerk", murmelte Ernst vor sich hin, als er beim Aussteigen aus dem Eisenbahnwaggon die klare Frühlingsluft des Harzes einsog. Der frische Luftzug tat ihm gut, nachdem die Eisenbahn ihm zwei volle Tage lang die Knochen durcheinander geschüttelt hatte. Für einen Augenblick flog ihn der Gedanke an, dass er diese Versetzung womöglich mit gar zu pessimistischen Augen betrachtet hatte. Es war wirklich hübsch hier: Das satte Grün der Berge kontrastierte mit einem strahlend blauen Himmel. Das nahe Städtchen Nordhausen, so hatte er sich sagen lassen, war malerisch und anheimelnd. Warum, so dachte er, sollte er sich nicht auch an diese Umgebung gewöhnen können?

Doch dann sah er die Gefangenen. Plötzlich kam er sich eher wie ein Gefangener vor denn wie ein Wissenschaftler. Genau in diesem Moment befiel ihn das Heimweh, und er begann sich nach der salzigen Luft von Peenemünde zu sehnen.

Ruhig Blut, sagte er sich, *der Krieg kann ja nicht ewig dauern* – doch diese Gewissheit tröstete ihn keineswegs. Seufzend ging er auf einen mit Stacheldrahtrollen gesicherten Schlagbaum zu, wo man seine Papiere einer peinlich genauen Musterung unterzog. Schließlich gab ihm der SS-Wachtposten seine Dokumente zurück und wies ihn an, sich zum Verwaltungsbau zu begeben und dort bei Standartenführer Rathke vorstellig zu werden.

Im Verwaltungsgebäude angekommen, machte man ihm klar, dass er hier verkehrt sei. Der Standartenführer habe seinen Amtssitz in der Stadt, wo eine Schule und ein paar Firmengebäude für den Führungsstab des Mittelwerkes requiriert worden seien. Also machte Ernst auf dem Absatz kehrt und besorgte sich eine Fahrgelegenheit Richtung Nordhausen.

20

Freitag, 12. Mai 1944

In dem fensterlosen Vorzimmer war es für einen Frühlingstag unheimlich heiß. Schwitzend saß Ernst auf einem von zwei hochlehnigen Besucherstühlen neben der Eingangstür. Zu seiner Rechten hatte er das obligatorische Führerbild, das für die Wand, an der es hing, entschieden zu bombastisch war. So wie Ernst saß, schien der durchdringende Blick Adolf Hitlers direkt auf ihn gerichtet zu sein. Das mochte Rathke ähnlich sehen, schon sein Vorzimmer so einzurichten, dass jeder Besucher sich von vornherein eingeschüchtert fühlen musste.

Zwei Armlängen vor Ernst saß Rathkes Sekretärin an ihrem Empfangspult. Die Frau war ein Ausbund an Emsigkeit. Ernst gönnte sie nicht einen einzigen Blick. Nicht einmal, als er eingetreten war und gemeldet hatte, er sei zu Standartenführer Rathke befohlen, hatte sie auch nur den Kopf gehoben. Als spräche sie mit dem Leitzordner, den sie in der Hand hielt, hatte sie ihm mit monotoner Stimme mitgeteilt, der Herr Standartenführer sei nicht im Hause, er müsse also warten.

Das war vor mehr als einer Stunde gewesen. Seither hatte die Sekretärin, eine schlanke Frau mit langen Armen, die mit deutlich französischem Akzent sprach, nichts anderes getan, als in die Tasten ihrer Schreibmaschine zu hauen, Papiere zu sortieren, zu stempeln und abzulegen. Die Dame arbeitete, als wäre sie mutterseelenallein in diesem Zimmer. Ernst im Auge zu behalten, überließ sie dem Führer.

Ernst zupfte an seiner grauen Felduniform herum. Liebend gerne wäre er anderswohin gegangen, und wenn er sich damit den Zorn seines neuen Vorgesetzten zugezogen hätte. Doch nachdem er gerade erst in Nordhausen angekommen war, befand er sich in einem Zwischenstadium ohne Unterkunft, das er wohl oder übel ertragen musste, bis der Herr Standartenführer zurückkehrte und sich seiner anzunehmen geruhte. Folglich konnte er nichts anderes tun, als hier herumzusitzen und zu warten.

Unter einigen Verrenkungen gelang es ihm, die Hand in die Tasche zu schieben, ohne dafür aufstehen zu müssen. Er zog die Münze heraus, die ihm kürzlich mit der Post von Ursel zugegangen war, und drehte sie, wie es seine Angewohnheit war, nervös zwischen den Fingern. So machte er es auch oft, wenn er Stunden um Stunden über seine Blaupausen gebeugt saß. Manchmal fummelte er auch in seiner Hosentasche mit der Münze herum, zum Beispiel, wenn er irgendwelche Fertigungsanlagen zu inspizieren hatte.

Die Sekretärin schenkte ihm nach wie vor keine Aufmerksamkeit. Sie war gerade dabei, einen Bogen Briefpapier in die Schreibmaschine einzuspannen. Hitler dagegen sah ihn weiterhin missmutig an.

Ernst räusperte sich, was in der trotz stickiger Hitze gruftgleichen Atmosphäre dieser Amtsstube wie Kanonendonner klang. „Bitte entschuldigen Sie, aber hat der Herr Standartenführer denn hinterlassen, wohin er gegangen ist? Vielleicht könnte ich ja –"

„Sie haben Befehl zu warten." Schluss, aus. Sprach's, ohne den Blick von der Schreibmaschinen-Tastatur zu heben.

Ernst sackte auf seinem Stuhl zusammen. Statt die Münze unentwegt hin- und herzudrehen, rieb er sie jetzt zwischen Daumen und Zeigefinger. Drehen bedeutete Langeweile, Reiben dagegen Besorgnis oder Wut.

Der im ersten Obergeschoss gelegene Büroraum, in dem er sich aufhielt, hatte einmal zur Wohnung eines Schuhmachers gehört. Im Parterre des uralten Fachwerkhauses hatte der Handwerker Werkstatt und Laden unterhalten. Einst hatten dort Stöße mehr oder weniger feinen Leders gelegen. Hölzerne Behältnisse mit verschiedensten Nägeln hatten überall herumgestanden, allerlei Werkzeug hatte auf Tischen, Bänken und Borden gelegen. Jetzt war alles voll mit Papierstapeln und Hunderten von Leitzordnern, die die Geheimnisse der A-4-Raketenproduktion enthielten.

Um zu Rathkes Büro zu gelangen, hatte Ernst sich seinen Weg

durch ein Gewusel von Büromiezen, Ordonnanzen und Buchhaltern bahnen müssen. Er hatte aufpassen müssen, nicht über provisorisch ausgelegte Fernmelde- und Stromkabel zu stolpern, ehe er die knarzende Holztreppe im rückwärtigen Teil des Gebäudes erreichte, die ins Obergeschoss hinaufführte. Die fensterlose Kammer, in der er sich jetzt in Gesellschaft dieser überaus charmanten Dame den Hintern breit saß, musste wohl einmal die Abstellkammer des Schusters gewesen sein.

Er sah auf die Uhr. Jetzt waren es beinahe zwei Stunden. Zappelig rieb er noch eine Weile auf seiner Münze herum. Dann stand er auf.

„Der Standartenführer befahl, dass Sie warten“, zischte die Sekretärin, ohne den Kopf zu heben. Hitler schien ihr Recht zu geben.

„Ich wollte mich nur mal strecken.“

Er drückte den Rücken durch und wanderte ein wenig vor dem Pult der Sekretärin auf und ab. Mademoiselle schwieg sich zwar aus, es war aber offensichtlich, dass sie sich in ihren Kreisen gestört fühlte. Gebeugten Hauptes, die Hände im Schoß, saß sie wie eingefroren vor ihrer *Olympia.* Schwarze Haarfransen verdeckten ihre Augen vor ihm, so dass Ernst nicht ausmachen konnte, ob ihre Blicke ihm folgten, aber sein Gefühl sagte ihm, dass es zweifellos so war. Erst als er sich wieder auf seinen Stuhl fallen ließ, schien sie sich zu entspannen.

Während seines Herumwanderns hatte Ernst einen verstohlenen Blick auf den Bogen werfen können, den die Sekretärin in ihre Maschine eingespannt hatte. Falls sie nicht den Inhalt eines Schlüsselbuches auswendig gelernt hatte, war das, was sie da zu Papier brachte, nichts weiter als ein Haufen sinnlosen Buchstabensalats.

Mit der Andeutung eines schrägen Grinsens ließ Ernst seine Münze wieder in die Hosentasche gleiten. Jetzt hatte er einen anderen Zeitvertreib. Er sah zu, wie Mademoiselle sich wieder ans Werk machte, und es entging ihm nicht, dass sie deutlich langsamer war als andere Schreibkräfte, die er bei der Arbeit hatte beobachten können. Dies war umso auffälliger, wenn man bedachte, in welch einem Büro die Dame saß. Je mehr er darüber nachdachte, umso sicherer war er sich, dass sie jedoch die attraktivste Sekretärin war, die er je gesehen hatte.

Die Frau war sehr schlank, hatte aber ausgeprägte Wangenknochen, deren Form noch durch eine gewisse Hohlwangigkeit hervorgehoben wurde. Ihre Augen waren rund und dunkel – soweit Ernst sie sehen konnte, waren sie doch stets niedergeschlagen. Ihr kohlrabenschwarzes Haar war glatt und kurz geschnitten, aber an den Enden leicht nach innen gewellt, so dass es ihr Gesicht samt eines überaus zarten Kinns anmutig umrahmte. Lange, schlanke Finger tanzten über die Tasten der Schreibmaschine. Mit einem Mal hielt sie inne.

Sie wusste, dass er sie ansah.

Verlegen drehte er den Kopf zur Seite und wandte seinen Blick wieder dem Oberkommandierenden der Deutschen Wehrmacht mit seinem Schnurrbart und der in die Augen hängenden Haarsträhne zu.

Ein, zwei Minuten klapperte wieder die Schreibmaschine, ehe Mademoiselle aufstand und einige Ordner in ihrem Aktenschrank zurechtrückte, wodurch sie Ernst besser im Auge behalten konnte. Der grinste sie nunmehr ungeniert an. Einen der Ordner erkannte er wieder, er trug auffällige Bleistiftmarkierungen auf dem Rücken. Genau diesen hatte sie vor einer Weile schon mal zurechtgeschoben. Wie ertappt setzte sie sich wieder hinters Pult.

Sinnloses Herumgetippe auf der Schreibmaschine. Hin- und Hergeschiebe von Ordnern. Das Ganze hier war eine einzige Schau, die Geschäftigkeit vortäuschen sollte.

Jetzt schnappte sie sich mehrere Aktenmappen auf einmal, schob ihren Stuhl zurück und ging auf die Tür zu, die vom Vorzimmer in Rathkes Gelass führte. Freilich entging ihm der flüchtige Seitenblick nicht, mit dem sie ihn bedachte, ehe sie im Allerheiligsten verschwand. Ernst hörte, wie Schubkästen aufgezogen und nach einigem Rascheln wieder geschlossen wurden. Sekunden später kehrte die Schweigsame mit leeren Händen zurück, setzte sich wieder auf ihren Drehstuhl und begann erneut zu tippen.

Sie war größer, als Ernst zunächst gedacht hatte. Außerdem für eine Vorzimmerdame in Kriegszeiten etwas zu aufwändig gekleidet: weinrotes Kostüm, weiße Spitzenbluse, schwarze Pumps.

Und Seidenstrümpfe. Echte. Diese zierlichen Waden steckten in richtigen Seidenstrümpfen – ein Anblick, den Ernst seit mehr als einem Jahr nicht mehr hatte genießen können. Was zugegebenermaßen ebenso viel über ihn enthüllte wie über sie. Doch welche Frau würde auch Seidenstrümpfe zur Arbeit anziehen, wo die Dinger doch kaum noch zu kriegen waren?

Ernst stand auf und näherte sich dem Pult.

Die *Olympia* hörte auf zu klappern.

„Wie heißen Sie, Fräulein?"

Sie antwortete nicht gleich. Ihre Blicke schnellten wie Hilfe suchend nach links und rechts. Dann gab sie Antwort, aber sehr zögerlich. „Mein Nam' ist ... Dutetre. Und wenn Sie jetzt bitte möchten mich entschuldigen, ich habe alle Händ' voll –"

„Sehen Sie mich an", sagte Ernst.

Sie tat es nicht, senkte vielmehr den Kopf noch tiefer.

„Ich bin nicht böse, ich will Ihnen nichts tun."

Ihr Mund wurde schmal. Doch dann besann sie sich; man konnte es ihr ansehen. Ohne den Kopf zu heben, sagte sie: „Ich bin sicher, der Herr Standartenführer wird bald zurück sein. Wenn Sie bitte mögen sich setzen." In Erwartung seiner Reaktion schien sie zu erstarren.

So wie sie reagierten viele beim Anblick einer SS-Uniform. Diesen Aufzug fürchteten die Leute, und zwar aus gutem Grund. Doch die allenthalben dem schwarzen Rock gegenüber anzutreffende Scheu machte diese Frau hier nur noch faszinierender für ihn. Es war ihm ebenso rätselhaft wie amüsant, aber diese Person widersetzte sich doch tatsächlich der Anordnung eines Offiziers der SS. So was konnte, manchmal auf der Stelle, herbe Konsequenzen nach sich ziehen.

Wieso tat sie so etwas? War es Widerborstigkeit oder Mut? Oder hatte sie einfach ein störrisches Wesen? Was auch immer es war, jetzt rechnete sie mit seinem Zornesausbruch.

„Ich sagte doch, ich will Ihnen nichts Böses", wiederholte Ernst leise. „Wenn es nicht zu viel verlangt ist, möchte ich nur gern Ihr Gesicht sehen."

Erst glaubte er nicht, dass sie es tun würde, doch dann hob sie tatsächlich zögernd den Kopf und sah ihn an. Ihre Blicke begegneten sich. Und in diesem Moment verliebte sich Ernst unsterblich.

* * *

„Ehrenberg! Herein mit Ihnen!"

Eine Rolle Blaupausen unterm Arm, stürmte Rathke durch sein Vorzimmer. Weder für seine Sekretärin hatte er Augen noch für Ernst oder den Führer.

„*Herr* Ehrenberg! Worauf warten Sie, wenn ich fragen darf?"

Der Standartenführer ließ die Tür seines Arbeitszimmers offen stehen. Dass sein Vorgesetzter hereingebrochen war wie ein plötzlicher Wolkenbruch über einen schönen Sommernachmittag, hatte Ernsts unerwartete romantische Regungen im Keim erstickt. Als er beim Hinausgehen zurücksah zu der Frau hinter dem Empfangspult, hatte diese den Kopf schon wieder gesenkt und war mit nichts anderem beschäftigt als ihrer Schreibmaschine. Jener Augenblick zwischen ihnen beiden war so kurz gewesen, dass Ernst den Anflug von Euphorie, der über ihn hingegangen war, kaum hatte wahrnehmen können.

„Ehrenberg, scheren Sie sich her, verdammt noch mal!"

Ernst trat ins Rathke'sche Büro ein, freilich nicht ohne einen letzten verstohlenen Blick auf Fräulein Dutetre. Den Kopf gesenkt, die Finger über die Tastatur der *Olympia* fliegend, produzierte sie weiter Buchstabensalat ohne Sinn und Verstand.

Standartenführer Rathkes Arbeitszimmer war viermal so groß wie das seiner Vorzimmerdame. Zweifellos hatten hier mehrere Innenwände weichen müssen, um ein solch geräumiges Gelass zu gewinnen. Außerdem war es hier auch wesentlich kühler als nebenan. Rathke arbeitete mit dem Rücken zur Fassade des Hauses, und hinter seinem Ehrfurcht gebietenden Schreibtisch gingen mehrere weit geöffnete Fenster auf die schmale Kopfsteinpflasterstraße hinaus.

„Hinsetzen." Rathke zeigte auf einen der beiden mit rotem Vinyl gepolsterten Besucherstühle. Er selbst ließ sich hinter dem Schreibtisch in einen hochlehnigen Ledersessel plumpsen. „Ich will Ihnen sagen, warum mir die Herren Forscher zuwider sind", begann er.

Vor der hohen Lehne seines Chefsessels kam Rathkes runder, kahler Schädel besonders eindrucksvoll zur Geltung. Er beugte sich vor, klappte eine aus Ahorn gearbeitete Kiste auf, fingerte eine Zigarre heraus, knipste ihr die Spitze ab und begann mit der Zeremonie des Anzündens. Selbstverständlich bot er Ernst keine an.

„Forscher schweben über den Dingen", sagte er zwischen zwei Qualmschwaden. „Ihresgleichen sitzt tagein, tagaus herum und träumt sich irgendwas zusammen. Was auf dem Papier gut aussieht, meinen Sie, muss auch gut funktionieren. Also schmeißen Sie's einem Ingenieur vor die Füße und erwarten, dass der es zum Funktionieren bringt. Und wissen Sie was? Wir schaffen das auch. Und zwar ungeachtet der Tatsache, dass Ihre Vorgaben in neun von zehn Fällen das Schwarze unterm Fingernagel nicht wert sind."

Er tat ein paar rasche Züge an seinem Stumpen, wie eine Lokomotive, die genügend Dampfdruck aufbaut.

„Die Forscher wären nichts ohne uns Ingenieure! Die Ingenieure sind die wahren Helden! Sie pusseln all die Einzelheiten raus und bringen die Dinge zum Laufen. Aber, bitte sehr, wer kriegt das Lametta? Natürlich die Herren Forscher! Jedes Mal, da können Sie einen drauf lassen!"

Ernst war wieder eingefallen, wieso er diesen Menschen nicht leiden konnte. Er plusterte sich grundsätzlich so auf, dass jeder andere sich vor ihm winzig klein vorkommen musste.

Rathke ließ Ernst sitzen, wo er war, und wandte seine Aufmerksamkeit der Zigarre in seiner Hand zu. Ernst durfte zuschauen, wie er sie bewunderte, ihren Duft einsog und dann ein paar weitere tiefe Züge nahm.

Der Herr Standartenführer war von belustigendem Äußeren. Für einen Menschen, in dessen Arbeit es nicht zuletzt auf stimmige Proportionen ankam, wirkte er seltsam ungeschlacht. Kopf und Rumpf gingen in ihrem gegenseitigen Größenverhältnis noch in Ordnung, aber seine Beine waren entschieden zu kurz geraten. Wenn er Männer wie Rathke und viele andere Führungspersönlichkeiten des Dritten Reiches sah, musste Ernst immer schmunzeln, weil diese Herren so gar nicht den körperlichen Idealmaßen entsprachen, auf deren Einhaltung sie ansonsten in der SS strengstens pochten.

„Nun, Herr Ehrenberg, ich habe Ihnen vier Wörter zur Begrüßung zu sagen: Willkommen in der Wirklichkeit. Hier träumen wir nicht von Raketen, wir bauen welche. Ich werde Ihnen das eine oder andere über Flugkörper beibringen, wovon Ihre vornehmen Herren Universitätsprofessoren nicht die leiseste Ahnung haben. Ihre Wolkenschieberzeiten sind unwiderruflich vorüber. Krempeln Sie die Ärmel hoch, mein Junge, denn von jetzt ab wird gearbeitet, aber dass es raucht!“ Rathke sah an Ernst vorbei zur Tür und brüllte: „Rachelle!“

Rachelle. So hieß sie also.

Eilenden Schrittes betrat Fräulein Dutetre das Allerheiligste, einen mit Kordeln verschnürten großen braunen Umschlag in der Hand, den sie rasch Rathke übergab, ehe sie wieder hinausging, ohne ein Wort gesagt zu haben.

Rathke sah ihr nach. Er bewunderte sie genauso wie seine Zigarre.

Ernst spürte, wie es ihm am Hals heiß wurde. Hatte Rathke nicht in Düsseldorf Frau und drei Töchter?

Kaum war die Zwischentür hinter Rachelle ins Schloss gefallen, als Rathke auch schon den Inhalt des Kuverts auf seiner Schreibplatte ausbreitete. „Hiermit kommen Sie nach Dora rein und auch wieder raus“, sagte er und schob Ernst mehrere Abzeichen und

Dokumente zu. „Melden Sie sich morgen bei Scharführer Bosch. Er wird Sie herumführen. Danach kommen Sie wieder zu mir. Sie finden mich in Stollen A."

Ernst stand auf und nahm seine Ausweisunterlagen an sich.

„Noch Fragen?"

„Nein, Standartenführer."

„Wegtreten!"

Mit zwei Schritten war Ernst an der Tür. Doch ehe er sie aufmachte, hielt er inne.

„Ist noch was, Ehrenberg?"

„Eine Frage, wenn Sie erlauben. Wegen Ihrer Sekretärin", sagte Ernst zögernd.

„Was ist mit ihr?"

„Es konnte mir kaum entgehen, dass sie – Französin ist."

Rathke grinste – die Art Grinsen, bei der man unwillkürlich unter seine Schuhsohlen gucken möchte, um zu sehen, ob man womöglich in etwas Unangenehmes getreten ist. „So, das ist Ihnen also aufgefallen, ja?"

Ernst wartete auf eine Erklärung, war sich aber nicht sicher, ob er eine bekommen würde.

Nach einer kurzen, irgendwie peinlichen Pause sagte Rathke: „Kriegsgefangene."

Das würde ihr Widerstreben erklären, ihn anzuschauen, dachte Ernst. Kriegsgefangenen war es in der Tat verboten, SS-Offizieren in die Augen zu sehen.

„Hab sie in Buchenwald aus der Reihe gepickt. Damals hätten Sie sie mal sehen müssen! Völlig verlaust. Hat sich doch ordentlich gemacht, meinen Sie nicht?"

Der Ton seiner Stimme gefiel Ernst ganz und gar nicht.

„Rachelle!", brüllte Rathke.

Fast in derselben Sekunde ging die Tür auf. „Jawohl, Standartenführer?" Fräulein Dutetre blieb fast auf der Türschwelle stehen, den Blick gesenkt.

„Herkommen!" Rathke wedelte sie mit der Hand zu sich.

„Mit meinem Block?"

„Nein. Komm einfach her."

Unsichere Blicke flogen in Ernsts Richtung, glitten aber nie höher als bis zu seinen Stiefeln. Zögernd betrat sie das Zimmer, wie eine Fee, die über eine Lichtung schwebt.

„Dreh dich!", befahl Rathke.

„Mich drehen?"

„Damit wir dich ordentlich angucken können."

Ernst spürte, wie er rot wurde. Es war ihm peinlich – um des Mädchens und um seiner selbst willen.

Befehlsgemäß vollführte Rachelle eine langsame Drehung.

„Wie gesagt", schmatzte Rathke, „nicht schlecht – oder was meinen Sie, Ehrenberg?" Er schmauchte und sah dabei die junge Frau mit gierigen Blicken an. „Für so Sachen hab ich 'n Händchen, finde immer wieder mal 'nen Diamanten mitten im Dreck. Vor 'n paar Jahren haben meine Frau und ich uns das Anwesen von irgend 'nem jüdischen Banker angesehen, oben in Hamburg an der Elbchaussee. Da hatten schon allerlei Lamettaträger rumgeflöht, aber 'ne wunderschöne antike Lampe, die hatten sie übersehen, die feinen Herren! Selbst meine Frau Gemahlin hielt das Stück für wertlosen Tand. Ich als Einziger hab bei dem ganzen Staub und Dreck erkannt, wie wertvoll das Ding war. Heute ist die Lampe das Erste, was jedem in die Augen sticht, der mein Haus betritt. Gerade vor acht Tagen hat der Reichsmarschall höchstpersönlich sie bewundert!" Rathke schnaubte. „Tja, er hätte ja selbst zugreifen können, aber jetzt gehört sie mir!"

Ernst bereute, überhaupt etwas gesagt zu haben. Fräulein Dutetre, ein weiterer der Funde, die Rathke prahlerisch zur Schau zu stellen beliebte, stand die ganze Zeit schmallippig da, genau wie vorhin draußen im Vorzimmer. Rathke salbaderte ungerührt weiter.

„Kannst gehen, Rachelle", sagte er endlich.

Sie sagte nichts zu Ernst, als sie an ihm vorbeiging, aber ihr Zorn war unverkennbar. Er teilte ihn.

„Noch was, Ehrenberg?", fragte Rathke.

„Nein, Standartenführer."

Ernst machte die Tür hinter sich zu. Fräulein Dutetre war schon wieder emsig hinter ihrem Pult zugange, schob Papiere herum, ließ die einen in irgendwelchen Schnellheftern verschwinden und legte andere auf Stapeln ab. Er hätte ihr gern gesagt, wie Leid ihm die unwürdige Szene da drin tat, wollte ihr am liebsten versichern, nicht alle SS-Offiziere seien so wie Rathke. Aber er wusste nicht, wie er es anstellen sollte. Außerdem würde sie ihm wohl ohnehin kaum glauben.

Und so verließ er das Büro, stieg die Treppe hinab, durchquerte das schwirrende Büro der Fertigungsleitung und trat auf die Nordhäuser Straße hinaus, die abgesehen von dem einen oder anderen Kraftwagen so aussah, als wäre in ihr seit dem Mittelalter die Zeit stehen geblieben.

21

Dienstag, 6. Juni 1944

Er hörte Schnäbler kommen, lange bevor er ihn sah. Konrad hielt sich reglos und sah zu, wie Hitlers Wachsoldat näher kam. Dass es Schnäbler war, wusste er vom Klang seiner Schritte: Der Soldat zog das linke Bein leicht nach, so dass seine Schritte ungleichmäßig waren. Während sein rechter Fuß mühelos Zweige zertrat und Blätter zermalmte, schleifte der linke sie mit. Davon abgesehen war es eh an der Zeit, dass Schnäbler seine Runde drehte, die letzte, ehe er in Urlaub ging. Er würde nach München fahren, um seine Schwester zu besuchen.

Der Bewacher ging zu dem dicken Baumstamm, hängte sich seine Maschinenpistole über die Schulter und zündete sich eine Zigarette an, wie er es immer tat. Jedes Mal, wenn Konrad den Mann sah, fiel ihm aufs Neue auf, wie sehr der Spitzname „Schnäbler" auf ihn passte: Er hatte eine Adlernase von solcher Länge, dass sie sogar seinen Mützenschirm nach vorn überragte.

Heute stand Schnäbler allein da und rauchte. Donnerstags war er häufig in Begleitung von Babbel, seinem Vorgesetzten, der seinen Namen der Tatsache verdankte, dass er offenbar nicht anders konnte, als alle Welt unablässig mit seinem Lexikonwissen zuzuschwallen. Konrad hatte ihnen Namen gegeben, Schnäbler wegen der Adlernase, Babbel wegen seines Gebabbels.

Letzte Woche, als die beiden Bewacher an derselben Stelle gestanden hatten wie jetzt Schnäbler, hatte Babbel oben im Baum ein Eichhörnchen bemerkt und sogleich zum Besten gegeben: „Oh, ein *sciurus vulgaris.*"

„Was für'n Ding?", hatte Schnäbler gefragt – überflüssigerweise, er hätte es besser wissen müssen. Aber es war eine instinktive Entgegnung gewesen. Schnäbler musste erst noch lernen, seine Instinkte im Zaum zu halten.

„Ein Europäisches Rothörnchen“, hatte Babbel nur zu gern erklärt. „Zoologisch *sciurus vulgaris*. Lateinisch, du verstehst.“

„A-ha.“

Die Männer sahen zu, wie das Eichhörnchen von einem Zweig zum nächsten hüpfte und dann einen dickeren Ast entlangwieselte, der sich allerdings immer weiter nach unten bog, je näher das Tier seinem Ende kam.

„Für mich ist das Viech schwarz“, meinte Schnäbler.

Man hätte doch meinen sollen, dass der Knabe es irgendwann mal lernte. Mit Bemerkungen wie dieser stachelte er Babbel nur noch mehr an.

„Ein verbreiteter Irrtum. Nein, es ist ein Europäisches Rothörnchen. Deren Fell kann allerlei Tönungen annehmen, weißt du, von Ocker über Haselnussbraun und Rötlich bis fast Schwarz.“

„A-ha.“

„Weißt du, woran man erkennt, dass es ein *sciurus vulgaris* ist?“

„Nö.“

„Na ja, zum einen an den Ohrbüscheln. Siehst du seine Ohrbüschel?“

„Hm, ja.“

„Das ist das eine Merkmal, an denen man sie erkennt.“

„Ach so.“

Babbel ließ das Eichhörnchen nicht aus den Augen, während Schnäbler sich die nächste Zigarette anzündete.

„Sie haaren zweimal jährlich.“

„Wie?“ Schnäbler zeigte weit mehr Interesse an seinem Glimmstängel als an Babbels Ausführungen.

„Na, die Europäischen Rothörnchen. Sie haaren zweimal jährlich, wechseln zwischen Sommer- und Winterfell, du verstehst? Aber ihre Ohrbüschel und den Schwanzpelz verlieren sie nur einmal im Jahr.“

„Interessant“, sagte Schnäbler flach.

„Nicht wahr?“

„Ungemein.“

„Wusstest du denn, dass die Zeit des Haarens sehr genau vom geografischen Lebensraum bestimmt wird?“

„Klingt aufregend."

„Sie haaren sich natürlich im Herbst und im Frühjahr, aber je nachdem, wo das Tier lebt, unterscheidet sich der Zeitpunkt des Fellwechsels."

„Hm, hm."

Babbel zog sich selbst eine Zigarette aus der Schachtel. Schnäbler zündete sie ihm an. Babbel nahm zwei Züge und sprudelte dann umso hektischer los, als müsse er die Zeit wieder wettmachen, die er mit dem Anzünden der Zigarette verschwendet hatte. „Die Herbsthaarung beginnt am Schwanzansatz und schreitet dann bis zum Kopf fort. Im Frühling geht es umgekehrt."

„Umgekehrt, ja?"

„Ja, vom Kopf zum Schwanz."

„Interessant."

„Aber mit den Ohrbüscheln ist es was anderes."

„Das überrascht mich jetzt nicht."

„Dort haart das Tier normalerweise, wenn die Rumpfhaarung ungefähr in der Mitte zwischen Kopf und Schwanz angekommen ist."

„Was du nicht sagst."

Schnäbler rauchte seine Zigarette zu Ende. Er löschte den Stummel zwischen Daumen und Zeigefinger und schnippte ihn weg.

„Ich geh jetzt weiter."

„Warte, ich komme mit."

Konrad fragte sich, was Schnäbler wohl ausgefressen haben mochte, dass er ausgerechnet Babbel unterstellt worden war.

„Wusstest du, dass das Europäische Rothörnchen bei seiner Frühjahrshaarung sämtliche Haare unter seinen Füßen verliert?"

„Aufregende Sache", versetzte Schnäbler.

Nun, das war letzte Woche gewesen. Zum Glück für Schnäbler stand dieser heute allein unter dem großen Baum und konnte seine Zigarette schweigend rauchen. Als er damit fertig war, drückte er die Kippe aus wie gewohnt, schnippte sie weg, machte seine MP wieder schussbereit und setzte seine Runde fort. Mit keiner Faser war ihm bewusst, dass Konrad nur ein paar Meter über seinem Kopf in der Baumkrone kauerte, auf genau dem Ast, auf dem Babbel seinen *sciurus vulgaris* erblickt hatte.

Sie hatten direkt in seine Richtung geschaut, ohne ihn zu sehen. Bei seiner Tarnung hatte er kein Detail außer Acht gelassen. Die Natur bot einem alles, was man brauchte. Das hatte er in der Scharfschützenausbildung gelernt. Durch Angleichung oder Verfremdung vermochte die Natur jeden Gegenstand wegzutarnen oder so unauffällig zu machen, dass selbst der direkte Blick ihn nicht ohne weiteres wahrnahm. Am ehesten blieb man ungesehen, wenn man sich sowohl in den Konturen als auch in der Färbung seiner Umgebung gleich machte.

Sein Gesicht war in einem Tarnmuster bemalt, das sich voll und ganz dem Laubwerk der Baumkrone anpasste. Rund um die Augen waren zusätzlich diagonal verlaufende weiße Linien aufgetragen, damit die Augenpartie nicht als solche zu erkennen war, sondern der Eindruck von Sonnenstrahlen entstand, die durch die Baumkrone brachen. Gewehr und Kamera waren durch Tarnnetze geschützt. Von diesem Baumsitz aus würde er Deutschlands Ehre wiederherstellen, indem er den Führer erschoss. Nachdem er nunmehr den geeigneten Ort ausfindig gemacht hatte, war das nur noch eine Frage der Zeit.

An die Informationen, die er brauchte, um seine Beute ins Visier nehmen zu können, war er nicht ohne Mühe gekommen. Monatelang hatte er die Tage schlafend in Berliner Trümmerwohnungen zugebracht und sich abends in Lokalen herumgetrieben, die von SS-Kameraden frequentiert wurden. Er freundete sich mit anderen Schwarzberockten an. Machte Witze und trank. Redete stundenlang. Stimmte in die Klagen und Beschwerden der anderen mit ein. Aber meistens hörte er einfach zu. Je niedriger einer im Rang stand, umso mehr ließ sich gewöhnlich aus ihm herausbekommen. Der Alkohol weichte Hemmungen auf, löste die Zungen und machte so manchen Mann leichtsinnig, während Konrad umso mehr darauf achtete, sich eisern unter Kontrolle zu halten. Er lernte, wann er gezielter nachfragen konnte und wann er sich eher zurücknehmen musste. Irgendwann war es so weit, dass die vielen nächtlichen Stunden, die er in düsteren, verräucherten Kaschemmen zugebracht hatte, sich auszuzahlen begannen.

Das, worauf er aus war, kriegte er in einer beliebten SS-Kneipe namens „Wolfsbau“ in der Krausenstraße, wo sich Abend für Abend allerlei Bürohengste zusammenfanden, nachdem sie den lieben langen Tag in ihren Büros Papiere hin- und hergeschoben hatten. Ob es der Name des Lokals war, von dem sie sich ein wenig mehr Abenteuer und Spannung für ihr ansonsten eintöniges Leben versprachen? Er freundete sich besonders mit einem untergeordneten Angestellten aus der Kraftfahrabteilung der Leibstandarte an, einem Knaben, den er noch aus gemeinsamen HJ-Zeiten kannte. Er war jünger als Konrad, von der Erscheinung her unauffällig und nur allzu begierig darauf, Konrad seine Wichtigkeit zu beweisen, indem er sich mit seinen Detailkenntnissen über den Terminkalender des Führers brüstete.

Berchtesgaden: dort würde Hitler den Juni verbringen.

Göring, Himmler, Keitel, Speer – die ganze Clique würde sich zu einer Reihe spezieller Besprechungen auf dem Hitler'schen Berghof über der Stadt versammeln. Der Angestellte gab damit an, dass er höchstselbst schon einmal dort hinaufgefahren sei: allein die Zufahrtsstraße sei ein wahres Wunder deutscher Ingenieurskunst. In nur 13 Monaten aus dem Fels gesprengt, steige die Chaussee so steil an wie eine Me-109 beim Blitzstart. Und das alles bei nur einer Kehre, oben am gefährlichen Nordwesthang des Kehlsteinmassivs.

Bis fast drei Uhr früh hörte Konrad den Tiraden jenes Mannes zu, der sich soeben seinen Platz in der Geschichte sicherte, indem er Hitlers Attentäter die notwendigen Informationen lieferte. Noch am selben Tag bestieg dieser Attentäter, Konrad Reichmann mit Namen, einen Zug und reiste auf Umwegen in den Süden.

Als er in Berchtesgaden ausstieg, begrüßten ihn auf dem Bahnhofsvorplatz zwei Hakenkreuzflaggen an himmelhohen Fahnenmasten. In der Ferne war der Ehrfurcht gebietende Watzmann zu erkennen. Für mehrere Tage schlüpfte Konrad in die Rolle eines Frontsoldaten, der das Glück hatte, seinen Urlaub in einem wunderschönen Ferienort verbringen zu können. Unauffällig beobachtete er den regen Fahrzeugverkehr, der die Bergstraße nahm, von der sein Berliner Gewährsmann so geschwärmt hatte. Er erkundete die Gestapo-Zentrale im Hotel „Zum Türken". Und als die Zeit gekommen war, klärte er die Verteidigungsvorkehrungen des Berghofs auf, genau wie er so oft feindliches Territorium aufgeklärt hatte. Mit der Umsicht eines meisterlichen Handwerkers, der seinem Geschäft nachgeht, legte er seinen Ausguck hoch oben in der Baumkrone an.

Sein Standort war weit entfernt davon, ideal zu sein, aber er bot die beste Möglichkeit. Er befand sich unterhalb vom eigentlichen Berghof. Eine weiß getünchte Stützmauer, niedrig genug, um sein Schussfeld nicht einzuschränken, trennte ihn von einer offenen Terrasse. Durch ein Fenster zu schießen oder die Zielperson ins Visier zu nehmen, während sie das Gebäude betrat oder verließ, barg zu viel an unkalkulierbaren Risiken. Außerdem kam ihm der Panoramablick zugute, den das Berghofgelände bot: Immer wieder traten Leute an die Brüstung der Terrasse, um ihn zu genießen. Zuweilen stand jemand lange Zeit dort und schaute ins Tal hinunter, ohne sich vom Fleck zu rühren. Manche setzten sich sogar auf die Brüstung. Konrad musste also nichts weiter tun, als darauf zu warten, dass der Gastgeber sich zu seinen Gästen gesellte.

Er berechnete die Entfernungen und dachte dabei wehmütig daran, dass das sonst immer Hartmuts Job gewesen war. Mit Hilfe des Fadenkreuzes, das dieser am Sucher der Kamera angebracht hatte, nahm er mehrere Male übungshalber Göring und Keitel ins Visier.

Der Hausherr war bis jetzt noch nicht erschienen. Gehört hatte Konrad ihn aber schon mehrmals – ihn selbst oder einen seiner Adlaten, die blind an ihn glaubten und ihn mit ständigen Lobhudeleien berieselten. Was die Leute sagten, konnte Konrad nicht immer verstehen, aber der Tonfall ihrer Stimmen verriet ihm genug.

Er war bereit, auf seine Gelegenheit zu warten. Er hatte sowieso nichts Besseres zu tun.

Geduld war alles, das wusste er. Und so dachte er während seines endlosen Wartens an Josef und Monika, Ursel und die Kinder. Schweigend erfreute er sich der Gesellschaft Schnäblers und der anderen Bewacher, die unter seinem Ansitz vorbeigingen und nahm an den Vorlesungen Babbels über das Europäische Rothörnchen teil. Doch die meiste Zeit verbrachte er einfach mit Warten, voll Vertrauen darauf, dass die Stunde bald käme, in der es an ihm sein würde, Deutschland von seiner nationalen Schande zu befreien.

* * *

Mit einem Tablett in den Händen stand Ursel in der Diele. Auf dem Tablett lagen drei Portionen Lammbraten mit Salzkartoffeln, dazu noch etwas Brot. Ursel zitterte. Jetzt stand sie schon so lange hier, dass die Kartoffeln vermutlich längst kalt waren.

Da ist doch wirklich nichts dabei!, schalt sie sich. *Was machst du da so 'ne Affäre draus? Wenn die uns umbringen wollten, hätten sie's doch längst getan!*

Wenn doch nur Konrad da gewesen wäre! Wie lange war er eigentlich schon fort? Jedenfalls lange genug, dass sie sich allmählich fragte, ob er wohl überhaupt jemals wiederkehren würde.

Sie holte tief Luft. Das war jetzt nicht die Zeit, um über solche Sachen nachzudenken. Die Leute gleich hier hinter der Kellertür lagen ihr viel mehr auf dem Magen. Drei Mann. Bewaffnet und in amerikanischen Uniformen. Der Feind. Welche Chancen hätten wohl ein Krüppel, zwei Frauen und ein halbes Dutzend Kinder gegen die Amis, falls diese auf irgendwelche Ideen kommen sollten?

Ihre Angst hatte Namen und Gesichter: Dickerman, Jackson und Pruett. Amerikanische Flieger, die beim Brandbombenabwurf auf Berlin runtergeholt worden waren. Sie bildeten schon die zweite Gruppe von Amerikanern, die durch die Rama-Klause geschleust wurden. Die erste Gruppe – vier Mann, denen die Flucht gelungen war, als der Lkw, auf dem sie als Kriegsgefangene transportiert worden waren, sich überschlagen hatte – war längst wieder auf der anderen Seite des Kanals in England. Drei Tage hatten die Fremden sich im Keller versteckt gehalten, ehe ein Kontakt zustande gekommen war. Bei ihnen hatte Ursel immer bloß die Kellertür aufgemacht, ihr Tablett auf die oberste Treppenstufe gestellt, die Tür wieder ins Schloss geworfen und das Weite gesucht. Einige Zeit später hatte sie dann das leere Tablett vor der Kellertür in der Diele wieder vorgefunden. So hatte die Geschichte ganz gut funktioniert. Diesmal aber war es anders: Mit dem Essen hatte sie eine Botschaft zu überbringen, deshalb musste sie reingehen. Den Typen ins Gesicht sehen und mit ihnen reden.

Noch einmal holte Ursel tief Luft und gab sich einen Ruck. Sie konnte diese Aufgabe so oder so nicht umgehen, also brachte sie die Sache am besten schleunigst hinter sich. Sie balancierte ihr Tablett auf dem linken Unterarm aus, während sie mit der Rechten nach dem Türgriff langte. Da kam ihr ein Gedanke: *Wenn ich da unten schreie, werden Monika und Josef mich dann eigentlich im Gemeinschaftsraum hören?*

Im Keller war es vollständig dunkel, nur durch die offene Tür, durch die sie gerade eingetreten war, fiel etwas Licht herein. Und dabei hatten die Amis doch Kerzen bekommen, und zwar mehr als genug! Wieso saßen die da unten in rabenschwarzer Finsternis? „Guten Abend!“, sagte sie in die Schwärze hinein.

Die Dunkelheit beunruhigte sie noch mehr. Sie machte einen halben Schritt nach hinten. *Stell das Tablett ab und sieh zu, dass du hier rauskommst!,* sagte sie sich. *Kannst ja später wiederkommen, wenn hier wieder Lichter brennen.*

Unten im Keller riss jemand ein Streichholz an. Die Flamme beleuchtete drei starre Mienen. Und drei Handfeuerwaffen, die samt und sonders auf sie gerichtet waren.

„Ich bringe Essen“, sagte sie.

Die Männer starrten sie an.

Sie hob das Tablett an. „Hier – Essen.“

Immer noch keine Antwort. Endlich ging ihr auf, warum: In ihrer Nervosität hatte sie ja deutsch gesprochen!

„Food", sagte sie und zeigte ihnen nochmals das Tablett. *„Look, I got you some food!"*

Das zauberte auf zwei der drei Gesichter ein Lächeln. Die Augen des dritten Mannes schienen unbeweglich zu sein, aber sie blickten nicht auf sie, sondern auf die Türöffnung hinter ihr.

„I come alone", versicherte sie dem Soldaten, was sie sogleich bereute: Das hätte sie dem Ausländer nicht sagen sollen. Sie streckte die Hand zum Lichtschalter neben der Tür aus. *„Can I please switch the light on?"*

Der Nervöse sah ihr in die Augen und nickte dann.

Sie hatten darauf bestanden, Kerzen zu benutzen. Für die Kellerlampe gab es nur diesen einzigen Lichtschalter hier oben neben der Tür. Deshalb fühlten sie sich mit Talglichtern sicherer.

Ursel balancierte das Tablett aus und drehte den Lichtschalter. Die Männer beschirmten ihre Augen und blinzelten, als hätten sie in die grelle Sonne geschaut.

Langsam stieg Ursel die Treppe hinab. Die ganze Zeit spürte sie die Blicke der drei Männer auf sich gerichtet. Drei amerikanische Männer. Immerhin hatten die Kerle ihre Waffen nicht mehr im Anschlag. Der Größte von den dreien, ein Mensch mit offenbar schwer zu bändigendem braunem Haar und Dreitagebart, kam ihr entgegen, um ihr das Tablett abzunehmen.

Kaum hatte sie wahrgenommen, dass der Mann sich auf sie zu bewegte, als sie auch schon wie angewurzelt stehen blieb. Als er ihr das Tablett aus der Hand nahm, schlug ihr das Herz in der Brust, dass sie glaubte, der andere müsse es hören können. Sie senkte den Blick. Der Mann bedankte sich.

Als sie es wagte, wieder aufzuschauen, hatte er das Tablett auf der Werkbank abgestellt, eben jener, auf der Konrad seine Fotos entwickelt hatte. Kein Einziger von den Amis schien sich für das Essen zu interessieren, und dabei mussten die doch Hunger haben! Doch nein, das Interesse der Männer galt vielmehr ihr.

Ihre Blicke grenzten an Belästigung. *Typisch Amis,* dachte sie. Zwar hatte sie bisher nicht gerade viel mit Amerikanern zu tun gehabt, aber irgendwie glaubte sie sie trotzdem zu kennen. Ihre

Stellung beinhaltete die Lektüre von amerikanischen Zeitschriften, aus denen sie hin und wieder einen Artikel übersetzen musste. Nach dem zu schließen, was sie gelesen und gesehen hatte – besonders in den Reklame-Annoncen –, drehte sich deren ganze Kultur um ein romantisierendes Männer-und-Frauen-Bild. Amerika eben. Bisher hatte sie das immer komisch gefunden.

„Ich habe Ihnen etwas auszurichten." Sie sprach jetzt konsequent englisch. Dabei wäre ihr das Sprechen unter den gaffenden Augen dieser Kerle auch auf Deutsch schwer genug gefallen!

„Ich höre."

„Sind Sie Dickerman? Ich habe Befehl, die Botschaft Dickerman zu überbringen."

Daraufhin trat der Kleinste und anscheinend auch Älteste von den dreien auf sie zu. Er war der Letzte gewesen, der seine Waffe gesenkt hatte. „Ich bin Dickerman", sagte er.

Sie sah auf seine schlammverkrusteten Stiefel hinunter und sagte: „Die Botschaft kommt von Oberst Matthew Parker. Heute in zwei Tagen sollen Sie sich zwei Meilen westlich von hier bei einer Scheune einfinden, die Sie an einem verbogenen Wetterhahn erkennen. Dort erhalten Sie weitere Anweisungen." Sie wandte sich zum Gehen. Bloß raus hier! Aber sie hatte die unterste Stufe der Kellertreppe noch nicht genommen, als Dickerman sie anhielt.

„Kennen Sie die Stelle?", fragte er.

Sie nickte. „Gehört zum Lindemann'schen Hof. Die Lindemanns sind ein älteres Ehepaar. Sie wohnen nicht mehr auf dem Hof – der Ort ist verlassen."

Er musterte ihr Gesicht. „Okay."

Sie betrat die erste Stufe. Doch auch diesmal kam sie nicht weg.

„Fräulein – warten Sie." *Fräulein* hatte die Stimme auf Deutsch gesagt, es klang komisch mit dem rollenden R. Nicht Dickermans Stimme.

Sie drehte sich wieder um. Es war der Dritte der Amis, der sie angesprochen hatte. Entspannt und schmunzelnd kam er auf sie zu. Sie ging noch eine Stufe höher. Ein Glück, dass das Treppengeländer zwischen ihr und dem Kerl war!

In radebrechendem Deutsch sagte der: „Liebling, heirate mich bitte.“

Ursel wurde rot.

Der Amerikaner schien sich zu wundern. Offenbar entsprach ihre Reaktion ganz und gar nicht seinen Erwartungen. Er hatte ein rundes Gesicht, ein paar Sommersprossen auf den Wangen und Ohren, die für seinen Kopf viel zu groß waren.

„Hab ich's nicht richtig gesagt?“, stammelte der mit den Ohren, jetzt wieder auf Englisch.

Ursel hob ihre Hand an den Mund, um ihr Grinsen zu verbergen. Der Junge tat ihr Leid. Er hatte keine Ahnung, was er da gerade gesagt hatte. Irgendein Kumpel musste ihm den Spruch gesteckt haben. Es war genau dasselbe Spiel, das Hartmut nur allzu gern mit Konrad oder Ernst gespielt hatte.

Wäre der Amerikaner klug gewesen, so hätte er wenigstens jetzt den Mund gehalten, aber ihre Reaktion hatte ihn so aus der Fassung gebracht, dass er noch einen weiteren deutschen Satz ausprobierte: „Ich habe viele Krankheiten.“

„Du meine Güte!“, erwiderte Ursel auf Englisch.

Dickerman schüttelte den Kopf. „Du wirst es nie lernen, wie, Pruett? Ich hab dir gesagt, du sollst erst jemanden fragen, was deine Sprüche bedeuten, ehe du sie rausposaunst!“

„Was hat er denn gesagt?“, wollte sein Kumpel wissen. „Spuck's schon aus, was hat er denn gesagt?“

Pruett schickte sich zur Selbstverteidigung an. „Ich hab ihr gesagt, dass ich sie hübsch finde. Dann hab ich noch gesagt, dass wir ihr nichts Böses wollen.“

Dickerman lachte. „Trottel! Das ist, was Kuzman dir eingeredet hat!“ Er wandte sich an Ursel. „Was hat er denn wirklich gesagt?“

Ursel war hin- und hergerissen. Da stand sie nun hier im Keller mit drei Ami-Soldaten, aber die Typen benahmen sich haargenau so, als hätte sie es mit Konrad, Hartmut und Ernst zu tun. „Oh, das möchte ich nicht sagen“, hauchte sie und schickte sich an, nun endlich die Treppe hinaufzugehen.

„Ach, jetzt sagen Sie's uns schon! Bitte, *Fräulein*!“

Sie rang sich ein mattes Lächeln ab. „Hm, also ..." Verstohlen sah sie Pruett an. „Wollen Sie es wirklich wissen?"

„Wieso? Ich hab doch nichts Schlimmes gesagt!"

„Wie man's nimmt: Erst haben Sie mich ‚Liebling' genannt und mir einen Heiratsantrag gemacht."

Pruett zuckte zusammen, seine Ohren liefen dunkelrot an. Ursel hielt sich wieder die Hand vor den Mund, sie wollte den Jungen nicht noch mehr in Verlegenheit stürzen.

„Und dann?", drängte sein Kumpel. „Was hat er dann noch gesagt?" Er schien so richtig seinen Spaß zu haben.

Ursel errötete.

„Es war was Schlimmes, stimmt's?" Pruetts Stimme klang zaghaft.

„Na los, jetzt sagen Sie's uns schon!"

Pruett ließ den Kopf hängen und schwor Kuzman im Stillen grausame Rache. Am liebsten hätte er den Blödmann auf der Stelle seinen rechten Haken spüren lassen. Konnte der von Glück sagen, dass er nicht hier in diesem Keller hockte!

„Na ja, beim zweiten Mal ...", setzte Ursel an.

„Ja?"

„Nun, also, beim zweiten Mal ..." Sie hielt inne und sah Pruett Entschuldigung heischend an. „Beim zweiten Mal versicherte er mir, dass er an vielen Krankheiten leide."

Mittwoch, 7. Juni 1944

Dienstag erschien Hitler nicht an der Terrassenbrüstung. Es war nichts mit einem gezielten Schuss. Vielleicht würde es ja am Mittwoch anders sein. Oder sonst am Donnerstag oder Freitag.

Die Terrassentür wurde geöffnet, und man hörte Stimmen. Konrad schaltete auf äußerste Wachsamkeit um und nahm seine Schussposition ein. Rasch klärte er das Umfeld unten am Boden auf: keine Wachen weit und breit. Wenn sie sich auch heute an ihren Zeitplan hielten, blieben ihm noch 15 Minuten. Nichtsdestoweniger hielt er scharf Ausschau. Es war ein klarer, sonniger Tag. Die Terrasse lag in hellem Licht. Es ging ein leichter Wind, den er ohne weiteres ignorieren konnte.

Am Morgen war es auf dem Berghof zugegangen wie in einem Bienenstock. Ein Wagen nach dem anderen war vorgefahren. Von hier unten aus hatte Konrad nichts erkennen können, aber er hatte Motorengeräusche gehört. Wagentüren waren geöffnet und dezent zugeschlagen worden. Dann gedämpfte Stimmen. Um welche Personen es sich handelte, war ihm verborgen geblieben. Es war auch egal. Er kannte sein Ziel, und nur darauf kam es an.

Und doch nahm sein Lampenfieber zu. Dass Leute eintrafen, bedeutete, dass auf dem Berghof eine Besprechung stattfand. Lagebesprechungen dauerten nicht ewig, und sie hatten Pausen. Heute war so ein schöner Tag – wer würde da nicht allzu gern mal all den Messtischblättern, Übersichtskarten und Frontberichten den Rücken kehren, um sich zwischendurch auf der sonnigen Terrasse die Beine zu vertreten? Und sobald die Leute erst mal draußen wären, würde der Panoramablick sie unweigerlich zur Brüstung ziehen. Da würden sie dann stehen und die herrliche Berglandschaft der Umgebung genießen. Wenn er Glück hatte, würde Hitler den guten Gastgeber spielen und sich zu seinen Untergebenen gesellen, um ihnen irgendwelche Besonderheiten oder was auch immer zu zeigen.

Auf diesen Moment wartete Konrad.

Er hatte genug Erfahrung in diesem Geschäft, um seine Sinne und Reflexe hundertprozentig unter Kontrolle zu halten. Selbst wenn er Hitler gut ins Blickfeld bekäme, konnte es noch immer jede Menge Unwägbarkeiten geben, die einen guten Schuss verhinderten: Die Wachen konnten unversehens auftauchen. Beanspruchungen aller Art konnten Hitler davon abhalten, an die Brüstung zu treten. Und wenn er wirklich nach draußen trat, wusste Konrad ja vorher nicht, wo genau er erscheinen würde. Vielleicht würde er nur kurz an die Brüstung treten und sich schon wieder zurückgezogen haben, ehe Konrad noch seinen Schuss absetzen konnte.

Er musste es klug angehen und Geduld haben. Wenn es heute nicht glückte, dann eben morgen. Er wusste: Sobald er einmal abgedrückt haben würde, würde er keine zweite Gelegenheit erhalten. Nein, er musste beim ersten Mal sicher treffen.

Die Stimmen droben auf der Terrasse klangen beschwingt. Man hörte Gelächter.

Eine junge Frau trat in sein Sichtfeld. Sie trug ein schlichtes Kleid mit einem Blumenmuster. Sie schien glücklich zu sein. Ihr kurz geschnittenes, welliges braunes Haar machte ihre Bewegungen schwingend mit. Sie setzte sich mit dem Rücken zu Konrad auf die gemauerte Brüstung. Dann verharrte sie reglos, drehte sich zur Seite und hielt wieder still: Sie posierte für einen ihm unsichtbaren Fotografen. Schließlich stand sie auf, nahm selbst eine Kamera und dirigierte Menschen mit energischen Handbewegungen in die richtige Position für eine Gruppenaufnahme. Sie drückte mehrmals den Auslöser.

Wieder hörte man Leute lachen: Mindestens ein Dutzend Menschen schien sich dort oben auf der Plattform aufzuhalten.

Die junge Frau schwang ihre Füße auf die Stützmauer und umschlang mit den Armen ihre Knie. Jetzt posierte sie nicht mehr. Sie rief nach irgendjemandem, machte ungeduldige, irgendwie spielerisch wirkende Handbewegungen.

Und dann stand Adolf Hitler neben ihr.

Jahrelang eingespielte Scharfschützen-Reflexe traten in Aktion. Wenn Konrads Herz beim Auftritt seiner Zielperson schneller zu schlagen begann, merkte er jedenfalls nichts davon. Sein Atem ging regelmäßig wie ein Uhrwerk. All die zum Vagabundieren neigenden Gedanken an die geschichtliche Stunde, die jetzt schlug, die Einzigartigkeit dieses vielleicht nie wiederkehrenden, umso schwerer auf ihm, Konrad Reichmann, lastenden Moments, an die Ehre des Vaterlands oder an Rache für Hartmut und Josef und Berlin und die Tausende, die wegen dieses einen Mannes, der jetzt dort oben an der Brüstung stand, in den russischen Steppen verreckt waren – all diese Gedanken hatte er längst zu Ende gedacht. Alles Zaudern und Fragen lag hinter ihm. Er war Berufsscharfschütze, und als solcher hegte er in diesem Moment nur einen einzigen Gedanken: *Reicht's für einen Schuss?*

Auf nichts sonst kam es an. Auf gar nichts.

Durch die Teleskop-Optik konnte er Hitlers Gesicht in allen Einzelheiten erkennen. Der Kerl lachte, unterhielt sich ausgelassen mit dieser jungen Frau. Wenn er in solcher Stimmung war, pflegte er den Kopf hin- und herzuwerfen. Das hatte Konrad schon früher beobachten können. Hitler wirkte wie ein ganz normaler Mensch – seltsam. Er hatte ein dämliches Grinsen im Gesicht, wie man es bei vielen Männern sieht, während sie einer Frau den Hof machen. All den Führerporträts, die man auf Plakaten, Gemälden und Fotografien vom Reichsparteitag sah, ähnelte er kaum.

Hitler trat noch einen Schritt näher an die Balustrade heran. Die Frau hatte seine Hand ergriffen und drückte sie. Das kam Konrad zugute, weil die Zielperson dadurch genötigt war, ruhig stehen zu bleiben.

Hitler wandte der Frau sein Gesicht zu, so dass Konrad jetzt sein Profil im Zielfernrohr hatte.

Während Hitlers Schläfe ins Fadenkreuz wanderte, dessen Mitte schließlich auf einem Punkt genau zwischen seinem linken Auge und Ohr ruhte, wurde Konrads Atem noch einen Tick gleichmäßiger und beherrschter.

Diesen Moment hatte Konrad sich Nacht für Nacht ausgemalt, seit Hartmut gefallen war. An diesen Augenblick hatte er gedacht, als er Josef in dessen Schlafzimmer im Lehnstuhl sitzen sah. Diese Gelegenheit hatte er sich vorgestellt, als die Rauchschwaden des zerstörten Berlin ihm an Weihnachten die Luft zum Atmen genommen hatten.

Konrad wartete noch einen weiteren Atemzyklus ab.

Dann schoss er – genau in der richtigen Sekunde.

22

Donnerstag, 8. Juni 1944

Die Neuigkeit war in aller Munde. Über nichts anderes unterhielten sich die Leute auf dem Berchtesgadener Bahnhof, während Konrad auf seinen Zug nach München wartete. Auch als er in der „Hauptstadt der Bewegung“ angekommen war, nachdem er sich während der Bahnfahrt schlafend gestellt hatte, schien es für die Leute kein anderes Gesprächsthema zu geben.

Die Neuigkeit erschreckte die Bevölkerung. Und das sollte sie ja wohl auch.

Konrad hatte natürlich ganz andere Empfindungen. Aber er konnte ja nichts sagen. Er zog es vor, sich weiterhin schlafend zu stellen, denn würde er in eine Diskussion hineingezogen werden, so musste er befürchten, dass seine Augen verrieten, was er wirklich dachte.

Nach all den Monaten des Planens, in denen er gelebt hatte wie ein streunender Hund, wollte er jetzt an nichts anderes mehr denken als an die Rama-Klause. Nichts in seinem Leben kam einem Zuhause so nahe wie sie.

Der Münchner Hauptbahnhof war voller Gestapo-Agenten, was unter den gegebenen Umständen natürlich alles andere als überraschend war, ihn aber zwang, sich eine unverfänglichere Reisemöglichkeit nach Berlin zu suchen als einen Fronturlauberzug der Reichsbahn. Bis er endlich die ansteigende Straße unter den Füßen hatte, die zur Rama-Klause hinaufführte, war es spät am Sonntagabend. Das Haus lag dunkel.

Montag, 12. Juni 1944

Sie wachte von einem nicht näher zu bestimmenden Klappern auf. Sie blieb auf dem Rücken liegen, die Augen offen. Hatte sie es nur geträumt? Sie stützte sich auf einen Arm und horchte scharf. Jetzt schien es eine Art Schaben zu sein, das sie hörte. Es klang, als käme es von weither, und nachdem sie noch eine Weile ihre Ohren angestrengt hatte, meinte sie fast, es sich wohl doch nur eingebildet zu haben.

Sie ließ den Kopf ins Kissen zurückfallen und seufzte. Mittlerweile war sie hellwach und würde – Einbildung oder nicht – mit Sicherheit erst dann wieder ein Auge zutun können, wenn sie überprüft hätte, dass alles in Ordnung war.

Sie hatte kaum den Gedanken abschütteln können, dass schon wieder einmal amerikanische Soldaten draußen ums Haus herumschlichen. Die Kerle tauchten zu den unmöglichsten Zeiten auf. Sicher, sie konnten sich ja nur nachts bewegen. Aber umso größer war ihre Furcht, dass eine Gruppe Amis just zur selben Zeit hier eintraf wie Konrad, wenn er heimkehrte. Was dann wohl passieren würde? Männer in gegnerischen Uniformen, die sich nachts im Wald über den Weg liefen – das verhieß nichts Gutes. Freilich hatte diese ihre Sorge im Lauf der Monate schon beträchtlich abgenommen. Inzwischen fragte sie sich vielmehr, ob Konrad überhaupt noch einmal heimkehren würde.

Ursel griff nach ihrem Morgenmantel, hängte ihn sich über die Schultern und trat hinter dem Raumteiler hervor, der ihre private Ecke von den Schlafplätzen der Kinder trennte. Rasch überprüfte sie die Bettchen und hatte bald die Ursache des sonderbaren Geräusches gefunden: Tobas Bett war leer, offenkundig war er auf der Pirsch.

Erleichtert schlug sie den Weg Richtung Küche und Gemeinschaftsraum ein. Dort schlich der Junge nachts am liebsten herum. Gott sei Dank hatte sonst keines der Kinder die Angewohnheit, nachts herumzutappen. Vielmehr fürchteten sie sich, im Dunkeln aus ihren Bettchen zu klettern. Mit Toba war es etwas anderes: Der kannte ja nur Dunkelheit. Deshalb machte ihm die Nacht keine Angst, und es war absolut nichts Außergewöhnliches für sie, ihn morgens zusammengerollt auf dem Sofa im Gemeinschaftsraum vorzufinden.

Aber heute Nacht war das Sofa genauso leer wie Tobas Bett. Auch in der Küche fand sie ihn nicht. Am Hochziehen ihrer Augenbrauen hätte man Ursels wachsenden Schrecken erkennen können, als ihre Gedanken auf eine frühere, äußerst unangenehme Idee zurückkamen: Amis.

Hatte Toba etwas gehört? Eigentlich hatte sie keinen Grund zu der Annahme, dass Soldaten willentlich einem kleinen Jungen etwas antun würden, aber es gehörte wahrlich nicht viel dazu, dass ein Fehler passierte. Ein schlimmes Versehen. Männer unter Waffen, die Angst um ihr Leben hatten, und ein kleiner Junge, der sich arglos in jenen Schatten bewegte, aus dem jeden Moment die Feinde hervorbrechen konnten, die den Männern ans Leder wollten ...

„Toba?", flüsterte Ursel halblaut – sie wollte nicht die Kinder oder Josef und Monika wecken, solange es nicht unumgänglich war. „Toba? *Miau – miau ...*"

Langsam ging sie durch den Flur zum Kinderschlafzimmer zurück. Die Tür zur Schlafstube der Schumachers war geschlossen, und sie schlich sich auf Zehenspitzen daran vorbei. Sie überprüfte die Hintertür und fand sie unverriegelt. Ganz sicher hatte sie zugesperrt, ehe sie zu Bett gegangen war! Die Tür daneben, die in den Keller führte, war ebenfalls zu, aber sie war nicht abschließbar.

Also doch: Amis. Die letzte Gruppe hatte eine Einweisung über die Lage des Hauses und die dort zu erwartenden Umstände erhalten: die Kinder. Den Keller. Was aber sollte sie nun tun, um die Situation zu bewältigen, ohne dass die Fremden auf sie schossen? Wäre es nicht wegen Toba gewesen, so hätte sie auf dem Absatz kehrtgemacht und sich wieder hingelegt, wohl wissend, dass sie für den Rest der Nacht kein Auge zutun, sondern nur daliegen und nach Geräuschen in der Diele horchen würde. Doch diese Möglichkeit hatte sie heute Nacht nicht.

Sie überlegte, dass jedermann sich von der Dunkelheit bedroht fühlen musste. Wer immer sich dort im Keller aufhielt – er würde genauso erschrocken den Atem anhalten und spekulieren, was da wohl im Finstern lauerte, wie sie selbst. Also brauchte sie Licht. Klar, für den Augenblick würde sie damit einen Schock auslösen, aber die Männer würden ja sofort sehen, dass sie nur eine Frau im Morgenmantel war und keinerlei Bedrohung für sie darstellte. Mit ein bisschen Glück würden sie im Keller schon Licht machen, ehe sie überhaupt in Erscheinung trat.

Nachdem sie ihre Lage so weit durchdacht hatte, entwarf sie einen Plan: vorsichtig die Tür aufschieben. Wenn Licht brannte – kühn eintreten. So, dass die Männer sie gut sehen konnten. Lag der Keller im Dunkeln, würde sie keine Sekunde zögern. Sie würde die Hand zum Lichtschalter ausstrecken, alles hell machen und dann so entschlossen reingehen, dass die da unten erkannten, sie stellte keine Bedrohung dar.

Klang einfach – solange man Wörter wie „kühn" und „entschlossen" ausblendete.

Sie straffte sich und ging den Plan noch einmal durch: kühn ins Licht treten. Kühn ins Licht.

Sie drückte die Klinke nieder und schob die Tür auf. Drinnen war es duster. Mit einer raschen Bewegung, so rasch, wie es ihre zitternden Knie irgend zuließen, drehte sie den Lichtschalter und trat auf die Kellertreppe.

„Mann!" An der Werkbank stand Konrad und zog ein Stück Papier durch eine Schale mit Flüssigkeit. Das Papier wurde schwarz.

„Oh! Tut mir Leid!", rief Ursel und knipste das Licht wieder aus.

„Zu spät, das Bild ist schon hinüber."

Sie drehte das Licht wieder an.

„Nee, lass es aus. Ich nehme das nächste."

„Ähm – ja. 'tschuldigung." Mit einem hörbaren Klick drehte sie den Schalter wieder um.

„Und mach die Tür zu."

Sie tat wie geheißen. Als sie sich an die Dunkelheit gewöhnt hatte, konnte sie Konrad deutlich sehen. Seine Gestalt war in ein sanftes rotes Licht getaucht.

Vorsichtig stieg sie die Stufen hinunter. „Mensch, Konrad, tut mir wirklich Leid."

„Ist ja nichts passiert. Nur ’n Stück Fotopapier. Sollte der erste Abzug werden. Aber ich kann neue herstellen.“

„Weißt du, Toba –“

„Der ist hier. Kam vor ’ner Weile reingeschneit.“

„Wo steckt er denn?“

„Na, hier.“

Ursel hatte es bis jetzt noch gar nicht bemerkt, aber Konrad hatte, während er sich am Vergrößerungsgerät und den Schalen mit Entwicklerflüssigkeit zu schaffen machte, noch nicht einmal die Füße bewegt: weil Toba sich da unten zusammengerollt hatte und schlief.

Beide sahen sie auf den Jungen hinunter. „Er hat dich vermisst“, sagte Ursel.

„Ich kann aber nicht bleiben.“

„Ach?“

„Ich bin nur hergekommen, weil ich die Fotoausrüstung brauchte.“

„Verstehe.“ Ursel hatte Mühe, sich ihre Enttäuschung nicht anmerken zu lassen. Sie war sich nicht sicher, ob es glückte.

Konrad konzentrierte sich voll und ganz auf seine Fotoentwicklung. Er nahm einen weiteren Bogen Fotopapier aus dem schwarzen Karton und richtete ihn unter der Linse des Vergrößerungsapparats aus. Dann betätigte er einen Schalter an der Schnur des Apparats. Auf dem Papier erschien ein vergrößertes Negativ.

Obwohl Helles dunkel und Dunkles hell zu sehen war, kam ihr das Bild irgendwie vertraut vor. Sie hielt den Atem an und bekam eine Gänsehaut.

Konrad schwieg. Ihre Reaktion schien ihm gar nicht aufzufallen. Nachdem er die Aufnahme ausgerichtet hatte, knipste er die Vergrößererlampe aus, nahm das Papier und legte es mit der Bildseite nach unten ins Entwicklungsbad. Er griff es mit der Pinzette, zog es ein paar Mal in der Flüssigkeit hin und her und drehte es dann um.

Zug um Zug wurde das Bild sichtbar. Es stellte genau das dar, was sie schon unter dem Vergrößerer zu sehen gemeint hatte, nur, dass es sich jetzt um ein Positiv handelte, was sie nur umso mehr frösteln ließ.

Der Führer. Im Profil. Mit dem Fadenkreuz eines Scharfschützen an der Schläfe.

„Hast du Nachrichten gehört?", fragte Konrad.

„Nachrichten?"

„Du musst doch davon gehört haben! Wohin ich auch kam, haben die Leute davon gesprochen. Es kam doch durchs Radio!"

Ursel konnte den Blick nicht von dem Foto lösen, während er es aus dem Entwicklerbad nahm, ins Unterbrecherbad und schließlich ins Fixierbad tauchte.

„Die Amis sind in die Normandie eingefallen", sagte Konrad.

„Ach, das meinst du."

„Jetzt ist es nur noch eine Frage der Zeit."

Konrad machte vier weitere Abzüge von ein und demselben Bild. Danach half er Ursel, Toba wieder ins Bett zu schaffen. Während Konrad ihn auf dem Arm hatte, schnurrte der Kleine im Schlaf. Als Konrad sich zum Gehen wandte, stand Ursel mitten im Kinderschlafraum.

„Morgen komm ich zurück", sagte er, „spätestens Mittwoch."

„Muss denn das wirklich sein?" Sie kriegte die Fotos nicht aus ihrem Kopf.

„Sagst du dem Pastor und Monika, dass ich wieder da bin?"

„Ich sag ihnen, dass du reingeschaut hast."

Konrad sah sie an und schien etwas sagen zu wollen. Aber er behielt es für sich, wandte sich ab und war verschwunden.

Ursel stieg wieder ins Bett. Nicht, dass sie schlief, das hatte sie auch nicht erwartet. Sie machte noch nicht mal die Augen zu, denn jedes Mal, wenn sie das versuchte, sah sie die Schwarzweiß-Aufnahme von Hitler im Fadenkreuz.

Eine halbe Stunde später hörte sie, wie Konrad die Kellertür öffnete und wieder zumachte, als er das Haus verließ.

* * *

Der „Wolfsbau“ war schon das dritte Lokal, das Konrad in dieser Nacht aufsuchte. Vorher war er in einem Restaurant und in einer Nachtbar gewesen. Drei seiner Abzüge hatte er mitgenommen, einen in der Rama-Klause zurückgelassen.

Er saß allein an einem Tisch, lange genug, um etwas zu trinken und den Eindruck zu erwecken, er sei bloß einer der vielen einsamen Soldaten, die sich die Nacht um die Ohren schlugen, weil sie ihren kostbaren Fronturlaub nicht mit Schlaf vertun wollten. Augenkontakt stellte er mit niemandem her. Er hatte nicht vor, sich in ein Gespräch ziehen zu lassen.

Konrad erkannte niemanden, und zum Glück erkannte niemand ihn. Als sein Getränk leer war, stand er auf, reckte sich und ließ ein paar Münzen auf den Tisch fallen. Jetzt endlich zog er die Aufmerksamkeit der Umsitzenden auf sich. Er zog seine Uniformbluse glatt. Schon waren die Leute wieder zu ihren Unterhaltungen zurückgekehrt. Er bahnte sich einen Weg Richtung Ausgang. Unauffällig langte er in seine Manteltasche, zog das Foto hervor und ließ es mit der Rückseite nach oben im Vorbeigehen auf einen leeren Tisch gleiten, genau wie er es in dem Restaurant und der Nachtbar getan hatte.

Zurück auf der Straße, trat er in die fahler werdenden Schatten. Im Osten wurde der Himmel schon hell.

Da hörte er, wie jemand seinen Namen rief.

23

Donnerstag, 15. Juni 1944

Selten genug kam es vor, dass Ursel einen ganzen Tag lang nicht an den Krieg dachte. Es klappte nur dann, wenn sie sich von Radioempfängern fern hielt und in der Abgeschiedenheit eines Ortes wie der Rama-Klause blieb. Und dann durfte sie möglichst auch niemanden von draußen treffen, denn es war kaum möglich, sich mit irgendjemandem zu unterhalten, der nicht zu ihrer Hausfamilie gehörte, ohne dass man früher oder später auf den Krieg zu sprechen kam. Doch immerhin: Theoretisch war es möglich, den Krieg einen Tag lang auszublenden. Dann aber gab es wieder Tage, an denen es ihr unmöglich erschien, überhaupt an irgendetwas anderes zu denken. Und wieder andere, an denen es ihr so vorkam, als hätten die Alliierten ihr höchstpersönlich den Krieg erklärt.

Nichts funktionierte mehr an solchen Tagen: Weder Züge noch Straßenbahnen fuhren. Es gab keinen Strom, kein Telefon und kein fließendes Wasser. Die paar Autos, die noch unterwegs waren, waren regelmäßig gerammelt voll mit Menschen, so dass Ursel in diesen Tagen notorisch zu spät zur Arbeit kam, was Herrn Altbusser einen wohlfeilen Vorwand lieferte, sie mit allerlei Tadel zu überschütten. Mit ihm war es genau wie mit den Bombenfliegern: Sie hörte ihn, lange bevor sie ihn sah. Und genau wie den Bombern konnte man auch ihm nicht entkommen.

Heute konnte sie das nun wirklich nicht brauchen. Ihre Gedanken waren bei Konrad. Er war nicht in die Klause zurückgekehrt, obwohl er es doch fest versprochen hatte.

Nun war Ursel nicht die einzige Angestellte ihrer Dienststelle, die heute zu spät zur Arbeit kam. Auch ihre Kollegin, Alma Bruhn kam nicht. Sie tauchte überhaupt nicht auf, und in der Mittagszeit erfuhren sie im Amt auch, wieso: In der Nacht hatte ihr Haus einen Volltreffer abbekommen, und Alma war mit ihrer Familie verschüttet worden. Durch den anschließenden Feuersturm kam sie mit ihrer Familie um, wie Augenzeugen berichteten.

Damit waren sie in ihrem Büro nur noch zu viert. Zuzüglich Herrn Altbussers natürlich. In einer Hinsicht machte Almas Tod die Situation für die anderen Frauen erträglicher: Auch das Gebäude des Reichsverteidigungsministeriums hatte ein paar Treffer abgekriegt, und jedes Mal, wenn das geschah, sah ihre Abteilung sich gezwungen, in kleinere Räumlichkeiten mit weniger Arbeitstischen auszuweichen. Jetzt waren sie in einen Raum gezwängt, in dem zwei Schreibtische knapp Platz hatten. Zu fünft hätten sie dort kaum arbeiten können. Nach Almas Tod mussten sich nun nur jeweils zwei von ihnen einen Tisch teilen.

Am frühen Nachmittag lief Ursel im Korridor Herrn Altbusser in die Arme. Der Vorgesetzte ließ sie wissen, er wolle sie vor Feierabend in seinem Büro sprechen. Weder nannte er ihr einen genauen Zeitpunkt noch ließ er sich zu irgendeiner Mitteilung über den Gegenstand der Unterredung herab. Den ganzen übrigen Tag hing die Vorladung zum Chef wie eine düstere Wolke über ihr, war ihr doch klar, dass ein Vier-Augen-Gespräch mit Altbusser niemals etwas Gutes bedeuten konnte.

Nichtsdestoweniger dachte sie weiter an Konrad. Schon zum zweiten Mal hatte er nun sein Versprechen gebrochen, zu einer bestimmten Zeit zur Rama-Klause zurückzukehren. Ob er überhaupt eine Ahnung hatte, in was für Qualen er sie damit stürzte? Du liebe Zeit, sie waren im Krieg! Da war es normal, das Schlimmste anzunehmen, sobald jemand nicht nach Hause kam, wenn er sollte.

Kurz nach drei erschien Altbusser in der Tür und kommandierte: „In mein Büro! Sofort!"

Ursel schnappte sich Stift und Block. Überrascht und beglückt sah sie, dass die Kolleginnen es ihr gleichtaten. Alle vier brachten sie die paar Meter durch den Korridor zu Altbussers Büro hinter sich, und jede von ihnen fühlte sich durch die Gegenwart der anderen erleichtert.

Altbusser erwartete sie hinter seinem Schreibtisch stehend. Von einem knittrigen Zettel ablesend, auf dem er sich Notizen gemacht hatte, hielt er ihnen leiernd eine zusammenhanglose politische Rede. Es war seine Art, sie nach Almas Tod zu beruhigen, auch wenn er sie mit keinem Wort erwähnte. Freilich wirkte es alles andere als erhebend, die Nazifloskeln in feierlichem Tonfall aus dem Mund zu hören, aus dem sich sonst den lieben langen Tag Zoten und Anzüglichkeiten über sie ergossen.

Im Anschluss an seine Ansprache teilte Altbusser ihnen noch mit, er habe sich ein neues Ablagesystem für ihre Abteilung überlegt, das nunmehr nach Sachgruppen organisiert sei: Fotoarchiv, Textveröffentlichungen und so weiter. Er rief ihnen in Erinnerung, wie wichtig ihre gemeinsame Arbeit für den Endsieg sei, und schickte sie dann in der festen Überzeugung an ihre zwei Schreibtische zurück, sie würden sich mit aufgefrischter Motivation in die Arbeit stürzen.

Ursel beendete ihre Übersetzung eines *Life*-Artikels über den US-General Dwight David Eisenhower. Die anderen spielten Karten, allerdings nicht ohne für den Fall, dass Altbusser sein Büro verließ, einen aufgeschlagenen Leitzordner in Griffweite zu haben. Die Akte war als „streng geheim“ klassifiziert.

Als der Arbeitstag sich schon dem Ende zuneigte, wurde Luftalarm gegeben: ein neuer Angriff.

Eilig verließ Ursel das Ministerium und mischte sich auf der Straße unter den Strom der Behördenmitarbeiter, die allesamt versuchten, einen Luftschutzraum zu erreichen, ehe das Theater wieder losging. Sie lief, so rasch sie in ihren Stöckelschuhen konnte. In der Mitte der Straße bewegte sie sich durch eine Stadt, die nicht mehr viele Luftschläge würde verkraften können. Vor vier Wochen war die Stadtmitte ganz besonders hart getroffen worden: Unter den Linden, Wilhelm- und Friedrichstraße – alles Trümmerwüsten, so weit das Auge reichte. Zwar gab es trotz allem immer noch halbwegs intakte Gebäudeteile, aber nach jedem Angriff klafften neue Bombenkrater.

Die Ruinenlandschaft erinnerte sie an den Weihnachtstag und die Zeit, die sie mit Konrad hier in der Stadt verbracht hatte. Der

Ausdruck in seinem Gesicht hatte ihr ins Herz geschnitten wie ein Messer. Und jetzt musste sie befürchten, dass er der entfesselten Gewalt zum Opfer gefallen war. Lag er vielleicht irgendwo und konnte sich nicht helfen – blutüberströmt und mit gebrochenen Gliedmaßen? War es ihm ebenso ergangen wie Alma?

Unter günstigeren Umständen hätte sie sich gesagt, dass es nicht gut sei, das Unglück zu beschreien. Besser gar nicht daran denken! Aber sie hatte ihn schon einmal verloren. Und eines stand fest: All die Verheerungen um sie herum gaben ihr keinerlei Anlass zum Optimismus.

Aus der Ferne war jetzt das tiefe Brummen der Flugzeugmotoren zu hören. Unheimlich klang es. Und es wurde immer lauter. Diesmal würde sie es nicht rechtzeitig aus der Innenstadt hinaus schaffen. Jetzt gab es nur noch eins: ab in den nächsten Schutzraum!

Als sie um die Ecke *Unter den Linden* bog, sah sie eine lange Schlange von Menschen in einem U-Bahn-Schacht verschwinden. Noch auf den Treppen in die Tiefe hoben sie besorgt die Blicke zum Himmel. Aus reiner Gewohnheit sah sie nach links, ehe sie die Fahrbahn betrat, um sich den Schutzsuchenden anzuschließen.

Wie vom Blitz getroffen blieb sie mit offenem Mund stehen, so, als wäre sie gegen eine unsichtbare Wand gelaufen und hätte das Bewusstsein verloren. Doch was sie sah, war unverkennbar.

Konrad und Karin.

Sie kamen aus einem Kino. Lachend. Karin hing an seinem Arm und hielt sich mit der freien Hand den Hut, während sie zum U-Bahn-Eingang hinüberrannten.

Sorglos sahen sie aus. Wenn man sie ansah, konnte man glauben, es wäre ein heiterer Frühlingstag in Berlin und sie machten sich einen Spaß daraus, durch das frische Grün des Tiergartens zu laufen. Sie stellten sich an die Schlange vor der U-Bahn an und verschwanden albernd und lachend unter der Erde.

„Alles in Ordnung, Fräulein?“ Ein Luftschutzwart trat auf Ursel zu. „Fräulein?“ Er sah ihr ins Gesicht und an ihrem Körper hinab, um festzustellen, ob sie irgendwelche Verletzungen hatte. „Los, sehen Sie zu, dass Sie runterkommen!“, befahl er, nahm sie beim Arm, führte sie zum U-Bahn-Zugang und die Treppe hinunter. Er ließ sie erst wieder los, als er sie bis auf den Bahnsteig gebracht hatte, wo er sie niederdrückte, so dass sie auf den Zementboden zu sitzen kam. Er drückte sie mit dem Rücken gegen die gekachelte Wand. „So, das hätten wir. Geht's Ihnen besser?“

Ursel hatte keine Kraft, dem Mann zu antworten. Ein Blinzeln musste genügen.

Ungefähr dreißig Leute trennten sie von Konrad und Karin, die aneinander gekuschelt dasaßen, immer noch lachten und ganz offensichtlich ihren Spaß hatten.

24

Freitag, 16. Juni 1944

„Darf ich reinkommen?"

Vorsichtig klopfte Konrad an Josefs und Monikas Schlafzimmertür. Zuerst kam keine Antwort, also klopfte er noch einmal. Monika hatte ihm gesagt, Josef sei im Zimmer.

„Ja, ja, komm nur rein!"

Die Stimme klang matt. Konrad trat ein. Im Zimmer hingen warme, muffige menschliche Ausdünstungen; es war wohl lange nicht gelüftet worden. Josef saß zusammengesunken in seinem Sessel. Er sah aus, als wäre er mit ausgebreiteten Armen nach hinten gekippt und der Sessel hätte ihn aufgefangen. In seinem Schoß lagen eine aufgeschlagene Bibel und eine Lesebrille. Er trug seinen Schlafanzug, wie er es mittlerweile meistens den ganzen Tag über tat, weil die Mühe, die ihm das Ankleiden bereitete, sich einfach nicht lohnte. Seit Monaten hatte er das Haus nicht mehr verlassen. An den meisten Tagen kam er nicht einmal aus seinem Schlafzimmer heraus.

„Komm rein, Konrad." Konrads Anblick schien ihn sichtlich zu beleben. „Zieh dir den Stuhl da ran", sagte er und zeigte auf einen Holzstuhl, der in der Ecke stand.

Konrad hatte sich immer noch nicht daran gewöhnen können, Josefs Siechtum mit ansehen zu müssen. Jedes Mal, wenn er den Pastor sah, kam ihm dieser hinfälliger vor als noch bei der letzten Begegnung. Seine Haut war jetzt fahl, und selbst die Arme konnte er nur noch mit größter Mühe heben. Auch hustete er viel – ein grausiges Keuchen, bei dem sein ganzer Körper zuckte wie in Krämpfen. Doch so gebrechlich sein Organismus auch war, in seinen Augen glomm immer noch die Stärke eines Löwen.

Und diese Löwenaugen hießen Konrad jetzt willkommen. Als er das letzte Mal in diesem Zimmer gewesen war, hatte er ihm von seinen Plänen erzählt, ein Attentat auf den Führer zu verüben.

„Ich hab was für Sie“, sagte Konrad und streckte Josef die geschlossene Hand entgegen.

Josef versuchte den Arm hochzukriegen, schaffte aber kaum ein paar Zentimeter. „Da wirst du mir schon helfen müssen“, sagte er. „Meine Arme sind ungehorsame Gören geworden. Sie gehorchen mir nur noch, wenn sie Lust dazu haben.“ Seine Stimme hatte keinerlei bitteren Unterton.

Konrad stand von seinem Stuhl auf, ergriff Josefs Hand, drehte sie nach oben, legte ihm eine Gewehrkugel in die Handfläche und drehte sie so hin, dass zwei eingravierte Buchstaben sichtbar wurden. „Die wollte ich Ihnen geben.“

Josef musterte die Kugel. „A. H.“ Er sah Konrad in die Augen und sagte: „Adolf Hitler.“

Daraufhin brachte Konrad die Fotografie zum Vorschein – Hitler im Fadenkreuz. „Als Scharfschütze hat man jede Menge Zeit zum Nachdenken. Als ich von hier wegging, war ich fest entschlossen, den Führer mit dieser Kugel zu erschießen. Stattdessen hab ich nur mit Hartmuts Kamera auf ihn geschossen.“

Josef nickte. Seine Augen wurden feucht, und Tränen rannen ihm über die Wangen. In diesen Tagen hatte er nah am Wasser gebaut. „Was hat dich umgestimmt?“, fragte er.

Konrad schmunzelte. „Na, wer hat mich denn von jeher umstimmen können? Sie natürlich.“

Josef wollte ein Taschentuch herausziehen, das er in der Brusttasche seines Pyjamas trug. Doch seine Hand tappte nur gegen seine Brust; das Tuch konnte sie nicht greifen. Konrad sprang ihm bei und legte ihm das Tuch in die Hand. Mühsam tupfte Josef sich Augen und Wangen damit ab.

„Ich hatte ihn im Visier und war mir dessen voll bewusst“, fuhr Konrad fort und wies auf das Bild, das jetzt in Josefs Schoß lag. „Zwei Tage, ehe ich das Foto machte, als ich wusste, dass ich ihn jetzt früher oder später ins Schussfeld bekommen würde, bekam ich so ’n komisches Gefühl in der Magengegend.“ Er senkte den Blick zu Boden, als er sich jenen Augenblick vergegenwärtigte.

„Du wusstest, dass es dir später Leid tun würde?“

Konrad schüttelte den Kopf. „Nee, es war schlimmer als das. Ich bekam plötzlich 'ne Gänsehaut vor Erregung."

„O Mann ..."

„Erschreckend, oder? Bis dahin hatte ich meine Waffe immer nur sozusagen beruflich zur Hand genommen. Ich war Soldat und befolgte meine Befehle. Tat, was ein Soldat zu tun hat. Diesmal war es anders. Das Vorgefühl der Rache tat so gut! Es war eine ganz persönliche Genugtuung. Ich wollte töten. Konnte es kaum abwarten." Selbst jetzt, wo er nur von diesen Empfindungen erzählte, überlief ihn schon wieder ein Schauer. „Sie hatten Recht. Ich war dabei, mich mit denen gemein zu machen. In jenem Moment wusste ich genau, was Krahl gefühlt haben musste, als er dieses russische Dorf niederbrannte. Ich wusste, ich teilte jetzt genau das, was ich an ihm so verabscheue. Ich war ein Krahl geworden, ein Mörder."

Josef tupfte sich beim Zuhören weiterhin die Tränen ab.

„An dem Tag hab ich ein Gelübde abgelegt", sagte Konrad. „Ich hab gelobt, niemals mehr jemandem das Leben zu nehmen. Denn wenn ich das noch einmal tue, weiß ich nicht, ob ich jemals wieder damit aufhören kann."

* * *

„Was ist denn los?", fragte Monika.

Ursel brauchte einen Moment, ehe sie begriff, dass jemand mit ihr sprach. „Äh – wie? Ach, gar nichts." Sie nahm ein Kinderhöschen aus dem Wäschekorb, den sie von der Leine hereingebracht hatte, faltete es zusammen, legte es ordentlich auf dem Stapel Schrankwäsche ab und griff nach dem nächsten Stück.

Die Kinder spielten lärmend in der Ecke des Gemeinschaftsraumes, so dass die Erwachsenen alle Mühe hatten, einander zu verstehen. Monika saß auf einem Stuhl und stopfte ein Paar Socken.

„Als du gestern Abend nach Hause kamst, warst du missmutig. Heute Morgen, bevor du aus dem Haus gingst, hast du kein Wort gesagt, und jetzt muffelst du schon wieder vor dich hin. Also red dich nicht raus: Was ist los?"

„Ach ... ich weiß nicht, ich glaub, Almas Tod hat mich mehr aus der Bahn geworfen, als ich dachte. Und Altbusser kann man in letzter Zeit überhaupt nichts mehr recht machen. Josef sieht wirklich schlecht aus. Und Edith scheint mir 'ne Sommergrippe auszubrüten." Sie lächelte schief, ohne dabei hochzusehen.

Monika machte ein paar Stiche, ehe sie antwortete. „Du glaubst doch nicht, dass ich dir das abnehme?"

Ursel lachte nervös auf. „Ach ja? Das reicht wohl noch nicht?"

„O doch. Das ist mehr als genug, um jemand die Laune zu verderben. Ich glaub nur, du hast vergessen zu erwähnen, was dich wirklich bedrückt. Das hat nämlich mit Konrad zu tun."

Ursel ließ die Hände mitsamt dem Hemdchen, das sie gerade hatte zusammenlegen wollen, in den Schoß sinken. War sie denn wirklich so leicht zu durchschauen?

„Irgendwas ist dir doch über die Leber gelaufen", sprach Monika weiter. „Immer wenn er reinkommt, wird es eiskalt um dich rum."

Dieses Thema hatte Ursel vermeiden wollen. Sie brauchte nur daran zu denken, um vor Wut schier aus der Haut fahren zu können. Außerdem kamen ihr unweigerlich die Tränen. Sie fürchtete, total die Selbstbeherrschung zu verlieren, wenn sie sich auf ein Gespräch darüber einließ. „Diese blöde Karin ...", stieß sie hervor.

„So, so." Monika verstand Ursels Bemerkung ohne weitere Erklärung. Verstohlen sah sie zur Schlafzimmertür hinüber, hinter der Josef und Konrad sich immer noch unterhielten. „Hat sie irgendwas zu dir gesagt?"

„Ich hab sie gesehen. Gestern Abend. In der Stadt."

„Ach, vielleicht hast du dir nur was eingebildet. Ihr kennt euch doch alle schon so –"

„Die haben in einer Tour geturtelt und geknutscht! Richtig eklig war das!"

„Ach, so läuft der Hase."

* * *

„Das Problem ist, ich kann gar nichts anderes", sagte Konrad zu Josef. „Ich bin Soldat. Ausgebildeter Scharfschütze."

„Tja, dann geht's dir wie 'nem Prediger ohne Kanzel", erwiderte Josef. „Oder 'nem Pastor ohne Gemeinde."

Konrad griente. „Hm, da scheint das Dritte Reich ja uns beiden den Hammer aus der Hand genommen zu haben."

„Aber dafür sind wir Privilegierte eines weit besseren Reiches."

„Sie meinen den Himmel, stimmt's?"

„Nee, ich rede vom Hier und Jetzt."

Konrad konnte nicht folgen. „Aber wir reden jetzt schon vom Glauben, oder?"

Josef lachte. „Solltest du dich fragen, ob ich das Rama-Klause-Königreich gemeint habe, dessen Krone ich trage, so liegst du schief. Nein, als Christen sind wir Bürger des Reiches Gottes, auch wenn wir noch auf der Erde leben."

„Und Sie glauben, in diesem Reich gibt's auch 'ne Beschäftigung für einen arbeitslosen Scharfschützen?"

Mit einem Mal wurde Josef müde. Sein Kopf sank nach hinten gegen die Sessellehne. Eine Zeit lang sagte er nichts, sondern sah Konrad bloß geradewegs in die Augen. Der musste sich eingestehen, dass es sich unangenehm anfühlte, so lange von jemand gemustert zu werden, doch er widerstand dem Drang, den Kopf zur Seite zu drehen. Das schaffte er aber auch nur, weil der Blick, der auf ihm ruhte, der von Pastor Josef Schumacher war.

Es war wirklich komisch: so, als wäre Josef durch das Portal seiner Augen in ihn eingedrungen und rumorte jetzt auf der Suche nach irgendetwas im tiefsten Keller seiner Seele herum. Doch Konrad ließ es geschehen. Endlich musste Josef blinzeln.

„David war ein Kriegerkönig", sagte der Pastor unversehens. „Und ehe er König wurde, arbeitete er als Hirte."

Konrad nickte. Die David-und-Goliath-Geschichte: der Hirtenjunge, der auf dem Schlachtfeld den Riesen ausstach. Seine Lieblingsgeschichte in der Bibel.

„Ein Hirte, der zum Krieger wurde", wiederholte Josef.

Konrad nickte.

„Erst Hirte, dann Krieger."

Konrad nickte noch mal.

„Hirte – Krieger."

„Hab ich begriffen: 'n Hirte, der zum Krieger wurde", sagte Konrad bestimmt.

„Hirte ... Krieger." Josefs Augen sahen jetzt aus, als wäre er ganz weit weg.

Konrad seufzte unhörbar. Was da aus Josef sprach, war nicht mehr sein Verstand. Der hatte sich einstweilen verabschiedet. Sie würden ihre Unterhaltung ein anderes Mal fortführen müssen.

„Hirte ... Krieger."

Konrad war sich unsicher, ob er Monika herbeirufen oder einfach aufstehen und gehen sollte.

„Krieger ... Hirte."

Konrad hatte sich entschlossen. Er sah auf seine Hände. Er stand auf.

„Hinsetzen! Wir sind noch nicht fertig."

Ein Befehl: scharf und unmissverständlich. Aber nicht unfreundlich.

„David war ein Hirte, der zum Krieger wurde", stellte Josef fest.

„Ja doch, das hab ich verstanden", sagte Konrad.

„Wirklich? Dann versteh bitte auch Folgendes: Du bist ein Krieger, der zum Hirten wird."

* * *

„So, geschmust haben sie also", sagte Monika.

„Karin hing an ihm wie 'n Affe im Baum."

Monika seufzte mitfühlend. „Ja, so ist Karin. Du weißt doch, wie sie –"

„Aber ihm hat's gefallen."

„Aha."

Ursel spürte ein Stechen in der Brust, so sehr setzte ihr die Erinnerung an die beiden eng umschlungenen Turteltauben im U-Bahnhof zu.

Monika schüttelte den Kopf. „Ich kann mir beim besten Willen nicht vorstellen, was Konrad an 'ner Frau wie Karin finden sollte."

„An so 'ner attraktiven? Männer verschlingenden? Die noch dazu mit Geld rumschmeißen kann? Meinst du das, ja?"

„Nee, das mein ich nicht."

„Sie sahen aus wie 'n Liebespaar!"

Monika nahm ihre Haarspitzen in die Finger und zupfte daran. Dann merkte sie, was sie tat, und kehrte zu ihrer Handarbeit zurück. „Du glaubst also wirklich, die zwei haben was miteinander?"

Auch Ursel nahm ihre Arbeit wieder auf. „Ist mir doch wurscht, was die machen. Wenn Konrad unbedingt sein Leben kaputtmachen will, was geht's mich an?"

Monika sah zu ihr auf, sagte aber nichts. Sie schenkte dem, was Ursel da sagte, keinen Deut mehr Glauben als Ursel selbst.

* * *

„Es ist ja kein Geheimnis, dass ich sterben werde", sagte Josef. „Viel Zeit hab ich nicht mehr."

Konrad starrte in seine Hände – seine Art, nicht wahrhaben zu wollen, was für sie beide offensichtlich war.

„Du bist eine Erhörung meiner Gebete", fuhr Josef fort. „Lange Zeit hab ich das gehofft, jetzt bin ich überzeugt, dass es so ist."

„Versteh ich nicht."

Josef fing wieder an zu weinen, achtete aber nicht auf seine Tränen, als er antwortete. „Du wirst meine Herde hüten, wenn ich nicht mehr da bin."

Konrad lehnte sich zurück. Unwillkürlich musste er grinsen. „Jetzt machen Sie Witze, stimmt's?"

Doch Josefs Miene strafte ihn Lügen.

Konrad stammelte: „Ja ... ähm – muss man da denn nicht 'ne Berufung für haben oder so?"

„Ich rede doch nicht vom Amt eines ordinierten Geistlichen. Ich rede von einem schlichten Hirten."

„Versteh ich trotzdem nicht."

„Du zeigst ja schon jetzt Wesenszüge eines Hirten."
„Ach ja?"
„Ich sag nur: Hartmut."
Der Name war für Konrad wie ein Schlag in die Brust.
„Du hast dich verantwortlich gefühlt, auf ihn aufzupassen."
Konrads Mund wurde zum schmalen Strich. „Und habe versagt."
„Es kommt vor, dass ein Hirte welche von seinen Schafen verliert. Dass einer sich um ein verlorenes Schaf grämt, beweist nur, dass er ein guter Hirte ist."
„Ich weiß nicht, ob ich –"
„Wenn Ursel in Gefahr wäre, würdest du sie beschützen?"
„Na klar."
„Und Monika?"
„Selbstredend."
„Edith?"
„Das wissen Sie doch."
„Toba? Hermann? Viktor? Marlene? Anni?"
„Mein Leben würd ich für sie einsetzen."
Josef nickte. „Ich weiß – aber wie würdest du sie denn beschützen? Denk mal an dein Gelübde."
Konrad wurde über all diesen Fragen sehr nachdenklich. „Keine Ahnung. Kann ich im Moment nicht drauf antworten. Ich kann nur eines sagen: Ich hoffe, dass ich mich auf Gott verlassen kann, wenn es so weit ist."
„Schön – genau das wollte ich gern hören." Josef machte eine Sprechpause und sagte dann: „Vor Jahren sandte Gott mich als Pastor in eine kleine Gemeinde, in der es eine Reihe von jungen Leuten gab, die ich sehr lieb gewann."
Konrad sah auf. Seine Augen glänzten feucht.
„Gott gab mir den Eindruck, diese jungen Leute seien der Schlüssel zur Zukunft Deutschlands, und das, obwohl die bösartige Naziflut immer höher stieg."
„Sie haben uns niemals aufgegeben."
„Und jetzt ist es so weit, dass ich meinen Pflichten nicht länger

nachgehen kann. Ich glaube, Gott hat mir einen Hirten gesandt, der meinen Platz einnehmen soll.“ Unter großen Mühen beugte Josef sich vor. „Konrad, die Wölfe sammeln sich auf den Höhen. Ich vertrau dir meine Herde an: Ursel, Karin, Ernst und Willi, die Kinder der Rama-Klause. Pass auf sie auf. Ein guter Hirte gibt sein Leben für die Schafe. Beschütze sie mit deinem Leben.“

„Und Monika?“, sagte Konrad atemlos.

„Ja, Monika auch.“ Josef lächelte und machte zufrieden die Augen zu.

Konrad spürte, wie sich eine Last auf seine Schultern legte.

„Monika ... Monika ... Moni ...“, murmelte Josef. Jedes Mal, wenn er ihren Namen aussprach, wurde seine Stimme ein wenig leiser. Und weicher. „Moni ... Moni ...“ Jetzt war es kaum noch hörbar. Er segelte davon, der Schlaf übermannte ihn.

Leise stand Konrad auf und wandte sich zum Gehen.

„Monika!“, rief Josef.

Ein lauter, unerwarteter Ruf. Konrad machte vor Schreck einen Satz.

„Monika! Rasch, hol die Kinder zusammen!“

Monika erschien unter der Tür. „Was ist denn, Liebling?“

„Hol die Kinder.“

„Sie sind doch schon hier, im Gemeinschaftsraum.“

„Gut, gut. Dann hilf mir hoch, bitte.“

Monika fasste auf der einen Seite an, Konrad auf der anderen. Mit vereinten Kräften hievten sie Josef aus seinem Sessel hoch. Dabei hätte Konrad das mühelos auch allein geschafft: Der Mann war so federleicht, dass ihm ein Stich durchs Herz fuhr.

Josefs lautes Rufen hatte die Kinder im Gemeinschaftsraum verstummen lassen. Mit großen Augen sahen sie zu, wie er, flankiert von Konrad und Monika, hereingewankt kam.

„Da rüber, da rüber!“ Josef wies auf die freie Fläche zwischen Tisch und Anrichte.

Ursel zog und schob die Kinder auf den angewiesenen Platz.

„Stell du dich auch dorthin“, sagte Josef zu Konrad.

Nachdem er sich vergewissert hatte, dass Monika es allein schaffte, Josef aufrechtzuhalten, stellte Konrad sich wie geheißen zu den Kindern.

„Schart euch um ihn, Kinder“, sagte Josef.

Sie taten es. Alle starrten sie zu ihm hinauf, mit Ausnahme von Toba natürlich, der ohnehin ein wenig abseits auf dem Boden lag und sich wie ein Kätzchen aufführte.

„Toba“, sagte Konrad, „komm her.“

Toba stand auf, und genau wie jeder andere kleine Junge es getan hätte, ging er auf Konrads Stimme zu und hob die Ärmchen, damit dieser ihn hochnahm. Die anderen Kinder sahen verblüfft zu.

„Hilf mir zu ihnen rüber“, sagte Josef zu Monika.

Mit Unterstützung seiner Frau näherte Josef sich dem Grüppchen. „Und jetzt stell dich auch zu ihnen, Liebling.“

Monika wollte ihn nicht loslassen, aber Josef ließ nicht mit sich handeln. Ihr blieb nichts anderes übrig, als sich zu den anderen zu stellen.

Josef wurde ruhig. Versunken. Alle Kinder sahen zu ihm auf. Was für ein Spiel würde das wohl werden?

„Du bist so groß, Junge, du musst deinen Kopf schon ein bisschen neigen“, sagte der Pastor zu Konrad.

Konrad beugte sich ein wenig und neigte den Kopf. Er sah, wie Josef vergeblich versuchte, seine Arme zu heben. Als er es nicht schaffte, ging Monika zu ihm und half. Ursels Gesicht dagegen war ein einziges Fragezeichen.

Konrad spürte die zitternden Hände seines Pastors auf seinem Scheitel.

„Dies ist die Herde, die der Gute Hirte mir anvertraut hat“, sagte Josef. „Ein paar Schafe sind vom Weg abgekommen, wie es manchmal vorkommt. Deshalb gehören sie nicht minder zur Herde.“

Liebevoll sah er jedem Einzelnen in die Augen, zuerst den Kindern und schließlich Ursel. Dann schaute er Konrad an.

„Und jetzt ist es deine Herde. Dir vertraue ich sie an. Du bist ihr Hirte, sie sind deine Schafe. Beschütze sie mit deinem Leben und bring sie sicher heim.“ Josef sah zu den Kindern hinab. Er war erschöpft, konnte kaum noch die Augen offen halten. „Kinder“, sagte er. „Was auch immer Konrad euch von jetzt an sagen wird, ihr sollt ihm gehorchen, wie ihr mir gehorcht habt. Er wird sich jetzt um euch kümmern. Er wird euch alle schützen.“ Josef sah Ursel an und sagte: „Das Leben eines Hirten ist ein einsames Leben.“ Er schien noch mehr sagen zu wollen, sich dann aber eines Besseren zu besinnen.

Endlich wandte er sich Monika zu und sagte lange gar nichts. Dann brachte er mühevoll hervor: „Ach, mein Schatz ... meine Liebste – niemals hätte ich gedacht, dass ich so bald von dir gehen würde.“

* * *

Ursel beobachtete diese unerwartete Stabweitergabe, als sähe sie aus großer Entfernung zu. Josef und Monika taten ihr so unendlich Leid. Sie konnte sich kaum vorstellen, wie einer von ihnen ohne den anderen weiterleben sollte. Sie sah Konrad an, und in ihrer Brust stritten sich zwei Empfindungen, ohne dass eine davon die Oberhand zu gewinnen schien. In diesem Augenblick war Ursel bewusst, dass sie in ihrem ganzen Leben noch nie so stolz und zugleich so wütend auf Konrad gewesen war.

25

Mittwoch, 21. Juni 1944

Das Erste, was Gunther Krahl sah, als er in den Raum humpelte, waren zwei über einen Tisch gebeugte Generäle. Über dem Tisch baumelte eine einzelne nackte Glühbirne an ihrer Schnur von einem Dachbalken herab. Weiter hinten im Raum standen noch drei andere Männer, deren Gesichter im Halbdunkel nicht zu erkennen waren. Gestapo – was sonst?

Brigadeführer Oppersdorff, sein Vorgesetzter, hatte ihn hereingeleitet. Oppersdorff und Krahl grüßten formvollendet. So nahe war Krahl nie zuvor einem General gekommen, geschweige denn gleich zweien auf einmal. Nachdem von ihren Gesichtszügen nicht viel mehr als schwarz-weiße Schattierungen zu erkennen waren, hätte man die beiden hohen Kommandeure der Waffen-SS ohne weiteres für eineiige Zwillinge halten können.

„Das ist also der Sturmbannführer, von dem Sie gesprochen haben?", fragte der General zur Linken. Er sprach nasal und hatte eine fistelige Stimme, die zu einem Mann seines Ranges überhaupt nicht passen wollte.

„Jawohl, Obergruppenführer!"

„Treten Sie näher."

Krahl trat an den Tisch und stand nun den beiden Generälen direkt gegenüber. Zwar bemerkte er, dass auf dem Tisch zwei Fotografien lagen, aber er wagte es nicht, sie anzuschauen. Niemand hatte ihm die Erlaubnis dazu erteilt.

„Brigadeführer Oppenhoff sagt, Sie könnten uns vielleicht etwas über diese beiden Bilder hier sagen. Ist das der Fall?"

Jetzt nahm Krahl die beiden Aufnahmen in den Blick. Sie schienen identisch zu sein. Man erkannte sofort, wen sie zeigten: Das Bild wurde vom Profil des Führers ausgefüllt. Seine linke Schläfe lag unter einem Fadenkreuz. Krahl musste an sich halten, damit sein Mund sich nicht zu einem triumphierenden Grinsen verzog.

Vor Erregung schwoll ihm der Kamm – kaum zu glauben, dass er solches Glück hatte!

„Wissen Sie, wer diese Aufnahmen gemacht hat?"

„Jawohl, Obergruppenführer!"

„Nämlich wer?"

„In meiner früheren Einheit hatte ich einen Mann, der das Objektiv seiner Kamera so modifizierte, dass es ein Fadenkreuz wie dieses hier zeigte, Obergruppenführer!"

„Name?", bellte der General.

„Sein Name hilft nicht weiter, Obergruppenführer. Der Mann ist tot, gefallen."

„Wann war das?"

„Wenn Sie erlauben, Obergruppenführer: Er ist nicht der Mann, den Sie suchen. Er hat nur die Veränderungen an der Kamera durchgeführt. Der Mann, den Sie suchen, ist ein hervorragender Scharfschütze."

Krahls Euphorie über das ihm so plötzlich zufallende Glück schaltete seinen gesunden Menschenverstand aus. Seine Berufsdisziplin vergessend, aalte er sich in seinem persönlichen Triumph. Diesen Augenblick wollte er in vollen Zügen genießen, auch wenn sich darüber zwei alte Säcke von SS-Generälen hundertmal ärgern mochten!

Die Stimme des Obergruppenführers ließ den Raum erbeben. „Ich höre – den Namen!"

Krahl tat, als würde er die Bilder noch ein paar Sekunden länger in Augenschein nehmen, ehe er sagte: „Der Mann, den Sie suchen, ist Untersturmführer Konrad Reichmann."

Der General schwang auf dem Absatz herum und rief in den Halbschatten: „Schaffen Sie mir diesen Reichmann auf der Stelle her!"

Krahl räusperte sich. „Falls Sie nochmals erlauben, Obergruppenführer: Sie werden Reichmann nicht finden."

„Und wieso nicht?"

„Zum einen ist er fahnenflüchtig. Zum anderen ist er ein wirklich erstklassiger Scharfschütze. Über was für Fähigkeiten der Mann verfügt, sehen Sie ja daran, dass es ihm gelungen ist, nahe genug an den Führer heranzukommen, um diese Fotos schießen zu können."

Dieses Argument schien bei den hohen Herren zu verfangen. Man sah es ihren Gesichtern an.

„Allerdings gibt es jemanden, der ihn aufspüren könnte", beeilte sich Krahl hinzuzufügen.

„Und der wäre?"

„Ich, Obergruppenführer."

„Wenn der Mann so gut ist, wie Sie sagen, wieso glauben Sie dann, ihn finden zu können?"

„Er hat mich zum Krüppel gemacht."

Der Obergruppenführer sah beiläufig auf Krahls Bein.

„Und ich war sein Ausbilder."

„Sie sind also sicher, diesen Reichmann finden zu können?"

„Jawohl, Obergruppenführer!"

„Dann sagen Sie mir bitte eines."

„Obergruppenführer?"

„Er hätte doch schießen können. Wieso hat er es nicht getan?"

Über diese Frage musste Krahl nun doch grinsen. „Weil der Mann schwach ist, Obergruppenführer. Die Fähigkeit, den Führer zu erschießen, hat er, aber nicht den Mumm."

Der General deutete auf die Bilder. „Aber wieso hat er dann diese Aufnahmen gemacht? Offensichtlich wollte er, dass wir sie in die Hände kriegen."

„Einschüchterung."

„Wie, der Kerl bildet sich ein, den Führer einschüchtern zu können?", höhnte der General.

„Wissen Sie, mit Konrad Reichmann liegen die Dinge so, Obergruppenführer: Er hat so verwirrtes frommes Zeug im Kopf. Er glaubt, wenn der Führer diese Bilder zu sehen bekommt, wird er beschämt sein und in seinem Handeln mehr ‚Barmherzigkeit' an den Tag legen, wie einst Jesus."

„Das ist doch nicht Ihr Ernst."

„Aber so sieht er die Dinge, Obergruppenführer."

„Ich will, dass der Mann gefunden und ausgeschaltet wird."

Krahl grinste jetzt unverhohlen. „Es wird mir ein Vergnügen sein, Obergruppenführer. Ich werde Ihnen das Bild von Reichmanns Leiche direkt hier auf diesen Tisch legen."

Freitag, 23. Juni 1944

„Fernhalten Sie sich, Ritter Lancelot! Das hier ist nicht Camelot, und ich bin keine Guinevere!"

Ernst lächelte. Der Verweis traf ihn nicht im Geringsten. Obwohl Rachelle den Blick gesenkt hielt, sah er den Schalk in ihren Augen funkeln. Er liebte ihren Humor. Aber was hieß das schon – es gab kaum etwas an Rachelle, das er nicht liebte. Immer wenn er sie sah – und er sah sie oft, dachte sich immer neue Ausreden aus, um irgendwas in Rathkes Büro zu schaffen zu haben –, verblasste alles andere. Kam er jetzt in dieses Zimmer, so bemerkte er nicht einmal mehr den starr blickenden Führer an der Wand.

Rachelle saß an ihrem Schreibtisch und aß den Rest des Fleischwurstbrötchens, das er ihr mitgebracht hatte. Besser gesagt, sie verschlang es. Als er es ihr angeboten hatte, hatte sie es zunächst mit dem Mund abgelehnt, aber in ihren Augen hatte die nackte Gier gestanden.

Ernst hatte das Brötchen auf ihr Pult gelegt und sich zurückgezogen, nicht ohne sie nachdrücklich zum Essen zu ermuntern. Doch sie hatte sich immer noch geweigert. Er hatte sich auf denselben Stuhl gesetzt, auf dem er Platz genommen hatte, als er zum ersten Mal in diesem Zimmer gewesen war, hatte die Arme vor der Brust verschränkt und abgewartet. Er sagte ihr, er werde nicht gehen, ehe sie ihr Brötchen gegessen habe. Sie hielt es unheimlich lange aus, breitete links und rechts davon irgendwelche Papiere aus, schob den Pappdeckel mit dem Brötchen von einer Seite ihrer Arbeitsplatte auf die andere und beharrte die ganze Zeit über darauf, sie werde auf gar keinen Fall davon essen. Doch eines tat sie nicht: Sie warf das Brötchen nicht weg. Schließlich gewann der Hunger die Oberhand über ihre Dickköpfigkeit.

„Nur weil Sie haben versprochen, zu gehen dann", sagte sie, schnappte das Brötchen und biss hinein.

„Gibt Rathke Ihnen denn nichts zu essen?", fragte Ernst.

„Das Sie geht nichts an", sagte sie mit vollem Mund.

Genau genommen hatte sie damit Recht. Aber tief in seinem Inneren war ein unstillbares Verlangen aufgebrochen, alles zu seiner ureigensten Angelegenheit zu machen, was diese Frau betraf. „Es gefällt mir nicht, wie er Sie behandelt", bemerkte er.

Das hatte ihr Lancelot-Zitat ausgelöst.

Mit Genuss sah er, wie sie sich den Senf von den schlanken, schlanken Fingern leckte. Er liebte ihre Hände. Wie elegant sie sie bewegte!

Vom Korridor her waren schwere Stiefeltritte zu hören.

Rachelle geriet in helle Panik, überschlug sich fast dabei, von ihrem Tisch, ihren Händen und ihren Lippen jede Spur des Wurstbrötchens zu beseitigen.

Die Tür wurde rabiat aufgestoßen, und Rathke wogte herein. Ein zweiter Standartenführer folgte ihm auf dem Fuße, ein hagerer Mann mit scharf geschnittenem Kinn und kalten Augen, den Ernst nicht kannte. Er sprang auf und grüßte.

„Was haben Sie hier zu suchen, Ehrenberg?", dröhnte Rathke, ohne seinen Schritt zu verhalten.

„Ich hab ein paar Fragen zum Produktionsplan."

„Nicht jetzt."

„Aber Stan–"

„Nicht jetzt, Ehrenberg!"

Rathke verschwand in seinem Büro. Der hagere Oberführer blieb eine Sekunde stehen, um den Anblick zu genießen, den Rachelle bot. Wie immer schob sie Papiere und Aktendeckel hin und her und sah kein einziges Mal auf. Aus dem Augenwinkel sah Ernst, dass ihr Mund zu einem schmalen Strich geworden war.

Der fremde Standartenführer brauchte eine ganze Weile, ehe er endlich den Weg ins Rathke'sche Dienstzimmer fand. Solange er sich im Raum aufhielt, ließ er Rachelle nicht einen Sekundenbruchteil aus den Augen. Das ging so weit, dass er sich schließlich rückwärts zur Verbindungstür zwischen Vorzimmer und Rathkes Büro tastete. Durch Ernst dagegen schien er völlig hindurchzusehen.

Nachdem die Verbindungstür ins Schloss gefallen war, sah Rachelle hoch, Gift und Galle im Blick. „Wegen Ihnen ich muss noch zurück nach Buchenwald!“

„Aber was hab ich denn –“

„Raus mit Ihnen!“

Ernst erhob sich. „Ich werde das nicht zulassen.“

„Was – nicht zulassen?“

„Ich werde nicht zulassen, dass Rathke Sie nach Buchenwald zurückverfrachtet.“

„Ah, *Sie* das nicht werd’ zulassen? Was Sie glauben, wer Sie sind? Nur ein Untersturmführer, sonst nichts!“

„Ich werde einen Weg finden, es zu unterbinden.“

Rachelles Blick war so durchdringend, dass er unwillkürlich einen Schritt zurücktrat. „Was ist los mit euch Deutsche?“, sagte sie zitternd. „Ihr komm’ in unsre Land, mach’ Tausende Franzos’ tot und raubt alle andere ihr’ Würde und alles. Ihr behandelt wie Tier’ die Menschen! Und dann du steh’ hier und mein’, ich dich soll sehen wie eine anständige menschliche Wesen!“

„Rachelle! Los, rein hier!“ Rathkes Stimme kam von der anderen Seite der Tür.

Sie reagierte auf der Stelle, ja so flink, dass Ernst es nicht einmal mehr schaffte, aus dem Sichtfeld seines Chefs zu treten, ehe sie die Verbindungstür aufriss. Nichts zu machen: Rathke hatte ihn schon gesehen.

„Was machen Sie denn immer noch hier?“, fauchte er.

Ernsts Gedanken überschlugen sich. Sowohl über ihn selbst als auch über Rachelle wäre eine Katastrophe hereingebrochen, wenn Rathke Verdacht schöpfte, dass er wegen ihr hier war. „Ich brauch nur ein paar Minuten von Ihrer Zeit, Standartenführer!“, flehte er.

„Wegtreten!“

„Aber Standartenführer –“

„Wegtreten, sagte ich!“
„Zu Befehl.“
Ernst begab sich zur Korridortür. Dort konnte Rathke ihn nicht mehr sehen. Die Hand schon auf der Klinke, hielt er nochmals inne. Und lauschte.
In seinem Büro schwadronierte Rathke von der kostbaren Lampe, die er im Hause dieses Drecksjuden, wie er sich auszudrücken beliebte, gefunden habe. Ja, er habe eben eine besondere Begabung, Diamanten im Dreck aufzuspüren, und so weiter und so weiter. Ernst wusste nur zu gut, welchen Schatz die gierigen Augen dieser Kerle musterten, während Rathke vor sich hin deklamierte.
Der andere Standartenführer sagte: „Würden Sie denn in Betracht ziehen, sie über Sonntag einem Freund auszuleihen? Ich mach 'ne kleine Tour nach Berchtesgaden, wissen Sie.“
„Zum Führer befohlen? Oppenhoff, Oppenhoff, Sie überraschen mich immer wieder!“
„Aber nicht doch, nur ein bisschen Sommerfrische. Mein Onkel hat dort ein Landhaus, gleich unterhalb des Bormann'schen.“
„Ah, ein Landhaus, sagen Sie?“
„Na ja, eher 'ne bescheidene Wochenendhütte. Fünf Schlafräume, mehr nicht. 'ne kleine Terrasse mit Ausblick übers Tal. Also, was sagen Sie?“
Rathke zögerte. „Es ist eigentlich nicht meine Art, Wertgegenstände zu verleihen.“
Ernst musste an sich halten.
„Manches geht ja schnell kaputt, wenn man es gar zu überschwänglich herleiht, nicht wahr!“
Dieses Dreckschwein!
„Tja, womit könnte man Ihnen die Entscheidung denn leichter machen, mal sehen ...“
Beide Männer lachten.
Ernst musste sich bis zum Äußersten zusammenreißen, um nicht ins Dienstzimmer seines Chefs zu stürzen und die beiden Typen niederzuschlagen. All seine Gedanken drehten sich um Rachelle,

wie sie dabeistehen musste, während diese Hurenböcke um sie schacherten.

„Ich für meinen Teil war ja noch nie in Berchtesgaden", ließ sich Rathke vernehmen.

Einen Moment blieb es still. War der Zaunpfahl noch immer nicht dick genug für Oppenhoff? Doch nein: „Hm, ich meine, mein Onkel hätte gesagt, Ende September wär noch was frei."

„September würde mir passen", hörte er Rathke sagen. „Rachelle, du kannst jetzt gehen."

Ernst drückte die Türklinke und trat auf den Korridor hinaus. Ehe er hinter sich zumachte, sah er noch, wie Rachelle rückwärts aus Rathkes Büro kam. Nachdem sie die Zwischentür geschlossen hatte, lehnte sie ihre Stirn dagegen und weinte leise.

Durch Ernsts Adern pulste das Blut von Ritter Lancelot.

26

Sonnabend, 24. Juni 1944

Andere Erwachsene spürten beim Gedanken an zu Hause eine innere Wärme, dachten an ihre Kinderzeit, an Ferienspiele und Lieblingsgerichte. Nicht so Konrad. Wann immer die Rede auf seine Kinderjahre im Elternhaus kam, regte sich bei ihm gefühlsmäßig gar nichts. Alle diesbezüglichen Empfindungen hatte er hinter sich gelassen: Gefühle eines immer wieder grün und blau geprügelten Jungen. Gefühle abgrundtiefer Enttäuschung, täglich genährt durch Lektionen des Hasses und der Wut. Er hatte sie weggeworfen wie so viel anderen Plunder – an dem Tag, an dem er sein Elternhaus verlassen hatte, um die SS-Junkerschule zu beziehen.

Nicht, dass sich mit seiner Jugend nicht auch die eine oder andere gute Erinnerung verbunden hätte, die er auch durchaus an die Oberfläche seines Bewusstseins zu holen vermochte, wenn er wie jetzt durch den Pankower Bürgerpark wanderte: Erinnerungen an Fahrten mit der Hitlerjugend, an allerlei Streiche, die er zusammen mit Hartmut und Ernst ausgeheckt hatte. Erinnerungen an gemütliche Sonntagnachmittagsausflüge der kirchlichen Jugend mit Ursel, Karin und Willi, der Nervensäge. Mann o Mann, hatte dieser Knabe ein Talent gehabt, einem die schönsten Stunden zu vermiesen!

Doch kaum bekam Konrad das weiß getünchte Haus seines Vaters zu Gesicht, als all diese nostalgischen Gefühle auch schon in sich zusammenfielen wie ein Kartenhaus. Das herrschaftliche, wenn auch nur einstöckige Haus stand ein Stück von der Straße zurückgesetzt hinter ein paar stattlichen Eichbäumen. Neben dem Seiteneingang parkte Vaters schwarze Limousine, und zwar schon länger, wie man aus der dicken Staubschicht, die den Lack stumpf machte, und den Grasbüscheln schließen konnte, die rund um die Reifen aus dem Kies wuchsen. Der rote Winkel am Nummernschild, ohne den es keine Kraftstoff-Bezugsscheine gab, war für einen pensionierten Offizier nicht so einfach zu bekommen. Sonderbar genug, dachte Konrad, dass sein Vater den Wagen nicht schon längst bei irgendeiner Wehrmacht-Dienststelle hatte abliefern müssen.

Die Vögel zwitscherten, und wenn man die Augen schloss, fühlte man sich in einen beschaulichen Sommertraum versetzt. Doch Konrad wusste es besser. Wie oft hatte er gerade hier hinter diesen Eichenstämmen vor einem wild entschlossenen Wüterich von Vater Zuflucht gesucht, der einen Gürtel schwingend nach seinem missratenen Sohn fahndete?

Mit einem Mal überfluteten Konrad all die Erinnerungen und Empfindungen, die er längst abgeschüttelt zu haben glaubte. Wie unversehens sie alle doch wieder da waren, und zwar genauso quälend und bedrückend wie eh und je!

Fünf Monate hatte Konrad diese Heimkehr vor sich hergeschoben. Immer wieder hatte er sich gesagt, es gebe wahrlich Wichtigeres zu tun: zum Beispiel Hitler töten. Er hatte sich eingeredet, er werde es hinter sich bringen, sobald er Zeit dazu hätte, und jedenfalls habe der Aufschub nicht das Geringste mit Angst zu tun. Alles Lüge. Schließlich hatte er sich am Riemen gerissen: Du liebe Zeit, er war doch kein Jüngelchen mehr! Er war ein gestandener Mann, Offizier der Waffen-SS. Doch als er jetzt hier stand, nur noch durch ein paar Meter Kiesweg von seinem Vater getrennt, fand er sich von allzu vertrauten Kindheitsängsten nahezu gelähmt.

Vier Jahre lang hatte er von dem Mann nichts gehört und nichts gesehen. Während all der endlosen Monate an der Ostfront hatte er nicht ein einziges Mal Post von seinem Vater bekommen. Nachdem auf den fünften Brief, den er selbst geschrieben hatte, immer noch keine Antwort gekommen war, hatte er auch nichts mehr von sich hören lassen.

Die Hände tief in die Taschen geschoben, stand er reglos da. Man hätte glauben können, er schleppe all die unwillkommenen Erinnerungen mit sich herum und müsse die Hände draufhalten, damit sie ihm nicht aus den Taschen sprangen. Wie sehr er diesen Ort hasste! Hätte er die Wahl gehabt, er hätte lieber noch einen weiteren russischen Winter auf sich genommen, als nur einen Fuß in diesen Kasten zu setzen. Es würde zu nichts Gutem führen. Konrad war sich nicht einmal sicher, wieso er überhaupt hier war.

Wie kam es, dass er glaubte, sich vor seinem Vater rechtfertigen zu müssen? Er war kein Kind mehr. Und der Mann würde sowieso nichts verstehen. Er huldigte dem Führer. Stünde er vor der Wahl zwischen Jesus Christus und Adolf Hitler, so würden die Worte „Heil Hitler!" aus ihm hervorschießen wie eine V 2 aus den Wäldern von Peenemünde. In der Bibel las Konrads Vater selten, aber aus *Mein Kampf* konnte er Absatz für Absatz auswendig zitieren. Der Mann war so durch und durch militaristisch, dass Konrad und Willi früher immer gesagt hatten, ihr Vater schlafe in Hab-Acht-Stellung und halte den Arm die ganze Nacht hindurch zum Hitlergruß ausgestreckt.

Wie würde dieser Mann wohl seinen Sohn, Offizier der Waffen-SS, begrüßen, wenn dieser in Zivil auf seiner Schwelle stünde? Was würde Konrad zu ihm sagen? Dass er seinen vierwöchigen Urlaub auf sechs Monate ausgedehnt habe? Wenn der Mann erfahren würde, dass sein Sohn fahnenflüchtig war, würde er ihn entweder den Kettenhunden überstellen oder gleich selbst über den Haufen schießen.

Und doch gab es da irgendetwas, das Konrad hierher trieb. Ohne in Worte fassen zu können, was es war, wusste er einfach, dass er seinem Vater noch ein letztes Mal unter die Augen treten musste. Vielleicht konnte man es eine unabgeschlossene Angelegenheit nennen, vielleicht war es einfach die ungeklärte Familiensituation. Er wusste nur, dass er das hier hinter sich bringen musste, so sehr er es auch verabscheute.

Zwischen den Bäumen begann es rasch zu dämmern, und bald lag das stattliche Haus im Dunkeln. Drinnen war kein Licht zu sehen – wahrscheinlich hatte sein Vater schon am frühen Abend die Verdunklungsrollos runtergezogen.

Tief durchatmend ging Konrad den Kiesweg entlang, den er als

Junge unzählige Male passiert hatte. All seine Sinne waren gespannt, sein Brustkorb fühlte sich an wie eingeschnürt.

Die Haustür war angelehnt. Sonderbar. Wie oft hatte sein Vater ihm und Willi wer weiß was an den Hals gewünscht, nur weil sie die Tür offen gelassen hatten?

Er schob die Tür auf. „Vater?"

Er trat über die Schwelle und hörte das altvertraute Ticken der Standuhr in der Diele. Im Wohnzimmer brannte kein Licht. Alles warf lang gezogene Schatten: doch keine Verdunklungsrollos.

Vielleicht war der Vater außer Haus. Aber dann hätte er die Tür nicht offen gelassen! Das sah ihm ganz und gar nicht ähnlich. Mit derlei Dingen nahm er es peinlich genau.

Konrads Augen gewöhnten sich an das Zwielicht. Vertraute Konturen begannen sich abzuzeichnen: die Silhouette einer Stehlampe mit Troddeln am Schirm, daneben ein Sofa, auf dessen Armlehne zusammengefaltet ein Teil der Zeitung lag. Die schon gelesenen Blätter stapelten sich auf dem Fußboden wie eh und je. Ein ovaler Perserteppich, der mit der umgeschlagenen Schmalseite zur Tür hin lag.

Langsam sah er immer besser. Mitten im Zimmer, ungefähr in der Mitte des ovalen Teppichs, stand ein hölzerner Stuhl, der dort nicht hingehörte, darauf eine dunkle Gestalt, zusammengesunken und still.

„Vater?"

Vorsichtig näherte Konrad sich dem Mann, der keinen Ton von sich gab, weder als Antwort auf Konrads Ruf noch irgendwie sonst. Weder schnarchte er noch konnte man ihn atmen hören. Der Kopf seines Vaters hing in einem merkwürdigen Winkel nach hinten über. Die Augen standen weit offen. Sie wirkten leblos und zugleich überrascht. In seiner Stirn klaffte eine Schusswunde, nur eine einzige. Konrad prallte zurück und sah sich rasch im Zimmer um. Alles war still, mit Ausnahme einer weiteren tickenden Uhr auf dem Kaminsims.

Reichmann senior trug seine Uniformbluse. Aber die Knöpfe fehlten, so dass das Kleidungsstück offen um ihn herumschlackerte.

Die Ordensspange über der linken Brusttasche hing schief. Unter der Uniformbluse trug er ein grob gewirktes kariertes Arbeitshemd. Seine Mütze lag hinter dem Stuhl auf dem Boden, verkehrt herum, als wäre sie ihm vom Kopf gefallen. Die Arme hingen schlaff an ihm herunter, seine Hände berührten fast den Fußboden. An den Füßen hatte er Arbeitsstiefel. Ein Fußgelenk schien gebrochen, der Fuß stand in einem unmöglichen Winkel zum Bein.

Konrad ging zu der Stehlampe, griff unter den Schirm und knipste sie an. Er staunte über sich selbst, dass er nicht das Geringste empfand. Er war weder traurig noch erleichtert. Das hier war eine echte Überraschung. Er hatte sich immer vorgestellt, dass eine schwere Last von ihm abfallen würde, wenn er seinen Vater einmal tot sähe, doch er spürte nichts dergleichen. Um der Wahrheit die Ehre zu geben: Er fühlte überhaupt nichts.

Er sah auf den Mann hinab, vor dem er sich so lange gefürchtet hatte. Was ihm Kopfzerbrechen bereitete, waren die Umstände dieses Todes. Ein Selbstmord war es nicht, denn weder auf dem Boden noch irgendwo sonst im Zimmer war irgendeine Waffe zu sehen. Und wenn er ins Kalkül zog, wie der Teppich an der Tür umgeschlagen war, bezweifelte er, dass sein Vater hier im Haus erschossen worden war. Vielmehr sah es danach aus, dass man ihn draußen im Freien erwischt und dann hier hereingezerrt hatte. Auch hatte Konrad den Eindruck, der Mörder seines Vaters habe der Leiche die Uniformbluse übergezogen und die Mütze aufgesetzt.

Doch mochten die Umstände auch sonderbar sein, so konnte es Konrad doch nicht überraschen, dass sein Vater auf diese Weise sein Leben ausgehaucht hatte. Reichmann war ein Meister darin gewesen, anderen Menschen das Leben zur Hölle zu machen und sie bis aufs Blut zu reizen. Es sah ganz danach aus, dass ihm endlich mal jemand die Quittung verpasst hatte, die ihm gebührte.

Eigentlich müsste Konrad, so dachte er zumindest, doch irgendeine Art von familiärem Zorn empfinden. Er hatte mehr als genug tote Männer gesehen, seit er von hier fortgegangen war. Viele davon waren seine Freunde gewesen: gute, begabte Männer, tapfer, klug und humorvoll. Keiner von ihnen hatte es verdient gehabt, ins Gras zu beißen.

Ganz im Gegensatz zu diesem Manne hier.

Der Wind wirbelte ein paar trockene Blätter durch die offen stehende Haustür in die Diele. Ihm fiel ein, dass ihn von der Straße her jeder sehen konnte, solange er im hellen Licht stand. Er zog die Verdunklungsrollos an den vorderen Fenstern runter und ging zur Haustür, um sie zu schließen. An der Wohnzimmertür stolperte er über den umgeschlagenen Teppichsaum, taumelte in die Diele und fand gerade noch Halt an der offenen Tür, die in den Raum ragte.

Es knallte. Ein Feld der Türfüllung zersplitterte.

Wenn es einen Laut gab, der Konrad im Schlaf vertraut war, dann das Geräusch eines Gewehrschusses. Er ließ sich zu Boden fallen, rollte hinter der Tür in Deckung und stieß sie mit dem Fuß zu.

* * *

An dem Tag, als er entdeckte, dass er mehr Zeit damit verbrachte, an Rachelle zu denken als an die Raketen, wusste Ernst, dass er verliebt war. Mitunter verzehrte er sich so sehr danach, sie zu sehen, dass er schier Dummheiten machte. Aber das ließ ihn kalt. So versteckte er sich zum Beispiel zwischen den mit Leitzordnern überladenen Regalen im Erdgeschoss der Produktionsabteilung, wartete ab, bis Rathke das Haus verließ, und stahl sich dann nach oben, um Rachelle zu sehen. Ja, es kam vor, dass er das zweimal an einem Tag machte. Dann wieder traute er sich nicht ins Rathke'sche Vorzimmer hinein, sondern blieb draußen auf dem Korridor stehen und gab sich damit zufrieden, ihre Stimme zu hören und hin und wieder ein Wölkchen ihres Parfüms abzubekommen.

Oft brachte er ihr, so wie auch heute wieder, etwas zu essen. Er wusste, dass sie zwar dagegen protestieren, es letztlich aber doch dankbar annehmen würde. Rachelle konnte eine Menge hinter der gleichmütigen Maske verbergen, die sie trug, nicht aber den Hunger in ihren Augen.

Soeben war Rathke, einen Schwarm untergebener Offiziere im Kielwasser, durch das Labyrinth der unteren Etage geschossen. Kurz darauf hörte man mehrere Autotüren zuschlagen und dann einen aufheulenden Motor, als Rathke samt Gefolge in Richtung der Stollen davonbrauste. Ernst verlor keine Zeit. Wie ein geölter Blitz schoss er die Stufen hinauf, in der Hand einen zugedeckten Teller mit Bratwurst und Sauerkraut. Vor ihrem Zimmer blieb er stehen und legte sein Ohr an die Tür. Er hörte sie tippen. Lächelnd fragte er sich, ob sie wohl tatsächlich etwas zu schaffen hatte oder, wie so oft, nur beschäftigt tat. Tief durchatmend machte er die Tür auf. Kaum sah er sie, als sein Herz auch schon Luftsprünge machte.

Rachelle sah ihn ungläubig an. „Versteck' du dich unten, bis er ist gegangen, oder wie?"

„Wie? Mach dich nicht lächerlich! Hier, schau." Er stellte ihr den Teller auf den Tisch und deckte ihn auf. Rachelles Augen weiteten sich, als sie die Bratwurst roch.

„Nimm das weg", sagte sie. „Ich will es nicht."

„Jetzt stell dich nicht so an. Iss lieber, ehe der Standartenführer zurückkommt."

Sie bedachte ihn mit einem trotzig-entschlossenen Blick. Dann wandte sie sich ab und spannte einen neuen Bogen in ihre *Olympia*.

„Du wirst es ja sowieso essen", sagte er lächelnd. Er konnte nichts dagegen tun.

Blitzschnell drehte sie sich mit ihrem Bürostuhl um, nahm den Teller in die Hand und warf damit nach ihm. Die Bratwurst trudelte harmlos an ihm vorbei und klatschte mit einem Plumps gegen die Wand. Eine Hälfte des Sauerkrauts tat es ihr gleich, während die andere an Ernst hängen blieb und seinen linken Jackenärmel sowie das entsprechende Hosenbein verzierte.

„He! Was soll das denn jetzt?"

Rachelle kreischte, die Augen voll Tränen, aber auch voll Zorn: „Was willst du von mir?"

Ernst fuchtelte hilflos mit den Händen herum. Dann zupfte er einen Sauerkrautfaden von seinem Jackenärmel und hielt ihn zwischen Daumen und Zeigefinger. Er baumelte herab wie ein toter weißer Wurm. „Erst mal wollte ich, dass du die Bratwurst aufisst und nicht mich damit bewirfst."

Sie nahm einen aus Glas geblasenen Briefbeschwerer und schleuderte ihn auf Ernst, nur knapp seinen Kopf verfehlend.

„Da fehlte nicht viel", sagte er.

Ihre Augen suchten den Schreibtisch nach einem weiteren möglichen Wurfgeschoss ab und entdeckten eine Schere. Ernst sah, was sie vorhatte. Rasch streckte er die Hand nach der Schere aus, und während sie diese zwar zuerst zu fassen bekam, konnte er sie immerhin am Handgelenk packen.

„Rachelle, hör doch auf! Was ist denn in dich gefahren?"

Sie versuchte sich aus seinem Griff zu lösen. „Lass mich los!", fauchte sie. „Lass ... mich ... los!" Beim zweiten Mal war sie wesentlich lauter.

„Nicht ehe du mir gesagt hast, was der ganze Zirkus hier soll."

Ihr Blick bohrte sich in seinen. „Jede Minut' der Standartenführer kann sein zurück! Er wollte nicht lang wegbleiben!"

„Na fein. Ich wollte sowieso dableiben, bis er mit eigenen Augen sieht, wie du das Büro verschönert hast."

Ihr Blick wurde hart. Er hatte kaum geglaubt, dass sie noch wütender werden konnte, aber da hatte er sich wohl getäuscht.

„Ich ihm werd sagen, du hast versucht, mich vergewaltigen", drohte sie.

Jetzt war Ernst vollends verblüfft. Erschrocken ließ er ihr Handgelenk los.

Sie trat einen Schritt zurück und hob die Schere, als wollte sie damit auf Ernst zielen. Er stand da, die Hände in die Hüften gestemmt, und unternahm nichts, um sie davon abzuhalten. So standen sie einander gegenüber und sahen sich über den Tisch hinweg an.

Rachelle stieß einen heulenden Laut aus wie ein gehetztes, waidwundes Tier. Die Schere flog aus ihrer Hand. Sie drehte sich im

Flug, schien wie in Zeitlupe über den Tisch hinwegzutrudeln. Auf halbem Wege klappte sie auf. Sekundenbruchteile später traf sie Ernst. Eine ihrer Spitzen blieb unterhalb seines linken Schulterblatts stecken.

Wie benommen starrte er die Schere an, so, als könne er, obwohl sie jetzt aus seiner eigenen Schulter hervorstak, nicht glauben, dass Rachelle tatsächlich damit nach ihm geworfen hatte. Dann wanderte sein Blick mit unverändert verblüfftem Ausdruck von der Schere zu Rachelles Gesicht.

Eine Sekunde lang glaubte er in ihren Augen etwas wie Bedauern aufflackern zu sehen, aber wirklich nur eine Sekunde lang. Dann war da nur noch Trotz.

„Wie konntest du das nur tun?“ Ernst starrte erneut die Schere an.

„Verschwind von hier!“, versetzte Rachelle.

Ernst langte nach der Schere. Sie war nicht tief eingedrungen, gerade weit genug zum Steckenbleiben. Er zog sie raus und sah sie an. Von der Spitze perlte sein Blut. Jetzt, wo er sie herausgezogen hatte, fing seine Schulter schmerzhaft an zu pochen.

Doch Rachelles Gesicht, soweit es überhaupt eine Regung zeigte, wurde nur noch verschlossener.

Ernst war verwirrt und verletzt. Sie hatte klar gemacht, was Sache war, punktgenau und schmerzhaft. Der Riss in seiner Uniformbluse wurde langsam blutrot. Er ließ die Schere auf den Schreibtisch fallen, presste die rechte Hand auf die Wunde an der Schulter, drehte sich um und ging aus dem Zimmer.

Einige Augenblicke blieb er mit dem Rücken zur Tür im Korridor stehen. Im Büro konnte er Rachelle hören. Sie weinte. Er ging einen Schritt Richtung Treppe, hielt inne, machte kehrt und betrat erneut das Büro.

Als Rachelle ihn sah, verdrehte sie die Augen zur Decke, hob die Hände wie zu einer Verzweiflungsgeste und schrie: „Was ich muss tun, um dich loswerden?“

Ernst sagte nichts. Ohne die Rechte von der verletzten Schulter zu nehmen, bürstete er mit der Linken ein paar Sauerkrautreste von dem Besucherstuhl vor ihrem Arbeitspult und setzte sich.

„Was ist mit dir los? Lass mich allein!“ Rachelles Tonfall hatte jetzt etwas fast Flehentliches.

Ernst sah sie einfach nur an. Sie war schön, selbst jetzt, wo ihr Gesicht tränennass und ihre Augen gerötet waren.

„Hau ab!“

Ernst schüttelte den Kopf und sagte mit ruhiger Stimme: „Ich gehe, sobald ich weiß, warum du dich so aufführst.“

Sie starrte ihn an. Er begegnete ihr mit einem Blick, der weich, aber nicht minder entschlossen war als der ihre. Sie war die Erste, die den Kopf abwandte. Mit gesenktem Kopf zog sie ein Taschentuch aus der Schublade, tupfte sich die Tränen ab und schnäuzte sich. Dann sagte sie mit matter, zaghafter Stimme: „Du mich mach' Angst.“

* * *

Konrad lag flach auf dem Boden. Er keuchte, der Schuss hallte noch in seinen Ohren wider. Mit sich überschlagenden Gedanken versuchte er seinen nächsten Schritt zu planen. Die Möglichkeit, dass der Mörder noch in der Nähe sein könnte, war ihm überhaupt nicht in den Sinn gekommen – eine Gedankenlosigkeit, die ihn um ein Haar das Leben gekostet hätte.

Was sollte er jetzt tun? Eine Waffe. Er brauchte eine Waffe!

Der Tote auf dem Stuhl brachte ihn auf einen Gedanken – nicht mit Worten natürlich, aber durch seinen Anblick. Seine Pistole fehlte. Womöglich lag sie noch im Schlafzimmer seines Vaters.

Ehe er sich aufrichtete, lauschte er sorgfältig nach jedem Anzeichen dafür, dass eine Person sich dem Haus näherte, oder irgendwelchen Lauten, die verrieten, dass sich da draußen mehr als ein Mann aufhielt. Doch er hörte nichts außer seinem eigenen Atem und dem Ticken der Dielenuhr.

Das Erste, was er routinemäßig tun musste, war, das Licht auszuschalten – die blöde Stehlampe im Salon! An den Boden gepresst, durchquerte er die Diele seines Elternhauses genauso, wie er wieder und wieder durch die russische Steppe gerobbt war, nur dass er sich diesmal ohne seine Ausrüstung und vor allem ohne seine Waffe schutzlos dabei fühlte.

Er erreichte den Lampenfuß und wollte gerade hochlangen, um an der Kordel zu ziehen, als er innehielt. Wenn er das Licht ausmachte, würde sein unsichtbarer Gegner da draußen sofort wissen, dass er noch am Leben war. Ließ er die Lampe brennen, so würde er den anderen vielleicht täuschen können.

Im selben Augenblick registrierte er einen Schatten: seinen eigenen. Seine Hand als Schattenriss vor den Gardinen eines der seitlichen Fenster! Warum hatte er nur nach vorne raus die schwarzen Rollos runtergezogen? Welch ein unverzeihlicher Leichtsinn!

Ruckartig senkte er den Arm. Es folgte ein schrilles Klirren. Glassplitter ergossen sich über den Fußboden. Die Gardinen blähten sich.

Er war nicht getroffen. Jedenfalls nicht von der Kugel des Gegners. Nur von den Folgen seiner eigenen Blödheit. Die flatternde Gardine kam ihm vor wie ein Schandwimpel, auf dem blutrot sein Name stand.

Eine zweite Kugel wurde abgefeuert, tiefer gezielt diesmal. Konrad hörte sie dicht über seinen Kopf hinwegzischen. Das Sofa vibrierte, als das Geschoss das Polstergewebe durchschlug. Aus dem Einschussloch stoben weiße Fusseln.

Das war jetzt nicht der Augenblick, sich noch lange mit der Kordel aufzuhalten, die normalerweise zum Ein- und Ausschalten der Stehlampe diente. Konrad zog es vor, das Ding am Fuß zu packen und mit Karacho umzuwerfen. Schlagartig lag der Raum im Dunkeln.

Wütend biss er die Zähne zusammen. Er hatte keine Ahnung, wer da auf ihn schoss, aber der Kerl wollte ihn tot sehen, so viel stand fest. Wobei der Schütze – oder waren es doch mehrere? – ihn ja durchaus auch für jemand anderen halten mochte. Womöglich handelte es sich bloß um eine Verwechslung? Egal, hier und jetzt kam es für ihn nur auf eine einzige Sache an: am Leben zu bleiben. Er wusste: noch ein Fehler, und er wäre ein toter Mann.

27

„Warum du mir nicht tust Gewalt an und bring' es hinter dich?"

Rachelle hatte ihre Fassung und ihren Zorn wiedergefunden. Ihre Stimme hatte erneut die vorherige Schärfe, ihre Augen waren nicht mehr feucht. Schon ging sie wieder zum Angriff über, obwohl Ernst keine Ahnung hatte, womit er diesen erneuten Ausbruch provoziert haben mochte.

„Wovon redest du denn?", fragte er. „Wie kommst du überhaupt darauf, so etwas zu sagen?"

„Was ist los?", höhnte sie. „Jetzt du hast wohl Angst vor was Standartenführer Rathke wird machen, wenn er findet raus?"

„Ich wollte einfach nur nett zu dir sein."

„‚Nett' du nennst das?"

Ernst schwirrte der Kopf. In seiner Schulter pochte es.

„Ihn ich verstehe", sagte Rachelle und meinte Rathke. „Ich bin sein Trophäe. Wenn er mich berührt, nur einmal – und er mich wird berühren ein Tag –, sein Trophäe ist gemacht schmutzig, und er mich wird werfen zurück auf Müllhaufen, wo er mich hat gefunden."

„Ich hab dir doch gesagt, ich werd nicht zulassen, dass er dir wehtut."

Von neuem stiegen Tränen in Rachelles Augen auf. Sie schüttelte den Kopf. „Du bist ein Ungeheu'r! Hundertmal schlimmer als er! Warum du mach' so was mit mir?"

* * *

Vor seinem inneren Auge konnte Konrad es genau sehen: wie die Haustür krachend aufflog und ein oder mehrere Bewaffnete ins Haus gestürmt kamen. Es würde keine Fragen geben, nur Kugeln. Und ihm würde keine Chance bleiben. Außer wenn er sich bewaffnete. Und zwar schnell.

Ohne sich aufzurichten, kroch er an den Stiefeln seines toten

Vaters vorbei über den Teppich. So schaffte er es bis in den rückwärtigen Teil des Hauses. Selbst im Korridor, in den man nun von außen wirklich nicht hineinschauen konnte, blieb er gebückt. Er hatte seine Lektion gelernt und ging von jetzt an genauso vor, als befände er sich auf offenem Feld unter feindlichem Feuer. Da er weder wusste, mit wie vielen bewaffneten Gegnern er es zu tun hatte, noch, wo diese sich aufhielten, ging er davon aus, nach keiner Seite Deckung zu haben, und bewegte sich, als wäre die Luft über ihm ein einziger Kugelhagel. Genau so hatte er es in der Ausbildung gelernt.

Im Schlafraum angelangt, der an der hinteren Seite des Hauses lag, kroch er zum Nachtschrank neben dem Bett. Er hob den Arm, um an die Schublade zu kommen, in der sein Vater immer seine Pistole aufzubewahren pflegte. Er griff in die Lade und ließ seine Hand die Arbeit seiner Augen verrichten. Im vorderen Bereich ertastete er eine Flasche Hustensaft samt Löffel und Taschentuch, ein Pillenfläschchen, einen Bleistift, ein Schächtelchen, dessen Inhalt er für Zahnseide hielt, sowie eine alte Taschenuhr an einer goldenen Kette. Keine Pistole weit und breit. Er nahm sich den hinteren Bereich der Schublade vor: auch dort Fehlanzeige.

Wo war das Ding denn bloß? Immer noch auf den Knien, arbeitete Konrad sich zum Kleiderschrank vor. Er wollte eben die Tür aufziehen, als er lauschend innehielt. War da draußen eine Bewegung gewesen? Es hatte geklungen wie eine Art Kratzen. Er zwang sich, ruhig zu atmen, und nahm eine kauernde, sprungbereite Haltung ein. Aber wohin sollte er springen? In den Schrank? Das wäre das Allerdümmste. Zur Tür hin? Zu weit entfernt: Er wäre schon tot, ehe er den halben Weg zurückgelegt hatte. Lauschend hielt er die Schlafzimmertür scharf im Auge.

Nichts zu hören – außer der Kaminuhr im Wohnzimmer, die sich bis hier hinten bemerkbar machte. Noch eine Erinnerung daran, dass er keine Zeit zu verschenken hatte.

An der Rückwand des Kleiderschranks pflegte Reichmann senior seine Jagdwaffen aufzuheben. Konrad machte die Tür auf und tastete sich durch die hängenden Kleidungsstücke hindurch. Da hinten gab es nichts als die hölzerne Rückwand des Schrankes! Er probierte es noch einmal, tastete das Holz von einer Ecke bis zur anderen ab. Entsetzt schob er die Klamotten beiseite und kroch in den Schrank hinein, ohne auf die Schuhe zu achten, die am Boden aufgereiht standen. Von jeher hatte sein Vater hier mindestens ein halbes Dutzend Flinten aufbewahrt. Doch jetzt waren sie alle fort. Hier waren nur diverse Herrenschuhe, eine alte Angelrute, ein metallener Werkzeugkasten, noch mehr Schuhe und ein Kleidersack. Von Gewehren keine Spur. Ebenfalls verschwunden waren die Schachteln mit Munition, die sein Vater stets bei den Waffen aufbewahrt hatte.

Konrad zog den Schluss, dass der Mörder seines Vaters die Waffensammlung gestohlen haben musste; denn wer Vaters Gewehre gewollt hatte, war gezwungen gewesen, ihn erst auszuschalten. Niemals hätte der Alte irgendjemandem Zutritt zu seinen Waffen gewährt, am allerwenigsten zu seinem K 98 aus dem Weltkrieg! Wie oft hatte Konrad seinen Vater dabei beobachtet, wie er im Sommer hinterm Haus saß und den alten Karabiner reinigte? Ein einziges Mal hatte er den Fehler gemacht, seinen Vater zu fragen, ob er die Waffe mal halten dürfe. Diese Frage hatte er nie wieder gestellt.

Sich weiterhin gebückt haltend, schlich er aus dem Schlafraum und begab sich in die Küche. Er tastete die Arbeitsplatte ab und fand sie leer bis auf ein Geschirrtuch. Seine Hand suchte das Schneidbrett. Dort hatte immer ein hölzerner Messerblock gestanden. Doch auch die Küchenmesser waren verschwunden.

Ihm ging die Zeit aus. Er konnte es regelrecht fühlen.

Hastig riss Konrad eine Küchenschrank-Schublade nach der anderen heraus. Aus der einen quoll eine Ladung Geschirrtücher, aus der anderen schepperten alle möglichen Utensilien zu Boden: Gabeln, Löffel, Buttermesser. Konrad machte weiter, bis der Inhalt sämtlicher Schubladen über den Fußboden verstreut lag.

In einer der letzten Schubladen fand er endlich, wonach er gesucht hatte: eine Hand voll Messer. Er schnappte sich ein Tranchiermesser, ein schweres Stück mit Horngriff und langer Klinge.

So ausgerüstet, kroch er in die vordere Diele zurück und nahm mit dem Rücken zur Wand hinter der Haustür Aufstellung. Die Tür ging nach innen auf, so dass er für jeden, der auf diesem Wege das Haus betrat, zunächst einmal verdeckt sein würde. Damit hatte er die Chance, einen Eindringling von hinten zu überwältigen, ehe er einen Schuss abbekam.

Konrad seufzte. Er verspürte etwas wie Genugtuung: Er war bereit. Wenigstens hatte er jetzt eine Chance im Kampf. Die Hand um den Messergriff spannend und wieder lösend, genoss er das Gefühl, nicht mehr wehrlos preisgegeben zu sein. Alles, was er brauchte, war eine einzige Gelegenheit. Er erinnerte sich an die SS-Junkerschule: von hinten anschleichen, dem Gegner mit der freien Hand Mund und Kinn zusammendrücken und mit der anderen einen sauberen, glatten Schnitt quer durch seine Kehle führen. Ein schneller, lautloser Tod. Wenn das nicht möglich ist, ramme man dem Gegner das Messer von schräg unten in den Rücken, so dass die Lunge punktiert wird.

Es gab viele Möglichkeiten, einen Feind zu töten, und Konrad hatte sie nicht nur kennen gelernt, sondern war auch geübt darin. Er hatte viele Russen um die Ecke gebracht, und das wahrhaftig nicht nur mit der Schusswaffe.

Doch plötzlich überlief es ihn eiskalt. Unversehens setzte ihm ein Gedanke zu.

Hatte er nicht geschworen, nie wieder zu töten?

* * *

Langsam ging Ernst auf Rachelle zu. Er achtete darauf, dass stets der Tisch zwischen ihnen war. „Du liegst verkehrt, wenn du dich vor mir fürchtest“, sagte er. „Ich könnte dir nie was zuleide tun.“

„Schön' Worte aus SS-Mund.“

Er sah an seiner Uniform herunter, und ihm ging auf, wie lächerlich die ganze Situation tatsächlich war: Ein SS-Offizier, der einer französischen Internierten den Hof machte! Er raffte mit der

Faust ein Stück Uniformstoff zusammen und beteuerte: „Aber das hier bin doch nicht ich!"

Es war eine schwache Verteidigung, das war ihm bewusst. Glaubte er denn wirklich, die Mauern, die über Jahre hochgezogen und befestigt worden waren, mit nicht mehr als ein paar Worten einreißen zu können? Doch irgendwie musste es ihm gelingen, Rachelle davon zu überzeugen, dass unter dem ganzen Plunder, unter Totenkopfemblem, SS-Runen, Hakenkreuzen und Rangabzeichen das Herz eines Mannes schlug, der sie mit einer Innigkeit liebte, die er selbst niemals für möglich gehalten hätte.

„Lass mich dir doch beweisen, dass ich Gutes im Schilde führe", bat er.

Rachelle schob sich ein paar lose Haarsträhnen von den Augen und fragte: „Wie meinst du das?" Ihr Ton war nach wie vor mehr als skeptisch.

„Was müsste ich denn tun, um dir zu beweisen, dass ich dir nichts Böses will? Stell mich doch auf die Probe. Sag mir irgendwas, und ich werd's tun."

Ihre Augen wurden schmal. „Das ist doch eine Trick!"

„Warum sollte ich dir was vormachen?" Er wies auf die Wunde an seiner Schulter. „Schau doch: ein Wort von mir, und binnen einer Stunde bist du wieder auf dem Transport nach Buchenwald."

Sie starrte auf seine Schulter, und Ernst konnte sehen, dass allmählich der Groschen bei ihr fiel. Eine KZ-Internierte, die einen Offizier der SS tätlich angegriffen hatte, konnte auch Rathke nicht mehr schützen.

„Dich auf Prob' stellen? Wie denn das?" Rachelle ließ sich auf ihren Stuhl sinken und schien ins Grübeln zu verfallen. Nervös tippten ihre Fingerspitzen gegeneinander. Zitternde Fingerspitzen. „Was willst du denn von mir?", sagte sie mutlos.

„Dich überzeugen, dass du mich nicht mit dieser Uniform verwechseln darfst."

Sie sah ihm ins Gesicht. Ihre Miene war immer noch von Zweifel und Angst gezeichnet. „Vielleicht ich weiß etwas."

Ernst lächelte breit. „Lass hören!"

„Ein' Botschaft. Du kannst für mich jemand ein' Botschaft überbringen."

„Eine Botschaft?" Das traf ihn nun doch auf dem falschen Fuß. Er hatte nicht bedacht, dass auch ein Dritter einbezogen sein könnte, wenn er ihr einen Wunsch freigab. Und es war unwahrscheinlich, dass sie von einem Deutschen sprach. Blieben also nur noch Angehörige von Feindstaaten übrig.

„Nichts Verrat'", beruhigte sie ihn. „Nur ein Notiz, damit jemand weiß, ich bin am Leben."

„Jemand in Frankreich?"

Sie zögerte, dann: „Nein ..." Sie suchte seinen Blick. „Jemand ... in Dora."

„In Dora?" Ernst beäugte sie argwöhnisch. Es war nicht seine Absicht gewesen, mehr ein Reflex.

Diese Reaktion war ihr nicht entgangen. Ihre ganze Angst kam zurück. Sie fing wieder an zu zittern. „Oh, jetzt ich hab zu viel gesagt ..."

„Aber nein!", beeilte Ernst sich zu sagen. „Ich kann das schon machen. Eine Notiz – die kann ich schon überbringen." Er schob ihr einen Block und einen Kopierstift zu und sagte: „Hier, schreib's auf."

Die Schreibutensilien schienen eine kleine Ewigkeit zwischen ihnen zu liegen. Ihr ging alles Mögliche durch den Kopf. Sie musste sich jetzt entscheiden: Entweder sie vertraute ihm, oder sie ließ es bleiben.

Rachelle griff nach dem Stift, hielt ihn in der Hand. Ernst blieb stumm. Sie schob sich den Block zurecht und starrte darauf. Langsam setzte sie die Spitze des Tintenstifts aufs Papier. Die Tinte hinterließ einen Punkt, mehr nicht. Dann eine Linie. Einen Buchstaben. Schließlich wurde es ein Wort, dann ein Satz. Auf Französisch.

Selbst auf dem Kopf stehend sah ihre Schrift für Ernst elegant und geübt aus.

Noch ein Satz. Ein dritter. Sie unterschrieb nur mit dem Vornamen. Sie legte den Stift zur Seite, wartete einen Moment, um die

Schrift nicht zu verwischen, faltete den Zettel dann zusammen und schob ihn Ernst zu. Ihre Bewegungen wirkten jetzt unbeschwerter: Sie hatte eine Entscheidung getroffen und war bereit, deren Folgen auf sich zu nehmen.

„Sein Nam' ist Marcel Dutetre", sagte sie.

Ernst nickte. „Dein Vater oder Bruder?"

„Mein Mann."

* * *

Konrad betrachtete das Messer in seiner Hand. Welchen Nutzen hatte eine Waffe für einen Mann, der gelobt hatte, nicht zu töten?

Als er dieses Gelöbnis abgelegt hatte, war sein Leben nicht bedroht gewesen. Also fiel Selbstverteidigung doch wohl nicht darunter? Im Geist spielte er das unausweichliche Szenario noch einmal durch: Ein Mann kommt durch die Tür, von Konrad erwartet. Als Erstes erscheint der Gewehrlauf, dann, Zentimeter um Zentimeter, der Kolben, gefolgt von einer Hand, einem Arm, einer Schulter, bis endlich sein Angreifer an der offenen Tür vorbei ist. Konrad huscht hinter den Mann, umgreift mit der Linken dessen Mund und Kinn, während die Rechte ihm das Messer in den Rücken stößt, und zwar bis zum Heft. Wieder und wieder, wenn nötig. So lange, bis der Mann leblos vornüberstürzt: tot.

Getötet von Konrads Hand.

Ohne je erfahren zu haben, dass Konrad ein Gelübde abgelegt hatte, freilich ein Gelübde, das er im Stillen für diese Situation hier wieder außer Kraft gesetzt hatte. Konrad aber wusste darum. Der Mann wäre genauso tot wie all die anderen, die von seiner Hand gestorben waren. Vielleicht hätte er im Hinblick auf sein Gelübde die eine oder andere Einschränkung machen sollen, sozusagen Ausführungsbestimmungen für Lagen wie diese hier?

Konrad wand sich. Ihm ging auf, dass er die Frage, jemandem das Leben zu nehmen, mit derselben kalten Rationalität durchbuchstabierte wie ein Gunther Krahl. Und dabei kam es doch nicht wirklich auf die Situation an, oder? Töten war Töten. Der

Effekt, den es auf Konrad hatte, war unter allen Umständen derselbe. Eben deshalb hatte er sein Gelübde doch abgelegt!

Er sah wieder das Messer an und wusste jetzt, dass er es nicht würde benutzen können. Damit war er aufs Neue wehrlos. Und wieder gemahnte ihn das *Tick-tack*, diesmal das der Standuhr, daran, dass ihm die Zeit weglief – und mit ihr seine Lebensspanne.

* * *

Rachelles Notiz an ihren Ehemann in der Faust, taumelte Ernst Ehrenberg mit schlotternden Knien die Treppe hinab. Die Frau, für die er so tiefe Gefühle hatte – verheiratet! Kopflos hetzte er die Barfüßerstraße hinab Richtung Markt. Erst als er zur Basiliuskirche kam, verlangsamte er seinen hektischen Schritt.

Hilflos sah Ernst an den Zwillingstürmen des gotischen Baus hinauf. In einem Anflug heillosen Zorns knüllte er Rachelles Zettel zusammen und schleuderte ihn gegen das Kirchenportal. Keuchend hob und senkte sich sein Brustkorb.

Was war er bloß für ein Blödmann! Ein blinder Idiot, ach was: ein blinder Volltrottel mit dem Kopf in der Stratosphäre, so weit erhoben über alles Hier und Jetzt, dass er nicht einmal die Möglichkeit in Betracht gezogen hatte, es könnte noch jemand anderen geben. Was hatte er denn bloß gedacht? Dass Rachelle sich eines schönen Tages in Rathkes Büro materialisiert hatte, einfach so?

Murmelnd ging er vor der Kirche auf und ab. Ginge er an seine wissenschaftliche Arbeit mit ebensolcher Beschränktheit heran, so würden seine Raketen schon auf der Startrampe umkippen wie gefällte Baumstämme! „Wie kann man nur so bescheuert sein!“, schalt er sich selbst.

Das musste ihm wohl etwas zu laut rausgerutscht sein, denn mehrere Passanten sahen ihn verwundert an. Er versuchte, nicht auf die Leute zu achten, aber ihre Mienen gaben ihm nur umso mehr das Gefühl, ein hoffnungsloser Hirnamputierter zu sein.

Im Schatten zwischen den beiden Türmen stehend, wandte er den Blick zum Himmel und rief: „Und was jetzt, bitteschön?"

Was er am liebsten getan hätte, wusste er. Am liebsten wäre er im Laufschritt in die Dorastollen zurückgerannt und hätte sich tagsüber in Fertigungspläne und nachts in Treibstoffberechnungen vergraben. Von Braun hatte Recht: Seine Zeit würde kommen, und er musste sich darauf einstellen. Er hatte sich schon viel zu lange ablenken lassen. Was Rachelle betraf, konnte er es schon so hindrehen, dass er sie nie wieder zu Gesicht bekäme. Keineswegs musste er Rathkes Büro aufsuchen, um mit seinem Vorgesetzten zu kommunizieren. Wofür gab es Melder?

Je mehr er die Dinge bedachte, umso aufgekratzter wurde er. Seine Schulter, die Schulter, an der Rachelle ihn mit ihrer Schere verletzt hatte, begann wieder zu pochen. Jetzt bekam er auch noch Kopfweh. Trotzig vergrub er die Hände in den Taschen und versuchte die blöde Schulter auszublenden. Doch je mehr er sich darum mühte, umso heftiger pochte der Schmerz.

Jede Schmerzwelle erinnerte Ernst von neuem an Rachelle. Mit keiner Geste hatte sie ihn getäuscht. Dieser ganze Quatsch mit Auf-die-Probe-Stellen und so war einzig und allein seine Idee gewesen. Eigentlich war er gar nicht wütend auf sie, und wenn er es recht bedachte, noch nicht einmal gar zu sehr auf sich selbst. Enttäuscht war er. Enttäuscht und verletzt. Zutiefst verletzt. Die kleine Wunde an seiner Schulter würde viel schneller verheilen, als der Schmerz aus seiner Brust weichen würde, der Schmerz darüber, eine Frau verloren zu haben, von der er jetzt wusste, dass sie ihm niemals gehören konnte.

Schlurfenden Ganges begab er sich zur Kirchentür und hob Rachelles Zettel auf.

* * *

Konrad warf das Fleischermesser, das ihm jetzt keinen Dienst mehr leisten konnte, seinem toten Vater vor die Füße. Als es da vor der Stiefelspitze eines Mannes in Uniform lag, wirkte es wie eine Opfergabe, die Konrad einem Götzen gebracht hatte, den er nicht länger anbeten konnte.

Und nun?

Irgendwie musste er die Lage zu seinen Gunsten wenden. Welche Vorteile hatte er denn? Er befand sich in einem festen Gebäude. Was, wenn er alle nur irgend möglichen Zugänge blockierte? Die Zeit war immer noch eine unbekannte Variable. Er wusste nicht sicher, wann ein Angriff erfolgen würde. Käme er, ehe er mit seinen Defensivvorkehrungen fertig wäre, so bliebe ihm nicht der Hauch einer Chance.

Hatte er denn noch andere Vorteile?

Vielleicht seine körperliche Stärke. Er könnte nach genau demselben Plan vorgehen, den er sich vorhin zurechtgelegt hatte: hinter der Tür Deckung nehmen und von hinten angreifen. Wenn er den Eindringling nur zu Boden werfen könnte, würde es vielleicht möglich sein, ihn zu überwältigen, ohne ihn zu töten?

Ein ganz schön riskantes Vorhaben. Es konnte sein, dass seine Stärke ihm zugute kam, es konnte aber auch ganz anders ausgehen. Der andere würde nichts weiter tun müssen, als seine Waffe in Schussposition zu bringen und auf ihn zu halten. In einer Sekunde wäre Konrad tot. Nein, dieser Plan taugte bestenfalls als allerletzte Zuflucht.

Und sonst? Er sah sich im Haus um, und ihm ging etwas auf. Er befand sich in vertrauter Umgebung. Das Schlachtfeld war ihm wohl bekannt. Gebückt bleibend, schlüpfte er von Zimmer zu Zimmer und schätzte Stärken und Schwächen seiner Position ab. Doch wohin er auch kam, das Ergebnis war immer dasselbe: Die Schwächen überwogen die Stärken bei weitem. Schließlich kam er wieder in der Diele an. Grübelnd bedachte er seinen nächsten Schritt und horchte dabei unablässig nach draußen. Eines war klar: Dass er das Haus kannte, war schon ein Vorteil, aber kein gewichtiger.

Sein Blick fiel auf ein Seil, das von irgendwo herunterbaumelte und am Ende verknotet war. Die Klappe zur Bodentreppe! Daraus konnte vielleicht, *vielleicht* was Brauchbares werden.

Ein Zug an dem Seil brachte eine ausklappende Stiege zum

Vorschein, über die man auf den Dachboden gelangte. Nach oben also. Oben war immer gut, wenn man der Angegriffene war. Würde er sich auf dem Dachboden verteidigen können? Durchaus. Rasch richtete Konrad sich auf, griff nach dem Seil und zog daran. Wieselflink war er die Stiege hinauf, steckte den Kopf in den Speicher und grinste. Hier oben war alles, aber auch alles so geblieben, wie er es im Gedächtnis hatte.

Er nahm die letzten zwei Stufen, hielt inne, drehte sich dann um und huschte die Stiege wieder hinunter. Mit einem Satz war er im Wohnzimmer, schnappte sich das Messer vom Teppich, kletterte ebenso behände wieder nach oben und zog blitzschnell die Klapptreppe hinter sich hoch.

Der Reichmann'sche Speicher war duster, staubig und rappelvoll mit Kistenstapeln, Truhen, alten Teppichen und ausrangiertem Mobiliar. In regelmäßigen Abständen waren unter dem Dachfirst Sandeimer aufgestellt, wie es die Luftschutzvorschriften erforderten. Wenn bei einem Angriff Feuer ausbrach, konnte man es in einem frühen Stadium mit dem Sand ersticken.

Konrad suchte sich einen Platz zwischen einem Pappkarton mit der Aufschrift „Altkleider – Winterhilfe" und dem Vordergiebel. Unter ihm lag jetzt das Wohnzimmer. Vorsichtig bearbeitete er mit dem Messer eine Stelle im Fußboden, an der der Spalt zwischen den hölzernen Dielen ein wenig breiter zu sein schien als sonst, schnitzte, drehte und schabte mit der Klinge so lange, bis er ein kleines Loch herausgearbeitet hatte, gerade groß genug, als dass er flach auf dem Bauch liegend hindurchlinsen konnte, und zwar sinnigerweise so, dass er die Tür im Auge hatte, die von der Diele in den Salon führte. Zufrieden mit seiner Arbeit, legte er das Messer beiseite.

Er legte sich auf die Lauer. Jeder, der das Haus betrat, würde zuerst im Wohnzimmer nach dem Rechten sehen, davon ging er einfach mal aus. Umso mehr, wenn es der Mörder seines Vaters war, dessen Leiche ja immer noch auf ihrem Stuhl hing.

Es war ein einfacher Plan, den Konrad schon während seiner Scharfschützen-Laufbahn erfolgreich angewandt hatte.

Es war vor der russischen Stadt Kruk gewesen. Er hatte Befehl gehabt, einen russischen Major auszuschalten. Er war auf sich allein gestellt gewesen. Kurz bevor der Befehl einging, war Hartmut von einem üblen Anfall von Dünnpfiff erwischt worden. Erst hatte Konrad es als böses Omen genommen, dass er nun allein rausmusste, aber genau das hatte sich als Segen herausgestellt.

Konrads erster Schuss war danebengegangen. Das kam nicht oft vor, aber in diesem Fall war es so. Der Feind hatte seine Position erkannt, aber seine Stellung war immer noch zu verteidigen gewesen. Die Russen ließen einiges Blei auf ihn herunterhageln, beharkten ihn sogar mit leichter Artillerie. Das ganze Gebäude, in dem er sich aufhielt, schossen sie in Stücke. Konrad hatte zwar durch einstürzendes Mauerwerk und sonstige Trümmer allerlei Kratzer abbekommen, aber irgendwie hatte er die Kanonade doch überlebt. Der Iwan zog weiter, ließ aber vorsichtshalber einen Scharfschützen zurück. Konrad wusste, dass eine einzige Bewegung genügen würde, um ihn in die ewigen Jagdgründe zu befördern. Also wartete er. Zwei Tage lang. Endlich musste der Scharfschütze zu dem Schluss gekommen sein, dass er nicht mehr am Leben sein konnte. Der Russe hatte sich aus dem Staub gemacht, um zu seinem Zug aufzuschließen. Nur zur Sicherheit war Konrad einen weiteren vollen Tag reglos liegen geblieben, ehe er seinerseits unter die Lebenden zurückkehrte.

Seinerzeit hatte er begriffen, dass der Krieg ein Spiel von Strategie, Schläue und Nerven war. Ungeduld konnte einen Soldaten zum toten Mann machen. Mehr als einmal übertrumpfte Konrad den Feind einfach dadurch, dass er ihn aussaß.

Und genau diesen Plan verfolgte er auch jetzt. Eine bessere Chance, dieses Haus lebend zu verlassen, hatte er nicht. Also machte er es sich in dem engen Spalt zwischen den Winterhilfe-Klamotten und der Giebelmauer einigermaßen bequem und verlegte sich aufs Warten.

28

Montag, 26. Juni 1944

Fast 48 Stunden waren vergangen, seit Konrad auf den Dachboden des väterlichen Hauses geklettert war. Sein Gesicht war auf der einen Seite ganz staubig – das kam vom Schlafen auf dem nackten Boden. Seine Muskeln waren aufgrund der langen Untätigkeit total verspannt, es verlangte ihn nach Bewegung. Sein Hals war rau, nachdem er zwei Tage nichts anderes als die muffige Dachbodenluft geatmet hatte.

Während der ganzen Zeit, die er hier oben zugebracht hatte, waren nur zweierlei Geräusche an sein Ohr gedrungen: ein gelegentliches Poltern, wenn auf dem Kopfsteinpflaster vor dem Grundstück ein Auto vorbeifuhr, und der Streit zweier Rad fahrender Jungs, der sich darum drehte, wie sie einen ungeraden Geldbetrag gerecht aufteilen sollten. Dass es sich um zwei Jungs auf Fahrrädern handelte, hatte er daran gehört, wie schnell sie vor dem Haus vorübergehuscht waren. Außerdem hatte an einem der Räder ein Schutzblech geklappert. Genauso hatte sein eigenes Rad auch immer geklungen, wenn er früher die Straße vor dem Haus entlanggerast war.

Das Schwerste am Warten war, die richtige Zeit zum Abbrechen zu finden. Alles sprach dafür, dass der Schütze getürmt war, kurz nachdem er auf ihn geschossen hatte. Aber er konnte auch durchaus nach wie vor draußen auf der Lauer liegen und nur darauf warten, dass er, Konrad, vor das Haus trat. Dann würde der Gegner einen sauberen Schuss abgeben können.

Er war ans Warten gewöhnt. Allerdings hatte er sonst immer Hartmut bei sich gehabt, und der hatte ihm die Zeit schon vertrieben. In den letzten zwei Tagen hatte Konrad mehrmals ihr altbewährtes „Weißt-du-noch“-Spiel mit sich allein gespielt. Die meisten seiner Erinnerungen drehten sich um das Haus, in dem er sich gerade versteckt hielt. Viel Schönes war nicht darunter.

Aber ein paar liebenswerte Erinnerungen hatte er doch: an erster Stelle daran, wie er mit seiner Trophäe in der Hand von einer Veranstaltung der Hitlerjugend heimgekehrt war. Sein Vater, der ja nun wirklich nicht überschwänglich mit Lob um sich zu werfen pflegte, hatte ihm bei dieser Gelegenheit anerkennend zugenickt und ihm sogar einen Klaps auf die Schulter gegeben. Mehr Lob hatte Konrad nie im Leben von seinem Vater bekommen, und er hatte ihn auch nie jemand anderen so loben sehen. Er konnte sich nicht daran erinnern, dass der Vater jemals Willi auf die Schulter geklopft hätte. Der hatte nur jede Menge Schläge bekommen. Genau wie Konrad selbst. Aber bei Willi war es doch noch ein gutes Stück mehr gewesen.

Konrad hatte auch über seinen neuen Verantwortungsbereich nachgedacht: die Rama-Klause. Sie bereitete ihm Sorge. Mitten im Krieg den Schutzengel für einen Haufen Kinder zu spielen würde kein Zuckerschlecken werden. Wie viele Dörfer hatte sein Zug dem Erdboden gleichgemacht? Dörfer, in denen auch Kinder gelebt hatten, die arglos in den Straßen herumgetollt und ihrem Verderben direkt in die Arme gelaufen waren. Wie viele Kinder hatte er tot auf der Straße liegen sehen – vor ihren Elternhäusern oder in den Armen ihrer Mütter, auch sie tot?

Jetzt zogen die Russen den Ring allmählich enger, und es konnte ganz leicht geschehen, dass die Rama-Klause in feindliches Gebiet geriet. Wie sollte er dann die Kinder beschützen, er ganz allein? Sie konnten doch nirgendwo anders hin! Allein der Gedanke, mit den Kindern auf einen Treck mitten durch russisch kontrolliertes Territorium zu gehen, jagte Konrad Schauer über den Rücken. Nein, am sichersten würde es vorerst im Keller sein. Doch wie lange würden sie dort durchhalten müssen? Würden sie genug Nahrung und Wasser haben? Und wenn die Klause zerschossen würde? Dann würden sie womöglich allesamt da unten verschüttet werden.

„Gott, schenk mir Weisheit“, flüsterte er tonlos.

Ohne nachzudenken war er ins Beten verfallen – zu seiner eigenen Überraschung. Nie zuvor hatte er Gott gebeten, ihn zu schützen. Er war stets davon ausgegangen, für sich selbst sorgen zu können. Aber für Kinder verantwortlich zu sein war eine ganz andere Sache. Deshalb kam sein Dachbodengebet aus ehrlichem Herzen. Er hatte wirklich Angst – nicht um sich selbst, aber um die Kinder, das ja. Angst zu haben war ein Gefühl, an das er nicht gewöhnt war und das ihm ganz und gar nicht gefiel.

Vom unbeweglichen Liegen tat ihm die linke Schulter weh. Vorsichtig rollte er sich herum, um sein Körpergewicht auf die andere Seite zu verlagern. Vielleicht hatte er jetzt auch lange genug gewartet. Zwei Tage – das sollte doch wohl reichen, oder? Er dachte an Ursel und sehnte sich nach ihr. Auch die Kinder wollte er gern wiedersehen. Er war ihnen wahrhaftig nicht nützlich, wenn er hier auf dem Dachboden festhing!

Er fällte eine Entscheidung: Ja, es war lange genug. Leise stöhnend hievte er sich hoch.

Da hörte er ein Schaben: Holz auf Holz. Jemand schob die Haustür auf.

Konrad erstarrte.

* * *

Zwei Tage schob Ernst es vor sich her, zur Lagerkommandantur zu gehen. Und als er sich endlich dazu durchgerungen hatte, wäre er fast auf der Schwelle noch umgekehrt.

„Tragen Sie hier den Namen des Gefangenen ein!“

Ein hölzerner Tresen, den man mit mehreren Schichten brauner Farbe halbwegs vorzeigbar gemacht hatte, trennte ihn von einem jugendlichen Standartenjunker. Der Knabe mochte gerade 18 Jahre alt sein, aber er hatte schon das ausdruckslose Gesicht eines willigen Erfüllungsgehilfen.

Ernst benutzte einen der Stifte, die auf dem Tresen bereitlagen. Es waren insgesamt drei, und alle hätten sie dringendst angespitzt werden müssen.

„Oh, Druckschrift bitte!“

Ernst hatte kaum begonnen, seinen Namen auf das Formular zu

setzen, als der junge Bürohengst schon anfing, mit dem Zeigefinger auf das Papier zu tapsen wie ein besserwisserischer Schulmeister. Auch wenn die Augen des Jungen auf den Formularwisch gerichtet waren und sein Gesicht ausdruckslos blieb, hätte Ernst darauf wetten mögen, dass er es hemmungslos genoss, einem Offiziersdienstgrad Anweisungen erteilen zu können.

Kaum hatte Ernst den letzten Buchstaben geschrieben, als der Bengel ihm auch schon das Formular unter der Hand wegriss. Er las den Namen des Gefangenen.

„Marcel Dutetre. Klingt nach Froschfresser."

Ernst schwieg und gab sich alle Mühe, sein Gesicht genauso ausdruckslos aussehen zu lassen wie das des Fähnrichs.

„Und Sie wissen sicher, dass der Mann noch lebt?"

„Davon ist auszugehen."

„Ich will nämlich meine Zeit nicht mit der Suche nach 'nem Toten vergeuden."

Der Junge starrte den Namen auf dem Zettel an. Ernst wartete. Was sollte er noch sagen?

„Wieso wollen Sie den Mann sehen?"

„Das geht Sie 'nen Dreck an, Standartenjunker. Und jetzt stecken Sie Ihre Nase gefälligst in die Kartei und finden mir den Mann!"

Zum ersten Mal, seit Ernst eingetreten war, zeigte das Gesicht des Jungen eine Regung: ein höhnisches Grinsen. Er verschwand im Gewirr der Regale und Aktenschränke und kam erst nach mehr als einer Viertelstunde wieder zum Vorschein. Ernst war überzeugt, dass mindestens zehn Minuten davon aufs Konto seiner eigenen Unfreundlichkeit gingen.

„Stollen A." Der Bengel schleuderte Ernst den Zettel hin und verdrückte sich eilends wieder hinter seinen Bollwerken aus Karteikästen und Leitzordnern, freilich nicht ohne Ernst noch über die Schulter zuzurufen: „Aber geben Sie nicht mir die Schuld, wenn der Kerl tot ist! Die krepieren schneller, als wir mit den Akteneinträgen nachkommen können."

Ernst sah auf den Zettel. Unter dem Namen von Marcel

Dutetre hatte der Bürohengst notiert: *Stollen A – Elecktriker – Nr. 1084663.*

Um dem SS-Nachwuchs Rechtschreibung beizubringen, fehlte auf den Junkerschulen wohl inzwischen die Zeit. Sei's drum. Wichtiger war die Gefangenennummer.

Ernst schloss die Augen. Er schämte sich des Hoffnungsschimmers, der ihm gekommen war: einer unanständigen Hoffnung, die er gleichwohl nicht abzuschütteln vermochte. Er hoffte, dass der Fähnrich Recht hatte und Marcel Dutetre tot war, obwohl die Lagerkartei ihn noch unter den Lebenden verzeichnete.

Er faltete das Formular zusammen und schob es in dieselbe Tasche, in der auch Rachelles Notiz steckte. Dann vertiefte er sich in seinem eigenen Büro in die Fertigungsberichte, nach denen Rathke schon tagelang schrie. Er konnte es einfach nicht über sich bringen, Stollen A aufzusuchen. Nicht heute. Aber beim Gedanken an morgen war ihm auch nicht wohler.

* * *

Eingequetscht zwischen Dachsparren und Winterhilfekartons kroch Konrad wie eine Maus auf sein Guckloch zu und drückte sein Auge daran.

Da unten bewegte sich etwas. Er konnte den Rücken eines Mannes im Tarnanzug samt Kapuze erkennen. Er sah ihn nur ganz kurz, aber das genügte. Der Mann da unten machte eine halbe Drehung. Dabei sah Konrad eine Sekunde lang den Kolben seiner Waffe.

Den Brustkorb an die Bodendielen gepresst, spürte er das beschleunigte Schlagen seines Herzens. Sein Atem ging so schwer, dass er den Staub vor seiner Nase aufwirbelte. Jetzt ging es ums Ganze: Sein Plan würde auf die Probe gestellt werden. Würde er die Prüfung bestehen, so konnte er weiterleben. Andernfalls wäre alles verloren und er ein toter Mann.

Er betastete das Messer in seiner Tasche, aber es flößte ihm keine Zuversicht mehr ein. Zum einen war es keine Waffe, die einem

Gewehr gleichkam, zum anderen wusste er, dass er es niemals gegen einen Menschen benutzen würde. Nichtsdestotrotz umklammerte er es mit der Hand. Damit hatte wenigstens eine seiner Hände Beschäftigung.

Er lauschte, hörte aber nichts. Sein Verfolger bewegte sich wie auf Katzenpfoten. Keine Tür quietschte, kein menschlicher Laut war zu vernehmen. Konrad rechnete jede Sekunde damit, dass die Falttreppe zum Dachboden nach unten gezogen, schwere Stiefel den Plunder hier oben beiseite treten und er sich der Mündung einer tödlichen Waffe ausgesetzt sehen würde. Dabei konnte es gar nicht so laufen: Die Stiege knackte. Es war unmöglich, sie geräuschlos nach unten zu ziehen. Sollte sein Verfolger auf die Idee kommen, den Dachboden zu untersuchen, so würde er, Konrad, das auf der Stelle wissen.

Noch einmal linste Konrad durch das Loch. Es war ja das Einzige, was er überhaupt tun konnte, und seine angespannten Nerven verlangten nach irgendeiner Tätigkeit.

Da knarrte die Feder der Klappe, mit der man den Zugang zum Boden öffnete. Hatte der Verfolger sie also doch nicht übersehen! Konrad wandte den Kopf. Sein Guckloch würde ihm jetzt nicht mehr von Nutzen sein, wusste er doch genau, wo der Gegner war: Er schickte sich an, zu ihm heraufzuklettern.

Bei jedem Schritt knarrten die Stufen.

Konrad zählte mit: eins, zwei, drei ...

Vier kam nicht. Schon auf der dritten Stufe hätte er von hier oben eigentlich den Kopf des Mannes sehen müssen. Und die Mündung seiner Waffe.

Eine Zeit lang war alles still, so still, dass Konrad seinen Verfolger atmen hören konnte. Er selbst hielt die Luft an.

Dann knarrte es wieder. Dreimal. In absteigender Folge.

Sein Plan hatte funktioniert.

Konrad atmete durch, aber es machte ihm Mühe. Sein Herz pochte so sehr, dass es ihm die Brust zusammenschnürte. Wieder presste er sein Auge ans Guckloch und wartete.

Wie zuvor hörte er keinen Laut. Was machte der Gegner jetzt?

Für eine Zeit, die ihm sehr lang vorkam, sah und hörte Konrad nichts. War der Kerl hinten rausgegangen? Wie sollte Konrad seinerseits die Bodentreppe runterklettern, solange er nicht wusste, ob der Mann noch im Haus war oder nicht?

Im selben Moment sah er durch sein winziges Löchlein eine Bewegung, und zwar in sein Blickfeld hinein. Würde der Gegner ihm unwissentlich sein Gesicht zeigen? Nein, er blieb genau am Rand von Konrads Blickfeld stehen. Wieder war nur der Rücken des Gegners zu sehen. Was machte der Mann da unten bloß? Er stand einfach reglos da.

Wahrscheinlich betrachtete er durch die Tür Konrads toten Vater. Hämisch womöglich. Endlich drehte er sich um und ging zur Haustür. Und tatsächlich: für Sekundenbruchteile konnte Konrad zum ersten Mal den Mann erkennen, vor dem er sich seit zwei Tagen versteckte, den Mann, der ihn tot sehen wollte.

Konrad biss die Zähne zusammen, als er das Gesicht sah. Er hätte überrascht sein sollen, aber aus irgendeinem Grund war er es nicht. Falls der Krieg ihn überhaupt irgendwas gelehrt hatte, dann das, dass es immer die Guten waren, Männer wie Hartmut, die umkamen, während die Übelsten der Üblen, Typen wie Gunther Krahl, es immer wieder fertig brachten, zu überleben und weiter zu töten.

29

Die ganze Zeit seit Sonnabend, als Konrad aus dem Haus gegangen war, um seinem Vater einen Besuch abzustatten, und dann wieder mal nicht zur erwarteten Zeit nach Hause gekommen war, hatte Ursel nicht gut schlafen können. Wie oft hatte er ihr das jetzt schon angetan? Jetzt war Montagabend, und sie lag missmutig im Bett: wütend auf ihn, weil er nicht zurückkam, und auf sich selbst, weil das alles ja nur bedeutete, dass sie sich schon wieder viel zu sehr um ihn scherte. So viele Male hatte sie, seit sie schlafen gegangen war, nun schon ihre Laken glatt gestrichen, ihr Kissen zusammengelegt und wieder auseinander gezogen, dass ihr von diesem Ritual schon die Finger kribbelten.

Sie hielt die Augen offen, denn jedes Mal, wenn sie sie zumachte, sah sie wieder Konrad und Karin vor sich, wie sie Arm in Arm und unter schallendem Lachen aus dem Kino kamen und Karin sich an ihn ranschmiss, als wäre der Platz an seiner Seite ihre ureigenste Domäne.

Aber die Augen offen zu halten war auch nicht viel besser, denn auf welche Wege auch immer sie ihre Gedanken zu lenken versuchte, irgendwie führten sie alle unweigerlich zu Konrad. Es gab hundert mögliche Gründe für sein Ausbleiben, aber 99 davon verhießen nichts Gutes. Du liebe Zeit, es war noch immer Krieg, und er war ein Deserteur mit Verbindungen zu einer Untergrund-Organisation! Ursel brauchte kaum Phantasie, um sich vorzustellen, wie er womöglich gerade jetzt, aufgegriffen von einer SS- oder Gestapo-Streife, in den Verliesen der Prinz-Albrecht-Straße vor sich hin vegetierte. Falls die Prinz-Albrecht-Straße nicht auch in Trümmern lag. Aber dann hatten die Schergen längst andere Verliese. Genauso gut war es möglich, dass Konrad bei der Rettung Verschütteter mithalf, irgendwo in den Trümmerwüsten Berlins. Aber vielleicht lag er auch längst selbst unter irgendwelchen Trümmerbergen verschüttet? Oder er war in einem Keller an Rauchgasen erstickt. Oder versuchte er sich schwer verletzt durch die Wälder bis zur Rama-Klause zu schleppen? Oder aber das Allerschlimmste war eingetreten, und er trieb sich quicklebendig mit Karin in Berlin herum, trank, lachte und hatte jede Menge Spaß.

Irgendwo im Haus wurde eine Türklinke niedergedrückt. Ursel lauschte angestrengt. Bestimmt waren gleich wieder geflüsterte amerikanische Laute zu hören. In den letzten Wochen waren immer öfter abgeschossene Flieger in der Rama-Klause aufgetaucht. Ihr gefiel das ganz und gar nicht. Auf diese Weise erfuhren viel zu viele Leute von diesem Haus und seiner Lage. Es mussten nur ein paar falsche Ohren mithören, und alles würde auffliegen. Man würde ihnen die Kinder wegnehmen. Was dann mit ihnen geschehen würde, daran wagte sie noch nicht einmal zu denken.

Als sie gerade nach ihrem Morgenmantel greifen wollte, sah sie durch die Ritzen in ihrem provisorischen Raumteiler, wie sich draußen im Korridor etwas bewegte. Sie stellte sich an die verglaste Tür, um besser sehen zu können.

Da draußen im Korridor stand eine Gestalt. Hoch gewachsen, breite Schultern. Nur eine Sekunde stand der Mann da, dann ging er weiter den Flur entlang. Ursels Herz machte einen Sprung – und zwar vor Freude, denn sie hatte den Mann an seiner Art, sich zu bewegen, erkannt. Rasch schlich sie zu ihrem Bett zurück.

Im selben Moment tauchte die Gestalt wieder auf. Hatte er sie auch gesehen? Leise machte er die Tür einen Spalt auf, steckte den Kopf hindurch und linste ins düstere Kinderzimmer – genau in ihre Richtung!

Ursel bekam Panik. Schnell ließ sie den Kopf aufs Kissen sinken und gab vor zu schlafen. Ihr Herz schlug, als wäre sie ein kleines Mädchen, das man lange nach der vorgegebenen Bettzeit noch beim Rumschleichen im Haus erwischt hatte. Umso aufmerksamer horchte sie auf jedes Geräusch.

Schritte. Atmen. Ein Räuspern oder Flüstern? Dann nichts mehr – jedenfalls eine Zeit lang. Dann das Klicken einer Gürtelschnalle. Unverkennbar. Aus dem Gemeinschaftsraum.

Ursel machte ein Auge auf. Nicht, dass sie erwartet hatte, jemanden zu sehen. Trotzdem war sie erleichtert, diese Erwartung bestätigt zu finden. Sie warf die Decke zurück, zog sich den Hausmantel straff um die Schultern und schlich nun selbst den Korridor entlang. An der Tür des Gemeinschaftsraumes blieb sie stehen. Diese Tür war eigentlich immer offen, so auch jetzt. Vorsichtig linste sie um die Ecke ins Zimmer. Konrad machte sich gerade im Dunkeln die Couch zum Schlafen zurecht.

Eine Weile sah sie ihm zu. Mit nacktem Oberkörper saß er auf der Sofakante, hob die Arme, streckte sie und massierte sich selbst die Schultern. Dann legte er sich gähnend auf die Seite und stopfte sich ein Sofakissen unter den Kopf. Er räusperte sich, legte sich noch einmal zurecht und blieb dann reglos. Ursel zitterte vor Erregung, ihn so beobachten zu können.

Nachdem sie sich wieder hingelegt hatte, ging es ihr zum ersten Mal seit drei Nächten so richtig gut. Durch und durch erleichtert, hoffte sie endlich Schlaf finden zu können. Aber wenn sie die Augen zumachte, sah sie immer noch Konrad und Karin Arm in Arm aus dem Kino kommen. Als sie endlich wegdöste, wurde es draußen schon hell.

Mittwoch, 2. Juli 1944

15.000 Gefangene, die meisten französischer, russischer oder polnischer Nationalität, standen in abgewetzter gestreifter Gefangenenkluft auf dem Appellplatz. Generalappell war befohlen, so dass die gesamte Insassenschaft von Mittelbau Dora hatte antreten müssen. Bei jeder Bewegung der langen Reihen von Menschen klapperten die Holzpantoffeln, die die Gefangenen als Schuhwerk hatten. Anlass zur Bewegung hatten die Männer genug, denn aus den Lautsprechern belferten gebrüllte Exerzierbefehle: Mal mussten sie nach links, mal nach rechts schwenken, mal Hab-Acht-Stellung einnehmen und dann wieder „bequem stehen“.

Der SS-Offizier Ernst Ehrenberg stand in einiger Entfernung und sah dem Spektakel zu. Normalerweise vermied er es, die Gefangenen in ihrer täglichen Routine zu beobachten. Diese Leute interessierten ihn nicht. Er wäre überhaupt nicht auf die Idee gekommen, ihre Unterkünfte aufzusuchen, nachzusehen, was sie zu essen bekamen, wie sie untergebracht waren, an welchen Krankheiten sie litten oder was sie womöglich darüber dachten, dass das Dritte Reich sie in einem Arbeitslager festhielt. Für ihn waren diese gestreiften Gestalten nichts anderes als Arbeitskräfte, die seine Raketen montierten beziehungsweise die Fertigungsanlagen dafür ausbauten und in Schuss hielten. Die gefangenen Zwangsarbeiter fielen für ihn unter die Kategorie der Ablenkungen, die ihn bloß von Wichtigerem abzuhalten drohten. Genauso wenig hatte er sich von jeher für die deutsche Politik, die Rangeleien innerhalb der Nazi-Machtelite, die militärische Strategie der Wehrmachtführung oder deren Auswirkungen auf die Außenwelt interessiert. Auch die Frage, wie seine Landsleute mit der Bevölkerung der besetzten Gebiete umsprangen, interessierte ihn nicht. Er war Wissenschaftler, Raketentechniker. Schluss, aus.

Er wollte sich aber auch nicht mit den anderen auf eine Stufe stellen, die ihre Späße mit den Gefangenen trieben. Selbst jetzt, während des Appells, standen die Mannschaften auf den Wachttürmen an ihren Geländern, blickten über die Menge, zeigten mal hier- und mal dorthin, einige schienen sich prächtig zu amüsieren. Dem einen oder anderen von den Scharfschützen, die da oben postiert waren, schien es Vergnügen zu bereiten, von Zeit zu Zeit seine Waffe auf irgendeinen der Gefangenen zu richten und zu tun, als drücke er ab. Solche primitiven Typen verabscheute Ernst.

Auf die ganze Szenerie brannte eine gnadenlose Sommersonne herab. Ernst entschied, dass er seine Verpflichtung – nämlich Rachelles Ehemann ausfindig zu machen und ihm die Notiz von seiner Frau zu überbringen – lange genug vor sich hergeschoben hatte und es jetzt hinter sich bringen musste. Bloß schien das hier nicht gerade der günstigste Zeitpunkt dafür zu sein. Aber jetzt war er einmal hier im Lager. Wenn er unverrichteter Dinge wieder an seinen Schreibtisch zurückkehrte, würde er die Geschichte womöglich noch einmal tagelang vor sich herschieben oder überhaupt nicht mehr herkommen.

Er versuchte, sich von dem scheppernden Lautsprechergebrüll abzulenken, indem er seinen Blick über die grünen Harzberge mit ihren dichten Buchenwäldern und den majestätischen Kiefern auf den Höhen schweifen ließ. Ein paar Vögel zwitscherten über ihn hinweg. Er sah ihnen zu, während seine Finger die beiden Papiere in seiner Tasche betasteten: das eine mit dem Namen von Rachelles Ehemann in säuberlichen Ingenieurs-Druckbuchstaben, das andere für eben diesen Mann von ihrer grazilen Hand beschriftet.

Drüben auf dem Appellplatz steckten jetzt die Wachhabenden der einzelnen Lagerkomplexe die Köpfe zusammen. In ihrer Mitte stand der Lagerführer, ein Klemmbrett mit langen Listen in der Hand. Die Wachhabenden hatten die Vollzähligkeit ihrer Abschnitte oder Baracken zu melden, der Lagerführer versah seine Listen dann mit entsprechenden Vermerken. Das dauerte seine Zeit, und immer wieder einmal scherte einer der Wachhabenden aus der Gruppe aus und ging mit erhobenem Gummiknüppel die Reihen „seiner" Gefangenen ab. Kaum sah er jemanden, der die Appellordnung nicht einhielt oder nicht in strenger Hab-Acht-Stellung ausharrte, so klatschte sein Knüppel auf Schultern, Nacken oder auch Ohren nieder. Endlich schienen die Ergebnisse der Zählung den Lagerführer zufrieden zu stellen, und Ernst schickte sich an, der langen Reihe von Gefangenen zu folgen, die in den Schlund von Stollen A hineinschlurften, um sich den unangenehmen Aufgaben zu widmen. Doch ganz so schnell ging es noch nicht, denn heute schien der Lagerführer noch etwas über die reguläre Appellroutine hinaus in petto zu haben. „Achtung!", schnarrte es aus den Lautsprechern. „Mützen ... ab!"

Die Gefangenen, die wohl schon gemeint hatten, die tägliche Qual des Appells für heute hinter sich zu haben, standen wieder stramm und rissen sich die Kappen von den Köpfen. Ein Trupp SS-Offiziere mit dem Totenkopfemblem an den Mützenbändern betrat die Szene. Ihre Schaftstiefel glänzten im Sonnenschein wie schwarzes Gold. Vergnügt schlenderten die Männer zu einer Reihe von Stühlen, die offensichtlich eigens für sie aufgestellt worden waren, und nahmen Platz.

„Mützen ... auf! Rührt ... euch!"

Die Gefangenen zogen sich die Kappen wieder über die Köpfe und „standen bequem". Die Herren Offiziere schienen die Gefangenen vor ihnen gar nicht zu bemerken, sondern waren in angeregteste Unterhaltungen miteinander vertieft. Arbeitssklaven begannen die Bühne herzurichten, die aus einem Vierkantbalken bestand, über den sechs Taue mit Schlingen an den Enden geworfen wurden.

An einem fensterlosen Betonbau, der den Appellplatz säumte, öffnete sich eine eiserne Doppeltür. Augenblicklich war es auf dem weiten Platz mucksmäuschenstill. 15.000 Gefangene, ein Dutzend hohe SS-Schergen und die zahllosen Bewacher rund um den Platz sowie auf den Türmen hielten den Atem an. Zwei SS-Offiziere mit Maschinenpistolen traten vor. Hinter ihnen taumelten zwölf Gefangene aus dem Arrestbunker und blinzelten gegen das grelle Sonnenlicht.

Die Zwölf waren barhäuptig und barfüßig. Die Hände hatte man ihnen hinter den Rücken gebunden. Ihre Gesichter waren blutig geschlagen und zerkratzt. Vor den Augen Tausender wurden sie unter den Galgen geführt.

Dort nahm sie ein Offizier, ein hoch gewachsener Hüne, in Empfang und teilte sie in zwei Sechserreihen auf. Auf Kommando des Offiziers mussten die ersten sechs eine hölzerne Bank besteigen. Die Schlingen wurden angepasst, damit nicht womöglich einer der Gehenkten zu rasch absackte und sich in einer Sekunde den Hals brach, statt dass die Schlinge ihn langsam und gründlich strangulierte.

Ernst wandte sich ab. Von diesem Schauspiel hatte er die Nase voll. Besser, er ging voraus in Stollen A und wartete dort auf die Rückkehr der Gefangenen.

Doch da schlich sich ein unschöner Gedanke in seinen Kopf: Was, wenn einer der Männer unterm Galgen der Gatte von Rachelle war? Er wollte dem Gedanken nicht stattgeben, wurde ihn aber nicht mehr los. Wie eine Klette klebte er in seinem Hirn. Mit einem Mal hatten die Gefangenen für ihn Gesichter und Namen

– und Beziehungen zu Frauen, die sie liebten und die ihren Tod betrauern würden. Was, wenn eine dieser verzweifelten Frauen Rachelle wäre? Würde sie es ihm jemals verzeihen, wenn er einfach hier herumstehen und zusehen würde, wie ihr Mann hingerichtet wurde? Wenn er nichts unternähme, um ihn zu retten?

Der breitschultrige SS-Führer schickte sich an, per Fußtritt die Bank umzuwerfen, auf der die Todeskandidaten standen. Er wartete nur noch auf ein Zeichen des Lagerkommandanten. Ernst machte auf dem Absatz kehrt und ging mit schnellen Schritten zum Stollen A hinüber, kam aber nicht rasch genug fort, als dass er nicht noch das Poltern der Holzbank gehört hätte, die unter dem Tritt des SS-Henkers umkippte.

* * *

„Ja, ist er da. Steht er da driben auf die Leiter!"

Ernst fühlte sich erleichtert, aber nur für ein paar Sekunden. Er hatte Rachelles Gatten gefunden, und der Mann war am Leben. Ernst war sich nicht sicher, was er dabei empfinden sollte. Jetzt kam das, wovor ihm seit Tagen gegraust hatte.

Er stand in der monströsen Höhle, die als Stollen A bezeichnet wurde. Hier drinnen herrschte die sprichwörtliche dicke Luft: Staub und Dieselabgase mischten sich mit den verschiedenen Ausdünstungen von Hunderten heruntergekommener grauer Schattenmenschen, die sich ziehend oder schiebend mit völlig überladenen Transportkarren abmühten, schrien, fluchten, Prügel und Verwünschungen einsteckten. In der ganzen Höhle wechselten Helligkeit und Düsternis einander ab, je nachdem, ob ein Bereich durch künstliches Licht ausgeleuchtet war oder im Schatten lag. Gerade waren drei Arbeiter dabei, eine der großen Leuchten zu reparieren. Zwei hielten eine Standleiter in Position, während der dritte auf den obersten Sprossen balancierte und eine durchgebrannte Birne herausschraubte.

„Ich will den Mann sprechen."

„Ah, wollen Sie das, ja?“

Der zuständige Kapo war ein Pole mit einer etwas zu großen Klappe. Offensichtlich hatte er Ernst abgeschätzt und war zu dem Ergebnis gekommen, dass dieser, ob nun in SS-Uniform oder nicht, keine Gefahr darstellte. Ernst mochte den Mann von Anfang an nicht, was den Kapo nicht im Geringsten zu irritieren schien. Selbst ein Gefangener, spielte der Kapo die Rolle eines Vorarbeiters. Damit saß er zwischen allen Stühlen: Die Mitgefangenen verachteten ihn, weil er sie seine Autorität mit dem Schlagstock spüren ließ, die Deutschen rümpften die Nase über ihn, weil er für sie die Drecksarbeit machte. Dabei waren die Kapos durchweg Leute, die diesen allseitigen Hass verdienten. Zum Kapo wurden nämlich nur die typischen Denunzianten, Intriganten, Diebe und Schläger. Entsprechend unbeholfen, aber brutal gingen die meisten Kapos mit ihrer Autorität über die Mitgefangenen um, denen gegenüber sie sich fast alles erlauben konnten, ohne dass ihnen jemand an den Karren fuhr.

„Bringen Sie mir den Mann einfach her“, sagte Ernst zu dem Polen.

„Was wollen Sie denn von ihm?“

Der unverschämte Kerl hätte es niemals gewagt, die Anordnung irgendeines anderen SS-Offiziers zu hinterfragen. Aus dem Bauch heraus schien der Kerl zu spüren, dass Ernst nicht zu der gewalttätigen Sorte gehörte und es nicht gewöhnt war, Befehle zu erteilen. Doch wie auch immer, Ernst wollte sich von so einer Kanaille nicht die Butter vom Brot nehmen lassen.

„Wenn Sie das irgendwas anginge, hätte ich es Ihnen gesagt. Schaffen Sie mir den Mann jetzt her!“

„Wie denken Sie, sollen wir schaffen das Arbeit, wenn dauernd kommen und holen mir die Leit weg? Sagen Sie das mir!“

Der Mann stank nach altem Käse, verrottenden Zähnen und wer weiß was noch. Seine Augen waren schwarz, verhangen und drohend, seine Arme kräftig, was wohl daher rührte, dass er sich täglich daran verausgabte, seine Mitgefangenen zu verprügeln.

„Ich frage Sie nicht noch einmal!“ Ernst gab sich Mühe, den

richtigen Befehlston zu finden, und zwang sich, dem Mann gebieterisch in die Augen zu schauen.

„Dutetre!“, kläffte der Kapo. „Dieser hohe Herr hier dich wünschen zu sehn. Scher dir hierher! Sofort!“

Der Mann auf der Leiter sah auf Ernst hinunter. Angst blitzte in seinem Gesicht auf. Er stieg die Leiter hinab, wobei er sichtlich nur ein Bein richtig benutzen konnte. Unten angekommen, kam er auf Ernst zu, riss sich sofort die Mütze vom Kopf und stand mit niedergeschlagenen Augen da. Wie alle Gefangenen war er kahl rasiert. Der Kapo stand nahebei und passte auf, dass ihm auch ja kein Wort entging.

„Kommen Sie mit mir“, sagte Ernst zu dem Gefangenen.

„Augenblick mal bitte! Wo Sie nehmen ihm hin?“, verlangte der Kapo zu wissen. „Wenn Sie haben mit ihm was besprechen, Sie das tun hier, bitteschön. Haben wir Arbeit zu machen, viel Arbeit!“

Ernst reichte es. Er machte zwei Ausfallschritte auf den Kapo zu und herrschte ihn an: „Wie heißen Sie?“

Der Kapo grinste ihn hämisch an. „Wie jetzt? Sie mich wollen melden? Mache ich nix hier außer dass tu ich mein Pflicht!“

„Name!“, schrie Ernst ihn an.

Die Häme verschwand und wich einem listig-abschätzenden Blick.

„Wache!“, rief Ernst.

Auf der Stelle erschienen drei Angehörige der SS-Wachmannschaft, umringten Ernst, den Polen und den Franzosen und nahmen ihre Maschinenpistolen in Anschlag. Das schien der Kapo jetzt überhaupt nicht mehr lustig zu finden.

„Augenblick mal, bitteschön! Habe ich nix Verkehrtes gemacht hier, nix und gar nix!“

Obwohl es Ernst Überwindung kostete, trat er noch dichter an den Mann heran, so nah, dass seine Nasenspitze nur noch Zentimeter von der des anderen entfernt war. „Wie heißen Sie?“, wiederholte er seine Aufforderung.

„Szcziepiorski“, bequemte der Kapo sich endlich zu sagen.

„Nummer?"

Der Mann erbleichte und nannte die Gefangenennummer 1022098.

Ernst wandte sich an eine der Wachen. „Der Mann ist ungeeignet für seine Position. Bitte ersetzen Sie ihn unverzüglich!"

Szcziepiorskis Miene changierte von ungläubigem Schrecken zu Wut und dann Resignation, und zwar in Sekundenschnelle. Er hatte verspielt und wusste es. Protest einzulegen würde alles nur noch schlimmer machen. Ernst entriss dem Mann seinen Gummiknüppel. Unbewegt blieb er stehen, so dass die Wachen den Kapo, als sie ihn abführten, um ihn herum geleiten mussten.

Ernst verspürte eine wohlige Genugtuung. Nie zuvor war er so aufgetreten. Er sah die anderen Gefangenen an, erwartete irgendeine Geste der Anerkennung dafür zu entdecken, dass er sie von ihrem miesen Tyrannen befreit hatte, aber keiner zeigte auch nur das geringste Anzeichen von Dankbarkeit. In den Gesichtern der Männer zeichneten sich überhaupt keine Empfindungen ab.

Zu Marcel Dutetre sagte er: „Kommen Sie mit."

* * *

Er ging mit dem Mann ins Freie und führte ihn zu einem relativ ruhigen Lagerplatz, wo große Stapel von Zementsäcken sowie Kabelrollen, Stützbalken und Grubenholz vorgehalten wurden. Obwohl die Sonne gnadenlos auf sie herabknallte, fand Ernst es hier immer noch wesentlich angenehmer als in Stollen A. Der Gefangene stand in Demutshaltung vor ihm und drehte nervös seine Kappe in den Händen.

Jetzt war er da, der Augenblick, dem Ernst mit Grausen entgegengesehen hatte. Im Kopf war er mehr als hundert mögliche Gesprächseröffnungen durchgegangen, aber keine schien für die Situation zu passen, der er sich ausgesetzt sah. Er konnte nichts anderes denken als: *So also sieht der Mann aus, dem es gelungen ist, Rachelles Liebe zu gewinnen.*

Marcel war eher klein und wie alle Gefangenen spindeldürr. Weil er nur ein gesundes Bein zu haben schien, stand er leicht schräg. Die Stoppeln auf seinem Kopf verrieten eine hohe Stirn. Seine Wangen waren eingefallen, wodurch sein Gesicht langgezogener wirkte, als es im früheren Leben gewesen sein dürfte. Was Ernst an der Erscheinung des Mannes am meisten erschreckte, war das ganz und gar unnatürliche Grau seiner Haut.

„Sie sind Marcel Dutetre?"

„Jawohl!"

Der Mann sprach zu Ernsts Stiefelspitzen.

Ernst langte in die Tasche, um Rachelles Notiz hervorzuholen. Er kriegte aber beide Zettel zu fassen und faltete den einen auseinander. In der anderen Hand hatte er immer noch den Gummiknüppel, den er dem Kapo abgenommen hatte und mit dem er sich jetzt voll Nervosität an die Hosennaht klopfte.

„Ihre Nummer ist 1084663?"

„Jawohl."

Ernst gluckste verlegen. „Vertrauen ist gut, Kontrolle ist besser. Nicht, dass ich nachher noch den falschen Dutetre am Wickel habe."

Der Gefangene schien mit seinem Humor nichts anfangen zu können.

„Sie sind Elektriker?"

„Jawohl."

Ernst nickte. Er hatte sich das hier schwierig vorgestellt, und es war schwierig, sogar schlimmer, als er es sich ausgemalt hatte. „Sie haben auch in Frankreich als Elektriker gearbeitet?"

Die Mütze des Mannes hörte auf, sich zu drehen. Seine Hände begannen zu zittern. Unsicher schüttelte er den Kopf.

„Wie jetzt, Sie haben zu Hause nicht als Elektriker gearbeitet?"

Dutetre sah aus, als bereite es ihm Schmerzen, auf diese Frage zu antworten. Mehrmals bewegte er den Mund, um zu sprechen, aber es kam nichts heraus. Jedes Mal schien es irgendetwas zu geben, das ihn noch einmal innehalten ließ. Endlich brachte er ein „Nein" hervor.

„Sie haben also in Frankreich nicht als Elektriker gearbeitet?"

„Nein."
„Und was haben Sie bitteschön dann gemacht?"
„Studiert."
„Und welches Fach?"
„Medizin."
„Medizin? Sie wollten also Arzt werden?"
„Jawohl."
„Wieso haben Sie sich dann als Elektriker ausgegeben?"

Wieder zögerte Marcel. Als er sprach, klang es, als klebten ihm die Wörter auf der Zunge fest. Immer wieder unterbrach er sich und machte *hmm*. „Als wir ... hmm ... hier kamen an ... hmm ..., so viel' Kamerad' wollt' arbeiten in Krankerevier ... hmm ..., dass es nicht mehr gab ein' Stell'. Wie wir warn auf die Zug ... hmm ..., ich hab gehört, man kriegt ... hmm ... ein leichter' – nein, nicht leichter, ist falsche Wort, entschuldigen Sie –, ähm, wollte ich sagen ... hmm ..., ein besser' Arbeit, wenn man gibt an eine Beruf, Sie verstehen? Also ich sage ... hmm ..., ich bin ein *électricien*." In Erwartung eines Schlages mit dem Gummiknüppel zuckte Dutetre schon mal vorsorglich zusammen.

Nach dem zu urteilen, was Ernst in den Stollen gesehen hatte, ergab die Antwort des Mannes durchaus Sinn. Wer keinen brauchbaren Beruf vorzuweisen hatte, wurde den Schwerstarbeiter-Kolonnen zugewiesen, was die Lebenserwartung rapide zusammenschnurren ließ. „Kennen Sie sich denn wenigstens mit E-Technik aus?", fragte er den Franzosen.

„Ähm ... hmm ... muss ich sagen ... hmm ..., nein." Wieder zuckte der Mann zusammen.

„Und wenn man Ihnen nun eine Aufgabe zuwiese, die Sie nicht erfüllen könnten?"

„Ich ... hmm ... sehr bitte um Entschuldigung ... hmm ..., es mir tut Leid, Entschuldigung ... hmm ..., hätte ich besser nicht gesagt, dass ich bin ... hmm ... ein *électricien*. Das ich sehe jetzt ein. Sie ... hmm ... mich entschuldigen?"

Der Mann konnte von Glück sagen, falls es in Mittelbau Dora so etwas wie Glück überhaupt gab. Hätte irgendjemand sonst herausgefunden, dass er bei seiner Berufsangabe gelogen hatte, so hätte man ihn grün und blau geprügelt. So war er mit der inneren Brechung seiner Persönlichkeit „davongekommen", einer Erfahrung, der kein Gefangener unter den unmenschlichen Bedingungen einer Dauerexistenz unter Tage entging.

„Ich bin nicht hier, um Sie zu bestrafen", versicherte Ernst. „Bitte sehen Sie mich an."

Der Mann machte keinerlei Anstalten, dieser Aufforderung Folge zu leisten.

„Sie können mir vertrauen, ich mache Ihnen nichts vor. Jetzt sehen Sie mich schon an."

Dutetre hob leicht den Kopf, ließ ihn aber sofort wieder sinken.

Ernst wartete.

Langsam hob der Franzose den Blick bis in die Höhe von Ernsts Gürtel, dann bis zu seiner Brust, seinem Kragen ... wo er gefror. Die Augen des Mannes weiteten sich beim Blick auf Ernsts Kragenspiegel. Im nächsten Augenblick starrte Dutetre wieder Ernsts Stiefelspitzen an.

Ernst seufzte, als ihm aufging, was den anderen so erschreckt hatte: der Schädel vor gekreuzten Knochen auf schwarzem Feld, Emblem der SS-Totenkopfverbände. Er versuchte sich hier in normalem, zivilisiertem Umgang mit einem Fremden, den Männer in genau derselben Uniform, die auch er trug, von Frau und Heim weggerissen und in einer unmenschlichen Höhle eingekerkert hatten.

Ernst ließ das Formular mit Dutetres Gefangenennummer wieder in die Tasche gleiten und reichte dem Franzosen den Zettel mit Rachelles Notiz. Der Mann nahm ihn nicht. Er starrte bloß darauf.

Ernst schluckte trocken. Seine Rede stockte, als würde das, was er zu sagen hatte, so lange nicht wahr sein, wie er es nicht laut aussprach. Aber das war eine Einbildung, die ihn schon lange genug hinters Licht geführt hatte. „Das hier ... kommt von Ihrer Frau", sagte er. „Von Rachelle."

Dutetre fuhr zusammen. Er starrte weiterhin den Zettel an,

machte aber keine Anstalten, ihn an sich zu nehmen. Vielmehr fing er unkontrollierbar an zu zittern und zu weinen. „Warum Sie tun mir das an?", schluchzte er.

„Nehmen Sie", beharrte Ernst. „Ich weiß, dass ich Ihnen nur das Wort eines Feindes geben kann, aber ich will Ihnen nichts Böses. Der Zettel kommt von Rachelle. Sie bat mich, ihn Ihnen zu geben."

Jetzt nahm Dutetre den Zettel entgegen und hielt ihn sich, immer noch weinend, an die Nase, um seinen Duft einzusaugen. Ihren Duft. Er fiel auf die Knie und faltete das Blatt mit zitternden Fingern auseinander. Er wischte sich die Augen ab und blinzelte, um die Zeilen entziffern zu können.

Ein Wehklagen entfuhr ihm, als er die Worte las. Er drückte sich den Zettel an die knochige Brust, hob den Kopf und ließ Ernst zum ersten Mal seine Augen sehen: braune, klug aussehende Augen. Seinen wiederholten Versuchen zum Trotz, sich die Tränen abzuwischen, war Dutetres Gesicht feucht. Seine Lippen bebten, als er ein einziges Wort hervorstieß: *„Merci."*

* * *

„Ich bitte Sie sehr: Schlagen Sie mich."

Ernst umklammerte den Knüppel in seiner Hand. Er brachte es nicht über sich, ihn zu heben.

„Wenn Sie nicht mich schlagen, ich bin ein toter Mann", sagte Dutetre. „Die andere werden denken, dass ich bin eine Kollaborateur."

Ernsts Gedanken überschlugen sich. Er suchte nach einem Ausweg.

„Sie haben kein' Wahl."

Dutetre war nicht unbedingt tapfer, er war bloß realistisch. Er sank Ernst zu Füßen, die Hände halb erhoben, um die Schläge abzuwehren, die nicht kommen wollten.

„Ich kann das nicht."

„Dann ich bin tot. Genauso tot wie die Männer sie haben aufgehangen bei die Appell."

Ernst hob den Knüppel, schaffte es aber nicht, zuzuschlagen.

„Sie sind doch eine mitleidige Mann!", rief Dutetre. „Sonst Sie mir nicht hätten gebracht die Zettel von Rachelle. Bitte seien Sie genauso mitleidig jetzt!"

Ernst wusste, der Mann hatte Recht; doch wäre ihm eher aufgegangen, dass er dies würde tun müssen, so wäre er nie im Leben hergekommen. Doch nun war er hier und musste seine Mission zu Ende bringen.

„Schlagen Sie mich!"

„Es tut mir Leid", sagte Ernst. Er hob den Knüppel ein wenig höher und wiederholte: „Es tut mir Leid."

Schwack! Der Gummiknüppel traf Dutetre auf den Rücken.

„Fester! Sie mich müssen schlagen fester!"

Ernst konnte den Knüppel kaum noch halten, so sehr zitterte er. Er holte erneut aus, diesmal kräftiger.

Schwack!

„Auf die Hals und Gesicht!", schrie Dutetre.

Ernst zauderte.

„Bitte sehr!"

Schwack!

„Merci."

Schwack! Schwack! Schwack!

* * *

Der Gefangene, den Ernst im vollen Bewusstsein der Blicke der anderen Gefangenen, die ihn anstarrten wie gejagte, im Unterholz Schutz suchende Tiere, zurück in Stollen A geleitete, war blutüberströmt und übel zugerichtet.

Nachdem er den Gefangenen dort wieder abgeliefert hatte, wo er ihn angetroffen hatte, versetzte Ernst ihm einen letzten Hieb in die Nierengegend, auf dem Dutetre um seiner „Kameraden" willen bestanden hatte. Angewidert warf Ernst den Schlagstock danach von sich und verließ schnurstracks den Stollen.

Er fühlte sich innerlich abgestorben, so als wäre jeder Schlag auf Dutetres Körper ein Schlag auf seinen eigenen Geist gewesen. Übelkeit stieg in ihm auf, als er sich klar machte, dass heute eine weitere Runde an die Nazis ging, weil sie ihn gegen seinen Willen dazu gebracht hatten, sich aufzuführen wie einer von ihnen.

* * *

Zu seiner Überraschung hielt das Gefühl der inneren Benommenheit immer noch an, als er im Korridor vor Rathkes Vorzimmer ankam. Er hatte eine Mitfahrgelegenheit nach Nordhausen hinein erwischt. Von der Fahrt hatte er nichts mitbekommen. Vor seinen Augen hatten die Farben getanzt, in seinen Ohren war nur Rauschen gewesen. Er wusste nicht einmal, wer ihn da eigentlich mitgenommen hatte, geschweige denn, wie viele Leute noch mitgefahren waren oder worüber sie sich unterhalten hatten. Auf gefühllosen Beinen hatte er die Stiege zu Rathkes Büro erklommen. Selbst jetzt drang ihm nur nebulös zu Bewusstsein, dass er die Klinke zum Vorzimmer seines Chefs in der Hand hielt.

„Ich dachte schon, ich dich seh nie wieder“, sagte Rachelle zur Begrüßung.

Sie saß an ihrem Tisch und heftete Papiere zusammen. Die Tür zu Rathkes Arbeitsraum stand offen. Ihr kecker Tonfall ließ Ernst vermuten, dass dieser im Augenblick nicht da war. Er zog den Zettel aus seiner Tasche.

„Kommst du, zu machen Entschuldigung? Mir sagen, du zwar hast Zugang zu die Akte’ von die SS, aber du nicht kannst finden meine Mann?“ Doch, ihre Stimme klang keck: nicht unfreundlich, aber mit einem unüberhörbar scharfen Unterton.

Ernst schmiss ihr den gefalteten Zettel auf den Tisch.

„Es mich nicht überrascht“, sagte Rachelle. „Hab eh nicht geglaubt, du würdest es tun.“ Sie verzog den Mund zu einem leicht schiefen, herausfordernden Grinsen. Als Ernst sich nicht verteidigte, bekam sie es mit der Angst und argwöhnte das Schlimmste. „Schlechte Nachricht, oder?“, presste sie hervor, während ihr die Tränen in die Augen stiegen.

Ernst sagte nichts, sondern wies nur auf den Zettel.

Sie sah das Stück Papier lange an, bevor sie es in die Hand nahm. Auf der Vorderseite des senkrecht gefalteten Formulars war Raum für vier Eintragungen, deren erste von Ernsts eigener Hand stammte, während der Karteiverwalter mit der Rechtschreibschwäche die anderen drei dazugesetzt hatte: *Marcel Dutetre – Stollen A – Elecktriker – Nr. 1084663.*

Rachelle schlug ihre Hand vor den Mund. Sie starrte auf den Zettel, schlug nach einer Weile zögernd den Innenteil auf. Ihr Blick fiel auf die Worte, die ihr Mann mit Ernsts Hilfe dort hinterlassen hatte. Marcel Duetetres eigene Hand hatte zu sehr gezittert, als dass er selbst hätte schreiben können.

Ein leiser Aufschrei entrang sich Rachelles Lippen, während sie die paar Zeilen immer und immer wieder durchlas.

Ernst wandte sich zum Gehen.

„Nein! Bitte nicht!“, rief sie ihm hinterher.

Fast mit einem Hechtsprung setzte sie über das Empfangspult hinweg, um ihn aufzuhalten. Das Nächste, was Ernst mitbekam, war, dass sie ihn so fest drückte, dass sie ihm fast eine Rippe gebrochen hätte. An seinem Hals spürte er die Nässe ihrer Tränen. Wieder und wieder dankte sie ihm, wobei es ihr nichts auszumachen schien, dass ihre Lippen sein Ohr berührten.

Wie viele Nächte hatte er von ihren Zärtlichkeiten geträumt! Doch das Entzücken, das er sich dabei stets ausgemalt hatte, wollte sich nun ganz und gar nicht einstellen.

30

Freitag, 7. Juli 1944

Weiter weg spielten Kinder. Konrad konnte ihr fröhliches Kreischen hören und sich ihre Streiche und Balgereien vorstellen, auch wenn seine Augen vor der Welt verschlossen waren und in seinem Kopf der Schlaf noch waberte wie ein Nebel. Er blinzelte. Im Zimmer war es schon so hell, dass es womöglich bald auf Mittag zuging. Eine Türklinke klickte, Angeln quietschten. Er fuhr hoch und peilte über die Rückenlehne seines Schlafsofas.

„'tschuldigung", flüsterte Ursel. „Ich wollte dich nicht wecken."

Er schüttelte den Kopf. „Ich hätte längst auf sein sollen." Nachdem er zwei Nächte auf dem nackten Dielenboden eines Speichers verbracht hatte, die Nerven auch im Schlaf gespannt wie Stahlseile, war die Couch der Rama-Klause ein Stückchen Paradies.

„Ich geh raus, dann kannst du aufstehen und dich anziehen." Ursel schickte sich an, die Tür hinter sich zuzuziehen.

„Warte!" Konrad suchte unter der Bettdecke und dann auf dem Boden vor dem Sofa nach seinem Hemd, konnte es aber nicht finden.

„Ich muss los. Ich bin schon spät dran. Wir können später reden."

Also doch noch nicht Mittag. „Du willst zur Arbeit?"

„Aber ja doch."

„Du kannst aber nicht gehen." Da er immer noch nach seinem verschwundenen Hemd Ausschau hielt, entging ihm der ungläubige Ausdruck ihres Gesichts. Das Hemd blieb verschollen, und so scherte er sich nicht länger darum, stand auf und sah sie an. Dabei entdeckten seine bloßen Zehen, was Händen und Augen entgangen war. Irgendwie musste das Hemd unters Sofa geraten sein.

Im Gegensatz dazu war Ursel vollkommen aufgeräumt. Ihre

Stimme klang ein wenig schneidend, als sie sagte: „Du willst mir also vorschreiben, dass ich von meiner Arbeitsstelle wegzubleiben habe?"

„Ja. Du bist nicht sicher."

Ursel lachte auf. „Welche Neuigkeit! Nicht sicher, ja? Wie denn auch, wir sind im Krieg!"

Konrad guckte sie verwundert an. „Weshalb so feindselig?" Er bückte sich, hob sein Hemd auf und zog es sich über den Kopf, während er auf sie zukam. „Was ich sagen will, ist, dein Leben ist in Gefahr. Du kannst nicht nach Berlin fahren. Ich verbiete es."

Von hinten kam eine Stimme. „Was verbietest du?" Die Stimme gehörte Monika, die durch die hintere Tür den Gemeinschaftsraum betreten hatte.

„Konrad untersagt mir, meinen Arbeitsplatz aufzusuchen."

„Was hat er dir denn zu verbieten?"

„Er sagt, es sei nicht sicher genug."

Monika sah Konrad an. „Was ist hier eigentlich los?"

„Ich denke nur an Ursels Sicherheit", sagte er – eine Erklärung, die ganz offensichtlich nicht genügte, wie die unverändert skeptischen Blicke der beiden Frauen verrieten. Hier war noch Überzeugungsarbeit zu leisten. Freilich war er nicht daran gewöhnt, seine Anordnungen eigens zu begründen. Wären die zwei Soldaten gewesen, so hätte er sich schlicht und ergreifend vor ihnen aufgebaut und sie mit allen möglichen Androhungen überschüttet, bis sie gehorchten. Aber bei Monika und Ursel, schätzte er, würde diese Methode wohl eher nichts bringen. „Also schön", bequemte er sich. „Ich wurde von einem SS-Scharfschützen aufgespürt, während ich das Haus meines Vaters aufsuchte. Zwar ist es mir, wie ihr seht, gelungen, zu entkommen, aber ich habe allen Grund anzunehmen, dass der Mann es noch mal versuchen wird."

Monikas und Ursels Widerstand begann sich zu legen.

„Und ... dein Vater?", fragte Monika zaghaft.

„War schon tot, als ich ankam."

Ursel ging zu ihm. „Ach, Konrad, es tut mir so Leid."

Ihr Mitgefühl kam unerwartet für ihn. „Fakt ist", fuhr er fort,

„dass jeder, der in Verbindung zu mir steht, ein mögliches Ziel ist."

„Du sagst, es war ein SS-Scharfschütze?", fragte Monika. „Du hast den Mann also gesehen?"

„Ja."

„Und weißt du, wer er ist?"

Konrad nickte.

„Also kennt er dich ... und Ursel auch?"

„Jawohl."

Sorgen umwölkten Ursels Blick. „Konrad ...", sagte sie nur.

Er gab sich alle Mühe, sich vor ihr stark zu zeigen. „Es handelt sich um Gunther Krahl", stellte er fest.

„Gunther? Aber sagtest du uns nicht –"

„Ich war mir nicht sicher, ob er tot war. Aber jetzt verstehst du wohl, warum ich dich nicht nach Berlin fahren lassen kann. Wenn er dich fände, würde er dich beschatten, bis du ihn zu mir geführt hättest – und zu uns allen, denn er würde bald rausfinden, was es mit diesem Haus auf sich hat."

Konrad gefiel es nicht, sie so zu schocken, aber jetzt kam es darauf an, dass sie die Gefahr begriffen, in der sie jetzt schwebten.

„Trotzdem müssen wir dieses Risiko eingehen", sagte Monika und sah Ursel an, die beipflichtend nickte.

„Wie bitte?" Konrad glaubte, sich verhört zu haben.

„Die Rama-Klause hat zwei Einnahmequellen", erläuterte Monika, „Ursels Lohn und den Untergrund. Letztere Quelle sprudelt seit geraumer Zeit bestenfalls spärlich. Wir brauchen das Geld, das Ursel nach Hause bringt. So einfach ist das."

„Dann müssen wir eben andere Einnahmequellen finden", hielt Konrad dagegen.

„Und woran würdest du da denken?", fragte Monika.

„Na ja ... ähm ..., so aus der hohlen Hand fällt mir da auch nichts ein", stammelte Konrad. „Vielleicht könnten wir ja ... keine Ahnung... Gebt mir einfach Zeit, damit ich die notwendigen Kontakte knüpfen kann."

„Und während du damit beschäftigt bist – womit bitte sollen wir die Kinder ernähren?"

Darauf wusste Konrad keine Antwort.

„Du solltest in die Füße kommen", sagte Monika zu Ursel. „Pass besonders gut auf dich auf."

Ursel nickte.

Konrad fühlte sich besiegt und hilflos. Monika hatte ja Recht. Aber so lief es immer bei ihm. Er erkannte, wie wenig Rüstzeug er für die Aufgabe mitbrachte, die Josef ihm anvertraut hatte. Doch zugleich konnte er Ursel nicht einfach so in die Höhle des Löwen marschieren lassen, besonders wenn der Löwe Krahl hieß. Er hatte schon versagt, als es darum gegangen war, auf Hartmut aufzupassen – noch einmal würde ihm das nicht passieren.

Die Tür fiel ins Schloss, Ursel war fort. Konrad zog sich fertig an, schlüpfte in die Stiefel und rannte in den Keller, um seine Kamera und den Tornister zu holen. Sein Blick fiel auf sein Gewehr. Er griff danach, hielt inne, nahm es dann doch an sich und eilte die Stiege wieder hinauf.

Monika stand am Fenster und sah Ursel nach, wie sie den Hügel hinunterging. Ihre Lippen bewegten sich tonlos im Gebet. Als sie Konrad erblickte, fragte sie: „Wohin gehst du?"

„Raus", antwortete er nur.

Freitag, 14. Juli 1944

„Wo geht der denn bloß immer den ganzen Tag hin?", fragte Ursel.

Monika saß neben ihr auf einem Stuhl, den Kopf über eine Handarbeit gebeugt. Socken stopfen und Hosen flicken waren Arbeiten, mit denen man in der Rama-Klause niemals fertig wurde. Sie sah hoch und erblickte Edith, die zusammengerollt in Ursels Schoß schlief. Als die Kleine heute Morgen wach geworden war, hatte sie vor Bauchweh geschrien, das Gesichtchen schmerzverzerrt und die Bäckchen tränenfeucht. Ursel hatte sie hochgenommen und sacht vor sich hinsummend wieder in den Schlaf geschaukelt. Jetzt waren ihre Wangen trocken.

„Ich hab keine Ahnung", antwortete Monika auf Ursels Frage und wandte sich wieder ihrer Arbeit zu. „Er sagt ja nie was. Er geht einfach kurz nach dir und kommt erst zurück, wenn's dunkel ist, und dann verschwindet er schnurstracks im Keller."

Verstohlen blickte Ursel Richtung Kellertür. „Vorgestern Abend hab ich versucht runterzugehen. Die Tür war abgeschlossen."

„Ist er irgendwie böse?"

„Das lässt sich bei Konrad schwer sagen."

„Josef pflegte sich immer in seinem Arbeitszimmer einzuschließen, wenn er sauer war."

Gedankenabwesend drehte Ursel sich eine von Ediths Löckchen um den Finger. „Konrad neigt dazu, für lange Zeit seine ganz eigenen Wege einzuschlagen."

„Ist mir auch schon aufgefallen. Ärgert's dich?"

Monikas Frage traf auf einen Nerv. Ursel gab sich alle Mühe, das nicht zu zeigen, aber sie musste sich doch erst mal berappeln, ehe sie antworten konnte. Sie brauchte einen Moment zu viel: Monika sah auf und ließ ihre Handarbeit in den Schoß sinken. „So ist er nun mal", sagte Ursel mit gespielter Lässigkeit, die sie mit einem Schulterzucken noch zu unterstreichen suchte.

Monikas Blick war einen Moment unentschlossen, ehe sie ihre Arbeit wieder aufnahm. Normalerweise konnte Ursel mit Monika über alles reden. Aber Konrad bildete eine Ausnahme. Sie fürchtete, wenn Monika wüsste, wie sehr sie sich jedes Mal sorgte, wenn Konrad aus dem Haus ging, und wie sie sich mit der Vorstellung abquälte, dass er sich irgendwo da draußen womöglich mit Karin herumtrieb, würde sie denken, sie benehme sich wie eine dumme verliebte Schulgöre. Sie würde sie für unreif und kindisch halten. Und sie hätte Recht.

Montag, 17. Juli 1944

Eine Woche lang verfolgte Konrad Gunther Krahl durch ganz Berlin und beschattete den Mann dabei, wie er ihn suchte. Er fand heraus, dass Krahl eine heruntergekommene Bude in der Wrangelstraße, nahe der Thomaskirche, sein Eigen nannte, dass er meistens für sich allein blieb, seine Mahlzeiten im Hotel am Steinplatz einnahm, auf seiner Suche methodisch die Stadt durchkämmte und Abend für Abend Schlag neun Uhr eine Kneipe oder Hotelbar aufsuchte, um ein Glas Bier zu trinken. Den Sonntag hatte Krahl in Pankow verbracht, in einem Unterschlupf gegenüber Konrads Elternhaus. Das freilich war verschlossen, das Grundstück blieb den ganzen Tag über menschenleer.

An diesem Morgen hatte Krahl sich in einem Hotelzimmer mit Blick auf den Potsdamer Platz auf die Lauer gelegt, wo er den ganzen Tag über geblieben war. Konrad seinerseits verkroch sich in einem kürzlich ausgebombten Gebäude auf der anderen Seite des Platzes. Die Wasserleitungen in der Ruine waren geborsten, so dass er den ganzen Tag über das *pitsch – pitsch – pitsch* leckender Rohre hörte. Von seinem Platz aus konnte er gut die Rauchwolke sehen, die ständig über der Innenstadt hing. Es roch durchdringend nach Gas und Ruß.

Seit sich das Kriegsglück in den russischen Steppen gewendet hatte, seit die deutsche Wehrmacht immer wieder zurückweichen musste – wobei sie selbstverständlich stets nur „den Frontverlauf begradigte“ –, hatte Konrad gespürt, dass der Kampf am Ende die Straßen von Berlin erreichen würde. Jetzt war es so weit, nur dass er immer gedacht hatte, er würde es auch in der Schlacht um Berlin mit Russen und nicht mit seinem eigenen Kommandeur zu tun haben.

„Man hat einfach zu viel Zeit zum Nachdenken“, murmelte er vor sich hin.

Das war der Fluch des Scharfschützen. Denn je mehr er über Krahl und darüber nachdachte, zu welch einem Ungeheuer dieser geworden war und wie viele Menschenleben er vernichtet hatte –

nicht nur russische und polnische, sondern auch deutsche –, umso mehr musste Konrad an sich halten, um nicht nach seinem Gewehr zu greifen und Krahl hier und jetzt ins Jenseits zu befördern.

Der innere Kampf, den er hier in der Ruinenwohnung mit den tropfenden Wasserleitungen zu bestehen hatte, war weitaus härter als derjenige oben im Baum, als er um ein Haar Hitler erschossen hätte. Denn das hier war eine höchstpersönliche Angelegenheit.

Er hatte freies Schussfeld.

Er könnte die Akte Krahl ein für alle Mal zuklappen.

Er würde es für Hartmut tun, die offene Rechnung begleichen.

Und was sein Gelübde anging: wer würde denn davon erfahren? Ein einziger Schuss. Es lag in seiner Macht, die nächste Minute zur letzten zu machen, die Krahl auf Erden verbrachte, seinen nächsten Atemzug zum letzten, den er tat – und niemand würde wissen, dass er sein Gelübde gebrochen hatte. Wie viele Russen hatte er denn auf genau dieselbe Weise umgebracht? Was also zählte ein weiterer Feind, nur ein einziger?

Er griff nach seinem Gewehr. Die Entfernung hatte er schon hundertmal durchgerechnet. Krahl saß reglos an einer Seite des Fensters und bot Konrad ein optimales Ziel. Er hielt sich das Zielfernrohr vors Auge, richtete das Fadenkreuz auf Krahls Brust aus, direkt auf den Herzmuskel. Dann ließ er das Fadenkreuz über Krahls Visage wandern, über diese arroganten Augen, die er mittlerweile aus tiefstem Herzen verabscheute. Krahl zündete sich eine Zigarette an, während er den Platz im Auge behielt, um Konrad aufzulauern. Wären ihre Positionen umgekehrt – Krahl würde nicht eine Sekunde zögern. In einem Augenaufschlag würde er Konrads Lebenslicht auspusten.

Das Fadenkreuz sank: von Krahls Kopf über seinen Brustkorb zum Fenstersims und dann die Fassade des Hotels hinab. Konrad sah auf. *Wären die Positionen umgekehrt, Krahl würde nicht eine Sekunde zögern.* Nur dieser Gedanke hielt Konrad davon ab, den Mann auf der Stelle zu erschießen.

Er stellte das Gewehr ab und verlegte sich wieder aufs Beobachten.

31

Unten auf dem Platz bewegte sich etwas und zog Konrads Blick auf sich. Diesen Gang kannte er: Als sie jünger gewesen waren, hatte er ihn auf dem Schulweg, auf dem Weg zur kirchlichen Jugend oder zu gemeinsamen Veranstaltungen von HJ und BDM Tag für Tag beobachten können. Vom anderen Ende Berlins aus hätte er diesen Gang wiedererkannt.

Er sah zu, wie Ursel sich unter die vielen Fußgänger einreihte, die auf der Hermann-Göring-Straße unterwegs waren. Sie trug eine braune lederne Aktenmappe unterm Arm. Konrad schrak auf: Was hatte sie hier zu suchen? Dies war das erste Mal, seit er angefangen hatte, sie zu beschatten, dass sie das Reichsverteidigungsministerium vor der normalen Feierabendzeit verließ, bis zu der es noch eine gute Stunde hin war. Und doch: da war sie, offenbar zielgerichtet irgendwohin unterwegs.

Auf dem Platz herrschte das übliche Verkehrsgewühl von Bussen, Straßenbahnzügen, Kraftwagen und Fußgängern. Ursel verschwand in einer Menschentraube, die an einer Haltestelle wartete, und tauchte kurz darauf an der anderen Seite der Ansammlung wieder auf. Mit Glück würde Krahl sie nicht ausmachen. Wie lange lag es denn zurück, dass er sie zum letzten Mal gesehen hatte? Zwei Jahre? Eine Zeit, in der sie sich verändert hatte. Sie kleidete sich jetzt anders, mehr wie eine berufstätige Frau. Sie flocht sich keine mit bunten Bändchen zusammengebundenen Zöpfe mehr ins Haar. Vielleicht würde er sie ja nicht erkennen.

Konrad behielt das Hotelfenster im Auge, hinter dem Krahl lauerte. Der saß entspannt da. Er rauchte und ließ seine Blicke lässig über den Platz zu seinen Füßen gleiten. Just in diesem Moment trat Ursel aus einer weiteren Menschentraube hervor, durch die sie sich ihren Weg hatte bahnen müssen. Sie nutzte eine vorübergehende Lücke im Fahrzeugverkehr und schickte sich an, den Fahrdamm zu überqueren.

Konrads Nerven spannten sich wie Stahldrähte. Sie bewegte sich jetzt allein auf weiter Flur, war klar und deutlich auszumachen. Mit einem Gefühl der Hilflosigkeit drängte er sie im Stillen, sich zu beeilen und sich auf der anderen Straßenseite wieder unter die Leute zu mischen, zumal es da Bäume gab, die ihre Kronen über den Gehweg breiteten. Könnte er ihr doch nur die Zeit geben, die sie brauchte! Oder wenn es wenigstens etwas gäbe, das Krahl für einen Augenblick ablenken würde!

Das ist es! Eine Ablenkung!

Konrads Gedanken überschlugen sich, sein Blick wanderte wie im Zeitraffer über Gebäude, Fahrzeuge, Personen, den Fahrdamm – war da nicht irgendwas, was auch immer, das er sich zunutze machen könnte, um Krahls Aufmerksamkeit vom Potsdamer Platz abzulenken, ohne dass er sie auf sich selbst zog?

Während er noch nach einer Möglichkeit suchte, stand Krahl auf. Es war eine jähe Bewegung, unmissverständlich in ihrer Absicht. Konrad nahm sie nur aus dem Augenwinkel wahr.

Krahl hatte Ursel entdeckt.

Konrad wurde fast übel vor Angst.

Mit einer Bewegung, deren flüssiger Ablauf sich jahrelangem Exerzieren verdankte, langte Konrad nach seiner Waffe. Er hielt den Lauf aus dem Fenster, drückte seine Wange an die Flanke des Schafts und presste das Auge gegen das Zielfernrohr.

Das alles geschah in Sekundenschnelle. Jetzt hatte er Krahl wieder im Fadenkreuz. Sein Herz klopfte so stark, dass das Fadenkreuz bei jedem Schlag ein wenig zitterte. Nie zuvor war es ihm so ergangen; aber er war auch nie zuvor in einer Lage gewesen, in der ein Versagen von ihm zum Tod der Frau führen konnte, die er liebte. Er atmete tief durch und zwang sich zur professionellen Ruhe.

Die Sekunden schienen langsamer zu verrinnen. Zum allerersten Mal überhaupt freute er sich auf den Schuss, den er gleich abgeben würde. Ja, er war einer Euphorie nahe. Die Situation, in die er jetzt geraten war, so sagte er sich, entband ihn von dem Eid, den er geschworen hatte. Dieser Schuss würde kein militärischer Präzisionsschuss sein, sondern in Notwehr abgegeben werden. Er beschützte Ursel, indem er Krahl tötete, ehe dieser sie töten konnte. Dass er in diesem Akt der Notwehr zugleich Rache an dem Mann nehmen konnte, der seinen besten Freund ermordet hatte, war purer Zufall. Mit dieser Entscheidung konnte er leben, mühelos würde er sie verteidigen können.

Konrads Finger krümmte sich um den Abzug. Er atmete jetzt regelmäßig. Doch dann sah er etwas, das er lieber nicht gesehen hätte: Krahls Finger war keineswegs am Abzug seiner Waffe. Seine Hand ruhte am Kolben des Präzisionsgewehrs – genau wie Krahl es Konrad beigebracht hatte: die schulmäßige Handhaltung, wenn man die Zieloptik benutzen, aber keinen Schuss abgeben wollte.

Konrad dagegen fieberte darauf, zu feuern. Im Stillen flehte er Krahl geradezu an, seinen Finger endlich an den Abzug zu legen. Freilich würde er ihn so weit gar nicht erst kommen lassen, sondern nur so weit, dass seine Absicht unzweifelhaft klar war.

Doch diesen Gefallen tat Krahl ihm nicht. Stattdessen nahm er das Auge vom Zielfernrohr, stellte die Waffe weg und entfernte sich vom Fenster.

Konrad hätte sich in die Hand beißen können, so sauer war er.

* * *

Er starrte das leere Fenster in der Hotelfassade gegenüber an. Krahl kam einfach nicht wieder.

Da erschrak Konrad über einen plötzlichen Gedanken, der ihm das Blut in den Adern gefrieren ließ. Ursel – Krahl hatte es gar nicht darauf angelegt, sie zu töten; er wollte sie abpassen!

Mit einer einzigen Bewegung seine Waffe, den Fotoapparat und den Tornister an sich reißend, stürmte Konrad auch schon über den Parkettboden, der irgendjemandes Wohnzimmer verschönert hatte, jetzt aber angesengt war und vor Nässe zu modern begann. Er rutschte, bekam sich wieder in die Gewalt, rutschte aber erneut aus, als er aus dem Zimmer in den ausgebrannten Korridor bog. Zwei, mitunter auch drei Stufen auf einmal nehmend, rannte er die stellenweise eingestürzte Treppe hinunter. Um jeden Preis musste er Ursel erreichen, ehe Krahl es tat.

Der Treppenabsatz schien unter seinem Gewicht zu erbeben – kein Wunder, war doch die rückwärtige Außenwand der Mietskaserne vollkommen verschwunden. Die hölzernen Stufen krachten und ächzten, bei jedem seiner Schritte drohte die Treppe restlos in sich zusammenzustürzen. Die letzten paar Stufen übersprang er ganz, so dass er mit einem Satz auf dem blau-weißen Fußboden der Eingangshalle aufschlug, der ihm die Luft zum Atmen nahm. Irgendwie verdrehte er sich ein Bein, prallte gegen die gekachelte Wand und sank auf das unbeschädigte Knie.

Sein Körper agierte instinktiv; keinen Gedanken verschwendete er daran, dass er nach Luft japste, an beiden Ellbogen und einem Knie blutete und beim Rennen jetzt hinkte. Für so etwas war in seinem Kopf jetzt kein Platz. Er dachte an nichts anderes als daran, dass er rechtzeitig bei Ursel sein musste.

Der vordere Teil des Hauseingangs war zerbombt; er musste über Mauerreste und Holztrümmer hinwegklettern. Von oben tropfte das Wasser aus den zerborstenen Leitungen, als stünde man im Regen. Als seine Füße über einen triefnassen Teppichrest patschten, hätte er schwören können, dass es irgendwo donnerte.

Doch weit gefehlt: draußen auf dem Platz schien die Sonne. Dermaßen wild sprang er aus seiner Ruine, dass ein paar Passanten einen jähen Satz machten, um nicht von ihm umgerannt zu werden. Er schaute in die Richtung, in der er Ursel hatte verschwinden sehen: keine Spur von ihr. Der Verkehr war viel zu dicht, Doppeldeckerbusse, Straßenbahnwagen und alle möglichen sonstigen Fahrzeuge bewegten sich kreuz und quer über den Verkehrsknotenpunkt. Konrad lief auf die Stelle zu, an der er sie zuletzt gesehen hatte.

Erneuter Donner: ein tiefes Grummeln, das in der Ferne widerhallte und nachklang.

Zwei Straßenbahnen fuhren in entgegengesetzte Richtungen ab und gaben ihm den Blick auf die andere Seite des Platzes frei. Konrad entdeckte Ursel zwischen den beiden letzten Wagen der

Züge. Sie stand auf der Verkehrsinsel in der Mitte des Platzes und wartete auf eine Lücke im Verkehr, um den Fahrdamm zu überqueren. Gegenüber, hinter ihr, kam soeben Krahl aus dem Hotelportal.

Er brauchte nicht lange, um Ursel zu entdecken. Konrad sah er eine Sekunde später. Die Blicke der beiden Männer trafen sich.

Im selben Moment ertönten die Luftschutzsirenen und erstickten mit ihrem ohrenbetäubenden Geheul jeden anderen Laut. Auf dem Potsdamer Platz brach das reine Chaos aus. Die Gesichter wandten sich nach oben, die Beine bewegten sich rascher, Autohupen plärrten, die Menschen riefen durcheinander, und das alles, während das sonore Brummen der Bombenflieger am Himmel immer dröhnender wurde.

„Ursel!", schrie Konrad.

Wie angefroren stand sie immer noch da, wo er sie vor ein paar Sekunden erblickt hatte: gefangen auf einer Verkehrsinsel, umtost vom Straßengewühl. Konrad stürzte sich ins Getümmel und kämpfte sich auf lebensgefährlichen Zickzackkursen zu ihr durch.

Auch Krahl begann sich von der anderen Seite des Platzes her Ursel zu nähern, blieb aber plötzlich wieder stehen, fuhr herum und rannte ins Hotel zurück. Konrad dachte, er müsse erleichtert sein, aber er wusste es besser. Zwar war er sich nicht sicher, was genau Krahl vorhatte, aber er konnte es sich denken. Es lief ihm eiskalt über den Rücken.

„Ursel!", schrie er mehrmals, während er sich durch das Fahrzeuggewühl zu ihr durchkämpfte.

„Konrad!"

„Beweg dich nicht vom Fleck! Ich komm dich holen!" Sie hatte keine Chance, seine Worte zu verstehen, also versuchte er mit hektischen Gesten zu verdeutlichen, was er meinte.

Die Leute waren dermaßen panisch, um irgendwo Schutz vor den Bomben zu finden, die jeden Augenblick vom Himmel fallen konnten, dass Konrad sein Leben aufs Spiel setzen musste, um zu Ursel hinüberzukommen. Er hob die Hände, um die Fahrzeuglenker zum Bremsen zu bewegen, so dass er den Fahrdamm überqueren könnte, doch niemand achtete auch nur auf ihn. Er hatte keine Wahl, als den Autos direkt vor den Kühler zu laufen und zu beten, dass sie anhielten. Nichtsdestotrotz versuchten die wild gewordenen Kraftfahrer ihn mit wütendem Hupengeplärr aus dem Weg zu scheuchen. Mehrere schimpften lauthals, andere hoben drohend die Faust. Einer hielt an, aber erst nachdem er ihn schon zu Boden geworfen hatte.

Endlich kam Konrad mit halbwegs heiler Haut auf der Verkehrsinsel an, auf der Ursel stand.

„Was machst du denn hier?“, schrie sie.

Der Lärm um sie herum war so ohrenbetäubend, dass er sie kaum hören konnte. „Komm mit!“, rief er ihr zu.

Aber wohin sollten sie gehen? Konrad versuchte wieder auf die Fahrbahn zu treten, konnte aber mehrere Male erst in letzter Sekunde irgendwelchen Autostoßstangen ausweichen. Die Leute schienen mit Tunnelblick nur noch ihren eigenen Fluchtweg im Auge zu haben.

Nicht weit entfernt detonierten die ersten Bomben. Die Einschläge kamen unzweifelhaft näher. Schon flog vor ihren Augen ein Zigarrenladen an einer Ecke des Platzes in die Luft. Der Betonboden unter ihren Füßen schwankte, Holzstücke, Ziegel und Glassplitter stoben in alle Richtungen. Die Wucht der Explosion warf Konrad und Ursel zu Boden. Er gab ihr mit seinem Körper Deckung.

Unter schwerem Flakbeschuss überflog die Maschine, aus der die Bomben wohl stammten, den Platz. Konrad sprang auf und riss Ursel mit sich hoch.

„Wir müssen in ’nen Schutzraum!“, brüllte Ursel. Mit hochgezogenen Augenbrauen suchte sie den Himmel nach dem nächsten anfliegenden Bomber ab.

Aber Konrad hatte eine noch größere Sorge. Krahl war wieder aus dem Hotel herausgekommen, und diesmal hatte er sein Präzisionsgewehr in der Hand.

32

„Konrad, du tust mir weh!“

Er hatte sie am Arm gepackt, und zwar mit einem Griff, der genauso heftig war wie sein innerer Aufruhr. „Krahl“, sagte er nur.

Ursel sah verstohlen über die Schulter und folgte seinem Blick. Das Gesicht, das sie sah, war ihr vertraut – ein Anblick, der ihr einen kalten Schauer über den Rücken laufen ließ. Sie hatte Gunther Krahl noch nie gemocht, vielleicht gerade deshalb, weil er Konrads Idol gewesen war, und hatte von jeher Konrad für den Besseren der beiden gehalten. Selbst als Krahl noch ein Junge gewesen war, hatte sie ihm schon etwas Niederträchtiges abgespürt. Plötzlich tat der Griff, mit dem Konrad ihren Arm gepackt hielt, gar nicht mehr weh, sondern hatte etwas von dem beruhigenden Griff eines Rettungsschwimmers.

Konrad zog sie mit sich, manövrierte sie und sich selbst mit halsbrecherischem Draufgängertum quer durch den Verkehr, was durch den Umstand, dass die Kraftfahrer mehr gen Himmel als auf die Fahrbahn vor ihren Kühlern schauten, nicht eben ungefährlicher wurde. Einige hatten ihre Fahrzeuge fluchtartig verlassen und waren in den nächsten Schutzraum gerannt. Die achtlos stehen gelassenen Autos verschlimmerten das Verkehrschaos noch mehr, so dass es sich überall staute. Ursel ließ sich von Konrad bereitwillig mitziehen. Als sie ein weiteres Mal über ihre Schulter schaute, sah sie Krahl wieder. Er folgte ihnen und bewegte sich dabei ziemlich flink, obwohl er humpelte. Er versuchte ihnen den Weg abzuschneiden. Ursel wollte Konrad etwas zurufen, merkte aber, dass er es selbst auch gesehen hatte.

„Los, rein da!“, schrie Konrad, indem er sie auf ein unbesetztes, im Leerlauf vor sich hintuckerndes Auto zustieß. Ihr Unterscheidungsvermögen zwischen „mein“ und „dein“ ließ sie zögern. Das Auto gehörte ja nicht ihnen, sondern vermutlich dem Mann, der neben der offenen Fahrertür stand, mit den Armen wedelte und jemandem etwas zuzurufen schien, der sich ein Stück weiter die Straße hinab befinden musste.

Konrad ließ Krahl nicht aus den Augen, riss die Beifahrertür auf und versuchte Ursel gegen deren Widerstand auf die Sitzbank zu bugsieren. „Mensch, nun mach schon!“, rief er.

„Das Auto gehört uns nicht!“

„Spinnst du jetzt? Wir müssen hier weg!“

„Das ist kein Grund, einem Mann sein Auto zu klauen!“

„Wenn du jetzt nicht in dieses Auto steigst, sind wir beide tot – vielleicht reicht dir das als Grund?“

Ursel schüttelte den Kopf. „Es muss auch anders gehen.“

* * *

Konrad konnte nicht glauben, dass er tatsächlich diesen Wortwechsel führte, aber Ursels Blick sagte ihm genug, so dass er wusste, sie würde sich nicht rumkriegen lassen.

Ein Flugzeug näherte sich mit ohrenbetäubendem Brummen. Die ersten Bomben, die aus seinen Schächten purzelten, ließen die Straße unter ihren Füßen erbeben. Krahl war stehen geblieben, ließ aber erkennen, dass er genau mitbekommen hatte, wie Konrad seine Flucht bewerkstelligen wollte. Er hob seine Waffe.

„Ich versprech, ich geb dem Besitzer die Karre zurück!“, schrie Konrad Ursel ins Ohr.

Zwei Straßen weiter bekamen ein paar Häuser Volltreffer ab. Eine dicke Rauchwolke quoll in ihre Richtung, und ein Regen von Trümmerteilen ging auf sie nieder. Der Mann, der eben noch bei seinem Wagen gestanden hatte, nahm die Beine in die Hand und rannte auf den nächstgelegenen Schutzraum zu.

Bis jetzt hatte Krahl noch keinen Schuss abgeben können. Vielmehr hatte er die Waffe aus dem Anschlag genommen und die Arme um seinen Kopf geschlungen, um sich vor dem Trümmerregen zu schützen.

Konrad war nicht sicher, was sie mehr überzeugte, sein Versprechen oder die fallenden Bomben, aber Ursel sprang tatsächlich in das Auto. Er warf seine Waffe und die übrige Ausrüstung auf den Rücksitz, klemmte sich hinters Steuer, legte krachend den Gang ein und nahm unter heftigem Lenkradkurbeln Fahrt auf. Krahl war hinter ihnen, über ihnen ein Himmel voll näher kommender Bombenflieger. Konrad bevorzugte den Bomberschwarm.

Sie ließen den Platz hinter sich, nicht ohne dass Konrad einen letzten prüfenden Blick in den Rückspiegel geworfen hätte. Durch den Nebel aus Rauch und Staub sah er deutlich, wie Krahl die Fahrertür eines anderen verlassenen Autos aufriss.

Die Straßen waren menschenleer, abgesehen von ein paar Leuten, die wie Nahkämpfer in gebückter Haltung von einem Hauseingang zum nächsten rannten, und anderen, die nicht so wagemutig waren und sich lieber gleich unter Türportalen niederkauerten. Trotzdem waren die Straßen nicht leer, sondern übersät von Trümmern und stehen gelassenen Fahrzeugen. Konrad musste Slalom fahren, Pkw, Busse und ganze Trümmerhalden umrunden, um überhaupt irgendwie voranzukommen.

Aus dem Rauch hinter ihnen löste sich ein schwarzer Wagen. Ursel wurde bleich vor Angst. Sie drückte die Aktenmappe, die Konrad schon in ihrer Hand gesehen hatte, als er sie von seinem Versteck aus zum ersten Mal erblickte, mit beiden Armen fest an die Brust. Dann riss sie fuchtelnd und gestikulierend den rechten Arm hoch und schrie: „Da drüben ist ein Schutzraum!"

Konrad fuhr an der Stelle vorbei, auf die sie gewiesen hatte.

„Was machst du denn?"

„In einem Schutzraum würden wir jetzt doch bloß festsitzen!"

„Aber wenn wir nicht reingehen, fliegen wir höchstwahrscheinlich in die Luft."

„Im Freien haben wir bessere Chancen."

Als sie nicht antwortete, blickte er rasch zu ihr hinüber. Sie sah aus, als wollte sie etwas sagen. Aber sie nickte bloß.

Es war nicht so sehr ihr Nicken als vielmehr ihr Gesichtsausdruck, der ihm die Seele wärmte. Ihre Augen drückten Zutrauen aus: Sie hatte sich entschieden, ihr Leben in seine Hände zu legen. Dieser eine Blick verlieh ihm mehr Entschlossenheit denn je, sie sicher in die Rama-Klause zurückzuschaffen.

Einen halben Straßenzug weiter vorne stürzte ein Hotelgebäude vor ihren Augen ein. Eben noch hatte sich seine Fassade stolz in die Höhe gereckt, als es auch schon wie ein Kartenhaus in sich zusammenfiel. Die Druckwelle brachte ihr Fahrzeug zum Schwanken. Dichte graue Rauchwolken quollen auf sie zu, waberten über sie hinweg und überzogen ihr Auto mit einer dicken Lage von Asche. Sekunden später war der Rauch auch ins Innere des Wagens eingedrungen, und sie mussten würgen und husten.

Konrad blinzelte, seine Augen brannten und tränten. Er drehte den Scheibenwischerschalter – viel half es nicht. Aber sie kamen sowieso bloß noch in Schrittgeschwindigkeit vorwärts und mussten wenig später ganz stoppen. Was einst ein Hotel gewesen war, bildete jetzt eine Trümmerhalde, die den Fahrdamm von einer Seite zur anderen blockierte.

„Endstation", sagte Konrad.

Im Rückspiegel hielt er Ausschau nach Krahl, sah aber nur eine graue Nebelwand. Seine Siebensachen zusammenraffend, stieß er die Tür auf. Ursel war auf ihrer Seite schon aus dem Auto gesprungen. Die Sicht war so schlecht, dass er sie über das Autodach hinweg nicht ausmachen konnte. Nur ihre Hustenkrämpfe verrieten, dass sie noch da war.

„Bleib, wo du bist!", stieß er zwischen seinen eigenen Hustenanfällen hervor. „Ich komm zu dir rüber!"

Er tastete sich um den Kühler des Autos herum. Ihre Gestalt tauchte vor ihm auf wie eine Erscheinung, die sich langsam im Nebel abzeichnete. Hinter ihr waren Schritte zu hören, und dann tauchte ein weiterer Schemen auf und wurde mit jedem ungleichmäßigen Schritt deutlicher. Die zweite Gestalt schien etwas wie einen langen Stecken bei sich zu tragen. Konrad ging rasch auf, dass das kein Stock war, sondern ein Präzisionsgewehr. Krahl hatte also ihre Verfolgung nicht aufgegeben!

„Hier lang!" Konrad nahm Ursel bei der Hand.

Geduckt liefen sie in ein Kaufhaus. Natürlich waren Rauch und

Staub auch hier eingedrungen, aber die Luft war bei weitem nicht so dick wie auf der Straße. Durch die Gänge des Kaufhauses liefen sie auf die Rückseite des Gebäudes zu. Menschen waren nicht zu sehen, aber aus den Ecken des großen Verkaufsraumes hörten sie es keuchen.

Durch den Hinterausgang des Ladens rannten sie ins Freie, dem Motorengedröhn der Bomber entgegen, von denen nun nichts mehr zu sehen war. Umso unmissverständlicher und herzzerreißender war der infernalische Lärm der Zerstörung, den sie in der Stadt auslösten. Der Effekt, den der ganze Schrecken auf Ursel hatte, war für Konrad deutlich zu spüren: Sie ließ sich immer schwerer mitziehen.

„Du machst das großartig!", rief er ihr zu. „Versuch nur, mit mir Schritt zu halten."

Er führte sie durch ein Gewirr von Geschäften, Wohnungen und Büros. Langsam näherten sie sich Straßenzügen, in denen die Luft klarer war, so dass der Rauch ihnen nicht mehr die Bronchien verstopfen und in den Augen brennen würde. Das war auch nötig, denn sonst würde noch eine Rauchvergiftung Krahl die Arbeit aus der Hand nehmen.

„Ich seh ihn nicht mehr", sagte Ursel. Sie konnte nur noch schlurfen, und auch das würde sie nicht mehr lange durchhalten.

Den stechenden Tränenschleier vor seinen Augen wegblinzelnd, verhielt Konrad den Schritt und suchte die Gegend nach ihrem Verfolger ab. Es sah aus, als hätte Ursel Recht: Es schien ihnen niemand mehr auf den Fersen zu sein. Doch zur Entwarnung war es Konrad zu früh. Dazu kannte er seinen Gegner viel zu gut.

Er drückte sie gegen eine Hausmauer, wo ein Dachüberstand notdürftigen Schutz bot. Immer noch hustend und blinzelnd versuchten sie sich zu orientieren und horchten gleichzeitig angespannt nach näher kommenden Schritten. Der Bomberschwarm suchte inzwischen einen anderen Stadtbezirk heim.

„Er hat wohl aufgegeben", vermutete Ursel.

„Krahl gibt niemals auf."

„Dann haben wir ihn vielleicht abgehängt." Sie sah ihn an und hoffte, dass sie Recht hatte. Ihr Gesicht und ihre Arme waren schwarz von Ruß, außer dort, wo Tränen und Schweißbäche sich ihren Weg gesucht hatten, so dass sie ein klein wenig aussah wie die Zebras im Tiergarten.

„Kann sein“, sagte er.

„Du hörst dich fast enttäuscht an.“

Ehe er darauf antworten konnte, ertönte ein lautes Krachen, und aus der Mauer, an deren Fuß sie sich lehnten, brachen Ziegelbrocken heraus. Hastig zog Konrad Ursel um die Hausecke.

„Gut. Jetzt hat er uns gefunden“, sagte Konrad.

„Gut?“, schrie Ursel. „Was soll daran denn nun gut sein?“

33

Krahl verfluchte sich selbst, weil er daneben geschossen hatte. *Sauber ins Fadenkreuz nehmen! Ausreden werden nicht angenommen!* Er sah seine Beute um die Hausecke verschwinden. Ein grimmiges Glucksen stieg in seiner Kehle auf. Er konnte sein Glück kaum fassen: erst die Tussi, die seelenruhig mitten auf dem Potsdamer Platz herumspazierte, und dann noch die Terrorflieger!

Die Bomber hatten die Menschen von den Straßen gefegt und die Stadt zu seinem höchstpersönlichen Jagdrevier gemacht. Umso leichter für ihn, Reichmann aufzuspüren und zu erledigen. Das Mädel würde eine Extra-Trophäe für ihn abgeben. Sie war erwachsener geworden, aber er hatte sie dennoch sofort erkannt. Er hatte nach all den Typen Ausschau gehalten, in deren Kreis Konrad Reichmann früher immer rumgehangen hatte, weil jeder von denen ihn zu Reichmann führen konnte. Und richtig: Kaum war die Schnepfe auf dem Potsdamer Platz aufgekreuzt, da war Konrad ihr auch schon hinterhergehechelt.

Sicher, das Mädchen würde Reichmann ein gutes Stück langsamer vorankommen lassen. Das machte den sportlichen Wettbewerb zwar für den Moment weniger reizvoll, erhöhte den Kick aber insgesamt doch ganz beträchtlich, schließlich war Reichmann in die Kleine verknallt! War er im Übrigen schon immer gewesen. Schon in den guten alten HJ-Tagen hatte er sich von ihr ablenken lassen, und genau diese Ablenkung würde ihm jetzt zum Verhängnis werden.

Krahl grinste und fing an, ein Liedchen zu summen. Wenn die Tussi das nächste Mal vor seinem Zielfernrohr rumhampelte, würde er nicht mehr daneben schießen. Und wenn sie erst mal platt gemacht war, würde Reichmann ein umso leichteres Ziel abgeben. Der Knabe würde seine Angebetete niemals auf der Straße liegen lassen! Ob sie nun angeschossen oder tot wäre, er würde an ihrer Seite bleiben, und seine Trauer würde ihn wehrlos machen. Dann würde Krahl ein Spielchen mit ihm spielen, genau wie mit Hartmut Kessel und dieser Russenschlampe. Klar hätte er die auch mit dem übrigen Gesocks in der Scheune abfackeln können, aber hatte es nicht viel mehr Spaß gemacht, mit ihrer Hinrichtung durch den Strick 'ne tolle Schau abzuziehen und sich daran zu weiden, wie dieser Kessel ausflippte?

Genauso würde es auch mit Reichmann laufen. Auf keinen Fall würde Krahl ihn einfach so abknallen. Konrad Reichmann hatte es schon verdient, sich ein bisschen mehr zu quälen, wenn er abkratzte. Nee, nee, den würde er in Stücke reißen, Glied für Glied: als Auftakt 'ne Kugel ins Bein. Wenigstens ein bisschen von dem Schmerz sollte der Bandit mitkriegen, mit dem er selbst sich Tag für Tag abplagen musste. Dann wäre ein Arm an der Reihe. Danach würde er ein Päuschen einlegen – sollte der Mistkerl sich nur neben seiner toten Freundin in seinem eigenen Blut winden, so lange, bis Angst und Reue ihn übermannten und er um Gnade winseln würde! Und dann, genau dann würde Krahl der Sache ein Ende setzen.

* * *

Ursel stolperte hinter Konrad her, der immer noch ihre Hand umklammert hielt und sie gnadenlos hinter sich herzog, obwohl sie kaum noch mitkam. Aber wenn noch etwas ihr Leben retten konnte, dann dieser eiserne Griff ihres Freundes. Er zerrte sie über eine Straße – sie hatte keine Ahnung, welche, alles war nur noch ein einziger grauer Nebelbrei: Straßen, Ruinen, zerschossene Autos.

Sie pirschten sich um das lichterloh brennende Wrack eines Straßenbahnwagens herum. Noch als sie in eine Gasse einbogen, die an einer Seite von einer hohen Mauer gesäumt war, kam es ihr vor, als versenge die Gluthitze ihr die Wange. Sie hätte etwas darauf verwettet, dass die Backsteinmauer hin- und herschwankte. Nachdem sie die Gasse hinter sich gelassen hatten, ging es wieder über eine Straße, ehe Konrad sie über ein paar Treppenstufen in ein ausgebranntes Gebäude hineinzog. Dessen Wände waren völlig verrußt, die oberen Geschosse existierten nicht mehr. Aus der Ruine wuchs schon allerhand Grünzeug, das Gebäude konnte also nicht erst vor kurzem getroffen worden sein.

Im ehemaligen Vestibül verlangsamte Konrad seinen Lauf und hielt abermals Ausschau nach ihrem Verfolger. „Kannst du ihn sehen?"

Ursel sah angestrengt zur Einmündung der schmalen Gasse zurück, durch die sie gekommen waren. Rauch waberte daraus hervor, aber sonst war nichts zu sehen. „Nee", antwortete sie, „aber wie soll man sich bei dem ganzen Rauch und so sicher sein?"

„Los, weiter", drängte er und zog sie tiefer in die Ruine hinein.

Sie kamen in einen Raum, der wohl einmal eine Wohnküche gewesen war. Konrad zog sie weiter in die angrenzende gute Stube, von der aus man die Straße überschauen konnte. Er drückte sie an eine Wand und ließ ihre Hand los. Sie für ihren Teil umklammerte die seine umso fester.

Er sah sie aufmunternd an. „Ist schon gut." Da endlich ließ sie ihn auch los.

Konrad warf seinen Tornister auf den Boden und hängte sich die Waffe um. Er kniete sich vor die leere Fensterhöhle und zielte auf die Einmündung der Gasse. Fassungslos sah sie zu, wie natürlich und mühelos er sich dabei bewegte.

„Willst du etwa auf ihn schießen?"

„Sch-sch." Konrad wandte den Blick nicht von der Gasse.

Sie ließ sich gegen die Wand sinken und schlang die Arme um ihre Briefmappe. Jetzt, wo sie nicht mehr rannten, zitterte sie vor Angst, und zwar so heftig, dass sie bezweifelte, noch einmal aufstehen zu können. Ihre Beine wurden von Sekunde zu Sekunde schwächer, und obendrein wurde ihr schlecht. Und je mehr sie sich klar machte, in welcher Gefahr sie schwebten, umso entsetzter wurde sie. „Gut", hauchte sie.

„Was?" Sein Blick wanderte von der Gasse gegenüber zu ihrem Gesicht. „Hast du gerade ‚gut' gesagt?"

„Hm."

„Möchtest du, dass ich ihn umbringe?"

„Ja."

Sie war nicht stolz darauf, das zu sagen, aber genau so fühlte sie.

„Du willst also, dass ich jemanden töte? Vor 'n paar Minuten warst du noch der Meinung, es sei verkehrt, ein Auto zu nehmen, das uns nicht gehört, und jetzt sagst du, es sei richtig, einen Mann umzulegen?"

„Das Auto hat ja nicht versucht, uns zu töten."

In Konrads Gesicht zeichnete sich Traurigkeit ab. Er sah wieder zur Gasse hinüber. „Ich nehme an, du wirst erleichtert sein, wenn er erst mal tot ist."

Daran hatte sie noch nicht gedacht, aber wo er es jetzt erwähnte ... „Ja, das werde ich", gestand sie.

Konrad nickte bedrückt. „Ich werde ihn aber nicht töten."

„Warum nicht?" Das kam in einer Zorneswucht, über die sie selbst erschrak und die ihr doch bei weitem nicht so sehr Angst machte wie der Gedanke an einen weiter hinter ihnen herjagenden Krahl.

Konrad seufzte. „Ich hab ein Gelübde abgelegt."

„Was denn für 'n Gelübde? Von was redest du überhaupt?"

„Ich habe gelobt, nie mehr wieder einen Menschen zu töten."

Ursel war verblüfft. „Was soll denn so 'n Gelübde mitten im Krieg? Wo unser aller Leben bedroht ist? Das soll doch wohl 'n Witz sein, oder?"

„Nee, es ist mein voller Ernst."

Seine Miene bestätigte seine Worte. Seine Augen verrieten, dass er nicht zum Scherzen aufgelegt war: Nur ruhige Entschlossenheit stand darin.

„Und was ist mit deinem Versprechen, uns zu beschützen? Das hast du auch gelobt, vor dem Pastor und den Kindern. Soll das jetzt nicht mehr gelten, oder wie?"

„Ich bin voll und ganz entschlossen, dieses Versprechen zu halten."

„Und wie das, bitte? Mit der Kraft guter Gedanken?"

Mit einer Handbewegung brachte er sie zum Schweigen, während seine Aufmerksamkeit sich ganz und gar auf irgendetwas draußen auf der Straße richtete. Ursel schob sich näher an ihn heran, so dass sie auch sehen konnte, was er vor Augen hatte.

Es war genau das, was sie befürchtet hatte. Krahl steckte seinen Kopf um die Ecke der Gasse gegenüber und suchte die Straße vor ihrem Unterschlupf ab.

Konrad legte an.

In der nächsten Sekunde fiel sein Schuss. Die Kugel schlug dicht neben Krahls Kopf ein. Der zuckte zusammen und machte dann einen Satz zurück in die enge Gasse. Der Sekundenbruchteil dazwischen aber hatte ihm gereicht, um ihren Standort auszumachen.

„Los, raus hier!" Konrad schnappte seinen Tornister und war schon halb aus dem verfallenen Zimmer.

„Wieso hast du das gemacht?", schrie Ursel, während sie mit ihm Schritt zu halten versuchte.

„Wollte ihn wissen lassen, wo wir waren."

Konrad verließ das Zimmer, wandte sich ins Innere des Gebäudes und fing an, immer zwei Stufen auf einmal nehmend, die Treppe bis zum nächsten Absatz hinaufzusteigen. Als er bemerkte, dass sie zurückblieb, streckte er ihr die Hand entgegen.

Ursel war sprachlos, erschüttert, wie betäubt.

Oben angekommen, zog Konrad sie in ein großes Zimmer ohne Decke. Über ihnen war nur der rauchverhangene Himmel. Was sie sah, verblüffte Ursel vollends.

Gedankenverloren ließ sie Konrads Hand los, trat in die Mitte des Raumes, drehte sich einmal ganz im Kreis und starrte unverwandt die Wände an. Sie konnte die Augen nicht davon lassen. „Das hast du also die ganze Zeit gemacht", sagte sie.

* * *

Krahl presste sich an die Mauer, die die Gasse säumte. Sein Herz schlug ihm bis zum Hals. Für den Augenblick war sein Selbstvertrauen tatsächlich erschüttert.

Das war zu nah gewesen. Er durfte nicht vergessen, mit wem er es zu tun hatte: Unterschätze den Feind, und er hat leichtes Spiel mit dir. *Geduld!*, ermahnte er sich. *Du hast den Sieg sicher, aber überstürze nichts!*

Er lief durch die Gasse zurück und schlug dann einen weiten Bogen, bis er die Rückseite des Gebäudes in den Blick bekam, in dem der Kerl sich verschanzt hatte. Er konnte nur einen Ausgang sehen: eine Tür im Hochparterre, von der eine hölzerne Treppe in den Hof hinunterführte.

Langsam schlich Krahl sich an die Treppe heran, die Waffe unablässig auf die Tür gerichtet. Katzengleich stieg er hinauf, eine Stufe nach der anderen. Die Tür ging nach außen auf, weswegen er auf der zweitobersten Stufe stehen blieb, um die Klinke auszuprobieren. So würde er in der besseren Feuerposition sein, falls die Tür plötzlich von innen aufgestoßen würde.

Die Waffe im Anschlag, die andere Hand auf der Klinke, beugte er sich vor, hielt eine kurze Sekunde inne, riss dann in einer einzigen Bewegung die Tür auf und stürzte ins Haus.

Was er zu sehen bekam, verblüffte ihn, und zwar so sehr, dass Konrad, hätte er ihm hier aufgelauert, ohne weiteres den ersten Schuss hätte setzen können. Doch Konrad war nicht da, er war über alle Berge. Das Mädchen genauso. Krahl wusste jetzt, dass er sie verloren hatte.

Er trat in die Mitte des Raumes, ungläubig die vier Wände anstarrend. „Müssen mindestens hundert sein“, murmelte er.

Alle vier Wände waren mit Fotografien gepflastert, die samt und sonders Krahl zeigten. Und auf jedem dieser Bilder befand er sich im Fadenkreuz. Während der ganzen Zeit, die Krahl Konrad nachgesetzt hatte, hatte dieser ihn fotografiert: in den Hotelfenstern, unter der Brücke, hinter dem Kaufhaus – einfach überall, wo Krahl sich auf die Lauer gelegt hatte, um Konrad zu schnappen.

Die Botschaft war eindeutig: Konrad hatte immer wieder die Chance gehabt, ihn abzuschießen, aber er hatte sich entschieden, es nicht zu tun. Die Bilder, die er von ihm geknipst hatte, waren genauso wie das, das er von Hitler gemacht hatte.

Genau wie das, das er von Hitler gemacht hat.

Krahl gluckste, lachte dann. „Du hältst dich für ganz schön ausgekocht, was, Bürschchen?“ Er stellte seine Waffe an die Wand, schüttelte sich eine Zigarette aus der Schachtel und steckte sie an. Rauchend besah er sich die vielen Fotos und musste wieder lachen. Der feine Streich, den der oberschlaue Reichmann ihm hier hatte spielen wollen, war ein Bumerang! Mehr denn je schöpfte Krahl Zuversicht, dass er den Drückeberger zur Strecke bringen würde. Und es war genau diese Bildersammlung, die ihn siegessicher machte.

Denn sie sagte Krahl etwas über seinen Feind, gab ihm eine Information, die ihn unschlagbar überlegen machte. Wenn es Konrads Ziel gewesen war, Krahl einzuschüchtern, hatte er gerade das Gegenteil erreicht.

„Du hast dir nicht ausgesucht, nicht zu töten, mein Kleiner“, dachte Krahl laut, „du *kannst* es nicht, stimmt's? Du hattest mich im Visier und konntest nicht abdrücken.“ Er schnippte den Zigarettenstummel gegen eines der Bilder. „Aber eines kann ich dir versichern, mein feiner Herr Reichmann: Mir flattert die Hose nicht, wenn's ans Abdrücken geht!“

34

Dienstag, 18. Juli 1944

Gunther Krahl brachte fertig, woran Konrad gescheitert war: Nachdem sie sich von einem Unterschlupf zum nächsten durch die Berliner Innenstadt hatte hetzen lassen müssen, sah Ursel ein, dass es zu gefährlich für sie war, weiterhin in die Stadt zur Arbeit zu fahren. Und auch Monika ließ sich durch die Erzählung von ihrem lebensgefährlichen Räuber-und-Gendarm-Spiel überzeugen, auch wenn sie nach wie vor in Sorge darum war, wie sie die Rama-Klause ohne das Geld durchbringen sollte, das Ursel bislang nach Hause gebracht hatte.

Am nächsten Tag mischte Konrad sich unter den Strom der Arbeiter, die zum Trümmerräumen nach Berlin hineingekarrt wurden, um zweierlei zu erledigen: Zum einen lieferte er die Briefmappe ab, die Ursel bei sich getragen hatte, als die Bomben zu fallen begannen. Ursels Anweisungen folgend, übergab er sie einem überaus dankbaren Herrn Gotthelf, der ein unbedeutender Anwalt sein musste, sofern man aus der Größe seines Büros auf seinen Status schließen konnte. Konrad erfuhr nie, was die Mappe enthielt; er konnte nur zwei Ausbuchtungen erfühlen und machte die Erfahrung, dass ein bebrillter Advokat ihn mit einer förmlichen Springflut von Dankesbekundungen überschüttete, nachdem er die Tasche wohl bereits durch den letzten Bombenangriff verloren gegeben hatte. Beim Hinausgehen hörte Konrad noch, wie der Anwalt seine Bürogehilfin anwies, die Mappe auf schnellstem Wege „zur von der Lancken'schen Adresse in Potsdam, Sie wissen schon" zu befördern.

Der zweite Weg, den Konrad zu machen hatte, hing mit dem Auto zusammen, das sie sich ausgeliehen hatten. So wie er es Ursel versprochen hatte, ging er zu der Straße zurück, wo sie und er das Auto stehen gelassen hatten. Da stand es immer noch, dick von Asche bedeckt. Niemand hatte sich um das Fahrzeug gekümmert, da man sowieso nirgendwohin fahren konnte: Die Straße war nach beiden Richtungen vollständig verschüttet. Konrad verbrachte den größten Teil des Vormittags damit, eine Fahrgasse durch die Trümmerberge freizuschaufeln. Sobald eine Durchfahrt irgend möglich erschien, machte er sich daran, den Wagen von seiner dicken Rußschicht zu befreien, räumte einige Trümmerbrocken weg, die die Karosserie im Dach- und Motorhaubenbereich heftig verbeult hatten, und machte den Karren wieder flott. Selbst wenn er nur langsam fuhr, sah es aus, als zöge er eine lange Rauchfahne hinter sich her, denn ohne Wasser hatte er das Auto natürlich nicht gründlich säubern können, und der Fahrtwind wirbelte den verbliebenen Ruß auf. Egal, er steuerte die Adresse an, die er auf einem Zettel im Handschuhfach gefunden hatte.

Er überquerte einen Kanal und stoppte vor einem etwas skurril wirkenden eingeschossigen Haus in Wilmersdorf, nicht weit entfernt von einem S-Bahnhof. Auf sein Klopfen öffnete eine dickliche Frau mittleren Alters, deren aufgequollene rote Augen verrieten, dass sie geweint hatte. Als er erklärte, er habe das Auto verlassen am Potsdamer Platz vorgefunden, und ihr die Schlüssel entgegenstreckte, warf ein neuer Tränenausbruch die arme Frau beinahe auf die Knie. Aus dem hinteren Bereich des Hauses erschienen zwei weitere Frauen, die die Weinende stützend in ihre Mitte nahmen. Eine der beiden Frauen nahm Konrad die Wagenschlüssel ab. Auch ihr war anzusehen, dass sie geweint hatte. Sie erklärte, der Wagen gehöre ihrem Vater und sie hätten soeben, vor weniger als einer halben Stunde, erfahren, dass dieser in dem gestrigen Angriff ums Leben gekommen sei. Nachdem er das Auto hatte stehen lassen, habe er anscheinend in einem Gebäude Zuflucht gesucht, das nach einem Volltreffer eingestürzt und ihm zum Grab geworden war.

Donnerstag, 20. Juli 1944

Konrad war gerade im Keller damit beschäftigt, an seinem Vergrößerungsapparat eine Glühbirne auszuwechseln, als es oben im Haus einen Tumult gab, der ihn aufhorchen ließ. Die Stimmen waren so laut und schrill, dass er die Apparatur in ihrem halb zerlegten Zustand stehen ließ, um nachzusehen, was da los war. Kaum war er halb die Treppe hoch, als er auch schon seinen Namen hörte.

„Hol Konrad! Rasch, hol ihn her!"

Es war die Stimme des Pastors. Er stand in seinem Schlafanzug mitten im Korridor, und zwar mit dem Radioempfänger in den Händen, dessen Kabel sich hinter ihm ins Schlafzimmer ringelte.

Am anderen Ende des Korridors tauchte Monika auf. „Josef, was um Himmels willen machst du denn da?"

„Monika, schaff mir Konrad her!"

„Aber er steht doch schon hinter dir!"

Der Pastor wandte den Kopf und verlor dabei um ein Haar das Gleichgewicht. Das Radio war zu schwer, als dass ein Mann in seinem Zustand es einfach hätte herumschleppen können.

Konrad eilte zu ihm und nahm das Gerät an sich. Von der anderen Seite kam Monika heran und fasste ihren Mann bei der Hand.

„Bist du denn verrückt geworden?", rief sie. „Du weißt doch genau, dass du nicht –"

„Bring es in die Küche", sagte Josef zu Konrad, „und stöpsel es dort ein."

Der Blick des Pastors war hellwach und drängend. Konrad ging an ihm vorbei Richtung Küche, ohne irgendeine weitere Frage zu stellen, während hinter ihm die eheliche Unterhaltung ihren Fortgang nahm.

„Würde der gnädige Herr uns denn mitteilen wollen, was das ganze Theater bitteschön soll?"

„Wo ist Ursel? Sie sollte das auch hören."

„Sie ist bei den Kindern."

„Dann hol sie her."

„Zuerst muss ich dir helfen, wohin immer deine Reise auch gehen soll."

„Hol du Ursel. Ich schaff das schon allein."

Konrad verlangsamte seinen Schritt, jederzeit bereit, das Radio Radio sein zu lassen und dem Pastor erneut zu Hilfe zu eilen. Entgegen seiner eigenen Behauptung war der nämlich definitiv nicht mehr in der Lage, ohne fremde Hilfe irgendwohin zu gehen.

Und so konnte seine Forderung Monika denn auch nicht beirren. „Ich werd dich nicht hier stehen lassen, bloß damit ich dich dann irgendwo auf dem Fußboden wiederfinde. Sag mir, wo du hin willst, und ich helf dir. Dann hol ich Ursel."

„Die Küche – bring mich in die Küche."

Konrad stellte den Empfänger in die Mitte des Küchentisches und stöpselte den Stecker ein, während Monika ihrem Mann half, sich auf einen der Stühle zu setzen.

„Und jetzt schaff mir Ursel her!", sagte ihr Mann, kaum dass sein Hosenboden die Sitzfläche berührte.

„Ich geh ja schon", sagte Monika, ohne ihren Zorn sonderlich zu verbrämen.

„Los, schalt es ein! Jetzt mach schon!", forderte Josef Konrad auf.

Das musste er Konrad nicht zweimal sagen. Wenn Pastor Schumacher so aufgebracht war, musste etwas überaus Bedeutsames geschehen sein. Konrad konnte nur hoffen, dass es, was immer es auch war, dem Krieg ein rasches Ende setzen würde. Wie ein Mann, der seit Monaten nichts Anständiges mehr zu essen bekommen hatte, war er begierig nach guten Nachrichten, die Veränderungen beinhalteten.

Von draußen kam Ursel herein, Monika auf den Fersen, gerade als die Röhren des Radios warm geworden waren und man die ersten Worte hören konnte. Ursel war verschwitzt und keuchte, hatten die Kinder doch gerade mit ihr Fangen gespielt. „Was ist denn hier los?", fragte sie japsend.

Pastor Schumachers Antwort bestand nur darin, dass er auf das Radio zeigte.

Auf dem Herd kochte ein Topf Kartoffeln. Monika nahm ihn

vom Feuer, ohne die Augen von dem Empfänger zu wenden, aus dem jetzt deutlich hörbar eine unbekannte Stimme schnarrte: „... *um einen ruchlosen Sprengstoffanschlag auf das Leben des Führers, der jedoch außer leichten Verbrennungen und Hautabschürfungen keine Verwundungen davontrug. Der Führer nahm seine Amtsgeschäfte unverzüglich wieder auf und empfing plangemäß den Duce zu einem ausgedehnten Spaziergang.*"

Konrad, Ursel und Monika tauschten erschrockene Blicke aus.

„Das ist ein Propagandatrick", sagte Josef, „Hitler ist tot. Einer der Verschwörer hat seinen Leichnam gesehen."

„Du meinst Sturmbannführer Wolff?", fragte Konrad.

„Er gehörte zu den Eingeweihten, aber ich weiß nicht, welche Rolle er bei dem Ganzen spielte."

Der Radiosprecher las seinen Kommentar weiter vor, in dem die Verschwörung geschildert und kaum bemäntelte Hinweise auf die Identität der Verschwörer gegeben wurden. Denen, die um den Küchentisch der Rama-Klause versammelt saßen, genügte das nicht. Josef vertraute ihnen an, was er wusste.

„Was mir zu Ohren kam, war, dass Claus Graf von Stauffenberg, ein Oberst im Generalstab, während einer Lagebesprechung im Führerhauptquartier von Rastenburg eine lederne Aktenmappe zu Füßen des Führers ablegte."

Die Erwähnung der ledernen Aktenmappe ließ Konrad und Ursel einen wunderlichen Blick tauschen: Hatten sie nicht kürzlich auch ein Erlebnis gehabt, bei dem eine Aktenmappe eine Rolle spielte? Doch dass jene Tasche mit der Stauffenberg'schen irgendwas zu tun haben sollte, wäre doch wohl zu viel des Zufalls gewesen.

„Stauffenberg hat selbst gesehen, wie die Leiche des Führers, zugedeckt mit seinem eigenen Mantel, aus der Lagebaracke getragen wurde."

Monika klatschte begeistert in die Hände, was ihr einen missbilligenden Seitenblick ihres Gatten eintrug.

„Kannst ruhig schief gucken", sagte sie. „Der Mann war der leibhaftige Teufel, und ich bin froh, dass er tot ist. Vielleicht können wir jetzt mit den Feindmächten Frieden schließen und diesen fürchterlichen Krieg zu einem Ende bringen."

„Und die Ehre Deutschlands wiederherstellen", fügte Konrad hinzu.

„Wie sollen wir uns den Respekt der anderen verdienen", warf Josef ein, „wenn wir als Volk nicht respektvoll handeln?"

„Es ist nicht respektlos, ein Ungeheuer zu töten, das dein Land kaputtmacht", entgegnete Monika.

„Mag sein, dass er sich wie ein Ungeheuer verhalten hat, aber er ist immer noch ein Mensch, und darum wäre es Mord, ihn zu töten, also ein Verstoß gegen Gottes Gebote."

„Ich bin mir nicht so sicher, ob Gott nicht im Falle Adolf Hitlers eine Ausnahme machen würde."

„Die ersten Christen haben unter Herrschern gelebt, die man mit Fug und Recht als Ungeheuer bezeichnen könnte. In den Tagen Neros nähte man Christen in die Felle wilder Tiere ein und ließ dann Hunde auf sie los. Frauen band man an wilde Stiere, die sie zu Tode schleiften. Einige gläubige Frauen wurden mit Pech beschmiert und in Brand gesteckt, um als lebende Fackeln die Lustgärten des Kaisers zu illuminieren. Während der Herrschaft Neros erlitten die Apostel Paulus und Petrus das Martyrium. Und wie haben sie sich verteidigt? Machten sie eine Verschwörung mit dem Ziel eines Attentats auf den Kaiser, um sich von dem Ungeheuer zu befreien? Nein, sondern wie Johannes sagt, haben sie ihn ‚überwunden durch des Lammes Blut und durch das Wort ihres Zeugnisses und haben ihr Leben nicht geliebt bis an den Tod'."

Während ihr Mann sprach, starrte Monika in ihre Hände. Als er fertig war, schob sie ihren Stuhl zurück und stand auf. „Ist mir wurscht, was du da sagst", zischte sie. „Hitler ist tot, und dies ist ein glücklicher Tag für Deutschland, den ich mir von dir nicht verderben lassen werde." Sie ging zu ihrem Topf mit Kartoffeln und begann mit den Vorbereitungen fürs Abendessen.

* * *

Beim Essen ließen sie das Radio an. Es wurde angekündigt, dass der Führer um Mitternacht eine Rede an das deutsche Volk halten werde. Dann würden sie also mit Sicherheit wissen, ob die Berichte von Hitlers Überleben gefälscht waren oder nicht.

Je weiter die Uhrzeiger der Mitternachtsstunde entgegentickten, umso gedrückter wurde die Stimmung im Haus. Selbst die Kinder verhielten sich, obwohl sie ausnahmsweise aufbleiben durften, seltsam ruhig, so als spürten sie, dass vom Ausgang der Ereignisse dieses Tages ihr Leben abhing.

Dann passierten die Uhrzeiger die Zwölf, ohne dass die angekündigte Ansprache ausgestrahlt worden wäre.

Freitag, 21. Juli 1944

Der neue Tag war kaum eine Stunde alt, als die unverkennbare Stimme Adolf Hitlers den Äther über Deutschland erfüllte.

Als Monika den Führer reden hörte, fing sie an zu weinen.

Konrad und Ursel waren müde und benommen. Was sie hörten, kam ihnen irgendwie unwirklich vor.

Josef war in seinem Sessel zusammengesackt und schlief, während der Diktator zu seinen Untertanen sprach.

Er erklärte, dass „eine ganz kleine Clique ehrgeiziger, gewissenloser und verbrecherischer, dummer Offiziere ein Komplott geschmiedet hat, um mich zu beseitigen" und die Wehrmachtführung zu entmachten. Die Täter hätten weder mit der deutschen Wehrmacht noch mit dem deutschen Volk irgendetwas zu tun, fuhr der Führer fort, ehe er mit Oberst Claus Graf Schenk von Stauffenberg einen der Verschwörer nannte und schilderte, wie dieser einen Sprengsatz platziert habe, der zwei Meter von ihm, Hitler, entfernt detoniert sei. Einige seiner getreuesten Mitarbeiter seien verwundet worden, einer davon schwer, während er, der Führer, selbst nur ein paar Kratzer und leichte Verbrennungen davongetragen habe. Die Tatsache, dass er die Explosion überlebt habe, fasse er „als eine Bestätigung des Auftrages der Vorsehung auf, mein Lebensziel weiter zu verfolgen“, nämlich Deutschland zum Triumph zu führen.

* * *

An den folgenden Tagen war im Radio von der Inhaftierung und Exekution der Verschwörer zu hören. Stauffenberg wurde standrechtlich hingerichtet. Man erzählte sich, er habe, als er vor einem Sandhaufen im Innenhof des Bendlerblocks Aufstellung nehmen musste, in dem das Oberkommando des Heeres seinen Sitz hatte, unmittelbar vor dem Feuerbefehl an sein Hinrichtungskommando ausgerufen: „Es lebe das heilige Deutschland!“

Zwei Tage lang hoffte Josef vergebens, irgendetwas über das Schicksal von Wolff und Adolf zu hören, der zwei Männer, die ihm dabei geholfen hatten, die Kinder aus der Hadamarer Anstalt zu retten. Er fand es ermutigend, dass ihre Namen im Radio nicht erwähnt wurden. Dagegen stand allerdings die Tatsache, dass er die beiden Mitverschwörer über die üblichen Untergrundkanäle nicht erreichen konnte.

Am dritten Tage nach dem Attentatsversuch gegen Hitler kam die schlechte Nachricht bei Josef an. Sowohl Wolff als auch Adolf befanden sich unter den Verschwörern, die gefangen genommen worden waren. Beide waren inzwischen gehängt worden.

35

Dienstag, 25. Juli 1944

Es ist unter keinen Umständen leicht, mit dem Tod eines nahen Freundes fertig zu werden. Josef Schumacher musste immer wieder daran denken, dass Martin Wolff nun nie mehr in der Rama-Klause einkehren würde. Es war ihm zur lieben Gewohnheit geworden, immer wieder unverhofft aufzukreuzen, wobei er jedes Mal Lebensmittel und andere Vorräte für die Klause mitgebracht hatte, nicht zu vergessen kleine Geschenke für die Kinder. Für Josef selbst war Martins Anwesenheit Geschenk genug gewesen.

Diesem Mann verdankte Josef sein Leben, und genauso verhielt es sich mit sämtlichen Kindern der Rama-Klause. Josef kannte niemanden, dessen Leben ein besseres Beispiel dafür abgegeben hätte, was es hieß, Christ zu sein. Gewiss waren sie mitunter verschiedener Meinung gewesen, aber bei Martin Wolff war es niemals vorgekommen, dass eine Meinungsverschiedenheit sein Verhältnis zu den Freunden getrübt oder seine Glaubenshaltung verwässert hätte. Wenn er nicht mehr da war, war es in der Welt ein Stück einsamer geworden.

Aber Wolffs Tod brachte mehr an Auswirkungen mit sich als nur Josefs persönliche Trauer. Wolff war ihr wichtigster Kontaktmann zur Untergrundszene gewesen, überdies der eigentliche Gründer und Hauptunterstützer der Rama-Klause. Fast alle ihre Kontakte zur Außenwelt waren über die Kanäle des Untergrundes gelaufen. Das Verbindungsglied, das Wolff dargestellt hatte, war nicht nur ihre vorläufige Nabelschnur gewesen, sondern hatte auch sichergestellt, dass ihre Existenz geheim blieb.

Nachdem nun Mitglieder des Berliner Widerstandes an dem Komplott zur Ermordung des Führers beteiligt gewesen waren, waren sämtliche Koordinaten verschoben. Es gab keinen sicheren Kontakt mehr. Sämtliche Verbindungslinien waren abgerissen. Der Nachschub an Lebensmitteln blieb aus. Jeder Versuch Josefs, die

Verbindungen wiederherzustellen, führte nur zu Rauschen im Äther. Keine einst offen stehende Tür, an die Monika klopfte, wurde ihr mehr geöffnet, obwohl sie spürte, dass hinter den Türen Menschen waren. Und in jedem einst vertrauenswürdigen Laden, den sie aufsuchte, traf sie jetzt auf Gesichter, die sie nicht mehr wiedererkannte.

* * *

„Wir haben genug Vorräte für vier oder vielleicht sechs Wochen", berichtete Monika. „Dann aber ..."

Sie und Ursel saßen Seite an Seite auf der Bettkante. Josef hockte in seinem Sessel, während Konrad mit verschränkten Armen unter der Tür stand. Immer öfter wurde in diesen Tagen die Schumacher'sche Schlafkammer zu ihrem Besprechungszimmer. Josef wagte sich kaum noch aus diesem Zimmer heraus.

Der Pastor hielt die Augen geschlossen, was er neuerdings immer tat, wenn er Informationen in sich aufnahm. Manchmal schlief er auch dabei ein, und normalerweise fiel ihm dann der Kopf auf die Brust. In solchen Fällen pflegte Monika ihm etwas zuzurufen, und wenn er dann mit einem kurz angebundenen „Jetzt lasst mich doch mal nachdenken!" antwortete, wussten sie immerhin, dass er sich noch nicht ganz von ihnen verabschiedet hatte. Dieses Mal sprach er, ohne die Augen zu öffnen.

„Wir haben doch gelegentlich durch Willi was bekommen", sagte er. „Was meint ihr, ob er uns nicht auch jetzt helfen könnte?"

„Ja, aber normalerweise bringt er Luxusartikel: Kaffee, Schokolade, so was halt", gab Monika zu bedenken. „Ich kann's nicht mit Sicherheit sagen, aber er hat mal so Andeutungen gemacht, als wenn er das Zeug irgendwo auf dem Schwarzmarkt kriegte."

„Konrad?", sagte Josef, jetzt die Augen aufschlagend.

„Ich hab meinen Bruder nicht mehr gesehen, seit er Weihnachten hier war."

„Und du weißt nicht, wo du ihn finden könntest?"

„Hältst du das für klug?", fragte Konrad.

„Uns bleiben nicht mehr viele Möglichkeiten“, gab Josef zu bedenken. „Wenn du ihn gefunden hast, können wir uns ja immer noch entscheiden, nicht auf ihn zurückzugreifen, aber lass uns doch erst mal sehen, was er für uns tun kann.“

„Ich werd mich mal umtun“, sagte Konrad.

„Bis dahin hab ich immer noch ’n paar alte Kontakte, bei denen ich’s noch nicht versucht habe“, schaltete Monika sich wieder ein.

Ursel saß still dabei. Sie hatte die Hände unter ihre Oberschenkel geschoben, und ihr Mund bildete eine dünne, missmutige Linie.

Josef seufzte. „Na ja, man könnte schon noch das eine oder andere versuchen, aber lasst uns von mir aus erst mal so anfangen.“

Dazu nickten alle.

„Wir wollen Gott bitten, unsere Schritte zu leiten“, schlug Josef vor. Sie nahmen sich alle bei den Händen, Konrad hielt Josefs Rechte und Ursel die Linke. Der Pastor sprach ein schlichtes Gebet, in dem er Gott bat, für ihren Mangel Sorge zu tragen und die Kinder sicher zu bewahren. Nachdem er „Amen“ gesagt hatte, drückte er Konrads und Ursels Hand fester und sah erst sie, dann ihn an. „Wisst ihr, ich könnte auch nicht stolzer auf euch beide sein, wenn ihr meine eigenen Kinder wärt.“

Konrad nickte, Ursel lächelte.

„Nur zwei Dinge tun mir Leid“, fuhr Josef fort, immer noch ihre Hände haltend. „Zum einen, dass ich nicht mehr lange genug hier leben werde, um zu sehen, wie Edith erwachsen wird. Und zum zweiten, dass ich nicht derjenige sein werde, der euren Traugottesdienst hält.“

„Josef!“, schalt Monika. „Jetzt bringst du die zwei aber in Verlegenheit!“

Konrad spürte, wie seine Wangen heiß wurden.

Auch Ursels Gesicht lief rot an, obwohl sie gar nicht allzu verlegen zu sein schien, schaute sie doch Josef liebenswürdig an, tätschelte ihm die Hand und sagte: „Da wäre ich mir nicht so sicher.“

* * *

„Ich glaub's nicht, dass ich das gesagt habe!"

Ursel zeterte in ihr Kissen, in das sie das Gesicht presste, so fest sie irgend konnte – so als könnte sie dadurch aus dieser Welt in eine andere flüchten, eine Welt, in der das Wort nicht gefallen war, das sie gerade ausgesprochen hatte.

„Dämlich, dämlich, dämlich! Wie um alles in der Welt konnte ich bloß so dämlich sein?"

Sie wollte irgendwo verschwinden, aufhören zu existieren. Alles, aber auch alles war der Notwendigkeit vorzuziehen, Monika, dem Pastor und Konrad noch einmal unter die Augen zu treten. Ein lang gezogener Seufzer entrang sich ihrer Kehle.

Sie hatten sie ausgelacht, und das konnte sie ihnen noch nicht mal verdenken. Sie hatte sogar mit in ihr Lachen eingestimmt – was war ihr auch anderes übrig geblieben? Sie hatte schnell eingeworfen, es habe nur ein Scherz sein sollen, und wusste doch genau, dass niemand ihr glaubte. Sie glaubte es ja selber nicht!

Sie wusste auch, warum sie es gesagt hatte: wegen all dem, was gestern passiert war – ihre Rettung durch Konrad, und dann das Ruinenzimmer mit all den Bildern und wie sie plötzlich gemerkt hatte, dass Konrad sich verändert hatte, reifer und klüger geworden war. Auch weicher und höflicher war er jetzt. Aber da war ja auch noch die leidige Sache mit Karin: diese Bilder, die sich gnadenlos wieder und wieder vor ihrem inneren Auge abspulten. Sie mochte sich einzureden versuchen, dass sie Konrad nur heiraten wolle, um ihn vor Karin zu bewahren – aber sie wusste doch, dass das nicht stimmte. Doch, sie wusste sehr gut, wieso sie gesagt hatte, wofür sie sich jetzt am liebsten die Zunge abgebissen hätte. Dass sie es laut ausgesprochen hatte, das war es, was sie sich nicht verzeihen konnte. Die Wörter waren ihr einfach so über die Lippen gequollen, und als sie selbst bemerkt hatte, was sie da redete, da war es schon zu spät gewesen.

Laut aufstöhnend vergrub sie ihr Gesicht erneut im Kissen. Darüber würde sie nie im Leben hinwegkommen! Nie und nimmer.

Sie wusste doch genau, dass sie Konrad nicht heiraten konnte. Sie liebte ihn viel zu sehr, um ihm das anzutun. Warum hatte sie dann nur gesagt, dass der Pastor sehr wohl ihren Traugottesdienst halten könnte?

„Wie kann man bloß dermaßen dämlich sein!"

Irgendwas zupfte ihr am Arm. Sie zuckte erst zusammen und stöhnte dann erneut auf, als sie bemerkte, dass jemand neben ihrem Bett stand. Um nichts in der Welt wollte sie ihr Gesicht vom Kopfkissen heben. Sie konnte ja versuchen, die Außenwelt einfach zu ignorieren, dann würde dieser Jemand schon irgendwann weggehen, und sie konnte ihr Gesicht so lange ins Kissen vergraben halten, bis die Welt untergehen würde.

Es zupfte wieder. Wer immer es war, er oder sie dachte gar nicht daran, sich zu trollen.

„Ussel?"

Sie zwang sich, den Kopf aus dem Kissen zu hieven, und erblickte ein Engelsgesichtchen, das sie wie ein einziges Fragezeichen ansah.

„Edith, was hast du denn hier drin zu suchen? Warum bist du denn nicht draußen bei den anderen?"

„Ich wollte einen Ball holen." Sie bückte sich und hob einen aufgeblasenen Gummiball hoch, der beinahe halb so groß war wie sie selbst.

„Ist ja gut. Dann geh jetzt wieder raus."

„Was?"

Ursel wusste nur zu gut, dass sie nicht nuscheln durfte, sondern sich um klare und deutliche Aussprache bemühen und die Wörter direkt in Ediths besser hörendes Ohr hineinsprechen musste, damit die Kleine überhaupt etwas verstand. „Ich sagte, geh jetzt wieder raus", wiederholte sie, diesmal klar und deutlich.

„Spiel doch mit uns!"

„Mir ist jetzt gerade nicht so sehr nach Spielen zumute."

„Bitte, bitte! Es ist viel lustigerer, wenn du mitspielst!"

„Das heißt ‚viel lustiger'", korrigierte Ursel.

„Biiiitte!"

„Vielleicht später."
„Wenn du fertig bist mit Dich-selbst-Anschreien?"
Ursel errötete. „Das hast du gehört?"
„Du bist gar nicht dämlich. Du bist lieb."
„Nee, heute nicht."
„Wenn du mit uns Ball spielst, geht's dir gleich besser."
Edith war im besten Begriff, ihren Willen zu kriegen. „Hm, da könntest du schon Recht haben ..."
„Weil nämlich, du kannst den Ball höher schmeißen als alle andern."
„Na schön, gehen wir spielen." Sie schleuderte das Kissen beiseite.
„Du darfst auch den Ball tragen." Edith hatte ihren großzügigen Tag.
„Ach nee, das machst du schon ganz gut."
„Ussel?"
„Hm?"
„Du bist nicht dämlich, und weißt du auch, warum?"
Es war Ursel peinlich, dass die kleine Edith ihren Wutanfall mitgekriegt hatte – andererseits war das an einem Tag wie heute, wo eh schon alles schief gegangen war, was überhaupt nur schief gehen konnte, auch egal. „Nee, sagst du's mir?", forderte sie Klein-Edith auf.
„Weil wir dämliche Leute nicht mit uns Ball spielen lassen."
„Aha."
„Ja. Hermann lassen wir nämlich nicht mitspielen, weil, der ist wirklich dämlich."
„Edith! Schäm dich! Hermann ist überhaupt nicht dämlich. Und es ist überhaupt nicht nett, jemanden dämlich zu nennen."
„Dann musst du dich auch schämen!", ereiferte sich Edith.
„Aber ich hab doch nicht gesagt, dass Hermann dämlich ist! Das warst du."
„Schäm dich, weil du nämlich gesagt hast, dass du dämlich bist!"
Mit einem schiefen Grinsen gab Ursel sich geschlagen. „Du hast ja Recht. Das hätte ich nicht sagen sollen. Aber wenn du einmal groß bist, dann wirst du mich schon verstehen."

* * *

Konrad gluckste immer noch vor sich hin, während er in der Hoffnung auf eine Mitfahrgelegenheit in die Stadt zur Landstraße runterging. „Was war das denn jetzt?", sagte er zu sich selbst.

Wohl jeder glaubte, dass er und Ursel irgendwann zusammenkommen würden. Er auch – jedenfalls die meiste Zeit. Aber dann hatte Ursel ihm ja deutlich genug zu verstehen gegeben, dass sie das keinesfalls wollte. Das hatte er gar nicht missverstehen können. Also war wohl ihr Ausspruch von vorhin nichts weiter als eine Höflichkeitsfloskel gewesen.

Der Pastor hatte seine Traurigkeit zum Ausdruck gebracht, und sie hatte ihn einfach trösten wollen. Das war alles. Sie meinte das nicht wirklich. Andernfalls wäre sie, nachdem die Worte gefallen waren, nicht wie eine Angestochene aus dem Zimmer gerannt, nicht ohne noch aufgebracht in die Runde zu werfen: „War 'n Witz, das wisst ihr ganz genau!"

Aber ob ihr die denkwürdige Bemerkung nun bloß so rausgerutscht war oder auch nicht, es würde für ihn peinlich werden, ihr das nächste Mal unter die Augen zu treten. Er würde aufpassen müssen, dass er nicht anfing zu lachen. Denn das Ganze war doch nun wirklich komisch, oder etwa nicht? Vor allem, wo sie doch alle beide wussten, dass sie es nicht wirklich ernst meinte. Es war einer jener dummen Sprüche, über die Freunde zusammen lachen konnten. Hartmut hätte sich darüber schief lachen können und Ernst genauso.

Aber wenn er genauer hinsah, verging ihm das Lachen aufs Gründlichste.

Auf der Landstraße näherte sich ein Lkw: kein Wehrmachtsfahrzeug, so dass er den Fahrer beruhigt anhalten konnte. Er hob den Daumen. Mit knirschenden Federpaketen und schrillem Bremsenquietschen brachte der Lenker den Lastwagen zum Stehen. Konrad fragte, ob er mitfahren könne, und sprang dann hinten auf die Pritsche. Im Fahrerhaus war kein Platz mehr gewesen, aber der Kutscher, ein alter Mann mit traurigem Blick und zotteligem

Schnurrbart, hatte wortlos mit dem Daumen nach hinten gezeigt. Auf der Ladefläche stand ein Bett, auf das Konrad sich fallen ließ. Das Gestell zitterte, als der Wagen ächzend Fahrt aufnahm. Es stank durchdringend nach Abgasen.

Als er in Berlin absprang, um irgendwie Willis Witterung aufzunehmen, kehrten seine Gedanken schon wieder zu Ursel zurück. Er überlegte, was er wohl empfände, wenn sie das, was sie gesagt hatte, wider alle Wahrscheinlichkeit tatsächlich ernst meinte. Darüber musste er nicht lange nachdenken: Es würde ihn sehr, sehr glücklich machen.

* * *

„Hat dich das nicht überrascht?“ Josefs Stimme kam aus seinem Lehnstuhl.

„Was denn, Liebling?“

Monika war damit beschäftigt, frisch gewaschene Wäsche in die Kommodenschubladen einzusortieren.

„Na, die Bemerkung von Ursel.“

Monika lachte. „Doch, und ob.“

„Denkst du, sie hat das ernst gemeint?“

Monika hob den Kopf, um die Frage einen Augenblick zu erwägen, nahm aber bald ihre Beschäftigung wieder auf. „Keine Ahnung. Kann schon sein. Hinterher war's ihr bestimmt peinlich.“

„Nicht allzu sehr, möchte ich doch hoffen.“

„Ach, sie kommt schon drüber hinweg. Sie ist gerade eben erst mit Edith nach draußen gegangen.“

Josef schloss die Augen und legte den Kopf an die hohe Rückenlehne. „Ich war in Gedanken gerade wieder in Pankow. Hab mich erinnert, wie ich die ganzen jungen Leute zum allerersten Mal gesehen habe. Damals ging mir tatsächlich durch den Kopf, weißt du, dass ich wohl das eine oder andere Pärchen von ihnen trauen würde. Und die erste Hochzeit, da war ich mir ziemlich sicher, würde die von Ursel sein.“

„Tja, und dann kam der Krieg.“

„Stimmt."

In seiner Stimme lag eine Müdigkeit, die klang, als müsse er mutterseelenallein die ganze Last des Krieges auf seine Schultern nehmen, als wären all die guten und schönen Dinge, die der Krieg verhindert hatte, ihm, Josef Schumacher, anzulasten.

Monika hatte alle Wäschestücke verstaut, schloss die Schubladen und wandte sich dem noch ungemachten Bett zu.

„Ach, lass das doch", sagte Josef.

Monika drehte sich zu ihm um.

„Ich bin müde", seufzte er.

„Hast ja auch die Nacht kaum geschlafen." Sie steckte die Laken fest, die sich am Fußende geknäuelt hatten. „Wann soll ich dich denn wieder wecken?"

Josefs Augen blieben zu, sein Kopf war leicht zur Seite gesunken.

Monika lächelte. „Du bist wirklich müde, wie?" Sie ging zu ihm und legte ihm die Hand auf die Wange, um ihn zu wecken.

Doch er wachte nicht auf.

„Josef?"

Keine Antwort.

„Josef?", rief sie kräftiger und rüttelte an seiner Schulter. Doch er wachte nicht mehr auf. Nie wieder würde er die Augen öffnen.

„Ach, mein Liebling!", schluchzte sie mit gedämpfter Stimme.

Monika hockte sich auf die Armlehne von Josefs Sessel und bettete seinen Kopf an ihre Brust. „Jetzt darfst du dich ausruhen, mein Liebster", flüsterte sie. „Ruh dich einfach aus. Wenn es Morgen wird, sehe ich dich wieder."

36

Mittwoch, 6. September 1944

Nachdem Josef nicht mehr da war, wurde die Rama-Klause zu einer leeren Hülle ohne Geist. Es gab sie noch, das ja, doch als man den Tag schrieb, da der Kriegsbeginn sich zum fünften Mal jährte, war ihr Lebensfunke verglüht, ihre eigentliche Kraft verebbt. Die Kinder kannten den Unterschied zwischen Krieg und Frieden gar nicht, sie hatten ja nie ohne die verheerenden Auswirkungen des Krieges gelebt.

Wenn es einen Helden dieser Stunde gab, so war es Willi. Obwohl es Konrad nicht geglückt war, ihn aufzustöbern, hatte er irgendwie von der Situation der Rama-Klause Wind gekriegt, und so kreuzte er eines strahlenden Sonnentages mit einer ganzen Wagenladung von Vorräten auf. Die Kinder durften die kleineren Pakete ins Haus tragen; es war ein Bild wie bei einer Ameisenstraße. Niemand fragte Willi, wie er von ihrer Not erfahren habe, ebenso wenig wie irgendjemand auf die Idee kam, nachzufragen, woher er die Lebensmittel organisiert habe oder wer für die Kosten aufkomme. Wenn man sechs junge, hungrige Münder zu füllen hatte, kam es einem geradezu ungezogen vor, ein Wunder zu hinterfragen. Konrad für seinen Teil hatte freilich so seine Zweifel, ob dieses spezielle Wunder wirklich Gott zuzuschreiben war.

Nach diesem ersten Mal schaffte Willi jede zweite Woche neue Vorräte heran. Er blieb dann immer einen Tag, manchmal auch zwei. Hilfe bei den häuslichen Verrichtungen bot er nie an. Meistens lief er wie ein Haustier Monika hinterher und sah ihr unablässig grinsend bei der Arbeit zu. Monika ihrerseits ließ sich kein Wort darüber entlocken, was das wohl solle, aber jeder konnte merken, dass ihr in Willis Gegenwart nicht wohl war.

Ein Wolf im Schafpelz – so sah Konrad die Sache. Umso weniger ließ er es an Wachsamkeit fehlen. Sein Bruder hatte ein verschlagenes Wesen, schon immer. Als er ein Junge gewesen war, hatte es ihm Spaß gemacht, Lebewesen zu töten: kleine Lebewesen, Insekten und dergleichen. Der Tod hatte ihn fasziniert: Immer wieder hatte er in Seile oder auch Drähte Schlingen geschlungen und Puppen oder Zinnsoldaten darin erhängt. Mochte er in diesen Zeiten noch so hingebungsvoll alle 14 Tage den Weihnachtsmann spielen, so war er dennoch von verdorbenem Charakter, liebte es, zu intrigieren, und ließ auf Dauer keine Rechnung offen stehen.

Als Willi zum ersten Mal vorbeigekommen war, hatte Konrad ihn nach dem Abendessen beiseite genommen und gefragt, ob er vom Tode ihres Vaters wisse. Das Grinsen, mit dem Willi diese Frage quittierte, ließ Konrad das Blut in den Adern gefrieren. Willi sagte, der Gedanke daran, ihren Vater ewig in der Hölle schmoren zu sehen, sei seine einzige wirkliche Hoffnung für ein Leben nach dem Tode.

Von den Kindern war Toba der Einzige, der sich nicht zu freuen schien, wenn Willi kam. Er schien ihrem Wohltäter irgendetwas abzuspüren, was den anderen verborgen blieb, und wich nicht von Konrads Seite, wenn Willi im Hause war. Konrad war die Gesellschaft des kleinen Kerls ganz recht. Zwar mochte er es nicht zugeben, noch nicht mal vor sich selbst, aber es quälte ihn, das fröhliche Kreischen der Kinder zu hören, wann immer sie Willis Wagen in der Zufahrt zur Klause erblickten.

Er zwang sich, an andere Probleme zu denken. Das Joch der Rama-Klause, das der Pastor ihm auf die Schultern gelegt hatte, erwies sich als schwerere Bürde, als er es sich vorgestellt hatte. Es war ein einziger alltäglicher Kampf, sowohl nach innen als auch nach außen.

Der innere Kampf war eine Schlacht gegen die Dämonen in ihm selbst. Konrad konnte über den Tod des Pastors nicht zur Ruhe kommen, ein Ereignis, das ihm tagsüber Magenbeschwerden und nachts Albträume bereitete. Welche Hoffnung gab es denn noch für Deutschland oder seinetwegen auch gleich für die Welt insgesamt, wenn Gott es zuließ, dass die Guten jämmerlich starben, während die Bösen, ohne dass ihnen ein Haar gekrümmt wurde, in fast ganz Europa erhobenen Hauptes auf den Straßen herumstolzierten? Seit einiger Zeit bereits hörte man hinter vorgehaltener Hand Gerüchte über Konzentrations- oder Todeslager, in denen unsagbare Grausamkeiten an der Tagesordnung sein sollten, und in letzter Zeit sprach immer mehr dafür, dass diese Dinge keineswegs frei erfunden waren. Ehe er Hadamar gesehen hatte, hätte Konrad sich strikt geweigert, solch absurden Gerüchten Glauben zu schenken. Doch nachdem er mit eigenen Augen die zum Sterben ausgesonderten Kinder wie auch all die niederträchtigen Schandtaten deutscher Einheiten an der Ostfront gesehen hatte, war er geneigt, alles für wahr zu halten, was ihm in dieser Hinsicht zu Ohren kam. Er schämte sich dieser Dinge zutiefst; mittlerweile war Schande das Gefühl, das ihn am ehesten beschlich, wenn er an die Bosheit der Deutschen dachte. Umso weniger begriff er, wie Gott bei alledem als passiver Zuschauer daneben stehen konnte.

Denn dass Gott nichts tat, lag ja doch auf der Hand. Welchen anderen Schluss sollte man denn ziehen, wenn ein guter Mann wie Josef Schumacher in seinem Versteck hinter den sieben Bergen starb, während es einem Adolf Hitler gestattet war, weiterzuleben? Wieso war das Böse um so vieles stärker als das Gute?

Konrad zog für sich die Schlussfolgerung, dass der Himmel sich von Deutschland abgewandt habe und damit auch von all denjenigen, die in diesem Lande Gott verehrten und richtig zu handeln versuchten. Sie waren auf sich selbst gestellt – was freilich nicht bedeutete, dass er nicht weiterhin danach trachten solle, ehrbar zu leben, allein schon aus Respekt vor Josef. Bis zum letzten Atemzug würde Konrad sein Versprechen halten, über die zu wachen, die Josef geliebt hatte. Sie waren jetzt die Herde, für die Konrad zu sorgen hatte. Er und niemand anders war ihr Hirte.

* * *

Der Hirte der kleinen Rama-Klause-Gemeinde war Soldat, so dass er die Gefahren, denen die ihm Anvertrauten ausgesetzt waren, in militärischen Kategorien abschätzte. Seiner Auffassung nach standen sie in einem Vier-Fronten-Krieg.

Die erste Front war der tägliche Kampf gegen den Hunger. Nach fünf Jahren Krieg herrschte derartiger Mangel, dass auch in der Stadt immer weniger an Lebensmitteln zu ergattern war. Fürs Erste schuf Willi hier Abhilfe, was Konrad nicht gefiel, doch auf absehbare Zeit blieb ihm keine andere Wahl. Weil er aber seinem Bruder so wenig vertraute, war ihm sonnenklar, dass er schnellstens eine neue Versorgungsquelle auftun musste.

Die zweite große Sorge galt der weiteren Geheimhaltung ihrer Existenz. Falls die Gestapo von der Rama-Klause erführe, würde sich sofort eine zweite Front auftun, von der Konrad glaubte, dass sie ihr kaum gewachsen wären. Auch in dieser Hinsicht stellte Willi einen Risikofaktor dar. Konrad hatte nicht die geringste Ahnung, mit wem Willi seine halbseidenen Geschäfte trieb und wie viel seine Spießgesellen von der Klause wussten. Doch bis auf weiteres konnte er kaum mehr tun, als die Lage scharf im Auge zu behalten.

Auch die Amerikaner stellten eine Bedrohung ihrer Geheimhaltung dar. Mit jeder weiteren abgeschossenen Bombercrew stand diese erneut auf Messers Schneide. Es brauchte ja nur ein einziger Flieger geschnappt und gefoltert zu werden! Nein, den Amis Unterschlupf zu bieten war ein unnötiges Risiko. Außerdem waren in letzter Zeit immer wieder Sachen aus dem Keller weggekommen, so dass Konrad sich gezwungen sah, seine Ausrüstung wegzuschließen. Nichtsdestotrotz fürchtete er um seine Siebensachen. Über diesen Punkt musste er unbedingt mit Monika sprechen. Sie wusste, wie man mit den Verbindungsleuten Kontakt aufnahm, die die Feindflieger an die Rama-Klause weiterleiteten. Ab heute würde diese kein Zufluchtsort für die Amis mehr sein.

Die dritte Front bestand aus einer einzigen Person: Krahl. Auch wenn es Konrad bis jetzt geglückt war, ihm zu entwischen, wäre es ein schwerer Fehler gewesen, auf dieser Strecke Entwarnung zu geben. Ob es ihm nun gefiel oder nicht, diese Gefahr hatte Konrad selbst über die Rama-Klause gebracht. Sollte es Krahl jemals gelingen, ihm bis an diesen Ort zu folgen, so versagte jede Vorstellung vor dem, was der Mann anstellen würde. Eines stand fest: Die Kinder würden dann ihres Lebens nicht mehr sicher sein.

Als Letztes gab es da noch die Russen: die allergrößte Gefahr für sie. Sie kamen immer näher, ohne dass das einst so mächtige Dritte Reich sie noch aufzuhalten vermochte. Seit der Zeit, als russische Soldaten auf ihrem unaufhaltsamen Vormarsch erstmals polnischen Boden betreten hatten, war eine Stadt nach der anderen der Roten Armee in die Hände gefallen: Odessa, Sewastopol, Minsk, Vilnius, Lemberg, Brest-Litowsk ... Dieser Front hatte Konrad nicht das Geringste entgegenzusetzen. Wie um alles in der Welt sollte er die Kinder vor den Russen retten?

* * *

„Ich hab viel darüber nachgedacht", sagte Konrad, „und ich meine, es wäre an der Zeit für uns, Kontakt zu den Amis aufzunehmen."

„Sehe ich auch so", antwortete Monika rasch, und dabei strahlte ihr Gesicht auf eine Weise, die Konrad verblüffte.

Ursel dagegen schien ihren Enthusiasmus nicht zu teilen. Zu dritt saßen sie am Küchentisch. Draußen war es stockfinster, so sehr, dass sie ihre Gesichter in der Fensterscheibe wie in einem Spiegel sehen konnten. Die Kinder lagen in ihren Betten und sollten eigentlich schlafen, obschon man sich dessen nie so ganz sicher sein konnte. Konrad hatte die Frauen förmlich um eine Besprechung gebeten, die erste seit Josefs Tod.

„Freut mich, dass du derselben Meinung bist." Konrad war ehrlich erleichtert. Nach ihrem Zusammenstoß wegen Ursel und Berlin und so war ihm vor dieser Unterhaltung reichlich mulmig zumute gewesen – unnötigerweise, wie sich nun zeigte.

„Du bist der Mann mit der militärischen Erfahrung", sagte Monika. „Was meinst du denn, welche Hilfe wir von ihnen erwarten könnten?"

„Hilfe? Wie meinst du das?"

„Na ja, Lebensmittel halt. Essen. Vorräte."
„Wovon redest du eigentlich?"
Monika schien vor den Kopf gestoßen. „Du hast doch selbst vorgeschlagen, Kontakt zu den Amis aufzunehmen."
„Ja, um ihnen zu sagen, dass sie die Rama-Klause nicht länger nutzen können."
„Wieso das denn?" In Monikas Augen blitzte es gefährlich auf. Ihre Stimme klang rasiermesserscharf.
„Weil wir uns selbst in Gefahr bringen damit. Es ist einfach nicht sicher."
„Jetzt redest du schon wieder von Sicherheit! Im Krieg gibt's keine Sicherheit. Klar, wir sind hier nicht an der Front, jedenfalls noch nicht. Aber falls der Herr es noch nicht bemerkt haben sollte: Seit Hitler zum Reichskanzler gewählt wurde, hat's für uns keine Sicherheit mehr gegeben!"
„Ja, aber man muss die Risiken abwägen, und es gibt einfach welche, die sind zu groß. Es braucht nur einer von den Amis zu reden, und schwuppdiwupp steht die Gestapo mit dem Brecheisen vor der Tür!"
„Mit diesem Risiko lebten wir schon, ehe du hier wieder aufgekreuzt bist", entgegnete Monika kalt. „Und jetzt ist es an der Zeit, dass es sich irgendwie für uns auszahlt."
„So siehst du das also, ja?"
„So hat Josef es gesehen. Er kam auf die Idee, die Amis anzuzapfen."
Das nahm Konrad die Luft aus den Segeln. Wenn er jetzt noch etwas gegen Monika sagte, würde es der Entweihung eines verstorbenen Heiligen gleichkommen. Also verlegte er sich auf eine andere Taktik. „Ursel", sagte er, „du hast dich doch nie sicher gefühlt, wenn die Amis hier zu jeder nachtschlafenden Stunde aus dem Gebüsch auftauchen konnten. Was meinst du denn, was wir machen sollten?"
Sie runzelte die Stirn, sah erst Konrad, dann Monika, dann wieder Konrad an. Offensichtlich behagte es ihr ganz und gar nicht, sich für einen dieser beiden entscheiden zu müssen. „Ich weiß auch

nicht“, sagte sie mit matter Stimme. „Ich kann’s nicht leiden, dass wir bewaffnete Amis im Keller liegen haben, aber wir müssen auch irgendwie an Lebensmittel rankommen.“ Ihre Hände lagen gefaltet auf der Tischplatte, und sie rieb voll Nervosität den einen Daumen am anderen. „Wenn ich die Wahl hätte ...“

„Ja, wir würden deine Meinung gerne hören“, sagte Konrad, und Monika gab ihm mit der Andeutung eines Nickens Recht.

„Ja, dann müsste ich mich wohl Monikas Auffassung anschließen.“ Ängstlich suchte sie Konrads Blick. „Denn wir brauchen die Lebensmittel, wie gesagt.“

Konrad richtete sich auf seinem Stuhl auf und musterte die beiden Frauen. „Gefällt mir nicht. Aber gut, nehmen wir also Kontakt zu den Amis auf. Es macht mir einfach meine Aufgabe schwerer, das ist schon alles.“

„Deine Aufgabe?“, fragte Monika.

„Immerhin hat der Pastor mir die Rama-Klause anvertraut.“

Monika sah ihn unverwandt an. „Er hat dich zum Beschützer der Rama-Klause eingesetzt. Nicht zu ihrem Führer.“

* * *

Monika hatte sich verändert, seit ihr Mann gestorben war. Härter war sie geworden. Konrad konnte sich noch an die Zeit erinnern, als sie und Josef frisch verheiratet gewesen waren. Damals hatte es nicht viel gebraucht, um Monika aus der Fassung zu bringen, und sobald sie diese verlor, pflegte sie an ihren Haarspitzen herumzukauen. Jetzt zeigte sie überhaupt keine Gefühle mehr. Selbst als sie Josef beerdigt hatten, war sie die Selbstbeherrschung in Person gewesen. Niemand hatte auch nur eine Andeutung von Trauer über den Tod ihres Mannes bei ihr gesehen.

Sie ging Konrad voraus in ihr Schlafzimmer, wo sich seit Josefs Tod nur wenig verändert hatte, außer dass es jetzt aufgeräumter aussah: keine herumliegenden Bücher und Papiere mehr. Das Bett war jederzeit akkurat gemacht.

Monika ließ sich auf die Knie fallen und griff unters Bett. Sie brachte ein Funkgerät zum Vorschein, das sie auf die Bettdecke legte.

„Das hat Josef gekriegt, nachdem Wolff getötet worden war", sagte sie. „Am besten stellst du selbst den Kontakt her."

„Dann brauche ich aber die Frequenz."

Die hatte sie im Gedächtnis abgespeichert.

Konrad stellte die Verbindung her und verlangte ein Treffen. Die Stimme am anderen Ende nahm die Botschaft entgegen, ohne irgendwelche Zusagen zu machen.

37

Dienstag, 10. Oktober 1944

Einen Monat lang hatten sie jede Woche zu einem vorher abgesprochenen Zeitpunkt das Funkgerät auf Empfang gestellt, ohne aus dem Äther etwas anderes zu hören als Knacken und Rauschen. Konrad sah sich in der Auseinandersetzung mit Monika als Sieger durch k.o. Die Amerikaner waren aus dem Spiel. Alle Anzeichen deuteten darauf hin, dass sie ihrerseits die Verbindung zur Rama-Klause gelöst hatten: Nicht nur war ihnen nichts weiter zu Ohren gekommen, es waren auch keine amerikanischen Flieger mehr eingetroffen.

Mittlerweile sah es in ihrer Vorratskammer wirklich kritisch aus. Zwar kreuzte Willi nach wie vor regelmäßig auf, aber was er mitbrachte, ließ sich immer weniger verwerten. Wenn er seinen Kofferraumdeckel hochklappte, war es nicht ungewöhnlich, mehr Zigarettenstangen darin vorzufinden als Essbares. Und doch war er immer noch ihr bester Nachschubmann. Konrad war es bislang nicht geglückt, den Kontakt zu ihren alten Helfern im Widerstand wiederherzustellen. Es war, als hätten sich sämtliche Untergrundstrukturen über Nacht in Luft aufgelöst.

Gerade, als ihre Lage einen Tiefpunkt erreicht zu haben schien, tauchten die Amerikaner auf, und zwar ebenso unverhofft wie zahlreich. Eines verregneten Abends kurz vor dem Schlafengehen, als Ursel eben damit beschäftigt war, den Kindern eine Gute-Nacht-Geschichte vorzulesen, stürmte eine ganze Schwadron von ihnen ins Haus. Das jähe Auftauchen bewaffneter Soldaten versetzte die Kinder in helle Panik, so dass Monika, Ursel und Konrad ihre liebe Not damit hatten, sie wieder zu beruhigen. Die fünf unrasierten, verlegen dreinschauenden Amerikaner standen derweil tropfnass im Gemeinschaftsraum. Ihre mit Tarnfarbe eingeschmierten Gesichter und die Waffen in ihren Händen wirkten in dem kerzenbeschienenen abendlichen Familienidyll, mitten unter der

Kinderschar im Schlafanzug, so fehl am Platze, wie etwas irgend sein konnte.

„Was haben Sie denn hier erwartet", schrie Monika die Männer an, „etwa waffenstarrende Kinder?" Sie hatte ihre Arme um zwei der Kleinen gelegt wie eine Glucke, die ihre Küken schützt. „Sie wussten doch, dass dies hier ein Waisenhaus ist!"

Der größte der Männer trat vor. Er war von beeindruckend hünenhafter Gestalt, ein Mann, dessen schiere körperliche Präsenz einzuschüchtern vermochte. Er sprach gebrochen, aber gut verständlich deutsch. „Ich mich entschuldige", sagte er. „Wir müssten mit alle Sorte von ... äh ... Uberraschungen – sagt man so? – rechnen."

„Schön, aber jetzt wissen Sie's ja wohl besser, oder? Also können Sie die Schießprügel da auch wegtun. Sie machen bloß den Kindern Angst."

Die Amerikaner achteten jedoch nicht groß auf sie, sondern richteten die Blicke abschätzend auf Konrad, der sich seinerseits ein Bild davon zu machen versuchte, mit wem er es zu tun hatte. Sie waren nun einmal Feinde, daran gab es nichts zu rütteln.

Monika war das alles zuwider: Solche Auftritte wollte sie in ihrem Haus nicht haben. „Wie jetzt – wollen Sie uns hier vor den Kindern erschießen?", zischte sie.

Diese Frage ließ den Sprecher der Soldaten sichtlich zusammenzucken. Monika indes legte noch einmal nach: „Wenn Sie nicht vorhaben, auf uns zu schießen, brauchen Sie hier drin auch diese Waffen nicht."

Der groß gewachsene Offizier sagte über die Schulter etwas zu seinen Leuten, woraufhin diese die Waffen sinken ließen.

„Das reicht nicht. Ich will das Zeug aus dem Haus raushaben!", beharrte Monika.

„Die Männer?"

„Nee, die Waffen!"

Der Soldat schüttelte den Kopf. „Wir sind tief hinter die feindliche Linien. Sogar wenn ich die Männer gebe die Befehl, wegzutun ihr Waffe, ich zweifel, sie das würden tun."

„Dann sollen sie draußen warten."

Der Führer der Gruppe sah Monika lange unverwandt in die Augen und erteilte seinen Männern dann auf Englisch einen Befehl.

Die anderen vier setzten sich augenblicklich in Bewegung, ihre Gummisohlen quietschten auf den Bodendielen, als sie auf dem Absatz kehrtmachten. Sie verließen das Haus auf demselben Wege, auf dem sie hereingekommen waren.

„Collins!", sagte der Anführer.

Einer der Männer drehte sich wieder um.

Ohne den Blick von Monika zu wenden, streckte der Anführer dem Mann sein Gewehr entgegen. Der Soldat namens Collins nahm ihm die Waffe ab und schloss sich dann seinen Kameraden an.

„Danke", sagte Monika, und ihre Stimme klang schon weicher.

Peinliches Schweigen schloss sich an; jeder schien darauf zu warten, dass der andere etwas sagte. Schließlich ergriff der amerikanische Soldat als Erster das Wort.

„Ich bin Colonel Matthew Parker von die 9. US-Armee, *Special Operations,* ähm, wie sagt man, Spezial-Kommando, ja. Ich denke, ich habe die Ehre, zu sprechen mit Frau Schumacher?" Er streckte Monika die Hand entgegen.

Sie sah die ausgestreckte Hand an und sagte: „Wieso haben wir nicht vorab von Ihnen erfahren? Nichts, seit vier Wochen! Nachdem wir ein Jahr lang Ihre abgeschossenen Flieger hier bei uns aufgenommen haben, äußern wir einmal eine Bitte, und plötzlich zieren Sie sich?"

Er schien nicht recht zu wissen, was er mit seiner ausgestreckten Hand anfangen sollte. Es gab keinen eleganten Ausweg aus dieser unangenehmen Situation, also ließ er die Hand sinken und sagte: „Vielleicht Sie mögen Herr Schumacher informieren, dass ich bin hier. Dann ich bespreche die Situation mit ihm."

Ohne jedes Anzeichen einer trauernden Witwe entgegnete Monika: „Herr Schumacher ist verstorben."

Diese Neuigkeit schien Parker erst mal verdauen zu müssen. Auf seinem Gesicht zeichnete sich mehr Traurigkeit als Überraschung ab. „Meine Beileid“, sagte er. „Ich wusste, dass es ging ihm nicht gut.“ Je tiefer die Nachricht von Josefs Ableben in sein Inneres eindrang, umso nachhaltiger schien der militärische Ton von ihm abzufallen. „Ich habe angefangen zu bewundern Ihre Mann. Wir haben ausgetauscht ein’ mit die ander’ viel mehr als bloß militärische Information.“

„Sie haben meine Frage noch nicht beantwortet“, stellte Monika fest.

Parker sah von einem Kind zum nächsten. „Welche ist Edith?“

Neben Monika hob sich eine kleine Hand.

„Und ich bin Anni!“

„Hello, Anni“, sagte Parker mit einem amüsierten Lächeln.

Nachdem Anni sich vorgestellt hatte, brannten alle anderen Kinder darauf, es ihr gleichzutun. Der Amerikaner bedachte jedes von ihnen mit einem freundlichen Wort, ehe er seine Aufmerksamkeit wieder Edith zuwandte. Er musterte abwechselnd das Kind und seine Mutter. „Der Mund und die ... ähm ... wie heißt ... die Gesichtausdruck sie hat von Ihnen“, sagte er schließlich.

„Können wir das hier jetzt mal bitte klären?“, beharrte Monika.

Parker sah sie unangenehm berührt an. „Frau Schumacher, ich glaube, wir sind ein’ mit die ander’ in die Krieg, das schon, aber ich auch glaube, Gott hat uns treffen lassen zusammen für eine Grund. Vielleicht wegen die Kinder, vielleicht weil zu retten die Leben von ein paar Männer. Ich nur weiß, Ihre Mann glaubte auch so, und wenn wir doch wollen dieselbe Sache, ich nicht verstehe, warum wir nicht können ein’ mit die ander’ umgehen wie zivilisiert’ Leute.“

Monika blinzelte. Sie entschuldigte sich nicht, aber sie wiederholte auch ihre Forderung nicht mehr.

„Wenn es macht Ihnen nix aus“, fuhr Parker fort, „ich würde gerne wissen, mit wem ich habe zu tun.“

„Mit mir haben Sie zu tun“, sagte Monika. „Ich bin jetzt ‚Ein feste Burg‘.“

Parker nickte. Sie hatte Josefs Decknamen richtig benutzt. Aber er gab sich nicht zufrieden. „Gut, aber wer ist diese nette Frollein hier?“

„Ich heiße Ursel Janssen."

„In welche Beziehung Sie standen zu Josef Schumacher?"

„Er war mein Pastor."

Er nickte und sah Konrad an, der sich nicht so eilfertig vorstellte wie Ursel. Parker wartete.

Konrad holte Luft und öffnete den Mund, um etwas zu sagen, hielt wieder inne und sagte dann: „Josef war auch mein Pastor. Mein Name ist Konrad Reichmann."

Der Amerikaner musterte ihn. Es war offensichtlich, dass er Konrad noch mehr Fragen zu stellen hatte. Für den Augenblick schob er das noch auf.

„Nachdem wir nun also die Honneurs gemacht haben", warf Monika dazwischen, „haben Sie vielleicht die Güte, mir meine Frage zu beantworten?"

„Sollen wir denn unsere *business* hier vor die Kinder besprechen?"

Mit einem Seufzer, der der Tatsache geschuldet war, dass der Mann das Heft des Handelns schon wieder an sich gerissen hatte, wandte Monika sich an Ursel und sagte: „Bring die Kinder ins Bett. Konrad, du bleibst bitte hier."

Die Kinder protestierten: ein paar aus Angst davor, dass die Soldaten vielleicht zurückkämen, die anderen wegen der schieren Zumutung, zu Bett gebracht zu werden. Den zähesten Widerstand leistete Toba. Er schlang die Arme nur umso fester um Konrads Hals.

„Schön, bring ihn in sein Bettchen", lenkte Monika ein, „und komm dann wieder her."

Toba hätte Konrad sowieso keine andere Wahl gelassen.

Langsam verebbte das allgemeine Gekreische, während Ursel und Konrad die Kleinen durch den Flur in Richtung ihres Schlafraums zerrten, schoben und lockten. Da plötzlich blitzte ein höchst unschöner Gedanke in Monika auf: Jetzt stand sie hier mutterseelenallein einem Ami gegenüber! Der Schreck fuhr ihr dermaßen in die Glieder, dass sie um ein Haar in Ohnmacht gefallen wäre.

„Solche Geräusch habe ich nicht gehört für lange", sagte Parker.

„Ich hör sie jeden Abend", versetzte Monika.

Parker grinste, doch dann ging auch ihm plötzlich auf, dass er hier mit der deutschen Frau ganz allein war. Schweigen legte sich zwischen sie: ein Schweigen, das ebenso Ausdruck ihrer verschiedenen Kulturen, Sprachen, Lebenshintergründe und Erfahrungen war wie des Umstands, dass sie zwei verschiedenen Nationen angehörten, deren jede irrwitzige Rüstungsanstrengungen dafür unternahm, die andere zu vernichten, ganz zu schweigen von den Tausenden und Abertausenden ihrer besten jungen Männer, die einander in den blutigsten, verheerendsten Schlachten gegenüberstanden, die Europa je gesehen hatte.

„Möchten Sie sich setzen?", bot Monika an.

„Dankeschön", antwortete Parker, doch dann ging ihm auf, dass seine Uniform immer noch klatschnass war.

Monika erkannte, was er dachte. „Kein Problem, das Sofa hat schon Schlimmeres gesehen", sagte sie.

Er setzte sich auf die vorderste Kante.

Konrad kehrte zurück. Er zog es vor, sich nicht hinzusetzen, sondern stellte sich mit verschränkten Armen hinter Monika.

Noch ehe diese wieder auf ihre Frage zurückkommen konnte, sagte Parker: „Ja, ähm, wie – wir wollten uns klar werden über die Situation, nicht wahr?"

„Über die Situation klar werden?", zeterte Monika. „Vier geschlagene Wochen brauchen Sie, um –"

„Wir haben Ihnen gebracht *food*", schnitt Parker ihr das Wort ab.

Das war das Zauberwort, auf das Monika die ganze Zeit insgeheim gewartet hatte.

„Aber zuerst ich habe ein paar Fragen."

„Fragen?"

Parker griff in die Innentasche seines Uniformmantels und zog eine Fotografie heraus, die er Monika vors Gesicht hielt. Es war ein Bild Hitlers mit einem Fadenkreuz genau über seiner Schläfe. „Können Sie mir erklären das hier?"

Monika sah auf, sagte aber nichts. Auch Konrad hielt den Mund.

„Wir glauben, es ist – ähm, wie heißt das? – gemacht in die

Dunkelkammer. Eine Fotomann hat genommen eine Bild von Hitler und dann reinretuschiert die Fadenkreuz."

„Wie sind Sie an das Bild gekommen?", fragte Konrad.

Parker sah zu ihm hoch. „Bitte antworten Sie erst auf mein Frage."

„Ich vermute, einer Ihrer Flieger hat es gestohlen."

„Also Sie sind die *photographer*", sagte Parker. „Die Bild ist ein Fälschung, stimmt?"

„Nein. Es ist echt."

Parker schien nicht überzeugt, aber Konrad ließ sich nicht zu einer weiteren Erklärung herbei.

„Zu was gehören Sie?", fragte Parker. „Wehrmacht oder was?"

Konrad schwieg beharrlich.

„Oder zu die SS?"

Darauf bekam Parker keine andere Antwort als einen harten, undurchdringlichen Blick.

Parker steckte das Bild in seine Manteltasche zurück und stand auf.

Monika fuhr erschrocken hoch. „Sie wollen doch nicht etwa wegen so was den Kindern ihr Essen vorenthalten?"

„Ich habe mein Befehle." Er wandte sich zum Gehen.

„Sie würden es doch nicht verstehen", sagte Konrad.

Parker erwiderte seinen Blick. „Versuchen Sie's doch mal."

Konrad sah erst Monika, dann wieder Parker an. „Lieber zeige ich es Ihnen." Er umrundete den Stuhl, auf dem Monika gesessen hatte, und schlug den Weg Richtung Kellertreppe ein. Parker hielt ihn am Arm fest, doch Konrad sagte unbeeindruckt: „Irgendwann müssen wir anfangen, uns zu vertrauen."

Ihre Blicke trafen sich. Dann ließ Parker langsam Konrads Arm los.

* * *

Im Keller kniete Konrad sich vor die alte Anrichte, in der er seine Kamera und die Fotolabor-Ausrüstung verwahrte. Sämtliche Muskeln in seinem Körper verspannten sich wie in einem Augenblick höchster Gefahr. Er nahm sich einen Moment Zeit, um wieder zur Ruhe zu kommen. Sein Atem ging angestrengt. Die feindlichen Flieger hier im Keller zu wissen war schlimm genug gewesen, aber das jetzt war noch viel übler. Die Kerle hier waren eine Einsatzgruppe, und zwar mit einem taktischen Ziel, das er nicht kannte. Ihre Befehle konnten ebenso gut darauf lauten, das Haus zu sichern, wie darauf, es zu vernichten; ihre Anwesenheit konnte auf den Schutz der Rama-Klause-Bewohner hinauslaufen, aber ohne weiteres auch ihr Ende bedeuten.

Konrad analysierte seine Lage: Das Kräfteverhältnis lag bei fünf zu eins. Von den fünfen hielt einer sich im Haus auf, vier waren im Freien. Zwar hatte er nicht verstanden, was der Oberst seinen Leuten befohlen hatte; wäre er aber an der Stelle des Befehlsführenden gewesen, so hätte er angeordnet, das Haus zu umstellen. Nur wenn er eine List anwandte, hatte er den Hauch einer Chance gegen die Amis: einen nach dem anderen geräuschlos ausschalten. Nur so konnte es funktionieren. Und mit dem Typen oben im Gemeinschaftsraum musste er anfangen.

Jetzt hatte er sich wieder so weit unter Kontrolle, dass sein Verstand nüchtern arbeitete und er nicht mehr nur panisch auf die Umstände reagierte. Er drehte den Schlüssel in der Schranktür um. Vorne auf dem Bord lag der Fotoapparat. Das Gewehr hatte er weiter hinten verstaut. Er griff in den rückwärtigen Bereich des Schrankfaches, lud das Gewehr durch und tastete dann nach einer weiteren Waffe: seinem Nahkampfmesser.

* * *

Wohl zum hundertsten Mal sah Monika verstohlen zur Korridortür hinüber. Wieso um alles in der Welt ließ Konrad sich so viel Zeit? Wieder lastete unangenehmes Schweigen im Zimmer. Sie sah auf den Fußboden, dann auf den nassen Fleck vorne an der Sofakante, wo der Amerikaner gehockt hatte, und abermals auf den Boden. Doch hob sie ruckartig den Kopf, als Konrad sich endlich wieder bemerkbar machte. Erst war er nur zu hören, dann sah sie ihn von der Kellertür herkommen. In der Hand trug er seine Kamera.

Konrad ging auf den Amerikaner zu und händigte ihm den Fotoapparat aus. Parker besah sich das Gerät mit fragender Miene. Konrad wies auf den Sucher. Der Amerikaner hob sich die Kamera vors Auge.

„*Fascinating*", sagte er, wohl mehr zu sich selbst sprechend. Er hielt den Apparat in verschiedene Richtungen. „Sie haben die Fadenkreuz gemacht auf die Linse?"

„Nein, ein Freund von mir."

Konrads Stimme klang belegt, sein Blick war verhangen. Monika entging das nicht. Sie machte sich Sorgen.

„Wozu?", fragte Parker.

„Das spielt keine Rolle. Sie fragten nach einem Beweis für die Echtheit des Fotos. Da haben Sie ihn."

Parker ließ den Apparat sinken und sah Konrad scharf an. „Das ist eine Hobby von Ihnen, oder wie? Sind Sie eine Sammler von Bilder, die zeigen hochgestellte Persönlichkeite, und Sie dann tun so, als ob Sie würd' schießen auf die? *Do I get that right?*"

Konrad riss ihm die Kamera aus der Hand. „Ich habe lediglich Ihre Frage wegen des Fotos beantwortet."

„Ja, aber das hat aufgeworfen neue Fragen, Sie verstehen?"

„Sie werden aber keine weiteren Antworten kriegen."

Parker fuhr fort, als hätte er Konrads letzte Bemerkung überhört. „Die Frage, um die es geht eigentlich, hat nix zu tun mit wie die Bild wurde genommen oder von wen und warum. Wir wollen wissen, mit wen wir arbeiten: Ist er eine perfekte *sniper* – wie sagt man: Scharfschütz, ich glaube –, so perfekt, dass er hat es geschafft zu kommen in ein Position, von die aus er hätte können totschießen Adolf Hitler? Oder ist er bloß eine verruckte Typ, der findet es *cool* zu machen sensationelle Bilder, wo sind nix anders als Spielerei von die Kirmes?"

Konrad antwortete nicht. Seine Lippen formten eine schmale Linie.

Parker musterte ihn und nickte. Dann schob er sich an Konrad vorbei und ging auf die Hintertür zu.

Als er hinaus war, flüsterte Konrad Monika zu: „Verzieh dich zu den Kindern in den Schlafraum!“

„Ja, aber – was hast du denn bloß vor?“

„Kann ich dir jetzt nicht erklären. Bitte tu, was ich sage.“

„Nein! Ich denke nicht dran, solange du mir nicht sagst, was du vorhast!“

Er nahm sie beim Arm. „Wir haben jetzt keine Zeit für Auseinandersetzungen. Geh jetzt!“

Sie riss sich von ihm los.

Die Hintertür wurde geöffnet und wieder zugeschlagen. Schwere Stiefel dröhnten auf den Dielen, mehr als nur ein Paar. Sekunden später tauchten fünf Soldaten auf, einer nach dem anderen. Der erste war Parker. Jeder der Männer trug einen Karton. Sie stapelten die Kästen auf den Boden des Gemeinschaftsraumes. Parker blieb neben dem Stapel stehen, während die anderen wieder hinausgingen, um weitere Kästen hereinzutragen.

„Wie ich habe versprochen“, sagte Parker und zeigte auf die Kästen.

Die Pappkisten trugen keinerlei Aufdrucke oder Kennzeichnungen. Die vier Soldaten kehrten zurück und gingen dann noch zweimal hin und her. Bei jedem Gang ließen sie eine Spur aus Wassertropfen zurück.

Parker trat zu Monika. „Jetzt ich bin Ihre Kontaktmann.“

Monika nickte. Dann brachte sie nicht ohne Mühe ein „Vielen Dank, Herr Oberst“ hervor.

Da lächelte das schwarz-grün getarnte Gesicht zum ersten Mal. „Bitte nenn’ Sie mich Park.“ Er trat zu Konrad, zog das Foto aus der Tasche, gab es ihm und sagte: „*Son*, es wäre viel leichter für uns, wenn du gedruckt hättest auf die Abzug.“

Konrad hielt seinem Blick stand. „Es sollte aber nicht sein.“

„Die Nerven?“

„Gott.“

Parker nickte. Dann sagte er: „Vielleicht du kannst das nicht glauben, aber das ich verstehe.“ Er wandte sich wieder an Monika und fuhr mit einem Kopfnicken in Konrads Richtung fort: „Das war Ihr Mann, der diese Junge hat aufgedruckt seine Stempel.“

Die Hintertür fiel ins Schloss, und für eine Weile blieb es still. Erst dann atmete Monika allmählich befreiter. Ihr Blick richtete sich auf die aufgestapelten Kartons. Erleichterung und Zufriedenheit machten sich in ihr breit.

Konrad riss die Klebestreifen von einem der Kästen und brachte eine Dose zum Vorschein, ebenfalls ohne Etikett oder irgendeine Aufschrift. Gerade hielt er Monika die Dose hin, als Ursel eintrat. Ihre Augen waren weit aufgerissen.

„Ich fass es nicht! Haben die das alles gebracht?“

Hinter ihrem Rücken wurde die Tür aufgerissen. Konrad und die beiden Frauen zuckten zusammen. Reflexartig griff Konrad nach dem Messer, das in seinem Stiefelschaft steckte.

Der Amerikaner namens Collins trat ein, fast im Laufschritt. Sein Blick war ernst und gewichtig. Atemlos stieß er ein paar englische Wörter hervor und zischte dann genauso flink, wie er hereingekommen war, wieder ab.

Aufgeregt sahen die drei sich an.

„Was war das denn jetzt?“ Monika sprach als Erste. Fragend sah sie Ursel an, die als Einzige von ihnen Englisch konnte.

Diese, immer noch erschrocken, brauchte einen Moment, ehe sie antworten konnte. „Er sagte, er wisse nicht, ob wir ihn verstünden oder nicht, aber er wolle uns nur sagen, dass ... Park? –“

„Oberst Parker“, half Monika aus.

„– ja, also, dass dieser Park seinen Hintern an die heiße Herdplatte gehalten hat oder so ähnlich, um uns diese Sachen hier zukommen zu lassen.“

* * *

Monika riss sich mit aller Macht zusammen, bis sie endlich alleine war. Erst als sie ihre Schlafzimmertür hinter sich zugemacht hatte, schaffte sie es nicht länger, das Schluchzen zurückzuhalten.

Es überlief sie in Wellen und wühlte sie so auf, dass ihr die Luft wegblieb.

Zum ersten Mal, seit Josef gestorben war, weinte sie. Die ganze Zeit waren Kummer, Angst und Einsamkeit ihr auf den Fersen geblieben, aber irgendwie hatte sie es geschafft, ihnen zu entwischen, indem sie sich keine Pause gönnte und ihrer Wut immer wieder neue Nahrung zuführte. Aber heute Abend hatte es sie in der Sekunde, in der sie ihre Schlafkammer betrat, wie aus dem Hinterhalt angefallen, und sie hatte keine Kraft mehr zum Widerstehen.

Sie brach auf dem Bett zusammen und vergrub ihr Gesicht in den Federn. Dann rollte sie sich zusammen wie ein Säugling, die Knie bis ans Kinn hochgezogen. Die Daunendecke dämpfte ihr Schluchzen.

Mit einem Mal fühlte sie sich zu Tode erschrocken und einsamer als je zuvor in ihrem Leben. Sie schrie nach Josef, vermisste nichts so sehr wie die Stimme, die in all diesen Jahren ihr Ankergrund gewesen war, und wusste doch genau, dass er ihr nicht mehr antworten konnte – eine Gewissheit, die ihren Schmerz nur umso unerträglicher machte.

Sie weinte, bis sie keine Tränen mehr hatte. Alle Empfindungen flossen aus ihr hinaus, bis sie an Leib und Seele nur noch eine dumpfe Taubheit spürte. So ausgeleert fand sie zu sich selbst zurück – und schämte sich. Wozu sollte denn diese ganze Heulerei gut sein? Sie hatte sich aufgeführt wie ein hilfloser Dorftrottel – lächerlich! Das war von jetzt an ihr Los im Leben: Sie hatte niemanden mehr, auf den sie sich stützen konnte, also musste sie sich auf sich selbst verlassen. Sie brachte es nun mal nicht fertig, Konrad so zu vertrauen, wie sie Josef vertraut hatte. Außerdem konnte doch kein Mensch wissen, wie der Krieg seinen Fortgang nehmen würde – es konnte ohne weiteres sein, dass Konrad gar nicht mehr lange da sein würde! Ursel war eine treue Gefährtin und liebte die Kinder, aber sie hatte keine Führungsqualitäten. Das fiel Monika selbst zu, ob es ihr nun passte oder nicht. Die Kinder waren von ihr abhängig und Ursel auch. Umso schlimmer, wenn sie hier lag wie ein wimmernder Säugling und sich die Seele aus dem Leib heulte!

Sie trat die Decke von sich, erhob sich und pumpte ihre innere Leere wieder mit Empfindungen voll, die sich leichter hervorrufen und am Leben halten ließen: Wut und Entschlossenheit. Heute Nacht würde sie eh keinen Schlaf mehr finden, denn wenn sie die Augen zumachte, würden sie am Ende bloß die Tränen wieder übermannen.

Kaum berührten ihre Füße den Boden, da bewegten sie sich auch schon vorwärts.

Der Gemeinschaftsraum lag im Dunkeln. Konrad hatte sich auf dem Sofa schlafen gelegt wie immer. Aber das hielt Monika nicht zurück: Sie drehte am Lichtschalter und fing an, die Amikartons aufzureißen.

Konrad schrak auf und hob den Kopf. „Monika, was –"

„Schlaf einfach weiter."

„Aber was machst du denn um diese Zeit?"

„Die Vorräte auspacken, oder wonach sieht das für dich aus?" Sie nahm in jede Hand eine Dose und schickte sich an, die Sachen in die Küche zu tragen.

„Das hat doch wohl bis zum Morgen Zeit."

„Ich bin aber nicht müde. Ich versuch, leise zu sein."

Als sie zum dritten Mal aus der Küche zurückkam, schrak Konrad erneut hoch. Er schwang die Beine über die Sofakante und zog sein Hemd über.

„Ich mach das schon, Konrad. Sieh lieber zu, dass du 'ne Mütze Schlaf bekommst."

„Das Sofa ist sowieso noch feucht." Er schnappte sich ein paar Dosen.

Sie arbeiteten die ganze Nacht hindurch, ohne dass noch ein weiteres Wort zwischen ihnen fiel.

38

Montag, 1. Januar 1945

Der Winter des Jahres '44 war unversehens hereingebrochen und sehr hart ausgefallen. Das Leben hatte sich nur noch in Zeitlupe bewegt, was auch die Armeen sämtlicher Krieg führenden Mächte zu spüren bekamen. Die Nachschubverbindungen der Rama-Klause brachen zwar nicht zusammen, aber die Versorgungslage wurde sehr angespannt. Konrad trug das Seine zum Haushalt bei, indem er Holz zur Feuerung schlug und auf die Jagd ging, um den Speisezettel abwechslungsreicher zu gestalten. Immer öfter gab es jetzt Kaninchenbraten und Wildbret.

Wie eine kleine Epidemie suchte eine Grippewelle mit Fieber und Erbrechen die Bewohner der Klause heim. Drei harte Wochen lang nahm das Klagen und Jammern der Kinder kein Ende. Auch die Erwachsenen blieben nicht verschont. Zum Glück ergab es sich so, dass nur jeweils einer von ihnen krank darniederlag, was es den verbleibenden zweien trotzdem schwer genug machte, mit den Kindern fertig zu werden. Aber als Weihnachten ins Land zog, ging es allen, abgesehen von dem einen oder anderen Schwächegefühl, wieder gut.

Nachdem dies das erste Weihnachtsfest ohne Josef war, blieben die Lieder und Feierlichkeiten irgendwie gedämpft, wie abgelöscht. Dem Vorspiel der Weihnachtsgeschichte mangelte es diesmal an Glanz. Monika blieb den halben Tag lang verschwunden. Sie sagte ihnen nicht, wohin sie ging, und niemand fragte danach. Ursel und Konrad sprachen darüber und kamen zu dem Schluss, dass sie es nötig hatte, allein zu sein. Als sie wiederkam, sah man auf ihren Wangen noch die Tränenspuren, und ihre Augen waren gerötet. Sie zog sich sofort in ihr Schlafzimmer zurück.

Am letzten Tag des Jahres machten sie bis spät in die Nacht Spiele vor dem offenen Kamin. Die Kinder schliefen eines nach dem anderen auf dem Fußboden ein, und Konrad trug sie der

Reihe nach in ihre Betten. Als das Letzte der Kinder versorgt war, sagte Monika, sie sei auch müde, und entschuldigte sich. Damit blieben nur Konrad und Ursel übrig, um das neue Jahr zu begrüßen.

* * *

Konrad saß mit ausgestreckten Beinen, an das Sofa gelehnt, auf dem Boden. Im Schoß balancierte er eine Tasse labbrigen Muckefucks. Das Gesöff, eine Tasse pro Woche, war sein einziger Luxus. Ursel hockte mit untergeschlagenen Beinen nah am Feuer und sammelte die Teile eines Legespiels zusammen, die sich über den Fußboden verstreut hatten, als eines der Kinder versehentlich auf eine Ecke des Spielekartons getreten war.

„Fünf, vier, drei, zwo, eins – wir schreiben 1945", verkündete Konrad, den Blick auf seine Uhr gerichtet.

Ursel sah hoch und lächelte. Dann konzentrierte sie sich wieder auf ihre Spielteile und sagte: „Hoffen wir, dass dieses Jahr es besser mit uns meint als 1944."

„Sofern man aus den ersten paar Minuten irgendetwas schließen kann, verspricht es ein gutes Jahr zu werden."

Ihr Blick war unsicher, als sie aufsah. „Die ersten paar Minuten?"

Konrad stellte seine Kaffeetasse beiseite und krabbelte im Krebsgang zu ihr hinüber. „Darauf hab ich das ganze Jahr gewartet."

„Worauf?"

„Erinnerst du dich noch an Silvester letztes Jahr?"

Ursel streckte den Rücken und stützte sich dann auf ihre eine Hand ab. Und ob sie sich erinnerte! Wohl hundert Mal hatte sie über jenen Abend nachgedacht. Es war vor einem Jahr gewesen, dass Konrad sie um ein Haar geküsst hätte. „Ja", sagte sie leise.

Er rückte dicht an sie heran. „Und?"

Sie musste sich wirklich zusammenreißen, damit ihr Blick nicht an seinen Lippen kleben blieb, wie er es in ihrer Erinnerung an jenen Moment das ganze Jahr über getan hatte. „Wie – ‚und'?"

„Sag's mir."

Jetzt war sie vollends durcheinander. „Was soll ich dir sagen?"

„Was du damals auf deinen Zettel geschrieben hast. Weißt du nicht mehr? Wir hatten die Kerzen vom Weihnachtsbaum abgenommen, und du hattest die Idee, wir sollten beide einen Wunsch auf einen Zettel schreiben und die Zettel dann verbrennen."

„Ach, das meinst du!" Sie lief rot an. „Ich weiß nicht mehr, was ich geschrieben habe."

Ein breites Grinsen wischte über Konrads Gesicht. In seinen Augen blitzte der Schalk. Er kam ihr noch ein wenig näher. „Ich wusste genau, dass du das sagen würdest! Aber so lass ich dich nicht davonkommen. Los, sag's mir!"

Ursel sah auf die Spielteile auf dem Boden und versuchte ganz beiläufig nach einem davon zu greifen, aber das hätte sie und Konrad zwangsläufig noch enger aneinander rücken lassen. „Nee, wirklich ... ich ... ich weiß es nicht mehr", stammelte sie.

„Du hast aber gesagt, wenn der Wunsch wahr würde, würden wir uns daran erinnern und wenn nicht, umso mehr. Hast du das gesagt oder nicht?"

„Hab ich?"

„Wort für Wort. Und du hattest Recht. Also sag mir jetzt, was du geschrieben hast!"

Ursels Hirn suchte fieberhaft nach einer Möglichkeit, ihn hinzuhalten oder, besser noch, von dem Thema abzulenken. Selbstredend wusste sie, was sie geschrieben hatte. Damals hatte sie das gut gefunden. Ein ganzes Jahr, das war ihr als eine so lange Zeit vorgekommen, es schien kein Risiko darin zu liegen. Aber heute war das Jahr schon vergangen, und sie hätte sonst was dafür gegeben, die Idee mit den Zetteln niemals aufgebracht zu haben.

„Du zuerst", sagte sie.

„Nee. Es war deine Idee. Also bist du zuerst dran."

Ursel brummte. Ihr fiel keine Ausrede mehr ein, aber es schien ihr völlig ausgeschlossen, ihre Lippen die Wörter formen zu lassen, die auf diesem blöden Zettel gestanden hatten.

„Jetzt komm schon, Schluss mit der Zeitschinderei!", drängte Konrad.

Die Hand, die keine Spielteile hielt, hatte in ihrem Schoß gelegen. Diese Hand nahm Konrad jetzt und hielt sie mit seinen beiden Händen fest. Wenn er aber gemeint hatte, damit sein Anliegen fördern zu können, hatte er sich gründlich getäuscht. Denn die Wärme seiner Hände an der ihren zu fühlen brachte sie nur noch mehr durcheinander. Sie konnte an nichts anderes mehr denken als an seine Berührung.

„So schlimm kann's doch nicht sein", fing er wieder an. „Jetzt sag's schon."

„Schlimm ist es auch nicht", brachte sie heraus.

„Also, ich höre."

Sie benetzte ihre Lippen, die mit einem Mal trocken und rissig waren. „Ich ... ich hab geschrieben ..." Sie schüttelte den Kopf, wurde knallrot und gluckste plötzlich wie ein kleines Mädchen.

„Jetzt sag's endlich! Das ganze Jahr hab ich darauf gewartet!"

Sie brachte es nicht über sich, ihn anzusehen. Also waren ihre Augen auf ihre eigene Hand gerichtet, die zwischen seinen lag, als sie sagte: „Mein Wunsch war, dass du, ehe das Jahr vorüber sein würde, eine Frau finden solltest, die dich glücklich machen würde." Innerlich sich windend wartete sie auf sein Lachen – das nicht kam. Auch keine andere Antwort kam von Konrad. Er ließ sich überhaupt keine Reaktion anmerken, was sie immerhin so neugierig machte, dass sie den Kopf hob und ihn ansah. Was sie erblickte, war ein warmes, freundliches Lächeln samt dazu passenden zärtlich dreinschauenden Augen.

„Der Wunsch ist in Erfüllung gegangen", sagte er.

„Ach?" Es war nur ein Wörtchen, aber mehr brachte sie nicht zuwege. Denn mit dieser einen Silbe stieg ein Bild in ihr auf, bei dem ihr schlecht wurde: Konrad und Karin, wie sie zusammen aus dem Lichtspielhaus kamen.

„Das scheint dir nicht sonderlich zu gefallen", sagte er. „Hast du mir richtig zugehört? Ich sagte, dein Wunsch sei in Erfüllung gegangen."

„Und wann?"
„Weißt du das denn nicht?"
O doch – und dieses Wissen brachte sie schier um.
„An dem einen Tag im Krankenzimmer des Pastors, als er sagte, er hoffe lang genug am Leben zu bleiben, um uns noch trauen zu können. Du hast gesagt –"
„Ich weiß, was ich gesagt habe." Ursels Gedanken fuhren Achterbahn. Sie war ja selbst schuld! Niemand außer ihr selbst hatte sie in diese saublöde Lage gebracht, und das war ihr wirklich vortrefflich gelungen, wie man ja in diesem Augenblick sah, wo ihr nun wirklich nichts mehr einfiel, nicht mal mehr, was sie noch denken oder fühlen sollte. Zeit – sie brauchte Zeit! Bis über diesen ganzen Mist Gras gewachsen sein würde. Zeit zum Nachdenken.
„Ja – hast du das denn nicht ernst gemeint?"
Irgendwie begegnete ihr Blick dem seinen, und der verriet Verwirrung mit einem gehörigen Schuss Enttäuschung. Da schlugen ihre Gefühle jählings um, und sie sah sich von bloß noch einer einzigen Empfindung beherrscht: der Angst, ihm wehzutun. Das war etwas Neues, nicht wie die vielen Male, wo sie miterlebt hatte, wie ihre Eltern sich gegenseitig Leid und Schmerzen zufügten. Es war etwas – Vorsorgliches: Sie würde ihm wehtun, wenn sie beide nicht zusammen sein könnten.
„Doch", sagte sie leise.
„Dann bin ich glücklich."
Eine Weile sagte keiner von ihnen etwas. Sie sahen sich bloß in die Augen. Dann fanden sich ihre Lippen zu einem nicht enden wollenden Kuss. Einem weichen, zarten, warmen Kuss.
Als sie sich voneinander lösten, empfanden sie nichts so stark wie das Gefühl der Trennung – so als wäre es für ihrer beider Lippen das Natürlichste auf der Welt, gegeneinander gepresst zu sein. Neben ihnen knackte das Feuer. Voll Glück saßen sie da und hielten sich bei den Händen.
„Und welchen Wunsch hattest du aufgeschrieben?", fragte Ursel endlich.

Konrad schmunzelte. „Ich weiß noch, wie ich daran dachte, dass ich mich an keine Zeit in meinem Leben erinnern kann, in der ich nicht mit dir zusammen gewesen wäre. Ich wollte, dass sich das nicht ändert. Also hatte ich den Wunsch, dass wir für immer zusammenbleiben würden."

Freitag, 16. März 1945

Die Welt änderte sich so schnell, dass Konrad nicht mehr mitkam. Wohin er auch blickte, sah er Veränderungen: einige erfreulich, andere jedoch gefährlich, ja todbringend. Ungeachtet des Winters ging der russische Vormarsch unaufhaltsam weiter. Seit dem Jahresanfang war der Iwan über Ostpreußen hergefallen und hatte Warschau erobert. Immer näher rückte er an die Reichshauptstadt heran. Wie viel Zeit blieb Deutschland noch? Immer noch hatte Konrad keine Ahnung, wie er die Kinder vor den russischen Soldaten beschützen sollte.

Andere Veränderungen waren angenehmer gewesen, hatten sein Leben aber ebenso sehr aus den Fugen gebracht. Oberst Parker hatte sich als wahrer Freund der Rama-Klause erwiesen. Konrad ertappte sich sogar dabei, dass er den Mann sympathisch fand, wo er sich doch noch vor ein paar Monaten nie im Leben hätte vorstellen können, einen Ami nett zu finden. Aber Park hatte ihn mit seiner gutmütigen Freundlichkeit, seiner festen inneren Entschlossenheit und seiner echten Sorge um die Kinder im Sturm erobert.

Und dann war da natürlich Ursel. Ihre Beziehung, das war die größte Veränderung von allen. Solange Josef am Leben gewesen war, waren er und Monika der Kitt gewesen, der die Rama-Klause-Familie zusammengehalten hatte. Sie hatten an allen Kindern Elternstelle vertreten. Jetzt war es so, dass die Kinder Konrad und Ursel als Vater und Mutter ihrer Schar empfanden, und dies, obwohl Monika sich unmissverständlich und durchaus auch bewusst angemaßt hatte, im Hause das entscheidende Wort zu haben. Dass Ursel sich an ihre neue Rolle sehr rasch gewöhnte, vermochte

Konrad nicht zu überraschen. Viel erstaunter war er, dass ihm selbst das Vatersein mindestens ebenso sehr zusagte.

Die Zeit, die sie zusammen hatten, war ihnen beiden kostbar: die Waldspaziergänge oder die späten Abende vorm Kamin. Die endlosen Gespräche, bei denen ihre Finger wie in einem verspielten Ritual zusammenfanden und sich ineinander verhakten. Die Umarmungen. Die Küsse.

Nie zuvor hatte Konrad wirklich begriffen, was einen Mann zu einer Frau hinziehen konnte. Von jeher hatte er Frauen nur als Ablenkung für wahre Männer aufgefasst, und es war ihm seltsam vorgekommen, dass so mancher wirklich gute Mann sich wegen irgendeinem Frauenzimmer restlos zum Tölpel machte.

Jetzt wusste er, warum.

* * *

„Kann sein, ich komm heute die letzte Mal zu Rama-Klause."

Park hatte die Hände auf der Tischplatte gefaltet, obwohl sie, wie immer, wenn er sprach, lebhaft in Bewegung waren. Die Kinder waren draußen und spielten im Schnee. Ursel hatte sich einen Stuhl ans Fenster gezogen, um sie im Auge behalten zu können. Konrad und Monika saßen einander gegenüber.

„Die Lage wird schlimmer, überall. Immer mehr gefährlich für meine Männer, immer schwerer zu kriegen ein Genehmigung."

„Für die Vorräte?", fragte Monika.

Parks Antwort war ein Seufzen. Offenkundig hatte er keine guten Nachrichten, es fiel ihm nicht leicht, sie ins Bild zu setzen. „Ich fürchte, ich habe getan alles, was war möglich", sagte er.

„Das reicht nicht", motzte Monika und sprang wutentbrannt auf. Den anderen den Rücken zukehrend, ging sie ein paar Schritte und blieb dann stehen, die Arme vor der Brust verschränkt.

„Monika, ich auch kann keine Wunder machen", bat Park um ihr Verständnis. „Die Krauts –" Er besann sich eines Besseren und setzte noch mal an. „Also, ich meine, eure Truppen machen die Ring um Berlin zu, und selbst ein kleine Stoßtrupp kann kaum noch irgendwo durch. Auf die andere Seite sind die Russki. Wenn erst mal wird Frühjahr, keiner wird die mehr aufhalten. Von die strategische Blickwinkel aus das heißt, Rama-Klause ist keine lohnende Objekt mehr."

Monika fuhr herum, aus ihren Augen schlugen wahre Stichflammen. „Und die Kinder? Die lohnen wohl auch nicht? Mann, es sind unschuldige Kinder!"

„*Deutsch'* Kinder", sagte Park. Es machte ihm Mühe, das zu sagen, aber jeder hier um den Tisch wusste, dass genau das der Punkt war. Deutsche Kinder – hier lag das Problem.

„Du kennst dich in dem ganzen Soldatenkram aus", forderte Monika Konrad auf. „Rede du mit ihm."

Konrad sprach nicht gleich. Er musste nach den richtigen Worten suchen. Als er zu reden begann, wandte er sich nicht direkt an Park. „Der Mann kann doch auch nur tun, was in seinen Möglichkeiten liegt, Monika. Es ist schon verblüffend genug, was er die ganze Zeit für uns getan hat."

Monika starrte Konrad an, als hätte er soeben ihre Mission verraten.

Konrad kam ein Gedanke. „Park", sagte er, „ich würde gern zu einer Sache Ihre Meinung hören."

„No problem", sagte Park.

„Ich mach mir Sorgen wegen der Russen."

„Solltest du auch."

Das klang schärfer, als Konrad erwartet hatte. Ihm sank der Mut. Bis jetzt hatte Konrad die Russen immer irgendwo in seinem Hinterstübchen eingeschlossen, als etwas, mit dem er sich eines Tages mal würde auseinander setzen müssen. Parks Bemerkung machte ihm schlagartig klar, dass dieser Tag jetzt gekommen war.

„Hm, ja ..." Konrad hatte Mühe, seine Gedanken zusammenzuhalten. „Sie sind ein erfahrener Frontkämpfer – was würden Sie mir vorschlagen: Was sollen wir tun, um die Kinder vor den Russen zu schützen?"

Park dachte nach und starrte dabei abwesend auf den Tisch. „Du musst sofort klar machen, dass ihr seid kein' Bedrohung. Sonst ..."

Was er nicht aussprach, beunruhigte Konrad am meisten. Bilder von Schneisen der Verheerung, die die Wehrmacht in russische Dörfer gelegt hatte, flammten in seinem Kopf auf. Gegen eine vorrückende Armee hatten sie ebenso viel aufzubieten wie gegen einen Wirbelsturm: Beide hinterließen eine breite Spur der Verwüstung, und niemand konnte wirklich vorhersagen, wo sie zuschlagen würden.

„Wenn Sie irgendwas Bestimmtes im Sinn haben ...“, sagte Konrad.

Park nickte nur.

„Bei den Amerikanern wären sie sicherer“, warf Monika ein.

Beide Männer sahen gleichzeitig zu ihr auf.

Park hielt ihr entgegen: „Das stimmt wohl, ich denke, aber man muss mit die Kinder durch viel gefährliche Terrain erst mal durch, bevor man kommt zu die *friendly troops*.“

„Ich allein mit zwei Frauen und den ganzen Kindern würde nicht weit kommen“, sagte Konrad. „Wir brauchen mehr Männer.“

„Unsere Chancen stünden weitaus besser, wenn die Amis uns ’nen Stoßtrupp schicken würden“, ergänzte Monika.

Park lachte, doch dann ging ihm auf, dass sie es völlig ernst meinte. „Monika, für eine solche Unternehmen ich würde nie kriegen die *approval* – wie heißt: Bewilligung, oder?“

„Sie müssen Ihren Leuten doch nur sagen, Sie wollten einen abgeschossenen Flieger holen.“

Park schüttelte den Kopf. „Nee, nee, die kommen gut zurecht allein.“

„Und was müsste es dann sein?“, rief Monika. „Was wäre nötig, damit ihr euch herbemüht?“

Park verlegte sich aufs Bitten. „Sie das müssen verstehen. Mein’ Rolle in die ganze Sache hat sich veränd –“ Er brach mitten im Satz ab, musterte Konrad und überlegte einen Moment. „Junge, wenn du bist, wer ich meine, du bist, vielleicht du kannst ...“

„Sagen Sie uns, was Sie denken“, forderte Konrad.

„Für die richtige Person wir würden eine Vorstoß machen“, sagte Park mehr zu Konrad als zu den Frauen.

„Ich höre“, sagte Konrad.

Park beugte sich vor. „Wenn irgendwer würd’ wissen, was ich sage hier, ich könnte froh sein, wenn die mich nicht erschießen als eine Verräter.“ Er lehnte sich wieder zurück und bedachte einen Moment, was er da gerade gesagt hatte, als müsste er seine eigenen Worte erst mal verdauen. Nach ein, zwei Augenblicken des Überlegens fuhr er fort: „Überall in Deutschland die Alliierte sind hinter eure Raketen-Fachmänner her. Die Russki wollen die, und wir wollen die auch. Wenn du mir kannst besorgen eine Raketentechniker, ich kann kriegen die Erlaubnis für eine Stoßtrupp. Es gibt ein’ Liste mit Namen drauf. Wenn du mir kannst bringen eine von die –“

„Was hat das denn mit den Kindern zu tun?“, fuhr Monika dazwischen.

„*Well,* wenn ich hätte die Befehl, rauszuholen eine *first-class*-Raketenmann, und zufällig ich stoße auf ein Haufen *displaced* Kinder, was sind in Gefahr, keiner kann mir was, wenn ich bringe die in Sicherheit. Viele Leute würden machen ein’ Menge Krawall wegen das, aber solange ich bringe die Raketenforscher, was können die mir machen?“

„Geben Sie mir einen Namen“, verlangte Konrad.

„Es gibt mehrere.“

„Geben Sie mir einen, bei dem Ihre Vorgesetzten zu sabbern anfangen.“

Park zögerte. Er war im Begriff, ein Sicherheitsrisiko einzugehen und das Leben vieler Männer in Gefahr zu bringen. Konrad wusste das ganz genau und hatte kein Problem damit, Park so viel Zeit einzuräumen, wie er brauchen würde. Schließlich wusste der Mann nichts weiter über ihn, als dass er ein mutmaßlicher Scharfschütze war und Josef Schumacher ihm vertraut hatte.

Aufseufzend sagte Park schließlich: „Sein Codename heißt ‚Falke‘. Wir glauben, er ist in eine geheime Fabrik in die Harzberge.“

„Man hört, dass sie da Raketen bauen“, sagte Konrad.

Park nickte.

„Mehr haben Sie nicht? Bloß ‚Falke‘?“

„Doch. Wir kennen auch seine Name und Rang. Der Typ ist eine Standartenfuhrer, und er heißt Albert Rathke.“

„Konrad wird Ihnen den Mann bringen“, versprach Monika.

„Monika, da muss ich schon noch ein bisschen drüber nachdenken“, versetzte Konrad.

„Da gibt's nichts nachzudenken. Es ist unsere einzige Hoffnung.“

„Es gibt jede Menge, worüber man erst mal nachdenken muss“, widersprach Konrad. „Zum einen die Kinder. Es fällt mir nicht leicht, sie hier zurückzulassen.“

„Ursel und ich haben uns schon um die Kinder gekümmert, als du noch über alle Berge warst. Wir schaffen das auch jetzt ohne dich.“

„Das war aber 'ne andere Situation. Aber davon abgesehen weiß ich überhaupt nicht, wie ich in den Harz kommen und diesen Rathke finden soll. Und dann müsste ich ja auch wieder zurück nach Berlin! Das alles hängt davon ab, wie schnell der Iwan vorrückt.“

„Dann sind wir jetzt schon am Zeitverplempern. Morgen früh kannst du aufbrechen.“

Konrad sah Ursel an. Es gab noch einen Grund hier zu bleiben, aber den wollte er nicht laut aussprechen.

Ursel verstand ihn auch so. Das konnte er in ihren Augen sehen. „Ich fürchte, Monika hat Recht“, sagte sie. „Du solltest vor Tau und Tag aufbrechen.“

Konrad wurde wütend. Jetzt verbündeten die sich schon wieder gegen ihn! Wie konnte sie ihm das antun nach all dem, was in den letzten Monaten zwischen ihnen gewachsen war?

„Du weißt doch, dass ich dich lieb habe“, sagte sie.

Wie auf Kommando zogen sowohl Park als auch Monika die Augenbrauen hoch. Konrad war nicht minder verdutzt.

Ursel sprach weiter. „Damit setzen wir unsere Kräfte und Möglichkeiten optimal ein. Monika hat doch Recht: Um die Kinder können wir uns kümmern. Und du bist der einzige Mann, den ich kenne, der das Zeug hat, diesen Falkenheini aufzuspüren und herzuschaffen, auf den die Amis so scharf sind. Und was die Russen betrifft, wer weiß? So oder so, wir müssen's versuchen – um der Kinder willen."

Gewiss hatte sie Recht. Sie hatte ihre Meinung mit liebevoller und zugleich entschlossener Überzeugungskraft vorgetragen. Wie reif sie seit ihren Pankower Jugendtagen geworden war! Schön und klug zugleich.

Er wandte sich Park zu. „Schön, ich bring Ihnen den Falken. Darauf gebe ich Ihnen mein Wort."

Es war ein Tag der Überraschungen, und auch Park hatte noch eine in petto, bevor er ging. Sie waren in den Gemeinschaftsraum hinübergegangen, um die Einzelheiten und den Zeitplan von Konrads Unternehmen abzusprechen, als Park sich mit einem Mal hinkniete und zu beten begann.

„Vater", sagte er, „kein Spatz fällt runter, und du weißt es nicht. Es wär blöd, wenn wir würden denken, was wir heute haben gemacht, du hast nicht registriert. Ich möchte dies Haus und die Kinder in dein' liebevolle Hand legen. Hilf du uns, so wir sie können retten von die Böse. Hilf du, dass wir nicht verlieren eine Einzige von die. Hilf du ganz besonders mein Freund Konrad. Mach du ihn weise, dass er kommt zurecht mit sein' Mission. Bring du ihn sicher zurück zu Ursel und die Kinder. Die lieben ihn so sehr! Durch unsere Glaube und was wir machen wir können uns erweisen als Kinder von die allmächtige Vater. Wir danken dir. Du bist der Herr. Amen."

39

Dienstag, 27. März 1945

Während Rachelle einen Brief an ihren Mann zu Papier brachte, saß Ernst ihr gegenüber auf dem Besucherstuhl und beschäftigte sich mit der Münze, die er wieder und wieder in der Hand herumdrehte. Seit mehr als fünf Jahren bildete diese Münze jetzt schon seine Nabelschnur in die Vergangenheit und symbolisierte ihm die Erinnerung an ein einfacheres, sorgloses Leben.

Er überlegte, wie es wohl dem Pastor und seiner Frau gehen mochte – und natürlich auch Ursel und Konrad. Weihnachten vor einem Jahr war es gewesen, dass er sie zum letzten Mal gesehen hatte. Ursel hatte es fertig gebracht, ihm seine Münze wieder zuzuspielen, aber seither hatte er auch von ihr nichts mehr gehört. Je schlechter es um Deutschlands Kriegsaussichten stand, umso weniger funktionierte das Postwesen, so dass er kaum noch Briefe bekam. Ebenso wenig wie mit den Postverbindungen klappte es mit dem wieder aus der Schublade gezogenen A-10-Programm. Ach, er vermisste seine ganzen alten Freunde so sehr – ganz besonders Hartmut. So lange es nun auch schon zurücklag, nach wie vor konnte er den Gedanken nicht an sich heranlassen, dass Hartmut tot war. Manchmal glaubte Ernst wirklich, eines Tages würde er nach Pankow heimkehren, und der ganze Verein würde ihn erwarten. Alles würde so sein wie immer. Keiner hätte sich auch nur um einen Deut verändert. Die Waisenkinder würden keinen Zentimeter gewachsen sein, Konrad wäre immer noch der kleine Herr Obernazi und Ursel ebenso süß wie unschuldig. Willi wäre immer noch – na, eben Willi, und Hartmut ...

Um ein Haar wären Ernst die Tränen gekommen. Aus dem Augenwinkel nahm er eine Bewegung an der anderen Seite des Tisches wahr und sah auf. Rachelle hielt den Kopf über ihr Schreibpapier gesenkt. Sie war schön wie eh und je, bloß dass er mittlerweile begriffen hatte, wie unerreichbar sie für immer für ihn bleiben würde.

Obwohl es an manchen Tagen schwerer war als an anderen, wofür er Rathke die Schuld gab und weswegen er den Kerl hasste. Es war nicht zu übersehen, dass der Mann sehr genaue Vorstellungen davon hatte, wie er seine „Beute“ in exquisiter äußerer Verfassung halten konnte. Heute trug Rachelle ein nagelneues Jackett aus herbstbraunem Tweed mit dazu passender Bluse, alles in bester Qualität figurbetont geschnitten. Um den Hals hatte sie eine kostbare Goldkette mit einem Kreuzanhänger, der unmittelbar über dem Ausschnitt des Kostüms ihre makellose Alabasterhaut zierte.

„Es ist von dir so lieb, das zu tun für uns“, sagte sie, ohne von ihrer Schreibarbeit aufzusehen.

Das Problem lag darin, dass Ernst echte Zuneigung zu Rachelles Ehemann empfand. Der Mann war aus seinem Land verschleppt und unmenschlichen Lebensbedingungen unterworfen worden, man hatte ihn körperlich und emotional nach Strich und Faden fertig gemacht, und doch war Ernst nie zuvor jemandem mit einem feineren Geist oder mit einem gütigeren Herzen begegnet. Obendrein war Marcel auch noch wieselflink. Ungeachtet all des Elends, dem er sich ausgesetzt sah, arbeitete sein Verstand messerscharf, seinen Intellekt konnte man nur brillant nennen. Die Tatsache, dass dieser Mann seine Tage damit verplemperte, Glühbirnen raus- und reinzuschrauben, war eine der Ungerechtigkeiten des Krieges.

Ernst ertappte sich dabei, dass er sich auf seine verstohlenen Unterhaltungen sowohl mit Marcel als auch mit Rachelle tagelang freute, Unterhaltungen, die regelmäßig von der Lektüre der Briefe unterbrochen wurden, die er zwischen den beiden hin- und hertrug. Das war wirklich komisch: Die beiden Franzosen fristeten ihre Tage in Elend, Hass, Schmutz und Todesgefahr, doch sobald sie einen weiteren der unscheinbaren kleinen Zettel von dem geliebten Menschen auseinander falteten, war es, als öffneten sich die Tore des Himmels und als erstrahlten ihre Gesichter vom Schein jenseitiger Herrlichkeit. Mehr und mehr wichen Ernsts romantische Gefühle für Rachelle einem ehrbareren Wunsch: nämlich dazu beizutragen, dass sie und der Mann, den sie liebte, wieder vereint wurden.

Die Bürotür wurde ungestüm aufgerissen wie immer, wenn der Herr SS-Standartenführer Albert Rathke einzutreten geruhte. Der Mann machte eine Tür nicht auf, er stampfte durch sie hindurch.

„Ehrenberg! Wie verhält es sich, dass ich Sie aber auch jedes Mal, wenn ich reinkomme, hier in diesem Büro vorfinde?"

Ernst sprang auf und ließ vor Schreck seine Münze fallen. Wenn Rathke Rachelles Brief in die Finger kriegte ...

Ernst trat dem Standartenführer in den Weg, so dass diesem kaum etwas anderes übrig blieb, als mit ihm zu reden. Damit bekam Rachelle Zeit, ihre Notiz rasch unter andere Papiere zu schieben, die sich zur Genüge auf ihrem Schreibtisch stapelten.

„Ich muss Sie sprechen, Standartenführer!", schnarrte Ernst. „In einer persönlichen Angelegenheit."

Es war ein frei improvisierter Versuch. Genau wie viele andere Verantwortungsträger im Raketenbau war Rathke in miserabler Stimmung, bekam er doch von allen Seiten mehr und mehr Druck, nachdem nur die geheimnisumwitterten „Wunderwaffen" noch in der Lage schienen, den restlosen Zusammenbruch aller deutschen Fronten und damit die unausweichliche Niederlage aufzuhalten. Doch diesen Umstand bezog Ernst in sein Kalkül mit ein.

„Haben Sie meine Berechnungen?", knurrte Rathke.

„Sie sagten, Sie bräuchten sie nicht vor heute Nachmittag, Standartenführer!"

„Sie haben sie also noch nicht mal fertig?"

„So gut wie, Standartenführer."

„‚So gut wie' ist nicht gut genug, Mann! Wenn diese Berechnungen nicht bis drei Uhr auf meinem Tisch liegen, verfrachte ich Sie an die Ostfront! Haben Sie das verstanden, *Herr* Ehrenberg? Und jetzt schaffen Sie Ihren Arsch hier raus! Ich will Ihre Visage hier drin nicht eher wiedersehen, als bis Sie mir die Berechnungen vorlegen!"

Rathke wirbelte herum, stapfte in sein eigenes Büro und knallte die Zwischentür hinter sich zu. Obwohl ihr Chef sie nicht mehr sehen konnte, schob Rachelle Ernst ihren Brief so unauffällig wie irgend möglich zu, wobei ihre Lippen ein unhörbares *Merci* formten.

Im nächsten Augenblick hatte Ernst ein starkes *Déjà-vu*: Schon wieder mal stand er draußen im Korridor und stopfte sich einen Liebesbrief in die Tasche, der an einen anderen Mann gerichtet war. Doch zum allerersten Mal machte es ihm nichts aus.

* * *

Der Frühling war früh gekommen, was für Konrad eine angenehme und eine nachteilige Folge hatte: Zum einen erleichterte es ihm die Reise in den Harz, zum anderen aber lösten sich auch die Krieg führenden Truppen aus ihrer winterlichen Starre, und die Fronten kamen wieder in Bewegung. Russen wie Amerikaner machten wieder Boden gut, und damit wurde seine Zeit immer kürzer.

Er durchstreifte die Straßen Nordhausens, die Augen vor der gleißenden Mittagssonne beschirmt, und musterte eines der alten Patrizierhäuser nach dem anderen, um den Sitz der Raketen-Fertigungsleitung ausfindig zu machen. Schon im Morgengrauen, der klamme Nebel war noch aus den Feldern emporgestiegen, war er mit der schmalspurigen Harzquerbahn in die Nähe der Stollen gefahren, die sie „Mittelbau" nannten und in denen zu Skeletten abgemagerte Elendsgestalten in Lumpen Deutschlands fliegende Bomben zusammenschrauben mussten. Selbst Hunderte von Metern entfernt hatte es aus den Höhlenschlünden noch bestialisch gestunken. Sein Zorn auf die Banditen, die sein Land unter der Knute hielten, war wieder neu erwacht.

Was hatte das hier noch mit dem erhabenen Dritten Reich zu tun, dem er sich einst verschrieben hatte? Aus sicherer Entfernung hatte er eine Gruppe SS-Offiziere das Haupttor zum Komplex Dora passieren sehen. Genau wie ihm hatte man diesen Männern versprochen, sie würden aller Welt ein Beispiel für gutes, edles Germanentum geben – und was war aus ihnen geworden? Grausame Bewacher ausgemergelter, kaum noch als Menschen anzusprechender Kreaturen in einem Straflager, das man wohl nur noch mit einer Kloake vergleichen konnte.

Ein Schuldgefühl durchschoss ihn angesichts der Erleichterung, die er verspürt hatte, als er erfuhr, dass das Büro von Standartenführer Rathke sich nicht innerhalb des Dora-Komplexes selbst befand. Den Anweisungen des Wachhabenden am Dora-Tor folgend, machte er sich zu Fuß Richtung Nordhausen auf. Hoffentlich hatte der Wachhabende seine Erklärung, er habe etwas Persönliches und nicht etwa eine dienstliche Angelegenheit mit dem Herrn Standartenführer zu besprechen, glaubwürdig gefunden. Nur mit diesem Vorwand ließ sich im Zweifelsfall überhaupt erklären, wieso ein SS-Offizier nicht die Fahrbereitschaft in Anspruch nahm, um in die Stadt zu gelangen.

Dass er überhaupt von Berlin ins Harzvorland gelangt war, war ausschließlich dadurch möglich geworden, dass die Nazis die Bevölkerung durch Furcht und Schrecken eingeschüchtert hatten. Der Totenkopf auf seinem Kragen öffnete ihm auf der Stelle so gut wie jede Tür. Mit diesem Billett reisend, war er ohne irgendwelche Papiere bis Nordhausen gekommen. Meistens hatte er es allerdings vorgezogen, die Nächte zum Marschieren zu nutzen. Größere Städte und jede Gegend, in der er Zusammenballungen militärischer Einheiten vermutete, hatte er sorgfältig umgangen, selbst wenn das in diesen Zeiten, in denen sich ohnehin alles in ebenso rasanter wie panisch-chaotischer Auflösung befand, vermutlich gar nicht nötig gewesen wäre. Disziplin und Ordnung waren unter den ununterbrochenen Bombardierungen der Städte und angesichts des Vormarsches des Russen und der Westalliierten weitestgehend zusammengebrochen. Der Marsch erinnerte Konrad in vielfacher Hinsicht an seine Flucht aus Russland nach Hartmuts Tod. Er zählte darauf, dass der feine Herr Standartenführer Rathke doch wohl einen eigenen Dienstwagen zur Verfügung haben würde. Damit würde der Rückweg in die Berliner Gegend bei weitem einfacher und schneller werden.

Vor der Tür der ehemaligen Schusterwerkstatt zog Konrad seine Uniform straff und gab sich alle Mühe, nicht so zerknautscht und abgespannt zu erscheinen, wie er sich fühlte. Er betrat das Haus und wurde in die obere Etage verwiesen.

„Ich möchte gern Standartenführer Rathke sprechen", sagte er der attraktiven Vorzimmerdame, deren Staffage – Kleider, Schminke, Haarpracht und Figur – mehr über ihren Herrn und Meister aussagte als über sie selbst. Eine Frau, die sich in Kriegszeiten vom mageren Salär einer Sekretärin unterhalten musste, konnte sich derart edlen Zwirn ganz gewiss nicht leisten. Die Brieftasche eines Obristen mochte derlei Luxus schon eher erlauben.

„Es tut mir Leid, aber der Herr Standartenführer ist indisponiert." Ihre Stimme mit dem unverkennbar französischen Akzent klang kalt, ohne eine Spur von Freundlichkeit, und sie hatte sich nicht einmal damit aufgehalten, ihn anzusehen, während sie ihn abfertigte. Es war eindeutig eine Ausflucht.

„Er wird mich empfangen", sagte Konrad mit gebührendem Nachdruck. „Sagen Sie ihm, dass ich hier bin."

„Der Standartenführer empfängt niemand ohne Terminabsprach'."

Konrad grummelte vernehmlich. Bei dieser Frau schien der gewohnte Einschüchterungseffekt, der von seiner Uniform ausging, seine Wirkung zu verfehlen. Die Situation begann ihm auf die Nerven zu gehen. „Ich komme später wieder. Zu welcher Zeit ist er heute denn verfügbar?"

Ohne in irgendeinem Kalender oder dergleichen nachzusehen, sagte sie: „Der Standartenführer hat heut' einen vollkommen ausgefüllten Tag. Sie werden müssen wiederkommen eine andere Tag."

„Und wann?"

„Der früheste Termin ich Sie kann geben ist Mittwoch in ein' Woche."

„Wie bitte?"

„Möchten Sie, dass ich schreibe Sie auf?"

Obwohl sie es sich durch nichts anmerken ließ, argwöhnte

Konrad, dass die Frau sich innerlich köstlich über ihn amüsierte. Zweifellos spielte sie dieses Spielchen alle naselang und wusste genau, dass Rathke sich im Zweifel vor sie stellen würde.

Konrad beäugte die Tür, von der er annahm, dass sie den Weg ins Allerheiligste des Herrn Standartenführers öffnete.

„Der Letzte, der eindrang ohne Ankündigung bei der Herr Standartenführer, wurde degradiert um drei Rang und geschafft zu die russisch' Front."

Konrad sah finster auf den Scheitel der Dame herab, die den Kopf unverändert über ein Hauptbuch gebeugt hielt, in das sie, während sie sprach, ganze Zahlenkolonnen eintrug – doch was war das: Sie überschrieb ja bereits vorhandene Zahlen, indem sie die Ziffern sorgfältig nachzog!

Es reichte ihm. Er schlug mit der Faust auf den Tresen, der den Besucherbereich vom eigentlichen Arbeitsplatz der Sekretärin trennte, und herrschte sie an: „Ich verlange, sofort Standartenführer Rathke zu sehen! Sehen Sie zu, dass Sie von Ihrem Stuhl hochkommen, und sagen Sie ihm, ich warte hier. Haben Sie mich verstanden? Hier und jetzt!"

Leise, aber bestimmt antwortete sie: „Herr Untersturmführer, wenn Sie schreien herum, es wird nicht –"

„Oder sollte ich es vielleicht vorziehen, zu meinem kommandierenden Offizier, Obergruppenführer Wolff, zurückzukehren und ihm Mitteilung zu machen, dass der Herr Standartenführer leider zu beschäftigt ist, seinen Abgesandten zu empfangen? Meinen Sie, der Terminkalender des Herrn Standartenführers würde für einen nicht unbedingt heiteren Telefonanruf des Obergruppenführers Raum lassen?"

Die Tür zum Allerheiligsten wurde aufgerissen: Auftritt eines eher kleinwüchsigen Herrn mittleren Alters mit kahlem Schädel und ausgeprägten Rettungsringen um die Hüften. „Was ist denn das hier für ein Krach?", ließ er sich vernehmen.

Die Vorzimmerdame sprang auf und sprudelte ihr Sprüchlein hervor: „Herr Standartenführer, ich habe gesagt diese Untergruppenführer, dass Sie –"

Konrad trat dazwischen und sagte: „Standartenführer Rathke, ich habe etwas sehr Dringendes mit Ihnen zu besprechen."

Rathke sah ihn entnervt an, was wohl verdeutlichen sollte, dass er sich mit anderem als dringenden Angelegenheiten sowieso nicht abzugeben pflege. „Sagen Sie, was Sie zu sagen haben, Untergruppenführer."

„Es ist eine persönliche Angelegenheit."

Rathke sah an Konrad vorbei seine Vorzimmerperle an, stieß schicksalsergeben die Luft aus und sagte: „Also dann, gehen wir in mein Zimmer."

Konrad folgte dem Standartenführer ins Allerheiligste und machte die Tür hinter sich zu.

40

„Ich kenne keinen Obergruppenführer Wolff."

Rathke sagte es beiläufig, während er sich hinter seinem Arbeitstisch niederließ, der dermaßen von Papieren überhäuft war, dass einige schon auf den Boden gerutscht waren. Seine Aufmerksamkeit galt der Arbeit, die er vor sich hatte, und nicht etwa Konrad. Er hob nacheinander ein paar Stapel an, als suchte er etwas darunter. Das gesuchte Objekt entpuppte sich als halb gerauchte Zigarre, die er sich sogleich zwischen die Lippen hängte und mit einem automatischen Reflex seiner Schneidezähne festhielt. Konrad war es ein Rätsel, wie der Stumpen unter all dem Papier hatte weiterbrennen können, ohne irgendetwas anzusengen.

Der Standartenführer sah auf und erwartete eine Antwort.

„Nein, Standartenführer, den Obergruppenführer werden Sie nicht kennen", sagte Konrad. Ihm blieb jetzt keine Zeit, um zu erklären, dass der General nur in seiner Phantasie existierte.

„Und? Was ist nun so überaus dringend, dass Sie es gewagt haben, sich ein Duell mit meiner Sekretärin zu liefern?" Der Standartenführer kaute schmatzend auf der Zigarre herum. „Ich gebe Ihnen eine halbe Minute, es mir zu erklären, ehe ich Sie hochkantig hier rausschmeiße!"

Von den nächsten dreißig Sekunden also hing das Leben von sechs Kindern sowie von Monika und Ursel ab. Konrad holte Luft und begann die Rede aufzusagen, die er sich auf dem ganzen Marsch von Berlin bis hierher wieder und wieder eingeprägt hatte. „Standartenführer, ich bin sicher, Ihrer Aufmerksamkeit ist nicht entgangen, dass unsere Wehrmacht sich außerstande erwiesen hat, dem Vormarsch des Iwan im Osten oder der Tommys und Amis im Westen Einhalt zu gebieten."

„Noch 25 Sekunden."

„Dresden steht in Flammen. Die neunte US-Armee hat bei Düsseldorf den Rhein überschritten, desgleichen die dritte Armee bei Remagen."

„Fünfzehn."
„Standartenführer, die Amis wollen Sie haben."
Der Countdown wurde unterbrochen. Rathke sah ihn argwöhnisch an. „Wie bitte?"
„Standartenführer, Russen wie Amis sind dabei, sich die besten Wissenschaftler und Techniker Deutschlands unter den Nagel zu reißen. Das ist wie ein Wettbewerb. Und wenn man die ganze Sache zu Ende denkt, da werden Sie mir sicher zustimmen, bleibt die Erkenntnis übrig, dass es allemal besser ist, zu den Amis zu gehen. Ich bin hier, Sie dazu einzuladen."
„Wer zum Teufel sind Sie?"
„Standartenführer, ich kann Ihnen zum sicheren Übergang in amerikanischen Gewahrsam verhelfen!"
„Selbst wenn ich Ihnen das glauben wollte, wieso sollte ich Ihnen vertrauen?"
„Ich versichere Ihnen, das hier ist keine Falle. Die Amerikaner haben eine Liste von Wissenschaftlern, die sie suchen. Mit ganz oben auf dieser Liste steht ‚Falke'."
Falls man aus der Mimik des Herrn Standartenführers irgendetwas schließen konnte, schien Konrads Trick zu funktionieren.
„Dieser Name ist geheim", sagte Rathke.
„Jawohl, Standartenführer. Ich hoffe, die Tatsache, dass er der amerikanischen Aufklärung bekannt ist, genügt Ihnen als Nachweis ernsthaften Interesses auf deren Seite."
Perplex starrte Rathke den Mann an, der da vor ihm stand. Mehr als einmal wanderte sein Blick zu dem Totenkopf auf Konrads Kragen. „Und was springt für Sie bei alledem raus?"
„So ein Handel ist das nicht, mit Verlaub."
Rathke lachte. Mit seiner Zigarre wedelnd, sagte er: „Und ob es das ist. Es ist immer so ein Handel. Sie würden nicht hier stehen, wenn nicht auch für Sie irgendwas dabei rumkommen würde."
Der Mann gefiel Konrad nicht. Er hatte soeben seine grundlegende Lebensweisheit dargelegt. Es erzürnte Konrad, dass so ein Halunke wie der feiste Kerl hier einen Handelswert hatte, während alle Welt das Leben jedes Durchschnittsdeutschen einfach so

in den Staub treten durfte. Das Einzige, was Konrad davon abhielt, die Tür zu diesem sogar im Frühjahr 1945 noch protzig aufgemachten Büro hinter sich zuzuschlagen und Rathke seinem Schicksal zu überlassen, war der Gedanke an die Kinder, Ursel und Monika.

„Ja, für mich ist schon auch was im Spiel", gestand Konrad zu.

Rathke grinste, ließ sich in seinen Lehnstuhl plumpsen und wartete darauf, dass Konrad seinen Preis nannte.

„Wenn ich Sie den Amis übergebe, garantieren die mir die Sicherheit von sechs Waisenkindern."

„Waisen?"

„Jawohl, Standartenführer."

„Wenn Sie glauben, sich mit so einem Stuss meine Sympathien erschleichen zu können, sind Sie schief gewickelt."

„Es ist kein Stuss, Standartenführer. Es ist die Wahrheit."

„Sie wollen sich also kein besseres Märchen einfallen lassen?"

„Nein, Standartenführer."

Rathke sog an seiner Zigarre, bis nur noch ein Stummel davon übrig war, den er überflüssigerweise von allen Seiten beäugte und dann in einen Abfallkorb schnippte. An seiner Lippe war ein Tabakkrümel hängen geblieben, den er auf den Boden spie. „So, so, die Herren Amerikaner sind also scharf auf mich, wie?"

„So verhält es sich, Standartenführer."

„Was mögen die Herrschaften denn wohl auf den Tisch legen?"

„Das kann ich Ihnen leider nicht beantworten."

„Und was wäre mit meinen Angehörigen?"

„Auch das weiß ich leider nicht. Ich weiß nur, Standartenführer, wenn das Ganze hier in die Luft geht, und das wird es, wie wir alle beide wissen, sind Ihre Überlebenschancen bei den Amis um Klassen größer als beim Iwan. Und was sind denn, wenn Sie erlauben, Ihre Alternativen? Sie können natürlich auch hier vor Ort bleiben, bis die US-Luftwaffe oder meinetwegen auch die Infanterie da ist. Dann braucht es nur eine einzige Bombe oder auch 'ne verirrte Kugel, und Sie sind hops. Ich biete Ihnen sofortiges sicheres Geleit."

Rathke nickte, was Konrad als gutes Omen nahm.

„Und wann würden wir aufbrechen?"

„So bald wie möglich."

„Reicht morgen?"

„Haben Sie einen Wagen zur Verfügung?"

Rathke nickte.

„Ausgezeichnet."

Sie besprachen die logistischen Fragen der Angelegenheit: Zeitpunkt, Kraftstoffversorgung, Entfernungen. Währenddessen griff Rathke nach einem Gegenstand, der auf seinem Tisch lag, einer Art Medaille, die er beim Reden zwischen den Daumen drehte.

Konrad erkannte die Münze sofort. Mitten im Satz blieb ihm das Wort im Halse stecken. Ihm ging auf, dass er die Münze anstarrte wie das achte Weltwunder, und er flüchtete sich rasch in einen spontanen Themenwechsel, brachte aber nur etwas völlig Unzusammenhängendes und nicht sehr Sinnreiches zustande. Rathke sagte nichts, hörte ihm aber mit sehr wachen Instinkten zu.

* * *

Von diesen Münzen gab es auf der ganzen Welt nur sechs Stück – wie sollte Standartenführer Rathke an eine davon gekommen sein?

Ernst.

Es musste seine Münze sein. Er war also hier in Nordhausen!

Möglicherweise.

Völlig irritiert ging Konrad eine abschüssige Straße entlang, die zum Flüsschen Helme hinunterführte. So sehr war er in seine Gedanken versunken, dass ihm nichts von dem, was er sah, ins Bewusstsein drang. Es war mehr als ein Jahr her, dass er Ernst zuletzt getroffen hatte: bei der Weihnachtsfeier 1943. Da waren alle sechs Münzen versammelt gewesen. Also mussten sich Ernsts und Rathkes Wege irgendwann in der Zwischenzeit gekreuzt haben.

Es konnte natürlich auch sein, dass Ernst die Münze irgendwo verloren hatte, und Rathke hatte sie zufällig gefunden. Aber das glaubte Konrad nicht, und zwar deshalb nicht, weil er es nicht glauben wollte. Ernst hielt sich hier in Nordhausen auf, und Konrad blieb weniger als ein Tag Zeit, um ihn zu finden.

* * *

Rathke nahm jene Münze in näheren Augenschein, von der ihm nicht hatte entgehen können, dass sie bei dem SS-Verräter ganz besonderes Interesse geweckt hatte. Sie trug auf der einen Seite den Berliner Bär, auf der anderen eine Inschrift: irgendwas von „Furcht des Herrn“. Er hatte sehr wohl eine Idee, wem diese Medaille wohl gehören mochte, und war entschlossen, deren Richtigkeit zu überprüfen.

„Rachelle!“

Sekundenbruchteile später stand sie in der Tür.

Er hielt ihr die Münze hin, so dass sie sie betrachten konnte. „Hab ich in deinem Büro auf dem Boden gefunden. Erkennst du sie?“

Rachelle schüttelte den Kopf.

Rathke trat zu ihr und händigte ihr die Münze aus. „Ich glaube, sie gehört Untersturmführer Ehrenberg. Sieh zu, dass er sie wiederbekommt. Ach, und sag ihm gleich, dass ich diese Berechnungen nun doch erst morgen brauche, aber dann exakt um halb drei! Dann kann er diese komische Münze gleich wieder mitnehmen.“

„Jawohl, Standartenführer!“ Rachelle wandte sich zum Gehen.

Rathke wartete zu, bis sie ihre Hand auf der Türklinke hatte, und sagte dann im Tonfall unsicherer Nachdenklichkeit: „Ich bin mir so gut wie sicher, dass die Münze ihm gehört.“

„Wo Sie es sagen, ich glaube, ich habe doch ihn gesehen mit diese Münze“, antwortete sie.

„Aha. Dann sieh zu, dass er sie wiederkriegt.“

Sie begann die Tür zuzuziehen.

„Ach, Rachelle?“

„Ja bitte?“

„Sobald du Untersturmführer Ehrenberg benachrichtigt hast, machst du mir bitte eine Verbindung zu Standartenführer Oppenhoff!"

„Jawohl, Standartenführer."

Die Tür ging zu, und Standartenführer Albert Rathke kehrte an seinen Schreibtisch zurück, wo er sich mit einem verschmitzten, berechnenden Grinsen in seinen ledernen Sessel plumpsen ließ.

* * *

Um nicht unnötig Aufmerksamkeit auf sich zu ziehen, bedankte Konrad sich bei dem Wachhabenden am Tor und schlenderte geruhsam davon. Natürlich konnte es ihn nicht überraschen, dass die Sicherheitsvorkehrungen am Dora-Komplex absolut wasserdicht waren. Ohne Papiere kam man hier nicht rein. Schluss, aus.

Konrad hatte dem Wachhabenden erklärt, er suche einen Freund, und zwar rein privat. Er sei hier in der Gegend auf Urlaub und habe zufällig gehört, sein Freund sei möglicherweise zum Mittelwerk abkommandiert. Doch der Wachhabende ließ sich nicht dazu herbei, auch nur eine Silbe über einen Untersturmführer Ernst Ehrenberg zu verlieren. Weder bestätigte er, dass es hier einen Mitarbeiter dieses Namens gab, noch dementierte er es. Nichtsdestoweniger kritzelte Konrad rasch ein paar Worte auf einen Zettel und schob diesen dem Wachhabenden mit der Bemerkung zu, sollte es dem Kameraden irgendwie zu Ohren kommen, dass Ehrenberg doch hier stationiert sei, so möge er ihm die Notiz doch bitte aushändigen. Es war nur eine dürftige Chance, aber so ungewöhnlich war seine Anfrage nun auch wieder nicht.

Und siehe da, der Wachhabende nahm den Zettel an sich.

Konrad bedankte sich bei dem Mann und kehrte den zwei gigantischen Höhlenschlünden im Berghang den Rücken. Aus dem Augenwinkel sah er noch, wie der Wachoffizier seinen Zettel zusammenknüllte und in den Staub warf.

* * *

Rachelle rief im Lager an und verlangte Untersturmführer Ehrenberg zu sprechen, aber der war nicht da, genau wie sie erwartet hatte. Wahrscheinlich war er gerade dabei, Marcel ihren Brief zu überbringen. Sie hinterließ ihm, was der Standartenführer ihr aufgetragen hatte: *Abgabe der Berechnungen erst Mittwoch 14.30 Uhr – früherer Befehl aufgehoben.*

Danach rief sie im Büro von Standartenführer Oppenhoff an.

„Sicherheitsabteilung", meldete sich eine weibliche Stimme.

Rachelle teilte ihrer Kollegin im Oppenhoff'schen Vorzimmer mit, dass Standartenführer Rathke ihren Chef zu sprechen wünsche, und zuckte zusammen, als dieser schon abhob, noch ehe sie den Anruf auf Rathkes Apparat legen konnte.

„Es ist alles arrangiert", sagte Oppenhoff mit öliger Stimme.

„Standartenführer?"

„Na, unsere kleine Spritztour am Wochenende."

Ihr Magen verknotete sich. „Ich Sie stelle durch zu Standartenführer Rathke."

„Na ja, genau deswegen ruft er mich ja an", sagte Oppenhoff. „Wir wollen bloß noch letzte Einzelheiten fürs Wochenende absprechen."

„Bit- bleiben Sie bitte an die Apparat", stammelte Rachelle. Dann stellte sie den Anruf ihrem Chef durch. Oppenhoffs gurrender Tonfall schauderte sie. Sicher hatte sie gewusst, dass dieser Tag kommen würde, aber dass Rathke Oppenhoffs Forderung nachgegeben hatte, konnte nichts anderes bedeuten, als dass er im Begriff stand, sie fallen zu lassen.

Sie starrte das Telefon an. Den Hörer abzuheben war zu riskant, doch ihr kam eine andere Idee. Auf Zehenspitzen trat sie an Rathkes Tür und presste ihr Ohr dagegen. Nur gedämpft hörte sie die Stimme ihres Gebieters, aber immerhin deutlich genug, um seinen Anteil an dem Telefonat mitzubekommen.

„Wie?", sagte Rathke gerade. „Ach so, das. Hab ich mir noch nicht überlegt. Ich komm darauf zurück."

„Ja doch, in Bälde. Hören Sie mal –"

„Was weiß ich, ein, zwei Tage. Können Sie an gar nichts anderes denken? Jetzt hören Sie mir mal zu, ich habe Ihnen hier vielleicht zwei kleine Lebensversicherungen anzubieten. Hier bei mir war gerade 'n Untersturmführer, der mir 'nen Kuhhandel mit den Amis angeboten hat."

„Denke ich schon, ja. Und er scheint irgendwie mit einem meiner Leute verbandelt zu sein, Untersturmführer Ernst Ehrenberg."

„Oh, ich hab meine Gründe, den Mann zu verdächtigen."

„Korrekt, ja, einer meiner Techniker. Ja, ich hab die beiden Kerle sowieso für morgen Nachmittag halb drei hier in mein Büro bestellt. An Ihnen ist es, die Straßen zu überwachen und die beiden hier ins Haus zu lassen. Ich halt sie dann schon fest, bis Sie da sind."

„Was?"

„Ich hab doch gesagt, ich geb Ihnen Bescheid!"

„Guter Mann, ein, zwei Tage –"

„Schön, zwei im Höchstfalle. Sorgen Sie lieber dafür, dass Sie hier morgen mit Ihren Männern rechtzeitig auf der Matte stehen."

Rathke schmetterte den Hörer auf die Gabel.

Rachelle huschte an ihren Platz zurück und begann sinnlose Buchstabenfolgen zu tippen.

Eine Stunde später machte Rathke Feierabend. Rachelle versuchte ein ums andere Mal, Ernst zu erreichen – vergeblich. Sie dachte daran, ihm eine Notiz zukommen zu lassen, entschied aber, dass es viel zu gefährlich war, irgendetwas zu Papier zu bringen.

* * *

Rachelles Ehemann war nicht in Stollen A zu finden, wo er sich üblicherweise aufhielt. Die meisten Leute, die Ernst nach ihm fragte, antworteten ihm nur mit Achselzucken und argwöhnisch hochgezogenen Augenbrauen.

Nach langer Sucherei trieb Ernst endlich einen Kapo auf, der irgendetwas zu wissen schien.

„Werfen Sie mal 'n Blick ins Krankenrevier."

„Wie? Ist er denn krank?“

Der Kapo, ein Mann mit aufgequollenen Lippen und rundlichem Rotgesicht, sah ihn mit einem wissenden schiefen Grinsen an, so als hätte er gerade das letzte, fehlende Stück zu einem Puzzle entdeckt. „Na ja, er hat ziemlich was abgekriegt“, brummte er.

„Von wem – den Kapos?“

„Nee, Häftlingskameraden.“

Von Stollen A bis zum Revier brauchte Ernst gut und gerne zwanzig Minuten. Er musste erst den Sektor mit den SS-Kasernen passieren und dann den Verwaltungsbereich, schließlich den Appellplatz überqueren und am SS-Bordell vorbei.

Als er die Tür zum Krankenrevier aufriss, schlug ihm ein schier erstickender Gestank entgegen, so dass er buchstäblich zurückprallte. Er kam in einen langen Korridor, voll gestopft von ausgemergelten, gebeugten und schmutzstarrenden Gestalten. Die Gesichter der Männer verrieten tödliche Erschöpfung oder auch zehrenden Schmerz. Die meisten litten an hartnäckigen Durchfällen und waren so fertig, dass sie einfach unter sich machten, wo sie gingen und standen.

Ernst drückte sich ein Taschentuch vor Mund und Nase und begann seinen Spießrutenlauf durch das Spalier der Halbtoten, sorgfältig darauf achtend, dass er auf dem völlig verdreckten Fliesenboden ja nicht ausglitt.

Er gelangte an einen Tisch, der eine Art Empfangstresen darzustellen schien, und fragte nach dem Häftling Marcel Dutetre. Ein Untersturmführer, der vermutlich als Arzt Dienst schob, sah kurz von dem Klemmbrett hoch, auf dem er gerade irgendetwas notierte, und schrieb dann wortlos weiter. Ein hinter dem Doktor postierter, kerngesund aussehender Häftling, der hier wohl die Sprechstundenhilfe abgab, antwortete anstelle seines Herrn und Meisters: „Versuchen Sie's mal auf Station C oder D.“ Er machte eine Handbewegung, die Ernst wohl die ungefähre Richtung angeben sollte.

Als Erstes fand er Station D, einen Krankensaal, in dem sich die Häftlinge nur so drängten: Je zwei Mann teilten sich eine hölzerne Pritsche, und auch auf dem Boden waren keine zehn Quadratzentimeter mehr frei. Ernst musterte die Gesichter. Viele Augen, in die er sah, wirkten völlig leblos. Etliche waren durch Misshandlungen und Schläge dermaßen entstellt und verquollen, dass jeder davon Rachelles Gemahl hätte sein können.

Er ging weiter nach Station C, und dort fand er Marcel Dutetre tatsächlich, nachdem er beinahe an ihm vorbeigegangen wäre, wäre nicht in den Augen des Franzosen ein Wiedererkennen aufgeblitzt, das freilich auf der Stelle einem verängstigten Ausdruck wich. Dutetres Blicke schossen zur Korridortür und den Pritschen, die ihn umgaben. Dann sah er wieder Ernst an und schüttelte still den Kopf.

Trotzdem trat Ernst zu ihm.

Dutetre teilte sich die Pritsche mit einem anderen Häftling, der entweder schlief oder bewusstlos war. Ernst suchte nach einem Fleckchen, wo er sich hinsetzen konnte, damit er sich nicht von oben über Marcel beugen musste, aber das war ein aussichtsloses Unterfangen. Vorsichtig tappte Ernst zwischen der hölzernen Pritsche und dem Gefangenen hindurch, der davor auf dem Boden lag, und ließ sich dann auf sein linkes Knie nieder. Er musste aufpassen, dass er sich dem auf dem Boden Ausgestreckten nicht auf den knochigen Brustkorb setzte. Er führte seinen Mund dicht an Marcels Ohr heran und wisperte: „Ich habe eine Nachricht für Sie."

Der Ausdruck von Furcht in den Augen des Franzosen wurde noch einen Tick schlimmer.

„Was ist denn los?", fragte Ernst.

Der Mann wies mit bandagierter Hand auf ein schwarz-violettes, fast völlig zugeschwollenes Auge. Darüber hinaus hatte er jede Menge Schrammen an Kinn, Wangen und Stirn. „Von Ihre letzte Besuch", flüsterte er.

Aber das konnte nicht alles sein, denn Dutetre hatte obendrein schrecklichen Husten, und seine Gesichtsfarbe – soweit man die zwischen all den Kratzern und Hautabschürfungen überhaupt noch ausmachen konnte – war von einem fahlen Grau.

„Denken die, Sie sind ein Spitzel?", fragte Ernst.

Dutetre nickte hustend.

Ernst sah sich um: So gut wie jeder Gefangene auf der Stube, der physisch noch dazu in der Lage war, starrte ihn und Marcel an.

„Wenn ich komme zurück in die Block, sie mich werden wieder schlagen."

„Das tut mir Leid, Marcel. Ich bin einfach nicht gut in so Sachen. Soll ich lieber gehen?"

„Sie mich schlagen so oder so. Aber wenn Sie haben eine Brief von mein' Frau, soll es mir sein recht."

Ernst zog den Zettel aus der Rocktasche. Dutetre konnte die Augen nicht davon lassen. „Ich fürchte, ich ihn nicht kann lesen mit meine geschwollen' Auge."

Ernst faltete ihm den Zettel auseinander, und wie der Duft einer Blüte verbreitete Rachelles Parfüm sich in der Luft. Sein eigenes Herz machte einen Sprung, als er den Duft wiedererkannte. Dutetre kamen die Tränen dabei; sie sammelten sich in den Grübchen, die das aufgequollene Fleisch unter seinen Augen gebildet hatte.

„Ich muss Sie um Verzeihung bitten, mein Französisch ist fürchterlich", sagte Ernst. Als eine Antwort ausblieb, schob er sich noch näher an Dutetres Ohr heran und begann tonlos zu lesen: „Mein Geliebter, mein Herz ..."

Ernst wurde immer glücklicher, während er seinen Blick zwischen Rachelles wunderschöner Handschrift und Dutetres Miene hin- und herwandern ließ. Jeder Satz schien dem zusammengeschlagenen, misshandelten Häftling neue Lebenskraft einzuflößen. Auf Dutetres Bitten las er den Brief ein zweites und auch noch ein drittes Mal. Danach saßen sie lange schweigend da, ohne von den Bewegungen und Geräuschen um sie herum irgendetwas mitzubekommen. Dann neigte Ernst sein Ohr zu Dutetres flüsterndem Mund hinab und ließ sich von dem Franzosen eine nicht minder bewegende Nachricht an Rachelle diktieren.

Er hätte es nicht für möglich gehalten, welche innere Wärme

und Zufriedenheit es ihm verschaffte, Zeuge der zarten Liebesbande zwischen diesem Mann und seiner Frau zu werden. Die gereifte Leidenschaft ihrer Liebe ließ ihm seine frühere Schwärmerei für Rachelle albern und beschämend vorkommen. Er fühlte sich gut, wenn er einen Beitrag dazu leisten konnte, dass die beiden wieder zusammenkamen. Allerdings kostete ihn das auch seinen Preis: Die damit verbundene Heimlichtuerei und das Risiko, das nicht nur sein Lebenswerk, sondern sein Leben selbst bedrohte, lasteten als schwere Bürde auf ihm, und er fühlte sich ziemlich fertig.

Nachdem er das Revier hinter sich gelassen hatte, schleppte er sich an seinen Arbeitstisch im Verwaltungstrakt, um die Berechnungen fertig zu stellen, nach denen Rathke verlangt hatte. Er hatte keine Ahnung, woher er die Kraft für die komplexe Arbeit nehmen sollte.

Sobald er mit den Berechnungen fertig war, würde er sie per Kurier nach Nordhausen in die Fertigungsleitung senden; denn wenn er selbst hinführe, würde Rachelle ihn sofort mit Fragen nach ihrem Mann überschütten, und er würde es heute nicht aushalten können, sie niedergeschlagen zu sehen.

Das Telefonmemo, das zuoberst auf seinen Papieren lag, brachte ihm die beste Nachricht des ganzen Tages: Rathke benötigte die Berechnungen erst am nächsten Tag um halb drei Uhr nachmittags.

Ernst schüttelte den Stress von sich ab, zog sich in seine Unterkunft zurück und ließ sich so, wie er war, auf sein Feldbett fallen. Was für eine Erleichterung, dass sich wenigstens etwas an diesem Tag für ihn zum Guten wendete!

Nach wenigen Minuten war er eingeschlafen.

41

Mittwoch, 28. März 1945

Ihm lief die Zeit davon. Den restlichen Dienstag und den ganzen Mittwochmorgen hatte Konrad damit zugebracht, entweder den Torbereich des Dora-Komplexes zu überwachen oder die Straßen Nordhausens zu durchstreifen, immer in der Hoffnung, seinen Freund zu Gesicht zu kriegen. Solange er das Dora-Tor im Auge behielt, sah er Ernst vor seinem inneren Auge in Nordhausen, aber als er sich dann in der Stadt umsah, quälte ihn die Vorstellung, dass Ernst gerade in diesem Moment das Dora-Tor passierte. Wenn er doch nur mehr Zeit gehabt hätte!

* * *

Am Nachmittag erwischte Ernst eine Mitfahrgelegenheit in die Stadt. Sein Kopf schwirrte von Zahlen und Formeln. Er hatte alles in sorgfältiger Reinschrift zu langen Tabellen zusammengestellt, die er jetzt in einer Ledermappe bei sich trug. Schon im Morgengrauen war er aufgewacht und hatte den ganzen Vormittag gebraucht, um Rathkes Berechnungen fertig zu stellen.

Mürrisch fuhr er nach Nordhausen hinein, eingequetscht zwischen zwei ziemlich groß gewachsenen mittleren Angestellten, die im Erdgeschoss der Fertigungsleitung beschäftigt waren. Der gestrige Besuch auf dem Krankenrevier saß ihm noch als ein dumpfer Kopfschmerz in den Knochen, so dass ihm die vorbeiziehenden mittelalterlichen Häuser des Städtchens wie ein zerkratzter, verwackelter Schwarzweißfilm erschienen.

Seine Finger glitten in die Rocktasche und ertasteten den Zettel, auf dem die Worte des Häftlings Dutetre standen, niedergeschrieben von seiner, Ernsts, Hand. Die physische Berührung dieses Notizzettels genügte, um ihn noch mal so missmutig zu stimmen, rief sie ihm doch den Augenblick ins Bewusstsein zurück, in dem die Botschaft entstanden war: zuerst in den Worten der Liebe, die Dutetre an Rachelle gerichtet hatte und die er, Ernst, hatte mit anhören müssen, um sie dann auch noch auf dem Papier Gestalt annehmen zu sehen, unter seiner eigenen Hand!

Es war ja noch gar nicht lange her, dass er sich allerlei Ausreden zurechtgelegt hatte, bloß um sich im selben Zimmer wie Rachelle aufhalten zu können. Und jetzt fürchtete er sich davor, eben jenen Raum zu betreten, vor allem heute, denn wie immer würde sie ihn sofort nach ihrem Mann fragen. Das würde Ernst zwingen, ihr zu erzählen, dass Marcel zusammengeschlagen worden und er, Ernst, daran schuld war. Wie sollte er ihr das bloß beibringen?

Das Auto wurde langsamer und kam dann mit quietschenden Bremsen zum Stehen. Die Uhr zeigte zwanzig nach zwei, er war also zehn Minuten zu früh dran – Zeit genug, um Rachelle die Notiz zu übergeben, aber auch Zeit genug für die nötigen Erklärungen? Vielleicht wäre es klüger, bis halb drei hier draußen auf der Straße zu warten und die Überbringung der Nachricht auf eine spätere Gelegenheit zu verschieben.

Hinter einem breiten Rücken stieg Ernst aus dem Wagen aus. Der Angestellte, der neben ihm gesessen hatte, hielt ihm den Schlag auf, was Ernst wie ein Omen vorkam. Er bedankte sich bei dem Mann und ging sofort nach oben.

Das Erste, was er sah, als er die Tür des Vorzimmers aufmachte, war Rathke, der dastand und ihn bereits erwartete. Ernst hielt das für einen glücklichen Umstand.

„Haben Sie meine Berechnungen?“, herrschte Rathke ihn an.

„Jawohl, Standartenführer.“

„Folgen Sie mir ins Büro.“

Rachelle saß an ihrem Pult. Als Ernst daran vorbeiging, streifte ihn ein Hauch ihres Parfüms, von dem ihm fast die Knie weich wurden. Wie üblich hielt sie den Blick gesenkt, und doch war diesmal etwas anders: Im letzten Augenblick, als Ernst gerade die Zwischentür zu Rathkes Büro zuzog, hob sie ruckartig den Kopf – und sah ihm geradewegs ins Gesicht, die Augen weit aufgerissen vor Beunruhigung.

* * *

Als Konrad vor dem Haus ankam, in dem die Fertigungsleitung untergebracht war, war er völlig außer Atem. Er sah auf die Uhr: genau halb drei. Binnen einer Stunde hoffte er die Landstraße Richtung Berlin unter den Rädern zu haben. Nachdem er in der Nacht noch einmal über die ganze Sache nachgedacht hatte, war ihm in den Sinn gekommen, dass Rathke womöglich Hintergedanken oder zumindest noch weitere Fragen hatte. Er war auf alle Eventualitäten eingestellt, Rathke sollte nur kommen. Wenn nötig, würde er den Raketenforscher mit Gewalt verschleppen.

Er hatte ein gutes Gefühl bei dieser Unternehmung. Er würde den „Falken" wie versprochen den Amis übergeben, und im Gegenzug würden Ursel und die Kinder in Sicherheit gebracht werden. Leid tat ihm nur, dass er Ernst nicht hatte ausfindig machen können. Hätte er doch nur mehr Zeit zur Verfügung gehabt!

Aber er hatte es auch noch nicht vollends aufgesteckt. Noch nicht. Es gab immer noch eine Sache, die er probieren konnte: eine gewagte Idee zwar, bei der man beim besten Willen nicht vorhersehen konnte, wozu sie führen würde. Er musste es dennoch versuchen, nämlich Rathke direkt und unverblümt auf die Münze anzusprechen und nach Ernst zu fragen. Die halbe Nacht hatte er darüber nachgedacht und war zu dem Schluss gekommen, dass es eine Möglichkeit war, die er wahrnehmen musste. Falls Ernst sich tatsächlich in Nordhausen aufhielt, musste er Rathke irgendwie dazu bringen, dass er sich bereit erklärte, ihn auch mit nach Berlin zu nehmen. Wer weiß, womöglich waren die beiden ja enge Freunde, und Rathke würde diesen Vorschlag nur begrüßen.

Mit diesen Gedanken stieg er die Treppe zum Rathke'schen Büro hinauf.

* * *

Als er die Tür aufmachte, wurde Konrad von einem eiskalten Blick empfangen. Wie beim letzten Mal schlug die schwarzhaarige Vorzimmerschönheit auf der Stelle die Augen nieder, als sie ihn gewahrte, aber ihr abweisender Blick traf ihn doch lang genug, dass er begriff, was sie übermitteln wollte: Sie hasste deutsche Männer in der Uniform eines SS-Offiziers.

„Standartenführer Rathke erwartet mich", sagte Konrad, froh, dieses Mal einen Termin zu haben.

Die Frau antwortete nicht.

„Haben Sie mich verstanden?"

Ihr Blick hob sich nicht von der Tischplatte.

„Ist der Standartenführer in seinem Zimmer?"

Sie saß auf ihren Händen. Das Haar fiel ihr ins Gesicht.

Konrad ging auf Rathkes Tür zu, halb in der Erwartung, dass sie ihn aufhalten würde. Doch sie tat es nicht, also machte er die Tür auf.

Rathke empfing ihn mit gezogener Pistole. „Ah, junger Mann, gesellen Sie sich doch zu uns!"

Es befand sich also noch jemand im Raum.

Augenblicklich erwachten Konrads Frontkämpferinstinkte. Der Lauf der Zeit verlangsamte sich. Mit einem Augenaufschlag verschaffte er sich einen Überblick: Rathke mit der Pistole und ein Mann auf einem Stuhl, mit dem Rücken zur Tür. In der Uniform eines SS-Offiziers. Aus dem Augenwinkel sah er, dass die Frau im Vorzimmer sich nicht gerührt hatte. Konrad stand halb in Rathkes Büro, halb noch im Vorzimmer. Er hatte die Hand an der Türklinke und hätte ohne weiteres nach seiner eigenen Handfeuerwaffe greifen können.

Blitzschnell ging er seine Möglichkeiten durch: sich hinter der Tür in Deckung werfen und dabei seine Waffe ziehen. Sich nach links werfen und die Sekretärin als menschliches Schutzschild nehmen. Einen Satz in Rathkes Büro machen, den fremden Mann vom Stuhl hochreißen und ihn zwischen sich und Rathke schieben, bevor Rathke noch Zeit hatte zu feuern.

Alle drei Szenarien liefen gleichzeitig vor Konrads innerem Auge ab. Er wog sie ab, entschied sich für das Günstigste und war nur noch einen Sekundenbruchteil davon entfernt, seinen Zug zu machen, als der Mann auf dem Stuhl sich umdrehte und ihn ansah.

„Ernst!"

„Konrad?"

42

„Na, das hab ich mir doch gedacht“, sagte Rathke. Sein Blick wanderte zwischen Ernst und Konrad hin und her. Er setzte ein selbstgefälliges Grinsen auf. Durch eine Bewegung mit der Pistole nötigte er Konrad weiter ins Zimmer. Als die Tür wieder frei war, schrie er: „Rachelle! Los, bring mir diese komische Münze, du weißt schon!“

Es entstand eine Pause, in der Rathke zu Konrad sagte: „Sie brauchen Ihre Waffe nur mit den Fingerspitzen zu berühren, dann sind Sie schon ein toter Mann. Wir sind hier nicht an der Ostfront, Herr Kamerad, also spielen Sie nicht den Helden!“

Eine Sekunde lang war Konrad wieder in Russland, gemeinsam mit Hartmut in einem Scharfschützen-Hinterhalt. Eine Woge von Zorn stieg in Konrad hoch. Krahl hatte ihm Hartmut genommen; er würde jetzt nicht zulassen, dass Rathke ihm Ernst nahm.

Unter der Tür erschien Rachelle, die Münze in der Hand. Rathke streckte die Hand danach aus, und sie gab sie ihm. Dann zog sie sich zurück – ohne ein Anzeichen von Überraschung wegen der Pistole, gerade so, als würde Rathke seine Büroangelegenheiten immer mit der Waffe in der Hand erledigen.

„Das hier hat Sie verraten“, sagte Rathke voll schadenfroher Genugtuung und hielt zum Beweis die Münze in die Höhe. „Ziemlich einzigartiges Stück. Sie haben sie gleich wiedererkannt, stimmt's?“

Ernst stand auf und stellte sich vor seinen Vorgesetzten.

Reflexartig trat Rathke einen Schritt zurück, richtete die Waffe auf Ernst und dann wieder auf Konrad. Er war nervös. Schwitzte. Im Augenblick ging Konrads größte Sorge dahin, dass sich ein Schuss lösen könnte, ohne dass der Mann es überhaupt beabsichtigte.

Ernst versuchte den Standartenführer zu beruhigen, indem er die Hände hob, als wollte er sich ergeben. „Er will Ihnen doch nur helfen, Standartenführer.“

„Er hat dir also gesagt, warum ich hier bin?“, fragte Konrad.

Ernst nickte.

„Ach, Sie meinen also, ich hab dem Kerl geglaubt? Für wie blöd halten Sie mich eigentlich?“, geiferte Rathke. „Amerikaner, dass ich nicht lache! Das Ganze hier ist bestenfalls eine Probe der SS auf meine Treue. Soweit ich weiß, gehören Sie einem Haufen von Abtrünnigen an, Banditen wie die Kerle, die versucht haben, den Führer umzubringen. Aber eigentlich ist mir völlig wurscht, wer Sie sind. Ich überstelle Sie in die Hände von Männern, die mein uneingeschränktes Vertrauen genießen. Sollen die sich mit Ungeziefer wie Ihnen abgeben.“

„Nein, Sie werden das nicht tun.“

Eine weiche Stimme. Weiblich. Es waren die ersten Worte, die von Rachelle kamen, seit Konrad das Büro betreten hatte. Das Nächste, was sie sagte, richtete sich an Ernst.

„Gestern der Standartenführer hat gemacht eine Anruf bei die Sicherheitsabteilung, Standartenführer Oppenhoff. Als er war gegangen, ich habe wieder angerufen bei Oppenhoff und ihm abgesagt. Jetzt er ist in die Magazin an die andere Ende von die Stadt.“

Ungläubig starrte Rathke seine Sekretärin an. „Das steht dir nicht zu! Niemals würde Oppenhoff nur auf dein Wort hin –“

Unbewegten Gesichts unterbrach sie den Standartenführer. „Oh, er freut sich sehr auf unsere gemeinsame Wochenende.“

Dazu fiel Rathke anscheinend nichts mehr ein.

Sie wandte sich wieder an Ernst. „Standartenführer Oppenhoff bekam die Nachricht, er soll herkommen für zwei Untersturmführer, die Herr Rathke hat bestellt für heute zwei Uhr einhalb. Er sollte euch beide Zeit geben, dass ihr könnt kommen zu die Büro, und dann ein paar Minut’ danach er kommt und nimmt euch fest. Wenn er werd’ kommen, er schon jetzt wär hier.“

Rathke trat einen weiteren Schritt zurück. „Spielt gar keine Rolle“, stammelte er. „Sobald die merken, dass man sie ins Bockshorn gejagt hat, machen die auf dem Absatz kehrt und kommen hierher.“ Er wedelte mit der Pistole hin und her. „Wir brauchen also nur auf Oppenhoff und seine Männer zu warten.“

„Sein' Pistol' ist nicht geladen", sagte Rachelle zu Ernst.

Rathke starrte auf die Waffe in seiner Hand, senkte sie jedoch nicht. Seine Hand begann zu zittern. „Ich habe sie selbst geladen!", rief er.

„Heut' Morgen, ehe er ist gekommen, ich habe rausgenommen die Patron'", sagte Rachelle.

Konrad sah Ernst an. „Ist sie vertrauenswürdig?"

Ernst hatte den Blick keine Sekunde von Rachelle abgewandt und tat es auch jetzt nicht. „Mein Leben würde ich in ihre Hand legen."

Ernsts Augen waren feucht. Hätten sie sich in einer anderen Situation befunden, so hätte Konrad Ernst jetzt gern beiseite genommen und ihn um genaue Auskunft darüber gebeten, in was für einer Art von Verhältnis er zu Rathkes Sekretärin stand. So aber griff er nach seiner eigenen Pistole.

Rathke zielte auf ihn. „Lassen Sie das! Wie jeder gute Soldat habe ich meine Waffe heute Morgen eigenhändig überprüft und nachgeladen!"

Die Hand an der Waffe, erstarrte Konrad. Er sah Rachelle an, die den Kopf schüttelte.

„Sie kann das gar nicht wissen!", schrie Rathke. „Sie hat ja keine Ahnung! Wollen Sie wirklich auf das Wort dieser Schlampe hin Ihr Leben riskieren?"

Mit einer entschlossenen Bewegung zog Konrad seine Pistole und richtete sie auf Rathkes Brust.

Rathke betätigte den Abzug. Seine Waffe klickte. Er drückte ein zweites, drittes und viertes Mal ab. Jedes Mal klickte es, sonst nichts.

„Fahren wir, Standartenführer", sagte Konrad. „Wir haben noch einen weiten Weg."

Rachelle ging ans Telefon und instruierte die Fahrbereitschaft, Rathkes Dienstwagen vorzufahren.

„Sie haben die Wahl, Standartenführer", sagte Konrad. „Wir können das hier auf die sanfte, aber ebenso gut auf die harte Tour erledigen."

Der Oberst starrte ihn feindselig an. Er stand zwischen Ernst und Konrad, die jetzt beide ihre Pistolen auf sein Kreuz gerichtet hielten.

„Wenn wir's auf die sanfte Tour machen", erläuterte Konrad, „sitzen Sie wie immer auf dem Beifahrersitz Ihrer Limousine. Ernst wird direkt hinter Ihnen Platz nehmen, und während der ganzen Fahrt wird eine Waffe auf Sie gerichtet sein. Wenn Sie sich anständig benehmen, kommen Sie mit dem Leben davon."

Der Standartenführer presste die Lippen zu einem schmalen Strich zusammen.

„Bei der harten Tour", fuhr Konrad fort, „kriegen Sie eins über den Schädel, werden gefesselt und reisen im Kofferraum, und zwar so lange, bis wir aus der Stadt raus sind. Wie gesagt, Sie haben die Wahl."

„Sie bringen mich nicht um", versetzte Rathke. „Ich bin viel zu wertvoll für Sie. Die Amis wollen mich haben, waren das nicht Ihre eigenen Worte?"

„So verhält es sich auch. Und aus persönlichen Gründen möchte ich Sie ihnen überstellen. Aber eines sage ich Ihnen klipp und klar: Entweder Sie fahren mit uns nach Berlin, oder Sie fahren in die Hölle. Wenn ich mir Ihre persönlichen Interessen vor Augen halte, würde ich Ihnen zu Berlin raten."

Rathke versuchte aus Konrads Miene schlau zu werden. Anscheinend sah er genug, um sich davon zu überzeugen, dass Konrad das, was er sagte, ernst meinte.

„Wie jetzt, Standartenführer? Beifahrersitz oder Kofferraum? Wenn Sie sich nicht entscheiden können, überlassen wir die Entscheidung der jungen Dame hier."

„Vordersitz", sagte Rathke matt.

Konrad grinste. Zu Ernst sagte er: „Bist du bereit? Du führst; ich begleite unseren Ehrengast." Er drückte Rathke seine Pistole in den Rücken. „Irgendein Zeichen zu irgendjemandem, und Sie sind ein toter Mann, kapiert?"

Rathke nickte.

„Ernst, schnapp dir seine Mütze und ab dafür!" An die Schreibdame gewandt, sagte er: „Vielen Dank für Ihre Hilfe. Ich gehe mal davon aus, dass es stimmt, was Sie sagen."

„Sie kommt mit uns", sagte Ernst.

Konrad schüttelte den Kopf. „Ausgeschlossen."

„Es muss aber möglich sein."

„Ernst –"

„Wenn sie hier bleibt, bleibe ich auch."

Rachelle mischte sich ein und sagte: „Fahr nur. Es wird schon alles gut."

Ernst sah Konrad unbeugsam an. „Nein! Die verschleppen sie wieder nach Buchenwald! Sie kommt mit uns."

„Also schön", gab Konrad nach, „kommt sie meinetwegen mit. Aber jetzt los!"

Rachelle wollte etwas sagen, aber Ernst kam ihr zuvor. „Und ihr Mann auch."

„Ihr Mann? Was soll das denn jetzt?", erregte sich Konrad.

„Na, ihr Mann eben."

„Ernst, ich kann nicht Marcel hier lassen", sagte Rachelle. „Ich kann nicht, weißt du?"

„Wo ist denn ihr Mann?", fragte Konrad.

„Sitzt in Mittelbau Dora."

Rathke sah Rachelle an. „Was, dein Mann sitzt in Dora?"

„Kriegen wir ihn denn da raus, Ernst?", wollte Konrad wissen.

„Leicht wird's nicht."

„Wieso bloß überrascht mich das nicht?"

43

Sie kamen über eine flache Kuppe und sahen das Haupttor des Dora-Komplexes vor sich. Es war ihnen geglückt, Rathke ohne Zwischenfall durch das Erdgeschoss der Fertigungsleitung ins Auto zu bugsieren. Der Kerl schien sich mittlerweile willenlos in die Umstände zu fügen, wie sie nun einmal eingetreten waren. Zumindest hoffte Konrad das. Doch so oder so blieb ihnen keine Zeit zum Entspannen. Gegen das, was jetzt kam, war der kurze Weg durch die Büroetage der Fertigungsleitung ein Kinderspiel gewesen. Immerhin hatte dort außer ihnen niemand Waffen getragen.

Kurz vor dem Tor bremste Konrad den Wagen ab und wandte sich an Rathke, der neben ihm saß. „Wird Zeit, dass Ihr vernebeltes Hirn auf Touren kommt. Bedenken Sie die Lage. Wir wissen alle, wenn die Wachen Verdacht schöpfen und uns schnappen, sind wir tot. Wenn Sie sie also Verdacht schöpfen lassen über unsere Fuhre hier, dann wird die erste Kugel diejenige sein, die Sie trifft, glauben Sie mir. Die Alternative ist immer noch dieselbe: Ich übergebe Sie den Amerikanern. Was Sie danach machen, ist Ihr Bier. Gehen Sie mit denen übern Teich oder bleiben Sie in Deutschland, das ist mir schnuppe. Ihre beste Chance, den Schlamassel hier zu überleben, besteht darin, dass Sie hier sitzen, die Klappe halten und an all die schönen Dollars denken, die Sie da drüben in Amerika scheffeln können."

Rathke sagte kein Wort. Starr haftete sein Blick an Konrad, nur ab und an wanderte er zu dem Totenkopfemblem an dessen Kragen. Konrad sollte es recht sein. Rathke musste wahrlich nicht wissen, dass der Mann, der diesen Totenkopf zur Schau trug, ein Gelübde abgelegt hatte, nie wieder einen Menschen zu töten.

Ein rascher Blick in den Rückspiegel zeigte einen horizontalen Streifen von Ernsts Gesicht, der grimmig hinter Rathke hockte. Die Ledermappe verbarg die Pistole in seinem Schoß. Mit einem Kopfnicken deutete er an, dass Konrad Gas geben solle. Am anderen Ende der Rückbank saß Rathkes Schreibdame, die aus dem Fenster starrte und den Blick nicht von einer langen Kolonne Gefangener lösen konnte, die von Kapos mit Schlagstöcken in einen der Stollen getrieben wurden.

Im zweiten Gang rollte der Wagen an das schwer gesicherte Zufahrtstor heran. Konrad musste den Drang niederkämpfen, das Steuer herumzureißen und sich Richtung Berlin aus dem Staub zu machen. Was er hier machte, war ja nun wirklich irre: Er hatte doch seinen Raketenforscher und Ernst noch dazu! Wieso um alles in der Welt setzte er die ganze Operation für einen französischen Zwangsinternierten aufs Spiel?

Die Antwort stand seinem Freund seit Kindertagen ins Gesicht geschrieben. Er brauchte bloß in den Rückspiegel gucken, um sie lesen zu können. Ernst war von jeher der Gescheiteste von ihnen dreien gewesen: Konrad hatte das Tempo bestimmt, Hartmut hatte mit seinen Späßen die Stimmung hochgehalten, und Ernst hatte die Risiken durchkalkuliert. Er war ununterbrochen am Analysieren, wog Variablen gegeneinander ab und stellte Theorien hinsichtlich möglicher Ergebnisse ihres Handelns auf. Entsprechend schnell war er mit einer Verurteilung bei der Hand, wenn Leute nur aus dem Bauch heraus handelten und gegebene Tatsachen zu ihrem eigenen Nachteil außer Acht ließen.

Bis er hier nach Nordhausen gekommen war, hatte Konrad es bei Ernst noch nie erlebt, dass er sich von irgendeiner Leidenschaft so mitreißen ließ, dass er Tatsachen übersehen hätte. Die Frau neben ihm musste irgendeine Art von Zauber auf ihn ausüben. Denn in ein Konzentrationslager zu fahren, um den Ehemann dieser Dame herauszuholen, war sicher keine besonders gescheite Idee. Aber Leidenschaft macht nun mal entschlossen. *Wenn doch nur Hartmut hier sein könnte, um Ernst so handeln zu sehen,* dachte Konrad. *Das wäre für ihn ein Heidenspaß gewesen.*

Am Tor kam ein Wachtposten auf sie zu, das Sturmgewehr 44 in beiden Händen. Der Soldat beugte sich herunter und sah von der Fahrerseite her ins Innere des Wagens. In geringer Entfernung standen vier weitere Wachen mit den Karabinern im Anschlag.

„Heil Hitler, Standartenführer!", schnarrte der Posten. Er trat zurück, salutierte und winkte den Wagen durch.

Das Tor wurde geöffnet, und der Wagen glitt ins Innere des Dora-Komplexes.

Konrad war trotzdem nicht erleichtert. In einen Löwenkäfig einzudringen war das eine, wieder rauszukommen eine gänzlich andere Geschichte, vor allem dann, wenn die Löwen aus irgendeinem Grunde unruhig wurden.

Ernst leitete sie zum Krankenrevier. Dort angekommen, gab er seine Pistole Rachelle. Rasch glitt sie auf die andere Seite hinüber, so dass sie hinter Rathke zu sitzen kam.

Konrad und Ernst stiegen aus und gingen auf den Eingang des Reviers zu. Ernst sah sich über die Schulter und lief dann rasch zum Auto zurück. Er riss die Beifahrertür auf. „Standartenführer, vielleicht sollten Sie Ihrer Vorzimmerdame mal einen Blick gönnen."

Rathke drehte sich auf seinem Sitz um.

Rachelle hielt die Pistole verborgen, aber in ihren schönen Augen brannte es – ein Feuer, das sich aus jahrelangem Missbrauch nährte. Nur ein Dummkopf hätte glauben mögen, dass diese Frau nicht fähig gewesen wäre, den Abzug zu drücken.

Ernst klopfte Rathke auf die Schulter und warf die Autotür zu. Als er wieder bei Konrad war, sagte er: „Ich glaube, der Herr Standartenführer wird ihr keine Schwierigkeiten machen."

Die beiden jungen SS-Offiziere verfielen in Gleichschritt, als sie die gekachelten Korridore des Krankenreviers entlangmarschierten. Trotz der Gefahr, in der sie schwebten, machte es Konrad beschwingt, Ernst an seiner Seite zu haben. Es war wie in alten Zeiten.

„Hier runter." Sie begegneten mehreren klemmbrettbewehrten Ärzten, Pflegern oder was auch immer. Manche sahen auf, als sie ihnen entgegenkamen, andere nicht. Aufhalten tat sie niemand.

In Konrads Gedächtnis flammte die Erinnerung an Hadamar auf. Damals war er viel jünger gewesen. Auch in Hadamar hatte er eine SS-Uniform angehabt, nur dass es nicht seine eigene gewesen war. Er wusste noch, dass die Kluft ihm zu groß gewesen war und er vor Angst gezittert hatte, als er sie überzog. Die Uniform dagegen, die er jetzt trug, passte wie angegossen, und er wusste sehr wohl, welche Autorität von ihr ausging. Niemand würde zwei SS-Offizieren, die einen Häftling aufsuchten, irgendwelche Fragen stellen.

Sie betraten einen lang gezogenen, rechteckigen Raum, an der Eingangstür als Station C bezeichnet. Eng gedrängt standen hier zwei- und dreistöckige Holzpritschen, samt und sonders belegt von jeweils mehreren offensichtlich schwer mitgenommenen, ausländisch anmutenden Männern in blau-weiß gestreiften Drillichanzügen, die allzu oft nur noch aus verdreckten Fetzen bestanden. Der ganze Raum war von Stöhnen und Wehklagen erfüllt. Die meisten der Männer sahen nicht auf, als die SS-Offiziere vorbeigingen. Sie wussten gut genug, dass das nicht ratsam war. Ein-, zweimal registrierte Konrad einen flüchtigen Augenkontakt. Wäre er irgendein anderer SS-Offizier gewesen, so wären schon diese hasserfüllten Blicke nicht ohne Folgen für die Häftlinge geblieben.

„Da ist der Kerl." Ernst stak mit dem Zeigefinger auf einen Franzosen. Gleichzeitig begann er zu schreien. „Dachtest wohl, hier drin könntest du dich verkriechen, wie? Ordonnanz!"

Er brüllte so lange herum, bis zwei der für den Krankensaal zuständigen Ordonnanzen herbeigeeilt kamen. Konrad war schwer beeindruckt. Er wusste gut genug, dass Ernst keinen einzigen SS-Knochen im Leibe hatte. Aber die Schau, die er hier abzog, war durch und durch überzeugend.

„Dieser Mann kommt mit uns!", ordnete Ernst an.

Ernsts ausgestreckter Zeigefinger genügte, und die Ordonnanzen, selbst kaum mehr als Haut und Knochen, rissen Dutetre hoch und legten sich seine Arme über die Schultern.

Ernst ging voraus. Die Ordonnanzen bedurften keines weiteren Befehls. Sie folgten mit dem „Patienten" auf dem Fuße.

Zurück am Wagen, fanden sie Rathke regungslos wie eine Statue vor, den Blick unverwandt nach vorn gerichtet. Rachelle flüsterte ihm von hinten etwas ins Ohr. Was sie sagte, konnten die Freunde nicht verstehen, aber was immer es auch war, es ließ Rathkes Antlitz erbleichen.

Konrad öffnete den Kofferraumdeckel.

Auch jetzt brauchten die Ordonnanzen keinen Extra-Befehl. Sie warfen den Häftling Dutetre in den Kofferraum des Autos und traten zurück. Ernst legte die Hand an den Griff des Deckels, um ihn zu schließen.

In dem engen Kofferabteil zusammengerollt, sah Dutetre ihn mit sorgenverhangenen Augen an. Seine Lippen formten zwei tonlose Wörter: *Schlag mich.*

Ernsts Miene wurde traurig, aber nur für eine kurze Sekunde. Dann explodierte er, schoss eine Kanonade von Kraftausdrücken, garniert mit Stiefeltritten, ab, ehe er schließlich den Kofferraumdeckel mit Wucht zuschmiss.

Die ganze Schau zog er für allfällige unsichtbare Zuschauer ab. Wegen der Ordonnanzen wäre sie nicht nötig gewesen, die waren schon auf halbem Wege zurück zum Krankenrevier.

Konrad nahm den Weg ums Wagenheck, um zur Fahrerseite zu gelangen. Neben dem wie Espenlaub zitternden Ernst blieb er stehen. „Was ist, kriegst du's gebacken?"

Ernst hob das Kinn und sagte: „Schaffen wir uns hier raus."

* * *

Nachdem die gesamte Besatzung wieder an Bord war und Ernst erneut Rathke den Pistolenlauf in den Rücken drückte, lenkte Konrad die Limousine durch die engen Lagerstraßen des Dora-Komplexes, vorbei am SS-Bordell zu ihrer Linken und dem Appellplatz rechter Hand, auf welch letzterem irgendetwas im Gang zu sein schien, das die Wachtposten auf den Türmen ablenkte. Zwischen den Gebäuden der Lagerverwaltung und Politischer Abteilung hindurch ging es wieder auf das Haupttor zu, diesmal von innen kommend.

Ein schneller Seitenblick auf Rathke machte Konrad klar, dass es keiner weiteren Verwarnung bedurfte. Die Gesichtsfarbe des Herrn Standartenführers hatte sich immer noch nicht von der Unterhaltung erholt, die seine Sekretärin mit ihm geführt hatte.

Konrad bremste.

Derselbe Wachtposten mit demselben Sturmgewehr trat heran und beugte sich abermals herunter, um das Wageninnere zu inspizieren. Er grüßte und raspelte: „Wünsche einen guten Nachmittag, Standartenführer!"

Das Tor begann sich zu öffnen.

„Was bitte?", sagte der Wachtposten.

Die Frage lenkte Konrads Aufmerksamkeit schlagartig auf den Mann auf dem Beifahrersitz zurück. Alles, was er von Rathke sah, war dessen Hinterkopf. Der Wachtposten neben dem Wagen zeigte eine verwirrte Miene. Er bückte sich zum Wagenfenster und sagte: „Bitte kurbeln Sie die Scheibe runter, Standartenführer. Ich versteh Sie sonst nicht."

Rathke fuhr herum und sah mit schuldbewusstem Blick Konrad an. Eine Sekunde lang gefror die Zeit.

Dann packte der Standartenführer den Türöffner und schrie: „Ich werde entführt! Ich werde entführt!"

Die Beifahrertür ging auf.

Der Wachtposten, offenkundig alarmiert, begriff die Situation immer noch nicht.

Konrad hob das rechte Bein und trat mit aller Kraft den Wagenschlag auf. Gleichzeitig packte er Rathke am Rockaufschlag, damit der sich nicht aus dem Auto werfen konnte. Der Stoß mit der Autotür ließ den Wachtposten rücklings zu Boden gehen.

Konrad riss den Fuß zurück, um Gas geben zu können, und trat das Pedal bis aufs Bodenblech durch. Mit einem Satz schoss das Gefährt vorwärts. Gerade noch rechtzeitig ließ der Rückschlag, der beim Auftreffen auf den Wachsoldaten entstanden war, die hinten angeschlagene Beifahrertür wieder ins Schloss fallen, sonst wäre sie im nächsten Augenblick abgerissen worden.

Die Torflügel waren mittlerweile offen. Schon machte sich an jeder Seite ein Wachtposten an ihnen zu schaffen, um das Tor wieder zuzuwerfen, aber Rathkes Sechszylinder war zu schnell.

„Runter!“, schrie Konrad.

Es wäre nicht nötig gewesen. Ernst und Rachelle hatten sich längst auf den Boden gekauert. Im Rückspiegel sah Konrad, wie ein halbes Dutzend Wachsoldaten mindestens das Arsenal eines leichten Feldartilleriezuges auf sie richtete.

Das Rückfenster zersplitterte, die Scherben ergossen sich über Ernst und Rachelle.

„Marcel!“, kreischte Rachelle.

In irrwitzigem Slalom raste Konrad die Nordhäuser Landstraße hinunter. Als sie über eine Kuppe bretterten, wollte das Auto schier abheben. Immerhin waren sie hinter der Kuppe außer Sicht. Das Letzte, was Konrad bemerkte, war ein ganzer Pulk von feldgrauen Fahrzeugen, die ihre Verfolgung aufnahmen.

In Erinnerung an eine ganz ähnliche Situation vor Jahren in Hadamar führte er die Verfolger in das Gassengewirr Nordhausens. Nach allerlei Kurven und Hakenschlägen fand er zu der Ausfallstraße zurück, die parallel zu den Gleisen der Harzquerbahn verlief und die er jetzt ostwärts kreuzte. Nachdem sie freies Gelände erreicht hatten, versuchte er, so rasch es ging, von Nordhausen wegzukommen. Zum Glück verfügte der Herr Standartenführer über einen starken, schnellen Wagen.

„Irgendjemand da hinten verletzt?“, rief Konrad. Ohne Heckfenster waren die Fahr- und Windgeräusche so laut, dass man sich im Wagen nur schreiend verständigen konnte.

Ernst und Rachelle tauchten im Fond aus der Versenkung auf. Beide hatten sie leichte Kratzer abbekommen, waren aber im Wesentlichen unversehrt.

„Marcel!“, rief Rachelle. „inten in die Kofferraum! Vielleicht er ist verletzt!“

„Wenn sie uns einholen, werden wir alle verletzt sein.“ Konrad sah immer wieder in den Rückspiegel, aber es kamen keine anderen Fahrzeuge in Sicht. „Nur noch ’n paar Kilometer, dann fahr ich rechts ran.“

„Konrad...“, stieß Ernst mit einem seltsamen Zittern in der Stimme hervor. Konrad rechnete damit, dass er sich zu Rachelles Fürsprecher aufwerfen würde. Stattdessen sagte er: „Der Standartenführer.“

Konrad sah zu dem Mann neben sich hinüber, von dem ihm erst jetzt auffiel, dass er während der ganzen Verfolgungsjagd merkwürdig still gewesen war. Standartenführer Rathke war gegen die Autotür gesunken. An seinem Hinterkopf prangte ein Einschussloch.

* * *

Sobald er sich sicher genug fühlte, bog Konrad in einen Seitenweg ab, der in ein Buchengehölz führte. Ernst war als Erster draußen, aber Rachelle folgte ihm auf dem Fuße. Als er den Kofferraumdeckel aufriss, hielt sie die Hände vor den Mund gepresst.

Aus der Düsternis des Blechkastens blinzelte ein Paar wässriger Augen ins Tageslicht. Als er sah, wer da hinter Ernst stand, zeichnete sich Fassungslosigkeit auf dem Gesicht des Franzosen ab. Erfolglos versuchten seine Lippen ihren Namen zu formen. Er bekam nicht mehr zuwege, als zwei spindeldürre Arme nach oben zu strecken. Als Konrad und Ernst Marcel Dutetre aus dem Kofferraum hoben, bemerkten sie sein Gewicht fast gar nicht. In der nächsten Sekunde lag seine Frau ihm in den Armen.

Aber nicht für lange: Nach kurzer Umarmung versorgte Rachelle die Verletzungen ihres Mannes, der den Beschuss keineswegs unversehrt überstanden hatte. Zwei Fleischwunden hatte er abbekommen, nichts Ernstes, aber sie mussten verbunden werden. Rachelle setzte sich auf einen Grasflecken, und Konrad und Ernst halfen ihrem Mann, sich so hinzulegen, dass sein Kopf in ihrem Schoß ruhte. Lächelnd, schluchzend und wispernd küsste sie ihn auf die Stirn und strich ihm übers stopplige Haar. Unter ein paar überhängenden Zweigen blendeten sie die Welt um sich herum aus, jedenfalls für ein paar Augenblicke. Deutschland und Hitler existierten nicht mehr, ebenso wenig wie Frankreich oder die übrigen alliierten Mächte. Auch der Krieg war nicht mehr. Es gab nichts weiter als einen Franzosen und seine Frau.

Konrad und Ernst nutzten die Zeit, um mit ein paar Werkzeugen, die sie im Kofferraum gefunden hatten, und Zweigen aus dem Wald ein flaches Grab herzurichten, in dem sie den SS-Standartenführer Albert Rathke bestatteten. Dann warteten sie die Dämmerung ab, ehe sie Marcel auf die Rückbank des Wagens verfrachteten, neben seine Frau. Bald waren sie wieder auf der Landstraße, kamen aber nicht weit, da ein deutscher Truppentransport sie für den größten Teil der Nacht auf den Seitenstreifen zwang.

„Wir müssen 'n paar Klamotten für ihn auftreiben", sagte Konrad, während die endlose Schlange von Panzern und Lastwagen an ihnen vorbeirumpelte. „'ne Häftlingsmontur dürfte schwierig zu erklären sein."

Ernst sah sich nach den beiden Franzosen um. Der Ausdruck, der ihm ins Gesicht geschrieben stand, zog Konrad die Eingeweide zusammen. Andererseits hatte er jetzt seine ganz eigenen Sorgen.

Er hatte den „Falken" verloren, weil er übers Ziel hinausgeschossen war. Nicht zufrieden mit seinem Erfolg, hatte er unbedingt noch eins draufsatteln müssen. Schön, nur so hatte er Ernst mitkriegen können, wofür er sich glücklich schätzte. Aber dann hatte er sich verleiten lassen, noch höher zu reizen, war ein Risiko eingegangen, von dem er gewusst hatte, dass es wahnwitzig war. Dabei hatte ihn das Glück im Stich gelassen, und jetzt war die ganze Mission im Eimer.

Er hatte versprochen, den „Falken" herbeizuschaffen.

Er hatte versagt, und die Kinder würden jetzt den Preis dafür zahlen müssen.

44

Freitag, 29. März 1945

Durch Rathkes Tod entstand noch ein weiteres Problem: Kraftstoff. Als Konrad mit dem Standartenführer in dessen Büro die Reise nach Berlin besprochen hatte – wobei Rathke ihm, wie Konrad jetzt wusste, seine Bereitschaft zu fahren nur vorgetäuscht hatte –, hatte der SS-Führer ihm versichert, für ihn sei es gar kein Problem, die nötigen Bezugsscheine zu beschaffen, damit sie bis Berlin kämen. Ohne solche Bezugsscheine war es unmöglich, Benzin zu erhalten, und als sie in Nordhausen weggefahren waren, war ihr Tank nur noch zu knapp einem Viertel gefüllt gewesen. Sobald ihr Kraftstoffvorrat verbraucht war, würden sie den SS-Dienstwagen stehen lassen müssen.

Was die Lage noch komplizierter machte, war der Umstand, dass der Franzose unmöglich eine größere Strecke laufen konnte. Er brauchte auf jeden Fall irgendein Fahrzeug. Wenigstens das Problem mit seinem blau-weißen Häftlingsanzug hatten sie inzwischen gelöst. Zum ersten Mal seit über zwei Jahren trug Marcel Dutetre saubere Zivilsachen, die Ernst in einem kleinen Laden in Sangerhausen für ihn organisiert hatte.

Am halben Vormittag, als sie gerade erwogen, sich für den Tag seitwärts in die Büsche zu schlagen, um ihre Reise nach Anbruch der Dunkelheit fortzusetzen, begann der Motor zu spucken und ging schließlich aus, obwohl die Tanknadel noch nicht auf „Leer" stand. Sie befanden sich auf der Reichsstraße 80 am Süßen See zwischen Eisleben und Halle, als ihr Fahrzeug den Geist aufgab. Sie stiegen aus und gingen zu Fuß weiter. Ernst und Konrad wechselten sich damit ab, Rachelles Mann huckepack zu nehmen. Natürlich kamen sie auf diese Weise nur äußerst langsam voran.

Ein Stück weiter die Landstraße entlang stießen sie auf ein bäuerliches Anwesen, dessen an Jahren schon fortgeschrittener Besitzer und seine dralle Ehefrau sich mit dem Namen Heinkel vorstellten. An Truppen-Einquartierungen längst gewöhnt, führte Frau Heinkel die unverhofften Gäste in den Keller, wohin ihr Mann, wie sie gleich zum Besten gab, nicht mehr hinabsteigen könne, da seine Knie das nicht mehr mitmachten. „Als er jünger war, konnte er den ganzen Tag Heu fahren und hatte abends immer noch Kraft genug, mich in die Schlafstube zu tragen“, vertraute sie ihnen an und kicherte dabei wie ein junges Mädchen. „Jetzt fallen ihm jeden lieben Tag nach dem Abendbrot die Augen zu, und er unterhält mich nur noch mit seinem Schnarchen, während ich immer dieselben alten Platten laufen lasse.“

Es war ein Halbkeller; wenn man durch die vergitterten Fenster sah, hatte man den gepflasterten Hofplatz etwa auf Augenhöhe. An Mobiliar und Ausstattung gab es hier unten nicht viel: ein paar Strohsäcke auf dem Lehmboden, einen weiß gestrichenen wurmstichigen Tisch, der wackelte und schwankte, wenn man sich darauf stützte, zwei Stühle und eine Petroleumlampe.

Dutetre und Rachelle ließen sich auf einem der Strohsäcke nieder. Dutetre schlief schon, als er noch gar nicht ganz lag. Rachelle ruhte neben ihm, auf einen Ellbogen gestützt, strich ihm über die Wange und fuhr mit den Fingerspitzen sacht über seine Haarstoppeln.

Konrad und Ernst verabredeten, den anderen Strohsack abwechselnd zu nutzen, wobei Ernst den Anfang machen sollte, während Konrad sich einen der Stühle an die Kellerwand schob und sich so darauf setzte, dass er seinen Kopf gegen die Bruchsteinmauer lehnen konnte. Rasch döste er ein, immerhin so fest, dass er ins Land der Träume absegelte. Dort setzten ihm seine eigenen Worte zu: *„Ich bringe Ihnen den ‚Falken‘. Darauf gebe ich Ihnen mein Wort.“*

Selbst in seinen Träumen konnte er den Schuldgefühlen nicht entrinnen. Wie sollte er bloß Ursel und Monika unter die Augen treten? Und was würde er den Kindern sagen?

Bilder von Bauerndörfern im russischen Schlamm quälten ihn: Kinder im Straßengraben, mit den Gesichtern im Wasser liegend, ihre Kleider pitschnass, schlammverschmiert und zerrissen. Andere nackt. War dies das Schicksal, das auf Edith, Toba und die anderen wartete? Wie um alles in der Welt sollte er es verhindern?

Der Pastor hatte einen Fehler begangen, als er die Kinder der Rama-Klause in seine, Konrads, Obhut gegeben hatte.

Eine Hand auf seiner Schulter brachte ihn in die Gegenwart zurück. Ernsts Hand. „Leg du dich hin", sagte er. „Ich kann sowieso nicht schlafen."

Konrad wollte widersprechen, aber dann dachte er, vielleicht war es wirklich besser, wenn er sich auf den Strohsack legte und richtig schlief. Womöglich würden dann die verstörenden Träume nicht in sein Bewusstsein dringen. Also tauschten die beiden Freunde ihre Plätze.

* * *

Ernst setzte sich auf den Stuhl, einen Arm legte er auf den maroden Tisch, der sofort zu wackeln anfing. Er versuchte es mit einer anderen Stellung, aber der Tisch wogte wie ein Kornfeld im Wind. Wie sollte er es sich leidlich bequem machen? Er versuchte es damit, dass er sich die Hände in die Rocktaschen schob. In der linken ertastete er ein Stück Papier: einen zusammengefalteten, mittlerweile zerknitterten Zettel mit seiner Handschrift, aber nicht seinen Worten darauf.

Er schloss die Augen und spürte wieder jenen stechenden Schmerz in der Brust, der ihm so wohl vertraut war, seit Rachelle ihm zum ersten Mal gesagt hatte, dass sie verheiratet sei.

Ernst sah zu dem Urheber der Worte auf dem Zettel hinüber. Dutetre war jetzt wach. Rachelle lag über ihn gebeugt. Ihre Nasenspitzen berührten sich, während sie miteinander flüsterten. Er sagte irgendetwas, und sie schlug sich die Hand vor den Mund, um nicht laut aufzulachen. Rachelles Augen glitzerten vor Verliebtheit. Geradezu verächtlich schob Ernst den Zettel wieder in seine Tasche zurück. Er war jetzt sowieso überflüssig, denn es stand bestimmt nichts darauf, was Dutetre seiner Frau nicht längst ins Ohr getuschelt hätte.

Als Ernst das nächste Mal hochsah, machte Rachelle ihm ein Zeichen. Mit gedämpfter Stimme, um Konrad nicht zu wecken, sagte sie: „Marcel möchte sprechen mit dir." Zu ihrem Mann sagte sie auf Französisch: „Ich gehe dir ein wenig Wasser holen."

Im Vorbeigehen schenkte sie Ernst ein herzerwärmendes Lächeln und berührte ihn leicht am Arm. Durch den dicken Stoff seines Uniformrocks hindurch spürte er die Wärme ihrer Hand – eine Empfindung, die ihm gleichzeitig wohl tat und ihn quälte. Nie zuvor hatte er Rachelle so glücklich gesehen. Und das Glück machte sie nur noch schöner.

Dutetre winkte ihn zu sich. Ernst kniete sich neben seinen Strohsack, und das Nächste, was er spürte, war die klauenartig abgemagerte Hand des Franzosen, die seine eigene suchte und fest drückte. Aus aufgequollenen Augen sah Marcel Ernst an.

„Ich habe noch nie gekannt ein' Feind wie dich und dein' Freund", sagte er mit einem Seitenblick auf Konrad. „Warum ihr habt das getan für uns?"

Ernst bekam es mit der Angst zu tun. Was mochte Rachelle ihrem Mann wohl über ihn erzählt haben?

Zu seinem Glück sprach Dutetre gleich weiter. „Rachelle hat mir erzählt alles über dein *Colonel*. Ein widerliche Mann, wie sagt man: lüstern? Glaub mir, was ich sage, mein Freund: Du bist nicht wie er. Gar nicht. Dein' Liebe für Rachelle ist rein."

„Ich wusste doch nicht, dass sie verheiratet ist", entfuhr es Ernst.

Dutetre schmunzelte. „Sie ist schön, nicht wahr?" Als er Ernsts Beklemmung wahrnahm, fuhr er fort: „Beruhige dich, mein Freund. Du musst nicht dich fühlen schuldig. Du hast bewiesen, dass du bist eine anständige Mann und ein Freund."

Ernst war sich da nicht so sicher.

„Dass sie ist glücklich, ist für dich mehr wichtig, als dass du bist es selber, nicht wahr?"

„Ja."

Mühsam, so als ob die mit blauer Tinte auf seinen Unterarm tätowierte Nummer ein Zentnergewicht darstellte, hob Dutetre den Arm und umschloss mit seiner knochigen Hand Ernsts Oberarm. „Und du tust das hier, auch wenn es dir macht große Schmerz?"

„Ja", sagte Ernst leise.

„Wie viele Männer kennst du, die würden riskieren ihre Leben und die Leben von eine gute Freund, nur damit ihr Feind wieder kann kommen zusammen mit sein' Frau?"

Ernst gab keine Antwort.

„Mein Freund", sagte Dutetre, „wenn ich seh dein' Lieb', ich muss wieder fragen, ob nicht vielleicht doch gibt es Gott."

Die nächsten paar Minuten vergingen damit, dass der Franzose Fragen nach Ernsts Familie und seiner Kindheit stellte. Als Ernst erwähnte, dass er von Jugend auf in die Kirche gegangen sei, nickte der Franzose, als würde das seine ureigensten Vermutungen bestätigen.

„Ich noch muss dir etwas sagen", bemerkte er plötzlich, „bevor dass Rachelle kommt zurück."

Ernst beugte sich nach vorne.

Als Dutetre weitersprach, flackerte sein Blick. Die Unterhaltung kostete ihn viel Kraft. „Ich nicht komme mit euch", stieß er hervor.

„Aber wir werden dich nicht hier lassen."

Dutetre stiegen die Tränen in die Augen. „Du verstehst mich nicht. *Le voyage de ma vie* – äh, wie sagt man: die Weg von mein' Leben ist zu Ende. Sie mich haben gebracht in die Revier, zu sterben."

„Weiß Rachelle das?"

„Nein."

Die Nachricht legte sich wie ein dunkler Schleier über Ernst. Das war doch nicht in Ordnung – nicht nach allem, was sie durchgemacht hatten! Da hatte Rachelle nach all dem Leid nun endlich ihren Mann zurück, und dann sollte er ihr gleich wieder genommen werden? „Kann ich irgendwas für dich tun?", war gleichwohl alles, was er sagte.

„Tun?" Dutetre lachte auf, auch wenn ihm das wehtat. „Was willst du denn tun noch mehr? Die letzte paar Stunden sind mehr gewesen, als ich konnte träumen! Ich habe nicht geglaubt, dass ich würd' noch mal sehen meine schöne Rachelle, und dann kommst du mit deine Freund, und wegen dir ich muss nicht sterben in die Fleischwolf Dora. Sie werden nicht mich rausschleifen und werfen auf die Leichenhaufen wie eine Stück Dreck. Weil du bist gekommen, ich kann sterben wie eine Mann in die Arme von die Frau, das ich liebe. Was du kannst tun? Mein Freund, keiner kann tun mehr, als du schon hast getan für mich."

Von oben war die Stimme Frau Heinkels zu hören, die Rachelle einzuschärfen versuchte, sie solle nur ja vorsichtig sein, wenn sie mit dem Glas in der Hand die steile Kellertreppe hinabsteige.

Dutetres Griff um Ernsts Arm wurde fester. Er sprach jetzt mit flüsternder Hast. „Wenn du wirklich hast lieb Rachelle ..."

„Ja?"

„Mach, dass sie sicher kommt nach Hause."

Rachelle trat zu ihnen.

Ernst stand auf und sagte zu den Eheleuten: „Konrad und ich verziehen uns mal 'ne Weile, damit ihr zwei allein sein könnt."

Rachelle kniete sich neben ihren Mann und sah ihn entzückt an. Sie stützte mit der Hand seinen Kopf, damit er aus dem Wasserglas trinken konnte.

Konrad war schon aufgesprungen, ehe Ernst sich umgedreht hatte, um ihn zu wecken. „Ich konnt' sowieso nicht schlafen", sagte er.

45

Weder Konrad noch Ernst sagte etwas, als sie die Kellertreppe hinaufstiegen. Unentdeckt durchquerten sie Frau Heinkels Küche und schlüpften aus dem Haus. Am Himmel hingen einzelne düstere Wolken, zu denen sie, die Hände in die Hosentaschen geschoben, emporsahen, während ihre Stiefelspitzen Muster in den Sand malten. Es tat so gut, zusammen zu sein – Worte waren hier gar nicht nötig. Die beginnende Abenddämmerung tauchte den Hof in ein warmes gelboranges Licht. Vom offen stehenden Hoftor kam ein leichter Luftzug, der an ihren Wangen und Ohren entlangstrich.

Konrad verschaffte es tiefe Befriedigung, hier mit Ernst zu stehen, ein Gefühl, das er seit Hartmuts Tod nicht mehr verspürt hatte. Ob es Ernst wohl genauso ging?

Aus einer der schwarzen Wolken fiel ein dicker Tropfen, knapp an Konrads Nasenspitze vorbei, und bildete einen winzigen Einschlagkrater im trockenen Sand. Es blieb nicht der einzige.

„Dicke Tropfen", sagte Ernst mit gesenktem Kopf.

Konrad sah auf, warum, wusste er selbst nicht, wahrscheinlich, weil es die natürlichste Reaktion auf Ernsts geistreiche Bemerkung war. Ein weiterer Tropfen traf ihn genau ins Gesicht und zerplatzte dicht neben seinem linken Auge.

Ernst lachte, ja, er schlug sich auf die Schenkel vor Lachen, so wie er tagtäglich gelacht hatte, als Hartmut noch bei ihnen gewesen war und sie zu dritt Berlin unsicher gemacht hatten. „Mann, deine Visage! Du hast ausgesehen, als ob dir gerade jemand 'ne Torte ins Gesicht geschmissen hätte!"

Da musste auch Konrad lachen. Er wischte sich das Gesicht trocken und marschierte Richtung Scheune, während der Regen immer dichter wurde.

Sie lehnten sich an verlassene Kälberboxen und brachten sich gegenseitig auf den neuesten Stand. Konrad erzählte Ernst davon, wie nahe daran er gewesen war, Hitler zu erschießen, und wie er zum Beweis mit Hartmuts Kamera das Foto mit dem Fadenkreuz gemacht hatte. Er erzählte ihm von Josefs Tod und Monikas Veränderung, von den Amerikanern und seinem Versprechen, Rathke herbeizuschaffen. Und von seiner Beziehung zu Ursel, wobei diese Nachricht Ernst nicht sonderlich überraschen konnte.

Ernst seinerseits berichtete Konrad von dem Projekt A 10, das ihm entzogen worden war, von seiner Versetzung nach Dora, dem Leben unter der Befehlsgewalt Rathkes – und natürlich von Rachelle.

Danach wussten sie beide nicht mehr, was sie noch sagen sollten. Jeder musste all die Neuigkeiten erst einmal schweigend verdauen.

Ernst erspähte etwas halb Verdecktes hinter dem Stroh. Er ging hin und schob das Stroh zur Seite. „Jetzt guck dir das an!“, rief er aus.

Es war eine schwere 750er Kuriermaschine, dem Kennzeichen nach einer Heereseinheit zugehörig und wohl von irgendwelchen Kameraden „vergessen“, die es vorgezogen hatten, den Heinkel'schen Hof unter zivilem Anstrich zu verlassen.

Mit vereinten Kräften befreiten sie die Maschine restlos von ihrer Strohkappe, woraufhin Konrad als Erstes feststellte, ob Sprit im Tank war. Er war fast voll! Nach mehreren Versuchen sprang der mächtige Motor mit sonorem Dröhnen an und erfüllte die Scheune mit einer dicken bläulichen Abgaswolke.

Ernst sah Konrad an – ein Angebot, das Fundstück als Erster auszuprobieren.

„Nee, du zuerst!“, rief Konrad und trat vorsichtshalber ein paar Schritte zur Seite.

Also schwang Ernst sich auf den Sitz, drehte die Maschine ein paar Mal hoch, ließ den Gang reinspringen und brauste davon, wobei sich die Abgase mit dem Staub der alten Scheune durchsetzten. In halsbrecherischem Tempo raste er den Feldweg zur Reichsstraße entlang und wieder zurück. Konrad sah vom Scheunentor aus zu. Mit einem eleganten Bogen um den Hofplatz brachte Ernst die Maschine wieder zum Stehen, drehte den Anlasser aus und krähte: „Na, wenn das nicht die Antwort ist!“

„Antwort worauf?“

„Na, die Antwort für dich! Wie du wieder zur Rama-Klause zurückkommst!“

Konrad musterte das Kraftrad. Die BMW war in gutem Zustand. Selbst wenn er sämtlichen Kontrollpunkten auswich, was auf einem Krad ja wesentlich leichter war als im Pkw, konnte er es mit diesem Gerät an einem einzigen Tag bis nach Hause schaffen.

„Perfekt“, stellte Ernst im Absteigen fest.

„Nee.“

Ernst grinste. Konrad beliebte zu scherzen. Doch der erwiderte sein Grinsen mitnichten, und so setzte Ernst nach: „Wie jetzt? Es *ist* perfekt. Mann, du könntest noch heute Abend los.“

„Nein“, wiederholte Konrad, nahm die Maschine und fing an, sie in die Scheune zurückzuschieben.

„Was ist denn los mit dir, Alter?“, rief Ernst.

„Wir gehören zusammen.“

„Deine Anhänglichkeit weiß ich zu schätzen. Ehrlich. Aber es ist besser, wenn du vorausfährst.“

„Ich fahr nirgendwohin ohne dich.“

„Aber wir halten dich doch bloß auf! Die Kinder brauchen dich. Ich komm ja später nach.“

„Ich sagte, wir gehören zusammen.“

„Konrad, sei nicht so ’n Sturkopf! Die Versprechungen, die ich gegeben hab, haben uns schon genug gekostet. Ich will nicht auch noch dafür verantwortlich sein, dass die Kinder in Gefahr geraten. Sie brauchen dich, nicht mich.“

„Nein! Und lass es jetzt damit genug sein.“

Das konnte Ernst nicht. Noch nicht. „Aber Marcel liegt im Sterben. Rachelle wird nicht von seiner Seite weichen. Und ich lass sie nicht allein. Aber um die zwei kann ich mich allein kümmern, dafür brauch ich dich nicht. Bloß die Kinder, die brauchen dich! Bitte fahr.“

Konrad schob das Krad an den Platz zurück, wo sie es vorgefunden hatten, deckte es wieder mit Stroh ab, drehte sich um und verließ die Scheune. Aus seiner Stimme sprach Endgültigkeit, als er sagte: „Ich hab schon Hartmut verloren. Ich werde nicht auch noch dich verlieren. Wir gehören zusammen, Ende der Debatte."

Mit einem mürrischen Brummen gab Ernst sich geschlagen. Wütend folgte er Konrad zurück ins Bauernhaus. Es hatte keinen Zweck, Konrad noch weiter überreden zu wollen. Wenn er sich so zeigte wie eben, konnte man ebenso gut auf einen Besenstiel einreden.

* * *

Als sie in den Keller hinabstiegen, hörten sie Rachelle weinen. Mit dem Kopf auf der Brust ihres Mannes lag sie da. Sein Arm, den er ihr um die Schulter gelegt hatte, hob und senkte sich mit ihren Weinkrämpfen.

Dutetre hob ihnen den Kopf entgegen – eine Geste, die genügte, um ihnen klar zu machen, dass er ihr die Wahrheit gesagt hatte.

Eine halbe Stunde später erschien Frau Heinkel mit einem Tablett. Sie brachte Wirsing, Brot und ein paar Scheiben Käse. Die Atmosphäre, die sie im Keller antraf, schien sie zu verwirren. Die weinende Rachelle bedachte sie mit einem Blick voller Mitgefühl, die Männer dagegen mit einem, der offene Verachtung ausdrückte.

Konrad kaute gerade auf seinem letzten Brotkanten herum, als über ihnen Musik einsetzte: Beethoven, dann Brahms und Bach. Die gedämpft zu ihnen herabdringenden Weisen der großen Komponisten gewährten ihnen einen willkommenen Aufschub, denn reden wollte im Moment anscheinend sowieso niemand.

Nach ungefähr einer Stunde hörte die Musik auf. Eine Weile blieb es still, dann folgte eine knackende und knisternde Radioübertragung des Reichssenders Berlin. Aber nur für eine Minute, dann stieß Herr Heinkel ein paar ohrenbetäubende Flüche aus, bis die Musik wieder anhob.

Viel hatten sie aus der Radioübertragung nicht heraushören können, und doch war es genug. Im Westen durchbrachen die

Einheiten General Pattons auf breiter Front die deutschen Linien, während sich im Osten die Russen vor Berlin formierten.

„Du musst zurück“, sagte Ernst.

„Wir bleiben zusammen“, erwiderte Konrad.

Sonnabend, 30. März 1945

„Karin? Karin Wissing? Bist du das?“

Beim Klang seiner Stimme drehte sich eine jugendliche Schönheit mit atemberaubender Figur um.

„Und ob du's bist! Gut siehst du aus! Mensch, wie lange ist das her?“

„Gunther?“, sagte das Mädchen. „Tatsächlich! Gunther, ich glaub's ja nicht!“

Krahl breitete seine Arme aus. Karin würde sich nicht lange bitten lassen, das wusste er. Sie war dem männlichen Geschlecht gegenüber noch nie schüchtern gewesen. Mit der linken Hand ihren modischen Hut auf dem Kopf festhaltend, umarmte sie ihn mit der rechten und ließ es willig zu, dass er sie fest an sich drückte.

Danach hielt er sie auf Armeslänge fest. „Mädel, kann man so prachtvoll aussehen im sechsten Kriegsjahr? Ist ja wirklich 'ne Wucht! Aber du warst ja schon als Backfisch 'n hübsches Ding, da ist es ja kaum verwunderlich, was für 'ne Schönheit du heute bist.“

Karin trug ein marineblaues Kleid, das ihre Hüften vorteilhaft zur Geltung brachte. Schwarze Stöckelschuhe machten sie zum einen ein paar Zentimeter größer und betonten zum anderen ihre wohlgeformten Beine. Tatsächlich gab es Ende März 1945 in Berlin wohl nur eine Hand voll Frauen, die Stöckelschuhe trugen. Ihre Erscheinung wurde vollendet durch einen weißen breitkrempigen Hut, ein teures Pariser Stück mit einem Band, das sich Ton in Ton zum Kleid fügte. Schon in Friedenstagen hätte sich auf der Straße jeder nach ihr umgedreht – jetzt war sie eine geradezu überirdische Erscheinung.

Rasch erzählten sie sich gegenseitig von ihrem Ergehen in den

Jahren, in denen sie sich aus den Augen verloren hatten. Krahl betonte seine militärischen Erfolge und erntete die erhoffte Sympathie, als er erwähnte, wie er zu der Verwundung gekommen sei, deretwegen er jetzt das eine Bein nachzog. Die wahre Geschichte dieser Verwundung behielt er natürlich für sich und gab stattdessen die Heldensaga mit sich selbst in der Hauptrolle zum Besten, die er sich zurechtgelegt und inzwischen wohl hundertmal an den Mann – oder eben, noch besser, die Frau – gebracht hatte. Auf seine direkte Frage hin ließ sie ihn wissen, dass sie nach wie vor ungebunden sei.

„Hm, ich dachte immer, irgendwann würdest du mit Konrad Reichmann vor den Altar treten", sagte Krahl. „Der Mann hat ständig von dir geredet."

„Ach?" Das schien Karin zu überraschen. „Tja, der hat seine Gelegenheiten gehabt, das will ich gar nicht leugnen. Aber immer wenn er mit mir zusammen war, hat er bloß von Ursel gequasselt."

Krahl lachte. „Tja, so ist er wohl, der Konrad. Der kriegte ja schon immer 'n Kloß in den Hals, wenn er auch nur in die Nähe einer schönen Frau kam."

Karin wandte den Kopf ab, als stürze Krahls Kommentar sie in Verlegenheit – eine Bewegung, die sie wohl einstudiert hatte. Keine Spur von Rot zeigte sich auf ihren Wangen.

„Du bist ihm also in letzter Zeit mal über'n Weg gelaufen?", fragte Krahl.

„In letzter Zeit würd ich nicht sagen."

Krahl lüftete die Mütze und kratzte sich am Kopf. „Ich hab ihn leider aus den Augen verloren, nachdem ich ins Lazarett gekommen war."

„Bist du denn mal draußen in dieser Klause gewesen?"

„Was denn für 'ne Klause?"

„Ach, die wirst du doch kennen! Diese Jagdhütte draußen vor der Stadt, nach Norden zu – wie heißt sie doch noch? Warte, ich hab's gleich, so wie die Margarine ... Rama! Rama-Klause, glaub ich. Pastor Schumacher hat sich da draußen verkrochen. An den erinnerst du dich doch wohl noch?"

„Nee, ich glaub nicht."
„Na, der früher an unserer Kirche in Pankow war."
„Ach, der! Ja, von dem hat Konrad öfters geredet. Aber nicht gerade freundlich, soweit ich mich entsinne."
Karin lachte. „Oh, das hat sich gründlich verändert, das kann ich dir sagen!"
„Nach Norden zu, sagst du?"
Sie beschrieb ihm den Weg zur Klause. „Ich hab jetzt 'nen Friseurtermin. Aber nachher kann ich dich hinbringen, wenn du willst."
„Nett, dass du mir das anbietest, aber ich glaub, ich überrasche ihn lieber."
Mit einem Mal wurde Karin todernst. „Gunther, stimmt denn das ganze Gerede, dass die Russen bald nach Berlin durchbrechen? Das würde Gott doch wohl nicht zulassen, dass uns so was Furchtbares zustößt, oder was meinst du? Das sind doch Bolschewisten!"
Krahl nahm ihre Hand und tätschelte sie. „Hast du's denn noch nicht gehört? Goebbels hat fest versprochen, dass die Welt den Atem anhalten wird, wenn wir erst unsere Geheimwaffen in Betrieb nehmen. Glaub mir, das wird dem Kriegsverlauf 'ne dramatische Wendung geben und uns den Endsieg bescheren. Du musst dir absolut keine Sorgen machen."
„Du glaubst ja nicht, wie tröstlich es ist, das aus deinem Mund zu hören", säuselte Karin, stellte sich auf Zehenspitzen, küsste ihn und rauschte davon.
„Ach, falls du Konrad treffen solltest", rief Krahl hinter ihr her, „sag ihm bitte nicht, dass ich ihn suche, ja? Es soll 'ne Überraschung werden, nicht vergessen!"
„Ich versprech's!", rief sie zurück.
Sturmbannführer Gunther Krahl konnte sein Glück kaum fassen. Seit Wochen hatte er kein Lebenszeichen von Konrad zu Gesicht bekommen, und dann lief ihm diese Karin Wissing über den Weg, einfach so! Und jetzt wusste er haargenau, wo er den Kerl aufstöbern musste.

Damit war seine Unternehmung auf einen Schlag wieder aussichtsreich geworden. Aber er musste sich ranhalten. Der Iwan zog massenhaft Truppen zusammen, direkt vor der Stadt. Es war nur noch eine Frage der Zeit, wann die Großoffensive beginnen würde, und er war nüchtern genug, sich einzugestehen, dass Deutschlands militärische Stärke nicht mehr ausreichte, um dem konzentrierten Ansturm der asiatischen Horden lange zu widerstehen. „Geheimwaffen", das war Quatsch für schlichte Gemüter wie Karin. Berlin würde fallen, aber nicht bevor er seinen Rachedurst an Konrad Reichmann gestillt haben würde!

Trotz seines Hinkens stolzierte Krahl die belebte Straße hinunter wie ein Mann, der soeben gehört hat, dass ihm ein Millionenerbe zugefallen ist.

46

Mittwoch, 11. April 1945

Ursel sagte sich immer wieder, es müsse möglich sein, am Fenster des Gemeinschaftsraumes vorbeizugehen, ohne jedes Mal Ausschau zu halten, ob Konrad vielleicht gerade den Pfad zur Rama-Klause heraufkomme. Seit zwei Wochen ging sie jetzt kein einziges Mal an diesem Fenster vorbei, ohne hinauszusehen, und jedes Mal sank ihr das Herz, wenn sie nichts weiter erblickte als einen verlassenen Forstweg. All die vielen Blicke mit ihren unweigerlich folgenden Enttäuschungen raubten ihr allmählich die Kraft, und ihr Kummer wurde immer drückender, bis sie ihn als schwerer empfand als die Ladung Wäsche, die sie auf den Armen trug.

Stell dir doch einfach vor, da gäbe es gar kein Fenster!, sagte sie sich.

Die Arme noch fester um den Haufen Hemden, Höschen und Socken schlingend, die sie gerade von der Wäscheleine abgenommen hatte, wandte sie den Blick starr nach vorn. *Da ist kein Fenster!*

Sie kam sich dusselig vor. Benahm sich wie ein Kind. Aber es war nun einmal so, dass Konrad schon wieder länger ausblieb als geplant und dass das einfach zu viel war für ihre Nerven, die ohnehin schon dünn waren wie Kohlepapier. Es ging ganz einfach über ihre Geduld. Nachts konnte sie vor Sorge um ihn nicht schlafen, und auch tagsüber konnte sie kaum einen anderen Gedanken fassen. Was sie auch aß, es schmeckte wie Stroh. Bei den einfachsten Verrichtungen baute sie Mist. Alles, was schief gehen konnte, ging auch schief. Und das Geschrei der Kinder war in letzter Zeit seltsamerweise dreimal so schrill geworden.

Aber die Angst, dass Konrad nicht zurückkam, machte nur die eine Hälfte ihrer Befürchtungen aus. Auch vor denen, die mit Sicherheit kommen würden, hatte sie Angst: der russischen Infanterie.

Oberst Parker hatte ihnen mitgeteilt, dass die Russen weniger als zehn Kilometer weit entfernt standen. Tag für Tag musste man jetzt damit rechnen, das Rumpeln herannahender Kampfpanzer zu hören.

Parker und seine Männer hatten im Zuge ihrer Mission, einen deutschen Wissenschaftler zu evakuieren, seit drei Tagen im Keller der Klause kampiert, eine Vorgehensweise, die wohl dem Zeitplan entsprach, dem Konrad zugestimmt hatte. Heute Morgen jedoch hatte Parker ihnen gesagt, sie könnten jetzt nicht länger warten. Irgendwann während der nächsten 24 Stunden müssten sie auf den Marsch gehen. Und zwar ohne die Kinder.

Oberst Parker zufolge wäre es nutzlos, die Kinder mitzunehmen, wenn man den Wissenschaftler nicht habe. Sein Plan war gewesen, aus der Sache mit dem Wissenschaftler und der Evakuierung der Kinder ein Paket zu schnüren. Als der Stoßtrupp eingetroffen war und weder Konrad noch den Forscher vorgefunden hatte, wären die Amerikaner auf der Stelle umgekehrt, hätte Monika Parker nicht mit Bitten und Betteln dazu bewegen können, Konrad noch ein paar Tage Zeit zu geben. Aber die Uhr tickte, und zwar in russischer Zeit.

Parker sagte auch, die amerikanisch-russische Allianz sei bestenfalls eine Notgemeinschaft, vor allem im Hinblick auf die Aufteilung der erwarteten deutschen Beute. Sollte es dazu kommen, dass die Russen seinen Trupp *in flagranti* bei dem Versuch erwischten, einen deutschen Raketenforscher ohne Absprache mit ihnen in Gewahrsam zu nehmen, so könne das eine wahre Explosion auslösen. Deshalb müssten er und seine Männer hinter die eigenen Linien zurückkehren, ehe die Russen da waren.

Mehrmals täglich beteten sie für Konrads Rückkehr, doch bis heute hatte Gott ihre Gebete noch nicht erhört. Nichtsdestoweniger glaubte Ursel ungeachtet ihrer Gedanken, die um blockierte Straßen, Gefangennahme und diverse Verwundungen kreisten, dass Konrad den Wissenschaftler herschaffen würde, wie er es versprochen hatte. Wenn irgendwer so was konnte, dann Konrad. Und so schaute sie jedes Mal, wenn sie daran vorbeikam, aus dem Fenster.

Der Kinder wegen. Ihre persönlichen Gefühle spielten keine Rolle – sagte sie sich.

Den Wäscheberg auf den Armen, holte Ursel tief Luft und setzte ihre Füße in Bewegung, fest entschlossen, wenigstens dieses eine Mal ohne Blick nach draußen an dem Fenster vorbeizukommen. Nach ein paar Schritten geriet sie in Versuchung, widerstand jedoch. Noch zwei Schritte, dann würde sie es geschafft haben! Noch ein Schritt – da sah sie aus dem Augenwinkel eine Bewegung.

Nee! Das hatte sie sich bloß eingebildet.

Oder?

Jetzt *musste* sie hinausschauen.

Ursel wirbelte herum und fasste scharf den Bereich ins Auge, wo sie die Bewegung gesehen zu haben meinte: drüben unter den Bäumen. Ein Zweig hatte sich nach unten gebogen. Nur ein einziger, es konnte also nicht am Wind gelegen haben. Da, schon wieder, diesmal noch tiefer. Dann hopste ein Eichhörnchen auf den Boden, setzte sich hin und sah sich um, ehe es davonhüpfte.

Wie so oft in letzter Zeit verkrampfte sich Ursels Herzmuskel vor Angst. Sie atmete schwer. Wie lange würde sie diese Anspannung durchhalten können, ehe sie vollends zusammenbrach? Sie holte tief Luft, um sich zu beruhigen, und konzentrierte sich abermals auf die Wäsche, die sie im Arm trug. Das ganze Zeug musste zusammengelegt und weggepackt werden – sie hatte wahrhaftig genug zu tun! Sie wandte sich von dem nervtötenden Fenster ab.

Während sie das tat, stach ihr eine weitere Bewegung ins Auge: an einer anderen Stelle. Ihre Gefühle überschlugen sich; alles in ihr schrie: *Nicht schon wieder!* Aber diese Bewegung war weich und fließend gewesen, ganz anders als das Herumgehopse eines Eichhörnchens.

Sie sah Stiefel: ein Paar, nein, zwei – oder mehrere? – hinter den Bäumen den Fahrweg raufkommen. Jetzt verschwanden sie hinter einem dichten Busch. Kamen noch mehr Leute nach? Sie wartete mit angehaltenem Atem, konnte aber weiter nichts sehen. Erneut schlug ihr das Herz bis zum Hals. Sie stellte sich seitlich hinter den Fensterrahmen, damit sie von draußen nicht zu sehen war, und wartete ab, wer auch immer es war, der im nächsten Moment auf die Lichtung heraustreten würde.

Zwei, dann drei Gestalten tauchten auf.

Zwei davon in deutschen Uniformen.

Konrad!

Ursel war schon aus der Tür, noch ehe das letzte Wäschestück zu Boden gesegelt war. Den Weg, die Bäume, alles sah sie nur noch durch einen Tränenschleier. Aber so gut konnte sie schon noch sehen, dass sie das Gesicht des Mannes erkannte, den sie sich jeden Abend ausmalte, ehe sie einschlief. Weil sie an diese Phantasien so sehr gewöhnt war, konnte sie sich nicht sicher sein, dass das, was sie jetzt vor Augen hatte, die Wirklichkeit war. Nicht ehe sie seine Arme spürte, die ihr die Luft aus der Lunge quetschten.

Jeden Kuss, den sie ihm gab, erwiderte er mit zweien. In diesem Augenblick, an einem wunderschönen Frühlingstag auf dem schmalen Fahrweg, der zu Rama-Klause hinaufführte, fielen sämtliche Zukunftsängste von ihr ab: all die Ängste, die ihr schon viel zu lange das Leben vergällt hatten. Sie war nicht ihre Mutter und Konrad nicht ihr Vater. Hier, hier gehörte sie hin. Und hier würde sie bleiben.

„Komm ich jetzt vielleicht auch mal dran?"

„Ernst?" Ursel konnte es nicht fassen. „Ernst! Dich hab ich ja gar nicht gesehen!"

In einer einzigen fließenden Bewegung ließ Ursel Konrad los und fiel Ernst um den Hals. Kaum hatte sie die Arme um ihn geschlungen, da sah sie in die offenkundig vergnügten Augen einer schwarzhaarigen französischen Schönheit.

„Ich wusste ja gar nicht, dass der Wissenschaftler eine Frau ist", sagte Ursel.

* * *

Aus fünfzig Metern Entfernung, gut getarnt hinter einem hohen Baum, beobachtete Gunther Krahl durch seinen Feldstecher das Wiedersehensidyll. Jetzt ließ er das Glas sinken und sah mit bloßem Auge zu, wie die vier Personen das letzte Stück den Waldweg hinaufgingen. Ohne sich darum zu scheren, ob jemand den Rauch in die Nase kriegen könnte, zündete er sich eine Zigarette an. Darauf kam es jetzt nicht mehr an, er würde ohnehin binnen kurzem von hier verschwunden sein.

Seit mehr als einer Woche hatte er mit gemischten Gefühlen die „Klause" im Auge behalten. Dass es die richtige Jagdhütte war, hatte er bald gewusst, denn alle naselang tauchte Ursel hinterm Fenster auf. Von Konrad dagegen hatte er keine Spur gesehen. Was die Sache noch spannender gemacht hatte, waren Geräusche gewesen, die er ein paar Nächte zuvor im rückwärtigen Bereich der Hütte wahrzunehmen gemeint hatte. Er hatte gedacht, es handle sich um Konrad, kriegte seine Beute aber nicht zu Gesicht. Aber jetzt war er ja da: auf dem Präsentierteller, ohne jede Ahnung davon, dass er sich längst im Fadenkreuz befand.

„Willkommen zu Hause, Konrad", sagte Krahl mit einem fiesen Grinsen.

47

Nach ihrer überraschenden Ankunft blieb ihnen nur wenig Zeit, unter den neugierigen kleinen Augen der Kinder ihr Wiedersehen zu feiern. Ernst drückte Monika sein Bedauern über Pastor Schumachers Heimgang aus und stellte den Frauen dann Rachelle vor. Der Grund für die Anwesenheit der Französin blieb zunächst ein wenig geheimnisumwittert, weil erst einmal Kontakt zu Oberst Parker hergestellt werden musste. Die verschmitzten Blicke, mit denen Monika und Ursel Ernst von Zeit zu Zeit bedachten, machten mehr als deutlich, wie sehr die Frauen darauf brannten, dieses Geheimnis zu lüften.

Doch erst einmal führte Ursel Rachelle in den Waschraum, damit sie sich frischmachen konnte, eine Schar kichernder Kinder im Schlepptau. Monika bot Ernst ihr Schlafzimmer an. Dort konnte er sich ein wenig hinlegen.

Nicht lange danach traf der amerikanische Oberst ein. Gemeinsam mit Monika und Konrad setzte er sich an den Tisch in der Küche.

„Ich dachte schon, ich hätte ihn überzeugt", sagte Konrad mit Bezug auf Standartenführer Rathke. „Rückblickend muss ich sagen, ich hätte argwöhnischer sein sollen, als er sich so bereitwillig zeigte."

Weiter schilderte er, wie der Mann auf ihrer Flucht erschossen worden war, nachdem er versucht hatte, dem Wachtposten am Dora-Tor einen Hinweis zu geben. Er hielt es für besser, nicht zu sehr in die Einzelheiten zu gehen, und sprach deshalb nicht darüber, wieso sie eigentlich ins Lager Dora eingedrungen waren oder wie es gekommen war, dass sie mehr als acht Tage im Keller eines Bauerngehöfts herumgehangen hatten, wo der Franzose, der sich in ihrer Begleitung befunden hatte, verstorben war. Stattdessen erging er sich in Schilderungen der zahlreichen Kontrollstellen und Patrouillen, auf die sie gestoßen waren und die sie auf ihrem Rückweg zur Rama-Klause hatten umgehen müssen, wodurch sich die Reise natürlich beträchtlich verzögert habe.

Die eigentliche Manöverkritik und die Schuldfrage hinsichtlich Rathkes Tod mussten eben noch warten. Erst einmal war Dringenderes zu besprechen.

„Es läuft jedenfalls darauf hinaus", sagte Konrad, „dass es mir nicht gelungen ist, Ihnen den ‚Falken' herzubringen. Was machen wir jetzt?"

Zwischen den Augenbrauen des Obersten bildete sich eine steile Falte. Konrad kannte den Mann nicht gut genug, als dass er sie gleich zu deuten gewusst hätte. Zeigte sie Besorgnis oder eher Enttäuschung an?

„Aber wir haben doch Ernst", sagte Monika. „Er hat doch auch an diesen Dingen geforscht."

„Wer ist diese Ernst?", fragte Parker.

„Untersturmführer Ernst Ehrenberg", erklärte Konrad. „Ein direkter Mitarbeiter von Standartenführer Rathke."

„Aus die Produktionsbereich?"

„Ich denke schon."

Der Amerikaner schüttelte den Kopf. „Das reicht nicht. Ingenieure haben wir jede Menge. Was wir brauchen, sind die Männer, die kennen die Theorie, die Jungs, die haben sich ausgedacht diese ganze Raketenzeugs."

„Aber sprechen Sie doch wenigstens mal mit ihm, Park." So schnell gab Monika sich nicht geschlagen.

Oberst Parker zuckte die Schultern. „Das nicht ich habe zu entscheiden, Monika. Ich würde auch gar nicht wissen, was ich soll ihm fragen. Und was er mich antwortet, ich nicht würde kapieren. Ich weiß bloß, dass die – wie sagt ihr? –, die hohe Tiere haben ein Liste mit Namen. Keine Ahnung, wer hat zusammengestellt diese Liste oder warum es ist, dass die eine Wissenschaftler stehen darauf und die andere nicht. Aber gibt es diese Liste, und diese Typ Rathke steht darauf. Sie mich haben geschickt, dass ich ihm hole. Wenn ich denen jetzt bring diese Ernst, dann sie schmeißen den womöglich in eine Loch und mich gleich dazu."

„Und was ist mit den Kindern?", ereiferte Monika sich.

Die Falte auf der Stirn des Obersten wurde noch tiefer. „Monika, diese Sache wir haben doch besprochen hundert Mal. Sie wissen doch, wenn ich hätte zu entscheiden ..."

Konrad berührte es seltsam, mit welch zärtlichem Unterton der Knabe Monikas Namen aussprach. Was mochte sich hier wohl angesponnen haben, während er fort gewesen war?

Monika schoss von ihrem Stuhl hoch. „Ich kann nicht glauben, dass Sie einfach so hier rausmarschieren und die Kinder zurücklassen wollen!"

„Und was ich soll machen? Rathke war die einzige – Dings – die einzige Hebel wir hatten. Unsere Bosse geben diese Typen fast alles, was die wollen. Ich hatte gedacht, wenn wir bringen ihn, also diese Rathke, *you know*, also, wenn er fragt für Sicherheit für die Kinder, vielleicht die würden sich drauf einlassen, weil sie wollen ihn in die Finger kriegen. Aber das war auch nicht sicher. Rathke wär gewesen ein Chance, auch wenn vielleicht nur ein kleine. Wenn wir nicht haben Rathke, wir würden bloß bringen die Kinder in größer' Gefahr, wenn wir sie bringen raus von hier. Sie hier lassen ist sicherer."

„Und was ist mit Ursel und mir? Sind wir hier auch sicherer?"

Konrad entging nicht, dass die Sorgenfalten im Gesicht des amerikanischen Obersten noch einmal tiefer wurden. Allenthalben hörte man dieselben Gerüchte, und Konrad hatte genug Widerwärtigkeiten mit eigenen Augen gesehen, um zu wissen, dass sie alles andere als frei erfunden waren. Das Leben der Kinder schwebte in realer Gefahr, aber das Leben von Monika und Ursel genauso. Ihnen drohte womöglich noch Schlimmeres als den Kleinen.

„Soll das heißen, ich soll dableiben?", entgegnete Parker. „Ich mache das, Sie wissen. Ich schick zurück meine Männer und bleibe da."

Es hatte etwas von einer Feuerpause, wie die beiden sich über den Tisch hinweg anstarrten. Mehr denn je war Konrad begierig darauf zu erfahren, was genau zwischen Monika und diesem Parker war.

„Machen Sie sich nicht zum Trottel", zischte Monika. Dann stand sie auf und rauschte hinaus.

* * *

Den ganzen Abend hindurch behandelte Monika jedermann schnippisch, sogar die Kinder. Ihr Blick hatte einen Zug von Fatalismus an sich. Ihr Mund war verkniffen, und wenn sie überhaupt etwas sagte, dann kurz angebunden und bissig.

Um zehn kam Parker nach oben, um sich zu verabschieden. Die Kinder waren natürlich um diese Zeit längst zu Bett. Monika hatte sich in ihrer Kammer eingeschlossen. Er klopfte bei ihr an und rief ihren Namen, erntete aber nichts als Schweigen. Kurz nach Mitternacht verließen Oberst Parker und seine Männer das Gelände.

Konrad und Ernst legten sich im Gemeinschaftsraum aufs Ohr. Für Rachelle hatte man neben Ursels Schlafstatt im Kinderzimmer eine Pritsche aufgeschlagen. In einem von Ursels Nachthemden saß sie auf der Bettkante und kämmte sich die Haare mit Ursels Bürste.

Ursel bewunderte die Schönheit der Französin. In der knappen Zeit, die sie sich jetzt kannten, hatte sie nichts weiter in Erfahrung bringen können, als dass Rachelle seit kurzem Witwe war und als Sekretärin bei Ernsts Chef gearbeitet hatte. Aber sie wollte natürlich mehr wissen, vor allem dahin gehend, was diese Frau wohl für Ernst empfinden mochte. Wie Ernst zu ihr stand, war offensichtlich und kam ihr einigermaßen komisch vor, da Ernst noch nie Interesse an Frauen gezeigt hatte. In seiner Welt hatte immer nur die Wissenschaft Platz gehabt. Auch die Damenwelt ihrerseits hatte Ernst nie sonderlich attraktiv gefunden. Umso mehr Fragen warf es natürlich auf, wenn nun mit einem Mal eine strahlende Schönheit aus Frankreich auftauchte, deren Hiersein auf irgendeine Weise ausgerechnet mit Ernst Ehrenberg zu tun hatte, und Ursel musste um jeden Preis die Antworten auf diese Fragen finden.

„Die ander' Frau", sagte Rachelle, „ihr Nam' ist Monique?"

„Monika, ja."

„Ah, Monika. Sie ist irgendwie sauer."

„Sie hat Angst", stellte Ursel richtig.

Rachelle nickte. „Ich auch hab Angst."

„Ja, aber bei Monika ist es noch was anderes. Sie hat Angst um die Kinder."

„Und die amerikanische Soldat'? Ich dachte, die würden nehmen die Kinder in Sicherheit."

„So hätte es laufen sollen. Es hat bloß nicht funktioniert."

„Der Plan, die ihr hattet – das hatte was zu tun mit die Standartenführer Rathke, oder?"

Ursel nickte. „Konrad ist hingefahren, um ihn zu schnappen und hierher zu bringen. Die Amis wollten ihn haben. Ich kann das schwer erklären, aber dieser Amerikaner, Oberst Parker, meinte, die Ami-Soldaten würden die Kinder beschützen, wenn ein bedeutender Forscher sie mitbringen würde."

„Und was ist mit Ernst? Er ist auch eine bedeutende Forscher."

Ursel schmunzelte. „Oh, ich halte ihn auch für ziemlich bedeutend. Aber aus irgendwelchen Gründen wollten die Amis Rathke. Den ‚Falken' nennen sie ihn."

Rachelle hörte auf, sich die Haare zu bürsten, und sah erschrocken auf. „Falke? Ihr kennt diese Namen?"

„Ja, der Deckname von dem Wissenschaftler, den die Amis haben wollten, also von diesem Standartenführer Rathke."

„Rathke ist nicht der ‚Falke'", sagte Rachelle.

„Sagen aber die Amis."

„Dann sie irren sich. Der ‚Falke', das ist Ernst."

48

Ursel warf sich einen Hausmantel über die Schultern. Schon im Laufen fragte sie Rachelle: „Sind Sie sicher?“ Unter der Tür des Kinderzimmers blieb sie kurz stehen, um die Antwort nicht zu verpassen.

Immer noch perplex sagte Rachelle: „Ich habe doch verwaltet die Akte’ von die Standartenführer, also auch die Personalakte’. Der Falke, das ist Ernst.“

Wie der geölte Blitz huschte Ursel, eine wissbegierige Rachelle dicht auf den Fersen, den Korridor entlang.

„Aufwachen!“, rief sie in den dunklen Gemeinschaftsraum hinein. „Konrad, Ernst! Jetzt wacht schon auf!“

Aus lang gezogenen, dunklen Deckengebirgen schnellten zwei Köpfe hoch. Ernst lag auf dem Sofa, Konrad auf dem Boden. Trotzdem war er rascher auf den Füßen.

Doch Ursel ging direkt auf Ernst zu. „Wie lautet dein Deckname?“, fragte sie.

Rachelle war dazugekommen und stellte sich neben Ursel. Verschlafen und durcheinander sah der junge Raketenforscher von dem einen Frauengesicht zum anderen. Auch mit dem Sprechen wollte es nicht auf Anhieb reibungslos klappen. „Äh, hm – wie – was wollt ihr?“

„Jetzt sag schon!“, rief Ursel. „Dein Deckname – wie lautet der?“

Obwohl er Ursel antwortete, sah Ernst Rachelle an. „Das ist geheim. Wieso fragst du danach?“

„Ursel, was soll dieser ganze Zirkus?“, mischte Konrad sich ein.

„Ich bin nicht die Gestapo“, schnappte Ursel, „also sag es mir bitte. Dein Deckname – schnell!“

„Bitte, Ernst, sag es ihr“, bat Rachelle.

„Also schön. Mein Deckname lautet ‚Falke‘.“

„Das kann nicht wahr sein!“, brach es aus Konrad hervor.

„Ich werd doch wohl noch meinen eigenen Decknamen kennen!“

„Aber ‚Falke‘ ist doch Rathkes Deckname!“

„Wer hat dir das denn gesteckt?“

„Die Amerikaner denken, die Standartenführer ist ‚Falke‘“, erklärte Rachelle.

„Nun, dann sind sie im Irrtum“, konstatierte Ernst.

„Das ich habe gesagt Ursel.“

„Du bist Falke?“ Konrad konnte es immer noch nicht fassen.

„Wieso sollte ich es denn behaupten, wenn es nicht stimmte? Den Namen verdanke ich von Braun. Er kam auf die Idee, als in Peenemünde eines unserer Projektile explodierte und ich ’ne kleine Flugnummer hinlegte. Er hielt das für komisch. Und wenn jetzt bitte mal jemand die Freundlichkeit hätte, mir zu sagen, was das ganze Theater hier soll?“

„Ich bin nach Nordhausen gefahren, um den ‚Falken‘ zu schnappen. Genau das war mein Auftrag.“

„Ich hab dir doch gerade gesagt: Der ‚Falke‘, das bin ich!“

Den letzten Satz hörte Ursel schon nicht mehr, sie war Richtung Korridor verschwunden. In der nächsten Sekunde hämmerte sie an Monikas Schlafstubentür. Ob der Lärm auch die Kinder weckte, war ihr in diesem Moment völlig egal. „Monika! Wach auf. Mach die Tür auf, Monika! – Monika?“

Das Schloss klickte, die Tür ging auf, und Monika stand da, das Haar verfilzt, die Augen rot geweint. Sie war komplett angezogen. Ihr Bett sah zerwühlt aus, war aber nicht aufgedeckt. „Ist eines der Kinder krank?“, fragte sie matt.

„Monika, Ernst ist der ‚Falke‘!“

„Wovon sprichst du überhaupt?“

„Na, Ernst! Sein Deckname ist ‚Falke‘!“

In Monikas Auge flammte ein neuer Lebensfunke auf. „Bist du dir sicher? Woher weißt du das?“

„Frag ihn doch selbst, wenn du’s mir nicht glaubst!“

Monika schob sich an Ursel vorbei und war mit zwei, drei Schritten an der Tür zum Gemeinschaftsraum. Doch dann blieb sie abrupt stehen, wirbelte herum und rannte in die entgegengesetzte Richtung. Die Hintertür, obwohl verschlossen, konnte sie kaum bremsen.

Sie flog über die Hintertreppe hinweg, sauste über den Hofplatz und rannte bis zum Waldrand, die ganze Zeit aus Leibeskräften schreiend: „Park! Park, kommen Sie zurück! Wir haben den ‚Falken'! Park, können Sie mich hören? Wir haben den ‚Falken'! Wir haben den ‚Falken'!"

Doch aus der dunklen Kulisse des Waldes drang kein Laut.

„Park, wir haben den ‚Falken'!" Rufend ging sie auf und ab, so lange, bis sie heiser wurde.

Hinter ihr erschien Konrad, in voller Kampfmontur und mit der Waffe in der Hand. Ursel, Ernst und Rachelle standen oben an der Hoftreppe und sahen zu ihnen herüber.

„Ich geh ihm nach", sagte Konrad.

„Nein, das ist zu gefährlich. Wir sollten lieber funken."

„Es ist besser, wenn ich sie einhole, ehe sie wieder an ihrem Stützpunkt sind. So muss Park sich nicht erst um die Zustimmung eines Befehlshabers bemühen, damit er wieder umkehren kann."

„Nein, Konrad. Ich geh ans Funkgerät und erkläre die Situation. Sie wollen den ‚Falken', wir haben ihn. Dann werden sie uns Park schon wieder herschicken."

„Monika, dafür ist vielleicht gar keine Zeit mehr! Park sagt, der Iwan rüstet zur Großoffensive auf Berlin. Jeden Tag können die Roten hier auftauchen! So bescheuert sind die Amis nicht, dass sie da einen Stoßtrupp mitten reinschicken." Konrad machte einen Schritt Richtung Waldrand, aber Monika packte ihn am Arm.

„Du hast deinen Auftrag erfüllt", sagte sie. „Du hast den ‚Falken' hergebracht. Du musst jetzt nichts mehr beweisen. Und jetzt geh rein."

Konrad konnte nicht glauben, dass sie in diesem Ton mit ihm redete – so, als wäre er eines der Kinder. „Ich will auch gar nichts beweisen", erwiderte er. „Ich versuche, die Kinder zu retten."

„Indem du dich selbst abschießen oder gefangen nehmen lässt? Was soll das bitteschön zu ihrer Rettung beitragen?"

„Monika, ich gehe Park nach. Basta."

„Ich kann es nicht glauben mit euch beide! Könnt ihr euch denn nicht eine einzige Mal vertragen?“ Zwischen den Bäumen erschien die massige Gestalt Oberst Parkers. An der Spitze seiner Männer. „Was ist denn das für eine Gerede von die ‚Falke‘?“

Donnerstag, 12. April 1945

Es war schon eine seltsame Arbeitskolonne, die in aller Hast damit beschäftigt war, die aus dem Tiefschlaf gerissenen Kinder in die Klamotten zu stecken und reisefertig zu machen. Die Köpfchen kippten immer wieder weg, während die schlaffen kleinen Körper von einem Erwachsenen zum nächsten weitergereicht wurden. Amerikanische GI's, eine französische Zwangsinternierte, ein Raketenforscher, ein Scharfschütze der Waffen-SS und zwei deutsche Frauen stopften Ärmchen, Beine und Füße in Hemden, Hosen, Socken, Schuhe und Mäntel.

Draußen graute schon der Morgen.

„Vielleicht wir sollen warten und gehen erst heute Abend“, schlug Park vor.

Monika grunzte nur. „Sie haben keine Kinder, oder?“

„Ich bin ja nicht verheiratet“, entgegnete Park.

„Wie überraschend“, sagte Monika lakonisch.

„Was soll das denn heißen?“

„Wenn es noch gar nicht losgeht, hätten Sie ja auch schon mal eher was sagen können. Man zieht nicht erst Kinder mit großem Brimborium an, um irgendwo hinzugehen, und überlegt es sich dann anders.“

„Aber sie schlafen doch noch fast! Sie kriegen es gar nicht mit.“

„Glauben Sie mir: Sie brauchen Ihnen bloß diese Klamotten wieder auszuziehen, und sie wachen auf und machen einen Riesenterz.“

Parks Mund wurde zu einer schmalen Linie. „Manchmal du musst Kinder einfach sagen, was sie haben zu tun“, sagte er. „Es gibt wichtigere Sachen, die man muss bedenken, als was sie gerade wollen.“

„Ich lass Sie das den Kindern erklären", versetzte Monika. „Ich verlange nur, zusehen zu dürfen."

Aus der Ferne war ein tiefes Grollen zu hören.

„Es donnert", sagte Ursel, „wir setzen ihnen lieber die Mützchen auf."

„Das war kein Donner", warf Konrad ein.

Park stimmte zu. „Nee, nix Donner. Panzer."

„Die Russen?" Ursels Stimme zitterte.

„*Well,* denn das ist klar", sagte Park. „Wenn wir gehen überhaupt noch, dann jetzt." Er drehte sich zu Monika um und fuhr fort: „Weil wir sind beinahe ein Woche hinter die Zeitplan, kann sein, dies ist mehr gefährlich, als wir haben gedacht. Wenn Sie wollen, kann ich schicken mein' Männer mit diese Ehrenberg voraus. Ich könnte bleiben hier, und Konrad und ich, wir passen einer nach die andere auf die Haus auf und können versuchen zu verhandeln mit die Russen."

„Ich glaub, wir halten uns lieber an die Amerikaner", sagte Monika.

Park überdachte diese Option, ehe er zögernd nickte. „Und Sie können halten die Kinder ruhig?"

„Park, da verlangen Sie das Menschenunmögliche."

Er seufzte. „Warum ich will jetzt plötzlich beten?"

Wenn sie eines über Oberst Matthew Parker gelernt hatten, dann dies: Wenn ihn die Notwendigkeit zu beten überkam, dann betete er. Dies war so ein Moment: Er ließ sich auf ein Knie sinken und bat darum, dass Gott seine schützende Hand über ihren Marsch halten möchte. Seine Männer verhielten sich still, solange Park betete – ob nun aus Höflichkeit ihrem Befehlshaber gegenüber oder aus eigener Ehrerbietung gegen Gott, entzog sich Monikas Kenntnis. Sein „Amen" und „Denn los jetzt!" kamen in einem einzigen Atemzug.

Park ging zu Rachelle und gab ihr die Hand. *„C'était charmant de faire votre connaissance"*, sagte er. *„Je vous souhaite plein de choses agréables."* Der Vormarsch durch Frankreich hatte offenbar auch seine Spuren bei ihm hinterlassen, sein Französisch klang flüssiger als sein doch sehr akzentbehaftetes Deutsch. Aber wieso verabschiedete er sich von Rachelle?

Ernst fiel regelrecht über ihn her. „Was soll denn das?“, schrie er.

„*Well,* ich sag *good bye,* wie sich gehört für ein *Gentleman.*“

„Aber sie kommt mit uns!“

„Tut mir Leid, aber mein Befehl ist, eine deutsche Raketenforscher mitzubringen. Wir haben schon diese ganze Geschichte durcheinander gemixt mit die Kinder und all das. Wie soll ich erklären, wenn ich bringe jetzt noch eine *displaced person* – wie heißt? –, also, ein Verschleppte mit von die Froschfresser – *sorry*“, vermutlich war ihm Rachelles Anwesenheit gerade wieder eingefallen, „ich mein natürlich, von die Franzose.“

„Das ist nicht schwer. Sie sagen einfach, sie sei meine Frau.“ Ernst streckte den rechten Arm nach Rachelle aus. Sie kam zu ihm, und er legte ihr den Arm um die Taille. Dann sagte er: „Wie glaubwürdig wäre denn wohl Ihre Legende, wenn Sie sagen würden, ich hätte zwar darauf bestanden, die Kinder mitzubringen, aber meine Frau hätte ich bereitwillig zurückgelassen?“

Monika und Ursel beobachteten das Geschehen, jede mit einem breiten Grinsen im Gesicht.

„Okay.“ Park warf die Hände in die Luft. „Nehmen wir also Ihr ... Ihr *Frau* auch mit.“

Ernst schob seinen Mund nahe an Rachelles Ohr heran. „Danke, dass du mitgespielt hast. Ich hab Marcel versprochen, dich sicher nach Hause zu bringen, weißt du.“

Rachelle sah zu ihm auf. Ihre Augen waren feucht. „Jetzt ich bin zu Hause, wo ist dein Zuhause.“

Park trat zu Konrad und sagte: „Lieber ich hätte gehabt andere Umstände. Dann wir wären vielleicht geworden gute Freunde. Ich würde dich mögen, *boy.* Ich verspreche dir, ich passe gut auf auf Monika und Ursel.“

Augenblicklich war Ursel an Konrads Seite. „Er kommt auch mit uns!“, sagte sie.

Park hob den Kopf und sprach zur Zimmerdecke. „Wie kommen bloß alle Leute darauf, dass ich bin die Kapitän von ein' Noahs Arche? Ursel, es ist unmöglich für mich, zu bringen eine Offizier von die Waffen-SS zu unsere Stützpunkt!"

„Woher sollen Ihre Kameraden das denn wissen? Er wird Zivil tragen!"

„Sie werden es wissen", sagte Konrad, zog seinen Ärmel hoch und zeigte ihr die Unterseite seines linken Armes, wo in gotischer Schrift seine Blutgruppe eintätowiert war. „Das haben alle Kameraden der Waffen-SS. Park hat Recht, Ursel. Ich kann nicht mitkommen."

Noch ehe Ursel einen Einwand vorbringen konnte, ertönte ein scharfes Knacken, dann ein Knall. Die Laute kamen aus dem Gemeinschaftsraum. Erschrocken wachten die Kinder auf. Edith fing an zu weinen.

„Behaltet die Kinder hier und lasst sie am Boden!", befahl Konrad. Niemand widersprach oder stellte seine Autorität in Frage. Rasch schoben sie die Kinder zwischen die Betten.

Mit frontmäßigen Kriechbewegungen näherte Konrad sich durch den Korridor dem Gemeinschaftsraum. Ernst und Park folgten ihm auf den Fersen. Unmittelbar vor der Eingangstür hielten sie inne.

Der Holzdielenboden war von Glasscherben übersät. Durch das gezackte Loch, das in der Fensterscheibe klaffte, wehte die kühle Luft des frühen Morgens in den Raum. Nirgendwo war ein Felsbrocken, ein Ziegelstein oder etwas dergleichen zu sehen, mit dem die Scheibe hätte eingeworfen worden sein können. Park tippte Konrad auf die Schulter und zeigte auf die Wand, die dem Fenster gegenüber lag.

Konrad nickte. Er sah, was der Amerikaner meinte: ein Einschussloch. Konrad kroch ins Zimmer und robbte vorsichtig an den Wänden entlang, sorgfältig darauf bedacht, dass niemand von draußen auf ihn schießen konnte. Am Fenster angekommen, richtete er sich in einer langsamen, fließenden Bewegung so weit auf, dass er durch die rechte untere Fensterecke einen Blick ins Freie werfen konnte. Die Fensterscheiben hätten längst geputzt gehört, sie waren so trüb, dass er nur schwer etwas erkennen konnte. Aber da war auch niemand zu sehen, so viel stand fest.

Vielleicht war es nur ein irrtümlicher Schuss gewesen, den irgendjemand im Vorbeigehen abgefeuert hatte. Oder aber der Schütze lauerte nach wie vor dort draußen. Konrad robbte weiter nach links, um bessere Sicht zu haben.

Krawumm!

Direkt vor ihm zersplitterten Glas und Holz.

„Konrad!“, schrie Ernst.

Der bürstete sich Splitter aus dem Gesicht und von den Schultern und rollte in Deckung. Dann kroch er auf demselben Weg zurück, den er zum Fenster genommen hatte.

„Wenn wir bringen die Kinder nicht bald weg, wir bringen sie gar nicht mehr weg“, sagte Park.

„Verstanden“, quittierte Konrad. „Machen Sie sich fertig zum Abmarsch. Ich glaube, ich weiß, wer da draußen ist. Er ist hinter mir her, nicht hinter den Kindern. Ich halt ihn beschäftigt, während Sie die Kinder hinten rausbringen.“

„Krahl?“, fragte Ernst.

Konrad nickte nur.

* * *

Konrad verschwand in den Keller. Als er wiederkam, trug er seinen feldgrauen Kampfanzug und hatte eine Kamera sowie einen Karabiner mit Zielfernrohr bei sich. Er ging zu Ursel und sagte: „Bring mir die Kinder in Sicherheit.“

Sie warf ihm die Arme um den Hals. „Du musst mit uns kommen!“

„Das geht nicht, Ursel. Außerdem muss irgendjemand Krahls Aufmerksamkeit auf sich ziehen, damit ihr fortkommt.“

Sie umschlang ihn noch fester. „Dann bleib ich auch hier.“

Konrad stellte seine Ausrüstung beiseite. Er nahm sie in die Arme und küsste sie, ehe er vorsichtig, aber keinen Widerstand zulassend ihre Arme von sich löste. „Anscheinend kommt für uns immer was dazwischen, wie? Aber eines Tages sind wir zusammen, das versprech ich dir. Bloß, heute ist nicht dieser Tag. Heute ist der Tag der Kinder. Wir müssen ihnen eine Chance geben, groß zu werden." Er küsste sie noch mal. Dann sagte er zu Monika: „Bitte, pass für mich auf sie auf." An Park gewandt setzte er hinzu: „Geben Sie mir ein Zeichen, wenn Sie so weit sind."

Konrad nahm Waffe und Kamera und schlüpfte durch den Korridor davon. Ernst setzte ihm nach. Von hinten konnte Konrad Ursels Schluchzen hören – und Klein-Edith, die sie fragte, warum sie denn so weine.

Konrad und Ernst gingen in die Küche, dorthin, wo diese an den Gemeinschaftsraum grenzte. Sie warfen den Tisch um und stellten ihn hochkant, damit er Deckung bot. Ihre Stellung hatte Tiefe; es war, als lägen sie in den düsteren Gewölben eines alten Kellers auf der Lauer.

„Hartmuts Kamera?", fragte Ernst.

„Hm."

Ernst hielt das Objektiv gegen das Fenster, bewunderte das Fadenkreuz und griente. „Ich will immer noch das Führerporträt sehen." Er stellte die Optik scharf auf die ersten Bäume des Waldes.

Konrad tat es ihm mit seinem Zielfernrohr gleich, nur dass dieses ein eingeschränkteres Sichtfeld bot als der Kamerasucher. Ungeachtet der Gefahr, in der sie sich befanden, war es für Konrad ein angenehm beruhigendes Gefühl, Ernst an seiner Seite zu wissen. Fast war es, als wäre Hartmut wieder bei ihm.

Aus dem Korridor kam Parks Stimme: „Konrad, wir sind fertig! Geb mir ein Signal, wenn wir können los!"

Konrad nickte nur und wandte sich an seinen alten Freund. „Ernst, du glaubst gar nicht, wie viel es mir bedeutet hat, diese paar Tage mit dir zusammen zu verbringen. Gott mir dir!"

Ernst hörte nicht auf, durch den Sucher der Kamera zu linsen. „Ich geh nirgendwohin", sagte er.

„Mach dich nicht lächerlich."

„Wir gehören zusammen. Hab ich von dir gelernt."

„Ernst, du bist ‚Falke'! Du musst gehen."

„Die Amis müssen ihre Raketen eben ohne mich bauen. Du bist in Nordhausen nicht von mir gewichen, jetzt bleibe ich bei dir. Ende der Debatte."

Konrad sah ihm in die Augen. „Ernst, das jetzt ist was anderes! Die Amis interessieren mich nicht die Bohne. Es geht um die Kinder! Ob's dir gefällt oder nicht, ihr Schicksal liegt in deiner Hand. Du bist ihr Billett, wie Park sagt. Sosehr ich mir wünschen würde, dass du hier bei mir bleiben könntest, Gott hat dich wegen der Kleinen hierher gebracht und nicht wegen mir."

Ernst starrte ihn an. Seine Augen füllten sich mit Tränen. „Ich komm wieder ... ich versprech's!"

„Ich weiß doch."

„Reichmann!"

Der Ruf kam von draußen, brach sich an der Wand der Hütte. Hauptsturmführer Gunther Krahl trat aus dem Unterholz und stolzierte so, als könne ihm nichts auf der Welt etwas anhaben, das letzte Stück des Knüppeldamms zur Rama-Klause herauf. In einer Hand trug er sein Scharfschützengewehr, in der anderen einen großen Leinensack.

„Was denkt sich der Kerl denn?", fragte Ernst.

„Erzähl ich dir später", sagte Konrad. „So 'ne gute Chance kriegen wir vielleicht nie wieder."

„Reichmann, hör auf, dich zu verkriechen! Ich weiß, dass du da drin bist!"

Ernst erhob sich zu einer halb kauernden Haltung. Er tippte seinem Freund auf die Schulter, und fort war er. Konrad richtete sein Gewehr auf den sich nähernden Gegner, zielte sorgfältig und drückte ab.

49

Der Gewehrknall und die Fontäne aus Sand und Kieselsteinen, die der Schuss vor seinen Füßen emporwirbelte, erschreckten Krahl, konnten ihn aber nicht aufhalten. Seltsam genug: er fing an zu lachen. Er grinste übers ganze Gesicht, während er den Fahrweg weiter heraufgeschlendert kam. Sein Humpeln war nicht zu übersehen. Er schien richtiggehend seinen Spaß zu haben.

„Guter Schuss, Reichmann!", rief er. „Und vielen Dank für die Vergewisserung!"

Konrad behielt Krahls Anmarsch scharf im Auge und achtete zugleich sorgfältig auf das angestrengte Flüstern und das gedämpfte Getrappel, das hinter ihm im Korridor zu hören war. Park war damit beschäftigt, immer ein Kind und einen Erwachsenen gemeinsam aus dem Haus zu lotsen, und erst wenn das jeweilige Duo sicher im Unterholz angelangt war, schickte er das nächste auf den Weg.

Konrads Aufgabe war, Krahl nicht aus dem Bereich auswandern zu lassen, den er selbst durch die Fensteröffnung einsehen konnte; denn solange er sich in diesem Sektor aufhielt, konnte er die Hintertür nicht sehen, durch die die Kinder entkamen. Ziel war, ihn so lange wie irgend möglich hier vor dem Haus beschäftigt zu halten, um Park Gelegenheit zu geben, Abstand zwischen sich und die Klause zu bringen. Erst wenn das geschafft war, konnte Konrad an seine eigene Flucht überhaupt nur denken. Er hatte keine Ahnung, wie er diese bewerkstelligen sollte, aber für den Augenblick kam es darauf auch noch nicht an. Sein einziger Gedanke galt den Kindern.

Durch das Zielfernrohr konnte er seinen Gegner gut im Auge behalten. Wie alle anderen auch hatte sich der Mann in den Jahren des Krieges ganz schön verändert. Krahl hatte von jeher einen arroganten Zug ums Kinn gehabt, doch als sie zusammen bei der Hitlerjugend gewesen waren, hatte nichtsdestoweniger das Spielerische an ihm überwogen: Sportlicher Wettbewerb und jugendliche Herausforderungen waren sein Metier gewesen. Davon war jetzt nichts mehr übrig. Jetzt strahlte er nur noch blutrünstige Skrupellosigkeit aus.

Krahl blieb stehen, setzte seinen Leinensack ab und legte das Gewehr quer darüber. Er grabbelte in seiner Brusttasche herum, brachte eine Schachtel Zigaretten zum Vorschein und zündete sich eine an. Nach ein paar betont genüsslichen Zügen sprach er in Richtung des zerschossenen Fensters. „Clevere Strategie, die du da in Berlin verfolgt hast, Reichmann! O doch, ich war schwer beeindruckt. Allein der Gedanke, dass du mich die ganze Zeit im Visier hattest und ich noch nicht mal merkte, dass jemand hinter mir her war!" Er drehte den Kopf nach hinten und spie einen Tabakfaden aus. „Mann, als ich all diese Bilder da an der Wand gesehen hab und begriff, dass du mich an der Nase rumgeführt hattest, bloß damit ich dahin kam ... Ich kann dir sagen, das schockt einen schon, wenn man plötzlich seine eigene Visage so im Fadenkreuz sieht. Kann man schon 'nen Herzkasper von kriegen!" Ein weiterer Tabakkrümel musste dran glauben. „Jetzt weiß ich, wie es unserem geliebten Führer ergangen sein muss, als er das Bild sah, das du von ihm geschossen hast."

Das weiß er also, dachte Konrad.

„Ja-ha, ich weiß von deiner Heldentat", sagte Krahl gedehnt. „Hätte nie gedacht, dass Hartmut Kessels kleine Bastelei an seiner Kameraoptik mal so 'n historischer Knaller werden würde. Deine kleine Fotopräsentation hat mir die Bekanntschaft einiger Goldfasane eingetragen, die übrigens ganz versessen darauf sind, als Nächstes 'n Bild von deinen sterblichen Überresten zu Gesicht zu kriegen." Naserümpfend unterzog Krahl seinen Zigarettenstummel einer näheren Untersuchung und schnippte ihn dann zu Boden.

Konrad warf einen raschen Seitenblick in Richtung Korridor, gerade als die Hintertür rasch auf- und wieder zuging. Es war ein Amerikaner, der in geduckter Haltung ins Freie rannte. Konrad sah sogar die weit aufgerissenen Augen der kleinen Anni in den Armen des GI. Noch waren vier Zweiergespanne übrig, darunter auch Ursel mit Toba.

„'n taktischer Fehler, Reichmann", palaverte Krahl weiter. „Deine kleine Räuber-und-Gendarm-Nummer wird dich ganz schön was kosten. Na ja, für deinen Scharfsinn warst du ja noch nie bekannt, oder?"

„Red weiter", murmelte Konrad.

„Wie ich da in dem Zimmer stand und diese ganzen hübschen Bilder von mir selber sah, bin ich doch ziemlich nachdenklich geworden. Das wolltest du ja auch, nicht wahr? Ich glaub bloß nicht, dass ich zu dem Schluss gekommen bin, den du mir nahe legen wolltest, wenn man so sagen darf." Seine Stimme triefte nur so von Sarkasmus.

„Man stelle sich vor: Der gute olle Konrad hätte mich locker zehnmal um die Ecke bringen können – aber er hat's nicht getan! Mann, bin ich 'n Glückspilz! Da sollte ich doch wohl meine Lehren draus ziehen, wie? Vielleicht sollte ich mich bemühen, 'n guter Mensch zu werden, mehr so einer wie der gute olle Konrad, was?"

Krahl zog eine weitere Zigarette aus der Tasche und steckte sie an. Dann besah er sie, verzog angewidert das Gesicht und warf sie ungeraucht fort.

„Du bist 'n Schwachkopf, Reichmann! Willst du wissen, was ich wirklich gedacht hab?" Er gluckste höhnisch. „Ich dachte: ‚Na ja, wer weiß? Vielleicht hat sich der liebe Konrad ja in die Hand geschnitten? Eh, Alter, x-mal hat er dich im Fadenkreuz gehabt! Jeder andere Mann hätte den Abzug betätigt, zumal wenn der Typ im Fadenkreuz der wäre, der seinen besten Freund erschossen hat.' Ja, gibt's denn das auch: einen voll ausgebildeten SS-Scharfschützen, der es nicht fertig kriegt, den Abzug zu betätigen?" Erneutes Lachen. „Potzdonner, das is'n Ding! Ja-ha, 'nem Kerl vor die Füße schießen, da bist du immer noch Spitze drin! Aber auf 'ne Person? Das kannst du nicht mehr, stimmt's, mein lieber kleiner Konrad? Irgendwo in deinem kleinen Spatzenhirn hat's *klick* gemacht, und nun geht das nicht mehr. Das ist aber schade ... Denn jetzt bist du absolut nutzlos, mein Freund! Wozu soll 'n Scharfschütze gut sein, der nicht töten kann? Mann, du bist 'ne tragische Witzfigur, Reichmann! Gibt's irgendwas Lächerlicheres als 'nen Soldaten, der nicht töten kann?"

Die verbalen Pfeile konnten Konrad nicht treffen. Wenn der Kerl bloß weiterschwadronierte! Nur so kriegten die Kinder die Zeit, die sie brauchten, um zu entwischen.

Gunther Krahl zog seinen Leinenbeutel auf und nahm eine Flasche heraus, an deren Hals ein Stofffetzen befestigt war.

„Ich weiß, dass du jede Menge Bälger da drin hast, Reichmann! Werden sich wohl irgendwo in 'ne Ecke verkrochen haben. Guck her, ich hab ihnen 'n paar Geschenke mitgebracht! Weißt du noch, dieser dreckige Russenlümmel, den Hartmut aus dem Brunnen gezerrt hat? Weißt du noch, wie schön er und seine Frau Mama gesungen haben, als ich den Schuppen angesteckt hab, in dem sie gerade untergekommen waren?"

Er zündete die Stofflunte an.

Konrad überprüfte die Diele. Gerade rannte Park mit Viktor ins Freie. Jetzt waren nur noch Ursel und Toba übrig. Er nahm Schussposition ein und legte an.

Mit einer lockeren Bewegung holte Krahl aus, um die Flasche auf das Dach der Hütte zu schleudern.

Konrad feuerte.

Die Flasche zerplatzte in Krahls Hand, das Benzin spritzte umher. Brennende Flüssigkeit rann über Krahls Handrücken zu Boden. Krahl beugte sich vornüber und erstickte stampfend und fluchend die Flammen, indem er die Hand gegen den Stoff seines Uniformmantels presste.

Konrad legte wieder an, schoss mehrmals nacheinander und durchlöcherte so Krahls Leinensack. Er hörte Glas splittern. Das Benzin bildete eine Lache auf dem Kiesboden.

„Die Aktion hast du nicht ganz zu Ende gedacht, wie, Krahl?", dachte Konrad bei sich selbst.

Im selben Moment hörte er von draußen das fröhliche Juchzen eines Kindes, wie man es tagein, tagaus rund um die Rama-Klause hören konnte. Aber heute hätte man es nicht hören sollen! Konrad stülpten sich die Eingeweide um, als er mit ansehen musste, wie Krahl in die Richtung herumwirbelte, aus der das Geräusch gekommen war, und gleichzeitig sein Gewehr an sich riss.

Ohne Krahl aus den Augen zu lassen, hechtete Konrad mit einem Satz über den umgekippten Tisch zum Fenster. „Tu's nicht, Krahl!“, warnte er.

Krahl grinste nur hässlich. „Vielleicht solltest du lieber hier rauskommen und dir das kleine Schlachtfest mit ansehen, Reichmann!“ Er legte auf ein Ziel an, das Konrad nicht sehen konnte.

Konrad musste nicht lange raten, auf wen er zielte. Der Gedanke schnürte ihm die Kehle zu. Er wog die Waffe in seiner Hand.

„Gibt es irgendwas Lächerlicheres als 'nen Soldaten, der nicht töten kann?“

Was war bloß mit ihm los? Wieso hob er nicht einfach das Gewehr und machte dieser Farce ein Ende? Er stand erhöht, hatte freies Schussfeld und klare Sicht aufs Ziel. Mit einem einzigen Schuss konnte er die Bedrohung abwenden, den Mann zu Fall bringen, ehe der auch nur die Chance hatte, seinerseits abzudrücken. Und es war richtig, so zu handeln! Eines seiner Schafe war in Gefahr. Krahl war ein Raubvogel, mehr Tier als Mensch, das hatte er doch in mehr als einem Dutzend Dörfern in Russland und Polen hinreichend unter Beweis gestellt! Er war blutrünstig wie ein Tier, schlich sich an wie ein Tier und tötete wie ein Tier. Sollte man ihn da nicht auch unschädlich machen wie ein bösartiges Tier?

Konrad trat noch dichter ans Fenster, hob sein Gewehr und richtete das Fadenkreuz exakt auf Krahl aus. Ein schulmäßiger Schuss, und alles in ihm verlangte danach, diesen Schuss abzugeben. Alle Lektionen fielen ihm wieder ein, die er im taktischen Unterricht gelernt hatte: *Kenne deinen Feind! Schätze die Situation ab! Setze dich in Vorteil! Wende die Bedrohung ab!*

War es richtig, wenn man einem tollwütigen Hund gestattete, das Land unsicher zu machen? Und hatte dieser Irre das Land nicht lang genug in Angst und Schrecken versetzt? Verheerungen und Gemetzel standen ihm vor Augen: brennende Scheunen. Frauen und Kinder, die erbarmungslos abgeknallt wurden, wenn sie aus dem Flammeninferno zu fliehen versuchten. Hartmut, der von seinem eigenen militärischen Vorgesetzten ins Visier genommen und brutal gemeuchelt wurde.

Wenn es einen Menschen gab, der es verdiente, zu sterben, dann Krahl.

„Reichmann, hörst du mich?", belferte Krahl.

Konrad senkte das Gewehr und trat schaudernd vom Fenster zurück.

Nicht nur seine militärischen Instinkte waren wach geworden. Auch jene Gehirnwäsche hatte sich wieder einmal als erfolgreich erwiesen, die seine Gedankenwelt mit Nazi-Ansichten verpestet hatte. Schritt 1 war, den Feind zu entmenschen. Juden waren keine Menschen, sondern Rattengesindel. Russen waren nichts weiter als unzivilisierte Halbaffen, Untermenschengesocks wie auch Polen. Schritt 2 bestand in der Eliminierung dieser Pestherde – zum Besten der Menschheit.

Wenn er Krahl hier und jetzt erschoss, was für einen Unterschied gab es dann noch zwischen diesem und ihm selbst? Sicher, er könnte eine solche Tat rechtfertigen, indem er sagte, er habe nur sich selbst und die anderen schützen wollen. Du liebe Zeit, schließlich war Krieg! Doch dann fragte er sich: *Hätte Josef Schumacher den Abzug betätigt?* Das war ebenso wenig vorstellbar, wie man sich eine Schusswaffe in den Händen Jesu oder der Apostel vorstellen konnte.

Konrad ging zu dem Sofa, auf dem er so viele Nächte geschlafen hatte, und legte sein Präzisionsgewehr darauf. Das Gleiche tat er mit der Pistole, die er am Koppel trug. Doch dann ging ihm auf, dass er vielleicht doch nicht genug von Jesus in sich hatte, um völlig unbewaffnet ins Freie zu treten, und er nahm die Pistole wieder an sich.

Sturmbannführer Gunther Krahl hatte Ursel und Toba im Visier seines Schnellfeuergewehrs. Die Frau und das Kind standen dicht aneinander geschmiegt an einer Ecke der Jagdhütte, Ursel hatte dem völlig verängstigten Jungen den Arm um die Schulter gelegt. Krahl erblickte die Pistole in Konrads Hand, was ihn aber nicht weiter zu irritieren schien. Diese Spielzeugwaffe stellte für ihn offenkundig keine Bedrohung dar.

Von irgendwo weiter den Hügel hinunter war ein dumpfes Grollen zu hören, wie ferner Donner.

„Konrad, es tut mir so Leid!", schrie Ursel. „Toba dachte, wir spielen ein Spiel, und ist mir einfach entwischt!"

„Es wird alles gut", versicherte Konrad ihr.

„Ich weiß nicht, ob ich ihm glauben würde, liebste Ursel", sagte Krahl mit einschmeichelnder Stimme. „Angesichts der Umstände scheint er mir doch gar zu optimistisch zu sein."

„Krahl, lass sie gehen! Das hier geht nur uns was an, sie sind außen vor!"

„Nun, deine Prämisse ist korrekt, teurer Freund, aber deine Schlussfolgerung nicht, würde ich sagen. Weißt du, sie sind mein Training für dich." Er zielte und schoss.

„Krahl!", rief Konrad.

Aus dem hölzernen Eckpfosten der Jagdhütte war ein großes Stück herausgebrochen. Ursel schrie auf und sackte entgeistert zu Boden, den zitternden Toba mit sich ziehend.

„He, das gefällt mir!" Krahl gackerte herzhaft.

Mit fliegenden Fingern befühlte Konrad die Pistole in seiner Hand. Rachedurst wallte in ihm auf, doch er wappnete sich dagegen. Alles war so schnell gegangen! Was sollte er tun? Ursel oder Toba könnten jetzt schon tot sein, und es wäre seine Schuld! Was war denn bloß los mit ihm? Waren ihm die Instinkte abhanden gekommen? Er wusste es nicht, nur eines war ihm klar: Einen zweiten Schuss durfte Krahl nicht haben.

Konrad zielte mit der Pistole auf Krahl. Plötzlich sah er die Szene vor seinen Augen mit kristallklarer Schärfe.

Krahl war aufgekratzt. Er fing an, mit Konrad zu reden, als wären sie wieder alte Kumpel auf einem Tagesmarsch der HJ. „Rache, Konrad, Rache!", schwelgte er. „Mann, bist du denn immer noch nicht auf den Geschmack gekommen? Ein Teufelsgebräu – es gibt nichts Besseres!"

Etwas Irres flackerte in seinem Blick.

„Ich bin sicher, es wird dir gefallen", plapperte Krahl weiter. „Weißt du nicht mehr, wie wir geschrien und gepfiffen haben damals im Kino? Wie am Ende von dem Film der eine Kerl platt gemacht wurde? Huh, das war das Beste von allem! Wir haben geklatscht wie die Blöden. Geschrien, dass die Wände wackelten! Vergess ich nie. Aber dieser Kinderkram im Kino ist nichts – nichts, hörst du? – gegen die Wirklichkeit. Was glaubst du, wieso ich dich all diese Russenoffiziere hab fertig machen lassen? Für den Kitzel, sonst nichts! Ha!"

Konrad hielt die Pistole auf Krahl gerichtet. Da, Krahls Gewehrlauf begann herumzuschwenken, während er unablässig weiter über Rache quasselte. Sobald die Schwenkbewegung aufhörte ...

„Du bringst mehr Kitzel als alle anderen zusammen, mein lieber Konrad! Vielleicht, weil keiner sonst so schwer zu erledigen war wie du. Stellt mir doch 'n gutes Zeugnis aus, wie? Schließlich war ich dein Lehrmeister, oder? Du sollst wissen, mich an dir zu rächen, das ist das Beste, was ich jemals in meinem Leben ..." Jetzt schwenkte der Lauf nicht weiter.

Konrad gab einen Schuss ab.

Krahl knickte das Bein weg, dasselbe Bein, in das Konrad bereits an dem Tag geschossen hatte, an dem Hartmut umkam.

Ursel entrang sich ein Schrei. Toba war völlig verstört, versuchte sich weinend loszureißen, aber Ursel drückte ihn fest an sich. Mit tränenerstickter Stimme sagte sie dem Jungen, Krahl habe einen Schuss abbekommen und nicht Konrad.

Krahl krümmte sich auf dem Boden und lachte lauthals, trotz seiner Schmerzen. „Jetzt sag bloß noch, das hat sich nicht gut angefühlt!", krakeelte er. „Das hast du doch schon lange tun wollen! Gib zu, das war 'n Hochgenuss für dich, auf mich zu schießen!"

Konrad ging auf ihn zu. „Krahl, machen wir dem doch –"

Ein Feuerball explodierte in seiner Brust – der Preis dafür, dass er sich von Krahl hatte ablenken lassen. Aus seiner liegenden Position heraus hatte Krahl sich umdrehen und einen Schuss abgeben können, ehe Konrad noch reagieren konnte. Von rechts getroffen, verlor Konrad taumelnd das Gleichgewicht, stürzte seitwärts und fiel genau auf seine Pistole. Dennoch entging ihm nicht, wie Krahl sich aufzurappeln versuchte.

Während Toba sich mit aller Kraft losreißen wollte, schrie Ursel Konrads Namen. Auch der Kleine kreischte unablässig: „'rad? 'rad? 'rad?" Es war die allererste Silbe, die er überhaupt jemals ausgesprochen hatte.

Durch die Bäume hörte Konrad Lkw-Motoren rasseln und Panzerketten scheppern. Es waren die Russen, die sich den Hügel zur Rama-Klause emporarbeiteten.

Krahl hatte sich mittlerweile aufgerichtet. Sein bewegungsunfähiges Bein nachziehend, schleppte er sich in eine Position, in der Konrad ihn im Blickfeld hatte. „Man soll ja Schluss machen", sagte er, für eine Sekunde abgelenkt durch die näher kommenden Fahrzeuge, „wenn's am schönsten ist." Er zielte auf Ursel.

Im selben Moment riss Toba sich los und rannte direkt auf Konrad zu.

Krahl nahm den Kleinen aufs Korn.

Jetzt blieb keine Zeit zum Analysieren, Rationalisieren oder Philosophieren. Jetzt konnte Konrad nur noch handeln. Und er handelte: griff hinter sich, rollte sich herum und schoss blindlings, genau im selben Moment, in dem auch Krahl feuerte.

Konrads Kugel traf Krahl in die Wange. Ein roter Blutsfaden rann ihm zum Mundwinkel hinunter. Sein Kopf kippte zur Seite, als wäre er ein Boxer im Ring, der gerade einen üblen rechten Haken kassiert hatte. Er stürzte zu Boden, sein Gewehr flog zur Seite.

Ein panischer Seitenblick zeigte Konrad, dass Krahls Schuss danebengegangen war, und zwar so weit, dass Toba nicht das Geringste abbekommen hatte. Der Kleine kam immer noch auf Konrad zugerannt. Der musste den Arm ausstrecken und den Jungen einfangen, damit er nicht an ihm vorbeirannte.

Die Motorengeräusche wurden immer lauter. Die Fahrzeuge mussten jetzt direkt unterhalb der dicht bewachsenen Böschung sein, die vor der Rama-Klause in Richtung zur Landstraße abfiel.

Ursel war nur ein paar Schritte hinter Toba. Sie schlug einen Bogen, um Krahls Gewehr mit einem Fußtritt außerhalb von dessen Reichweite zu befördern. Krahl lag auf Händen und Knien und wiegte sich hin und her.

„Konrad, wie schlimm ist es?“ Ursel versuchte ihm die Hand wegzuziehen, um seine Verletzung in Augenschein nehmen zu können.

Konrad schubste den Jungen in ihre Arme. „Seht zu, dass ihr hier wegkommt! Sofort!“

Ursel sah zum Fahrweg hinüber.

„’rad! ’rad!“

„Ich bin ja da, Toba“, sagte Konrad und drückte den Arm des Jungen. „Hör mir zu: Du musst jetzt mit Fräulein Ursel gehen. Und ihr müsst euch beeilen!“

„’rad!“

„Du musst jetzt ein großer Junge sein. Ich komm auch bald zu dir. Aber jetzt musst du erst mal gehen.“

„Komm mit uns!“, flehte Ursel. „Ich kann dich stützen.“

Konrad schüttelte den Kopf so heftig, dass er beinah das Bewusstsein verloren hätte. Er lag sowieso schon in halbem Dämmer. „Nee, dann wärt ihr nicht schnell genug“, presste er hervor. „Jetzt geh, Ursel! Es bleibt keine Zeit zum Reden.“

„Konrad –“

„Ich komm nach, ich versprech’s. Ich liebe dich.“

Das erste Fahrzeug tauchte auf.

Sie bückte sich und küsste ihn, packte Toba an der Taille und rannte hinter die Klause.

„Wohin denn des Weges, meine Liebe?“ Krahl. Er hatte es geschafft, auf sein gesundes Knie zu kommen, und er hatte eine Pistole in der Hand, mit der er auf Ursel zielte. Sie erstarrte. Weiter als bis zur Hausecke war sie nicht gekommen.

Konrad balancierte am Rand der Bewusstlosigkeit entlang. Alles war jetzt verschwommen, und er konnte blinzeln, so viel er wollte, es half nichts. Er spürte die Pistole in seiner Hand und versuchte sie zu heben, aber das löste eine solche Schmerzwelle aus, dass er schier gar nichts mehr sah. Er hörte seine eigene Stimme, die Krahls Namen rief.

In der Auffahrt bremste jetzt ein russischer Mannschaftswagen, gefolgt von einem T 34. Irgendjemand bellte einen russischen Befehl. Über ihre Köpfe fauchte eine Maschinengewehrsalve hinweg.

Krahl wirbelte herum und schoss auf den Panzer.

Konrad konnte seinen Kopf nicht mehr halten. Er kippte seitlich zu Boden.

Krahls Feuerstoß wurde durch ein Dutzend russische beantwortet, die ihn auf der Stelle niedermähten.

Das Gesicht im Staub, sah Konrad zur Klause hinüber und konnte so viel erkennen, dass Ursel und Toba verschwunden waren. Davongekommen. Ein Strudel aus schwarzgrauem Nebel sog ihn in sich hinein. Seine Augen fielen zu.

Das Nächste, was er mitbekam, war, dass jemand ihn umdrehte. Verwischt sah er eine Reihe Baumkronen, die von einem blauen Himmel abstachen. Ehe er wieder wegdämmerte, hörte er eine altvertraute Stimme.

„Durchsucht das Haus! Der Forscher muss da drin sein!“

Konrad setzte alles daran, bei Bewusstsein zu bleiben, aber diesen Kampf musste er verlieren. Mehrere russische Soldaten traten in sein Blickfeld und sahen auf ihn herunter. Dann stellte sich eine weitere Gestalt dazu, ein Mann, der keine Russenuniform trug.

„Willi?“, sagte Konrad.

Epilog

Sonntag, 15. April 1945

Nie zuvor in ihrem Leben hatte Ursel so viele Amerikaner gesehen. Drei, vier zur gleichen Zeit im Keller, ja, das kannte sie. Doch jetzt war sie sozusagen bei denen zu Gast und konnte etwas von dem nachempfinden, was die Soldaten gefühlt haben mussten, als sie mitten im Feindesland in einem dunklen Keller eingepfercht gelegen hatten.

Die Knochen taten ihr weh, nachdem sie zwei Tage lang auf der Ladefläche eines Lasters durchgeschüttelt worden war. Das unaufhörliche, monotone Dröhnen des Dieselmotors ging ihr gar nicht mehr aus dem Ohr. Ihre Haut, ihr Haar, ihre Kleider waren von grauem Staub bedeckt. Sie war völlig fertig, genau wie die Kinder. Die waren verängstigt und reizbar, und sie konnte es ihnen nicht verdenken.

Klein-Edith klammerte sich an den Hals ihrer Mutter, den sie nicht einmal im Schlaf losließ. Toba war Ursels ständiger Begleiter und bekam sofort Panik, wenn er keinen Hautkontakt mehr mit ihr hatte. Nachdem sie Konrad verlassen hatten, war er voll und ganz in sein Katzenverhalten zurückgefallen. Ursel war klar, dass die Kinder jetzt mehr als alles andere Geborgenheit durch Körperkontakt brauchten. Aber das war so furchtbar anstrengend! Doch immerhin waren sie in Sicherheit, und dafür war sie zutiefst dankbar. Es bedeutete ihr jetzt umso mehr, wo es doch erst einige Stunden zurücklag, dass sie für sich selbst und Toba schon den sicheren Tod vor Augen gehabt hatte.

Konrad hatte ihnen Zeit verschafft. Und als sie um die Hausecke der Rama-Klause gebogen war, um vor Krahl in Deckung zu kommen, hatte sie Park gesehen, der mit der Waffe im Anschlag unter den Bäumen gewartet hatte, ruhig und beherrscht, aber zu allem bereit. Er gab ihr Feuerschutz, als sie mit Toba quer über die Wiese hinterm Haus rannte.

Im selben Moment, in dem sie bei Park anlangte, hörte sie Feuerstöße: einen wilden Schusswechsel, der ihr fast den Verstand raubte. Park hatte sie mit aller Kraft davon abhalten müssen, dorthin zurückzurennen, wo sie gerade hergekommen war.

Konrad hatte für ihre Freiheit mit seinem Blut bezahlt. Jedes Mal, wenn die Feuerstöße in ihrem Ohr widerhallten, versuchte sie sich damit abzufinden, dass er umgekommen war, auch wenn ihr Herz das immer noch nicht wahrhaben wollte. Den ganzen Krieg hindurch hatte sie immer wieder mal von Frauen gehört, denen per Feldpost die Mitteilung zugegangen war, ihr Gatte sei an der Front verschollen und mutmaßlich gefallen, und die sich geweigert hatten, das zu glauben, solange ihnen kein handfester Beweis zuging. Zu diesen Frauen gehörte sie jetzt auch. Seit vorgestern war sie Mitglied dieser trübseligen und doch so hoffnungsvollen Schwesternschaft.

Park und sein Trupp hatten sie in aller Hast zu dem alten Lindemann'schen Gehöft geleitet, dem mit der abgeknickten Wetterfahne auf dem Scheunengiebel, die sie den amerikanischen Fliegern als Landmarke eingeschärft hatte. Man verfrachtete sie auf einen schrottreifen, klapprigen Lkw, auf dessen Ladefläche es noch immer nach den Kartoffeln roch, die er wohl irgendwann einmal zum Berliner Großmarkt befördert hatte.

Mit halsbrecherischer Geschwindigkeit war der Karren über abgelegene Schlaglochpisten gebrettert. Bei Dunkelheit war ihnen gestattet worden, die Plane an der Rückseite hochzurollen, so dass sie die Sterne sehen konnten. Durchgeschüttelt wie ein Kartoffelsack hatte Ursel die majestätische Weite des nächtlichen Himmels bewundert. Das ganze Land schien in Erwartung des unabwendbaren feindlichen Einmarsches den Atem anzuhalten.

Am zweiten Tag ihrer Fahrt hörten sie es: Die russische Großoffensive auf Berlin hatte begonnen. Zwar gellten aus den Radioempfängern immer noch die Fanfaren des Reichssenders Großdeutschland, ertönten immer noch die abgedroschenen Phrasen von der deutschen Wunderwaffe, die das Kriegsgeschick ein für alle Mal wenden und das Reich retten würde, aber niemand scherte sich mehr darum. Hitlers Großdeutsches Reich lag in den letzten Zuckungen, und kein Mensch vermochte vorherzusagen, was die Zukunft dem deutschen Volk noch bringen würde.

Am dritten Reisetag konnten sie aufatmen: Der Lkw hielt endlich an. Die Plane wurde hochgeschlagen, und sie sahen in ein pittoreskes Dorf irgendwo in Deutschland. Ursel hatte keine Ahnung, wo sie es auf der Landkarte hätte suchen müssen, aber was spielte das jetzt schon für eine Rolle? War es denn eigentlich noch ein deutsches Dorf und nicht etwa ein amerikanisches? Würde es morgen überhaupt noch ein Deutschland geben?

Als sie mit wackligen Knien von der Ladefläche des Kartoffeldampfers kletterten, kam es ihr vor, als habe der Krieg sie zum ersten Mal so richtig eingeholt. Erst jetzt ging ihr wirklich auf, wie abgeschieden sie in der Rama-Klause gelebt hatten. Zwar hatte der Krieg sich all die Jahre irgendwie in ihr Leben geschlichen, und doch war er etwas Entferntes geblieben, und wegen der Entfernung hatte man ihn ertragen können. Selbst während der nächtlichen Bombenangriffe auf Berlin war der Feind fern geblieben, oben über den Wolken. Jetzt aber hatte er Gesichter, Tausende. Und auch die Gewehre, Panzer und Kanonen gingen in die Tausende.

Die meisten Gesichter indessen waren erstaunlich freundlich, vor allem, wenn sie der Kinder gewahr wurden. Die Kleinen wurden zu einer Art Attraktion, die die Soldaten magnetisch anzog. Zuerst reagierten sie ängstlich, aber bald verlor sich ihre Befangenheit und sie genossen es sogar, im Mittelpunkt zu stehen, während sie von einem Arm zum nächsten weitergereicht wurden. Es kam ihr vor, als wenn sämtliche Amis, die ihnen über den Weg liefen, es kaum abwarten konnten, die Kinder zu herzen und zu drücken.

Monika reagierte auf all das mit einer stoischen Ungerührtheit. Sie lächelte kaum einmal. Sie wirkte erschöpft und gealtert, viel zu alt, wenn man in Betracht zog, dass sie noch nicht einmal ihr 26. Lebensjahr vollendet hatte. Doch der Krieg hatte sie nicht nur älter gemacht, sondern auch stärker. Wenn es irgendjemanden gab, der sie sicher durch alles bringen konnte, was noch auf sie zukommen mochte, und es dabei noch schaffen konnte, die Kinder zusammenzuhalten, dann war es Monika.

Kurz nach ihrer Ankunft suchten drei Offiziere sie auf. Da sie Sterne an den Mützenschirmen trugen, hielt Ursel sie für Generäle. Park entbot den dreien den vorgeschriebenen Gruß und beantwortete ihnen jede Menge Fragen. Die Generäle sprachen in herrischem, abgehacktem Ton, und obwohl Ursel sich auf ihr Englisch einiges zugute hielt, konnte sie nur wenig von dem verstehen, was sie sagten. Aber schließlich war sie auch todmüde, und obendrein gab es hier viel zu viele Ablenkungen, so dass sie sich kaum aufs Zuhören konzentrieren konnte.

Natürlich wollten die Offiziere wissen, wohin Park denn wohl mit einer ganzen Lkw-Ladung Kinder wolle. Darauf entgegnete er, indem er ihnen Ernst vorstellte. Kaum hatten die Generäle das Wort „Falke“ vernommen, als sich ihre Laune sichtlich besserte.

Ernst beantwortete ihre Fragen in großer Selbstsicherheit. Während der gesamten Befragung hatte er den Arm schützend um Rachelle gelegt, die ihrerseits zwar traurig zu sein schien, sich aber in seiner Nähe offenkundig wohl fühlte. Die zwei wirkten, als gehörten sie von Natur aus zusammen.

Ernst für seinen Teil gab an, das mit den Kindern sei von Anfang an seine Idee gewesen. Er erzählte seinen Befragern von Josef Schumacher, zeigte ihnen seine Bibelmünze und schilderte, wie sie in die Hadamarer „Heilanstalt“ eingedrungen waren, um die Kinder zu retten, und wie Josef an den Folterungen, die er dort über sich hatte ergehen lassen müssen, gelitten hatte und schließlich gestorben war. Ernst erklärte, wie sie sich als Jugendgruppe ihrem Pastor verpflichtet gefühlt hatten, nachdem er ihnen so viel Gutes getan hatte und sie ihm ihr moralisches Rückgrat verdankten. Und er sagte ihnen, wie sein Freund Konrad, Offizier der Waffen-SS, aller Wahrscheinlichkeit nach sein Leben dafür gegeben hatte, dass sie mit den Kindern entkommen konnten.

Dann bestand er darauf, den hohen Offizieren jedes der Kinder einzeln vorzustellen, wobei er jeweils auf die körperlichen Gebrechen hinwies und deutlich machte, was für prächtige Kinder es dessen ungeachtet waren.

Die Generäle brachten zum Ausdruck, das Ergehen der Kinder berühre sie schon, es liege aber nicht in ihrer Hand, was nun weiter mit ihnen geschehen werde. Jedenfalls wurde dafür gesorgt, dass die Kinder zu essen bekamen und in einem Zelt untergebracht wurden, das ihre amerikanische Rama-Klause werden sollte.

An den folgenden Tagen kam immer wieder Park zu Besuch, wobei Ursel sich nicht so sicher war, wem dieser Besuch eher galt: den Kindern oder Monika? Sie bezweifelte, dass Monika das auch nur sich selbst eingestehen würde, Fakt aber war, dass sie sich anders benahm, wenn Park in die Nähe kam. Sie wirkte dann gelöster, auch wenn die zwei immer noch ihre kleinen Meinungsverschiedenheiten hatten.

Gott allein wusste, was die Zukunft ihnen bringen würde, und Ursel wollte es auch gar nicht anders. Nur das Einschlafen fiel ihr schwer, wenn sie, umgeben von all den schlummernden Kindern, in dem dunklen Zelt lag. So erging es ihr in letzter Zeit des Öfteren. An die Geräuschkulisse eines Militärstützpunktes im Felde, wo es auch des Nachts niemals ruhig war, konnte sie sich partout nicht gewöhnen. Aber mehr noch als das hielten die Verletzungen sie wach, die sie sich zugezogen hatte.

Als Krahls Kugel Konrad traf, traf sie auch sie. Der zweite Schuss war noch schlimmer gewesen als der erste. Er hatte eine Wunde gerissen, die jede Nacht aufs Neue wehtat, wenn sie endlich allein im Dunkel lag. Das einzige Heilmittel, das, wenn überhaupt, ein wenig Linderung brachte, waren die Erinnerungen an ihn: der Wunschzettel in der Silvesternacht. Ihr erster Kuss. Die letzte Umarmung. Nur bei diesen Erinnerungen spürte Ursel überhaupt noch so etwas wie Leben in sich.

Wie alles begann – die Serie „Lieder in der Nacht“ von Jack Cavanaugh

Während sie schliefen
Lieder in der Nacht – Band 1
Bestell-Nr. 330 624
ISBN 3-86122-624-3
400 Seiten, Paperback

Josef Schumacher ist Pfarrer im Berlin des Jahres 1939. Mit großer Sorge sieht er den wachsenden Einfluss der nationalsozialistischen Jugendorganisationen auf die Heranwachsenden seiner Gemeinde. Er weiß um die Macht der Propaganda und fürchtet die Folgen einer fehlgeleiteten Vaterlandsliebe. Als sich das braune Gedankengut auch in seiner eigenen Kirche durchzusetzen beginnt, kann er nicht länger schweigen. Unter Einsatz seines Lebens geht er an gegen die Lügen des Nazi-Regimes und das dämonische Charisma des Führers. Der Weg, den er einschlägt, führt ihn in die Kreise des Widerstands.

Hier kommt er bald mit einem der dunkelsten Kapitel des Dritten Reiches in Berührung – enger, als ihm lieb sein kann ... Auch Josefs Frau Monika, die der Geburt ihres ersten Kindes entgegensieht, findet sich voller Verzweiflung in einer Welt wieder, in der nichts mehr so ist, wie es noch vor kurzem vorgezeichnet schien. Reicht ihre Liebe zu Josef, um den Weg mitzugehen, den der Vater ihres Kindes eingeschlagen hat?